Michel de Grèce

Fils de Christophe de Grèce et de Françoise d'Orléans, sœur de la comtesse de Paris, le prince Michel de Grèce naît à Rome le 7 janvier 1939. À la mort du prince Christophe, la famille s'établit au Maroc, puis en Espagne, avant de venir à Paris en 1948. Orphelin en 1953, Michel de Grèce est accueilli dans la famille de son oncle, le comte de Paris. Diplômé en sciences politiques en 1960, le prince Michel part servir quatre ans dans l'armée à Athènes et à Salonique et épouse l'artiste peintre et sculpteur Marina Karella en 1965.
C'est en 1970 que Michel de Grèce publie son premier livre, *Ma sœur l'histoire, ne vois-tu rien venir ?*, un essai immédiatement récompensé par le prix Cazes. Aujourd'hui, l'œuvre de Michel de Grèce compte une vingtaine d'ouvrages répartis entre albums illustrés *(Portraits et séduction)*, biographies *(Louis XIV : l'envers du soleil)* et romans historiques *(La femme sacrée, L'impératrice des adieux, La Bouboulina)*.

DU MÊME AUTEUR
CHEZ POCKET

LE PALAIS DES LARMES
LE DERNIER SULTAN
L'ENVERS DU SOLEIL, LOUIS XIV
LA BOUBOULINA
L'IMPÉRATRICE DES ADIEUX

MICHEL DE GRÈCE

LA FEMME SACRÉE

OLIVIER ORBAN

ISBN : 2-266-13457-4

From M. to M.

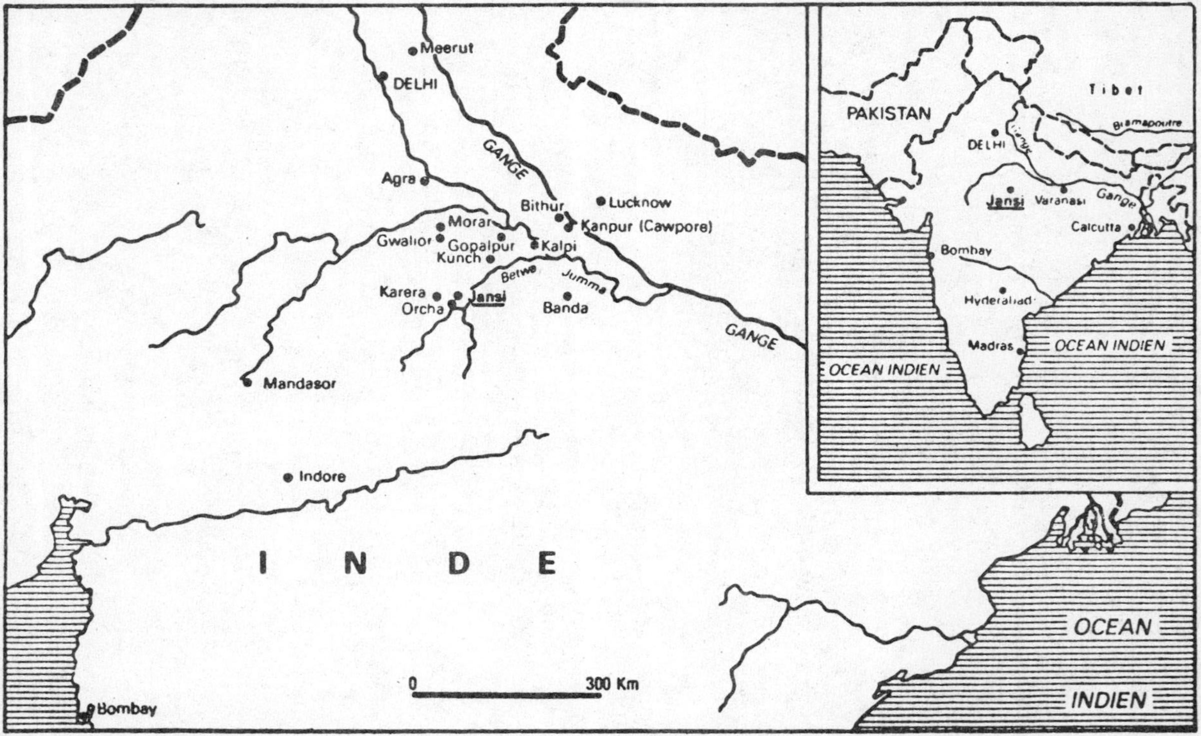
Meerut
DELHI
GANGE
Agra
Bithur
Lucknow
Morar
Kanpur (Cawpore)
Gwalior
Gopalpur
Kalpi
Kunch
Betwa
Jumma
Karera
Jansi
Orcha
Banda
GANGE
Mandasor
Indore
INDE
0
300 Km
Bombay
PAKISTAN
Tibet
Bramapoutre
DELHI
Gange
Jansi
Varanasi
Gange
Calcutta
Bombay
Hyderabad
Madras
OCEAN INDIEN
OCEAN INDIEN
OCEAN
INDIEN

PREMIÈRE PARTIE

LA FEMME AMOUREUSE

CHAPITRE PREMIER

Le 20 novembre 1853, à trois heures de l'après-midi, au jour et à l'heure indiqués par l'astrologue, la cérémonie d'adoption de l'héritier du rajah de Jansi commença. Pour la célébrer, on avait fait venir de Bénarès, la ville sainte, un religieux de grand renom, le pandit Vichnayak. Tout en récitant des incantations, il commença par offrir des sacrifices à Vishnu, manifestation du Dieu unique, et aux neuf planètes du ciel astral hindou : le Soleil, la Lune, Mercure, Vénus, Mars, Jupiter, Saturne ainsi que Rahu et Ketu qui figurent les phases ascendantes et descendantes de la lune.

Les habitants de Jansi, ce petit Etat de l'Inde centrale, se réjouissaient. Les gens pieux constataient avec satisfaction que leur souverain s'était enfin décidé à s'acquitter de la grande dette envers ses ancêtres et, n'ayant pas de descendant, qu'il en adoptait un, selon l'usage des familles princières indiennes. Depuis la mort en bas âge de son unique fils deux ans auparavant, le rajah n'avait plus engendré et il était devenu évident qu'il n'aurait plus d'autres enfants. Puis des rumeurs sur sa maladie avaient commencé à circuler, s'intensifiant pendant les dernières semaines. On avait dit que le rajah était au plus mal, et le peuple s'était précipité dans les temples pour prier. Non pas que le souverain fût populaire, loin de là. Mais sa mort sans héritier direct eût été pire encore que son règne détesté. L'Etat de

Jansi aurait été annexé par les Anglais, dévoré par des Etats voisins ou déchiré par des querelles de succession entre cousins du rajah. Grâce à l'adoption, la continuité, l'avenir de Jansi étaient assurés.

Les abords du palais avaient été envahis par une foule immense qui s'était juchée sur les pignons, les corniches et les encorbellements des maisons tarabiscotées. En bas, sur la petite place, les spectateurs étaient serrés à en étouffer. Des gardes enturbannés, en uniforme rouge et or, lance au poing, les maintenaient à distance respectueuse.

Tous se haussaient pour regarder vers le pavillon de verdure où avaient pris place le souverain et sa suite. Selon la tradition, il avait été dressé devant le portail du palais royal, demeure des parents qui adoptaient. Douze piliers de bois, peints en rouge et blanc et couverts de guirlandes, soutenaient un vaste dais de branchages, égayé des fleurs les plus variées et les plus parfumées.

De loin le peuple ne pouvait démêler les courtisans, les invités venus des Etats princiers voisins, les officiers et les membres des escortes. Il distinguait seulement des turbans rouges, des barbes noires, des sabres d'or, des tuniques de brocart rose, rouge, mauve, jaune, bleu pâle, constellées de bijoux. On reconnaissait le représentant de l'Angleterre à Jansi à la simplicité de son uniforme, le seul à être dépourvu d'or et de pierreries.

Au milieu de ce groupe scintillant trônait, bien en vue, le rajah de Jansi, un homme mince, grisonnant et impassible, idole de rose et d'or vêtue, dont la vie semblait s'être réfugiée dans l'éclat fugitif d'un diamant de son collier ou de ses bracelets d'avant-bras.

Le rajah était-il aussi malade qu'on le disait ? A le dévisager de loin, nul dans le peuple n'aurait su répondre.

Tous les yeux se tournaient avec curiosité vers la rani de Jansi assise à côté de son mari sur le *gadi**.

Le *purdah* qui la confinait à l'abri des regards

* On trouvera un glossaire des mots indiens à la fin du volume.

n'avait pas permis à ses sujets de la voir souvent Ils l'avaient bien aperçue, dans les premières années de son mariage, lors de quelque cérémonie officielle, derrière les rideaux de mousseline de son *howdah*. Depuis, elle n'apparaissait presque plus jamais en public et l'on murmurait que son mari la tenait pratiquement prisonnière dans ses appartements aux fenêtres grillagées.

Aujourd'hui, la liturgie d'adoption obligeait la souveraine, en tant que mère adoptive, à se montrer visage découvert. A cette distance, le peuple ne pouvait discerner que deux immenses yeux sombres qui semblaient dévorer le petit visage triangulaire. Un sari blanc, la couleur favorite de la rani, moulait étroitement sa silhouette élégante et menue. Assise très droite, Lakshmi, reine de Jansi, suivait sans bouger la cérémonie. Cependant, elle écoutait à peine les incantations du prélat de Bénarès. Elle gardait les paupières baissées pour pouvoir, sans être remarquée, couler un regard vers le rajah son mari. Il ne fallait surtout pas que quiconque soupçonnât qu'elle eût une raison de l'observer. Lakshmi espérait que le maquillage qu'on lui avait appliqué suffirait à tromper les invités d'honneur assis non loin de lui. La poudre, dont elle lui avait fabriqué un masque, parvenait à dissimuler les cernes sous les yeux et les crispations de douleur du visage ; le rouge avivait incontestablement le teint blafard. Mais le khôl étalé sur les paupières n'éteignait pas l'éclat anormal des yeux brûlants de fièvre.

Lakshmi se demandait avec angoisse s'il tiendrait jusqu'à la fin de la cérémonie ou si surviendrait une de ces crises effroyables qui, peu à peu, abrégeaient sa vie. Soudain, son attention fut détournée, car le moment solennel de la liturgie d'adoption approchait. Le pandit Vichnayak avait déjà déposé la somme traditionnelle de cent cinquante pièces d'argent devant le père et la mère de l'enfant.

Selon l'usage, ils étaient des cousins éloignés du rajah, des parents pauvres trop contents de faire ce sacrifice pour permettre à leur enfant de connaître un sort enviable. La mère se leva. C'était à elle et non au père que revenait le rôle principal. Elle prit par la main son fils, le petit Damodar, âgé de cinq ans, et pendant qu'ils s'avançaient lentement vers le trône, Lakshmi eut le loisir d'observer l'enfant qu'elle avait jusqu'alors à peine vu et qui, pour raison d'Etat, allait désormais être le sien. Ses traits sans expression ne révélaient pas beaucoup de caractère, mais le visage était extraordinairement beau. Lakshmi pensa qu'elle n'avait jamais vu des yeux plus grands. Ils semblaient contempler le monde avec étonnement et douceur. Lorsqu'il se tint debout devant le trône avec sa mère, le rajah de Jansi demanda à cette dernière si elle consentait à le lui livrer.

Lakshmi avait craint qu'à ce moment la voix de son mari ne trahît son état, mais elle avait porté haut et loin. Seul, l'aigu inhabituel révélait l'effort prodigieux que le rajah avait dû faire.

La mère répéta trois fois, en criant presque :

– Je te donne cet enfant, je n'ai plus aucun droit sur lui.

Le rajah attira Damodar vers lui et l'assit sur ses genoux. Il prit de l'eau mêlée à du safran en poudre préparée par le pandit Vichnayak et en but. Lakshmi l'imita. Puis, tous deux mirent dans la main de Damodar un peu de cette eau et la lui firent boire. Enfin, le rajah prononça la phrase rituelle :

– Nous avons admis cet enfant dans notre foyer et nous l'y incorporons.

Damodar était désormais le fils légitime du rajah et de la rani de Jansi, l'héritier du trône. La cérémonie religieuse était terminée.

Pourtant, à la surprise générale, le rajah ne se levait pas. Il fit un signe à son Premier ministre, et le diwan Naransin commença à lire un document qu'il tenait préparé :

– *Ceci est mon testament,* entonna-t-il.

Sadasheo, le cousin et le plus proche parent du rajah, assis non loin de lui sur l'estrade d'honneur, ne put s'empêcher de sursauter. Si le rajah faisait lire son testament, c'était donc qu'il se savait condamné. Etait-il mourant, malgré les démentis ? Un espoir ignoble saisit un instant Sadasheo. Mais non, se dit-il, il n'était pas inhabituel pour un père adoptif de publier, lors d'une adoption, son testament afin de bien manifester que l'enfant adopté devenait son héritier. Sadasheo sentit peser sur lui le regard de Lakshmi et se força à prendre un air détaché. Lakshmi n'avait rencontré qu'occasionnellement ce cousin de son mari, qui habitait dans ses propriétés loin de Jansi. Assez souvent, toutefois, pour comprendre qu'elle avait en lui un ennemi irréductible. Sadasheo était de cette espèce dangereuse des ambitieux complexés. Lakshmi n'ignorait pas que, depuis toujours, il visait le trône de Jansi et que pour lui l'adoption d'un fils par le rajah ne pouvait représenter qu'un obstacle.

Sans le laisser paraître, Sadasheo tendit l'oreille, car la fin du testament lu par le diwan de Jansi l'intéressait singulièrement :

... Si je ne devais pas survivre, j'ai confiance qu'en considération de la fidélité que j'ai toujours montrée envers le gouvernement britannique, celui-ci témoignera sa faveur à cet enfant qui est désormais mon fils, et considérera jusqu'à sa majorité ma veuve comme régente de l'Etat, sans lui créer aucun empêchement.

Sur un signe du rajah, le diwan replia le testament, s'avança sous le dais de verdure et de fleurs et l'offrit au major Ellis. Celui-ci était à Jansi l'agent politique de la Très Honorable Compagnie des Indes orientales, c'est-à-dire qu'il y représentait l'Angleterre, cette puissance lointaine, mystérieuse et pourtant bien présente qui, depuis un siècle et demi, grignotait l'Inde, Etat par Etat, à coups de guerre et de diktat.

Assis à côté de l'Anglais, Kashmiri Mull ne put s'empêcher de sourire dans sa barbe blanche. Kashmiri Mull était le vakil, le conseiller légal du rajah. Avec son aspect de patriarche et son regard bienveillant, il était considéré comme l'un des plus expérimentés parmi les hommes de loi, retors et ratiocineurs, qui pullulaient en Inde. Il n'aurait jamais soupçonné le rajah de tant d'habileté. Remettre son testament à l'Angleterre... Quel coup de maître !

Selon la loi des princes indiens, le rajah, en effet, avait parfaitement le droit d'adopter un fils et de lui laisser le trône. Il pouvait fort bien se passer de l'accord des Anglais qui n'étaient en ce pays que des visiteurs, même s'ils se montraient des visiteurs de plus en plus encombrants. En remettant son testament au major Ellis, le rajah plaçait l'avenir de ses Etats, de sa femme et de son fils sous la protection de l'Angleterre. Cette puissance était désormais caution de l'adoption qui venait de se dérouler.

Kashmiri Mull éprouva un sentiment de mélancolie. Où était le temps où les rois et les princes les plus importants devaient, pour la moindre décision, solliciter, agenouillés et tremblants, l'accord de leur suzerain, l'empereur des Indes, le Grand Mogol ? Que restait-il, aujourd'hui, de sa puissance naguère redoutable ? Il y avait bien toujours un Grand Mogol vieillard débile et méprisé, cloîtré à Delhi dans un palais devenu trop grand, un fantôme, déchet d'une dynastie qui avait jadis étonné le monde. Aujourd'hui, la puissance c'était l'Angleterre, incontestablement et exclusivement. Une armée de fonctionnaires avait remplacé les tyrans superbes. Autres temps, autres mœurs. Le major Ellis terminait son discours – auquel l'assistance, dans sa quasi-unanimité, n'avait rien compris – sur une note encourageante : « Je ferai tout ce qui sera en mon pouvoir pour faire accepter le testament de Votre Altesse par le gouvernement britannique. »

Cette fois, la cérémonie était bel et bien terminée.

Le rajah de Jansi fit le geste de se lever de son trône, mais retomba en arrière, immobile, les yeux fermés, la respiration haletante. Il y eut un frémissement dans l'assistance, un silence, un instant d'angoisse qui parut interminable. Puis Lakshmi posa sa main sur celle de son mari, doucement, comme s c'eût été le geste le plus naturel, et le rajah se leva. Il marcha jusqu'au bord de l'estrade et s'arrêta. Le peuple s'était rapproché. Lentement, silencieusement, d'une pression irrésistible, il avait poussé les gardes qui ne formaient plus qu'un cercle étroit autour du pavillon de verdure. Le rajah oscillait.

Le peuple crut qu'il attendait quelque chose. Les invités plus proches se demandèrent s'il n'allait pas tomber. Il paraissait égaré, comme frappé par le soleil. Lakshmi s'avança et plaça la petite main de l'enfant Damodar dans celle de son mari. Le rajah sembla s'éveiller et se mit en marche, d'un pas d'automate, avec son fils adoptif. Lakshmi avait pris l'autre main du petit garçon et tous trois disparurent sous le portail du palais de Jansi. Alors l'assistance éclata en acclamations, saluant la venue d'un héritier du trône. Passive jusqu'à la sortie de son souverain, la foule rompait maintenant le barrage des gardes, se jetait sur les murs du palais, escaladait l'estrade; bousculait dans sa joie les officiels et en un instant la scène, jusqu'alors toute de pompe et de dignité, tourna à une indescriptible confusion.

Le palais de Jansi n'était pas très vaste pour une résidence de prince indien. Pourtant, le trajet jusqu'aux appartements du rajah sembla une épreuve interminable à Lakshmi. Elle soutint son mari à bras-le-corps pour traverser la première cour où se trouvaient les écuries ; ils passèrent entre deux haies de fonctionnaires et de serviteurs, franchirent le porche, tournèrent à gauche et gravirent les raides degrés de l'escalier privé. Arrivés au premier étage, il leur fallut encore parcourir plusieurs pièces encombrées de courtisans. Ils atteignirent la chambre du rajah juste avant qu'une nouvelle crise ne commence. Les médecins indiens accoururent, Mandar, la fidèle servante de Lakshmi, sur leurs talons. Sur son lit bas aux pieds d'argent, le rajah de Jansi se tordait de douleur. Il lui semblait qu'une main de fer broyait ses entrailles et que son cœur allait éclater. Par instants, la souffrance était telle que son corps s'arquait puis retombait lourdement avant qu'un nouveau spasme ne le soulevât. Il avait une diarrhée continuelle, il vomissait de la bile, et d'ignobles souillures maculaient les couvertures de soie qu'on n'avait même pas le temps de changer.

Les médecins s'activaient. Grande était pourtant leur science puisque ces praticiens de l'*ayurivedic* tiraient des *vedas* les plus anciens les formules des potions à base de végétaux et de minéraux qu'ils administraient à leurs clients. Mais ils ne pouvaient faire avaler aucun calmant au rajah, car celui-ci ne gardait rien ; ni faire tenir sur le ventre du malade des cataplasmes apaisants que ses mouvements spasmodiques faisaient glisser. Inlassablement, Lakshmi rafraîchissait le visage de son mari avec de l'eau de rose et lavait son corps souillé sans manifester le moindre dégoût, sans perdre un instant sa patience, sa douceur et son sang-froid. Elle le faisait avec la même grâce qu'elle aurait mise à accomplir un rite religieux, et ne semblait nullement incommodée par l'odeur effroyable qui se dégageait du lit et que n'arrivaient pas à disperser l'encens et le bois de santal des brûle-parfum. Seule une minuscule ride entre ses sourcils trahissait sa tension.

De temps en temps, Mandar essuyait la sueur qui perlait au visage de Lakshmi, car des braseros de bronze entretenaient une chaleur de four dans la pièce aux proportions modestes.

Plusieurs fois, la servante avait proposé à la rani de la relayer. Celle-ci refusait sachant que, bien plus que l'eau parfumée, sa main pouvait apporter un apaisement à son mari. A trois reprises, les médecins crurent que le cœur ne tiendrait pas et craignirent le pire.

Enfin, la crise sembla se calmer. Le rajah avait sombré dans une lourde torpeur. Pour l'instant, il n'y avait plus rien à faire. La chambre du rajah était bondée. A ses serviteurs les plus proches qui couchaient autour de son lit à même le sol, à ses médecins s'étaient joints ses secrétaires, quelques chambellans, le porteur du chasse-mouches, le porteur de l'éventail, le porteur du *hookah*. Même le porteur du sabre s'était glissé dans la pièce à la suite des autres. Tous ces curieux restaient immobiles et silencieux, avec cette apathie qui en Inde est le signe d'un trouble profond.

– Je le veillerai, laissez-nous, leur intima Lakshmi. Et toi aussi, Mandar.

Restée seule avec son mari, Lakshmi chercha des yeux sa bonbonnière. Mandar l'avait laissée bien en évidence. La petite boîte d'or et d'émail, portant sur son couvercle un paon – emblème de la dynastie de Jansi – entouré de diamants, était posée sur un coussin. Lakshmi l'ouvrit, prit une pincée d'opium, la porta à sa bouche puis d'un geste brusque la jeta.

– Tu ne prends pas ta drogue, Lakshmi ?

La rani sursauta comme prise en faute. Son mari n'avait pas bougé ni ouvert les yeux. Cependant il était conscient et il avait deviné la tentation de Lakshmi.

– Je n'en ai désormais plus besoin, Seigneur !

Depuis des années, la drogue lui procurait l'oubli de son pénible état et une euphorie qu'elle ne trouvait nulle part ailleurs. Elle s'était toutefois juré qu'à la mort de son mari, elle n'y toucherait plus. Et bientôt le rajah allait mourir. L'espoir envahit et transporta Lakshmi. Un espoir atroce, dont elle eut honte et qu'en vain elle voulut chasser.

Le rajah s'était mépris sur la réponse de sa femme.

– Bien sûr, tu n'as plus besoin de stupéfiants, car tu n'as plus à avoir peur pour ton avenir. En nous donnant un fils adoptif j'y ai pourvu et je t'ai évité un sort peu enviable. Tu sais qu'aux yeux de notre société, c'est un crime d'être une veuve sans enfant. Tu n'aurais pas pu te remarier. Tu aurais dû te raser la tête, porter un sari sans couleur, dormir à même le sol.

Le rajah s'était animé pour évoquer, presque avec gourmandise, cette perspective.

– Que de fois n'y as-tu pas songé... Tu aurais été réduite à n'être qu'une moins que rien, presque une servante, sans cesse en butte à la méfiance et aux insultes de ma famille. Déchue de ton rang, on t'aurait chassée de tes appartements et jetée dans un coin où tu aurais végété jusqu'à ta mort, oubliée de tous, méprisée et malmenée par des subalternes.

Le rajah avait visé juste. Oui, elle avait tremblé à cette idée, mais paradoxalement elle n'y avait pas cru. En son for intérieur elle se savait promise à une autre destinée.

Ce n'était pourtant ni pour elle ni pour répondre aux vœux de son peuple que le rajah avait adopté un fils, mais par orgueil uniquement. Il n'avait pu supporter l'idée de voir s'éteindre avec lui sa dynastie, pourtant récente et dépourvue d'illustration. Et s'il avait nommé Lakshmi régente dans son testament, c'est qu'il n'avait pu se dérober à la tradition des princes indiens selon laquelle la mère d'un souverain en bas âge devait régner jusqu'à sa majorité. Encore n'avait-il pris ses dispositions qu'au dernier moment. « J'ai le temps, je ne suis pas si malade, nous verrons plus tard », avait-il répété à ses conseillers qui, de plus en plus affolés, étaient maintes fois revenus à la charge pour le supplier d'assurer l'avenir de son royaume.

Comme pour se venger d'avoir cédé aux pressions, il se complaisait maintenant à retourner le couteau dans la plaie.

– J'ai bien senti ta peur et celle des autres. Mes ministres, mes courtisans, ton père Moropant et même mon fidèle Naransin tremblaient de perdre leur sinécure si je mourais sans héritier. Aussi ai-je fait durer le plaisir, me régalant de votre angoisse à tous et de la tienne tout particulièrement.

Et pourtant Lakshmi, écœurée par les multiples intrigues qu'elle avait vues se tisser autour du lit du malade, avait refusé, malgré les prières répétées des conseillers du rajah, d'exercer la moindre influence sur sa décision. L'injustice de ses insinuations la piqua au point qu'elle ne put se contenir.

– Tu te trompes, Seigneur. Jamais je ne me suis inquiétée de mon avenir. L'horoscope tiré à ma naissance affirmait en effet que je régnerai.

La réplique du rajah fusa :

– Je sais que tu ne songes qu'à cela, que tu n'attends que ce moment, c'est-à-dire ma mort. Mais je ne t'envie pas, Lakshmi. A peine seras-tu montée sur le trône que tu seras entourée de prétendants qui tenteront de s'en emparer, de parents qui s'accrocheront à tes basques, de courtisans qui ne songeront qu'à tirer parti de ton inexpérience. Les Etats voisins, profitant de la faiblesse d'une régence, de ta faiblesse, Lakshmi, t'attaqueront, voudront dépecer ton royaume. Tu n'auras comme seules compagnes autour de toi que l'ambition, la rapacité et la trahison.

Laissant vaticiner son mari, comme indifférente à ses paroles, Lakshmi le regardait attentivement et constatait les ravages exercés par la maladie. De mince, il était devenu squelettique. Son corps, naguère élancé, s'était recroquevillé. Il avait toujours eu quelque chose d'un oiseau de proie. Désormais, il évoquait un vieux vautour déplumé. Ses narines pincées accentuaient la courbure du nez. Les yeux, petits et ronds, longtemps brillants de méchanceté, étaient couverts d'une taie incolore. Contrairement à la coutume des princes indiens, il n'avait jamais porté barbe ou moustache et sa peau glabre, au teint bilieux, était devenue tout à fait jaune. De la bouche, autrefois bien dessinée et charnue, il ne restait pour lèvres que deux filets gris. Lakshmi se félicita qu'il ne pût se voir en cet état, lui qui, toujours, avait été si coquet et si fier de son apparence. Elle méprisait cet homme qui, au seuil de la mort, cherchait encore à l'humilier, à la décourager, à la détruire ; mais se sentant désormais hors de son atteinte, elle le jugeait pitoyable, alors qu'il poursuivait :

– Pour bien gouverner il faut se montrer vigilant, rigoureux, impitoyable même. Mais toi tu t'imagines que tu réussiras avec des sourires et des grâces. Tu crois que le peuple t'aime. Non, Lakshmi, le peuple nous déteste.

– Il *te* déteste, Seigneur.

Heureusement le rajah n'entendit pas la réponse qui avait échappé à sa femme. De caractère faible et compliqué, il avait voulu au début de son règne faire sentir son pouvoir par une rigueur tatillonne. Il n'en avait pas fallu plus pour le rendre insupportable au peuple de Jansi. Flairant cette désaffection, le rajah était tombé dans la pire cruauté. Son arbitraire dérisoire et sanglant l'avait fait haïr, au point que son peuple avait donné son nom à la tour de pendaison, là-haut dans le fort, où tout au long de son règne le bourreau n'avait jamais chômé.

Exaspéré par son impuissance à ébranler le calme de sa femme, le rajah l'aiguillonnait de la pointe de sa méchanceté.

– Et puis il y a les Anglais. Te laisseront-ils seulement monter sur le trône ?

Il avait touché juste.

– Tout est en ordre, cependant, répondit Lakshmi.

Et c'était presque une question qu'elle posait.

Le rajah soupira :

– Le gouvernement anglais acceptera-t-il l'adoption ? Vous reconnaîtra-t-il, toi et Damodar, comme mes successeurs ?

Il y avait dans le ton du rajah la satisfaction de tourmenter Lakshmi, mais aussi une inquiétude sincère. La rani protesta :

– Ta famille a toujours été l'alliée des Anglais. Ce sont les Anglais qui vous ont maintenus au pouvoir. A chaque rébellion, à chaque guerre ta famille a envoyé son armée se battre pour eux. Ce sont les Anglais qui ont reconnu Jansi comme Etat indépendant et ta famille comme souverains héréditaires. Ce sont les Anglais qui ont accordé à ton prédécesseur le titre de rajah. Ce sont les Anglais enfin qui ont tranché en ta faveur lors de ton accession au trône, alors que trois de tes cousins contestaient tes droits. Pourquoi voudrais-tu qu'ils changent maintenant de politique et ne veuillent pas reconnaître l'adoption de notre fils ?

La rani n'avait pas été mécontente d'évoquer la servilité continuelle, à ses yeux honteuse, des rajahs de Jansi envers l'envahisseur anglais, mais son mari était trop absorbé dans ses pensées pour s'en offenser.

– N'oublie pas, dit-il, que les Anglais sont les maîtres, les maîtres de Jansi, les maîtres de l'Inde entière, même s'ils ne le sont pas en titre. Aujourd'hui des amis, demain peut-être des ennemis.

Le rajah avait peur des Anglais. Il avait toujours eu peur d'eux. Lakshmi saisit mieux que jamais combien ce sentiment était ancré en lui. Le rajah n'avait pas oublié le traitement qu'ils lui avaient fait subir une quinzaine d'années plus tôt, avant son mariage avec Lakshmi. Devant ses malversations et ses cruautés, ils l'avaient tout simplement détrôné pendant trois ans avant de lui rendre le pouvoir après qu'il se fut amendé.

Lakshmi voulait répliquer pour combattre le pessimisme de son mari, mais fut interrompue par Mandar qui apportait des lampes à huile car dehors la nuit achevait de tomber. Lakshmi s'approcha du lit et tendit au rajah une petite bouteille.

– Le major Ellis lui-même l'a apportée au palais. Son ami le docteur Allen a fabriqué ce médicament et te supplie de le prendre pour te soulager.

Le rajah fit un mouvement pour se soulever sur ses coudes.

– Jamais je n'avalerai une médecine fabriquée par un étranger impur.

– Mais, rétorqua Mandar, le docteur Allen a pris soin de préparer ce médicament dans de l'eau du Gange pour le purifier.

– C'est un étranger qui l'a préparé et je ne veux pas mourir impur.

La voix du rajah s'était élevée jusqu'à un aigu presque féminin. Il était terrorisé à l'idée de subir dans l'au-delà les conséquences d'une fin impure, mais Lakshmi se demanda s'il ne gardait pas aussi, même à l'article de la mort, sa crainte du poison. Il était retombé sur les coussins et recommençait à monologuer.

– Et même si ce médicament des Anglais avait pu me guérir, je ne l'aurais pas pris. J'ai perdu le goût de vivre depuis deux ans... Depuis la mort de mon fils...

Le rajah avait dit « mon » fils comme si cet enfant avait été sa possession exclusive. Lakshmi eut un pincement au cœur. Brusquement, en un éclair, elle revécut sa joie à la naissance de son enfant. A son bonheur d'avoir un fils avait répondu le bonheur du peuple de Jansi d'avoir un héritier. La ville entière avait été illuminée, l'armée du rajah avait défilé dans ses uniformes rouge et or. Les éléphants royaux étaient allés distribuer dans chaque foyer le sucre symbolique. Les réjouissances populaires avaient duré plusieurs jours et les pauvres, par milliers, avaient mangé à satiété. L'enfant était mort trois mois après. La tristesse du peuple de Jansi avait été profonde et rien n'avait pu distraire Lakshmi de son désespoir.

Elle aurait souhaité que son mari ne réveillât pas maintenant ce souvenir douloureux et toujours présent.

– Depuis la mort de mon fils, poursuivit-il, rien n'est bien allé pour moi. Aussi me suis-je laissé mourir.

La rani protesta :

– Tu ne t'es pas laissé mourir, tu as une maladie bien connue de tous, la dysenterie.

Furieux d'être contredit, le rajah cracha sa perfidie :

– Non, Lakshmi, je me suis laissé mourir. Depuis que j'ai su que tu ne me donnerais pas d'autre enfant. Depuis que j'ai compris que tu resterais stérile...

L'accusation du rajah blessa Lakshmi au cœur, d'autant plus qu'elle la savait fausse. La faute, c'était à lui qu'elle revenait. Une vie de débauche avait usé son organisme. La rani ne put contenir son amertume :

– Tu n'as jamais plus essayé d'avoir un enfant. Tu n'as jamais vérifié si j'étais stérile.

Le rajah n'entendit peut-être pas cette réflexion. Son visage grimaçait, se contractait, ses yeux se révulsaient. Une nouvelle crise approchait. Lakshmi appela. Les médecins qui attendaient dans la pièce voisine accoururent, suivis des courtisans, des serviteurs qui se croyaient indispensables. Lakshmi ne doutait plus de l'issue fatale. Et la crise vint. De nouveau, ce fut l'horreur. Le spectacle de sa souffrance faisait souffrir Lakshmi. Elle savait que des fers rouges tenaillaient les entrailles de son mari. Elle ne pouvait rien pour lui. Même l'imposition de ses mains qui, si souvent, avait soulagé le rajah, ne produisait plus aucun effet. A la ride minuscule entre ses sourcils s'étaient maintenant ajoutés de lourds cernes bleuâtres sous les yeux. Et pourtant, elle tenait à exercer son ministère avec une douceur et une patience qui semblaient inaltérables.

La crise fut plus violente que les précédentes et aussi plus brève. Soudain le rajah tomba dans une sorte de prostration voisine du coma. Le cœur lâchait. Les serviteurs nettoyèrent le lit et Lakshmi les aida à déposer son mari sur la soie fraîche et propre.

De nouveau, la rani renvoya tout le monde et resta seule à veiller le mourant.

Les quelques lampes à huile disposées par Mandar sur le sol faisaient baigner la chambre dans une pénombre dorée, épaissie par la fumée odoriférante des brûle-parfum. Le regard de Lakshmi s'attarda sur les grands tableaux religieux accrochés au hasard, dont l'orientalisme contrastait avec les nombreux miroirs importés d'Europe, témoignant de la vanité du rajah qui, si souvent, s'y était miré. Dans une niche, la statue en or de la déesse Lakshmi, divinité tutélaire de la dynastie de Jansi, luisait faiblement.

La rani contemplait son mari comme si elle était fascinée par cet être inconscient. Le ressentiment qu'elle avait accumulé des années durant contre lui, pour tout ce qu'il lui avait fait subir, s'estompait à l'approche de sa fin.

Dès leur mariage, onze ans plus tôt, le conflit avait éclaté entre la personnalité de cette adolescente de douze ans et celle de cet homme de quarante. Il avait voulu la soumettre comme ses sujets par la terreur, il n'y avait pas réussi et en avait eu conscience. La popularité de la rani avait grandi simultanément avec la haine pour le rajah. On la connaissait peu, puisqu'elle ne sortait pratiquement pas du purdah, mais on la disait généreuse, pieuse, épouse malheureuse. Ce succès, dont elle n'était pas responsable, avait mis en rage son mari. Il l'avait alors littéralement mise sous clef, accentuant pour elle la rigueur des règles du purdah. Peut-être aussi était-il jaloux de cette femme, belle, attirante, élégante, qu'il délaissait, qu'il ne touchait plus. Et peut-être en était-il jaloux justement parce qu'il ne la touchait pas.

Le rajah semblait préférer se livrer à des excentricités qui avaient dérouté Lakshmi dans les premières années de leur mariage. Telle était sa passion pour le théâtre qu'il allait jusqu'à s'attribuer un rôle dans les pièces qu'il mettait en scène, toujours un rôle de femme puisque dans son pays, il n'y avait pas d'actrices. Après avoir commencé à se travestir pour jouer sur la scène, peu à peu ce goût s'était étendu. Dans ses appartements, il s'habillait souvent en femme et Lakshmi l'avait soupçonné de sortir ainsi déguisé dans les rues de Jansi. Elle se demandait si ce penchant – et ce qu'il signifiait – n'était pas la cause du peu d'attrait que son mari montrait pour elle. Il aimait se couvrir de bijoux, un peu trop, pensait Lakshmi. Un jour, se rappelait-elle, un Anglais en visite à Jansi n'avait pu s'empêcher de demander au rajah pourquoi il portait des bracelets, symbole de la docilité féminine. Le rajah lui avait rétorqué avec un remarquable esprit de repartie, que les Anglais étant maîtres de l'Inde, tous ses souverains devraient porter des bracelets.

Des années durant, la rani était restée confinée dans le purdah. Brûlante d'activité, de mouvement, assoiffée de grand air, elle avait été condamnée à l'oisiveté totale dans ces petites pièces aux fenêtres grillagées qui occupaient une aile au premier étage du palais. Éprise de solitude, elle avait dû supporter la présence constante de femmes jacassantes, ses esclaves qui, en fait, Lakshmi le savait, l'espionnaient pour le compte du rajah à qui elles rapportaient ses moindres paroles.

Pour la soutenir, la comprendre, Lakshmi n'avait pu compter que sur une servante, Mandar, sa compagne depuis l'enfance. Bien sûr, depuis ce temps, elle était devenue une confidente et presque une conseillère dont le franc-parler et les explosions verbales stimulaient la rani.

Cependant une distance infinie et subtile continuait à séparer la suivante de la reine.

Son incarcération, d'autant plus pénible que dans sa jeunesse et dans son adolescence elle avait connu la liberté des femmes mahrates, l'absence de tout avenir et la frustration avaient quelque peu détraqué Lakshmi. Elle s'était mise à fumer avec rage le hookah, et de là avait glissé dans la drogue. Elle s'était abrutie mais n'avait pas été brisée.

Soudain, la rani prit conscience du calme presque total qui régnait. Nul bruit ne parvenait du dehors, alors que le peuple de Jansi aurait dû passer la nuit en réjouissances bruyantes après la cérémonie d'adoption. Avait-il été averti de la fin imminente de son souverain et l'attendait-il silencieusement avec cette angoisse qu'éprouve l'Orient devant tout changement ?

Toute vie semblait s'être à présent retirée du corps tordu du rajah et de son visage crispé. Il mourait comme il avait vécu, dans le tourment. Et sa mort signifiait pour sa femme une libération. Bientôt les portes de sa prison, le purdah, allaient s'ouvrir devant elle. Lakshmi se comparait à un oiseau en cage qui aurait été longtemps entraîné pour pouvoir un jour voler librement. Cette liberté, elle se sentait capable de l'assumer, car elle savait qu'elle lui donnerait un but, un sens.

Elle leva les yeux et regarda par la fenêtre. A l'horizon, le ciel, jusqu'ici noir, était devenu bleu sombre. L'aube n'était pas loin.

A quatre heures et demie du matin, en ce 21 novembre 1853, Gangadhar Rao, septième rajah de Jansi, mourut sans avoir repris connaissance.

CHAPITRE II

En sortant de la chambre du mort, Lakshmi rencontra trois regards fixés sur elle, qui interrogeaient et qui spéculaient. Son père Moropant, sa servante Mandar et le Premier ministre Naransin. S'adressant à ce dernier par son titre, elle lui dit simplement :

– Diwan, tu réuniras le Grand Conseil à huit heures du matin.

Ce ne fut pas la phrase qui étonna les trois auditeurs, mais le ton, le ton sans réplique d'un maître.

La rani était déjà passée et empruntait le couloir intérieur qui menait au purdah, attenant aux appartements du rajah. Elle y trouva ses parentes qui l'attendaient. Enfant unique, elle possédait cependant une collection de cousines, de tantes et même de nièces qui, depuis son mariage inespéré avec le rajah, l'avaient suivie à Jansi dans l'espoir de sinécures. Toutes poussaient des sanglots bruyants, façon traditionnelle de marquer le deuil.

Tante Anahita, la sœur aînée de son père, s'approcha.

– Désormais, Lakshmi, il faut que tu te rases la tête et que tu ailles en pèlerinage à Bénarès selon la coutume des veuves sans enfants.

– Je ne me raserai pas la tête, car j'ai un fils, et je n'irai pas à Bénarès, car je dois gouverner.

La réplique avait été sèche, coupante. Tante Anahita insista :

– Tu n'as qu'un fils adoptif, ton mari est mort sans que tu aies engendré d'enfants vivants. Il faut te soumettre à la coutume.

Ce fut d'une voix suraiguë, presque hystérique, que Lakshmi répondit à tante Anahita :

– Toute ma vie j'ai vécu dans un moule. Vous m'y avez mise depuis ma naissance. Toi, ma tante, toi, mon père, et plus tard mon mari. Maintenant, le moule est cassé. J'en suis sortie et je n'y rentrerai jamais plus.

Tante Anahita prit un air profondément choqué.

– Veux-tu dire, Lakshmi, que tu considères la mort de ton mari comme une délivrance ?

Sans lui répondre, Lakshmi poursuivit :

– Pendant toutes ces années où mon mari m'a cruellement cloîtrée, pas un de vous n'a intercédé en ma faveur afin qu'il allège ma claustration. Vous préfériez profiter de ma position pour vous élever et vous enrichir. Désormais, nul d'entre vous ni personne d'autre ne me dictera ma conduite. Libre à vous de penser et de dire ce que vous voulez. Je suis veuve, mais je suis mère, et je suis reine, donc je suis libre.

Elle avait presque crié cette dernière phrase. Elle s'arrêta et regarda autour d'elle les parois de ce qui avait été sa prison. Purdah dans les familles hindouistes, zenana dans les familles musulmanes, harem au Moyen-Orient, le quartier réservé des femmes, sous ses différents noms, était toujours une prison. Le regard de Lakshmi se fixa sur les tentures aux couleurs fanées et aux ors ternis qui avaient constitué son unique horizon. Puis elle remarqua les parentes qui l'entouraient, figées, pétrifiées par la scène qui venait d'avoir lieu et défaillantes de curiosité. Lakshmi eut envie de rire et en même temps de se précipiter sur elles et de les secouer.

Moropant, qui les avait rejointes, regardait sa fille d'un air pensif. Il rompit le silence :

– Est-ce ainsi, Lakshmi, que tu considères l'éducation que je t'ai donnée avec tant d'amour, comme un moule, comme une prison ?

– Oui... non, répondit Lakshmi. Je suis épuisée, je ne sais plus ce que je dis, ce que je pense...

A la vérité, elle se sentait à bout de forces. Elle eut l'envie brusque et violente de prendre une pincée d'opium. Malgré la fatigue qui amenuisait sa volonté, elle résista à la tentation, comme elle se l'était juré. Désormais, elle n'avait plus besoin de s'étourdir. Elle se tourna vers sa servante :

– Allons, Mandar, viens m'aider. Il faut que je me prépare pour le Conseil.

La salle du trône n'était pas très vaste. Comme le palais de Jansi, elle datait de l'époque où le goût architectural des princes n'avait pas atteint le gigantisme plus tard en vogue. De hautes fenêtres donnant sur les deux cours principales du palais éclairaient la salle. Des fresques décoraient les murs où sur un fond bordeaux se détachaient des bouquets minutieux. Des fleurs en guirlandes étaient peintes sur les poutres du plafond. Un immense tapis de Lahore aux couleurs harmonieuses et aux dessins persans recouvrait entièrement le sol. Au fond, deux colonnes supportant une arcade formaient un renfoncement où se dressait le gadi, ce même trône en argent qui avait été sorti pour l'adoption de Damodar. Un rideau de mousseline à peine transparente avait été hâtivement tendu devant cette alcôve où, à la place du rajah, allait désormais siéger sa veuve, abritée selon l'usage du regard des hommes.

Bien qu'ayant été prévenus au dernier moment, ils étaient tous venus, curieux d'assister à ce Conseil historique. A côté du diwan, le Premier ministre Naransin, s'étaient placés le ministre des Finances, le secrétaire d'Etat, le gardien du Sceau, le ministre de la Justice. Les officiers de l'armée de Jansi s'étaient mêlés aux conseillers, chambellans, secrétaires, scribes et autres fonctionnaires de la cour. Plus loin s'étaient groupés les *talukdars* et les *zemindars* qui étaient l'épine dorsale de Jansi. Les *buniyas* qui faisaient la prospérité de la ville, centre commercial d'importance, avaient délégué leurs représentants.

Les chefs des familles nobles étaient, eux aussi, accourus. Ces guerriers, issus de vieux lignages, imprégnés de tradition militaire et imbus de leurs prérogatives, appartenaient à la race des Mahrates qui s'étaient taillé grands ou petits royaumes dans la région. Ils étaient les héritiers de ces conquérants qui, dans les siècles passés, avaient donné tant de fil à retordre aux empereurs mongols et plus tard aux Anglais. Le rajah de Jansi, comme la classe dirigeante de ses États, était mahrate.

Tous étaient assis en tailleur, sur des coussins de brocart, alignés sur plusieurs rangées se faisant face. A quelques exceptions près, Lakshmi, enfermée dans le purdah, n'avait jamais rencontré ces hommes. Ce fut pourtant avec assurance qu'elle commença son discours, d'une voix basse et égale mais qui portait loin.

– En vertu du testament de feu mon mari, le roi Gangadhar de bienheureuse mémoire, et pour obéir à sa volonté expresse dont vous avez eu connaissance, j'assume désormais le pouvoir. Je régnerai jusqu'à la majorité de notre fils, votre roi Damodar.

Jusqu'ici, il n'y avait rien pour étonner les assistants. L'histoire de l'Inde, leur histoire, était peuplée de femmes qui avaient, à toutes les époques, exercé le pouvoir : soit indirectement, en dominant, par les sens et la personnalité, un mari ou un amant ; soit directement, en exerçant une régence.

La suite du discours de Lakshmi leur fit dresser l'oreille.

– Pour mieux exercer mes fonctions, j'ai décidé de sortir à tout jamais du purdah. Je ne recevrai pas mes dignitaires derrière le voile traditionnel. En outre, ne voulant pas rester confinée dans ce palais, j'irai visiter mes sujets en ville et dans les campagnes. A tous je me montrerai le visage découvert.

Lakshmi s'arrêta et fit un signe à Damodar assis bien droit à côté d'elle sur le gadi. L'enfant se leva, agrippa le rideau de mousseline de ses petites mains et tira dessus de toutes ses forces. La pièce d'étoffe tomba sur le sol comme un oiseau repliant ses ailes.

Les assistants restèrent impassibles, seul un frémissement les parcourut. Puis, par un manquement inouï au protocole, tous tournèrent la tête vers le trône, vers cette femme qu'ils voyaient de si près pour la première fois. Aucun ne proféra une parole. Puis Kashmiri Mull, le vakil, conseiller légal, un fidèle entre les fidèles, sans bouger de son coussin et gardant la tête baissée et le regard au tapis, parla d'une voix tremblante.

– Sortir du purdah, Reine, ne s'est jamais fait. C'est violer une de nos traditions les plus sacrées.

Lakshmi attendit quelques instants avant de répondre.

– Cette coutume que tu invoques, Kashmiri Mull, n'est celle ni de notre peuple ni de notre religion. Le purdah a été amené en Inde par des musulmans, des étrangers, lorsqu'ils ont envahi notre pays au cours des siècles passés. La femme indienne est libre. Notre religion lui accorde les mêmes droits qu'aux hommes, et en sortant du purdah, je ne fais que respecter notre véritable tradition.

Elle sentit que l'argument ne suffisait pas à convaincre tous ces hommes. Elle reprit doucement, presque humblement.

– Je ne serai jamais proche de mes sujets si je ne peux me montrer à eux. Je ne pourrai connaître leurs problèmes, leurs désirs, leurs aspirations si je ne vais à eux pour leur parler et les écouter. C'est pour cette raison que j'ai décidé de sortir du purdah.

Le ministre des Finances, le furnavese, émit une objection.

– Et les Anglais, Reine, comment agiras-tu avec eux ? Car tu le sais, il te faudra recevoir le représentant de l'Angleterre en poste ici, et les fonctionnaires anglais qui contrôlent notre trésor depuis la banqueroute du règne précédent. Te montreras-tu à eux ?

– Jamais. Je maintiendrai intégralement les règles du purdah avec les étrangers, avec les Anglais. Aucun d'entre eux ne me verra à visage découvert.

L'argument porta. Et lorsque Naransin s'avança pour crier : « Longue vie à Lakshmi, reine de Jansi ! », son cri fut repris avec enthousiasme par tous les assistants dont les voix firent retentir dans la salle du trône un formidable écho.

Le cortège funéraire du rajah de Jansi, Gangadhar Rao, avait déjà atteint le lieu de crémation, un champ en bordure du lac de Lakshmi, ainsi nommé en l'honneur de la déesse de l'Abondance qui avait un temple sur sa rive. Tenant Damodar par la main, la rani, suivie de ses parents et de sa cour, avait parcouru les rues étroites de Jansi, bordées d'une foule silencieuse, derrière le brancard où était couché le cadavre de son mari. Celui-ci avait été revêtu de ses plus beaux vêtements et portait ses bijoux les plus rutilants. Il était entouré de guirlandes de fleurs, et, selon la tradition, on avait glissé dans sa bouche des feuilles de bétel.

Le pandit Vichnayak, venu de Bénarès pour l'adoption de Damodar, officiait. Il ajoutait au bûcher funéraire des bûches de bois de santal en récitant la prière :

Sans essence et sans mort, immuable est notre [âme.
Celui qui s'imagine qu'elle meurt ignore la vérité :
Comment mourrait-elle, celle qui jamais ne condes- [cendit à naître ?
Au-dessus du changement, au-dessus de la mort, [l'âme est contemporaine de Dieu.

La foule qui avait regardé le cortège passer dans les rues l'avait suivi hors les murs et se tenait à distance, impassible, silencieuse, curieuse et fervente.

On installa sur le bûcher le cadavre du rajah, préalablement débarrassé de ses bijoux, destinés à être conservés dans le Trésor de l'Etat. Le pandit Vichnayak s'approcha de Damodar, à qui revenait le soin d'allumer le bûcher comme héritier et plus proche parent du défunt.

Tenant la torche que lui avait tendue le pandit, Damodar en fit sept fois le tour, non pas dans le sens bénéfique des aiguilles d'une montre, mais dans le sens contraire, maléfique. Il accomplissait les rites avec une docilité enfantine mêlée à une gravité d'adulte. Pas même un frémissement n'agita la foule lorsqu'il approcha la flamme des quatre coins du bûcher pour y mettre le feu en récitant la prière que lui murmurait le pandit Vichnayak :

Te voici dans les sphères célestes.
Ni le vent, ni la terre, aucun des mondes vivants ne saurait te retenir.
Va, va au royaume de l'éternelle vie d'où tu étais venu.
Les ancêtres de ta race, les diwans anciens t'accueillent.
Revêts le manteau de la splendeur divine.
Dans les vallées semées d'étoiles, auprès des fleurs de lumière, va.
Demeure à jamais là où tous désirs sont accomplis.

Lakshmi se tenait debout, immobile devant le bûcher. Ainsi que Damodar, elle était vêtue de blanc, couleur propre au deuil mais aussi sa couleur préférée depuis longtemps et presque son emblème. Elle avait choisi elle-même le lieu de crémation sur lequel, selon l'usage, elle ferait édifier le cénotaphe de son mari. Il était situé à côté du temple de Lakshmi, sa protectrice comme celle de la dynastie de Jansi, où elle affectionnait de faire ses dévotions lorsque son mari l'autorisait à sortir du palais. Elle aimait le calme du lac, ses rives verdoyantes semées de sanctuaires et de chapelles.

Lakshmi pensa à son mari dont l'âme était déjà devenue un Pretu, c'est-à-dire qu'elle était entrée dans un corps minuscule de la taille d'un pouce humain et qu'elle restait à la garde de Yumu, le juge des morts. Dans treize jours exactement, une cérémonie marquerait sa réincarnation, son retour sur terre dans une nouvelle enveloppe. Ses bonnes ou mauvaises actions dans la vie qui venait de lui être retirée détermineraient la caste où elle renaîtrait. Lakshmi se demanda laquelle il tirerait du lot. Une caste élevée était exclue après les injustices et les cruautés auxquelles il s'était si longtemps livré. Sans trop y croire, elle espérait simplement qu'il se réincarnerait dans un être humain et qu'il ne serait pas condamné à renaître sous une forme animale. Même là, le mal qu'il avait fait le destinerait à prendre la forme non pas d'un animal supérieur comme l'éléphant, mais bien plutôt celle d'un animal inférieur comme le cochon, comble de disgrâce.

On recueillerait ses cendres dans un vase qu'on emmènerait jusqu'à Bénarès pour les jeter dans le fleuve sacré, le Gange, ainsi qu'on faisait pour les grands personnages afin de leur assurer un voyage meilleur dans l'après-vie, mais ce passeport pour l'au-delà suffirait-il à améliorer son sort futur ?

Eût-elle épousé un Radjpoute au lieu d'un Mahrate que Lakshmi aurait dû obéir à la coutume du radjastah et prendre place à côté du cadavre de son mari sur le bûcher pour se laisser brûler vive, idée qui aurait réjoui ce dernier. Elle n'eut même pas une grimace lorsqu'une atroce odeur de chair grillée, poussée par la brise, vint chasser le parfum des guirlandes de fleurs et du bois de santal. Avec son mari, c'était un passé détesté qui partait en fumée, et il avait fallu la mort du rajah pour lui rendre à elle, sa vie. Ainsi songeait-elle en regardant les braises tournoyer et monter en multitudes de parcelles incandescentes vers le ciel rougeoyant du soir.

La rani, à qui rien n'échappait, s'était étonnée de ne pas voir, à l'enterrement du rajah, Sadasheo, le cousin de ce dernier et son plus proche parent après Damodar. Elle s'en ouvrit au diwan Naransin au cours de leur entretien quotidien.

Sa première décision politique avait en effet été de le reconduire dans ses fonctions de Premier ministre. Son mari lui avait recommandé de s'appuyer sur lui. Naransin avait été le bras droit du rajah pendant de nombreuses années et Lakshmi s'était parfois demandé si l'un n'avait pas été l'amant de l'autre. Cela n'avait désormais plus d'importance. Naransin connaissait mieux que quiconque les rouages de l'Etat et, dès le début, la conseilla avec la même efficacité et le même dévouement qu'il avait mis à servir le rajah.

A cause de son choix, elle avait dû supporter les plaintes voilées de son père, qui s'attendait à être lui-même nommé diwan afin de mieux assister sa fille de son expérience. Mais la prévenance de Moropant pouvait être aussi pesante que son avidité. N'avait-il pas fait inclure dans le contrat de mariage de sa fille les pensions et les honneurs qu'il attendait de son gendre ? La rani, cependant, ne l'écarta pas tout à fait, tant par respect filial que pour la valeur de ses conseils. Cela aussi, le rajah l'avait prévu : « Ton père s'y entend en politique, lui avait-il dit la veille de sa mort. Il te sera utile et il pourra en profiter encore plus qu'il ne l'a fait sous mon règne. »

A la mention de Sadasheo, Naransin avait haussé les épaules :

– Il serait assez étrange qu'il fût venu rendre un dernier hommage au roi, son cousin, alors qu'il insulte sa mémoire et conteste son testament.

C'est ainsi que Lakshmi apprit que Sadasheo s'était mis en rapport avec bon nombre de dignitaires et de nobles de Jansi pour protester contre l'adoption de Damodar, qu'il jugeait illégale, et pour leur demander de le placer, lui, sur le trône qui lui revenait légitimement. Ne perdant pas de temps, il s'était déjà intitulé le roi Sadasheo Rao de Jansi.

Avant que Naransin ait eu le temps de jeter en prison le trublion, il s'était enfui loin de Jansi dans ses terres de Parola. Il n'y avait pas à s'inquiéter de cette basse intrigue qui mourrait d'elle-même. La rani se demanda néanmoins où cet homme faible et complexé avait puisé l'audace de se lancer dans une telle entreprise, et s'il ne bénéficiait pas d'un soutien occulte. En fait le seul moteur de Sadasheo était l'horoscope lié à sa naissance : il lui prédisait la royauté.

– Sadasheo a un astrologue derrière lui. Moi, j'ai le peuple de Jansi, lança la rani.

Naransin prit son temps pour dire :

– Un seul point mérite notre attention. Sadasheo a écrit au gouverneur anglais de l'Inde pour contester le testament du feu roi ton mari et réclamer le trône pour lui.

– Les Anglais savent fort bien que l'adoption est légale.

– Certes, Reine, mais peut-être vaut-il mieux que tu écrives toi-même au gouverneur général pour le lui rappeler.

– Pourquoi ? Une adoption comme celle de mon fils ne regarde que nos coutumes et notre religion.

– Ton mari, Reine, feu le rajah, après avoir décidé de l'adoption de Damodar, avait écrit aux Anglais pour leur en faire part. Tu devrais récidiver et leur écrire dans le même sens. Rappelle-toi que lorsque ton mari a accédé au pouvoir, il s'est vu contesté par différents cousins et n'a dû son trône qu'au fait d'avoir sollicité l'appui des Anglais.

– Diwan, le moins nous mêlerons les Anglais à nos affaires, le mieux ce sera.

– Certes, Reine, mais si nous ne les mêlons pas à nos affaires, ce sont eux qui s'en mêleront. Tu sais combien le nouveau gouverneur général de l'Inde, lord Dalhousie, a tendance à intervenir dans les affaires des Etats indépendants. On le dit un homme brutal, et il a déjà montré qu'il ne s'embarrassait pas de nos traditions ni de nos vœux. Tu ne perdras rien à lui écrire.

Sous son calme et sa fierté, la rani cachait une certaine anxiété. Comme chaque fois qu'on évoquait devant elle les Anglais, elle éprouvait un pincement au cœur fait d'incertitude et d'une vague inquiétude. Hésitant entre son instinct et les impératifs de la politique, elle ne savait trop comment agir avec eux, et elle détestait l'indécision.

Ayant réfléchi, elle se rendit aux arguments du diwan mais refusa son offre de rédiger pour elle la lettre qu'elle écrirait à lord Dalhousie. Elle le fit elle-même et en persan, la langue de toutes les cours indiennes depuis l'invasion et l'occupation du pays par les Grands Mogols. Lorsqu'elle donna à lire son brouillon à Naransin et au vieux Kashmiri Mull, tous deux furent éblouis par l'habileté et la précision du texte de cette femme si jeune et si inexpérimentée. Ayant étudié article par article le traité d'alliance entre Jansi et l'Angleterre, elle en avait extrait les points qui légitimaient l'adoption de Damodar et sa succession au trône. L'usage voulant que les souverains ne rédigent jamais eux-mêmes aucun document officiel, un scribe usa de sa plus belle calligraphie pour recopier la lettre à l'encre d'or. Le parchemin fut glissé dans un sac en soie rouge brodé de fleurs d'or, lui-même contenu dans un second sac de mousseline serré par des cordons d'or auxquels pendait le grand sceau de la reine de Jansi.

Le diwan remit solennellement le document au major Ellis, représentant l'Angleterre à Jansi, en le priant de le faire parvenir au gouverneur général à Calcutta. Il répéta à la rani les paroles rassurantes qu'avait prononcées Ellis après qu'il lui eut expliqué le contenu de la lettre : « Nous avons un traité d'amitié et d'alliance qui nous lie à Jansi et rien ne nous autoriserait à contester le privilège de la dynastie régnante d'adopter un héritier. Le faire serait un démenti formel à l'esprit libéral qui a dicté ce traité. »

Depuis des siècles, l'Inde était formée de centaines et de centaines de royaumes et de principautés de toutes tailles, les uns grands comme un pays européen, les autres d'une superficie de quelques acres seulement. Il y avait eu des tentatives d'unité... par des envahisseurs venus de l'étranger, les sultans de Delhi, les Grands Mogols. Leur autorité ne s'était jamais étendue à l'Inde entière et dépendait de l'énergie de chaque souverain, la contestation du pouvoir central et l'anarchie réapparaissant chaque fois qu'un empereur faible ou maladroit occupait le trône de Delhi. Puis au XVIIIe siècle étaient arrivés les Anglais. Ceux-là s'étaient montrés des envahisseurs plus organisés et plus efficaces que leurs prédécesseurs, plus patients et plus sournois aussi. Ils avaient commencé à s'implanter sous le couvert de la Très Honorable Compagnie des Indes, dont le but avoué n'était que le commerce. La Compagnie peu à peu s'était mêlée aux affaires du Grand Mogol et des royaumes indiens, s'était larfcée dans de multiples guerres locales, et avait commencé à annexer des Etats. Là-dessus elle avait périclité et le gouvernement anglais avait pris progressivement sa relève, se substituant de plus en plus à elle. Cette évolution se traduisait par un changement dans l'attitude des Anglais, qui se fit plus directe dans l'intervention et plus ouverte dans l'impêrialisme.

Situé dans l'Inde centrale, l'Etat de Jansi n'était pas très ancien. Cent ans plus tôt, au milieu du XVIIIe siècle, un guerrier mahrate s'étant distingué dans quelques guerres en avait reçu le territoire avec le titre de rajah. L'Etat de Jansi n'était pas non plus bien grand. Il était même minuscule comparé aux importants Etats mahrates, Gwalior, Indore, Baroda. Néanmoins, sous l'administration de ses rajahs, il était devenu, bon an, mal an, prospère et envié. Une armée importante le protégeait contre d'éventuelles incursions et contre une possible recrudescence du banditisme, une des industries les plus lucratives de la région. La capitale, Jansi, ne comptait pas moins de soixante mille habitants. Ses marchands et ses artisans, renommés dans toute l'Inde, y drainaient la richesse.

Hérissée ici et là de collines rocheuses, la terre plate et aride de Jansi restait peu productive et désertique, mais ses habitants, grâce aux barrages édifiés par les rajahs et à une industrieuse irrigation, y avaient créé des oasis. La capitale et les villages étaient entourés d'une large ceinture de champs opulents, de jardins potagers et de vergers. Légumes et fruits y poussaient en abondance, mais Jansi était surtout célèbre pour ses fleurs.

Voilà plusieurs semaines que la rani Lakshmi régnait sur Jansi. Elle avait d'abord réintégré avec son fils et sa cour le palais du fort, siège traditionnel du pouvoir, que son mari avait délaissé pour le palais de ville, résidence secondaire qu'il préférait. Dominant la cité du haut d'une colline, le fort, avec son imposant appareil de tours et de remparts, symbolisait naturellement l'autorité.

Passée sans transition de l'oisiveté abrutissante du purdah aux multiples exigences et aux constantes sollicitations du pouvoir, la rani avait tout de suite trouvé son rythme. Elle savait depuis toujours que, contrairement à l'immense majorité des femmes indiennes écrasées par la soumission, elle était faite pour agir. L'action était tellement dans sa nature qu'elle s'était instantanément organisée en conséquence. Elle se levait à cinq heures du matin et commençait par faire son *puja*. Dans la matinée, aidée du diwan Naransin et des officiers, elle supervisait le travail des bureaux politiques et militaires. Plus tard, elle donnait audience à quiconque demandait à la voir ou allait en ville s'enquérir des besoins de son peuple.

Tous les jours, à trois heures de l'après-midi, elle s'asseyait sur son trône d'argent qui avait été celui de son mari, dans la salle du trône. Elle écoutait des rapports, recevait des pétitions, donnait des instructions, travaillait avec les ministres et les employés des divers départements. Elle le faisait avec une efficacité et une sagesse bien supérieures à son âge car elle avait été préparée à ces fonctions, paradoxalement, par l'homme qui avait le plus fait pour l'humilier et l'avilir : son défunt mari. Il l'avait cruellement emprisonnée, mais il n'avait pas manqué de la consulter avant de prendre ses décisions. Souvent, les murs du purdah avaient retenti des bruits de leurs disputes. Cela n'avait pas découragé le rajah qui était revenu, chaque fois, quémander les conseils de sa femme, tout en se reprochant cette dépendance. Insensiblement, et sans le vouloir, il l'avait ainsi formée politiquement.

Lakshmi ne s'arrêtait de travailler qu'à la tombée de la nuit. Après un dîner léger, elle allait se coucher tôt. Comme elle se l'était juré, elle avait renoncé à la drogue du jour au lendemain. Ce prodigieux effort de volonté entraîna au début des accès de nervosité, qu'elle parvenait heureusement à contrôler. Quant au tabac, elle l'avait limité, se contentant de fumer son hookah lors des audiences privées.

Souvent elle sortait à cheval, la fidèle Mandar et quelques gardes lui servant d'escorte. En ville ou dans les villages voisins, elle cherchait le dialogue avec les gens du peuple, avec les paysans. Elle se montrait à eux dans toute sa simplicité et sa sollicitude. Saisis par le contraste que son règne offrait avec celui de son mari, ses sujets l'idolâtraient. Ils louaient sa charité, sa piété, sa vie irréprochable, son assiduité au travail et n'étaient pas loin de la considérer comme une sainte.

Les fréquentes audiences qu'elle était amenée à accorder au major Ellis et à ses subordonnés se déroulaient selon les plus strictes règles du purdah, mais elle savait y mettre une mesure et des égards qui ne passaient pas inaperçus. Les Anglais résidant à Jansi vantaient jusqu'à Calcutta, capitale anglaise des Indes, sa courtoisie et ses remarquables aptitudes. « C'est une femme hautement respectée et estimée, et je la crois parfaitement capable de faire justice à sa haute charge », rapportait le major Ellis au gouverneur général, lord Dalhousie.

Chaque jour elle réservait au diwan Naransin un entretien en tête à tête. Elle ne voulait pas s'avouer qu'elle attendait avec une certaine impatience l'heure où il viendrait la trouver. Naransin était beau, vif, intelligent, il avait quelque chose en lui d'ambigu qui ne manquait pas de séduction. Parfois, sans qu'il oubliât un instant la déférence due à sa souveraine, elle captait une lueur dans son regard qui s'adressait à la femme et non pas à la reine.

Cette manifestation bien innocente la troublait. Cependant elle tenait à limiter l'estime qu'elle lui portait à ses qualités professionnelles.

Lakshmi lui fut particulièrement reconnaissante d'avoir négocié avec succès un traité d'amitié avec Orcha. La principauté d'Orcha, située au sud de Jansi, était un ennemi héréditaire et représentait pour elle un danger. Orcha avait naguère possédé Jansi et considérait toujours avoir des droits sur elle. Orcha était présentement gouvernée par la redoutable et impitoyable rani Lakri Bai qui s'était fait une solide réputation d'ambitieuse sans scrupules. Un changement de règne à Jansi constituait un champ idéal pour y tisser ses intrigues, activité qui l'avait rendue fameuse dans la région.

Bien que Lakshmi restât sceptique sur les chances de succès du diwan Naransin, elle le laissa partir pour Orcha. Il n'eut pas un grand chemin à faire, puisque Orcha se trouvait à quinze miles de Jansi. Il en revint une semaine plus tard, le traité d'alliance en poche. Orcha renonçait définitivement à toute contestation territoriale sur Jansi et promettait une amitié éternelle.

Le soir de son retour, la rani reçut Naransin plus familièrement qu'elle ne l'avait jamais fait. Au lieu de le laisser assis en tailleur sur le tapis, elle l'invita à prendre place à ses côtés sur le divan bas qui courait le long du mur, et fit apporter un hookah pour qu'il puisse fumer avec elle.

L'entretien avait lieu dans la pièce du palais que Lakshmi préférait, le salon des audiences privées, derrière la salle du trône. Cette pièce d'angle plutôt exiguë était située à un étage supérieur du palais, au-dessus des remparts du fort, et de ses fenêtres on avait une vue extraordinaire sur la campagne et la jungle. Moins somptueuse mais plus raffinée que la salle du trône, elle était décorée de petites niches à la mode persane et entièrement peinte de fleurs et de bouquets aux dessins fermes et aux couleurs vives, caractéristiques de l'école locale de peinture.

– Alors, diwan, comment as-tu réussi ce miracle ?

– Grâce à toi, Reine. La rani Lakri Bai est bien renseignée. Elle connaît l'extraordinaire popularité dont tu jouis. Elle sait avec quelles énergie et application tu gouvernes. Elle a aussi compris que tu ne te laisserais pas faire.

– Tu es trop modeste, diwan. Tu oublies de faire état de ton habileté et de ta persuasion. Cependant la conciliation montrée par la rani d'Orcha m'étonne. Elle me déteste personnellement depuis des années, bien qu'elle ne m'ait jamais vue. On dit même qu'elle est jalouse de moi. Aurait-elle changé ? Comment est-elle ? Parle-moi d'elle.

– Etrange coïncidence, Reine, car la rani d'Orcha n'a pas cessé de me poser des questions à ton sujet. Elle voulait tout savoir sur toi, comme toi maintenant tu veux tout savoir sur elle. La rani d'Orcha n'est ni jeune ni belle, mais c'est une femme intelligente, active, décidée. Elle comprend le langage de la raison.

– L'image que tu me donnes, diwan, est bien différente de celle que j'avais. Ne refuse-t-elle pas de remettre le trône à son fils, bien que celui-ci ait atteint la majorité depuis longtemps ? Elle le tient à l'écart, le fait espionner et l'abrutit dans les plaisirs. Cette femme est un monstre assoiffé de pouvoir que rien n'arrête. Insondables sont ses desseins, et terribles autant que subtils ses moyens d'y parvenir, dit-on.

– Tu ne devrais pas croire tes courtisans, Reine, pas plus que la rani d'Orcha n'a cru les courtisans qui essayaient de lui plaire en répandant des perfidies sur ton compte. La rani d'Orcha veut sincèrement ton amitié.

Lakshmi se tourna brusquement vers Naransin :
– Serais-tu tombé amoureux de la rani d'Orcha, diwan ? Il paraît qu'elle a conservé quelques restes de son ancienne beauté.
Naransin éclata de rire :
– Même si la rani d'Orcha était jeune et belle, ce qu'elle n'est plus, je ne pourrais plus être amoureux d'elle, car je le suis d'une autre reine.
Depuis quelques instants, il s'était imperceptiblement rapproché de Lakshmi. Il posa doucement la main sur sa cuisse. Lakshmi sursauta. Dans le regard de Naransin se lisait le désir, un désir violent, incontrôlable.
– Tu n'y penses pas, diwan.
– J'y pense depuis des années, Reine, depuis la première fois que je t'ai vue lorsque tu es arrivée à Jansi, alors que tu étais encore une enfant.
Lakshmi se sentit à ce point désorientée qu'elle ne sut que trouver une parole dérisoire :
– Mais, diwan, tu es marié.
– Les chaînes de ma passion sont plus fortes que les liens du mariage, Reine.
Il avait pris la main de Lakshmi. Celle-ci la lui arracha d'un geste brusque et se leva pour lui faire face.
– Il n'en est pas question, Naransin.
– Que de fois j'ai surpris dans ton regard une complicité ! Tu avais compris mon amour, Reine, et tu l'admettais.
– Tu te méprends. Je t'estime comme un ministre compétent et je t'aime comme un collaborateur dévoué... c'est tout.
– Tu es seule, Reine, tu as besoin d'un homme.
– J'aime la solitude, diwan, et je n'ai besoin de personne.
– Tu mènes une vie trop austère. Tu ne fais que travailler et prier. Ne me dis pas que tu ne souhaiterais pas de temps à autre te distraire. Si tu ne veux pas répondre à mon amour, au moins prends-le comme distraction. Laisse-moi t'offrir les plaisirs que cet amour est prêt à te donner.

– Eduquer mon fils et régner me suffisent. Je n'ai pas besoin de distraction.

– Tant de femmes sans les avantages de ton physique ou de ta position ont des amants. Il n'y a pas une reine dans toute l'Inde, même la plus laide et la plus vieille, qui n'en ait plusieurs. Et toi, jeune, belle, ardente, tu n'en aurais pas ? D'autant plus que ta vie jusqu'ici n'a pas dû te combler en ce domaine.

Cette allusion à son mari la fit rougir malgré elle.

– Je te verrai demain comme d'habitude.

Et en disant cela la rani inclina légèrement la tête, sa façon coutumière d'indiquer que l'entretien était terminé. Avant de sortir, Naransin lui lança :

– J'attendrai, Reine, le jour où tu prendras un amant, car je suis sûr que ce jour viendra, et alors j'espère que tu me choisiras car je vaux aussi bien sinon mieux qu'un autre.

Lorsque Lakshmi se retrouva seule, subsista d'abord en elle le dégoût pour la vulgarité du diwan. Elle trouvait surprenant qu'un homme si fin et si intelligent ait pu commettre un tel impair. Les hommes, même les plus doués, ont tous des accès de bêtise, reconnut Lakshmi. Comment Naransin avait-il pu croire un instant qu'elle allait tomber dans ses bras ? Et dire qu'elle l'avait soupçonné d'avoir été l'amant du rajah son mari !

La gêne, la pudeur retinrent la rani de raconter l'incident à qui que ce fût, même à sa fidèle Mandar. Elle prit le parti de l'ignorer. Ce ne fut pourtant pas sans appréhension qu'elle se rendit le lendemain à son entretien quotidien avec le diwan. D'emblée, elle fut rassurée car elle comprit qu'il avait choisi comme elle d'effacer et d'oublier ce qui s'était passé. Avec le plus grand naturel, il avait retrouvé la déférence subtile qu'il mettait dans la familiarité de leurs entretiens.

Elle ne décela chez lui aucune trace de honte pour s'être si ridiculement exposé, ni ressentiment de s'être vu repoussé. Lakshmi, elle aussi, tâcha de garder son naturel. Tout au plus força-t-elle un peu cette courtoisie si particulière aux personnages royaux et affecta-t-elle de demander plus fréquemment l'avis du diwan sur telle ou telle question pour lui témoigner la confiance qu'elle mettait en lui.

Ou bien celui-ci n'attachait déjà plus d'importance à sa tentative manquée, ou alors, se dit Lakshmi, il était un prodige de dissimulation.

Sans réussir jamais à choisir entre ces deux explications, la rani reprit son étroite collaboration avec le diwan Naransin. Tous deux avaient le goût de la politique et du travail bien fait. Tous deux aimaient Jansi et cherchaient le bien du royaume.

CHAPITRE III

Le 15 mars 1854, peu avant onze heures du matin, le major Ellis, agent de l'Angleterre, se présenta au fort de Jansi. Il avait demandé audience à la rani comme il le faisait souvent, en insistant pour que les ministres soient présents, ce qui était plus inhabituel.

La salle du trône où il pénétra le déconcertait chaque fois par sa profusion qu'il jugeait barbare. Murs et plafonds étaient entièrement peints à fresque. Des motifs compliqués, des rosaces, des arabesques bleu outremer, rouge bordeaux et vert cru encadraient les portraits des rajahs de Jansi et des héros de l'histoire indienne, ainsi que des scènes mythologiques traitées en miniatures à la fois naïves et minutieuses. L'œil ne trouvait nulle place où se reposer dans cette abondance de couleurs. Là-dessus la mode européenne qui fleurissait en Inde depuis un demi-siècle avait mis sa marque. On avait accroché sur des fresques de grands miroirs vénitiens et d'autres portraits des rajahs de Jansi, ceux-là peints à l'huile sur toile dans un style vaguement anglais. Contre les murs s'alignaient de lourds meubles déjà victoriens, consoles et tables en acajou massif, surchargées de bibelots, pièces d'argenterie ou objets en cristal coloré, ce même cristal de Bohême dont étaient faits les grands lustres suspendus au plafond.

Le major Ellis, foulant les grands tapis de Lahore, passa lentement entre plusieurs rangées de ministres et de courtisans assis sur leurs coussins bas. Il refusa le fauteuil d'acajou, haut et raide, préparé à son intention, face au rideau de mousseline qui abritait la rani de ses regards et il resta debout, fixant l'étoffe à travers laquelle il distinguait la masse du trône d'argent et la mince silhouette assise. Il pouvait voir que la souveraine gardait la tête légèrement inclinée de côté, dans un geste d'attention et d'écoute qui lui était familier.

Lakshmi n'avait pas été trop étonnée en constatant que le major Ellis s'était fait accompagner par ses aides de camp et ses secrétaires. Les Anglais aimaient la solennité et le major recherchait dans la présence de ses adjoints l'assurance qui lui manquait parfois pour affronter les Indiens. Protégée par l'ombre de l'alcôve où elle trônait, Lakshmi détaillait le major Ellis éclairé par une fenêtre de la salle. L'uniforme militaire, la fameuse veste rouge, n'arrivait pas à rendre imposant cet homme plutôt trapu. Fonctionnaire discipliné et efficace, c'était aussi un être paisible et bienveillant. Ses rapports avec la rani avaient toujours été simples et directs. Elle aimait le large sourire qui éclairait fréquemment son visage carré.

Aujourd'hui étrangement silencieux, il ne souriait pas. Etonnée mais patiente, la rani attendait qu'il ouvrît l'entretien. Enfin, le major Ellis se raidit, presque au garde-à-vous et, s'étant raclé la gorge, commença :

– J'ai reçu une communication de Calcutta.

Il s'arrêta. Tout de suite, Lakshmi pressentit quelque chose de grave. Quelques instants s'écoulèrent avant que le major Ellis ne reprît d'une voix rapide et basse :

– Le très noble gouverneur général de l'Inde en son Conseil a décidé, pour diverses raisons, de refuser de confirmer et de sanctionner l'adoption de Damodar. En conséquence, l'Etat de Jansi est pris en charge par le gouvernement britannique. A dater de ce jour, les sujets dudit Etat de Jansi se considéreront sous l'autorité dudit gouvernement britannique et lui paieront les revenus jusqu'ici dus au dit Etat.

La voix monocorde de l'interprète, les sons familiers de la langue mahrate avaient rendu encore plus grande la surprise de la rani et plus violente sa fureur. L'adoption de Damodar était refusée, Jansi était annexé, elle n'était plus reine. Dès les premiers mots du major Ellis, elle était devenue blême de rage. Son corps entier tremblait. Elle fit le geste de se lever. Mandar, qui se tenait debout à côté d'elle, craignit un éclat et la retint. Lakshmi se rassit et, après un silence qui sembla à tous interminable, prononça lentement, de sa voix douce et forte, une seule phrase :

– *Mera Jansi Nahin Dengé*, je ne rendrai pas mon Jansi.

Le major Ellis se balançait d'un pied sur l'autre, puis il se raidit à nouveau, releva la tête, et dit :

– Je ferai tout ce qui est en mon pouvoir pour que Votre Altesse soit convenablement pourvue et traitée avec tout le respect dû par le gouvernement britannique.

Aucune réponse ne vint de l'autre côté du rideau de mousseline. Le major Ellis se retourna furtivement vers ses collaborateurs puis s'enhardit et ajouta :

– Qu'il me soit permis de dire à Votre Altesse combien je déplore cette décision et combien je regrette d'avoir reçu l'ordre de la lui communiquer.

De l'autre côté du rideau de mousseline, le silence se poursuivait. Ni la compréhension du major Ellis ni sa visible gêne ne pouvaient réparer l'injure. Enfin la rani aboya un ordre. Le diwan Naransin s'avança et s'inclina devant le major Ellis, signifiant que l'audience était terminée. Celui-ci claqua des talons, inclina sèchement la tête devant le rideau du purdah et quitta la salle, bien plus vite qu'il n'y était entré, à la fois soulagé et honteux. La rani renvoya tout le monde, ministres, conseillers, parents, suivantes et s'enferma dans sa chambre. La surprise, l'humiliation, la rage et la souffrance étaient trop fortes. Elle pleura seule des heures durant.

Mandar, qui veillait dans l'antichambre, entendait à travers la porte fermée ses sanglots. Puis le calme revint. La rani s'était levée. Mandar percevait le frottement imperceptible de ses pas sur le tapis. Lakshmi marchait de long en large.

Le soir tomba. Plusieurs fois, Mandar gratta à la porte de la rani, lui proposant quelque nourriture. La rani ne répondit même pas. Moropant survint, fort agité, et frappa à son tour.

– Ouvre, Lakshmi, dit-il. Le peuple de Jansi est assemblé devant le palais.

Du coup, la porte de la chambre s'ouvrit. Moropant et Mandar découvrirent la rani debout devant eux, le visage sillonné de larmes, les yeux rougis, le regard brûlant.

La nouvelle de l'annexion avait couru dans la ville comme une traînée de poudre. Les habitants avaient fermé leurs boutiques et, en signe de deuil, n'avaient allumé aucune lumière. La ville entière était plongée dans l'obscurité. Des milliers d'habitants avaient escaladé la colline du fort. Ils occupaient les espaces qui s'étendaient entre les différentes enceintes et l'aire située devant le palais. Tous étaient pieds nus et nu-tête en signe de douleur. Ils attendaient, silencieux, désespérés, et fixaient la façade restée dans l'ombre de la résidence de leur reine.

La rani sembla s'éveiller d'un cauchemar et dit à son père :

– Tu vas leur parler en mon nom. Tu leur diras exactement ceci : « Rentrez paisiblement chez vous, bonnes gens. Tout n'est pas perdu. Nous traversons des temps difficiles mais votre reine trouvera une solution. »

Ce soutien spontané et populaire avait permis à Lakshmi de se reprendre. Elle convoqua dans le salon des audiences privées ses conseillers les plus intimes : le diwan Naransin, le vakil Kashmiri Mull, son conseiller juridique, et Moropant, son père.

– J'ai décidé de résister, leur annonça-t-elle d'emblée. Nous avons une armée, le peuple de Jansi est derrière moi, je me mettrai à sa tête et je me battrai contre les Anglais. Peut-être serons-nous vaincus, mais au moins tomberons-nous dans l'honneur.

Le diwan Naransin approuva chaudement.

Lakshmi sollicita l'avis de son père, ainsi que l'exigeait le respect filial.

– Je ferai ce que tu as décidé, répondit Moropant. Si tu veux te défendre, je me battrai à tes côtés.

Cette soumission d'un père envers sa fille était, selon les lois indiennes, une chose tellement invraisemblable que Lakshmi en resta sans voix. Elle rachetait l'âpreté au gain et l'indifférence que Moropant avait trop souvent montrées. La réponse de Moropant signifiait aussi qu'il désapprouvait la décision de sa fille. L'eût-il exprimé clairement et surtout devant témoins qu'elle n'aurait pu, par respect filial, le contredire ouvertement, ni discuter son opinion.

Ce fut le vieux Kashmiri Mull qui se chargea d'annoncer l'amère vérité :

– La lutte est inutile. J'ai appris tout à l'heure qu'une armée anglaise s'avance vers Jansi pour écraser toute velléité de résistance. Plusieurs régiments avec de l'artillerie. Ils sont à deux jours de marche de la ville.

– Ils me connaissent donc bien, ces Anglais, ne put s'empêcher de remarquer Lakshmi.

Kashmiri Mull poursuivit :

– D'ailleurs, une épreuve de force ne ferait qu'aggraver la situation et détruire tout espoir pour l'avenir... s'il en reste, ajouta-t-il dans sa barbe.

Qui donc viendrait à leur aide ? Les souverains, leurs voisins, leurs alliés ? Tous, du nord au sud du pays, ne songeaient qu'à s'aplatir devant les Anglais de crainte d'en être les victimes, symbole d'une Inde rendue apathique par un conquérant méthodique et inexorable. Le petit Jansi ne pourrait longtemps tenir tête, seul contre la puissance formidable de l'Empire britannique. La ville bombardée, les habitants spoliés, la rani et ses ministres déportés, le pays réduit en esclavage... L'Inde avait appris à connaître le sort réservé par les Anglais aux vaincus, des vaincus qui, dans les décennies précédentes, avaient été des Etats autrement considérables que Jansi, et des souverains autrement puissants que Lakshmi. Kashmiri Mull avait raison. Les Anglais ne feraient qu'une bouchée de Jansi. Tous le comprenaient, même Naransin, si partisan de la rébellion, même la rani qui ne voulait pas faire supporter à son peuple une guerre ruineuse, désastreuse, perdue d'avance.

– Qu'ai-je fait pour subir un tel traitement ? Qu'a fait mon pauvre Jansi pour être ainsi puni ?

Kashmiri Mull hocha la tête et lui expliqua qu'il n'y avait dans l'iniquité dont elle était victime rien de personnel contre elle, mais qu'elle procédait d'une politique à long terme, celle de lord Dalhousie.

– Il a commencé par annexer la principauté de Satara dont le souverain était mort sans enfants. Rappelle-toi comment il a agi avec ton ami d'enfance, Nana Sahib. Lui aussi était le fils adoptif du vieux rajah de Bithur, et à la mort de ce dernier, il y a deux ans, Dalhousie refusa de reconnaître l'adoption et annexa l'Etat. Crois-moi, Reine, Jansi n'est qu'une étape dans sa détermination de joindre aux territoires anglais le plus d'Etats princiers possible.

Cette explication était d'une justesse évidente. Cependant, la résignation n'était ni de l'âge ni du tempérament de la rani. Aussi chargea-t-elle Kashmiri Mull d'aller discuter avec le major Ellis pour gagner du temps. Sceptique mais désireux de complaire à la rani, Kashmiri Mull s'exécuta et, les jours suivants, eut des entretiens interminables avec le major : Kashmiri Mull, en tant qu'homme de loi, aimait ergoter à l'infini et son interlocuteur, par respect pour la rani, l'écoutait avec une patience méritoire. Kashmiri Mull citait les traités entre Jansi et l'Angleterre, mentionnait les correspondances entre les rajahs et les gouverneurs anglais, analysait les cas similaires. Ellis s'abritait derrière les arguments de lord Dalhousie, fondés sur la plus outrageante mauvaise foi. Kashmiri Mull les rejetait aisément.

Un soir, à bout d'arguments, le major alla jusqu'à

lui mettre sous le nez les commentaires qu'avait rédigés lord Dalhousie pour justifier son action.

Le peuple de Jansi n'a jamais attendu ni demandé que son rajah adopte un héritier. L'incorporation de Jansi au territoire britannique apportera à son peuple de multiples avantages qui se manifesteront rapidement et suffiront à l'en convaincre.

Devant des mensonges aussi éhontés, devant un tel mépris pour les vœux du peuple de Jansi, il n'y avait plus qu'à s'incliner.

Kashmiri Mull ne put s'empêcher de le dire au major Ellis :

– C'est bien ce dont je me doutais. L'annexion de Jansi n'a rien à voir avec le droit. Elle n'est qu'un acte arbitraire et brutal sans la moindre base légale.

Ce qui ne l'empêcha pas de repartir à l'attaque le lendemain. De sa propre initiative, le major Ellis avait énuméré à lord Dalhousie les mesures qu'il recommandait de prendre en faveur de la rani de Jansi afin d'adoucir son sort. La réponse négative du gouverneur général provoqua un mouvement d'humeur chez le major. Aucune pension ne serait accordée aux courtisans et aux serviteurs que la rani se voyait obligée de renvoyer. Celle-ci ne garderait pas la jouissance du palais du fort qui serait affecté à l'armée anglaise. Enfin, elle devrait remettre au nouvel administrateur anglais les bijoux de la Couronne, les fonds privés ainsi que le solde du Trésor public.

Le cynisme du gouverneur général stupéfia le major Ellis, bien que celui-ci fût désormais accoutumé aux mœurs de lord Dalhousie. Rappelant que le rajah avait institué son fils adoptif Damodar pour seul héritier, lord Dalhousie déclarait ne pas être en mesure de transférer ses biens – bijoux et fonds – à sa veuve. Le gouverneur général se fondait donc sur le testament du feu rajah qu'il venait de contester pour achever de dépouiller la rani. Il lui concédait cependant une pension annuelle de cinq mille roupies.

Le major Ellis éprouvait un tel embarras qu'il n'osa lui-même transmettre ces conditions à la rani, et qu'il en chargea Kashmiri Mull. Lakshmi éclata d'un rire méprisant :

– Cinq mille roupies ? Les Anglais peuvent les garder, leurs cinq mille roupies ! Je préfère être dans la misère plutôt que de recevoir leur aumône.

La rani avait déjà licencié son armée, sa cour, ses collaborateurs, ses fonctionnaires. Elle remit au major Ellis les bijoux de la Couronne, ainsi que le solde du trésor public qui s'élevait à deux cent quarante-cinq mille sept cent trente-huit roupies en or et en argent. Elle ne put s'empêcher de se montrer cinglante avec lui, bien qu'elle connût ses efforts en sa faveur.

– Peut-être, major, m'autoriserez-vous à garder les livres qu'avait collectionnés feu mon mari, si toutefois vous ne considérez pas qu'en les vendant vous en tirerez un bon prix !

Le major Ellis rougit avant de complaire au souhait de la rani. Celle-ci, en revanche, se garda de lui apprendre que nuitamment et secrètement, elle avait fait emporter un canon de bronze, ancien et énorme, surnommé « Concrétisation de l'Eclair », qui passait pour la mascotte du fort. Elle n'avait pas voulu le laisser entre les mains anglaises et l'avait fait enterrer dans une des cours du palais de ville, sa nouvelle résidence.

Le moment vint pour la rani de quitter le fort où elle avait si brièvement régné. Le commandant de l'armée britannique qui, depuis l'annexion, occupait la ville, avait exigé qu'elle vidât les lieux de nuit afin d'éviter toute manifestation populaire. Pour compenser cette dernière mesquinerie, le major Ellis avait décrété que l'ancienne souveraine et sa suite seraient transportées sur les éléphants royaux, désormais propriété britannique. Par zèle, les garçons d'écurie avaient caparaçonné les pachydermes de leurs plus riches ornements qu'on utilisait uniquement lors des cérémonies officielles.

La rani eut donc la surprise de trouver dans la cour du palais son éléphant blanc, un animal albinos, spécimen rare que lui enviaient les rajahs voisins. Elle portait son sari blanc habituel, sans un seul bijou. Entre ses deux sourcils elle avait dessiné un point noir, le *tikal* de deuil. Veuve du rajah, désormais elle serait veuve d'un royaume. Bien que le major Ellis l'en eût priée, elle avait refusé d'emporter quoi que ce soit du palais du fort. Aussi son bagage était-il aussi maigre que sa suite. Elle s'arrêta un instant sur le seuil du palais, regarda autour d'elle et ne vit que des soldats anglais là où, hier encore, s'empressaient ses serviteurs. Alors elle s'élança et gravit avec légèreté les hauts degrés de marbre de l'étroit escalier permettant de monter sur l'éléphant. Avec Damodar elle s'installa sur la grande selle à plusieurs places, le howdah d'honneur en argent massif surmonté d'un dais pourpre et or.

Lorsque l'éléphant s'ébranla, le major Ellis – préméditation ou réflexe – se mit au garde-à-vous et salua militairement.

Le grand portail du fort, réservé exclusivement aux personnages royaux, s'ouvrit. Le cortège passa sous la voûte puis franchit les enceintes qui, au nombre traditionnel de trois, protégeaient les rois. Il suivit la pente raide de la colline, le long de la rampe d'accès, puis obliqua à gauche vers la ville. Damodar se pencha hors du howdah et se retourna pour regarder une dernière fois la masse trapue du fort et ses tours pansues. D'un geste brusque, la rani força son fils à se remettre droit.

– Regarde devant toi. Le passé n'existe plus.

Elle avait dit cela avec une dureté qu'elle se reprocha.

Les éléphants royaux transportant la reine déchue et sa suite traversèrent la ville. Leurs défenses et leurs pattes cerclées d'or, leurs dos couverts de tapis de selle en velours brodé d'or qui tombaient jusqu'à terre, les pachydermes avançaient lentement. Leurs ornements de gala et leur allure majestueuse rappelaient à la rani les défilés officiels où elle passait au milieu de foules délirantes d'enthousiasme, souvenir dérisoire en ce cruel instant.

Elle n'était plus qu'une souveraine dépourvue de tout pouvoir, incapable d'aider ses sujets qui l'appelaient « notre mère ». Qu'allait devenir ce malheureux peuple ? Tous les rêves qu'elle avait faits pour veiller à son bonheur, pour augmenter la prospérité de Jansi et préparer son fils au trône s'étaient effondrés. Rien jamais ne pourrait effacer de son nom ni du renom de sa famille l'humiliation que lui avaient fait subir les Anglais. Elle ressentait une amertume d'autant plus grande qu'elle avait connu brièvement la satisfaction d'agir et de se dépenser dans un but. N'était-elle donc sortie de la prison du purdah que pour retomber dans une existence terne et oisive ?

La ville entière baignait dans le silence et l'obscurité. Les flammes des torches portées par les quelques serviteurs précédant les éléphants ne réussissaient pas à animer la froide lumière de la lune. La rani, assise bien droite sur le howdah d'argent, gardait cette attitude à la fois majestueuse et gracieuse qu'elle prenait dans les cérémonies. Mais elle ne voyait autour d'elle que portes et volets fermés. Il n'y avait personne dehors et seules les étoiles la regardaient passer.

La rani vécut les semaines suivantes dans un état constant d'exaspération. L'injustice et l'humiliation qu'elle avait subies la brûlaient. L'armée anglaise qui, lors de l'annexion, s'était avancée vers Jansi et l'avait occupé sans résistance, s'était retirée, laissant une modeste garnison. Celle-ci appartenait au 12ᵉ régiment d'infanterie indigène du Bengale et au 14ᵉ régiment de cavalerie. Il y avait, en outre, un détachement d'artillerie. Soldats et sous-officiers étaient des *cipayes*, c'est-à-dire des soldats indiens qui servaient sous les drapeaux britanniques. En tout, huit cent quatre-vingt-un indigènes pour huit officiers anglais, commandés par le capitaine Dunlop.

La garnison occupait, bien entendu, le fort de Jansi, siège de l'autorité, mais avait établi ses quartiers dans un cantonnement bâti en dehors des murs de la ville.

Le pouvoir britannique, après le rappel du major Ellis, était représenté par l'administrateur politique, le capitaine Alexandre Skeene, assisté par le judiciaire d'un magistrat de district, le capitaine Gordon. Tous les deux habitaient des maisons en ville, non loin du palais de la rani. Les autres Anglais résidaient en dehors de la ville, dans une « station civile » construite à cet effet. Vivaient là, dans de coquets bungalows, le médecin anglais, le docteur Phipps, le contrôleur des revenus, le contrôleur des douanes, plusieurs autres fonctionnaires, leurs adjoints ainsi que leurs familles ; en tout, une soixantaine de Britanniques.

Jamais, au cours de sa promenade quotidienne à cheval, la rani ne se dirigeait vers le sud de la ville, car c'est là que les Anglais avaient bâti leur cantonnement militaire et leur station civile, et elle ne voulait même pas apercevoir ces marques de l'occupation. Damodar, dont elle surveillait l'entraînement équestre et qui l'accompagnait dans ses promenades, lui posait sur cette zone taboue mille questions auxquelles elle répondait vaguement, par ignorance et par dégoût. Aussi l'enfant en avait-il fait, dans son imagination, le repaire terrifiant et attirant de monstres de légende.

Le peuple de Jansi souffrait des conséquences de l'annexion. La rani en prenait conscience chaque fois qu'elle allait faire ses dévotions au sanctuaire de Lakshmi, sa déesse protectrice, ou à quelque autre temple. Ces sorties étaient entourées d'une certaine pompe : des gardes l'entouraient, une suite l'accompagnait, donnant l'illusion qu'elle n'avait pas tout à fait perdu son rang. A peine apparaissait-elle qu'elle était entourée de gens qui venaient lui raconter leurs malheurs.

Les nobles des grandes familles qui, traditionnellement, avaient fourni courtisans et fonctionnaires aux rajahs de Jansi, avaient perdu leurs emplois et surtout leurs pensions. Les soldats de l'armée du rajah maintenant dissoute étaient réduits à la misère. Les commerçants, les artisans déploraient que depuis la disparition de la cour – leur principal commanditaire – leurs affaires aient périclité. « Il n'y a plus de mouvement, plus d'animation, plus de prospérité », soupirait l'un. « Notre ville est bien tombée », geignait l'autre.

Plusieurs ne se gênaient pas pour comparer les Anglais aux *thugs*, ces fanatiques religieux groupés en associations secrètes qui, au nom de leurs rites, pratiquaient pillages et meurtres.

« L'annexion de Jansi, entendait la rani, est pire que les meurtres et pillages commis par les thugs, car Dalhousie a mis la corde au cou de tout un peuple. »

Tous demandaient de l'aide à la rani, qui une pension, qui une faveur, qui une intervention. Car les Anglais n'avaient pu arracher l'instinct ancré depuis des siècles dans le peuple qui voyait toujours en son souverain – détrôné ou pas – le détenteur du pouvoir et le dispensateur d'assistance en cas de besoin. Ces plaintes et ces pétitions rappelaient cruellement à Lakshmi ses propres malheurs et son impuissance. Que pouvait-elle pour ses anciens sujets, sinon leur tendre une oreille compatissante, les écouter et tâcher de les réconforter ?

Pour sa part, elle ne cessait d'être humiliée par l'occupant. Les Anglais lui reprenaient des terrains dont les revenus assuraient l'entretien du cénotaphe de son mari. Les Anglais tranchaient contre elle dans un litige sur la propriété de vergers et de jardins. Les Anglais lui refusaient l'autorisation de faire un pèlerinage à Bénarès. Les Anglais versaient à leur Trésor les revenus de deux villages, de tout temps dévolus au temple de la déesse Lakshmi. Les Anglais permettaient qu'on abattît des vaches sacrées, violant ainsi les croyances religieuses du pays. Ces mesures ne procédaient pas d'une hostilité intentionnelle, mais de la mesquinerie et de l'ignorance de la bureaucratie britannique. La rani en était révoltée et parfois, lorsque la mesure était comble, elle convoquait l'administrateur politique, le capitaine Skeene.

Celui-ci s'attendait à trouver une furie et rencontrait une femme courtoise et sereine. Lakshmi sut se le concilier, comme naguère le major Ellis. Le capitaine Skeene vanta jusqu'à Calcutta sa docilité et ses vertus. Chaque fois il abondait dans le sens de la rani, il regrettait, il s'excusait, il promettait d'intervenir, il écrivait à Calcultta. Tantôt il n'obtenait aucune réponse. Tantôt il recevait confirmation des mesures prises, les plus vexantes et les plus injustes : que pouvait-il faire, sinon soupirer et s'incliner ?

Dans ses propres appartements, la rani ne pouvait échapper au concert de jérémiades de sa parentèle. Son père pleurait ses sinécures perdues en se lamentant sur le triste sort de sa fille. Il ne s'était pas laissé débaucher par les Anglais et avait refusé le poste qu'ils lui offraient dans la nouvelle administration. Tantes et cousines de Lakshmi récriminaient contre la dureté des temps et se posaient en victimes, alors qu'elles vivaient toujours aux crochets de la rani.

Pour ne pas entendre ces plaintes qui montaient de partout, et fuir ce rappel constant de sa situation, la rani s'enterrait dans sa retraite préférée, un pavillon de plaisance en partie fortifié, construit à la porte de la ville sur le vieux barrage qui séparait les jardins Narayan du lac Lakshmi. L'harmonie du paysage, ce calme qui défiait le temps et son propre isolement l'apaisaient.

La rani s'asseyait à même le tapis, appuyée à des coussins cylindriques violet et or dans la petite pièce qu'elle avait aménagée en bibliothèque pour les livres sauvés grâce au major Ellis. Les volumes, protégés par des étuis taillés dans les plus riches brocarts, étaient soigneusement empilés par terre ou rangés dans des niches murales. Lakshmi s'adonnait à la lecture des poètes que la cour des Grands Mogols avait mis en vogue, tout en suçant l'embout d'ambre de son hookah préparé par Mandar.

Ou bien, elle faisait la lecture à Damodar. Son fils était tout ce qui lui restait. Elle avait besoin d'aimer, et puisqu'elle ne pouvait plus aimer tout un peuple, elle aimait un enfant. A défaut de le préparer au métier de roi, elle voulait en faire un guerrier digne de sa caste militaire. Dans ce but elle lui lisait les épopées nationales pour lui inspirer le courage de leurs héros et le goût des hauts faits. Bien qu'il eût tendance à devenir grassouillet, l'enfant gardait son extraordinaire visage dont la parure essentielle était ses yeux immenses. Il ne manifestait pas une forte personnalité, mais c'était un petit garçon affectueux, spontané et attachant. Assis à côté de sa mère, il n'osait pas bouger ; cependant, tous deux laissaient parfois distraire leur attention. Lakshmi interrompait sa lecture et contemplait par la fenêtre les eaux immobiles et mordorées, les rives verdoyantes, la végétation exubérante...

Un seul incident vint rompre la monotonie de ces journées. Il arrivait à la rani de se montrer irritable, surtout dans les premiers temps de sa déposition. Un matin, alors qu'elle résidait au palais et qu'elle s'habillait, aidée de ses suivantes, l'une d'elles, Mira, la piqua légèrement avec une épingle. Lakshmi explosa :

– Maudite maladroite ! hurla-t-elle, et elle lui donna une tape sur le bras.

Devant l'air terrorisé de Mira, Lakshmi se reprit instantanément. Elle lui tendit les anneaux d'or qu'elle allait mettre à ses oreilles en lui disant :

– Prends-les, Mira, oublie mon geste d'impatience.

Mira refusa de prendre les bijoux et éclata en sanglots, bredouillant :

– Tu es si bonne pour moi, Reine, et moi j'ai été si mauvaise !

La croyant impressionnée par sa colère, Lakshmi

tenta de la calmer. Mais Mira répétait sur un ton de plus en plus exalté : « J'ai été si mauvaise, je t'ai fait tant de mal, je t'ai fait tant de mal... » et, sur ces entrefaites, elle s'enfuit de la pièce.

Stupéfaite devant cette sortie, Lakshmi ordonna à Mandar de rattraper Mira et d'apprendre ce qui avait motivé son attitude. Mandar ne réussit pas à tirer le moindre mot cohérent de la jeune femme, maintenant dans un état de totale hystérie.

– Elle est complètement folle, rapporta-t-elle à Lakshmi. Elle dit qu'elle a empoisonné feu le rajah ton mari et que, depuis, elle est torturée par le remords.

Lakshmi fut tout de suite alertée.

– Amène-la-moi, même si ce doit être de force, ordonna-t-elle.

Traînée par Mandar, Mira se jeta aux genoux de Lakshmi.

– Grâce, Reine, grâce, ne me fais pas tuer !

Lakshmi la releva et, d'un ton égal et ferme, lui dit :

– Je ne te ferai pas tuer, Mira, mais parle. Tu as empoisonné mon mari, dis-tu. Pourquoi ?

Secouée de sanglots, Mira ne répondit rien.

– Tu ne l'as pas empoisonné de ton propre chef, n'est-ce pas, Mira ? On t'a dit de le faire. Qui t'en a donné l'ordre ?

– Demande-moi ce que tu veux, Reine, mais pas son nom... il me tuerait.

Lakshmi tenta une diversion. Les yeux fixés sur ceux de Mira, elle l'interrogea :

– Dis-moi comment tu as empoisonné mon mari.

– En lui versant, tous les jours, dans sa nourriture un peu d'un poison qui produisait les mêmes symptômes que la dysenterie. Il fallait que tout le monde crût que le rajah mourait de maladie.

Lakshmi brusquement revint à la charge :

– Qui t'a ordonné de le faire ?

– Je ne peux pas parler. Il me tuerait ! Je ne peux pas...

Lakshmi vit la peur incontrôlable chez la servante.

– Retire-toi, Mira, et réfléchis. Tu auras tout le temps pour cela. Réfléchis à ce que tu as fait. Pense que le seul moyen de te racheter, c'est de me livrer le nom du coupable. Va, je te verrai demain.

Lakshmi ordonna qu'on isolât Mira dans une pièce du purdah, désormais dépeuplé, et qu'on montât discrètement la garde non loin pour l'empêcher de s'enfuir si la tentation l'en prenait. Lakshmi se rappela qu'un soupçon l'avait effleurée pendant l'agonie de son mari. Il avait prétendu s'être laissé mourir et, de plus, il avait présenté tous les symptômes de la dysenterie. Pourtant Lakshmi avait eu, comme un éclair, le pressentiment qu'il y avait peut-être une autre cause, et le mot poison s'était présenté à son esprit.

Pourquoi ce crime ? Bien sûr, le rajah était détesté, mais la rani n'imaginait pas une vengeance ourdie par la famille d'une des nombreuses victimes de sa cruauté. D'autre part, Mira l'aurait empoisonné alors qu'il était déjà très diminué et, de l'avis général, condamné. Pourquoi donc avoir précipité sa mort ?

Le soir même, Lakshmi mit au courant son ancien Premier ministre, le diwan Naransin, au cours d'un des entretiens qu'elle avait encore avec lui. Elle commença par lui reprocher son manque de vigilance, d'une façon détournée.

– Tu étais l'homme le mieux informé de Jansi. Si les assertions de Mira sont vraies, s'il y a eu complot pour assassiner le rajah, tu en auras eu vent.

Non seulement Naransin reconnut sa négligence – il avait été débordé de travail durant la maladie du rajah –, mais il ôta à Lakshmi ses derniers doutes.

– Je crois Mira. Le feu roi a été empoisonné.

– Mais par qui ? Pourquoi ?

– Il n'est pas difficile de nommer le coupable, Reine. Un seul homme pouvait profiter de la mort du rajah : son cousin Sadasheo. Sa protestation contre l'accession de Damodar et sa tentative pour ravir le trône prouvent amplement sa culpabilité.

– Pourquoi aurait-il fait empoisonner mon mari, alors que celui-ci, de notoriété publique, était au plus mal ?

– Il fallait que le rajah mourût avant d'adopter un fils pour que Sadasheo puisse accéder naturellement au trône.

Naransin proposa de mener une enquête pour démasquer le coupable. La rani refusa. Il était inutile de remuer la boue. Le passé ne comptait plus. D'ailleurs, elle interrogerait elle-même Mira, seule à seule, et la forcerait bien à parler.

Le lendemain matin, la rani, ayant achevé son puja, sa séance de dévotion quotidienne, se dirigea, suivie de la seule Mandar, vers la chambre où elle avait fait enfermer Mira. Elle tira le loquet, ouvrit la porte et eut un haut-le-corps. Mira était toujours là mais pendue à la chaîne qui descendait du plafond et servait autrefois à accrocher une lanterne. Incapable de bouger, la rani contemplait avec un mélange de dégoût et de pitié le visage violacé de Mira, ses yeux exorbités voilés par la mort, sa langue tuméfiée, son cou gracile dont la torsion donnait à la tête une bizarre inclinaison. A côté d'elle, Mandar, clouée sur place, tremblait de tous ses membres.

– Le remords aura achevé de la déséquilibrer, et elle a mis fin à ses jours, parvint-elle à articuler.

– Ou on l'a « suicidée » pour qu'elle ne parle pas, énonça lentement la rani. As-tu remarqué que ses pieds touchent terre ? Curieuse façon de se pendre !

Mira avait certainement été réduite au silence. Et si Sadasheo n'était pas coupable ? Tout le désignait, mais n'était-ce pas, justement, trop évident ? Dans ce cas, qui aurait pu vouloir la mort du rajah ?

Pendant plusieurs jours, la rani laissa son esprit dériver vers les soupçons les plus variés et parfois les plus saugrenus. Puis ils se diluèrent et l'incident comme ses implications tombèrent dans l'indifférence de la rani, sombrant dans le fatalisme oriental dont son caractère l'avait pourtant exemptée.

Chaque matin, on pouvait voir deux Indiennes, menues et gracieuses, vêtues en hommes (pantalon, chemise et turban blanc), croiser le fer avec une dextérité consommée dans les jardins du palais. Elles se mouvaient avec tant de rapidité et de précision qu'elles semblaient glisser sur l'allée surélevée au milieu des parterres de fleurs. C'était la rani qui s'entraînait avec Mandar. Dès l'enfance, les femmes mahrates étant admises à la même discipline guerrière que les hommes, elles avaient été initiées aux sports virils, la lutte, l'escrime et le tir.

Mais au moment le plus chaud du duel, la rani se sentait parfois lasse tout à coup, et laissait tomber son arme qui rebondissait avec un bruit métallique sur les dalles de granit rose.

Ce n'était pas son corps mais son âme, qui était fatiguée. Les exercices physiques lui faisaient oublier un instant sa morne existence, mais un instant seulement car, bien vite, elle ressentait à nouveau l'inutilité de sa vie.

L'après-midi dans un coin du salon des audiences privées, au palais de ville, la rani se concentrait sur un exemplaire défraîchi du dernier roman de Walter Scott. Les sourcils froncés, le doigt suivant la ligne qu'elle déchiffrait, elle ânonnait consciencieusement. Elle avait décidé d'apprendre l'anglais, tant pour meubler des loisirs de plus en plus pesants que pour mieux comprendre ces intrus qui, bien malgré elle, jouaient un rôle si important dans son existence et dans celle de son peuple. Son choix d'un professeur s'était arrêté sur l'épouse du médecin anglais à Jansi, le docteur Phipps. En effet, Annabelle Phipps, née en Inde, en connaissait les mœurs et en parlait la langue. Plusieurs fois par semaine, une voiture venait la prendre à la station civile pour l'amener au palais afin de donner sa leçon à la rani.

Annabelle Phipps était d'une beauté voluptueuse et altière. Son teint très brun l'aurait presque fait passer pour une Indienne. Intelligente, elle avait rapidement su enseigner des rudiments d'anglais à la rani. Elle s'appliquait à la tâche, car elle n'était pas peu fière d'avoir pour élève une ancienne reine.

Les récits de Walter Scott, ces histoires médiévales

de preux chevaliers et de châteaux forts attaqués, ces querelles sanglantes de grands seigneurs évoquaient singulièrement pour la rani l'Inde des princes et des guerriers. Mais elle s'impatientait de ne pouvoir progresser plus vite et devenait distraite, agitée. Mrs Phipps la morigénait, ravie, et ne cachait pas son mépris. Mandar s'étonnait de la tolérance de la rani qui lui expliqua :

– Elle est enchantée de pouvoir nous humilier, nous les Indiens. Laisse-la, elle a des complexes. Elle est née dans une basse caste de son peuple et redoute par-dessus tout d'être prise pour une d'entre nous en raison de la couleur de sa peau.

Sa seule récréation était de regarder Damodar jouer avec des gamins de son âge au *kitkat*, au *goulidanda* ou au *chota lathi* dans une cour des communs. Souvent elle ne pouvait résister et entrait elle-même dans la partie, courant avec les petits garçons, criant avec eux et, lorsqu'ils l'attaquaient, riant si fort qu'elle les laissait gagner.

Cette monotonie avait fini par contaminer la rani. L'attitude de ses anciens sujets ne l'avait guère encouragée à la révolte. Elle se bouchait les oreilles pour ne pas entendre les mauvaises nouvelles contre lesquelles elle ne pouvait rien, et ne voulait pas se laisser affecter inutilement. Aussi n'eut-elle aucune réaction en apprenant l'annexion du royaume d'Oudh.

Oudh, c'était pourtant autre chose que le petit Etat de Jansi. Ce royaume du Nord-Ouest était le plus opulent de toute l'Inde. Sa prospérité était immense, et légendaire était le luxe de sa capitale, Lucknow, la ville la plus active et la plus cosmopolite du pays. La cour de ses rois dépassait tout ce qu'on avait vu en somptuosité et extravagance.

Ce royaume était le protégé déclaré des Anglais qui, cent ans auparavant, avaient encouragé sinon orchestré sa création. Ils en avaient d'ailleurs profité, car les rois d'Oudh avaient prêté à la Compagnie des

Indes orientales des sommes considérables qui n'avaient, bien entendu, jamais été rendues. Un beau jour de février 1856, sous le vague prétexte que le roi d'Oudh, Wadj Ali Shah, était un incapable, lord Dalhousie l'avait déposé puis exilé à Calcutta et avait mis la main sur son royaume.

– Comme je te l'avais dit, commenta Kashmiri Mull à la rani, le gouverneur général suit une politique délibérée. L'annexion de la principauté de Satara, celle de Bithur, celle de Jansi enfin, n'ont été pour lui que des coups d'essai afin de préparer son coup de maître, l'annexion du royaume d'Oudh. Je dois avouer, ajouta le vakil, que je n'aurais osé imaginer une telle énormité.

Le diwan Naransin intervint :

– Toute l'Inde en frémit. L'émotion, l'indignation sont partout très vives, même ici chez les cipayes de la garnison, qui sont presque tous originaires d'Oudh, acheva-t-il la voix vibrante d'espoir.

– L'Inde ne bougera pas, répliqua la rani en agitant négligemment son chasse-mouches à manche de jade.

Les événements lui donnèrent bientôt raison : l'agitation se calma, les murmures se turent, Oudh resta annexée par l'Angleterre et la rani se trouva justifiée de ne pas être sortie de son indifférence.

Peu après, lord Dalhousie quitta l'Inde et fut remplacé par un nouveau gouverneur général, lord Canning. C'était un homme ouvert, généreux et bienveillant, mais le mal était fait et il était trop tard pour revenir sur la politique provocante et brutale de son prédécesseur.

Sa propre impuissance semblait à la rani le reflet de l'impuissance de son pays et elle ne voyait pas dans l'arrivée de lord Canning de raison d'émerger de l'état d'hibernation où elle s'était repliée.

Voilà deux ans que cela durait et elle s'ennuyait ferme.

CHAPITRE IV

En cet après-midi de septembre 1856, deux cavaliers suivaient, sans se presser, la route poudreuse qui mène de Kalpi à Jansi. Tous deux étaient habillés de la même façon : jodhpurs blancs, chemise ample serrée à la taille par une ceinture dans laquelle étaient passés deux pistolets, turban de soie blanche dont le pan rabattu cachait le bas de leurs visages.

La rani de Jansi et sa fidèle Mandar revenaient de promenade. Le sol sablonneux de la route adoucissait le pas des chevaux. La jungle plate s'étendait à perte de vue : épineux au feuillage léger et clair, buissons aux larges feuilles grasses et sombres étaient relevés de loin en loin par un vieil arbre majestueux aux branches touffues. Les verts différents brillaient de tout leur éclat, lustrés par les pluies dont la saison s'achevait. A l'horizon, des entassements de rochers constituaient çà et là des forteresses naturelles. Au roux sombre de la terre gorgée d'eau correspondait le roux incandescent du ciel où le soleil avait entamé sa descente.

Les deux cavalières s'arrêtèrent sur un pont au-dessus d'un des nombreux cours d'eau qui coupaient la route de Kalpi. Contemplant les eaux boueuses, elles virent soudain, à une certaine distance, émerger une tête masculine. L'homme nageait vigoureusement, c'était un étranger, un Anglais à n'en pas douter. Cette présence inattendue en ces lieux étonna la rani. Puis une inspiration la saisit. Prenant avec une voix de fausset l'accent – qu'elle imitait parfaitement – des serviteurs indiens des Britanniques, elle cria en anglais :

– Attention, monsieur, il y a des crocodiles dans la rivière !

Surpris, le nageur s'ébroua, leva les bras dans un geste malhabile et faillit disparaître sous l'eau. Les deux complices éclatèrent de rire. L'homme nagea rapidement vers la rive toute proche et émergea entièrement nu. Il se tint un instant immobile, debout dans la vase, ébloui par les rayons du soleil couchant qui frappaient droit dans ses yeux.

Lakshmi le contempla à loisir, détaillant le visage jeune aux traits expressifs, les cheveux sombres plaqués par l'eau, la peau très blanche, le corps bien proportionné, le torse musclé, les jambes fermes, le ventre plat.

L'homme, croyant n'avoir pour témoins que deux garçons, ne se couvrait pas. La rani tourna la tête vers Mandar, remarqua que celle-ci était tout autant fascinée qu'elle et se reprit :

– Tu n'as pas honte, Mandar ? lui lança-t-elle, et, secouant les rênes, elle partit au galop.

Pendant la soirée, Lakshmi réussit à chasser la vision de son esprit. Mais, lorsqu'elle se fut couchée, seule sur son grand lit aux pieds d'argent, alors l'image de l'homme nu sortant de la rivière revint s'imposer à elle sans qu'elle pût l'écarter. Elle se tournait et se retournait sous ses couvertures de soie, alors que sa mémoire perfide lui rendait un à un les détails de ce corps. Contrairement à son habitude, cette nuit-là la rani ne réussit à s'endormir que très tard.

La chaleur avait été forte toute la journée et Roger Giffard n'était pas descendu de cheval depuis l'aube. Ayant aperçu un cours d'eau, il n'avait pu résister à l'envie de s'y plonger. L'eau, certes, était boueuse mais elle rafraîchissait. Heureusement que ces deux jeunes Indiens l'avaient mis en garde contre les dangers qu'elle dissimulait. S'ils n'étaient pas passés par là, peut-être Roger eût-il été dévoré par un crocodile. Puis, à la réflexion, il se dit que les jeunes gens l'avaient abusé. Les crocodiles de la région infestaient les larges rivières et dédaignaient les cours d'eau peu importants. Farceurs ou pas, les deux Indiens étaient d'excellents cavaliers et Roger avait pu admirer leur tenue lorsqu'ils étaient partis au galop.

Il atteignit à la nuit tombante le fort de Jansi et se présenta au capitaine Alexandre Skeene, administrateur politique de Jansi et désormais son supérieur. Roger Giffard était âgé de vingt-cinq ans. Il descendait d'une fort ancienne famille, d'origine normande, installée au pays de Galles et considérablement appauvrie. Au prix de difficiles sacrifices, son père, qui était maître d'école, lui avait payé de bonnes études, d'abord au collège de Hanwell à la porte de Londres, puis à l'université d'Oxford où Roger avait choisi le droit. Il avait ensuite suivi un stage chez un avocat en renom à Greys Inn, un des temples de la loi les plus fameux de Londres. Un beau jour, il avait décidé de présenter sa candidature au conseil d'administration de la Très Honorable Compagnie des Indes orientales qui, après consultation de son dossier, l'avait accepté.

Arrivé en Inde, il était entré au collège de Fort William à Calcutta. Tous les nouveaux engagés étaient automatiquement versés dans cet établissement où ils apprenaient l'histoire, les lois et les langues de l'Inde. Roger y resta deux ans et non pas trois, durée normale des études, ses diplômes et les connaissances acquises durant son stage lui ayant permis de compléter son apprentissage plus vite que ses camarades. Il sortit de Fort William avec le diplôme de *writership*.

Tout cela, le capitaine Skeene le savait. Il l'avait lu dans le dossier de Roger, qui lui avait été envoyé de Calcutta.

– Seuls vos brillants résultats aux examens ont permis votre affectation car, vous le savez peut-être, Giffard, nous préférons placer des militaires aux postes civils.

– Pourquoi donc, mon capitaine ?

– L'administration juge que des hommes ayant subi un entraînement militaire conviennent mieux, partout en Inde. Votre supérieur direct, le magistrat de district dont vous serez l'assistant, est d'ailleurs un officier, le capitaine Gordon... Mais revenons-en à nous, Giffard. Un point m'intrigue : pour quelles raisons avez-vous interrompu votre stage à Greys Inn pour prendre volontairement du service en Inde ?

Roger avoua la vérité : il ne disposait d'aucune fortune personnelle et, à travail et rang égaux, les salaires étaient plus élevés en Inde qu'en Angleterre. D'autre part, ses moyens ne lui permettant pas de voyager en touriste, il voulait voir du pays avant de s'établir, et le meilleur moyen était de le faire aux frais de Sa Majesté. L'accueil de son nouveau supérieur l'avait encouragé à cette franchise.

Alexandre Skeene avait dépassé la quarantaine. Il était grand, maigre, le visage en lame de couteau, le nez et le menton pointus. Le regard de ses petits yeux bleus brillait tantôt d'attendrissement, tantôt d'amusement. Inflexible sur les principes et le devoir, c'était un homme compréhensif et chaleureux. Il avait accueilli Roger en camarade et non pas en supérieur. Il lui avait offert un verre de whisky et l'avait rapidement mis à l'aise, tant pour détendre son nouveau subordonné que pour en faire le tour. La réponse de Roger ne l'avait pas entièrement convaincu car il insista :

– Mais alors, pourquoi Jansi, car je sais que c'est vous qui avez souhaité être affecté ici. Personne ne demande Jansi. Ils veulent tous être nommés à Lucknow, Cawnpore ou même Delhi, ou mieux encore, rester à Calcutta. Quand ils sont envoyés dans une petite ville, ils s'estiment exilés.

A la fin de ses études à Fort William, Roger, comme ses camarades, avait dressé une liste des endroits pour lesquels il postulait. Par hasard, il avait mis en tête Jansi.

Roger convint qu'il avait facilement obtenu cette localité.

– J'ai choisi une petite ville parce que je voudrais apprendre à connaître l'Inde en profondeur Et ce n'est pas dans les grands centres où se sont regroupés nos compatriotes que j'y réussirai.

Un Anglais venu en Inde pour apprendre à la connaître, c'était exceptionnel. Le capitaine en fut davantage intrigué, mais il préféra ne pas interroger plus longuement son nouveau subordonné, sentant qu'il ne réussirait pas à percer ses motifs. Sujet intéressant mais à surveiller, pensa-t-il. Et il mit Roger au courant de ses nouvelles fonctions comme assistant du magistrat de district.

Skeene s'était inquiété de son logement. Il n'y avait plus un bungalow de libre à la station civile. Aussi avait-il pris la liberté de louer pour Roger une chambre chez le médecin de la station. Le docteur et Mrs Phipps, qui avaient une demeure trop vaste pour leurs besoins, se faisaient un plaisir de l'accueillir.

Peu après son arrivée, Roger demanda audience à la rani de Jansi pour lui présenter ses hommages. Comme il l'expliqua au capitaine Skeene, cette marque de respect envers l'ancienne souveraine lui semblait normale. Le capitaine Skeene l'en félicita, regrettant que tous les Anglais arrivant à Jansi ne fissent pas de même. Il le leur conseillait bien, mais ce n'était pas dans son caractère de les y forcer.

– Entre nous soit dit, Giffard – et surtout ne me citez pas –, l'annexion de Jansi n'a pas été l'acte le mieux fondé de notre gouvernement. En fait, le peuple de Jansi n'a jamais souhaité être sous notre pouvoir et la façon dont nous nous sommes conduits envers la rani a été profondément injuste.

La rani de Jansi accéda à la demande de l'assistant

magistrat Roger Giffard. Un nouveau visage constituait pour elle une distraction bienvenue.

Au jour dit, Roger s'habilla avec recherche, c'est-à-dire qu'il revêtit son unique habit de soirée : redingote noire serrée à la taille, pantalon noir, bottes noires, gilet blanc sur une chemise blanche, cravate de soie noire. Ses vêtements avaient beau être usagés, ils étaient cependant bien coupés et lui donnaient une fort élégante tournure.

De la station civile, Roger mit dix minutes à cheval pour atteindre les remparts de la ville. Passé à la porte d'Orcha, il fut aussitôt noyé dans le grouillement indien qui dégoûtait tellement Mrs Phipps ; sa logeuse se vantait de ne jamais mettre les pieds en ville. Il poursuivit son chemin à travers un dédale de rues étroites jusqu'au palais de la rani.

Sans descendre de cheval, il frappa au lourd vantail de bois du portail. Un judas s'ouvrit, une figure apparut, Roger se nomma, le judas se referma. Roger attendit. Au bout de cinq minutes, ne voyant rien venir, il crut avoir été mal compris et s'apprêtait à frapper de nouveau lorsque les deux vantaux s'ouvrirent lentement. Roger pénétra dans une vaste cour, bordée de boxes à éléphants désertés. Des parterres de fleurs, soigneusement entretenus et écrasés de soleil, voulaient lui donner l'aspect d'un jardin. Au fond, la façade à deux étages, peinte en jaune, était celle du palais proprement dit. Des colonnes et des arcades en stucs tarabiscotés entouraient les fenêtres, chacune surmontée d'un paon à la queue déployée, en stuc lui aussi. Un serviteur s'approcha nonchalamment pour tenir les rênes de son cheval ; Roger mit pied à terre.

Des dizaines d'hommes, négligemment vêtus, probablement des serviteurs, assis sur des marches ou debout à l'ombre des boxes, semblaient se livrer aux délices de l'oisiveté. Roger s'étonna de leur nombre car on lui avait dit que la rani avait été ruinée par l'annexion. Il ignorait que la pauvreté chez les maharajahs restait relative, et que dans leur entourage le qualificatif de serviteur ne s'appliquait pas uniquement aux êtres chargés d'un poste précis mais également à leurs parents, frères, enfants, cousins, neveux, oncles aux fonctions très vaguement définies, qui s'incrustaient dans les murs. Il y avait aussi au palais plusieurs centaines de parasites qui se contentaient d'être nourris et logés et de recevoir occasionnellement une aumône.

Roger ne savait trop quoi faire, personne ne paraissait lui porter attention. Un personnage vêtu de brocart défraîchi s'approcha enfin et lui intima l'ordre de le suivre. L'homme lui expliqua dans un anglais fort approximatif qu'il était un des chambellans de la rani. Roger crut comprendre qu'il était de plus un vague cousin de la souveraine.

Ils franchirent le porche du palais proprement dit. Après avoir emprunté un escalier étroit et raide, ils traversèrent la salle du trône et le salon des audiences privées, tournèrent à droite, passèrent encore par cinq ou six pièces assez petites, puis arrivèrent devant une porte fermée, en bois ouvragé incrusté de cuivre, à laquelle le chambellan frappa.

Une voix féminine demanda, en langue mahrate :

– Qui est là ?

– Le sahib *ferenghi*, répondit le chambellan.

Après quelques instants d'attente, la porte fut ouverte par des mains invisibles, et Roger entra sur les talons du chambellan dans une pièce un peu plus vaste que les précédentes. Un tapis à ramages couvrait le sol. Les murs étaient creusés de petites niches à la mode persane au fond desquelles on avait accroché des miroirs trop grands. Du plafond pendaient un lustre en cristal, lui aussi trop important et visiblement d'importation européenne, et un *punkah* qu'un serviteur actionnait pour donner de la fraîcheur. La pièce était dépourvue de meubles, à l'exception d'un fauteuil anglais en acajou installé au beau milieu du tapis et entouré de guirlandes de fleurs odoriférantes.

Le chambellan invita Roger à y prendre place. En face de lui, un rideau de mousseline à demi transparente isolait une sorte d'alcôve. Roger ne pouvait distinguer que des silhouettes derrière l'étoffe, une femme assise sur un divan bas, une autre femme debout à côté d'elle et un enfant qui allait et venait.

Eût-il même vu la rani dévoilée qu'il aurait difficilement pu reconnaître en l'ancienne souveraine de Jansi le jeune homme qui, quelques jours plus tôt, lui avait causé une vraie peur avec des crocodiles imaginaires. Elle adressa une phrase en mahrate au chambellan qui se prit à détailler la tenue de Roger d'un air profondément navré. Celui-ci en fut déconcerté. Il ignorait que la couleur noire était, pour les Indiens, de très mauvais augure. Après un silence, la rani lança un ordre bref, toujours dans sa langue.

Le chambellan sursauta et s'approcha de Roger avec la déférence due à l'invité de sa souveraine. Dans son anglais approximatif, il lui murmura qu'il y avait un sujet plutôt délicat dont, à son intense regret, il avait omis de lui parler. Le sahib consentirait-il à enlever ses bottes, le protocole exigeant que nul ne se présente chaussé dans les appartements privés de la reine.

Roger fronça les sourcils. Il n'avait nulle envie de se déchausser et surtout il se demanda avec angoisse si les chaussettes qu'il avait enfilées le matin n'étaient pas trouées. Devant sa mine éloquente, le chambellan ajouta que Roger pouvait remettre le chapeau qu'il tenait à la main et qu'au contraire, la rani y verrait une marque de respect. Du coup, Roger faillit éclater de rire. Il se décida donc à retirer ses bottes, mais elles étaient trop ajustées. Il tira, elles ne bougèrent pas. Il tira encore plus fort, rougit sous l'effort, s'essouffla, s'arc-bouta, et parvint enfin à les arracher. Ses chaussettes étaient effectivement trouées, mais au point de ridicule où il en était, il s'en soucia peu. Il déposa ses bottes à côté de son fauteuil, rajusta sa redingote, mit son chapeau sur sa tête comme l'en avait prié le chambellan, et prit une pose qu'il voulut la plus digne possible. Décidément les femmes, pensa Roger, protocole ou pas, avaient l'art de rendre les hommes grotesques.

Pendant l'opération, la rani avait dévisagé son

visiteur qu'elle avait instantanément reconnu. Il avait le menton pointu, des pommettes très marquées, le nez légèrement tordu. Ses cheveux très noirs et raides étaient soigneusement peignés. De son attitude, de ses gestes se dégageait une impression d'intensité, de ferveur peut-être.

– Qu'est-ce qui nous vaut le plaisir de ta visite, sahib ?

La rani avait parlé d'une voix douce, en anglais, et Roger s'étonna qu'elle le maniât aussi bien. Il expliqua que, venant d'arriver à Jansi où il avait été nommé assistant magistrat, il avait tenu à présenter ses respects à Son Altesse. La rani l'en remercia, puis commença à lui poser les questions banales que tous les personnages royaux ont l'habitude de poser aux inconnus qui leur sont présentés : depuis combien de temps était-il en Inde, où avait-il été, de quelle partie de l'Angleterre venait-il, avait-il des frères et des sœurs, où vivaient ses parents, où avait-il fait ses études, combien de temps avait-il vécu à Londres ? Roger, à toutes ces questions, répondit scrupuleusement.

Pendant cet échange, l'enfant qui ne cessait de s'agiter derrière le rideau le saisit brusquement et le tira à lui. Un instant, Roger aperçut la rani. Ce fut une vision brève, mais elle suffit à graver dans sa mémoire chaque détail des formes de l'habillement et du visage de la souveraine. Il lui sembla que la rani prit quelques secondes avant d'intimer à l'enfant l'ordre de refermer le rideau, comme si elle n'avait pas été mécontente d'être vue à l'improviste.

Le flot des questions banales que posait la rani semblait se tarir. Le chambellan crut que l'audience s'achevait. Mais non, la rani n'en avait pas fini. Après un silence, elle demanda à Roger :

– Dis-moi, sahib, qu'est-ce qui t'a le plus frappé en Inde ?

– Les oiseaux, Votre Altesse.

Mandar, debout à côté de sa maîtresse, remarqua qu'elle abandonnait un instant son air composé et ouvrait de grands yeux étonnés.

– Les oiseaux ? reprit la rani.

– Oui, Votre Altesse. Ils sont bien plus nombreux et bien plus bruyants qu'en Angleterre.

Du coup, la rani sourit.

– Pourquoi t'intéresses-tu aux oiseaux, sahib ? Est-ce pour les chasser ?

– Je ne chasse pas les oiseaux, Votre Altesse. Je les dessine. A mes heures perdues, je suis peintre – amateur bien entendu. Or, pour restituer fidèlement mes modèles, il me faut apprendre à les connaître.

Et, sans y avoir été invité, il se mit à en parler avec enthousiasme, non pas à la manière d'un ornithologue, mais comme s'il s'agissait d'êtres intimement connus, racontant ses rencontres avec eux, commentant leur caractère et leurs habitudes. Tout à son sujet, il avait oublié où et avec qui il se trouvait.

La rani était à la fois agacée d'entendre cet Anglais lui décrire les oiseaux de l'Inde comme s'il les connaissait mieux qu'elle, et presque touchée de l'amour avec lequel il en parlait.

– En vérité, l'interrompit-elle, tu connais admirablement bien notre faune, pour un étranger. Mais tu ne m'as point parlé des vautours. Ils pullulent pourtant dans notre pays. Il y en a même des rouges.

L'allusion à l'uniforme anglais était transparente. Roger fit semblant de ne pas l'avoir comprise et répondit :

– Parce que le vautour est en Inde un oiseau de mauvais augure, Votre Altesse.

La rani se mordit les lèvres et resta silencieuse.

Sentant qu'il avait marqué un point, Roger s'enhardit jusqu'à bafouer le protocole et posa une question à la rani.

– Votre Altesse semble aimer les oiseaux. En a-t-elle beaucoup dans ses cages ?

– En Inde, sahib, répondit-elle de sa voix toujours douce, nous ne mettons pas les oiseaux en cage. Ils sont libres, eux.

Cette nouvelle allusion aux Anglais lui avait échappé.

– Nous te souhaitons, sahib, de pouvoir peindre à

loisir notre faune, et nous formons les vœux les plus sincères pour que ton séjour soit heureux parmi nous.

A ces mots, le chambellan qui, jusqu'alors, s'était tenu impassible dans un coin de la pièce, s'approcha de Roger. Celui-ci comprit que l'audience était terminée. Il se leva, prit ses bottes à la main, s'inclina devant le rideau et se retira.

Le soir de cette visite, Roger écrivit à Roderick Briggs, son meilleur ami. Nés la même année, ils s'étaient connus au collège de Hanwell. Au début ils s'étaient détestés et copieusement battus, puis cette haine enfantine avait tourné en amitié et s'était poursuivie et renforcée au-delà de l'adolescence. Fils d'un député du Devonshire, Roderick Briggs appartenait à la *gentry* locale. La tradition familiale et le goût des armes l'avaient conduit à l'académie militaire de Woolwich dont il était sorti cornette au 8e Hussards. Il avait été envoyé en Crimée où l'Angleterre, alliée à la France et à la Turquie, se battait contre la Russie. La guerre terminée, au début de cette année 1856, Roderick s'était retrouvé en garnison en Angleterre, où il s'ennuyait et où seules les lettres de Roger lui apportaient quelque distraction.

Mrs Phipps, la femme du médecin chez qui je loge, et qui a donné des leçons d'anglais à la rani de Jansi, me l'avait décrite comme une sorte de poupée indienne minuscule, banale et noire de peau. Mrs Phipps avait ajouté qu'en dépit de ses vingt-neuf ans, son ancienne élève était restée une enfant indisciplinée, sournoise, capricieuse et gâtée. Je n'ai aperçu la rani qu'un instant lorsque son fils, en jouant, a tiré le rideau du purdah, mais cela m'a suffi pour voir une reine. Elle était assise très droite sur son trône large et bas. Sa pose sans raideur avait une dignité naturelle. Son visage exprimait à la fois la bienveillance et la vivacité.

La peinture m'a appris à observer vite. Aussi puis-je te dire que la rani a un visage fin, un nez droit, peut-être légèrement busqué. Son teint mat est plutôt clair. Ses yeux surtout m'ont frappé : immenses, étirés sur les côtés, sombres bien sûr mais semés de paillettes scintillantes animées par un regard sans cesse en mouvement. Elle était vêtue d'un sari blanc tissé d'une étoffe très fine, je pense de la mousseline, et ne portait pour tout bijou que des boucles d'oreilles en or. Elle avait si étroitement drapé son sari que je devinais les formes harmonieuses de son corps. J'ai pu voir qu'elle avait des attaches très fines et des pieds minuscules. A la séduction de sa personne s'est ajouté le charme de son accueil, un accueil réservé comme il sied à une reine mais où pointait une chaleur sincère, à l'opposé de la distance à laquelle je m'étais attendu.

Ou Mrs Phipps ne connaît pas bien la rani, malgré ses affirmations, ou elle l'a délibérément dénigrée pour des raisons que j'ignore.

Lakshmi reçut peu après dans une grande enveloppe une aquarelle représentant un oiseau de paradis. L'artiste avait admirablement rendu le glacis vert qui recouvre le plumage noir de l'oiseau, la huppe qui fait sa réputation et les deux longues plumes blanches qui soutachent sa queue noire. Le volatile était représenté en train de boire dans une tasse de thé comme l'artiste l'avait vu faire.

En réponse, un messager se présenta au bungalow du docteur Phipps pour inviter Roger au nom de la rani à venir en ses jardins peindre les oiseaux domestiques lorsqu'il le désirerait.

La rani éprouva le besoin d'expliquer son geste à sa fidèle Mandar.

– J'ai des remords vis-à-vis de cet Anglais. Je ne l'ai pas bien traité, lorsqu'il est venu se présenter, et pourtant il m'envoie une de ses œuvres, qui témoigne d'ailleurs d'un réel talent. Je ne peux mieux faire que de lui donner la possibilité d'exercer son art.

– Des oiseaux à peindre, il n'y en a pas que dans tes jardins, grommela Mandar sans regarder la rani.

Bien entendu, Roger ne manqua pas d'accepter l'invitation. Son travail lui en laissait le loisir. La tranquille station de Jansi somnolait, le magistrat de district, le capitaine Gordon, et son assistant n'avaient pas beaucoup à faire. Roger prit donc l'habitude d'aller peindre au palais. Il se présentait au portail où il était désormais connu ; un serviteur lui ouvrait et le menait jusqu'à la seconde cour. Le palais de Jansi, faute d'espace, n'avait pas à proprement parler de jardins. Ses cours plantées de fleurs en tenaient lieu. Mais à la première, encombrée d'oisifs et sillonnée de passants, Roger, comme ses modèles à plume, préférait la seconde. On y avait dessiné un jardin selon la mode mongole qu'avaient introduite les conquérants musulmans de l'Inde. Des allées surélevées, rectilignes et pavées de granit rose séparaient de vastes parterres carrés où poussaient à profusion les roses, les jasmins, les tubéreuses, les soucis et les verveines.

Au fond du jardin, la nature reprenait sa liberté. Quelques très grands manguiers ombrageaient une pelouse. Des katchinars, arbustes couverts de fleurs mauves et blanches, semblaient plantés au hasard. Les murs des dépendances peu fréquentées qui enserraient la cour étaient couverts d'exubérantes bougainvillées, pourpres, violettes, jaunes, orange et roses. C'était le domaine réservé de la rani, où seuls ses familiers s'aventuraient de temps à autre. Quant aux jardiniers, ils ne dérangeaient ni les oiseaux domestiques ni le peintre, et ne semblaient même pas le voir, habitude indienne quelque peu déroutante pour un nouveau venu mais qui convenait parfaitement à Roger. Cette douce indifférence lui permettait de travailler en paix.

Il n'avait pas revu Lakshmi et en était fort vexé. Comme l'avait remarqué Mandar, des oiseaux il y en avait partout, et s'il venait peindre ceux du palais, c'était dans l'espoir d'en apercevoir la propriétaire. Un jour, la boîte à aquarelle sous le bras et avec la mine convaincante de l'artiste distrait, il s'était dirigé vers le porche qui conduisait directement aux appartements privés de la reine. Une vieille femme surgie de l'ombre s'était précipitée sur lui, gesticulant et glapissant en dialecte, le forçant à battre en retraite.

La scène n'avait pas échappé à la rani qui observait Roger chaque jour.

En fin de matinée, après les audiences qu'elle avait accordées, elle se retirait dans la bibliothèque pour écouter le *bhajan* pendant lequel une chanteuse attachée au temple du palais récitait la *Gîta*, accompagnée par des instruments anciens. Comme par hasard, la rani s'asseyait près de la fenêtre, ce qui l'entraînait à des distractions. Elle voyait au fond du jardin la petite silhouette du jeune homme assis en tailleur, penché sur son carton à dessin. Souvent, il se retournait et, de loin, fixait la fenêtre de la bibliothèque comme s'il avait su que la rani s'abritait derrière. Instinctivement, elle détournait la tête pour ne pas être prise en faute.

Ce jour-là, Roger était en train de peindre un des paons blancs qui évoluaient parmi les parterres de fleurs. Il trouvait ces volatiles stupides et leurs cris sinistres, mais les Indiens affectionnaient leur oiseau national, symbole de noblesse et de fertilité, et la souveraine faisait grand cas de cet emblème de la dynastie de Jansi. Soudain, il vit le paon s'agiter d'un air inquiet, puis replier sa queue et s'éloigner à toute vitesse en sautillant. Roger se retourna – la rani était debout derrière lui.

– Vous avez fait peur à mon modèle, Altesse, lui dit-il d'un air de reproche amusé.

La rani s'excusa et demanda à voir ses œuvres. Ses yeux ne quittaient pas ceux de Roger dont elle découvrait l'éclat. Largement ouverts sous des sourcils fournis et arqués, ils avaient une couleur indéfinissable entre l'or, le vert et le brun, une couleur variable qui donnait à son regard tantôt de l'intensité, tantôt une douceur caressante.

Il ouvrit son carton à dessin. Lakshmi s'assit à côté de lui, par terre sur la pelouse, et il trouva charmants son naturel et sa simplicité. Il avait déjà peint un oiseau-tailleur en train de construire son nid, un tisserin brun soutaché de jaune, un pigeon blanc, oiseau de bon augure, et une colombe blanche aussi. Tous les ramiers des jardins de la rani portaient sa couleur préférée. Il avait même fait le portrait du hibou blanc, favori de la rani, qui habitait dans un manguier.

A chaque aquarelle que lui présentait Roger, la rani poussait des cris de joie, comme une enfant émerveillée, et commentait en mahrate. Roger ne maniait pas cette langue mais comprenait, à son ton, qu'elle admirait son travail.

– Comment as-tu découvert ta vocation de peintre ? lui demanda-t-elle en anglais.

Roger expliqua qu'il avait pris ses premières leçons de dessin avec sa mère qui avait un petit talent et peignait les portraits des notables du voisinage, là-bas au pays de Galles.

– Puisque tu as du talent, pourquoi as-tu choisi la carrière d'homme de loi ?

Roger répondit qu'il aimait le droit et sa profession. Il ne révéla pas à la rani que ses parents l'y avaient fortement poussé, car voir leur fils avocat représentait pour eux le sommet de l'ascension sociale vers laquelle avaient tendu tous leurs efforts.

– Un artiste comme toi, sahib Giffard, ne peut se complaire dans la sèche dialectique de la loi. Tu es fait pour peindre et non pour vivre dans les dossiers, lui assena la rani d'un ton péremptoire.

Puis, comme pour se faire pardonner cette remarque trop personnelle, ce fut presque humblement qu'elle lui demanda :

– Puis-je garder le portrait de mon hibou blanc ?

– Tous ces dessins vous appartiennent, Altesse, répondit Roger.

Elle le remercia, prit le carton sous son bras et partit rapidement comme un enfant qui vient de recevoir un cadeau convoité et qui court vers sa cachette pour le contempler.

CHAPITRE V

La rani décida d'emmener Roger dans une de ses randonnées à cheval. Deux ou trois serviteurs seulement les accompagneraient.

Après avoir franchi la ceinture de jardins et de vergers qui entourait Jansi, ils furent tout de suite dans la jungle. L'hiver n'avait pas encore arraché les feuilles des arbres qui gardaient pour Roger un aspect familièrement européen, mais la densité des buissons qui obscurcissaient le sous-bois avait quelque chose d'inquiétant et de rebutant. Le chemin sablonneux courait entre le fouillis inextricable de branches et de rhododendrons sauvages dont certains gardaient encore leurs fleurs. Ils éperonnèrent leurs chevaux et galopèrent à l'allure vertigineuse qui plaisait à la rani, jusqu'au village de Burah où Lakshmi avait décidé de déjeuner.

Burah était bâti sur une hauteur, au milieu des champs gagnés sur la jungle. Vues de loin, ses maisons basses et longues, aux murs ocre pâle de terre battue, formaient comme un rempart. De la masse des toits de chaume s'élevaient un flamboyant sans feuilles et quelques palmiers. Roger fut étonné de la propreté méticuleuse des ruelles aux angles capricieux.

Conduits chez le chef des anciens qui, en Inde, fait office de maire du village, ils s'assirent devant sa maison sur une petite place irrégulière, en face d'un temple ancien aux formes tassées, fraîchement repeint à la chaux. On leur apporta d'abord de l'eau, et

Roger remarqua que la rani pour boire prenait bien soin de ne pas toucher de ses lèvres la coupe de terre cuite, afin d'éviter tout contact impur.

Puis, on leur servit le repas typique du paysan indien : un plat de *dhals*, des pommes de terre et des *chappattis*. Bien entendu, tous mangeaient avec leurs doigts. Du coin de l'œil la rani surveillait Roger et s'amusait fort de sa maladresse. Lorsqu'il tendit la main gauche vers le plat, elle l'arrêta brusquement :

– Tu vas horrifier nos hôtes. On ne mange jamais avec la main gauche, elle est considérée comme impure.

Et elle lui expliqua que l'élégance consistait à prendre la nourriture lentement avec les trois premiers doigts de la main droite, sans les salir au-delà de la première phalange.

Les Indiens ne buvant pas en mangeant, on n'apporta du lait de buffle qu'après le repas. Roger tenta, sans beaucoup de succès, d'ingurgiter la boisson épaisse et graisseuse.

Ayant vidé sa coupe, la rani remarqua sur la place du village un éléphant sellé, non pas pour les travaux des champs, ce qui eût été normal, mais pour le voyage. Elle demanda au chef des anciens quel était ce voyageur qui venait d'arriver.

– C'est un fakir, répondit le vieillard.

– Un fakir ! s'étonna la rani, mais tous les fakirs ont fait vœu de pauvreté et voyagent à pied.

Le vieillard ne voulut pas avouer son ignorance :

– Peut-être a-t-il reçu cet éléphant en cadeau d'un fidèle ?

– Et qu'est-il venu faire ici ?

– Comme tous les fakirs, Reine, il va de maison en maison répandre la bonne parole.

Un fakir sur un éléphant venant prêcher jusqu'à un village perdu au fond de la campagne..., cela semblait de plus en plus étrange à Lakshmi. Le chef des anciens la regardait anxieusement.

– Ne t'étonne pas, Reine. Un fakir est une distraction bienvenue pour nos femmes.

En effet, seuls les saints hommes avaient le droit

de pénétrer dans la partie de la maison réservée aux femmes, de les voir dévoilées et de leur parler.

– Tu m'amèneras ce fakir, ordonna la rani.

Puis son attention fut distraite par une troupe de baladins nomades qui achevaient de monter leurs tréteaux sur la petite place où déjà s'agglutinaient les villageois.

– As-tu jamais vu nos *tamashgars* ? demanda-t-elle à Roger. Ils vont de village en village et, avec leurs poupées, jouent les épisodes les plus fameux des grandes épopées nationales indiennes.

Les paysans en connaissaient par cœur les épisodes pour en avoir entendu si souvent la lecture au temple mais ce spectacle n'en était pas moins la plus prisée des distractions.

La rani, entraînant Roger, s'était approchée des tréteaux. Roger remarqua que, si les villageois s'écartaient respectueusement devant elle, ils ne manifestaient ni empressement excessif ni servilité. Elle expliqua le déroulement du spectacle au jeune homme. Il s'agissait d'un des épisodes les plus populaires de l'épopée du *Ramayana*.

Le héros, le prince Rama, en réalité une incarnation du dieu Vishnu, a débarqué dans l'île fabuleuse de Lanka où le roi des démons brigands, Ravana, tient prisonnière sa fiancée Sitah. Une terrible bataille s'engage au cours de laquelle Rama en personne tue l'horrible Ravana.

Lakshmi connaissait chaque vers du récit. Soudain elle dressa l'oreille. Rama vainqueur s'était retourné vers le public et disait :

– Ainsi seront confondus les démons qui ont concocté des machinations diaboliques contre nous ; ainsi seront détruits ces démons et chassé le malheur qui a pris possession de notre pays. Si un jour vous vous dites : « Ma religion se meurt, mon pays se meurt, mon peuple a été réduit à une condition pire que celle des chiens », alors prenez les armes comme je l'ai fait, moi, Rama.

Ce discours, la rani le savait fort bien, n'appartenait pas à l'épopée et les allusions à l'occupation anglaise étaient transparentes. Soudain, elle sentit naître une tension dans l'assistance. Roger, lui, n'avait pu saisir les paroles de la marionnette, mais sa sensibilité lui permit de percevoir immédiatement un courant d'hostilité nouveau à son égard. Il ne bougea pas et continua à sourire, comme fasciné par le spectacle. La rani le tira par la manche.

– Partons. Ce spectacle n'en vaut pas la peine.

Elle s'éloigna sans se presser, suivie de Roger et encadrée par ses serviteurs. Parvenus à l'orée du village où leurs chevaux les attendaient, elle se tourna vers le chef des anciens et lui demanda :

– D'où viennent ces tamashgars ?

– De l'est, du royaume d'Oudh.

– Et où est ce fakir que je t'avais demandé de m'amener ?

– Il est reparti, Reine.

Absorbée par les marionnettes, la rani n'avait en effet pas remarqué que l'éléphant avait disparu avec son mystérieux voyageur.

– Que prêchait donc ce fakir ? demanda-t-elle négligemment au vieillard.

Celui-ci répondit :

– Il a dit que si le Swadharma et le Swaraj, la religion et la liberté, étaient insultées, il nous faudrait les défendre les armes à la main.

La rani se garda bien de marquer son étonnement. Elle prit congé du chef des anciens et s'éloigna du village au petit trot avec son escorte.

Le soir même, elle convoqua en son palais Naransin, son ancien diwan. Celui-ci ne parut pas autrement frappé par le récit qu'elle lui fit :

– On m'a, en effet, rapporté des incidents semblables survenus récemment dans plusieurs villages de la région. Chaque fois, ils ont été déclenchés par les prêches de fakirs ou les spectacles de marionnettes. Les discours tenus étaient à peu près semblables à ceux que tu as entendus.

– Qu'est-ce que cela signifie ? lui demanda la rani.

– Rien d'important, lui répondit Naransin, ces

incidents sont probablement dus à l'exaltation de quelques groupuscules de fanatiques comme il y en a toujours eu dans notre pays.

La rani ne semblait pas convaincue. Naransin la rassura.

– L'Inde, tu le sais, a toujours été une eau opaque à la surface de laquelle se forment, de temps à autre, des bulles qui gonflent et puis qui crèvent.

Et, certes, la rani savait qu'en Inde il ne fallait surtout pas chercher à tout expliquer.

Un jour que la rani fouillait dans le carton à dessin de Roger, elle tomba sur un croquis qui lui fit froncer les sourcils. Il représentait une femme très jeune, presque une enfant encore. Elle portait un bustier de coton bleu qui s'arrêtait juste sous les seins et un jupon de la même étoffe noué au-dessus des hanches. Dans ses cheveux était piquée une fleur en papier doré incrustée de petites perles de pacotille. Elle était outrageusement fardée, mais l'artiste avait parfaitement rendu l'expression innocente et comme apeurée de ses yeux.

– Quel est ce volatile, sahib Giffard ? Je ne crois pas l'avoir vu dans mes jardins, demanda la rani d'un ton amusé.

– Elle s'appelle Kiraun.

– Ta maîtresse, sahib Giffard ?

Roger hésita quelques secondes avant de répondre.

– Oui, Votre Altesse.

– C'est certainement une de ces filles à soldats qui habitent dans des cahutes à la porte du cantonnement.

– Aucune Indienne d'une condition supérieure à celle de Kiraun ne voudrait de moi, car, vous le savez, Altesse, elle aurait trop peur de perdre sa caste en ayant une aventure avec un étranger, un être impur. Seules des filles comme Kiraun nous acceptent, nous les Anglais : elles sont si pauvres qu'elles n'ont rien à perdre, même pas leur caste.

Roger avait marqué un point. Il le vérifia à la réplique suivante de la rani.

– Je sais que ces filles, en dépit de leur commerce, sont souvent fidèles et dévouées.

Et elle eut pitié de Kiraun ; la fille devait certainement aimer Roger sans espoir. Elle eut aussi pitié de Roger. Pour chercher la compagnie d'une Kiraun, fallait-il qu'il se sentît seul, loin des siens, loin de son pays, au milieu de cet empire mystérieux et insaisissable qu'il tâchait de comprendre et qu'il voulait aimer.

Cet après-midi-là, ils prirent leurs chevaux et poussèrent jusqu'à la rivière Puhaj au nord de Jansi. Ils galopèrent sur le chemin du retour et ne s'arrêtèrent pour se reposer que lorsqu'ils eurent dépassé le village de Bhogla. Ils s'assirent non loin l'un de l'autre, à l'ombre d'un tamaris, entourés, à distance respectueuse, des quelques serviteurs qui accompagnaient la rani en promenade et qui s'étaient accroupis sur le sol. La lumière du soleil couchant teintait de rouge les champs paisibles. La déclivité du terrain permettait de découvrir l'immensité du paysage et de distinguer clairement au loin les tours du fort de Jansi. Quelque part roucoulait une tourterelle et, très haut dans le ciel, des bandes de hérons volaient vers le nord.

Encore haletants après leur course, Lakshmi et Roger profitaient de la beauté du soir et se taisaient. Le jeune homme, perdu dans ses pensées, fixait distraitement sur le sol, à trois pieds de lui, un petit trou noir à demi recouvert par une pierre. Brusquement, il lui sembla que quelque chose bougeait dans l'ombre de l'orifice. Ivre de fatigue et de plaisir, il n'y fit plus attention. Quelques secondes plus tard, il distingua la tête d'un cobra qui, lentement, sortait du trou. Il en resta pétrifié. Le serpent était presque à moitié hors de terre lorsque les autres l'aperçurent. La rani ne bougea pas, les yeux fixés sur le reptile. Les serviteurs, eux, bondirent et s'enfuirent dans toutes les directions en hurlant. Ce mouvement et ce bruit effrayèrent le cobra. Il était maintenant complètement sorti de sa cachette ; il dressa alors la tête et la balança de droite à gauche en battant l'air de sa langue. Roger, terrifié, n'avait toujours pas bougé.

D'une voix sourde, la rani lui dit :

– Surtout, reste immobile.

Et, sans faire le moindre bruit, elle commença à se mouvoir lentement. Le serpent ne s'était pas calmé ; à trois pieds de Roger, il continuait à se balancer, donnant des claquements de langue qui ressemblaient à des coups de fouet. La rani, maintenant, avançait la main vers un des pistolets passés dans sa ceinture. Elle allait atteindre la crosse lorsque le cobra, d'une détente, s'abattit sur Roger et le mordit au mollet.

Il se retourna aussi rapidement et s'enfuit, mais Lakshmi, ayant saisi son pistolet, tira et l'abattit d'une balle dans la tête. Roger, qui avait poussé un cri de douleur lorsqu'il avait été mordu, s'affaissait lentement sur le côté.

La rani ne perdit pas un instant. Elle courut à lui, déchira la jambe de son pantalon. Deux minuscules gouttes de sang perlaient là où le cobra avait mordu, dans le gras de la jambe juste au-dessus de la botte courte. La rani tira le petit poignard au manche orné de pierreries qui ne la quittait pas et, sans hésiter, incisa la plaie, y tourna le poignard pour l'élargir, en pressa les lèvres des deux mains pour faire jaillir le sang et se mit à sucer avidement la blessure, recrachant au fur et à mesure le sang empoisonné. Elle opérait méthodiquement, sans hâte, avec un sang-froid impressionnant.

Malgré la douleur, Roger se jura qu'il ne pousserait pas un cri, pas même un soupir devant la rani. Il trouvait une certaine ironie à constater qu'il avait été tailladé avec ce même poignard que Mrs Phipps disait empoisonné. Ayant vidé la plaie autant qu'elle le pouvait, la rani fit un bandage de fortune. Puis, aidée de ses serviteurs, revenus près d'elle leur panique passée, elle hissa sur son propre cheval Roger qui pouvait à peine bouger la jambe. Elle sauta à califourchon derrière lui, et ils rentrèrent au pas, très lentement.

Ils atteignirent le palais alors que la nuit était déjà tombée. Roger était blême, il transpirait à grosses gouttes mais ne se plaignait pas. La rani le fit installer dans une litière tirée par des buffles pour le ramener à la station civile.

Pendant qu'elle regardait l'équipage disparaître lentement sous le porche, Mandar, debout à ses côtés, murmura :

– Le cobra, notre animal sacré, s'attaque à l'étranger. Un symbole...

– Ne dis pas de bêtises ! Je me sens responsable de ce qui est arrivé. Je n'aurais pas dû l'emmener.

– Est-ce qu'il va mourir ? demanda Damodar qui, attiré par le remue-ménage, avait rejoint sa mère.

Il avait dit cela d'une voix tremblante et ses yeux étaient pleins de larmes. Car Damodar aimait bien le sahib ferenghi, le monsieur étranger dont il avait accepté la présence mieux que Mandar. La curiosité avait d'abord prévalu chez lui. Un étranger, un Anglais était pour l'enfant indien un animal inconnu, impur, peut-être dangereux, donc fascinant. La spontanéité et la gentillesse de Roger avaient fait le reste. Lorsque Damodar regardait Roger peindre et qu'il lui demandait de lui apprendre à dessiner, celui-ci s'y attelait patiemment. L'enfant et ses camarades invitaient souvent Roger à entrer dans leurs jeux, et celui-ci s'exécutait de bon cœur, non pas avec la condescendance d'un adulte que les enfants auraient immédiatement détectée, mais avec l'authentique enthousiasme d'un adolescent. Il se faisait longuement expliquer les règles du jeu, ne laissait pas les gamins gagner lorsqu'il était le plus fort, et s'il avait fait une faute, était le premier à rire de bon cœur. Aussi était-il populaire parmi eux.

– Va-t-il mourir ? répéta Damodar.

– Non, il ne mourra pas, lui répondit la rani.

Deux heures plus tard, elle envoyait un messager chez le docteur Phipps s'enquérir de l'état de Roger. Les nouvelles du malade n'étaient pas bonnes : la fièvre ne cessait de monter, il souffrait terriblement et était extrêmement faible. A l'étonnement de ses suivantes, la rani ce soir-là ne se coucha pas à neuf heures et demie, comme elle n'avait jamais manqué de le faire. Elle se retira dans sa bibliothèque en leur ordonnant de ne pas l'attendre. A voix basse, Lakshmi lisait – ou plutôt récitait – les textes sacrés qu'elle connaissait si bien ; sans cesse, la pensée de Roger venait troubler son attention. Elle revivait la scène de l'après-midi, elle le voyait partir blafard et exsangue dans sa litière.

A minuit, tenaillée par l'inquiétude, elle envoya chez le docteur Phipps un second messager. L'attente parut interminable à Lakshmi, qui marchait de long en large, incapable de tenir en place. Les nouvelles qu'il rapporta étaient mauvaises : la fièvre avait atteint quarante-deux degrés, Roger était tombé dans un état comateux dont il ne sortait que pour délirer. On craignait pour ses jours.

Il devait être une heure et demie du matin et le docteur Phipps veillait auprès de Roger, lorsqu'un de ses serviteurs indiens lui annonça que deux cavaliers venant du palais de la rani demandaient à le voir. Le docteur sortit en grommelant et, s'approchant des cavaliers, il ne fut pas peu étonné de reconnaître dans l'un d'eux la rani de Jansi elle-même. Avant qu'il fût revenu de sa stupéfaction, elle lui dit :

– Je viens voir le sahib Giffard.

Le docteur la pria d'attendre quelques instants et disparut. La rani se promena de pièce en pièce et, malgré son inquiétude, elle détailla avec curiosité l'intérieur des Phipps. Les armoires massives et sombres, le fauteuil à bascule, les grandes photos de famille accrochées aux murs, les bibelots en faïence du Straffordshire, les plantes en pots, les périodiques étalés en désordre sur la table de la salle à manger autour du plateau à whisky créaient un décor qu'elle jugea étouffant. C'était la première fois qu'elle venait à la station civile. La luminosité de la nuit lui avait permis de découvrir les alignements réguliers des bungalows, tous semblables, entourés de jardinets. L'ensemble lui parut désolant.

Lorsqu'elle pénétra dans la chambre de Roger, la rani trouva Annabelle Phipps debout à côté du lit de cuivre. Ses longs cheveux sombres et bouclés dénoués dans son dos, un vaste peignoir de soie flottant autour de ses formes opulentes, l'angoisse peinte sur son visage, elle incarnait la tragédie. Un coup d'œil suffit à la rani pour se rendre compte que Roger était réellement au plus mal : son teint était jaune et la sueur collait sur son front des mèches de cheveux noirs. Son visage s'était creusé, ses yeux s'étaient enfoncés et son nez s'était pincé. Il semblait inconscient, respirait irrégulièrement et son halètement émettait une sorte de sifflement impressionnant. Tantôt sa poitrine se soulevait si fortement qu'elle semblait prête à se déchirer ; tantôt elle ne bougeait apparemment plus, comme si le cœur s'était arrêté.

Lakshmi le fixa quelques instants, puis se retourna vers son serviteur et lui ordonna :

– Va me chercher Natva. Vite.

A voix basse, elle expliqua au docteur Phipps que Natva était un hathayogi, c'est-à-dire un membre d'une confrérie d'hommes saints guérisseurs dont on disait le plus grand bien. Le docteur Phipps n'avait pas la moindre idée de ce qu'était un hathayogi. Ce devait être un fakir, un de ces guérisseurs qui pullulaient en Inde et dont le charlatanisme insultait la médecine. Impressionné néanmoins par la rani, il n'osa la contredire et saisit cette occasion pour quitter la pièce où il se sentait mal à l'aise entre les deux femmes.

Annabelle Phipps s'était assise sur le lit de Roger. Elle essuyait son front ruisselant avec un mouchoir de dentelle, elle caressait ses cheveux et son visage et, en larmes, gémissait :

– Ne meurs pas, Roger, ne meurs pas.

Elle faisait tout pour que la rani comprenne qu'elle était folle du jeune homme.

Lakshmi jugea indécente cette démonstration et méprisa Annabelle Phipps de s'y livrer. Elle non plus ne voulait pas perdre Roger, mais, au lieu de pleurnicher, elle armait sa volonté contre cette issue fatale, se répétant : « Je ne veux pas qu'il meure. » Bouleversée, elle contemplait ce corps dont le drap léger dessinait fidèlement les formes et qu'elle avait un jour vu nu dans toute sa force et sa beauté.

Roger, soudain, sourit. La rani crut que ce sourire s'adressait à Annabelle Phipps. Elle était trop exaspérée pour se rendre compte que le malade, malgré ses yeux ouverts, ne pouvait voir personne. Roger semblait émerger de son coma. Il murmura des mots incompréhensibles puis prononça clairement le prénom de Mrs Phipps, « Annabelle ». Son visage se crispa, et il retomba dans l'inconscience. Il avait appelé Mrs Phipps, elle était amoureuse de lui, ils étaient amants, se dit Lakshmi. La jalousie et la rage l'envahirent, montèrent en elle comme une bouffée de chaleur, et elle s'apprêtait à sortir de la chambre lorsque Natva, le hathayogi, entra.

L'homme était complètement chauve hormis une petite touffe de cheveux au milieu du crâne. Il portait une robe blanche qui laissait nus un bras et la poitrine. Sa peau était très claire, il avait de grands yeux ronds, un nez fin et très busqué, des lèvres minces qui murmuraient une prière. Seules de petites rides sur son front et ses cheveux gris indiquaient qu'il avait dû dépasser la cinquantaine. Sa personne dégageait une impression de calme, d'autorité, de sainteté et d'extraordinaire jeunesse. Annabelle Phipps se releva et cria :

– Je ne veux pas de sorcier... Chassez-le, il va le tuer ! avant d'éclater en sanglots bruyants.

Le docteur Phipps l'entraîna au-dehors.

Le hathayogi s'approcha de Roger, mit la main sur son front en murmurant :

– Cela n'est pas, cela n'est pas, cela n'est pas.

Du fond de son inconscience, Roger ressentit une brusque fraîcheur. Telle une goutte d'eau glacée, elle partait de son front, glissait derrière sa tête, descendait le long de sa colonne vertébrale, plus bas, toujours plus bas jusqu'à ses pieds.

Le hathayogi ne faisait rien d'autre, ne bougeait pas. Peu à peu le corps de Roger était délivré de ses torturantes douleurs. La fraîcheur qui continuait à l'irradier ramenait un peu de clarté dans son cerveau.

Une curieuse sensation avait envahi la rani, toujours debout au pied du lit. Il lui semblait que les moments présents et son angoisse s'estompaient. Combien de temps cela dura-t-il ? Elle ne le sut jamais.

Doucement, le hathayogi retira sa main du front de Roger, se releva et dit à la rani :

– Il est guéri.

En effet, un semblant de couleur était revenu sur le visage du malade. Il respirait légèrement et régulièrement. Par contre, le hathayogi semblait épuisé et fiévreux. Il avait pris le teint jaune qu'avait tout à l'heure Roger, une sueur glacée perlait sur son front et il tremblait légèrement. Il avait absorbé tout le mal de Roger. La rani sortit sur ses talons.

Dans le couloir, Annabelle Phipps, le visage déformé par le chagrin, hagarde, se précipita sur eux en hurlant :

– Vous partez, il est mort, vous l'avez tué !

La rani lui lança un tel regard qu'Annabelle s'arrêta. Puis, comme si celle-ci n'existait pas, Lakshmi se tourna vers le docteur Phipps et lui dit sèchement :

– Demain, il sera sur pied.

Ce ne fut pas le lendemain, mais le surlendemain que Roger fut sur pied. Il avait dormi pendant un jour et demi tant était grand son état d'épuisement. Il se réveilla guéri. La convalescence lui fit garder le lit encore une semaine.

CHAPITRE VI

Sur ces entrefaites, se présenta un soir chez la rani un personnage familier des palais indiens, un joaillier itinérant. Comme tant de ses confrères, celui-ci allait de cour en cour proposer sa marchandise, voyageant entouré de nombreux gardes armés jusqu'aux dents. La rani le reçut dans le salon des audiences privées. Sa fortune avait été considérablement écornée par les Anglais, mais elle avait toujours aimé les bijoux et il lui restait désormais le plaisir de les contempler. L'homme était plutôt gras, onctueux et servile.

– Tu perds ton temps, joaillier, je n'ai plus d'argent pour acheter ta marchandise, lui lança la rani.

– Je ne sollicite de toi que la faveur de te les montrer, Reine. Ton regard suffira à leur donner un éclat incomparable.

Et le joaillier, avec des gestes presque féminins, se mit à ouvrir les nombreux petits tiroirs de son coffre de voyage en bois précieux incrusté d'ivoire. Sur le drap de velours sombre dont il avait recouvert une table basse, il posa un à un ses joyaux, les accompagnant chacun de commentaires fleuris et poétiques. Il y avait des torques épaisses en émail bleu nuit, incrustées d'une étoile de diamants ; des plastrons de gros diamants triangulaires, ronds et rectangulaires, des colliers formés d'une douzaine de rangs d'énormes émeraudes ; des bracelets de poignet en brocart brodés de baguettes articulées en diamants, des glands pour accrocher au turban en fils de perles terminés par des rubis, des porte-aigrettes incrustés de cabochons, des serre-cou, des bracelets d'avant-bras, des résilles. Tout en gardant un air dégoûté comme le voulait la coutume, la rani, qui s'y connaissait en bijoux, murmurait à Mandar ses commentaires sur chacun d'eux, jugeait de la pureté d'une pierre, de la finesse d'une sertissure. Elle les retournait délicatement, car la qualité des bijoux indiens se mesure à leur envers émaillé. Elle examinait la finesse des dessins représentant des fleurs, des oiseaux, des arabesques. Dédaignant les émaux rouges et verts, elle cherchait les tonalités roses, jaunes ou pervenche bien plus difficiles à obtenir.

Lorsque le joaillier eut achevé de vider ses tiroirs, il dit à la rani :

– Et maintenant, Reine, je sollicite de toi une faveur. J'ai là un bijou d'un tel prix, d'une telle rareté que je souhaite ne le montrer qu'à toi seule.

Bien qu'étonnée de sa requête, la rani renvoya Mandar et ses autres suivantes. Lorsqu'ils furent seuls, le joaillier, la tête baissée, tout en jouant avec les émeraudes et les diamants étalés devant lui, lui dit à voix basse :

– En fait, Reine, je suis venu te proposer le plus beau bijou du monde : Jansi.

La surprise de la rani fut telle qu'elle ne put la cacher.

– Je suis venu, Reine, te donner le moyen de reprendre pour toi et pour ton fils le trône qui t'appartient et dont tu as été injustement chassée.

– Et par quelle magie, joaillier ?

– Par la révolte contre l'oppresseur anglais.

La rani sentait son cœur battre la chamade. Avait-elle affaire à un fanatique, à un fou ou à un agent provocateur ? La curiosité la poussa à tâcher d'en savoir plus long.

– Et avec l'aide de qui me révolterai-je, joaillier, car je n'imagine pas que tu voudrais que, seule avec les quelques serviteurs qui me restent, je me soulève contre l'Empire britannique !

– Oh ! non, Reine ! Tu ne seras pas seule. Avec toi

il y aura les rois spoliés comme toi, les artisans et les paysans ruinés par l'occupation anglaise, tous ceux qui voient leurs traditions violées et leur religion outragée.

– Mais pour se battre, il faut des soldats !

– Nous les avons, Reine. Ce sont les propres soldats des Anglais, nos frères de race qu'ils ont engagés dans leur armée. Les cipayes sont les plus décidés à secouer leur joug.

– Je suppose que vous vous êtes concertés avant de venir me lancer cette invitation ?

– Tout est prêt, Reine. Depuis des mois et des mois, nous avons recruté des affiliés à travers toute l'Inde. Notre réseau est implanté partout. Nous sommes des millions de mécontents, des millions prêts à nous révolter et qui, pour cela, n'attendent qu'un signe.

– Avez-vous imaginé la réaction des Anglais ?

– Les Anglais ! Sais-tu combien ils sont dans toute l'Inde, Reine ? Trente-neuf mille trois cent cinquante-deux hommes de troupe et six mille cent soixante-dix officiers, en tout quarante-cinq mille cinq cent vingt-deux Anglais contre cent cinquante millions d'Indiens...

– Et qui sera votre chef ?

– Notre maître légitime, Reine. Le Grand Mogol, l'empereur des Indes.

Du coup, la rani éclata de rire. Toute l'Inde savait que le Grand Mogol actuel, shah Bahadur, était un vieillard sans caractère, sans pouvoir, sans prestige et sans argent, vivant misérablement reclus dans son palais en ruine de Delhi. Il passait son temps à lutiner les femmes de son harem ou à faire des vers, harcelé par sa favorite, une harpie du nom de Zinat Mahal, et déchiré par les querelles de ses fils, aussi cupides et incapables les uns que les autres.

– Tu veux me faire croire, joaillier, que shah Bahadur mènerait une révolte générale de l'Inde contre les Anglais ? Tu plaisantes !

– Il en sera le symbole, Reine. Son nom seul suffira à cristalliser autour de lui les forces de la révolte et à les mener à la victoire et à l'indépendance.

Ce langage rendait la rani de plus en plus sceptique.

– Je suis bien placée, hélas, pour savoir combien l'Inde est humiliée, spoliée, menacée même dans ses traditions et sa religion. Mais de là à une rébellion générale !

– L'Inde, Reine, n'est pas seulement humiliée. Elle est réduite en esclavage. Les annexions d'Etats, qui ont déjà eu lieu sous des prétextes douteux, ne sont qu'un début. Les Anglais ont l'intention de s'emparer de tous les Etats princiers, avec ou sans prétexte. Ils veulent écraser sous leurs bottes nos traditions, notre religion, notre liberté. Ils n'ont qu'un but, réduire l'Inde entière en esclavage. Seule la révolte nous épargnera cette mort lente.

– Dis-moi, joaillier, qui t'a envoyé ici ?

Le joaillier sourit et murmura :

– Le destin, Reine, ton destin.

– Tes propos sont cependant si inattendus. Il me faudrait une preuve.

– Tu l'auras, Reine. Bientôt, tu verras ici même à Jansi, comme dans tout le pays, des signes que tu reconnaîtras immanquablement. Ils te diront clairement que le moment approche.

– Pourquoi m'avez-vous choisie, joaillier ?

– A cause de ton prestige. Tu es restée la reine dans le cœur de tous les habitants de Jansi. Un mot de toi et tous se rangeront à nos côtés, tous se révolteront. Et puis, nous savons que tu as des contacts avec les Anglais. Tu pourras leur soutirer les renseignements qui nous seront nécessaires. Ton concours nous est indispensable.

– Tu parles, joaillier, comme si j'avais déjà accepté.

– Réfléchis, Reine. Prends ton temps, mais ne tarde pas trop à te décider.

– N'as-tu pas peur, joaillier, que je vous dénonce aux Anglais ?

– Peut-être refuseras-tu, contre ton devoir et

contre ton intérêt, de te joindre à nous, mais nous trahir, nous, ton pays et tes frères de race, je sais que tu ne le feras jamais.

La rani était profondément troublée. Les pensées les plus diverses se bousculaient en elle. Elle ne voulait surtout pas le laisser voir ni donner à son interlocuteur la moindre indication sur ses réactions. En outre, ce joaillier l'intriguait au point qu'elle devint insolente.

– Je croyais les buniyas, les marchands de ta caste, uniquement intéressés à arrondir leur pécule.

– Il est des occasions où nous devons négliger les misérables préoccupations de la vie quotidienne. L'Inde m'appelle comme elle nous appelle tous.

– Combien ce collier, joaillier ? lui demanda la rani brusquement.

Et elle indiqua du doigt le bijou qu'elle avait repéré dès le début et qu'elle préférait à tous ceux que lui avait montrés le joaillier. C'était un très long collier d'homme fait de torsades de grosses perles serrées de loin en loin par d'épais anneaux d'or incrustés de rubis.

– Mille roupies. Il en vaut trois fois plus. Mais je te le cède à ce prix ridiculement bas en témoignage de mon admiration pour toi.

– Tu rêves, joaillier. Il en vaut tout au plus quatre cent cinquante.

– Ta connaissance légendaire des joyaux est prise en défaut, Reine. Il n'y a pas deux colliers d'une telle beauté dans toute l'Inde.

En un instant, le comploteur prêchant la révolte était redevenu un marchand coriace. Lakshmi et lui discutèrent furieusement et longuement du prix, la rani par plaisir, lui avec une science millénaire. Finalement, il laissa le collier à quatre cent soixante-quinze roupies. Il remballa ses bijoux dans les tiroirs de son coffre, salua humblement la rani et se retira sans avoir ajouté la moindre allusion aux propos qu'il avait tenus. La rani se dit qu'elle avait obtenu le collier à un prix bien inférieur à sa valeur. Le marchand devait le savoir tout aussi bien qu'elle.

Avait-il ainsi voulu se gagner ses bonnes grâces et en quelque sorte les acheter ? En tout cas, elle avait fait une bonne affaire.

Cet entretien ne fit pas modifier à la rani son programme quotidien. A l'heure de la détente elle se rendit dans le pavillon à colonnes ouvert sur les bassins et les parterres pour le concert du soir de musique sacrée. Les musiciens n'interprétaient pas une partition. A partir d'un thème donné, ils improvisaient sur leurs instruments – tambour et cithare – afin de créer l'essence du *raga*, qui est l'atmosphère du moment.

Les ombres brun doré envahissaient le fond du jardin. La nuit tombait et, à cette heure, chaque arbre devenait une volière en folie où des milliers de volatiles pépiaient, croassaient, roucoulaient, caquetaient à la fois – les oiseaux indiens étant plus bruyants que leurs congénères de n'importe quelle autre contrée. Leur tapage couvrait les rumeurs familières venues de la rue voisine et distrayait la rani.

Elle ne pensait qu'aux paroles du joaillier... Les Anglais chassés, Jansi libéré, elle et son fils remis sur le trône, ce serait la réalisation de son plus cher désir. Résignée, elle ne l'avait jamais été, même si les années, en passant, avaient mis son espoir en sommeil. Et voilà qu'un inconnu venait soudain le ranimer. Certes, un mécontentement et une inquiétude, largement répandus, remuaient l'Inde. Mais de là à ce qu'un complot sérieusement préparé réunisse toutes les classes et toutes les provinces, de là à ce que l'Inde secoue sa léthargie séculaire ! Les rois indiens prendre les armes... allons donc... Pas un seul n'avait protesté contre sa déposition et l'annexion de Jansi. Le peuple, son peuple se révolter... Il geignait contre l'occupation mais s'en accommodait... Elle fit pourtant le rapprochement entre la visite du joaillier et les discours subversifs qu'elle avait entendus au village de Burah. Fakirs et montreurs de marionnettes n'avaient rien de commun avec les buniyas. Ces derniers étaient réputés n'agir que par intérêt et les discours patriotiques du joaillier avaient éveillé la méfiance toujours en garde de la rani. Elle connaissait les cours indiennes où nuit et jour serpentaient les intrigues. Elle savait que même détrônée elle restait une cible, entourée d'espions et de calculs ténébreux. Cette visite pouvait être une provocation. On cherchait peut-être à la compromettre. Cela pouvait venir d'un Etat voisin de Jansi, Orcha par exemple, désireux de faire du tort à l'ancienne souveraine, ou des Anglais souhaitant tester sa soumission. Elle flaira dans l'invitation du joaillier des ennuis tant pour Jansi que pour elle-même. Mieux valait ne pas répondre et surtout n'en toucher mot à quiconque.

Les servantes de la rani, tout en vaquant autour d'elle dans sa chambre, chuchotaient avec plus d'excitation qu'à l'accoutumée. Elles n'avaient à la bouche que le scandale provoqué la veille au bal donné par les officiers anglais pour fêter le rétablissement de Roger. Entre domestiques indiens, ceux des Anglais et ceux du palais, les nouvelles circulaient vite. Longtemps, la rani n'avait pas prêté attention à ces ragots, laissant ses servantes les colporter sans les écouter. Depuis quelque temps, cependant, elle tendait l'oreille aux rumeurs concernant la colonie britannique, et allait jusqu'à poser des questions.

Ce jour-là, elles ne se privaient pas de mentionner le nom de Roger, le héros de la fête. Le sahib Giffard avait dansé toute la nuit avec Mrs Phipps. Le docteur Phipps étant allé se coucher tôt, le sahib Giffard et Mrs Phipps étaient restés les derniers et, lorsqu'ils étaient sortis sur le perron, le sahib Giffard avait embrassé Mrs Phipps sur la bouche. Ils étaient ensuite rentrés ensemble, dans la même voiture.

La rani pâlit mais elle avait assez d'emprise sur elle-même pour rester impassible. De Kiraun elle n'était pas jalouse. Une reine ne peut l'être d'une fille à soldats. Mais de Mrs Phipps... Annabelle était une femme belle, voluptueuse et frustrée. Elle était de la même race que Roger, elle parlait la même langue que lui, et il habitait sous son toit, ce qui devait faciliter leur liaison. Après tout, se demanda la rani, pourquoi serais-je jalouse ? Je ne suis pas amoureuse du sahib Giffard.

Son déjeuner fini, elle attendit Roger dans la cour du palais. Il arriva tout joyeux, haletant, et s'écria :

– Nos promenades m'ont tellement manqué, Altesse.

C'était la première fois que Lakshmi le revoyait depuis la nuit où il avait failli mourir. Elle avait tout de suite noté sur son visage les marques laissées par la fête de la veille. Ses traits tirés, ses yeux devenus tout petits, ses grands cernes bleuâtres et sa pâleur ne devaient rien à sa récente maladie. La rani l'accueillit avec une courtoisie glaciale. Elle eut un regard presque de mépris pour la tenue indienne qu'il avait adoptée, certes mieux adaptée au climat, mais qu'aucun de ses compatriotes n'eût accepté d'endosser. Elle ne parut pas remarquer qu'il s'adressait à ses serviteurs en indi qu'il avait décidé d'apprendre et qu'il maniait passablement, dépassant déjà les quelques mots que la plupart des Anglais condescendaient à baragouiner. Elle monta à cheval sans rien dire et ils partirent à travers la campagne. Ils maintenaient une petite allure, car l'état de Roger lui interdisait encore les galopades. Le silence de Lakshmi, qui se prolongeait, contrastait avec son habituelle animation.

Finalement, Roger n'y tint plus et lui demanda :

– Qu'avez-vous donc aujourd'hui, Altesse ?

Il y avait comme une caresse dans sa voix.

– Qu'ai-je, demandes-tu ? J'ai que je ne supporte plus de voir les Anglais heurter mes compatriotes par leur conduite.

Roger, surpris de cette sortie, resta silencieux.

Lakshmi poursuivit.

– La soirée d'hier a causé un scandale considérable en ville.

– Les officiers voulaient simplement fêter ma

guérison, lui répondit Roger qui ne voyait pas où elle voulait en venir.

— Je ne puis cependant admettre qu'en présence des Indiens, que vous utilisez comme esclaves, vous dévoriez une nourriture impure, que vous vous enivriez dans le bruit et le désordre, et enfin que vous vous teniez d'une façon indécente avec les femmes en les enlaçant.

— Peut-être, Altesse, quelques-uns de mes compatriotes ont-ils un peu trop bu. Moi-même j'avais probablement dépassé la mesure, mais je puis vous assurer qu'il n'y a pas eu la moindre indécence dans cette réunion amicale, et presque familiale.

Roger expliqua à la rani que consommer du jambon, nourriture impure pour les Indiens, et prendre les femmes par la taille pour valser étaient des coutumes britanniques.

— Elles ne sont pas indécentes, elles sont différentes des vôtres, conclut-il.

— Vous n'aviez, sahib Giffard, qu'à les garder chez vous.

Bien entendu, Lakshmi n'avait pas prononcé le nom d'Annabelle Phipps, qui, pourtant, n'était pas étrangère à sa colère. Son exaspération, loin d'être apaisée par la patience avec laquelle Roger lui avait répondu, ne fit qu'augmenter. En outre, la visite du joaillier, avec tout ce qu'elle avait remué de souvenirs, de vagues espoirs et d'incertitudes, continuait à l'agiter. Elle sentit brusquement les plaintes de ses compatriotes et sa propre rancœur remonter à la surface.

— Les Anglais maltraitent par trop l'Inde. Il n'y a pas de jour où mes frères de race ne viennent me rapporter une nouvelle insulte faite à nos traditions ou à notre religion, une nouvelle vexation, une nouvelle spoliation.

Lakshmi enchaîna avec le premier exemple qui lui vint à l'esprit.

— Vous avez amené le chemin de fer, ce qui est fort bien, mais vos wagons sont aménagés de telle façon qu'ils ne respectent pas notre système de castes. Un brahmane risque de s'y trouver assis à côté d'un intouchable, ce qui le rendrait impur pour toujours.

– Les Anglais, Altesse, ne peuvent accepter le système des castes. Ils considèrent cette ségrégation due à la seule naissance comme une profonde injustice.

– Parce qu'ils n'y comprennent rien, sahib Giffard. L'intouchable, que les Anglais plaignent et nous accusent de maltraiter, accepte sa condition car il sait que ses bonnes actions le feront renaître dans une caste supérieure. Moi-même, une brahmine, si j'agis mal, je peux renaître une intouchable dans une prochaine réincarnation. Telle est la justice de notre religion.

Et sans lui laisser le temps de répondre, elle lui jeta à la tête les injustices que les Anglais accentuaient par leurs mesures. Les paysans ne pouvaient plus régler leurs redevances. Les grands propriétaires terriens, écrasés d'impôts, dépouillés d'une partie de leurs terres, se voyaient forcés de vendre celles qui leur restaient aux banquiers, aux marchands, ces vautours souvent venus d'ailleurs. Les cipayes ne recevaient que des soldes de misère. Dans les Etats annexés, des professions entières étaient quasiment réduites à la famine. Personne ne savait comment faire face aux nouvelles taxes que les Anglais faisaient pleuvoir sur tous.

– Tu sais ce que répètent mes compatriotes : *Cumpani sarkar choroonki jamat kai...* « Le gouvernement de la Compagnie n'est qu'une bande de voleurs. »

Roger se défendait pied à pied contre cette avalanche de reproches ; mais il n'oubliait pas un instant que cette femme qui l'attaquait et qu'il aimait avait été victime de ses compatriotes. Il reconnaissait l'impérialisme du gouvernement britannique. Il savait combien ses fonctionnaires pouvaient se montrer brutaux et rapaces. Cependant, il demeurait convaincu de la supériorité de son pays et de sa mission civilisatrice :

– Les Anglais veulent sortir l'Inde de sa misère séculaire, secouer ses institutions vétustes, rogner ses inégalités et ses abus. Ils veulent y apporter modernisme, progrès et prospérité, ils veulent tirer l'Inde du Moyen Age pour la faire entrer dans ce siècle. Ils s'y sont attelés avec dévouement. Mais une telle transformation, par son ampleur, s'accompagne naturellement de heurts et même d'injustices.

– Louable intention que celle des Anglais, répliqua la rani en ricanant. Mais peut-être feraient-ils bien de commencer par essayer de nous connaître et de nous comprendre, au lieu de nous traiter comme si nous étions une race inférieure.

Roger perdit patience :

– Et les Indiens, ne nous méprisent-ils pas, même s'ils courbent l'échine ? Eux qui nous considèrent d'une caste à peine supérieure à celle ignoble des intouchables et qui, de surcroît, nous dénient l'espoir de toute réincarnation ?

– Tu te trompes, sahib Giffard. Les Indiens ne méprisent pas les Anglais, ils en ont peur. Ils ont peur pour leurs croyances, pour leur foi. Ils sont convaincus que les Anglais veulent les convertir à leur religion par la force.

– Absurde ! répliqua Roger. Les Anglais n'ont fait que mettre fin à des pratiques religieuses qu'ils considéraient comme inhumaines. Ils ont interdit l'infanticide, le suicide des veuves et ils ont permis à ces veuves de se remarier.

– Et vos missionnaires, sahib Giffard, qu'en fais-tu ? Ils se multiplient comme des sauterelles avant la mousson ; ils prêchent, ils insistent, ils pressent notre peuple. Votre gouvernement les encourage et les couvre d'or, et quel or, sahib Giffard, sinon l'or même de l'Inde.

– Nos prêtres considèrent comme leur devoir de faire connaître à tous notre religion d'amour et de charité.

– Telle est aussi la nôtre. Que les Anglais gardent donc la leur pour eux !

– En tout cas, Altesse, les Anglais n'utiliseront jamais la force pour convertir les Indiens.

– Alors, pourquoi certains officiers anglais ont-ils déclaré dans les journaux n'être entrés dans l'armée des Indes que dans le seul but de convertir les soldats indiens au christianisme ? Utilisent-ils la douceur et la persuasion pour cela ? Pourquoi, dans les casernes, les soldats indiens qui sont tombés assez bas pour renier notre religion sont-ils promus plus rapidement que les autres ? Les Anglais ne font qu'encourager les renégats. Comment pourrions-nous jamais leur faire confiance ?

Là-dessus, la rani enfonça ses talons dans les flancs de son cheval et partit à vive allure. Son exaspération contre les Anglais, contre Roger, était telle qu'elle n'avait plus qu'une envie : galoper sur la route poudreuse, droit devant elle, jusqu'à l'épuisement.

Roger la regarda disparaître suivie de ses serviteurs dans un nuage de poussière. Lui ne poussa pas son cheval, et, laissant flotter les rênes, s'abîma dans ses pensées. La lumière avare de cet après-midi de décembre fonçait l'ocre de la terre et le vert soutenu des feuillages. Le ciel était couvert de nuages épais et immobiles qui formaient une chape grise. Roger se sentait las, découragé et quelque part troublé. Il avait voulu faire comprendre les intentions de ses compatriotes à la rani, expliquer l'Angleterre à l'Inde, et il s'apercevait de l'inanité de ses efforts.

Les jours suivants, Roger s'abstint de se présenter au palais. L'amertume qu'il avait décelée chez la rani le troublait autant que ses propres réflexions. Cependant, il lui fit tenir le cadeau qu'il lui avait préparé pendant sa convalescence.

Lakshmi reçut un album d'aquarelles qui représentaient l'aventure du cobra qu'il avait vécue : Roger pétrifié face au serpent dressé devant lui ; les serviteurs de la rani prenant la fuite ; le serpent rendant l'âme après avoir reçu la balle de la rani ; Roger serrant les dents et grimaçant pendant que la rani l'opérait ; Annabelle Phipps en prima donna de province à côté du lit de Roger ; Roger convalescent étendu sur sa chaise longue recevant les visites des dames anglaises de la station civile. Chaque visage et chaque attitude étaient rendus avec une telle vérité et une telle drôlerie que les scènes les plus dramatiques en devenaient comiques. La rani figurait sur ces croquis mais toujours de dos.

Ces images la firent franchement rire. Le billet qui les accompagnait la bouleversa : « Je vous dois, Altesse, mon seul bien, ma vie. Elle vous appartient désormais. Faites-en ce que bon vous semblera. »

CHAPITRE VII

Le *divapali*, la plus grande fête de l'année hindoue, tombait à cette époque. La joyeuse animation qui régnait en ville et à laquelle les Anglais ne participaient pas rendait le cœur de Roger encore plus lourd. Voilà une semaine qu'il n'avait revu la rani et elle lui manquait cruellement. Aussi, en quittant le bureau du magistrat de district, se mit-il à errer dans les rues plutôt que de rentrer à la station civile. Marchant au hasard, il se laissa porter par la foule. Il franchit ainsi une des portes de la ville et se dirigea vers le lac, presque sans s'en rendre compte. La cohue devenait de plus en plus dense aux abords du temple de Lakshmi. Soudain Roger aperçut la rani qui en sortait.

Comme tous les habitants de Jansi, elle était allée faire ses dévotions à la déesse sous les auspices de laquelle la fête du divapali est placée. Parents, conseillers, anciens courtisans et serviteurs en tenue de gala dessinaient autour d'elle une auréole de brocarts, de turbans et d'aigrettes. Elle tenait par la main le jeune Damodar qui, selon la coutume, avait fabriqué avec ses camarades des torches de fortune faites de chiffons imbibés d'huile plantés sur des bambous.

Roger était resté à l'écart, mais la rani le remarqua immédiatement. Elle glissa quelques mots à l'oreille de son fils. Celui-ci se dirigea vers son ami le fe-renghi, fendant la foule qui s'écartait respectueusement devant lui. Avec un sourire, il lui tendit une de ses torches encore éteintes. Puis il pencha vers elle la flamme de la sienne et prononça les mots traditionnels : « Mon étincelle touche ta torche, ton étincelle touche la mienne. La torche est le cosmos, l'étincelle, toi ou moi. Un jour, nous nous allumerons à nouveau ailleurs. Pourquoi mourir ? »

La rani s'était approchée et Roger put admirer sa parure. Elle s'était coiffée d'une toque de soie rouge autour de laquelle étaient enroulés des fils de perles et de rubis. Son gilet en brocart, généreusement ouvert, laissait distinguer la naissance des seins. Elle portait un collier de gros diamants et avait passé à sa ceinture d'or deux pistolets à la crosse damasquinée. Les larges pattes de ses pantalons de mousseline blanche mettaient en valeur l'extrême petitesse de ses pieds nus.

La somptuosité de sa tenue la rendait encore plus désirable. Elle remercia Roger de son cadeau, avec toute sa grâce habituelle mais en présence de la foule qui les entourait, telle une reine remerciant un féal. Déjà elle s'éloignait.

Elle monta dans son palanquin d'argent et se dirigea vers la ville, entourée de sa cour et suivie par la foule. Roger resta en arrière parmi les fidèles attardés. Il soupira. Cette rencontre le frustrait par sa brièveté et l'attrista par son manque d'intimité. Il aurait donné cher pour ne pas avoir maintenant à partager le dîner des Phipps.

Contrastant avec la gaieté de la ville dont toutes les maisons scintillaient de milliers de lampes à huile, la station civile baignait dans son obscurité coutumière. Roger allait entrer dans le bungalow des Phipps lorsqu'un froissement agita un buisson de seringa. Le petit visage de Kiraun apparut, à demi dissimulé derrière les fleurs. Il s'approcha d'elle. D'un geste humble, elle lui tendit son cadeau, car l'usage voulait que ce soir-là on offrît des présents aux êtres chers, aux parents et aux amis. C'était une statuette en bois grossièrement sculpté représentant la déesse Lakshmi. La malheureuse divinité, peinte de couleurs trop vives, était hideuse.

Kiraun avait pourtant dû se ruiner pour l'acheter. Confus, Roger sortit toutes les roupies qu'il avait dans sa poche et, instinctivement, les lui mit dans la main. Il aurait voulu lui donner quelque chose à son tour, lui acheter un bijou, mais il n'avait que quelques piécettes à lui offrir. Kiraun les compta soigneusement, prit un air extasié, sauta au cou de Roger, l'embrassa légèrement et s'enfuit dans les buissons.

Le repas chez les Phipps se révéla plus morne que jamais. Les rumeurs joyeuses de la ville en fête, les battements de tambours, le son triomphant des conques dans lesquelles soufflaient les femmes indiennes leur parvenaient clairement, portés par la nuit d'Orient, et accentuaient la sensation d'étouffement qui planait dans la salle à manger.

Roger avait cru devoir être présent. Depuis quelque temps, il sentait que ses hôtes le considéraient avec suspicion. Son amour grandissant pour l'Inde en était responsable. Ses tenues indiennes, son goût pour la cuisine indienne, son usage de la langue indienne leur apparaissaient comme autant d'incongruités. Le docteur Phipps se contentait de lever les sourcils et de le regarder avec une ironie amère, mais Annabelle ne se faisait pas faute de lui lancer des remarques acerbes. Le retard de Roger, ce soir-là, déclencha le tir.

– Je ne comprends pas, mon cher Roger, comment vous vous plaisez dans la ville indienne où vous passez votre temps. Ces indigènes me font peur avec leurs regards. On ne sait jamais à quoi s'attendre, avec eux. On a l'impression qu'à tout moment ils peuvent vous égorger.

Roger protesta. Il n'avait jamais senti la moindre hostilité de la part des Indiens.

– Ne me dites pas que vous supportez le spectacle de leur misère. Ces mendiants squelettiques, ces scrofuleux, ces culs-de-jatte, ces lépreux qui s'accrochent à vous, qui vous crachent aux pieds leur sang.

– Vous savez très bien, Annabelle, qu'ils ne crachent pas leur sang mais le jus rouge du bétel qu'ils mâchent. Et que derrière cette façade qui vous horrifie, il y a une civilisation millénaire, admirable, incomparable.

– ... Qui ne les empêche pas d'être sales, affirma Mrs Phipps.

– Les Indiens sont le peuple le plus propre du monde. Ils pourraient même en remontrer sur ce sujet aux Anglais, rétorqua Roger.

Tout de suite, à la mine profondément offusquée de ses hôtes, il sentit qu'il était allé trop loin. Il ajouta :

– Sales ou pas, puisque nous sommes chez eux, il me semble que nous devons les fréquenter afin de les comprendre.

– Nous sommes ici avant tout pour les éduquer, grommela le docteur.

– Peut-être, insista Roger, mais alors sans bouleverser leurs structures et leurs croyances, qui semblent parfaitement leur convenir. Nous sommes venus ici pour améliorer leur sort, affirmons-nous, mais nous sommes-nous jamais demandé s'ils en étaient contents et s'ils appréciaient ce que nous leur proposons... ou imposons ?

– Vous êtes un original avec vos idées, siffla Annabelle. Il est vrai que vous êtes un artiste.

Elle avait prononcé ce dernier mot du bout des lèvres, avec tout le mépris dont elle était capable.

– J'ai connu autrefois un peintre suédois qui était venu ici, se rappela le docteur. Il s'était fait un joli magot à peindre les maharajahs. Peut-être devriez-vous changer de métier, Giffard, et abandonner le service de la Compagnie.

Cette remarque, faite avec bienveillance, ne modifia pas l'aigreur de son épouse.

– En tout cas, nous constatons avec regret, avec tristesse, dirais-je même, que vous préférez à notre compagnie celle des Indiens... et des Indiennes. Libre à vous. Cependant, j'ai de l'affection pour vous et je n'aime pas qu'on vous calomnie. Tout le monde ici à la station sait que vous allez tous les jours au palais, et l'ex-rani a une tellement mauvaise réputation...

Roger allait répondre vertement mais il se retint, ne voulant pas se livrer avec Annabelle à une polémique qui ne ferait qu'entretenir sa jalousie. L'atmosphère se chargea de gêne alors que le repas traînait.

Le docteur raconta en détail les cas médicaux qu'il avait observés pendant la journée, ne manquant pas de souligner la barbarie de la médecine indienne et l'obscurantisme de ce peuple. Annabelle se plaignait sans cesse des bruits de la ville :

– Ces sauvages ne vont pas arrêter avant l'aube et m'empêcheront de dormir toute la nuit.

Roger n'ouvrit plus la bouche.

Le dessert venait d'être servi lorsqu'un serviteur annonça que des messagers du palais attendaient Roger dehors. Celui-ci courut jusqu'à la véranda où il se trouva nez à nez avec Lakshmi elle-même. Elle avait troqué sa tenue de gala pour un de ces ensembles composites dont elle avait le secret. Une longue pièce de mousseline blanche enroulée autour de son corps lui cachait à demi le visage, couvrait sa poitrine, puis était drapée en forme de pantalon. Autour de sa taille était noué un châle rouge brodé de Bénarès, dans lequel elle avait passé ses pistolets et son poignard à la poignée ornée de pierreries. Elle avait glissé un lourd bracelet d'argent à l'une de ses chevilles.

– Je me suis déguisée, expliqua-t-elle à Roger, pour qu'on ne me reconnaisse pas. J'ai envie d'aller voir la fête en ville. Viens avec moi, mais d'abord va te changer.

Courir vers la salle à manger, faire des adieux hâtifs aux Phipps éberlués et choqués, bondir dans sa chambre, endosser sa tenue indienne, enrouler son turban puis partir à cheval avec la rani fut l'affaire de quelques minutes pour Roger.

La ville entière était éveillée et fêtait joyeusement Lakshmi, la déesse de la Richesse et de la Prospérité qui, ce jour-là, visitait chaque foyer. Les rues avaient été soigneusement nettoyées et balayées, ce qui les changeait considérablement de leur aspect habituel. Devant les maisons et sur les façades éclairées par les petites lampes de terre cuite, des poudres de toutes les couleurs dessinaient les motifs les plus divers, le plus fréquent étant le svastika, emblème de la déesse. Par les fenêtres ouvertes sur la rue, Roger découvrit de nombreuses familles se livrant aux jeux de hasard, dés ou cartes.

– Nous croyons, lui expliqua la rani, que celui qui gagne pendant cette nuit du divapali gagnera toute l'année. Aussi, les joueurs tentent-ils tous leur chance, comme les voleurs, d'ailleurs, qui s'en donnent à cœur joie car ils sont persuadés que s'ils réussissent à se remplir les poches ce soir, toute l'année sera favorable à leurs activités.

Au bazar, généralement désert la nuit, la plus grande animation régnait. Chaque boutique avait été transformée en salon de réception grâce à de riches tentures de soie pendues aux murs, de somptueux tapis jetés sur le sol et des lustres en verre de Bohême suspendus au plafond. Les propriétaires et leurs familles y recevaient leurs voisins et amis. On mangeait, on buvait, on se montrait joyeux. Le bazar entier scintillait de lumières et résonnait de la musique entraînante que des orchestres jouaient aux carrefours.

Serrés l'un contre l'autre, la rani et Roger se laissaient porter par la foule dense qui circulait dans les ruelles. Il remarqua que la rani avait utilisé un parfum différent de son mélange habituel. Lakshmi lui expliqua que, selon l'usage, elle s'était fait frictionner ce jour-là avec une mixture de sable, de bois de santal et d'herbes odoriférantes afin d'être débarrassée de la moindre impureté. Lakshmi éprouvait une joie enfantine de cette escapade et Roger se laissait griser par les couleurs, les odeurs et les mouvements du bazar qui lui étaient devenus une sorte de drogue.

Ils parvenaient à un carrefour lorsque la rani vit l'affiche, collée au mur bien en vue. Le texte, grossièrement imprimé, se répétait sur trois colonnes en indi et en ourdou, les deux langues principales de l'Inde, et en mahrate, la langue de la région.

Hindous et musulmans de l'Inde ! Soulevez-vous ! Frères, soulevez-vous ! De tous les dons de Dieu, la liberté est le plus précieux. Le Démon oppressif qui nous en a dépouillés par ruse pourra-t-il toujours nous en priver ? Un tel acte contre la volonté de Dieu pourra-t-il toujours se perpétrer ? Non ! Non ! Les Anglais ont commis tant d'atrocités que la coupe de leurs fautes est déjà pleine. Pour y ajouter, ils ont maintenant le désir perfide de détruire notre sainte religion. Allons-nous continuer à rester passifs ? Dieu ne le souhaite pas. Car il a inspiré le cœur des hindous et des musulmans, il l'a rempli de courage et bientôt les Anglais seront si totalement vaincus que dans notre Inde il ne restera même pas trace d'eux...

La rani ne pouvait détacher les yeux de l'affiche dont elle semblait chercher à percer le mystère. Puis, sentant un regard fixé sur elle, elle se retourna et découvrit un marchand d'étoffes qui la considérait avec insistance. Il était seul dans son échoppe, préférant sans doute faire des affaires plutôt que de festoyer.

La rani s'approcha de lui et feignit de s'intéresser aux cotonnades. Le marchand ne fut pas dupe :

– Les étrangers vont peut-être passer un mauvais quart d'heure. Ce n'est pas que ça me fasse plaisir. Ils sont de bons clients. Les dames anglaises qui me font venir à la station civile pour m'acheter des étoffes ont toujours été polies. Et elles ne me demandent pas de leur faire crédit. Je n'ai rien contre les Anglais. Ni moi ni mes collègues du bazar.

– Mais alors, marchand, qui leur en veut, aux Anglais ? Qui a rédigé ces proclamations, qui les a affichées ?

L'homme haussa les épaules.

– Est-ce que je sais, moi ? En tout cas, ce ne sont pas des gens d'ici. A Jansi, les gens ne sont pas contents avec les étrangers anglais, c'est vrai, mais ils ne veulent surtout pas d'ennuis.

Tout en écoutant le marchand, la rani remarqua que personne dans la foule ne s'arrêtait pour lire l'affiche incendiaire mais que beaucoup, en passant, y jetaient un coup d'œil furtif comme s'ils en connaissaient déjà le texte.

– En tout cas, poursuivit le marchand les yeux baissés, quoi qu'il arrive, nous suivrons tous notre reine.

Lakshmi rougit. Le marchand l'avait parfaitement reconnue sous son voile. Elle s'éloigna rapidement, suivie de Roger, sortit du bazar et gagna des ruelles peu fréquentées. Alors, seulement, elle ralentit le pas et Roger rompit le silence :

– Que disait l'affiche ?

Elle lui répondit d'un air détaché :

– Que l'Inde va bientôt se rebeller contre les Anglais.

L'énormité de la réponse prononcée sur un ton aussi léger fit éclater de rire le jeune homme.

Ils reprirent leur marche. Roger, comprenant qu'elle n'avait pas envie de parler, la laissa à ses méditations ; la rani avait été frappée par l'appel à l'union des deux religions, hindouiste et musulmane, qui se partageaient l'Inde. Leur rivalité pendant des siècles avait provoqué la faiblesse du pays. Si elles s'unissaient, l'Inde serait invincible. Serait-ce donc possible, que l'impensable devienne pensable, que l'Inde retrouve sa force et sa liberté, que les Anglais en soient chassés ?

La pensée de la rani revint au joaillier. Il n'avait pas menti. Quelque chose se préparait. Mais l'Inde n'était-elle pas la terre des complots, pour la plupart destinés à rester mort-nés ou à avorter ?

Demain, elle tâcherait d'en savoir plus. Ce soir, il y avait fête, ce soir elle était avec Roger.

Ils étaient maintenant sortis de la ville et suivaient la route qui menait au lac Lakshmi, entre le temple et le mausolée que la rani avait fait édifier à la mémoire de son mari. Ils arrivèrent sur le môle où les serviteurs de la rani l'attendaient pour lui faire traverser le lac et la mener à son pavillon, où elle comptait passer la nuit.

Elle se rappela alors le cadeau qu'elle avait préparé pour Roger, et lui tendit un poignard de facture mongole ancienne, dont le manche représentait une tête de cheval entièrement incrustée de petits rubis. A nouveau, Roger se sentit honteux d'avoir ignoré la coutume d'offrir des présents dans la nuit de divapali. Il retira de son doigt une bague de famille. C'était une intaille hellénistique représentant Vénus, montée très simplement sur or. Il l'offrit à la rani en lui disant :

– Ma mère me l'a donnée le jour où j'ai quitté la maison pour aller faire mes études. Elle représente notre déesse de la Beauté. Elle vous appartient de droit.

La rani passa la bague à son doigt. L'un et l'autre se sentirent gagnés en même temps par un sentiment de gêne. Roger voulut prendre congé de Lakshmi, mais elle ne le laissa pas partir.

– Je présume, sahib Giffard, que tu n'as jamais visité le temple de Lakshmi, dit-elle en l'entraînant vers les bâtiments que l'on devinait dans l'ombre.

La visite ne leur prit pas longtemps. Lakshmi et Roger s'assirent sur un banc de pierre dans la cour bordée par les cellules des moines, que seule la luminosité laiteuse de la nuit éclairait. Devant eux, un large escalier menait au sanctuaire même dont le portail ouvert trouait de lumière la façade obscure. Il s'en échappait la voix d'un prêtre brahmane qui chantonnait des versets religieux. De temps en temps, un fidèle traversait la cour sans faire le moindre bruit et disparaissait dans le temple. On entendait alors le tintement de la cloche qu'il touchait pour éloigner les mauvais esprits. L'air était particulièrement doux et presque chaud.

– Chez moi, en Angleterre, il fait si froid en ce

moment, murmura Roger. Roderick m'écrit que l'hiver est le plus rude depuis plusieurs décennies.

– Qui est Roderick ? demanda Lakshmi.

Roger expliqua que c'était son meilleur ami. La rani voulut tout savoir de Roderick, ce qu'il faisait, depuis combien de temps il connaissait Roger, où ils s'étaient rencontrés.

– Ton ami te ressemble-t-il ?

– Absolument pas.

Roderick était très grand, beaucoup plus grand que Roger. Il faisait penser à un chérubin monté en graine avec son petit nez retroussé, ses yeux bleus et ronds, ses cheveux clairs et frisottés, ses taches de rousseur.

– Peint-il comme toi ?

Roderick Briggs était plutôt attiré par l'écriture, mais en fait il n'avait qu'une passion, l'armée... en dehors de Sarah Brandon, son éternelle fiancée. Qui était Sarah Brandon ? Roger tâcha d'expliquer qu'elle était née dans une caste inférieure. Ses longs cheveux blonds et son regard innocent donnaient un air angélique à cette jeune fille qui savait fort bien ce qu'elle voulait. Elle était décidée à se faire épouser par Roderick et, pour y arriver, le tenait en haleine avec une science consommée. Le benêt n'y voyait que du feu.

Lakshmi posa encore cent questions sur les amours de Roderick Briggs et de Sarah Brandon, puis brusquement demanda :

– Et toi, es-tu amoureux de Mrs Phipps ?

Pour toute réponse, Roger éclata de rire.

– Tu couches pourtant avec elle.

Roger était désormais habitué à la verdeur du langage des Indiens, qui ne s'embarrasse pas de métaphores et qui contraste avec leur pudeur extrême.

Il regarda Lakshmi et sourit avant de lui répondre :

– Nous n'avons jamais été amants. Je n'ai fait que l'embrasser un soir de bal, et encore étais-je ivre.

– Mais tu couches avec Kiraun.

– J'ai fait de Kiraun ma maîtresse pour tenter de

vous oublier. Je ne pouvais plus supporter de vous aimer sans espoir. Dès le premier jour où je vous ai vue, lorsque vous m'avez reçu en audience et que vous m'avez ridiculisé, je vous ai aimée.

Il avait pris Lakshmi dans ses bras. Elle avait frissonné, puis s'était laissée aller. Il approcha lentement son visage du sien et l'embrassa. S'abandonnant à son étreinte, elle lui rendit son baiser avec passion, mais soudain elle se dégagea d'une pirouette et s'enfuit vers son bateau, en courant si légèrement que ses pieds nus ne firent pas le moindre bruit sur les dalles de pierre.

Roger resta un temps assis sur le banc, à fixer sur l'autre rive le pavillon illuminé de la rani. Des centaines de petites lampes à huile avaient été disposées sur les corniches, les appuis de fenêtres, les balcons, les terrasses, les tourelles. Elles épousaient chaque relief, chaque ouverture, coloraient le crépi, embrasaient la pierre et allaient se refléter sur le lac comme des étoiles tombées dans l'eau. Se détachant sur la masse sombre des arbres et posé sur le satin noir du lac, le pavillon brillamment éclairé semblait une apparition féerique, et pour Roger une promesse inaccessible.

En tendant l'oreille, il pouvait percevoir le bruit que faisait la barque de la rani en fendant l'eau, invisible dans l'obscurité. « Pourquoi ne l'ai-je pas retenue alors qu'elle était consentante ? s'interrogeait Roger. Quand retrouverai-je un tel moment d'intimité avec elle ? »

« Pourquoi ne lui ai-je pas cédé ? » se demandait de son côté Lakshmi, bercée par le rythme que les rameurs imprimaient à la barque. Elle l'aimait pourtant, elle avait été conquise par son naturel, sa gaieté, sa joie de vivre, sa bonté. Il était le seul à la traiter non pas en bête curieuse comme les autres Anglais, ni en idole comme ses anciens sujets, mais comme une femme tout simplement. Alors, pourquoi s'être refusée à lui ? Les Anglais, tous les Anglais, traitaient l'Inde entière en femme facile. Elle était indienne, elle était brahmine, elle était reine. Elle ne pouvait pas tomber dans les bras d'un Anglais. Roger avait beau se montrer différent, il n'en appartenait pas moins à la race qui avait fait le malheur de l'Inde, de Jansi et d'elle-même.

Parvenue au pavillon, elle examina la bague que Roger lui avait donnée. Vénus était gravée sur un saphir, pierre tenue pour néfaste par les Indiens. Elle hésita à l'arracher de son doigt. Mais elle se dit que l'amour était plus fort que les augures et qu'une pierrerie, néfaste ou pas, ne changerait rien à son destin.

CHAPITRE VIII

Roger, en entrant dans le salon des audiences privées, annonça à la rani :

– J'ai amené Kiraun. Elle voulait te parler. Elle attend dehors.

– C'est bien la première fois qu'une prostituée franchit mon seuil, grommela Lakshmi.

Cette fois, elle trouvait que la désinvolture de Roger dépassait la mesure. Elle imaginait sans peine la désapprobation horrifiée de ses serviteurs devant la fille qui avait osé pénétrer dans le palais. D'un ton royal, elle ordonna :

– Amène-la.

La prévention de Lakshmi tomba devant l'aspect de Kiraun, visage d'enfant sur un corps de femme. « Elle ne doit pas manger tous les jours à sa faim », pensa la rani en la détaillant, car les artifices de sa profession ne parvenaient pas à dissimuler la maigreur de la jeune prostituée.

Celle-ci se courba devant la souveraine et effleura le sol devant elle de la main en signe de respect. Elle appartenait à une caste trop inférieure pour toucher le pied de la rani.

– Qu'es-tu venue me dire ?

Les grands yeux apeurés de Kiraun se fixèrent sur Lakshmi, sa bouche s'ouvrit, ses lèvres tremblèrent, elle ne parvint pas à articuler un mot. La voix de la rani se fit encore plus douce :

– N'aie pas peur, mon enfant. Parle.

– Ils veulent tous les tuer, ils me l'ont dit. Je ne

veux pas qu'il meure. Toi seule peux faire quelque chose. Ils vont massacrer tous les Anglais.

Les mots de Kiraun se bousculaient, suite de cris à peine articulés.

– Calme-toi, mon enfant. Explique-toi lentement.

Etait-ce l'effet de la voix de Lakshmi, Kiraun se reprenait peu à peu.

– Qui va tuer qui ? l'interrogea la rani.

– Les cipayes. Ils vont tuer tous les Anglais de Jansi.

– Quand ? Comment ?

– Je ne sais pas. Ils se réunissent la nuit, en secret, pour organiser le massacre.

– Tous les cipayes ?

– Non. Certains seulement.

– Comment le sais-tu ?

Kiraun baissa la tête et, à voix basse, presque inaudible, répondit :

– C'est un de mes clients. Un cipaye. Il est venu hier. Il était ivre. Il m'a raconté des choses horribles sur ce qu'ils vont faire.

– Pourquoi es-tu venue me rapporter tout cela ?

– Parce que je ne veux pas que le sahib Roger meure. Je l'aime, Reine. Je sais qu'il n'est pas pour moi. C'est toi qu'il aime, Reine. Ça, je l'ai bien compris. Et toi seule peux faire quelque chose pour qu'il ne soit pas tué avec les autres.

L'accent de Kiraun était sincère, mais Lakshmi n'était pas convaincue. Une enfant, une fille à soldats, pouvait-on la croire ?

– Je te crois, Kiraun, mais...

– Je t'ai apporté une preuve, Reine. Pendant que mon client dormait, j'ai fouillé ses habits. J'ai trouvé cette lettre. Quand il est parti, il était encore trop ivre pour s'en apercevoir.

Lakshmi prit le papier froissé que lui tendait Kiraun. Elle eut du mal à déchiffrer l'écriture qui semblait presque d'un illettré.

Cette lettre est envoyée du cantonnement de Kalpi aux hommes du 12ᵉ régiment d'infanterie du Bengale et du 14ᵉ régiment de cavalerie en garnison à Jansi. Puisse-t-elle atteindre le rissaldar *Kala Khan. Cette lettre est écrite pour apporter de la part des hommes du cantonnement de Kalpi les bénédictions des brahmanes et les salutations des musulmans. L'état des affaires est le suivant : le troisième jour du mois prochain, des cartouches seront distribuées au cantonnement de Jansi. Je vous répète de nouveau : les cartouches devront être mordues le troisième jour du mois prochain. De cela, vous êtes informés en lisant cette lettre : quelle que soit votre opinion, répondez, car vous considérant comme des nôtres, nous vous avons fait savoir cela en avance. Cela vous est adressé par tout notre cantonnement. La religion des hindous et la religion des musulmans est une seule. Ainsi, vous tous, soldats, devez savoir ceci. Ici tous les cipayes, quel que soit leur rang, sont mécontents de cette affaire. Qu'y a-t-il besoin d'écrire de plus ? Faites ce qui vous semble le plus juste. Ici, tous, les gradés, et les non-gradés vous envoient leur bénédiction et leurs salutations.*

Kalpi était une petite ville des bords de la Jumma, située à cent miles environ à l'est de Jansi. Les Anglais, après avoir annexé les territoires alentour, en avaient fait une garnison importante. Le style confus de la lettre déconcerta la rani. Qu'allait-il se passer le troisième jour du mois prochain, c'est-à-dire le 3 janvier 1857 ? Que signifiait cette histoire de cartouches ? Une phrase enfin trottait dans son esprit : « *La religion des hindous et la religion des musulmans est une seule.* » Cet appel à l'union des deux religions, elle l'avait déjà lu sur l'affiche subversive qui avait été mystérieusement placardée dans le bazar, le soir du divapali.

Sortant de ses réflexions, Lakshmi interrogea Kiraun :

– Tu dis que ton client et ses amis tiennent des conciliabules secrets. Où se réunissent-ils ?

– La nuit, en dehors du cantonnement, il me l'a dit.

– Sais-tu quand a lieu la prochaine réunion ?

– Cette nuit.

Lakshmi remercia Kiraun d'être venue lui apporter ces informations, et lui tendit une bourse. La petite la regarda d'un air de reproche, refusa l'or et disparut prestement. Roger s'était gardé d'intervenir et la rani était trop préoccupée pour chercher à savoir ce qu'il avait saisi du dialogue.

Dix heures sonnaient à la petite église néo-gothique construite par les Anglais au milieu de la station civile. Dans sa cahute de bois en bordure du cantonnement militaire voisin, Kiraun en finissait avec son premier client de la nuit, un tout jeune sous-lieutenant anglais, fraîchement arrivé en Inde. On frappa à la porte. Lorsqu'elle ouvrit, elle resta médusée en reconnaissant la rani sous un déguisement de paysan. Kiraun houspilla l'Anglais qui se rajustait, l'injuria avec un vocabulaire de mégère chevronnée, le bouscula, le chassa, puis fit entrer sa visiteuse. Elle était à la fois épouvantée et délirante de fierté de recevoir chez elle la reine de Jansi. Celle-ci remarqua la propreté méticuleuse du misérable intérieur.

– Tu vas me conduire à la réunion secrète des cipayes.

La petite eut un sursaut de peur.

– Ne me demande pas cela, Reine, ils me tueraient s'ils me découvraient.

– Avec moi tu n'as rien à craindre, je te protégerai.

Kiraun hasarda une question.

– Pourquoi veux-tu y aller, Reine ?

– Je veux savoir. Je veux me rendre compte par moi-même. Je n'ai confiance en personne pour m'informer.

La rani entraîna Kiraun vers son cheval et invita la petite à sauter en selle derrière elle.

– Je ne peux te toucher, Reine.

Pour toute réponse, Lakshmi lui tendit la main pour l'aider. Elles passèrent devant le portail du cantonnement et virent les sentinelles marchant de long en large, le fusil sur l'épaule. Elles aperçurent le mess brillamment éclairé, elles entendirent les voix et les rires des officiers anglais qui leur parvenaient par les fenêtres ouvertes. Peut-être Roger se trouvait-il parmi eux ? Elles longèrent le remblai qui servait de rempart au cantonnement, et atteignirent un endroit où les dunes sablonneuses se faisaient plus moutonneuses et où les épineux devenaient plus denses.

De l'autre côté du remblai, tout semblait dormir. Les deux femmes mirent pied à terre. Autour d'elles, le silence était épais. Lakshmi suivit Kiraun, qui avançait sans hésiter, contournant un buisson, se penchant pour esquiver une branche. Elle semblait savoir parfaitement où elle allait. Lakshmi se demanda si elle se dirigeait d'après les seules explications de son client ou si elle était déjà venue espionner les conjurés.

Soudain, Kiraun se retourna et d'un geste fit signe à la rani de ne plus avancer. Des voix d'hommes tout près parlaient tranquillement, des voix comme celles que l'on surprend le soir, venues d'une terrasse. Très lentement, les deux femmes escaladèrent en rampant la dune qui se dressait devant elles.

Arrivées au sommet, elles haussèrent la tête avec précaution. On ne voyait rien de l'autre côté. D'après les voix, elles avaient estimé le rassemblement beaucoup plus proche qu'il n'était en réalité. Elles poursuivirent le plus silencieusement possible, écartant de la main les feuilles sèches qu'elles trouvaient sur leur chemin. Lorsqu'une branche épineuse tombée au sol les accrochait et les griffait, elles la détachaient doucement de leurs vêtements, de leur peau. Elles descendirent ainsi toute une dune et en gravirent une autre.

Elles les découvrirent en atteignant le sommet. Ils étaient peut-être vingt ou trente hommes assis, accroupis, au cœur des dunes. Ils portaient des vêtements de paysans et tous avaient rabattu le pan de leur turban pour dissimuler le bas de leur visage.

Seuls leurs yeux étaient visibles. Un seul homme, maigre et frêle, ne cachait pas ses traits. Il portait l'uniforme anglais, la tunique rouge strictement boutonnée, les bottes noires et le turban rouge. Des moustaches noires et effilées barraient son visage long et pâle. Il accompagnait ses paroles de gestes excessifs et ses yeux jetaient sans cesse autour de lui des regards inquiets.

Kiraun le désigna à la rani et lui chuchota à l'oreille :

– C'est le chef, le rissaldar Kala Khan. (Et elle ajouta :) Le gros à côté de lui, c'est Gulab Singh, mon client.

Kala Khan finissait son discours :

– Frères, si nous nous soulevons, le succès est assuré. De Calcutta à l'Afghanistan, ce sera la victoire, la liberté, la fête. Rappelez-vous la prophétie que tous, des neiges du Nord aux mers du Sud, vous connaissez. Il y a mille et mille et encore mille ans, un sage de notre pays avait prédit que l'empire des étrangers se terminerait exactement cent ans après sa création. Il y aura, dans quelques mois, cent ans que les Anglais maudits ont gagné la bataille décisive qui leur a livré notre pays. Dans quelques mois, ils en seront chassés, accomplissant ainsi la prédiction millénaire.

« Plassy », se dit la rani. Elle connaissait cette bataille où, le 23 juin 1757, lord Clive avait écrasé l'armée du roi du Bengale, donnant à l'Angleterre les clefs de l'Inde.

Un bruit presque imperceptible la fit se retourner. Kiraun avait disparu, elle avait dû s'abriter plus loin derrière un buisson. La rani se remit à écouter les conjurés. Elle retenait sa respiration pour mieux entendre les questions posées à Kala Khan. Un léger froissement de feuilles derrière elle attira de nouveau son attention. A quelques pas, dans l'ombre, un homme, un Indien, rampait vers elle. Son cœur s'arrêta et la terreur la cloua sur le sol. L'homme continuait d'approcher en prenant soin de ne faire aucun bruit. Parvenu près de Lakshmi, il lui fit signe de se taire : c'était Roger. Ayant saisi l'essentiel des révélations de Kiraun, et connaissant la rani, il avait deviné qu'elle n'en resterait pas là. Il n'avait pas voulu la laisser se lancer seule dans une aventure qui risquait de devenir dangereuse, mais il n'avait pas non plus voulu s'imposer à elle, sachant qu'elle aurait refusé de se laisser accompagner par un Anglais dans cette expédition où elle allait espionner ses frères de race. Toute la soirée, il avait rôdé autour du palais et il l'en avait vue sortir par une petite porte dissimulée dans le mur. Prenant toutes les précautions pour ne pas révéler sa présence, il l'avait suivie.

Côte à côte, ils observèrent les conjurés.

Kala Khan leur présentait une bouteille et un livre :

– Vous allez prêter serment sur l'eau du Gange ou sur le Coran, selon votre religion. Vous allez jurer d'obéir à nos ordres le temps venu et de mourir s'il le faut pour notre patrie.

Un à un, les hommes se levèrent, s'approchèrent de Kala Khan, prêtèrent serment et regagnèrent leur place. Le tour était venu d'un cipaye, assis légèrement à l'écart des autres. D'un geste, Kala Khan l'invita à s'approcher. Le cipaye ne se leva pas :

– Je ne prêterai pas le serment, dit-il. Je veux défendre ma liberté et ma religion, mais je ne tuerai pas les Anglais. Ils ont toujours été bons avec moi. Le lieutenant Taylor ne m'a jamais rudoyé. Au contraire, il s'est montré généreux à mon égard. Je ne tuerai pas le lieutenant Taylor. Je ne vous trahirai pas, mais je ne prêterai pas serment.

L'homme, ayant achevé, courba la tête et ne bougea plus.

Kala Khan ne répondit rien et fit simplement un geste. Le conjuré assis le plus près de l'homme qui avait parlé se leva, s'approcha de lui. Brusquement, il lui arracha son turban, lui tira la tête en arrière par les cheveux et l'égorgea. Le geste avait été si rapide que la victime ne poussa même pas un cri. La rani ne vit que la lame du couteau fendant l'air, puis le corps de la victime s'affaissant lentement en arrière, alors que des flots de sang s'échappaient de sa gorge et se répandaient sur le sable.

Les yeux agrandis, la rani fixait le cadavre, paralysée par l'horreur. Ce fut Roger qui lui toucha l'épaule et qui, d'un geste, lui indiqua qu'il fallait partir. Kiraun, poussée par la curiosité, était revenue à côté d'eux et ne semblait pas particulièrement émue par la scène brutale qui venait de se dérouler. Lakshmi retrouva ses esprits et se glissa aussi silencieusement que ses deux compagnons entre les buissons.

Ils ne s'étaient pas éloignés de cent pas lorsqu'ils tombèrent sur une sentinelle qui ne les avait pas vus à l'aller. L'homme semblait aussi stupéfait qu'eux.

– Qui êtes-vous ? Que faites-vous ici ? leur demanda-t-il.

« Nous sommes perdus », murmura la rani. Kiraun s'interposa pour sauver la situation. Avec un sang-froid extraordinaire, elle s'approcha de l'homme lentement, de sa démarche la plus suggestive, et lui dit :

– Sauve-moi, bel homme. J'ai là deux nouveaux clients, des jeunots. Ils ne savent pas comment s'y prendre et en plus ils n'ont rien dans le pantalon. Fais-moi l'amour pour leur apprendre, et pour toi ce sera gratuit.

Le cipaye éclata de rire.

– Pas ce soir. Je suis de garde. Eloignez-vous maintenant... Non, attendez !

Quelque chose, dans l'attitude, dans la tenue de Roger l'avait intrigué. Il s'approcha vivement de lui et fit basculer son turban. Un ferenghi ! Le cipaye mit la main à son sabre et se tourna à demi pour donner l'alerte, mais aucun son ne sortit de sa gorge : un rictus affreux déforma son visage et il s'abattit de tout son long face contre terre. La rani, qui s'était promptement glissée derrière lui, lui avait plongé son poignard dans le dos. Elle se pencha sur l'homme pour s'assurer qu'il était bien mort, retira froidement son arme et l'essuya sur la chemise du cadavre.

Ils coururent presque pour rejoindre la clairière

où ils avaient laissé leurs chevaux. Kiraun sauta en selle. Lakshmi restait debout à côté de sa monture, tremblant de tout son corps, incapable de bouger. Roger la prit doucement dans ses bras.

– Vous m'avez encore sauvé la vie, Lakshmi, lui murmura-t-il en effleurant ses cheveux de ses lèvres.

Elle ne semblait ni l'entendre ni le voir, elle hoquetait :

– J'ai tué un frère, j'ai tué un frère !

Kiraun tira de dessous ses jupes une gourde de cuivre :

– Prends cela, Reine. C'est du *guj*, cela te fera du bien.

La rani n'avait jamais goûté à cet alcool populaire, mais après en avoir avalé plusieurs rasades, elle se sentit incontestablement mieux.

Elle monta à son tour en selle et, bientôt, les cavaliers rejoignirent la route de terre qui longeait le cantonnement. En passant, ils virent que le mess était toujours aussi éclairé et bruyant.

Le lendemain, Lakshmi voulut réduire l'importance des événements de la veille dans l'esprit de Roger :

– Ceux que nous avons vus la nuit dernière ne représentent qu'un petit groupe de fanatiques. Je puis t'assurer que les cipayes ne veulent pas tuer leurs maîtres anglais. Je les vois ici même à Jansi, avec leurs officiers, avec les femmes et les enfants de leurs officiers. Ils ne sont que respect, dévouement et même affection.

Voulait-elle y croire ou voulait-elle empêcher les Anglais de se mettre sur leurs gardes ?

– Je présume, sahib Giffard, que tu as mis au courant le capitaine Skeene ?

Roger l'avait fait, comme le lui dictait son devoir, sans mentionner, bien entendu, le nom de la rani.

– Quelle a été la réaction du capitaine ? demanda-t-elle.

– Il a voulu faire arrêter Kala Khan, le chef des conjurés, mais celui-ci lui a filé entre les doigts et a disparu. Skeene est persuadé que les autres n'étaient pas des soldats. Il a confiance en ses cipayes et reste comme vous convaincu qu'aucun ne se révoltera. Une seule instruction a été donnée : pas un Anglais ne doit s'éloigner dorénavant du cantonnement et de la station civile sans être accompagné de quelques cipayes.

– Ce n'est pourtant pas dans les campagnes que le danger réside. Les paysans sont pacifiques, ne put s'empêcher de rétorquer la rani.

Elle se retint d'ajouter qu'elle jugeait les ordres du capitaine Skeene parfaitement stupides.

Cette journée d'hiver était l'une des rares où l'Inde centrale connût le véritable froid, venu de l'Himalaya lointain, et la rani avait jeté sur ses épaules un châle beige tissé pour elle dans la laine la plus fine et la plus rare du Cachemire.

Après une longue et épuisante course avec Roger, la rani s'était arrêtée chez le chef d'un village. Elle regardait, assis à l'écart, les deux cipayes qui, suivant les ordres du capitaine Skeene, accompagnaient désormais Roger dans leurs promenades. Ils bavardaient paisiblement avec les gardes de la rani, accroupis par terre à côté d'eux, échangeant leurs feuilles de bétel et les mâchouillant béatement. « Comment donc, se demandait la rani, ces bons garçons, doux et frustes, se transformeraient-ils en rebelles, le couteau entre les dents, prêts à assassiner les Anglais ? »

La nuit allait bientôt tomber et les paysans commençaient à rentrer des champs. Un balayeur s'approcha d'un des cipayes et, désignant la gourde, lui demanda à boire. Le soldat, qui appartenait à la caste des brahmanes, prit une mine où la stupéfaction le disputait à l'indignation. Comment un intouchable comme le balayeur pouvait-il ignorer qu'en tenant la gourde, il la rendrait impure, ainsi que son propriétaire ?

Loin de s'incliner devant le refus brutal, le balayeur monta brusquement sur ses ergots :

– Assez, maintenant, avec l'orgueil de ta caste. Cette caste, sais-tu que tu l'as perdue ? Les nouvelles cartouches qu'on t'a données sont couvertes de graisse de vache et en les mordant c'est toi qui es devenu impur et non pas moi.

Et le balayeur éclata de rire.

D'un bond, le cipaye se leva, brandissant son fusil. Il semblait devenu fou et s'enfuit en courant, droit devant lui, poussant des cris inarticulés. L'autre avait repris son travail, feignant de balayer consciencieusement la rue, l'air satisfait et sournois. La rani appela le deuxième cipaye qui, durant cette courte scène, n'avait pas bougé.

– Qu'est-ce que cette histoire de cartouches ? lui demanda-t-elle.

– On nous a distribué récemment des nouveaux fusils et des nouvelles cartouches. Avant de les introduire dans le canon, nous devons les mordre pour en enlever la graisse. Ce mélange est fait de graisse de vache et de graisse de porc, répondit le cipaye, l'air penaud.

– Comment as-tu appris de quoi était faite la graisse de vos cartouches ?

– Par un camarade de régiment. Il a voulu nous prévenir.

– Es-tu bien sûr qu'il s'agit d'un mélange de graisse de vache et de graisse de porc ?

– Oui, Reine, puisqu'on nous l'a dit.

Toucher à la graisse de vache faisait perdre à un hindou sa caste. Toucher à la graisse de porc constituait un sacrilège pour un musulman. Tous les cipayes, quelle que soit leur religion, commettaient donc un crime contre la foi en mordant les nouvelles cartouches.

– Quand vous les a-t-on distribuées ?

– Il y a quelque temps. Je ne me rappelle pas.

– Tâche de t'en souvenir.

– Je crois que c'est en janvier.

Le 3 janvier... des nouvelles cartouches... vous devez les mordre... Faites ce qui vous semble le plus juste. C'est ce qui était écrit dans la lettre des conjurés subtilisée par Kiraun à son client. Les termes, jusqu'alors obscurs, devenaient limpides pour Lakshmi. Elle appela le balayeur. Celui-ci, abandonnant son travail, s'agenouilla devant elle, front contre terre.

– Dis-moi, balayeur, qui t'a parlé des nouvelles cartouches ?

– Un fakir qui est passé un jour au village. Il nous a dit que tous les cipayes qui avaient touché à ces cartouches étaient devenus impurs. Nous ne sommes plus les seuls intouchables, ajouta-t-il en relevant la tête d'un air triomphant. Tous les cipayes sont devenus des intouchables.

Lorsqu'elle se retrouva au palais, seule avec Mandar, la rani explosa. L'affaire des cartouches, ce sacrilège que les Anglais forçaient leurs cipayes à commettre, l'indignait. L'injustice dont Jansi et elle avaient été les victimes et qui si longtemps l'avait rongée, sa haine étouffée, lui revenaient brusquement et se traduisaient par un discours véhément, semé d'imprécations et de menaces.

– Et si les cipayes se révoltent, ils auront bien raison.

– Je croyais qu'ils n'étaient que des thugs, ironisa Mandar, un éclair de triomphe dans le regard.

Les thugs, qui au nom de Dieu étranglaient des victimes propitiatoires, avaient été pendant des siècles la terreur de l'Inde, et continuaient à alimenter d'innombrables légendes.

Des « thugs », c'est ainsi que la rani avait qualifié les conjurés lorsqu'elle était revenue, pantelante d'horreur et de dégoût, de son expédition nocturne. L'affaire des cartouches avait depuis transformé son opinion.

– Moi-même, si j'étais cipaye, je me joindrais à la conjuration, conclut-elle.

– Que ne le fais-tu ? Tu as été appelée...

Mandar connaissait donc l'invitation du joaillier. Elle savait toujours tout ce qui concernait Lakshmi.

– Je n'ai rien de commun avec ces cipayes. Je n'accepte pas de me prétendre l'esclave soumise des

Anglais pour m'approcher d'eux silencieusement la nuit et les poignarder dans le dos. Ce n'est pas ainsi que la tradition ancestrale nous apprend à lutter. Si l'on me propose de me battre en plein jour, ouvertement contre l'ennemi, j'accepterai car je suis prête.

Mandar haussa les épaules à cette réminiscence de l'idéal chevaleresque des Mahrates auquel la rani était initiée. Gravement, elle dit à cette dernière :

– Il faut aider nos frères.

– J'y songerai, répondit la rani redevenue prudente en un instant.

Le lendemain, elle convoqua le capitaine Skeene. Cependant, pour bien marquer les distances, elle le reçut en audience solennelle dans la salle du trône, en présence du diwan Naransin et non pas dans le salon des audiences privées. Elle n'avait plus d'armée, mais elle avait encore des gardes. Elle n'avait plus de cour ni de ministres, mais elle avait encore des courtisans et des conseillers. Quant au protocole, il avait gardé toute sa rigueur. Skeene aurait pu croire qu'elle régnait toujours. Il sut d'emblée que quelque chose n'allait pas, car au lieu de lui parler directement en anglais à travers le rideau du purdah, elle s'exprima en mahrate, utilisant les services d'un interprète.

Elle protesta contre les cartouches sacrilèges et exigea qu'elles fussent retirées du territoire dépendant du capitaine, c'est-à-dire son ancien royaume.

Elle s'exprimait avec vigueur, mais aussi avec une certaine courtoisie car elle avait de l'estime pour le capitaine Skeene. Celui-ci tint à l'apaiser.

– Le gouvernement général de Calcutta a déjà été informé de ce regrettable incident. Ordre a été donné dans toute l'Inde de retirer de la circulation les cartouches incriminées et de les remplacer immédiatement par des cartouches enduites de graisse de mouton, animal qui n'insulte ni la religion de Votre Altesse, ni la religion musulmane.

Le capitaine Skeene considérait visiblement que l'incident était clos.

Outrée de sa désinvolture, la rani remarqua :

– Il y a tout de même eu des violences dans la région de Calcutta.

Dans la petite ville de Rani Gang, en effet, plusieurs incendies criminels avaient éclaté et le télégraphe avait été coupé. Puis, tout près de Calcutta, à Barrackpur, le cantonnement le plus important de l'armée anglaise, des cipayes avaient refusé de mordre leurs cartouches. Le général Hearsey, commandant de la garnison, avait dû leur affirmer solennellement que les cartouches sacrilèges avaient été retirécs.

– Comme Votre Altesse le sait, tout est rentré dans l'ordre, les incidents ont été sans conséquences et sont à mettre sur le compte de la susceptibilité, d'ailleurs honorable, de vos compatriotes.

Cette suffisance si inhabituelle chez Skeene enflamma la rani :

– Si vous et les vôtres continuez à maltraiter vos cipayes, craignez leur juste colère.

– Nos cipayes nous sont fidèles, et par ailleurs l'Angleterre est prête à réprimer tout mouvement subversif d'où qu'il vienne.

– Entendons-nous bien, capitaine. L'Inde connaît la paix et je ne souhaite pas la voir troublée. Ce sont vos compatriotes qui risquent de la mettre en danger. Parlez à vos maîtres, écrivez-leur. Empêchez-les de continuer à insulter notre religion et nos traditions, poussez-les à s'occuper du bien-être et de la prospérité des Indiens.

Conscient de sa position et de celle de la rani, Skeene n'appréciait pas de recevoir des leçons. Il ne répondit pas, salua et se retira.

Le diwan Naransin, silencieux pendant toute l'audience, prit la parole :

– Connais-tu, Reine, ce poème que le Grand Mogol, Bahadur Shah, vient d'écrire et qui s'est mystérieusement répandu dans tout le pays ?

L'Anglais puissant qui se vante d'avoir vaincu la
[Russie et la Perse
De l'Inde a été chassé par une simple cartouche.

La rani éclata de rire :

– Pas si gâteux que ça, le vieux Bahadur Shah... Puisse-t-il dire vrai !

Les jours suivants, la rani fit prévenir Roger qu'elle serait trop occupée pour le voir. Il ne fut pas dupe de ses excuses. Il tenait du docteur Phipps le récit de l'audience donnée à Skeene. Celui-ci avait été frappé de l'animosité nouvelle de la rani, qui lui donnait à penser. Roger crut qu'elle l'incluait dans son ressentiment contre les Anglais et il en fut déchiré.

CHAPITRE IX

Le docteur et Mrs Phipps recevaient et Roger ne pouvait manquer ce dîner auquel assistaient ses supérieurs. Etaient conviés le capitaine Skeene, le capitaine Gordon, le capitaine Dunlop, commandant de la garnison, son adjoint, le lieutenant Taylor, et l'épouse douce et effacée de ce dernier.

Annabelle Phipps était particulièrement élégante et, pour une fois, avait évité les frous-frous pour lesquels elle avait un trop fort penchant. Une simple robe de velours rubis bordée de passementeries noires mettait en valeur son teint mat et sa chevelure sombre. Les invités envièrent Roger car tous, à l'exception du capitaine Skeene, soupçonnaient vivement Annabelle Phipps d'être sa maîtresse.

Roger, lui, haïssait chaque jour davantage l'intérieur des Phipps qui reproduisait dans toute son horreur la banalité d'un appartement londonien de petits-bourgeois. Porcelaine, argenterie, linge avaient été importés d'Angleterre. Les serviteurs indiens s'efforçaient péniblement de servir le repas avec la précision d'un maître d'hôtel britannique, constamment morigénés par Mrs Phipps pour leurs nombreuses erreurs. Ils passèrent la soupe aux légumes, trop chaude, le poisson bouilli, le rosbif aux pommes de terre et plusieurs gelées tremblotantes dont l'aspect et le goût donnaient la nausée. Les convives, aux anges, vantaient les talents de maîtresse de maison d'Annabelle. Leur enthousiasme ne connut plus de bornes lorsque, au dessert, arriva la surprise : un plum-pudding qu'elle avait fait venir en boîte de fer depuis Londres et que Roger fut apparemment le seul à trouver horriblement indigeste.

Sur ce triomphe, Annabelle se retira discrètement avec Mrs Taylor, laissant les hommes boire leur porto et fumer leurs cigares. La conversation entre eux vint tout de suite sur un étrange phénomène, apparu depuis quelque temps dans la région. Il avait pour objet les chappattis, ces galettes de farine de froment qui constituent la nourriture la plus populaire de l'Inde. Voilà que les *chowkeedar*, figures familières de toute agglomération indienne, semblaient être devenus fous avec leurs chappattis. Un chowkeedar apparaissait soudainement dans le village voisin, portant deux chappattis qu'il donnait au gardien du village visité, avec instruction d'en faire six autres. Celui-ci s'exécutait et, à son tour, partait dans trois autres villages voisins porter à chacun de ses collègues deux chappattis avec la même instruction.

En quelques jours, les gardiens de tous les villages de la province avaient reçu leurs chappattis. Alors, ils les découpèrent en morceaux et les distribuèrent à ceux qui venaient leur en demander. Le capitaine Skeene avait averti le gouvernement général de l'Inde :

– ... Et Calcutta m'a répondu que le même phénomène était observé dans chaque province.

Le capitaine Dunlop voulut témoigner de son zèle : il avait fait saisir plusieurs de ces chappattis voyageurs, les avait disséqués à la recherche d'un message dissimulé à l'intérieur, les avait analysés pour y déterminer un composant révélateur. En vain. Ces chappattis étaient exactement semblables à ceux que l'Inde entière consommait quotidiennement.

Le lieutenant Taylor intervint :

– J'ai interrogé le chef d'un de nos villages sur la signification de ce phénomène. Il m'a répondu qu'une vieille coutume indienne veut que, lorsque le chef requiert un service de son peuple, il adopte cette manière de le préparer à recevoir ses ordres.

Le capitaine Gordon suggéra une autre explication :

– Il y a quelques mois, vous rappelez-vous, une épidémie de choléra atteignit certains de nos districts. Peut-être cette distribution de chappattis est-elle une formule magique contre la maladie ?

Le docteur Phipps, un vétéran doublé d'un érudit, rappela que l'Inde centrale avait connu des cas similaires : une distribution de sucre en 1806 et une autre de noix de coco en 1818.

– D'ailleurs, ajouta-t-il, rien ne s'est passé ensuite et nul n'a jamais compris la signification de ces distributions.

Pourquoi y aurait-il eu lieu de se préoccuper ? Ces messieurs rejoignirent donc au salon Mrs Taylor et Annabelle Phipps, qui fit tout pour démontrer à ses invités qu'elle était une maîtresse comblée. Elle s'assit sur l'accoudoir du fauteuil de Roger, lui parla à l'oreille, elle eut des moues, des sourires rêveurs, des rires de gorge. Roger gardait un air tendu, ces réunions l'ennuyaient et sans doute encore plus les mines d'Annabelle. Les invités admirèrent le sang-froid avec lequel il feignait l'indifférence envers Mrs Phipps. Ils connaissaient les règles du jeu et auraient jugé de la dernière indécence qu'il parût amoureux. Quelqu'un lança à nouveau le sujet des mystérieux chappattis et Annabelle laissa tomber :

– Tout cela n'est qu'une nouvelle lubie due à la superstition de ce peuple ignorant et attardé.

Déjà agacé par ses démonstrations, Roger rétorqua :

– Cela signifie peut-être que quelque chose d'énorme se prépare, que sais-je, un soulèvement contre nous, une rébellion.

Les convives dévisagèrent Roger avec des regards consternés ou des sourires amusés.

– Où avez-vous été pêcher cette idée, mon bon Giffard ? lui demanda le docteur Phipps. Je connais ce pays depuis bien plus longtemps que vous. Jan-

si, que dis-je, l'Inde entière n'a jamais été si calme.
– Vous oubliez, docteur, le complot parmi les cipayes de la garnison.
Les capitaines Dunlop et Gordon protestèrent à l'unisson. Roger ne connaissait pas leurs hommes comme eux. Jamais ils ne se révolteraient.
Skeene intervint :
– Vous vous inquiétez en vain, Giffard. L'Inde est sans cesse traversée de signes mystérieux qui, s'ils ont quelque signification pour les Indiens, n'ont aucune conséquence pour nous. Un complot dans tout le pays, une rébellion ? Tout cela me semble hors de question. Nous aurions déjà été avertis. Imaginez-vous une rébellion organisée par une distribution de chappattis ? Allons, mon cher Giffard, un peu de bon sens.
Roger insista :
– Les Indiens sont inquiets. Ils attendent quelque chose, un événement considérable. Ils voient des signes avant-coureurs.
– Vos informateurs... ou vos informatrices s'affolent inutilement.
Le capitaine Skeene n'avait pu retenir cette allusion aux relations de Roger avec la rani.
– Pourquoi les Indiens se soulèveraient-ils contre nous ? demanda d'un air effrayé la petite Mrs Taylor.
Le capitaine Dunlop, que la fureur rendait cramoisi, s'écria :
– Avec tout ce que nous leur donnons, si ces métèques se révoltaient contre nous, ils seraient bien le peuple le plus ingrat du monde !
Cette réflexion fit perdre toute mesure à Roger.
– Comment osez-vous traiter de métèques les Indiens, capitaine ? C'est avec une telle mentalité, c'est avec votre ignorance et votre prétendue supériorité que vous et vos semblables faites le malheur de ce pays et la honte du nôtre !
Avant que Dunlop ait pu répliquer, Skeene le fit taire et dit calmement à Roger :
– N'oubliez pas, Giffard, que vous êtes anglais et que vous parlez à un officier.

Roger se leva et sortit. Tandis qu'il sellait son cheval, il put saisir, venant du salon, les commentaires sur son départ.

– Le climat l'a dérangé...

– N'oubliez pas qu'il est de très humble condition...

– Il cache peut-être un amour honteux !

Après cette dernière amabilité d'Annabelle, vint la mise en garde du capitaine Dunlop.

– Vous devriez vous méfier de lui, Skeene. Il faudra songer à le faire muter.

La colère et le désespoir de Roger devant la petitesse d'esprit et l'aveuglement de ses compatriotes étaient tels qu'il galopa longtemps au hasard dans la nuit. Lorsqu'il fut un peu calmé, il s'aperçut qu'il avait contourné la ville et qu'il se trouvait au bord du lac Lakshmi.

Des fenêtres étaient éclairées dans le pavillon de la rani, sur l'autre rive. Elle ne dormait donc pas. La tentation de la revoir, avivée par la séparation, fut trop forte. Il se déshabilla, noua ses vêtements dans sa veste qu'il fixa sur sa tête à la manière d'un turban, et il entra dans le lac. L'eau, glaciale pour les Indiens, parut supportable à ce Gallois. Elle sentait bon la terre et les herbes. A chacun de ses mouvements, le reflet de la lune et des étoiles y allumait des myriades de paillettes argentées. Il nagea vigoureusement, porté par la rage et l'impatience. En approchant du pavillon, il distingua un petit tunnel creusé dans ses fondations, où les barques venaient se ranger. Il s'y engagea, attrapa de la main une sorte d'appontement et s'y hissa, épuisé par l'effort et par l'alcool qu'il avait bu pour supporter le dîner des Phipps. Soudain, l'antre s'emplit de lumière. C'étaient les gardes de la rani, tenant des torches, qui avaient été alertés par le bruit. Ils glapissaient et gesticulaient furieusement. L'un d'eux enleva le châle de laine brune dont il s'était emmitouflé pour la nuit et le jeta sur les épaules de Roger. Puis, ne sachant trop que faire de lui, les gardes l'entraînèrent chez la rani.

Celle-ci eut assez d'emprise sur elle-même pour ne manifester aucune surprise de voir surgir au milieu de la nuit cet homme à peu près nu, dégoulinant, le corps strié d'herbes collées à la peau. Roger, haletant et pas du tout décontenancé, lui dit cette seule phrase :

– Dis-moi, Lakshmi, deux êtres qui s'aiment ne peuvent-ils placer leur amour au-dessus de leurs races qui s'affrontent ?

La rani ne répondit pas. D'un geste, elle renvoya ses gardes, puis elle fit apporter par Mandar un réconfortant, une liqueur à base d'eau de rose et d'opium qui se trouvait être aussi la boisson indienne de l'amour. Pendant qu'il buvait à longs traits, Roger ne la quittait pas des yeux.

– Dis-moi, Lakshmi, je veux savoir... Je veux...

Il ne termina pas sa phrase. La coupe d'argent s'échappa de ses mains et sa tête vint se poser contre les coussins. Roger s'était brusquement endormi. Lakshmi regarda longuement le corps affalé parmi les brocarts et elle murmura :

– Tu as raison, Roger. L'amour est plus fort que les différences de race. Il doit l'être.

A côté d'elle, Mandar hochait la tête.

Le lendemain après-midi, ils partirent pour leur promenade à cheval comme à l'accoutumée. Lakshmi avait emmené avec eux Damodar, enchanté de l'aubaine. Elle craignait d'être seule avec Roger dont la présence la troublait. Au petit trot, elle lui demanda en badinant ce qui avait motivé sa visite intempestive, la nuit précédente, car elle se doutait que derrière cette folie il y avait autre chose que l'envie de la revoir. Roger ne voulut pas lui avouer sa dispute avec ses compatriotes.

– Je m'ennuyais, dit-il simplement, je n'en pouvais plus de leurs histoires de chappattis.

– Quelles histoires de chappattis ? interrogea la rani.

Roger lui répéta la conversation qui avait été tenue au dîner des Phipps. Tout de suite, Lakshmi fut intriguée. Elle n'avait pas entendu parler de cette étrange distribution.

Ils approchaient du village d'Unnao, à l'entrée duquel un arbre gigantesque et solitaire montait la garde. Sous ses branches basses habitait un fakir, un saint homme. La rani et Roger l'avaient souvent vu à cette même place, gardant une immobilité parfaite dans sa méditation. Ce jour-là, il était bien à son poste. Le fakir était maigre à faire peur et entièrement nu. Sa longue barbe embroussaillée et ses cheveux grisonnaient. Sur son front étaient peints en blanc des signes ésotériques. Assis par terre dans la position du lotus, il fumait son haschisch dans le *chilum*. Il ne bougea pas à leur approche. Lakshmi, Roger et Damodar s'accroupirent à quelque distance de lui, attendant qu'il s'adressât à eux. Sans changer de position ni les regarder, le fakir dit soudain :

– Tu es venue, Reine, m'interroger sur les chappattis.

Bien qu'elle fût habituée aux dons de divination des saints hommes, la rani sursauta. Le fakir poursuivit d'une voix lente et d'un ton égal :

– Ces esprits avec leurs ailes invisibles volent à travers le pays jusqu'à ses recoins les plus secrets, mettant le feu dans la tête de tout le peuple par l'imprécision même de leur message. D'où ils viennent et où ils vont, nul ne pourrait le dire. Pour ceux seulement qui les attendent, ces étranges symboles apportent un message précis et parlent avec une signification limitée. Pour les ignorants qu'ils atteignent, illimitée est la conversation qu'ils portent. Dépêchez-vous, esprits aux ailes invisibles, dépêchez-vous, allez prêcher la sainte parole à tous les enfants de l'Inde, et dites-leur que le pays est prêt.

Le fakir s'arrêta et la rani sut qu'il n'en dirait pas plus.

– Est-ce que ces esprits vont chasser les Anglais ? demanda Damodar qui avait suivi avec attention le discours du saint homme.

Le fakir avait parlé en sanskrit, langue religieuse que Roger ne comprenait pas. Il ne posa pourtant pas de questions à la rani. L'Inde lui avait appris à ne jamais le faire et à attendre le moment où son interlocuteur choisirait de parler.

Plus tard, alors que Damodar galopait en avant avec ses gardes, Lakshmi dit brusquement à Roger :

– Pars, quitte l'Inde, il va y avoir des troubles. Je ne veux pas que la tempête te frappe. Tu comprends mon peuple et tu le respectes, je ne veux pas qu'il te fasse payer pour les autres.

– Je ne veux pas me séparer de toi, Lakshmi. Encore moins si le danger guette.

– Pour moi, il n'y a pas de danger, je suis indienne. Tandis que pour toi... pour tous les Anglais... Eloigne-toi, Roger ! Tu reviendras après, quand tout sera calmé.

– Il est trop tard. Je ne peux plus me détacher de ton pays.

Et il tenta d'expliquer à la rani que l'Inde lui avait permis de se découvrir lui-même, qu'elle lui avait apporté une liberté à côté de laquelle celle qu'il avait cru acquérir par ses études, sa profession, l'argent, le succès lui semblait dérisoire. Il était devenu un autre homme. Pourrait-il seulement se réadapter à l'Angleterre ?

– Mais ici ce n'est pas ton pays, protesta la rani.

– L'Inde est devenue mon pays. Elle est belle et malheureuse, forte et douce, mystérieuse et sensuelle. Comme toi, Lakshmi.

Elle sourit avant de répondre tristement :

– L'Inde est généreuse, mais elle peut aussi se montrer cruelle, impitoyable.

– Je sais quelle menace pèse sur les Anglais. Néanmoins, pour moi, le bonheur est ici.

Elle hésita un moment avant de lui demander :

– Resterais-tu ici si une révolte éclatait et que tu savais que j'allais m'y engager ?

– Quoi que tu fasses, Lakshmi, je t'aimerai toujours.

La matinée du lendemain parut longue à Roger. L'atmosphère du bureau lui semblait de plus en plus étouffante. Depuis son explosion de franchise lors du dîner des Phipps, le capitaine Gordon le regardait avec une certaine méfiance et avait mis entre eux une distance imperceptible. Dès qu'il put s'échapper, Roger courut au palais de la rani.

Ce fut pour apprendre qu'elle avait quitté Jansi à l'aube. Personne ne savait pour quelle destination ni pour combien de temps.

CHAPITRE X

La rani voyageait dans un palanquin vaste comme une petite chambre, rafraîchie par le balancement d'un punkah actionné de l'extérieur par un serviteur assis sur l'impériale. La fidèle Mandar et plusieurs serviteurs y avaient également pris place. Ils avaient emporté des paniers pleins de fruits, de pâtisseries, de boissons désaltérantes. Cette énorme machine était tirée par deux puissants chevaux naguère importés de France par l'époux de la rani pour le prix extravagant de mille cinq cents livres sterling pièce.

La rani se rendait à Gwalior. Ce royaume, un des plus vastes, des plus riches et des plus puissants de l'Empire, était le phare prestigieux de l'Inde centrale. Le maharajah, un homme jeune et inexpérimenté, régnait officiellement mais tout le pouvoir était entre les mains de son Premier ministre, le diwan Dinkar. Fidèle à la politique de Gwalior, celui-ci n'avait montré que sollicitude envers son petit voisin Jansi. Ce vieux renard passait pour un des politiciens les plus habiles et les mieux informés de l'Inde. C'était lui que la rani allait consulter. Nul mieux que lui ne saurait l'éclairer et l'aider à prendre sa décision.

Le soleil commençait à descendre lorsque, au détour d'une colline pierreuse, Lakshmi aperçut au loin le formidable rocher de Gwalior. Ce très long plateau, bordé de tous côtés par de hautes falaises à pic hérissées de temples et de palais, dominait une vaste plaine, et était visible à une très grande distance.

Les rajahs de Jansi possédaient une villa située à petite distance de la ville, sur la grand-route d'Agra. A peine la rani y fut-elle arrivée qu'un messager de la cour de Gwalior se présenta. Le maharajah Sindiah serait honoré qu'elle daignât venir dîner en son palais, et lui envoyait une escorte pour l'y mener : un détachement de gardes et six éléphants en tenue de gala avec howdah d'argent, couvertures de velours brodé, colliers et bracelets d'or. La rani et sa suite y prirent place, et le cortège de pachydermes scintillants entourés de soldats à cheval se mit en route.

Dédaignant les superbes vieux palais du fort, les souverains de Gwalior résidaient au centre de la ville neuve, au palais de Gurki. Ce palais, relativement moderne et dessiné sur un plan régulier, entourait de nombreuses et vastes cours carrées ou rectangulaires cernées par des bâtiments bas et rectilignes. Certaines, plantées d'arbres et de fleurs, tenaient lieu de jardins.

La rani pénétra dans l'aile nouvelle, construite quelques décennies plus tôt dans le style néo-classique en vogue en Europe. Elle fut conduite dans la salle du trône, une pièce immense, toute en longueur et au plafond très élevé. La profusion indienne se manifestait dans les fresques qui l'ornaient, les arabesques, les fleurs, les divinités, les portraits royaux et les scènes miniatures. Le dessin en était lourd et les couleurs quelque peu criardes.

Au moins trois cents chefs de tribus, vassaux du maharajah, avaient pris place dans la salle. La gamme de leurs vêtements allait du rose au pourpre. Les nobles de la cour, coiffés du turban rouge des Mahrates, portaient eux des redingotes brodées d'or et des brassards d'acier, survivance des armures du Moyen Age, prolongés par des franges d'or qui leur couvraient la main.

La rani prit place à côté du maharajah Sindiah – un jeune homme fort aimable, assez beau mais sans grand caractère – sous un dais très bas en stuc ornementé : les souverains de Gwalior utilisaient en guise de trône un coussin plat en brocart, leurs courtisans se contentant de s'asseoir sur le tapis. La fête fut somptueuse, comme il convenait chez l'un des souverains les plus riches de l'Inde. Une armée de serviteurs, en habit cramoisi bordé de vert, en pantalons orange, ceinture et turban roses, apportaient les nombreux plats du banquet, tandis que chanteuses et danseuses donnaient une représentation.

Lakshmi retrouvait ce luxe, cette aisance de cour. Plus subtilement, elle s'imprégnait à nouveau de cette atmosphère de monarchie régnante dont elle avait été sevrée, impressionnée malgré elle par la prodigalité et la pompe entourant l'un des souverains les plus prestigieux de l'Inde. Le diwan Dinkar, assis à ses côtés, se borna à lui débiter les compliments d'usage et à échanger avec elle quelques banalités. Il paraissait préférer converser avec son autre voisin, sir Robert Hamilton, le supérieur du capitaine Skeene et l'agent du gouvernement anglais pour toute l'Inde centrale, en poste à Gwalior. Sir Robert avait salué la rani avec cette courtoisie distraite et distante que les officiers britanniques utilisaient avec ceux qu'ils considéraient comme des quantités négligeables. Traité avec de grands égards par le maharajah, il était visiblement dans des termes étroits et cordiaux avec le diwan Dinkar.

La soirée s'achevait lorsque, à un signal du maharajah, des serviteurs en velours bleu sombre s'approchèrent deux par deux, portant sur des plateaux d'or les cadeaux de leur souverain à la rani : des colliers, des ceintures, des bracelets, des aigrettes, tous beaucoup trop grands pour elle, des bijoux qui faisaient impression mais dont les pierres n'étaient pas de première qualité. Il y avait aussi des piles de soie multicolore, de brocart d'or et d'argent, de mousseline incrustée de paillettes d'or.

La rani ce soir-là ne réussit qu'à glisser à l'oreille du diwan Dinkar qu'elle souhaiterait le voir en particulier et profiter de la sagesse de ses avis.

« Nous y voilà », se dit le diwan, fort intrigué de connaître les raisons de la venue de la rani.

Le lendemain matin, à l'heure où Lakshmi faisait sa toilette, Dinkar se présenta chez elle sans prévenir. N'aurait-elle pas été libre qu'il aurait attendu ou serait reparti comme il était venu. Mais la rani n'eut garde de le laisser échapper. Elle le retrouva dans le jardin. « Jardin » était un grand mot pour cet espace réduit planté de buissons fleuris qui, sans transition, sans murs, se prolongeait en une plaine sablonneuse.

Ils s'assirent sur un banc de marbre ajouré, devant une fontaine qui ne fonctionnait plus. En ces premières journées de mars, la température clémente permettait qu'on restât dehors et l'on y était mieux à l'abri des oreilles indiscrètes. Lakshmi observa le diwan Dinkar pendant qu'il s'installait. Frêle vieillard toujours malade, il avait le geste lent, la peau blanche et les yeux bleus. Son regard hautain et perspicace se colorait parfois d'une lueur bienveillante ou rusée. Il trouva une position confortable et se mit à mâchonner les feuilles de bétel qu'un serviteur lui avait apportées. La rani ne prit pas de détours :

– As-tu entendu parler de la grande révolte, diwan ? commença-t-elle.

– Peut-être serait-il préférable, Reine, que tu me dises pourquoi tu me poses cette question.

Sans hésitation, la rani raconta l'épisode des marionnettes et du fakir mystérieux, l'affichage de l'appel incendiaire lors du divapali, la réunion secrète des cipayes, les retombées de l'affaire des cartouches jusqu'à Jansi, la distribution de chappattis. Le diwan l'écouta sans l'interrompre, l'air pensif. La rani avait gardé pour la fin la visite du joaillier comploteur. Lorsqu'elle eut terminé, il lui dit sans se compromettre :

– Nous aussi, nous avons reçu de semblables visites.

La rani voulut le pousser dans ses retranchements :

– En dépit de ces signes avant-coureurs, crois-tu vraiment, diwan, que la grande révolte éclatera ? L'Inde semble si calme, je dirais si résignée.

– Elle est comme une eau qui dort. Rien ne rassure plus que sa surface calme, et pourtant des tempêtes brusques, inattendues, terribles, peuvent à tout moment se déchaîner.

La rani attaqua alors de front :

– Quelle est l'étendue de la conjuration ?

– Ses adhérents se comptent par centaines de milliers. Ils se préparent depuis des mois et sont parfaitement organisés. Ils ont leurs codes, leurs messagers et leurs agents. Des fakirs, des pandits, les saints hommes de notre religion, comme des maulvis et des mullahs, les saints hommes des musulmans, prêchent la révolte de ville en ville, de village en village, de caserne en caserne. Car les cipayes sont le principal vivier dans lequel recrute la conjuration. Ils se sont organisés en sociétés secrètes qui communiquent entre elles. Tu n'as pas idée, Reine, du nombre de lettres qui circulent, toutes décrivant les crimes des Anglais, toutes appelant à la révolte. Nous avons d'ailleurs du mal à les déchiffrer car la plupart sont écrites en langage cryptique. Et je suis étonné que celle dont tu as pu avoir communication ait été rédigée en indi. La conjuration étend ses ramifications jusque dans les cours royales. On dit même qu'elle a reçu des encouragements de la Perse et de la Russie, deux puissances qui seraient enchantées de voir les Anglais boutés hors de l'Inde.

– Les Anglais savent-ils ce qui se prépare ?

– Ils sont à mille lieues de s'en douter, aussi incroyable que cela puisse paraître. Leur ignorance de notre pays, leur coupure d'avec notre peuple et enfin leur confiance en eux font qu'ils sont parfaitement inconscients de la menace.

– Dis-moi, diwan, qui est le chef du complot ?

Pour la première fois, le diwan Dinkar abandonna son air détaché pour prendre une mine profondément étonnée.

– Comment ! Toi, Reine, tu ne le sais pas ? Et pourtant, tu es bien placée...

Il s'arrêta comme s'il en avait trop dit et, avec une agilité dont on ne l'aurait pas soupçonné, il se leva pour prendre congé.

– Aurai-je, diwan, l'occasion de te revoir avant mon départ ?

– Certainement, certainement, lui répondit-il distraitement.

La rani n'osa lui demander quand aurait lieu leur prochaine entrevue. Le diwan n'était pas un personnage qu'on pouvait bousculer et il semblait maintenant pressé de la quitter.

Le diwan Dinkar ne se manifesta pas de toute la journée ni le lendemain matin. Attendant son message, la rani erra désœuvrée et désemparée à travers la maison et la campagne alentour. Puis, énervée par cette attente, elle décida en fin d'après-midi de se rendre en ville dans une voiture menée par des chevaux. Elle alla faire ses dévotions au temple de la dynastie régnante de Gwalior, dans le palais de Gurki. Le lieu saint avait la particularité unique en Inde d'être aussi consacré au culte des musulmans qui venaient y prier sur la tombe d'un de leurs prophètes locaux, Mansoor Sahib. On disait que sous le temple s'étendaient des labyrinthes de caves où était entreposé le fabuleux trésor des maharajahs de Gwalior.

La rani poussa jusqu'au Chatry Bazar, le quartier des tombeaux, où s'élevaient, côte à côte, les imposants cénotaphes des défunts souverains de Gwalior. Chacun avait son temple, au fond duquel il était représenté assis, sculpté dans du marbre noir, entouré de ses épouses sculptées dans du marbre blanc. Chaque jour, on habillait les statues. On leur mettait leurs bijoux, on déposait devant elles nourriture et boisson. La rani visita consciencieusement chaque cénotaphe et y alluma des bâtonnets d'encens.

En revenant, elle suivit la longue rue sinueuse qui courait d'un bout à l'autre de la ville neuve. Elle approchait des remparts lorsque sa voiture se trouva ralentie par un attroupement. Un bon millier d'hommes et de femmes écoutaient un prédicateur qui leur parlait du haut des marches d'une mosquée du XVIIe siècle en pierre blanche.

La foule était si dense que la voiture de la rani se trouva immobilisée. Lakshmi pouvait voir le prédicateur dont la physionomie la frappa. Il se tenait légèrement voûté, mais on voyait qu'il était extrêmement grand. Sans doute ne mesurait-il pas loin de deux mètres. Les vêtements flottants autour de son corps laissaient devenir sa maigreur. Il était difficile de lui donner un âge, bien que son visage fût creusé de rides profondes. Son nez aquilin retombait au-dessus de la bouche aux lèvres minces et son menton était prolongé par une barbiche noire et clairsemée. Profondément enfoncés dans leurs orbites et surmontés de sourcils sombres et abondants, ses yeux ne semblaient pas voir la foule et restaient perdus dans la contemplation.

Il parlait d'une voix prenante, qui portait loin sans qu'il eût besoin d'élever le ton.

– Frères de mon pays, fidèles adeptes de notre religion, levez-vous pour chasser une fois pour toutes les démons étrangers. Ils ont piétiné sous leurs bottes les bases de la justice. Ils nous ont volé notre liberté, déterminés comme ils le sont à réduire en poussière notre pays. Il n'y a qu'un remède maintenant pour libérer l'Inde de leur insupportable tyrannie. Et ce remède est de déclencher une guerre sanglante. C'est la guerre pour l'indépendance, c'est la guerre religieuse pour la justice. Ceux qui tomberont dans ces batailles seront les héros de leur pays, et largement ouvertes leur seront les portes du ciel. Mais les flammes de l'enfer brûlent déjà pour anéantir les misérables, les traîtres, les lâches qui se détourneront de leur devoir national.

« Frères de mon pays, choisissez maintenant. »

La rani n'avait jamais vu un homme dégager une telle puissance sereine. Malgré le rictus amer qui déformait son visage, malgré ses terribles paroles, humanité et chaleur émanaient de lui. Il tenait chaque homme, chaque femme sous le pouvoir de son verbe. La rani comprit qu'il appartenait à la race des prophètes.

C'était tout simplement la *Jihad* que l'homme prêchait contre les Anglais.

Le cocher de la rani n'était pas du tout rassuré.

– Partons, Reine. Faisons demi-tour. Cela va mal se terminer.

Mais pour rien au monde, maintenant, la rani n'aurait bougé. Pourtant le cocher avait raison. Bientôt apparut au bout de la rue un régiment de cipayes menés par leurs officiers anglais. La foule ne tourna même pas la tête vers eux. Le prédicateur poursuivait son discours, imperturbable. Lorsque les cipayes atteignirent les derniers rangs de la foule, celle-ci frémit. Rien de plus.

Sur un ordre de leurs officiers, les cipayes tentèrent d'opérer une percée en direction du prédicateur. La foule ne se dispersa pas, se laissant bousculer sans écarter ses rangs. Un nouvel ordre, et les cipayes dégainèrent leurs sabres. Alors, en une seconde, ce fut une indescriptible confusion. Hommes et femmes s'enfuyaient dans toutes les directions en poussant des hurlements. Ils se jetaient sur les cipayes pour tenter d'échapper à leur étau, les renversaient alors que ceux-ci les frappaient du plat de leurs sabres. A la panique des uns répondait la violence des autres. Des poignards apparurent et coupèrent les jarrets des chevaux. Les cipayes se défendirent. Ils abattaient à présent leurs sabres sur des têtes, des épaules, des bras.

La voiture de la rani était littéralement noyée dans cette marée hurlante. Les chevaux hennissaient et se cabraient. Un officier anglais, suivi de quelques hommes, fendit la foule en direction du prédicateur. Ils progressaient difficilement, car une partie des assistants avait reflué vers la mosquée, leur dérobant le prédicateur. Lorsqu'ils eurent dégagé les marches à coups de sabre, le saint homme avait disparu. A la faveur de la confusion il s'était comme évanoui sous leurs yeux.

La foule achevait de se disperser. Il ne restait plus que les cipayes qui relevaient les blessés et les morts, une vingtaine de victimes. Enfin dégagée, la voiture de la rani repartit sous la conduite troublée du cocher.

Le jour suivant, la rani n'avait toujours reçu ni message ni visite du diwan Dinkar. Elle soupçonna qu'il cherchait à l'éviter et envoya dans l'après-midi un messager à la cour du maharajah pour prévenir celui-ci qu'elle repartirait le lendemain. Une heure après, le diwan Dinkar se présenta chez elle à l'improviste, comme la fois précédente. Il ne donna ni explication ni excuse. La rani commença par lui parler de l'incident dont elle avait été témoin près de la mosquée, et dont le diwan avait été bien entendu informé. Elle lui fit part de l'impression extraordinaire que lui avait faite le prédicateur. Celui-ci était une vieille connaissance du diwan.

– Ce soi-disant saint homme musulman se nomme Ahmed Ullah Shah. On l'appelle le Maulvi de Faizabad, du nom de la ville où il réside généralement. Son origine est trouble. Il a beaucoup voyagé en Arabie, et jusqu'en Europe, prétendent certains. En tout cas il parle anglais.

« Il a déjà attiré l'attention de ma police lors d'un précédent séjour à Gwalior où il troubla l'ordre. C'est un fanatique dévoré d'ambition qui prêche la violence pour arriver à ses fins, un agitateur d'autant plus dangereux qu'il possède le don incontestable de soulever les foules. Je l'ai à l'œil depuis longtemps, et, si nous l'avons laissé échapper hier, des mesures sont prises et j'espère qu'on mettra bientôt la main dessus. »

Maintenant la rani voyait le prédicateur avec les yeux du souverain envers les fauteurs de troubles. Son enthousiasme pour le personnage s'en trouva sensiblement modéré.

Tout à trac, le diwan demanda à la rani :

– Tu vas donc entrer dans les rangs de la conjuration ?

– Je sollicite ton avis, diwan.

– Ta sagesse te dictera ta conduite, Reine. Mais tu es jeune et ardente. Je sais que tu brûles de te battre et de venger l'injustice que les Anglais ont naguère commise envers Jansi, envers toi. Néanmoins, ne vaudrait-il pas mieux attendre avant d'engager ton peuple dans l'aventure ? Tu n'ignores pas l'impitoyable répression qui s'abattrait sur lui en cas d'échec.

– Echec, diwan ? Les Anglais sont exactement quarante-cinq mille cinq cent vingt-deux dans toute l'Inde, contre cent cinquante millions de nos compatriotes.

– Cela est vrai, Reine, et lorsque la grande révolte éclatera, attendons-nous à ce que les Anglais soient repoussés, chassés de partout au point que leur présence même en Inde soit menacée.

Il s'arrêta sur un long point d'orgue qui crispa d'impatience la rani. Puis, il reprit d'une voix lasse et monocorde.

– L'Angleterre est la plus puissante nation du monde. Elle dispose de ressources inépuisables et surtout elle est poussée par une détermination indestructible. Jamais elle ne lâchera ce morceau de choix qu'est l'Inde. Elle enverra des renforts, d'autres renforts, encore des renforts. Elle y mettra le temps qu'il faudra mais gagnera, en définitive.

– J'en conclus, diwan, que lorsque la grande révolte éclatera, Gwalior se rangera du côté des Anglais.

Le diwan hésita avant de répondre à cette remarque faite sur un ton amer, mais la franchise de la rani l'avait désarmé. Aussi prit-il sur lui de lui dévoiler ses plans.

– Nous garderons nos bons rapports avec les Anglais quoi qu'il arrive. Toutefois, nous ne fermerons pas plus la porte aux rebelles de demain qu'aux conjurés d'aujourd'hui. S'il le faut, si les circonstances l'exigent, nous nous entendrons avec eux, nous irons jusqu'à leur accorder de l'aide, discrètement bien entendu, mais jamais nous n'entrerons ouvertement à leurs côtés dans la grande révolte et jamais nous ne couperons les ponts avec les Anglais.

– Les préviendras-tu de ce qui se trame ?

– Non. C'est à eux d'ouvrir les yeux.

La rani resta silencieuse et le diwan comprit qu'elle était quelque peu déconcertée par les méandres de sa tortueuse politique.

– Permets-moi un conseil, Reine. Ne vois rien, n'entends rien, ne dis rien, et il ne t'arrivera rien. N'oublie pas que les Anglais peuvent aussi se montrer généreux. Il est possible qu'ils remettent sur le trône une reine qui, bien qu'ils l'aient dépossédée, ne les aura pas abandonnés dans l'épreuve. Reste en dehors de tout ; vous serez épargnés, toi et ton peuple... et peut-être y gagnerez-vous.

La rani se garda d'acquiescer, mais le diwan sentit que son raisonnement l'avait ébranlée. Il la pria de rester encore quelques jours à Gwalior. Le maharajah son maître et lui-même seraient heureux de la distraire et de lui offrir quelques fêtes. Lakshmi remercia mais refusa. Elle avait grand-hâte de regagner Jansi où le lendemain elle se fit conduire directement au pavillon du lac sans passer par la ville. « J'ai besoin de me reposer », avait-elle annoncé à sa suite. A peine arrivée, elle envoya un messager à la station civile pour inviter Roger à dîner le soir même. Puis elle se livra aux mains expertes de ses servantes pour sa toilette.

Sous la direction de Mandar, deux d'entre elles brossèrent ses cheveux avec l'huile de coco que les Indiennes utilisent dès l'enfance pour entretenir leur chevelure et l'empêcher plus tard de blanchir. Ensuite, elles y piquèrent des fleurs de jasmin. Leur parfum se mêlerait à celui de l'*attar* dont elles avaient oint son corps après l'avoir soigneusement lavé. Deux autres servantes dessinaient sur la paume de ses mains et la plante de ses pieds des motifs compliqués à base de fleurs stylisées avec le *mehudi*, selon un art transmis de génération en génération. Pendant qu'elle recevait ces soins qui prenaient fort longtemps, la rani fumait son hookah dont l'eau était parfumée à la fleur d'oranger car elle soutenait que le tabac lui éclaircissait les idées.

Or elle avait besoin de réfléchir. Elle avait été heureuse à Gwalior de renouer avec ce monde des cours qui était le sien. Cependant, elle en revenait avec une amère déception. Sous prétexte de demander conseil au diwan Dinkar, elle était allée quêter son approbation. Elle en avait reçu une mise en garde qui avait eu le malheur de la convaincre. Elle ne se joindrait pas à la conjuration. Sa responsabilité envers ses anciens sujets passait avant son désir de laver dans le sang l'humiliation de l'iniquité que les Anglais lui avaient fait subir. Refrénant son impatience à se battre et à libérer son peuple, elle devait à tout prix le maintenir hors de la tourmente qui approchait. Ce qui signifiait qu'il lui faudrait encore supporter l'occupant détesté et demeurer dans sa position de reine déchue.

Si la raison lui interdisait de bouger, il lui restait le droit de se distraire et le pouvoir d'aimer. Roger lui avait manqué plus encore qu'elle ne l'aurait imaginé.

La barque que la rani avait envoyée chercher le jeune homme fendait l'eau du lac couleur de jade. Le rameur, vieillard à la bouche édentée constamment ouverte sur un rire silencieux, faisait avancer le bateau lentement. Trop lentement, au gré de Roger.

Le jour tombait et le soleil rouge descendait derrière les tours du fort. Une végétation exubérante couvrait les rives irrégulières du lac. Ici et là en émergeait un temple hérissé de palmiers. Des entassements de gros rochers sombres et ronds formaient de loin en loin de petites collines, surmontées chacune d'une chapelle effilée en forme de pagode.

Roger ne détachait pas ses yeux du pavillon de la rani, auquel des tourelles coniques aux quatre angles donnaient une allure fortifiée en dépit de ses modestes proportions.

La barque glissa dans le petit tunnel creusé sous

le pavillon. Un serviteur attendait. Roger monta un escalier étroit, traversa une cour minuscule obscurcie par les branches d'un seul grand arbre et pénétra dans le salon qu'il connaissait déjà.

Dédaignant ses saris blancs ou ses tenues masculines, Lakshmi portait un sari d'un rouge mordoré, rouge symbole de longue vie et d'amour. Pour tout bijou, elle avait plusieurs fois enroulé autour de son cou le collier acheté au joaillier comploteur, son astrologue lui ayant indiqué qu'elle pouvait porter ce jour-là des perles et des rubis. La somptuosité de sa parure donnait une touche de mystère à sa beauté tout en rehaussant son éclat.

Ils s'assirent sur un sofa devant des tables basses en bois de rose incrusté d'ivoire.

– Je t'ai commandé un dîner indien, sahib Giffard, lui lança-t-elle. Je me refuse à imiter tous ces rajahs qui offrent aux Anglais d'infâmes imitations de leurs propres plats.

Elle frappa dans ses mains : des serviteurs apparurent portant d'abord le *thali*, comprenant une multitude de petits plats de légumes très parfumés.

Les Indiens font grand cas de l'apparence de la nourriture, qui doit être belle à l'œil, en associant subtilement les couleurs des produits. Mais surtout la nourriture doit être saine et équilibrée. Des recettes millénaires dictent le dosage et l'alternance des plats, la composition de chacun d'eux, l'introduction d'une base acide et donc digestive sous forme de tomates, de vinaigre ou de citron. Les épices, dotées de propriétés médicales, jouent un grand rôle. La rani préférait à tout les poivrons du Cachemire, les plus appréciés de l'Inde, dont elle éteignait le feu en avalant du yoghourt. Bien qu'elle-même fût végétarienne, elle fit servir des viandes pour Roger : des brochettes de mouton, du poulet tanduri macéré dans du yoghourt épicé et badigeonné d'une pâte à base de piment rouge.

La somptuosité du repas indien se mesure aux desserts. Les serviteurs apportèrent des pyramides d'ananas, de pommes cannelles, de goyaves, de bananes, de mandarines douces, de noix de coco et bien sûr de grenades, le fruit de bon augure. Des sucreries les accompagnaient : les rossogollas, boules de caséine cuites dans du sirop ; le payasam, une crème au lait et à la farine, réduite avec des noix de cajou et parsemée de raisins secs ; les halvas, pâtes compactes fourrées. Elles étaient enrobées dans des feuilles d'or, marque du luxe royal mais aussi vitamine puissante.

Suivant le protocole indien, la rani et Roger échangeaient à peine quelques propos.

Tous deux étaient pressés d'en terminer. Enfin, les serviteurs leur présentèrent dans des boîtes en or ouvragé le *pan*, qui conclut le repas. Ils mélangèrent la noix d'arec avec la chaux, y ajoutèrent un clou de girofle et l'enveloppèrent dans des feuilles de bétel qu'ils mâchèrent. Les serviteurs se retirèrent en emportant les plateaux du dîner.

La rani avait fait servir à Roger un flacon de *sherat*, le vin importé d'Afghanistan par les Grands Mogols. Dans le *kalian* d'or de son hookah, un peu de guj ajouté au tabac le rendait légèrement enivrant. La nuit était tombée et l'obscurité enveloppait le pavillon et les isolait. Lakshmi racontait son voyage à Gwalior, décrivant la cour du maharajah, ses palais et ses fêtes.

Roger se plaignait de l'ennui pesant de la vie dans la communauté anglaise, qui lui avait paru encore plus pénible pendant l'absence de Lakshmi : ces cinq jours lui avaient semblé cinq mois. Il peignait avec humour les petits déjeuners entre le docteur Phipps qui lisait son journal et Annabelle qui montrait sa supériorité en harcelant ses domestiques indiens ; la matinée passée à somnoler sur les rares dossiers des litiges réservés aux magistrats de district ; l'heure de la sieste à lire dans la véranda sous le punkah qu'agitait un serviteur ; l'après-midi au mess à jouer au billard ou au whist avec les officiers ; la soirée à siroter du clairet en échangeant des propos banals, tous les jours répétés ; les dîners interminables chez les Phipps, chez d'autres ménages de la station civile, où l'on ne servait jamais moins de dix plats. Ses compatriotes se cramponnaient au mode de vie britannique, et leur minuscule communauté se repliait sur elle-même. Le climat, joint à la paresse ou à l'oisiveté, les faisait sombrer dans une torpeur physique et intellectuelle.

Tous deux parlaient de plus en plus vite, riaient de plus en plus fort, puis soudain le silence s'installa entre eux. La lune s'était levée et par les fenêtres ouvertes la nuit entrait, silencieuse et lumineuse. Le lac semblait une surface laiteuse bordée par les découpages noirs et bizarres que dessinaient les toits du temple et le sommet des arbres, aux lueurs dansantes des étoiles. Dans la pièce, les parfums qui montaient des cassolettes chargeaient l'atmosphère de sensualité. La rani, rêveuse, était étendue sur les coussins de brocart avec la grâce provocante des modèles d'une miniature mongole. Jamais Roger n'avait senti chez elle un tel abandon. Son corps à lui vibrait et le sang lui battait les tempes. Il avança le bras et saisit la main menue de la rani, qui dans la sienne frémit comme un oiseau pris au piège.

Lakshmi courba la tête. Son cœur battait follement. Elle avait tellement attendu cet instant, et maintenant elle avait peur. Son émotion fut si grande que, pendant plusieurs minutes, elle ne put ni parler ni bouger.

Ce fut le moment que choisit Mandar pour frapper à la porte.

– Un message urgent du diwan Naransin.

Lakshmi prit le billet, et lut. La surprise, l'horreur agrandirent ses yeux et elle dit d'une voix sourde :

– Ils ont exécuté Mangal Pandé.

Roger connaissait l'affaire ; la *Gazette de l'Inde* en était pleine. Une quinzaine de jours plus tôt, à Barrackpur, près de Calcutta, un cipaye du 34e régiment d'infanterie indigène, nommé Mangal Pandé, était apparu un après-midi au milieu du cantonnement militaire dans un état d'excitation voisin de la folie, criant à ses camarades de se soulever contre les Anglais, au nom de leur religion. Il avait abattu un sergent-major accouru pour l'arrêter, et blessé deux officiers qui tentaient de le désarmer. Les cipayes, malgré les ordres, avaient refusé de porter la main sur ce brahmane de la plus haute caste. Le général Hearsey, commandant de la garnison, avait alors pris avec lui des soldats anglais et était arrivé à cheval au milieu du groupe de cipayes qui entouraient Mangal Pandé, toujours hurlant et levant ses mains rouges du sang anglais. Sur le point d'être arrêté, il avait retourné son arme contre lui-même et avait essayé de se tuer, ne réussissant qu'à se blesser. Les cipayes s'étaient alors dispersés. Mangal Pandé avait été traduit en cour martiale.

– Ils l'ont exécuté, répétait la rani. Ils n'ont trouvé personne dans tout Barrackpur pour faire leur sale besogne. Ils ont dû faire venir un bourreau de Calcutta.

– Ils devaient l'exécuter. Le général Hearsey devait faire un exemple, répondit Roger qui était très énervé de voir interrompue une soirée prometteuse et ne se sentait pas particulièrement concerné par le sort de Mangal Pandé.

– Il a agi pour sa foi et il est mort pour sa foi, cria presque la rani.

– Il était surtout drogué, Lakshmi. Lui-même l'a avoué au tribunal.

– S'il a pris de la drogue, c'était par désespoir.

– Voyons, Lakshmi, crois-tu que les Anglais puissent laisser quiconque appeler impunément à la rébellion ? Comment agiraient les rois indiens si un de leurs sujets en faisait autant ?

Il avait dit cela légèrement. A nouveau, il lui prit la main, désireux de retrouver l'intimité de leur tête-à-tête. Lakshmi la retira vivement :

– Jamais je n'appartiendrai à un Anglais !

Elle l'affirmait d'autant plus que quelques minutes auparavant elle était prête à lui céder.

– Les Anglais ne sont que des assassins ! clama-t-elle.

L'insulte le piqua. Il envoyait au diable Mangal Pandé, les cipayes et même le général Hearsey. Sortant pour une fois de sa douceur naturelle, il lui lança :

– Prends garde, Lakshmi. Les Anglais écraseront tous ceux qui se dresseront contre eux.

– Je croyais que tu aimais l'Inde et les Indiens.

– Je croyais que tu plaçais l'amour au-dessus des différences de race, répliqua-t-il.

Elle aurait voulu le chasser, mais n'en eut pas le courage. Ce fut lui qui se leva et, se plantant devant elle, les lèvres serrées et le regard brûlant, il lui dit rageusement :

– J'aime l'Inde, et je t'aime, Lakshmi.

Et il partit sans la saluer.

La tristesse et la frustration empêchèrent la rani de dormir. Alors qu'elle arpentait le salon du pavillon, elle remarqua parmi les coussins la redingote de Roger, que celui-ci avait enlevée après le dîner et qu'il avait oubliée dans sa sortie précipitée. Elle la prit, en palpa l'étoffe, la sentit, respira cette odeur d'homme, forte et légèrement parfumée. Une lettre tomba de la poche de la redingote. Elle la ramassa. La signature lui apprit qu'elle avait été adressée à Roger par Roderick Briggs, son meilleur ami. Elle ne put résister à la curiosité et la lut.

Roderick devait remettre à plus tard son mariage avec Sarah Brandon. Il avait en effet demandé à être versé dans l'armée des Indes. Ses supérieurs l'avaient assuré que cette affectation temporaire lui permettrait d'obtenir plus vite de l'avancement et Roger, par ailleurs, l'avait convaincu de l'attrait de ce pays. Dans quelques semaines, donc, il débarquerait à Bombay et se réjouissait de revoir Roger.

... Tes dernières lettres m'ont infiniment surpris. Tu serais amoureux au point que plus rien d'autre ne compte, ton avenir, ta carrière, ta vie même, dis-tu. Toi, Roger, emporté par la passion ! Toi qui te vantais de demeurer incorruptible à l'amour, qui te moquais de celui que je porte à Sarah. Tu as bien changé, mon ami, et je suis curieux de constater sur toi les ravages de la passion comme d'en rencontrer l'objet. Tu ne me dis pas qui elle est, sauf qu'il s'agit d'une Indienne.

Es-tu sûr que le climat des tropiques ne t'a pas fait perdre la tête et que ce que tu prends pour l'amour d'une vie n'est pas, en fait, qu'une simple amourette exotique ? Tomber amoureux d'une Indienne... tout de même, Roger !

CHAPITRE XI

Au bureau du magistrat de district, Roger tâchait de s'intéresser à ses dossiers. Voilà quinze jours qu'il n'avait pas revu la rani. Quinze jours qu'il ne lui avait pas donné signe de vie, bien que l'envie l'en ait quotidiennement démangé. Il s'était plongé dans son travail sans parvenir à s'y absorber. Il n'avait pas touché à ses pinceaux, n'ayant pas le goût de peindre. Il avait traîné de plus en plus souvent au mess du cantonnement, écoutant sans les entendre les propos des officiers et buvant du whisky en quantité considérable. Devant cette assiduité nouvelle, ses compatriotes l'avaient cru revenu à de meilleurs sentiments, mais sa brusquerie avait vite découragé leurs assauts de politesse.

Soudain des mouvements, des exclamations le tirèrent de sa somnolence. Un attroupement se formait dans la rue. Des passants agrippaient les barreaux de sa fenêtre et montaient sur l'appui pour mieux voir. Il aperçut entre les turbans le dais rouge et or du palanquin de la rani, puis entendit, venant du bureau du capitaine Gordon, le bruit de chaises que l'on repoussait brusquement, le cliquetis d'un sabre ajusté à la hâte, le grincement d'une porte qu'on ouvrait à deux battants. Enfin lui parvint la voix de Lakshmi.

– Capitaine, en revenant du temple, nous avons pensé nous arrêter chez vous. Nous savons avec quelle conscience, vous et vos collaborateurs, exercez la loi pour le bien des citoyens.

Roger n'avait pas bougé. Il perçut la réponse murmurée par le capitaine Gordon, qui ne savait trop que penser de cette visite, la première que la rani lui eût jamais rendue.

– Voudriez-vous me faire visiter vos bureaux ?

Le capitaine Gordon sur les talons, Lakshmi pénétra dans le bureau de Roger qu'elle salua en silence, les mains jointes devant la poitrine. Roger se leva, se mit au garde-à-vous. Gordon lui fit signe de se joindre à eux. Ils passèrent ainsi de pièce en pièce. Les assesseurs et les scribes indiens, repoussant les solliciteurs du jour, tout à fait ahuris, se précipitaient vers la rani, s'agenouillaient devant elle et baisaient qui le sol, qui le pan de son sari. Plusieurs avaient naguère travaillé au palais. Lakshmi les reconnut, les interrogea sur leurs familles, ayant un mot pour chacun. Tous la contemplaient avec vénération, et Roger comprit que pour eux elle resterait toujours la véritable reine. Lorsqu'elle s'éloigna, tous voulurent la suivre. Gordon, bousculé, se trouva un instant séparé de la rani. Celle-ci en profita pour se tourner vers Roger :

– Nous espérons, sahib Roger, que tu viendras bientôt nous rendre visite au palais.

Et elle remonta dans son palanquin autour duquel grouillait la foule.

Abritée des regards par les rideaux de mousseline brodés d'or, Lakshmi se laissa aller à sourire. Que de fois, pendant ces quinze derniers jours, n'avait-elle pas songé à faire appeler Roger ? Chaque fois, elle s'était abstenue, espérant qu'il se manifesterait le premier, et s'abandonnant à une vague anxiété, troublée tant par ses sentiments pour lui que par les événements qu'elle sentait approcher.

Et ce matin lui était parvenue une nouvelle agréable et inattendue. Son ami d'enfance, l'ancien rajah de Bithur, annonçait sa venue. Il avait entrepris un long pèlerinage qui le conduisait de ville en ville. Avant de revenir chez lui, il ferait le détour par Jansi pour revoir sa sœur de cœur.

Il tombait à point nommé. Jamais Lakshmi n'avait

si fortement éprouvé le besoin de revoir cet ami, ce grand frère qui, bien qu'il eût été comme elle dépossédé par les Anglais, était resté notoirement leur ami. Toute à sa joie qu'elle aurait voulu partager avec Roger, elle s'était décidée à faire le premier pas et à aller en personne le chercher.

Roger ne se présenta pas l'après-midi à la promenade comme la rani l'avait escompté. Il ne vint au palais que le soir, pour une brève visite. Son regard, son sourire démentaient pourtant sa réserve, mais lui comme elle restaient quelque peu empruntés en se retrouvant seuls. Pour dissiper ce léger malaise, Lakshmi évoqua ses souvenirs d'enfance que la visite prochaine de Nana Sahib réveillait.

— Ils étaient trois inséparables, là-bas à Bithur. Le gros, c'était le jeune rajah Nana Sahib, le sombre, c'était son cousin Rao Sahib, et le maigre, c'était leur compagnon de jeux Tantya Top. Bien que je fusse plus jeune qu'eux d'une dizaine d'années, ils m'avaient adoptée. Ils me traitaient en garçon, me faisaient participer à leurs jeux virils et martiaux.

Lakshmi revoyait les courses à cheval sur les bancs de sable striant le fleuve, si lent qu'il semblait immobile, les exercices de tir au pistolet et les duels au sabre; pour rire, dans une cour désaffectée du palais de Bithur.

— Nous avons commencé par nous détester, Nana Sahib et moi. Je me rappellerai toujours cette fois où je lui ai demandé de me prendre sur son éléphant et où il a refusé en se moquant de moi. Mon père a essayé de me calmer en me disant : « Tu n'étais pas née pour monter un éléphant. Maintenant, reste tranquille. » Rester tranquille, c'était bien la dernière chose dont j'étais capable. Je me rappelle avoir crié à Nana Sahib : « Un jour, tu verras. Pour un de tes éléphants, j'en aurai dix. Rappelle-toi ce que je te dis. » Et j'avais raison car, après mon mariage, j'ai possédé en effet dix éléphants et plus.

« Ce n'est que dans les dernières années de mon séjour à Bithur que nous sommes devenus véritablement amis. Il me faisait ses confidences et me parlait de ses chagrins, car il était tombé amoureux d'une des esclaves de son père, Husseinee Hanum. Il devait avoir dix-huit ou dix-neuf ans et elle était bien belle, Husseinee Hanum, très grande, très claire de peau, une allure royale. Elle me fascinait. Je me demande si elle est toujours près de lui... »

Nana Sahib arriva à Jansi en début d'après-midi un jour de la fin avril. La venue d'un souverain, même dépossédé, constituait une distraction de choix pour les habitants de la ville qui avaient grimpé sur les remparts pour guetter son cortège. Ils distinguèrent tout d'abord, au loin, entre les arbres bordant la route de Kalpi, une nuée de couleurs brillantes surmontée de bannières et, derrière, la cohorte indistincte des éléphants et des chameaux. Progressivement, le tableau se précisa. La masse colorée se découpa en turbans, châles et robes des nobles qui montaient des chevaux richement caparaçonnés. Ils tenaient de grandes bannières brodées d'or en forme de flamme. Suivaient les musiciens jouant de leurs trompettes d'argent et tapant sur des tambours du même métal. Les accompagnaient les danseurs, les astrologues, les serviteurs du rajah, en livrée jaune et rouge. Puis venaient les hérauts de la cour de Bithur, portant, brodées d'or sur leur poitrine, les armoiries du rajah et criant en chœur ses titres innombrables et ses vertus non moins innombrables. Devant les éléphants, s'avançaient à pied les chambellans, leurs bâtons d'or à la main. Entourés de gardes, douze pachydermes se suivaient à la queue leu leu, chacun portant son howdah en argent massif sur de longues couvertures de velours brodé d'or.

Nana Sahib montait le premier éléphant. Un serviteur tenant une vaste ombrelle de soie aux crépines d'or l'abritait du soleil. Un autre, un chasse-mouches noir et or à la main, écartait de lui les insectes. Une procession de chameaux fermait le cortège. Ils devaient être au moins quatre-vingts ou cent à porter les bagages du rajah et de sa suite.

La rani attendait son invité dans la première cour de son palais. L'éléphant de celui-ci se rangea à côté de l'étroit escalier de marbre préposé à cet effet. Pour faire honneur à la reine de Jansi, le rajah de Bithur s'était couvert de joyaux. Des brassards d'émeraudes et de diamants enserraient ses bras. Autour de son cou étaient enroulés plusieurs rangs d'émeraudes, chacune grosse comme un œuf de pigeon, mêlées à un plastron d'énormes diamants. La poignée de son sabre était constituée d'une mosaïque de diamants et de rubis. Une plaque de diamants et d'émeraudes retenait son turban. Chacun de ses doigts portait une bague en argent enchâssée de rubis, de diamants et d'émeraudes. Même sa ceinture était incrustée de pierres précieuses. Selon la coutume mahrate, il avait suspendu à son oreille un grand anneau d'or orné de lourdes perles. Il tenait à la main une paire de gants de suède gris de facture européenne qui contrastait curieusement avec cet étalage oriental de richesses.

Imposant et digne, il avait incontestablement noble allure. La rani retrouva le teint pâle et aristocratique, les grands yeux arrondis, les dents impeccables que découvrait son sourire, mais elle jugea qu'il avait considérablement engraissé depuis son adolescence. Nonobstant le protocole entre princes indiens, Nana Sahib et Lakshmi se jetèrent dans les bras l'un de l'autre. Il y avait quinze ans qu'ils ne s'étaient pas revus.

La munificence de Nana Sahib était légendaire. Il avait apporté des cadeaux pour tous, depuis le diwan Naransin jusqu'au dernier serviteur du palais. Pour Lakshmi, il avait choisi non pas des bijoux mais des cadeaux d'homme, des armes qu'elle préférait à la parure. Il lui offrit un sabre de guerre à la lame tranchante et à la poignée d'acier damasquiné d'or, ainsi qu'une paire de pistolets fabriqués en Angleterre, le dernier cri de l'armurerie britannique, dont la crosse était filigranée d'argent. A Damodar, il donna un poignard, non pas un jouet d'enfant, mais une arme d'adulte à la poignée incrustée d'émeraudes. Il y ajouta un fusil miniature avec lequel le jeune garçon pourrait s'exercer à tirer. Ces cadeaux eurent autant de succès que les deux animaux favoris de Nana Sahib, un singe à queue de lion et un écureuil de la taille d'un lapin qu'il emmenait même en voyage et auxquels Damodar fit fête.

Nana Sahib et Lakshmi passèrent l'après-midi entier à échanger des nouvelles et à égrener des souvenirs.

– Comment va Husseinee Hanum ? demanda Lakshmi.

Nana Sahib hésita, puis répondit brièvement :

– Je l'ai prise à mon service après la mort de mon père.

La rani en conclut que Husseinee Hanum était toujours en faveur, bien que la rumeur publique attribuât de nombreuses conquêtes féminines à Nana Sahib.

Changeant rapidement de sujet, Nana Sahib demanda à Lakshmi la permission de donner ce soir-là un dîner pour les autorités anglaises civiles et militaires de Jansi. Elle fit la grimace. Elle n'avait aucune envie de recevoir des Anglais en son palais. Cependant, comme son ami l'en sollicitait et que, d'autre part, en s'abritant derrière les règles du purdah, elle ne serait pas tenue d'y assister, elle accepta. Elle ne put néanmoins cacher son étonnement :

– L'écho m'est venu jusqu'ici des fastueuses réceptions que tu leur offres à Bithur. Tous vantent ton hospitalité et se félicitent d'avoir un tel ami. Comment peux-tu l'être après qu'ils aient refusé de reconnaître ton adoption et qu'ils t'aient comme moi détrôné ?

– Tous les Anglais ne sont pas mauvais et beaucoup sont même charmants.

Puis il taquina la rani :

– Tu ne vas pas offrir à ces Anglais un dîner indien ? Ils ne sauraient comment se servir et se croiraient empoisonnés par notre nourriture. Ne t'en fais pas, j'ai tout apporté avec moi.

– Où te crois-tu tombé ? Chez les sauvages ? rétorqua la rani. J'ai tout ce qu'il faut ici.

En effet, un rajah de Jansi, grand-oncle du feu mari de Lakshmi, avait fait venir de Londres quantité de mobilier et de vaisselle.

Lakshmi et Nana Sahib explorèrent joyeusement les réserves du palais et supervisèrent la transformation d'un salon, au rez-de-chaussée, en salle de banquet.

La curiosité de la rani fut trop forte pour qu'elle restât dans ses appartements, et elle suivit le déroulement du festin dissimulée derrière une porte entrebâillée.

La table était somptueuse. La vaisselle, la verrerie et l'argenterie faisaient grand effet, mêlées aux fleurs éclatantes et variées de Jansi. Nana Sahib présidait à un bout de table, le dos à la porte derrière laquelle se cachait Lakshmi. Les hommes étaient venus sans leurs femmes, à la demande de leur hôte.

La rani n'avait d'yeux que pour Roger assis à l'autre bout de la table. Nana Sahib s'entretenait avec ses voisins, le capitaine Skeene et le capitaine Dunlop. Il parlait correctement anglais, lisait même les journaux de Londres, mais la rani, de sa cachette, constata avec une intime satisfaction qu'il maniait moins bien cette langue qu'elle puisqu'il avait besoin, à ses côtés, d'un traducteur – un Eurasien nommé Todd – pour suppléer aux défaillances de son vocabulaire.

Les autres invités, qui ne participaient pas à l'auguste conversation du rajah et de leurs supérieurs, se rattrapaient selon l'usage en critiquant les détails du dîner. La nappe était, certes, taillée dans le plus beau damas européen, mais au lieu de serviettes de table, on leur avait donné des serviettes de bain. La soupe avait été servie dans des assiettes à dessert, la bière était versée dans de vulgaires gobelets comme on en achète dans les foires et, pour le clairet, on avait utilisé des verres à champagne. Enfin, comble d'horreur, le pudding avait été présenté dans une assiette à soupe. Bref, ces Indiens ne savaient rien faire convenablement.

Les liqueurs servies, des serviteurs, sur un signe de Nana Sahib, apportèrent les cadeaux destinés aux invités : sabres, poignards, revolvers et fusils furent offerts à chacun. La rani se demanda ce que Roger ferait du fusil de chasse qui lui échut, lui qui ne chassait pas.

La distribution des cadeaux signifiait que le dîner était achevé. Le capitaine Skeene donna le signal du départ. Roger fut le dernier à saluer et à remercier le rajah de Bithur.

Les Anglais sortis et les serviteurs retirés, Lakshmi entra dans la salle du banquet où il n'y avait plus que Nana Sahib, lui tournant le dos, assis devant la longue table désertée. Il portait un verre à ses lèvres et elle s'étonna qu'il se fût mis à boire du cognac. Nana Sahib avait entendu Lakshmi s'approcher mais il ne bougea pas, ne se retourna pas vers elle. Fixant la liqueur ambrée au fond de son verre, il dit soudain d'un ton tranquille :

– Nous les chasserons tous de l'Inde.

La rani s'arrêta, clouée sur place. Nana Sahib, toujours sans la regarder, répéta :

– Oui, Lakshmi, nous allons bientôt nous débarrasser des Anglais.

– Tu veux tuer tous les Anglais ? s'exclama Lakshmi.

– Je ne suis pas cruel, Lakshmi, tu le sais. Nous ne les tuerons pas si cela n'est pas nécessaire.

Lakshmi saisissait lentement la portée des paroles de Nana Sahib.

Elle s'avança jusqu'à la table, le regarda droit dans les yeux, et lui dit d'une voix sourde :

– Ainsi, tu fais partie de la conjuration.

– « Faire partie », seulement ! Tu me sous-estimes, Lakshmi.

La rani ne put retenir un rire nerveux.

— Toi, le chef de la rébellion ? Mais tu n'es qu'un homme de plaisir, Nana Sahib !

Sans se laisser arrêter par cette remarque dédaigneuse, il reprit :

— Assez habile, le coup des chappattis ! Et l'affaire des cartouches ! Quelle utilisation n'avons-nous pas tirée de la maladresse des Anglais ! Il faut avouer que nous avions déjà commencé à former des sociétés secrètes parmi les cipayes.

Soudain, un souvenir revint à la rani : l'étonnement du diwan de Gwalior lorsqu'elle lui avait demandé le nom du chef de la conjuration. Lakshmi pouvait-elle ignorer qu'il s'agissait de son meilleur ami ?

— Tu seras à mes côtés, lui dit simplement Nana Sahib. Te rappelles-tu, dans notre enfance, lorsque nous jouions à la guerre et que je te prenais comme lieutenant ? Tu le seras à nouveau demain pour libérer notre pays. Tu as refusé de répondre à l'invitation du joaillier que je t'avais envoyé, mais je te connais, Lakshmi. Tu te joindras à nous.

La rani garda le silence et Nana Sahib, se méprenant, y vit un acquiescement. Aussi poursuivit-il :

— Tu prendras la tête du mouvement avec moi. Les autres ne sont que des complices. L'ancien roi d'Oudh, le vieux Grand Mogol, le maulvi de Faizabad, le diwan de Gwalior, des complices, rien que des complices.

— Comment ! l'interrompit Lakshmi, le diwan Dinkar fait partie de la conjuration ?

— Dinkar sympathise pleinement avec nous, même si sa position lui interdit de le montrer encore ouvertement. Il est venu tout exprès me l'affirmer à Bithur lors d'une tournée qu'il vient de faire avec son maître le maharajah.

— Dis-moi, Nana Sahib, pourquoi joues-tu ce jeu avec les Anglais ? Tu passes pour leur meilleur ami, tu me forces à les recevoir, pourquoi cette hypocrisie ?

— Mais je ne les déteste pas, Lakshmi. J'aime beaucoup la compagnie des Anglais. J'estime leurs qualités. J'apprécie même la naïveté avec laquelle ils se moquent de moi sans se douter que je m'en rends compte. Et puis, à fréquenter les Anglais, on apprend beaucoup sur eux. A cet égard, mon récent pèlerinage s'est révélé fort instructif. Il m'est indispensable d'évaluer leurs forces. C'est pour cette raison que je t'ai demandé de les recevoir ce soir.

Lakshmi resta silencieuse quelques instants, puis, d'une voix rauque et basse, elle lui demanda :

– Pourquoi toi, Nana Sahib ?

Nana Sahib prit son temps pour lui répondre :

– Mon père a été humilié lorsque les Anglais l'ont déposé. J'ai été humilié lorsque les Anglais ont refusé de reconnaître mon adoption et m'ont détrôné. Toi, tu as été humiliée lorsqu'ils t'ont dépossédée. L'Inde entière a été humiliée. C'est assez.

– Ainsi, tu te rebelles par rancœur. On ne gagne pas les guerres par rancœur.

– Non, mais on fait les révolutions.

Lakshmi tourna les talons et quitta rapidement la salle.

Le lendemain, tôt le matin, Nana Sahib, accompagné de sa suite, quitta Jansi pour regagner Bithur. La rani n'apparut pas avant son départ, rompant ainsi avec une loi sacro-sainte de l'hospitalité indienne.

Lorsque le cortège eut disparu, un serviteur vint trouver la rani qui se tenait avec Mandar dans le jardin du palais et lui tendit un chappatti.

– Le rajah de Bithur a laissé ceci pour toi. Il m'a ordonné de te dire : « Du nord au sud, de l'est à l'ouest, le vent souffle. »

Dès que le serviteur se fut éloigné, Mandar affirma :

– Bien sûr, tu répondras à l'appel du rajah.

Mandar savait. Peut-être avait-elle écouté aux portes, la veille au soir, comme toute servante bien entraînée. Sans la regarder, la rani dit sombrement :

– J'ai vu mon meilleur ami, mon frère, rire avec les Anglais, boire avec les Anglais, leur taper dans le dos, et tout cela pour apprendre qu'il est le chef de la conjuration qui veut chasser ces mêmes Anglais. J'abomine cette fausseté.

Mandar prit un air profondément choqué : grand était le prestige des rois auprès des gens de sa condition et voir l'un d'eux si maltraité la heurta :

– Crois-tu que c'est en chargeant les Anglais à la tête de ses maigres effectifs qu'il nous en débarrassera ? S'il agit dans l'ombre, c'est qu'un ennemi puissant l'y contraint. Tu l'accuses de trahir l'idéal de nos ancêtres, mais es-tu digne d'eux, toi qui ne fais que te lamenter et supporter l'oppresseur de notre pays ? Pour nous, Indiens, le rajah Nana Sahib sait se montrer le chef dont nous avons tant besoin.

– Si seulement il l'était. Je suis convaincue qu'il a exagéré son rôle. La conjuration n'a pas une tête, mais mille.

– Parce que le pays entier milite dans ses rangs. Tu es la seule qui aies refusé de rejoindre les combattants de la religion et de la liberté.

Pour cacher à Mandar combien elle était ébranlée, la rani décacheta la lettre qu'elle tenait à la main. Bien qu'elle eût reconnu le sceau du diwan Dinkar, elle ne l'avait pas encore ouverte. Dans un style fleuri, le diwan racontait la tournée qu'il venait de faire faire à son maître, le maharajah de Gwalior, pour le distraire. Leur itinéraire les avait menés jusqu'à Calcutta. Le gouverneur général, lord Canning, les avait reçus avec les plus grands honneurs et Dinkar s'étendait sur les réceptions qui avaient jalonné leur séjour dans la capitale de l'Inde anglaise. Le maharajah Sindiah avait donné dans les jardins botaniques de Calcutta une grande fête pour la colonie anglaise, qui avait remporté le plus vif succès.

La lettre du diwan de Gwalior surprit la rani. Dinkar ne lui écrivait jamais et il n'était pas homme à le faire sans une intention précise. Laquelle se cachait derrière ce compte rendu touristique ? Le diwan continuait en décrivant les nombreux monuments de Calcutta que le maharajah et lui avaient admirés. Sur l'ordre du gouverneur général, ils avaient visité les installations militaires anglaises de la ville et de ses environs :

Sa Majesté, mon Maître, a été fortement impressionnée par la formidable puissance et les réserves inépuisables de l'armée britannique. On comprend que l'Angleterre ait pu vaincre tous ceux qui, dans le passé, se sont attaqués à elle.

La rani relut la phrase et resta songeuse jusqu'à ce que le message du diwan Dinkar s'éclairât. Sous couleur d'un voyage d'agrément, il avait voulu, traînant son maître avec lui comme paravent, évaluer les forces anglaises. Sa conclusion était sans équivoque et rejoignait, après examen, ce qu'il avait affirmé à la reine lorsqu'elle était allée le consulter à Gwalior. Quoi qu'il arrivât, les Anglais seraient vainqueurs.

Ce rappel de la mise en garde du diwan arrivait à un moment où Lakshmi était déjà suffisamment énervée.

Elle se mit à marcher rapidement droit devant elle, éprouvant le besoin de bouger et de rester seule. Mais la servante ne la lâchait pas d'un pas, curieuse de connaître le contenu d'une lettre qui avait tellement altéré les traits de sa maîtresse.

L'une suivant l'autre, elles pénétrèrent dans la cour des communs qui servait de terrain de jeu à Damodar. Celui-ci courait et criait avec des gamins de son âge. Roger s'était joint à eux en attendant de sortir à cheval avec Lakshmi. Damodar accourut pour saluer sa mère. Il était tout excité.

– Les Anglais vont être chassés et on va me remettre sur le trône.

Comment savait-il ? Des bavardages de domestiques, sans doute. L'enfant était déjà reparti jouer avec Roger.

– Et voilà, commenta la rani. Damodar se réjouit de voir les Anglais chassés et il fait des amitiés au sahib Giffard. Son instinct d'enfant a raison. Si l'on hait les Anglais, faut-il les haïr tous ? Si l'on aime un Anglais, cela signifie-t-il qu'on se range à leur côté ?

Roger avait enfin réussi à se dégager des gamins qui ne voulaient pas le laisser abandonner la partie. Tout joyeux, il annonça à la rani qu'il venait d'apprendre que son ami Roderick était arrivé à Bombay. Avant de recevoir son affectation, il avait demandé une permission pour rendre visite à Roger. Puis celui-ci remercia la rani du dîner de la veille qui avait laissé tous les convives anglais séduits par Nana Sahib.

– Le capitaine Skeene est particulièrement enchanté. Il répète à qui veut l'entendre que les Anglais n'ont pas de plus solide ami que le rajah de Bithur.

La rani pâlit, baissa la tête et passa son chemin, laissant Roger tout décontenancé.

Lorsqu'elle se fut éloignée, elle se tourna vers sa servante et d'une voix lasse lui dit, comme si elle reprenait un dialogue :

– Non ! Mandar, je ne me joindrai pas à la conjuration !

C'était plus que Mandar n'en pouvait entendre :

– Les Anglais ont bien travaillé. Ils ont détruit la flamme qui brûlait en toi, ils ont détruit ta conscience. Tu as oublié ton peuple, tu as oublié l'Inde. Tu les trahis. Tout cela parce que tu aimes un Anglais.

La rani regarda Mandar et la trouva laide avec son visage anguleux, ses longues dents et ses gencives violacées que découvrait le rictus de la colère.

– Si j'aime Roger, cela ne regarde que moi. Ai-je trahi pour lui nos secrets ? Ai-je défié nos croyances, nos traditions ? Je ne suis même pas sa maîtresse ! acheva-t-elle dans un cri d'amertume.

CHAPITRE XII

Le printemps déjà avancé ramenait des chaleurs chaque jour plus fortes, qui interdisaient à la rani ses promenades à cheval, remplacées par la sieste. Lorsque le soir apportait enfin l'illusion d'un peu de fraîcheur, elle se promenait avec Roger dans le parc.

Le pavillon du lac se dressait sur un barrage construit un siècle plus tôt par un rajah de Jansi. Derrière s'étendait le Narayan Bag, le jardin Narayan, d'une taille considérable. Des bouquets de palmiers formaient de vastes carrés cernés d'allées larges et rectilignes où s'alignaient orangers et citronniers. De leurs branches s'élevait l'intense caquetage des oiseaux, déchaîné par la fin du jour. Les ombres brunes gagnaient lentement le couvert tandis que les rayons du soleil couchant coloraient d'une lumière orange les palmes majestueuses.

Lakshmi, que le présent angoissait, se réfugiait dans l'évocation de son passé qu'elle dévoilait à Roger.

– Je me souviens mal du Bénarès de mon enfance. J'y suis née, mais nous en sommes partis lorsque j'avais trois ans. Je me rappelle vaguement le palais où nous habitions et qui me semblait immense. Je courais dans des enfilades de salles poussiéreuses et vides. Je me penchais sur la terrasse pour regarder juste en dessous couler le Gange boueux. Le palais appartenait à l'oncle de Nana Sahib, le prince Chimagi. Il avait été chassé de Puna lorsque les Anglais avaient déposé son frère le *peshwa*, et mon père – qui avait toujours été à son service – l'avait suivi dans son exil à Bénarès.

« Je vois à ton expression que tu ne sais pas très bien qui était le peshwa, et pourtant l'Inde entière a retenti pendant des siècles du bruit de sa gloire. Le peshwa, Roger, était le chef héréditaire de la confédération de rois et de princes mahrates qui, à l'ouest de l'Inde, avaient formé un formidable et florissant empire. Puis les Anglais sont arrivés. Ils s'insinuèrent dans l'Empire mahrate comme le ver dans le fruit. Alors ce fut la division, l'affaiblissement et finalement la dislocation. Les Anglais finirent par déposer le dernier peshwa, Baji Rao, le père adoptif de Nana Sahib, et le chassèrent ainsi que sa famille de Puna, sa capitale.

« Mon père, qui avait donc accompagné à Bénarès le prince Chimagi, avait perdu dans l'affaire presque toute sa fortune. Il nous a fait vivre sur un salaire de cinquante roupies par mois, tout ce que le prince Chimagi pouvait lui allouer. Plusieurs maharajahs et même les Anglais lui offrirent des postes aussi honorables que lucratifs. "Mieux vaut mourir en honnête pauvreté que vivre dans une immorale prospérité", leur répondit-il en refusant. »

Son père s'était-il vraiment montré aussi désintéressé ? Petit à petit, au cours du récit, la rani inventait un Moropant bien différent de la réalité, non pas tant pour cacher à Roger une vérité honteuse que pour se créer une image telle qu'elle l'aurait souhaitée.

– Mon père ne dérogeait pas à sa longue lignée. Nous sommes issus d'une très ancienne famille brahmine de Way, une petite ville située au sud de Bombay. C'est un lieu saint où les gens, par tradition, sont fidèles, pieux, fiers. A la mort de Chimagi, mon père, qui s'était retrouvé sans toit et sans emploi, fut recueilli par le frère aîné du prince, Baji Rao, l'ancien peshwa, le dernier de sa glorieuse lignée. Lorsque les Anglais l'avaient dépossédé, ils lui avaient offert, comme on fait l'aumône, une minuscule principauté, celle de Bithur, non loin de Cawnpore.

« Alors, nous sommes allés habiter à Bithur chez Baji Rao. Le palais du rajah de Bithur était autrement luxueux que celui de son frère Chimagi. L'ancien peshwa avait, en effet, gardé une partie de sa fortune. J'ai découvert, éblouie, notre nouvelle demeure. J'ai vu, pour la première fois, les grands miroirs aux cadres dorés et les lustres de cristal importés d'Europe, les meubles incrustés d'ivoire et de nacre, les porcelaines de Chine, et puis toute une série de gigantesques portraits d'ancêtres que Baji Rao venait de faire peindre. Tout cela était nouveau pour moi et m'émerveilla.

« Je m'amusais beaucoup à Bithur avec les trois amis dont je t'ai parlé, et pourtant je me sentais très seule. Ma mère est morte quand j'avais trois ans. Elle était extrêmement belle. Elle ne savait ni lire ni écrire, mais elle me récitait nos textes religieux et nos épopées nationales. Et puis, elle m'emmenait souvent avec elle dans les temples de Bénarès. Lorsque nous allâmes à Bithur, elle était déjà décédée. Je n'avais ni frère ni sœur. J'étais fort solitaire, mais j'aimais cela, ou tout au moins je m'y suis accoutumée.

« Le vieux rajah de Bithur, l'ancien peshwa, m'avait prise en affection. Cet homme amer n'avait jamais accepté d'avoir été dépossédé et exilé par les Anglais. Il insistait pour garder dans sa minuscule principauté une cour aussi somptueuse que celle qu'il avait tenue dans son ancienne capitale de Puna. Mais, derrière cette façade illusoire, couvait son ressentiment. J'étais la seule, paraît-il, à trouver grâce à ses yeux. Il me traita comme une enfant adoptive, me donna une éducation soignée et décida de me faire faire un brillant mariage. Il refusa pour moi plusieurs partis qu'il ne jugea pas assez importants car il voulait que j'épouse un souverain. Selon l'horoscope tiré à ma naissance, il était dit que je serais reine, et reine le vieux rajah de Bithur voulait que je fusse.

« Il jeta son dévolu sur le rajah de Jansi, qui était

veuf et désirait se remarier pour avoir un héritier. Au début, celui-ci fit la fine bouche car je n'avais pas de dot.

– Pourquoi a-t-il finalement accepté de t'épouser ?

– Parce que bien que pauvre j'appartenais à la caste des brahmanes, la plus haute de l'Inde. Lui était roi et riche mais il n'était qu'un *kshastriya* de la caste des guerriers, inférieure à celle des brahmanes. Ce fut mon protecteur, Baji Rao, qui paya toutes les dépenses de mon mariage.

– Mais ton fiancé ne t'avait jamais vue et tu ne l'avais jamais vu !

– En Inde, Roger, les mariages sont toujours arrangés.

– Alors, Lakshmi, il n'y a jamais de mariage d'amour ?

– Là n'est pas l'important car, pour nous, le mariage n'est pas ce qu'il est pour vous. Nous ne grandissons pas dans l'attente d'un amour romantique. Le mariage ne constitue pas une fin en soi, mais le chemin naturel pour atteindre notre accomplissement. Pour les ambitieuses, c'est le moyen de hausser leur statut. A leurs yeux, mon union avec un prince régnant était une réussite inespérée. Et puis, notre conception du bonheur est tellement différente de la vôtre. Comme le dit un de nos sages : « Le bonheur ne dérive pas du bonheur. La femme ne l'atteint qu'à travers la souffrance. » Une femme qui n'a pas connu l'affliction n'est pas complète, il lui manque la consécration par la souffrance.

Roger voulait comprendre mais n'y parvenait pas :

– Comment as-tu accepté, avec ton caractère et ton indépendance, d'épouser un homme que tu n'avais pas choisi ?

– J'y avais été conditionnée depuis ma plus tendre enfance. Et puis, je n'avais que quatorze ans. Mais, déjà, il paraît que je les ai bien choqués le jour de mon mariage. Tu le sais, les mariés doivent marcher sept fois autour du feu rituel avant que le prêtre noue les pans de leurs vêtements. A ce moment, paraît-il, j'ai dit à haute voix : « Faites un nœud qui tienne bien. » Les prêtres et les princes invités ont été très choqués par ma hardiesse. Une épousée doit se montrer timide et réservée. Tout le monde a jugé que j'étais horriblement mal élevée...

Un soir que Lakshmi et Roger s'en revenaient vers le pavillon, à l'heure où le soleil couchant assombrissait les murailles de Jansi et irisait le lac, ils virent soudain Mandar arriver en courant vers eux. Hors d'haleine, elle cria :

– La révolution est commencée, les révolutionnaires ont pris Delhi. Le Grand Mogol a été rétabli sur son trône.

L'information était-elle vraie ? Le télégraphe venait de la transmettre aux Anglais. Leurs subordonnés indiens l'avaient répétée au diwan Naransin qui envoyait prévenir la rani. Celle-ci revint immédiatement en ville avec Roger. Ils allèrent aux nouvelles, elle au palais, lui à son bureau, et apprirent, chacun de son côté, comment s'étaient déroulés les événements.

Meerut, petite ville située à une quarantaine de miles au nord-est de Delhi, était considérée comme la station la plus sûre de l'Inde. A la différence des autres villes indiennes, les Anglais s'y trouvaient en majorité. Deux régiments composés uniquement de soldats anglais fortement équipés d'artillerie y tenaient garnison.

Le 8 mai pourtant, le 3e régiment de cavalerie indigène refusa les nouvelles cartouches que leurs officiers voulaient leur distribuer sous prétexte qu'elles étaient enduites de graisse sacrilège. Le problème des cartouches s'était déjà posé un peu partout. Aussi nul ne s'alarma. On se contenta d'arrêter quatre-vingt-cinq mutins et de les jeter en prison. Ils furent condamnés par un tribunal militaire à plusieurs années de travaux forcés. Au milieu des troupes formées en carré, ils furent dépouillés de leurs uniformes et chargés de fers. L'incident était clos.

Le lendemain, 11 mai 1857, tombait un dimanche. En fin d'après-midi, alors que la colonie anglaise priait à l'église, les cipayes soudain se mutinèrent dans leurs cantonnements. Ils mirent le feu à leurs casernes, tuèrent les officiers anglais et même les officiers indigènes qui tentaient de s'opposer à eux. Puis, ils se répandirent en ville, ouvrirent les portes des prisons et relâchèrent leurs quatre-vingt-cinq compagnons arrêtés quelques jours plus tôt.

En un rien de temps l'agitation gagna le bazar. La population brûla tous les édifices qui rappelaient la domination anglaise – bâtiments publics, bureaux, hôtels –, chassa en quelques heures les Anglais de la ville et s'en rendit maître. Les cipayes devenus rebelles se formèrent en colonne, sortirent de Meerut et prirent la direction de Delhi.

Ils marchèrent avec un ordre et une discipline toute britannique, et couvrirent en une nuit les quarante miles qui séparaient les deux villes. Le 12 mai, à sept heures du matin, ils arrivèrent sous les murs de l'ancienne capitale de l'Inde, dont les portes s'ouvrirent mystérieusement devant eux. Ils se répandirent dans la ville en poussant le cri de guerre indien : « Din, din. » Les cipayes de la garnison maîtrisèrent leurs officiers anglais et rallièrent la rébellion. Des milliers d'habitants de Delhi descendirent dans la rue, les accueillirent à bras ouverts et se joignirent à eux dans leur chasse aux Anglais. Ceux-ci s'enfuyaient de Delhi dans toutes les directions. Les rebelles se dirigèrent ensuite vers le Fort Rouge, envahirent l'ancien palais impérial, se jetèrent aux pieds du Grand Mogol, le vieux shah Bahadur, et le proclamèrent leur souverain. Le soir même, Delhi avait chassé l'occupant britannique, et le Grand Mogol, « la lumière du monde, le padishah, le seigneur suzerain de vingt royaumes », régnait à nouveau...

Au reçu de ces nouvelles, la première réaction de la rani fut de se précipiter au temple du palais, situé à côté du grand portail et ouvert aux fidèles. Elle n'y trouva que quelques femmes assises dans un coin et un vieux paysan perdu dans ses méditations. Elle déposa devant la statue en argent de la déesse Lakshmi ses offrandes – des colliers de fleurs, des grains de riz et de blé – et elle pria, pleine d'enthousiasme et d'espoir, pour le succès des révolutionnaires, pour que le mouvement s'étende, atteigne vite Jansi et libère « Bharat Mata », la mère Inde. La rébellion n'était plus seulement l'affaire de fanatiques et de rois détrônés. Toute l'armée s'était soulevée dans les garnisons de Meerut, de Delhi et le peuple entier l'avait suivie. L'Inde avait enfin pris son destin en main.

Le lendemain matin la rani convoqua le capitaine Skeene. Entre-temps, d'autres nouvelles lui étaient parvenues qui avaient refroidi son exaltation. A Delhi les révolutionnaires n'avaient pu s'emparer de l'important arsenal. Un groupe d'officiers anglais avait réussi à le faire sauter, provoquant une explosion formidable qui avait ébranlé la ville entière. Le Grand Mogol, l'octogénaire shah Bahadur, avait manifesté la plus grande répugnance à se laisser remettre sur le trône. Il avait fallu le débusquer jusque dans le harem du palais où il se cachait et lui forcer proprement la main. A Delhi comme à Meerut, les cipayes rebelles et les prisonniers qu'ils avaient libérés – souvent des condamnés de droit commun, des bandits de grand chemin – s'étaient livrés à un pillage en règle, et pas uniquement des possessions anglaises. Les militaires anglais ne furent pas les seuls à être massacrés. Des civils, des femmes, des enfants avaient été l'objet d'une chasse atroce, poursuivis de maison en maison, tirés de leurs abris pour être égorgés, sabrés, hachés sur place. Dans les deux villes régnaient la confusion et la violence. A Delhi les rebelles avaient amené cinquante prisonniers anglais au Grand Mogol. Celui-ci avait à peine regardé les hommes et les femmes hébétés de fatigue et de peur qui se tenaient devant lui. Tremblant de tous ses membres, il était lui-même absolument terrifié. Il avait simplement murmuré : « Faites-en ce que vous voudrez », et avait détourné la tête. Les rebelles avaient emmené leurs prisonniers dans une cour écartée du palais, les avaient tués au sabre et à la baïonnette, et avaient jeté leurs cadavres dans un puits.

La rani reçut le capitaine Skeene dans le salon des audiences privées et sans témoin. Elle lui demanda son opinion sur les événements.

– Notre armée reprendra incessamment la situation en main et écrasera sans difficulté les mutins. Comme Votre Altesse le sait, hormis Meerut et Delhi, le calme règne partout en Inde. Personne n'a bougé.

– Vous étiez certain qu'il n'y aurait pas de rébellion, capitaine. Elle a pourtant éclaté.

– Localement, Altesse, et, ajouterai-je à ma honte, grâce uniquement à l'incompétence de certains de nos officiers.

La rani savait qu'il faisait allusion au général Hewett, commandant la garnison de Meerut, qui, pendant toute la fatale journée du 11 mai, n'avait pas bougé. Il n'avait même pas fait sortir de leurs cantonnements ses régiments anglais et leur artillerie, et il avait laissé sans réagir les cipayes brûler, piller, massacrer.

– Et ici, à Jansi, capitaine, ne craignez-vous rien ?

– Je réponds de mes troupes, je réponds de Jansi comme mes collègues de chaque station sont prêts à le faire. Mes cipayes, je suis heureux de le dire, continuent à nous être totalement dévoués. Je leur ai toujours montré une confiance absolue et je continuerai.

– Comment pouvez-vous être si sûr de leurs sentiments ?

– Parce que d'eux-mêmes ils sont venus nous trouver, moi et mes collaborateurs, pour nous dire la honte et l'horreur qu'ils éprouvaient devant la conduite de leurs camarades de Meerut et de Delhi.

– Néanmoins, capitaine, je me sens responsable de la sécurité de mes anciens sujets et je vous demande l'autorisation de pouvoir lever à mes frais une petite armée, pour maintenir l'ordre en cas de besoin et protéger la population contre des troubles éventuels.

Skeene réfléchit quelques instants, puis finit par consentir. La rani, qui avait senti son hésitation, ne put s'empêcher de lui dire :

– Vous ne craignez pas, capitaine, que je retourne cette armée contre vous ?

– Je vous connais, Altesse. Vous êtes loyale et franche, et incapable du moindre acte de traîtrise.

La rani fut touchée de cette appréciation. Elle avait une certaine estime pour Skeene. Lui aussi était loyal et sincère et même bien naïf. Ce fut d'une voix douce qu'elle lui demanda :

– D'où vous vient votre confiance ?

– J'ai foi en Dieu et j'ai foi en mon pays. Je crois en ma mission. Nous apportons à l'Inde le progrès, la justice et l'espoir. Comme tant de mes compatriotes qui servent en ce pays, j'aime les Indiens.

– Et les Indiens vous le rendent, capitaine. Vous êtes populaire à Jansi.

Et c'était vrai ; malgré le ressentiment des habitants de Jansi contre les Anglais, le capitaine Skeene s'était fait aimer par sa simplicité, sa sollicitude et sa réelle bonté. Son assurance agaçait cependant la rani qui revint à la charge.

– Donc, selon vous, Jansi n'abrite aucun partisan, aucun complice des rebelles de Meerut et de Delhi ?

Skeene n'apprécia pas cette insistance qui semblait mettre en doute ses informations et son autorité. Aussi répliqua-t-il d'un ton coupant :

– Certes, quelques-uns ici souhaitent nous chasser et rêvent de voir s'installer l'anarchie. Votre Altesse n'a qu'à demander au diwan Naransin. Mes services m'ont rapporté qu'il avait des contacts avec quelques agitateurs que nous tenons à l'œil.

Au silence atterré de la rani, il comprit qu'il avait marqué un point. Rasséréné, il la salua et l'abandonna à ses réflexions.

– Diwan, fais-tu partie de la conjuration ?

La rani n'avait même pas donné à Naransin le temps de s'asseoir. Il se figea, un instant décontenancé, puis il sourit, presque amusé.

– Oui, Reine. J'en fais partie afin de veiller à tes intérêts. Si la révolution s'étend, gagne Jansi et triomphe, je suis là pour faire en sorte que ses artisans te remettent sur le trône.

– La révolution ne triomphera pas. Dans quelques jours les Anglais reprendront Meerut et Delhi, et y déchaîneront une impitoyable répression. Ce ne sont pas des cipayes abusés ni des rois dépossédés, comme ce rajah de Bithur, qui les chasseront de notre pays.

– Tu oublies le peuple. Il a commencé à secouer ses chaînes et, bientôt, il les brisera. Alors, il en voudra aux rois qui n'auront pas compris ses aspirations, qui seront restés fidèles aux Anglais et il les balaiera avec eux...

Hautaine, la rani répondit :

– Ma popularité, diwan, m'importe moins que mon devoir de maintenir Jansi en paix.

– Grande a été ta prudence de ne pas rejoindre la conjuration comme tu y as été invitée. Ainsi tu ne seras pas compromise aux yeux des Anglais, au cas où ils auraient le dessus. Et s'il le faut, tu n'auras qu'à me sacrifier à leur courroux. En attendant, laisse ton humble ministre s'aboucher avec les révolutionnaires pour préparer ton avenir au cas où ils vaincraient.

Des questions angoissées se pressaient sur les lèvres de la rani.

– La révolte éclatera-t-elle à Jansi ? Quand ? Par qui ?

– Le moins tu en sauras, le mieux ce sera. Je tiens, pour ta protection, à te laisser en dehors de ce qui va se tramer.

Ce que Naransin disait était raisonnable, ce qu'il faisait semblait être dans l'intérêt de la rani. Elle lui en voulait cependant de l'avoir laissée apprendre par Skeene sa participation à la conjuration. Elle détestait qu'on agisse dans son dos. Même pour son bien.

L'autorisation donnée par le capitaine Skeene à la rani de lever une armée suscita remous et critiques dans la colonie anglaise. Puisque Jansi était calme et le resterait, puisque la docilité et la fidélité des cipayes de la garnison ne faisaient pas de doute, pourquoi cette armée, sinon pour servir l'ambition secrète de la rani de reprendre par la force son trône aux Anglais ? Skeene s'était montré d'une naïveté confondante en entrant dans son jeu. Annabelle Phipps, en particulier, ne mâchait pas ses mots. Ce fut Britannia elle-même drapée dans l'Union Jack qui laissa éclater son indignation devant Roger :

– Cette indigène que nous pensionnons, à qui nous avons laissé ses palais, ses serviteurs, ses honneurs et qui, maintenant, se dresse contre nous, qui nous trahit ! Mais il faudrait l'impressionner tout de suite, ne serait-ce que par précaution. Quand je pense à toutes les cajoleries dont elle nous a couverts pendant des années ! Quand je pense au charme qu'elle a fait à Skeene qui, d'ailleurs, s'y est laissé prendre. Mais moi, je n'ai jamais été dupe de son hypocrisie. Je m'en suis toujours méfiée. Et vous êtes tombé amoureux de cette femme inqualifiable, de cette ennemie de notre pays, de cette débauchée – car il faut que vous le sachiez, mon pauvre Roger, avant vous il y en a eu d'autres, beaucoup d'autres, des Anglais, des Indiens...

Roger comprit qu'Annabelle brandissait le drapeau du patriotisme uniquement pour donner libre cours à sa jalousie. Il interrompit le torrent d'injures :

– Assez, Annabelle, vous dites des sottises et de plus la rage vous enlaidit.

Mrs Phipps éclata en sanglots bruyants.

Là-dessus, le capitaine Skeene convoqua Roger dans ses bureaux du fort :

– Je sais, mon cher Giffard, que vous vous rendez souvent au palais et au pavillon de plaisance du lac Lakshmi. Je vous demande d'ouvrir les yeux et les oreilles. Vous me ferez un rapport sur les activités de la rani.

Roger protesta que jamais il n'espionnerait celle-ci, et offrit même sa démission au cas où l'Honorable Compagnie ne serait plus satisfaite de ses services.

– Ecoutez-moi bien, Giffard. Je ne crois pas que la rani ait des desseins contre nous. Néanmoins, nous vivons des temps incertains. Nous devons être particulièrement vigilants et ne négliger aucune possibilité. Après tout, il ne serait pas anormal qu'une souveraine, par nous dépossédée, songe à profiter des circonstances pour tenter de reprendre son trône... Qui vous parle d'espionner ? Continuez à fréquenter la rani comme à l'accoutumée et si vous remarquez quoi que ce soit de suspect, simplement, prévenez-moi.

Roger n'apprécia guère ce que Skeene semblait attendre de lui, mais faire mine d'accepter n'était-il pas le seul moyen de continuer à voir souvent Lakshmi sans avoir l'air de trahir ses compatriotes ?

La barque qui amenait Roger se rangea non sous le tunnel, mais le long d'un petit quai en contrebas du pavillon du lac. Il sauta à terre et gravit prestement les degrés de granit. Lorsqu'il parvint sur le vaste terrain qui entourait le pavillon, il eut un mouvement de recul.

L'aire était pleine d'hommes à la mine patibulaire et à l'aspect terrifiant. Leurs vêtements étaient sales, disparates, et ils étaient littéralement bardés d'armes : poignards, couteaux, sabres, fusils, poires à poudre, ceintures porte-balles. Mais leurs visages, surtout, lui donnèrent la chair de poule : maigres, tannés, les moustaches agressives, les barbes hérissées et, sous les turbans crasseux enfoncés bas sur le front, des regards féroces, des yeux de fauves. A l'apparition de Roger, certains avaient mis la main à leur poignard. Tous le dévisageaient avec méfiance et animosité. Le pavillon avait-il été attaqué par ces brigands ? Lakshmi était-elle leur prisonnière ? Roger se sentit quelque peu rassuré lorsqu'il aperçut dans un coin un groupe de soldats de la rani qui jouaient avec Damodar. L'enfant riait de tout son cœur et les guerriers le traitaient avec une délicatesse, une tendresse bien inattendues.

Roger trouva Lakshmi dans son salon.

– As-tu vu mes *dacoïts* ? lui demanda-t-elle.

Roger avait entendu parler de ces habitants de la jungle, de ces bandits insaisissables, plaie de l'Inde, qui tenaient sous leur coupe des régions entières et que pourchassaient toutes les polices, indiennes et anglaises.

– Ce sont de braves gens, commenta la rani.

Et elle expliqua à Roger que ces brigands d'honneur, survivance des temps troublés qu'avait traversés l'Inde, se rattachaient à une longue tradition.

Ils se terraient dans la jungle, d'où ils surgissaient pour piller les fermes des gros propriétaires terriens ou les caravanes des marchands. Prenant souvent aux riches pour donner aux pauvres, ils avaient pour alliés les paysans qu'ils protégeaient. Lorsqu'ils dépassaient la mesure au point de faire régner l'insécurité dans la région, les rajahs envoyaient leur armée les mettre au pas. Ils disparaissaient alors quelque temps, puis reprenaient leurs activités plus discrètement. Ils n'en gardaient pas moins pour les souverains respect et dévouement, répondant à leur moindre appel. Ces héros de mille légendes populaires se montraient audacieux et insaisissables, fidèles à la parole donnée et au code de l'honneur.

– Je ne saurais trouver de soldats plus aguerris et plus obéissants, acheva la rani.

– Comment avez-vous fait pour les rassembler ?

– Je n'ai eu qu'à envoyer un message à Sangar Singh, le plus fameux chef dacoït de la région, un talukdar qui a préféré prendre le maquis après avoir insulté un Anglais. Mais n'aie crainte, lui et ses troupes n'attaqueront jamais les Anglais... à moins que je ne leur en donne l'ordre, ajouta-t-elle, taquine.

Son activité, même modeste, rendait la rani joyeuse. Posséder une armée lui donnait l'illusion fugitive de régner à nouveau. Elle s'étonna de l'humeur sombre de Roger.

Celui-ci croyait à la possibilité d'une mutinerie à

Jansi, mais il restait convaincu que les Anglais la maîtriseraient avec une brutalité extrême que d'avance il désapprouvait. Alors, pourquoi la rani avait-elle besoin d'une armée ? Pour maintenir l'ordre comme elle l'avait affirmé ? Ces dacoïts paraissaient plutôt faits pour semer le désordre.

Pour le dérider, la rani prit sa main, geste inouï pour elle, qui était non pas une invite mais l'expression de l'amour. La main de Roger resta inerte et froide entre les paumes menues de Lakshmi. Avec un soupir, il lui dit :

– Se pourrait-il qu'un jour, nous nous retrouvions dans des camps adverses, que nous soyons ennemis ?

La réponse claqua comme un cri de victoire :

– Jamais ! Notre amour est plus fort.

– Il n'est cependant pas plus fort que tout ce qui nous sépare et qui l'empêche de s'accomplir.

Brusquement, Lakshmi se laissa envahir par la tristesse de Roger.

– Tu es malheureux et je suis malheureuse. Les circonstances le veulent et nous n'en sommes, ni toi ni moi, responsables. Prends patience encore, et laissons faire le temps.

Elle lui tendit une sorte de chapelet aux grains de bois délicatement ouvragés.

– Vous appelez cela un rosaire, nous l'appelons *mala*. Chaque grain porte inscrit le nom de notre dieu guerrier Rama, et nous devons l'égrener en récitant son nom. Ma mère me l'a donné quand je suis née et il ne m'a jamais quittée.

Roger passa le rosaire autour de son cou et dit simplement :

– Jamais non plus il ne me quittera.

Quelques jours plus tard, l'armée réunie par le dacoït Sangar Singh prit ses quartiers dans les communs abandonnés et la cour du palais. Ils étaient trois à quatre cents hommes à qui on avait distribué les uniformes défraîchis et incomplets de l'ancienne armée du rajah. Les uns avaient endossé les tuniques réglementaires sur des *dottis*. D'autres avaient apporté leurs vieux tromblons de chasse de fabrication paysanne en guise de fusils de guerre. Beaucoup avaient gardé leurs turbans à la propreté douteuse qui remplaçaient les somptueux turbans rouge et or de l'armée du rajah. Enfin, presque tous avaient prétendu n'avoir pas trouvé de bottes, afin de pouvoir bien heureusement rester pieds nus.

Les habitants de Jansi, bien que méfiants devant les dacoïts, leur firent bon accueil. La présence de cette force était une garantie contre des désordres éventuels. Ils y virent une résurrection du pouvoir de la rani, symbole de l'indépendance de Jansi. Aussi y gagna-t-elle en prestige et en popularité.

A l'heure incandescente de la sieste, des claies de bambou tirées devant les fenêtres mettaient une pénombre dorée dans la chambre de la rani au pavillon du lac. Le corps ruisselant de sueur, elle paressait sur son lit bien trop grand pour l'exiguïté de la pièce.

Dans sa torpeur, elle entendait, venus de loin, les cris des gamins qui se baignaient dans le lac et, plus proches, les voix des gardes réfugiés à l'ombre d'un arbre, les raclements de sabots des chevaux que les mouches impatientaient.

C'était là que Roger la rejoignait au soir tombant. Il venait s'asseoir auprès d'elle, s'adossait aux coussins de soie, et pour Lakshmi ces heures paisibles semblaient la prolongation de ses rêves. Ils sirotaient leurs *sherbets* et de longs silences entrecoupaient leurs propos anodins. Ce qui les rapprochait n'avait pas besoin d'être formulé, et ce qui les séparait, ils ne voulaient pas en parler. Elle ne lui avoua pas qu'elle s'inquiétait pour lui. Ils regardaient les rayons du soleil couchant inonder les murs de la pièce, puis les ombres sorties des coins se glisser sous les meubles, gagner le plafond et ramper jusqu'à eux. Parfois, leurs mains se touchaient, leurs jambes se frôlaient, le bras de Roger se glissait autour de la taille de Lakshmi, celui de Lakshmi s'enroulait autour du cou de Roger, le désir qui les habitait ne se manifestait pas autrement. Ils n'avaient probablement jamais été aussi proches l'un de l'autre, aussi heureux ensemble. Tantôt Roger espérait ne jamais voir s'achever ce bonheur, tantôt il souhaitait que la tempête éclatât tout de suite, escomptant que dans la sérénité qui ne manquerait pas de suivre, il pourrait enfin s'unir à Lakshmi.

Le 4 juin, la rani reçut des nouvelles troublantes. Les Anglais n'avaient toujours pas réagi à la prise de Delhi par les rebelles et, à son tour, Lucknow, l'ancienne capitale du royaume d'Oudh et l'une des villes les plus actives et les plus considérables de l'Inde, entrait en ébullition. Des rumeurs persistantes avaient affirmé qu'un soulèvement devait éclater le 30 mai à neuf heures du soir. L'administrateur politique, sir Henry Lawrence, avait ordonné à tous les Anglais de la ville d'emménager dans la résidence qu'il avait fait fortifier et approvisionner pour soutenir un siège.

Le 30 mai se passa sans que rien ne survînt. Le soir, sir Henry Lawrence, quelque peu rassuré, dîna tranquillement avec ses collaborateurs. Au dessert, il s'adressa à son principal informateur :

– Vos amis ne sont pas ponctuels.

Exactement à cet instant, la fusillade éclata. Il était neuf heures et les cipayes se mutinaient.

La tension régnait également à Cawnpore, ville voisine de Lucknow, et presque aussi importante. Même à Gwalior on s'attendait à des troubles. Le diwan Dinkar n'osait plus mettre les pieds dans le cantonnement des troupes indigènes de peur du mauvais sort que pourraient lui faire subir les cipayes à cause de son soutien inconditionnel aux Anglais. Par mesure de sécurité, les femmes et les enfants résidant en ville avaient été transportés au fort, dans un palais du maharajah, sous la protection de ses troupes personnelles.

Et voilà qu'à Jansi même, la nuit précédente, deux baraquements avaient mystérieusement brûlé dans le cantonnement militaire.

La rani convoqua le capitaine Skeene au palais, toutes affaires cessantes, et l'interrogea sur les mesures qu'il comptait prendre pour éviter que se renouvellent ces attentats qui agitaient la population.

– Aucune, madame, car ces incendies où Votre Altesse voit des attentats sont sans nul doute accidentels.

– Vous ne prévoyez donc aucune éventualité de mutinerie à Jansi ?

– Je dois avouer qu'il y a un sentiment de malaise parmi la classe riche de Jansi. Mais tout s'arrangera, j'en suis absolument certain, dès qu'on recevra ici des nouvelles de nos succès. Que Votre Altesse se rassure, nous sommes tous en sécurité ici... pour l'instant, ajouta-t-il à mi-voix sans que la rani l'entende.

– Et ces succès, comment les Anglais comptent-ils les obtenir ? lui demanda-t-elle.

– Une armée anglaise se rassemble pour marcher sur Delhi. Quant aux points chauds, Lucknow, Cawnpore, nous y avons pris toutes les précautions. Mon ami Wheeler, qui commande à Cawnpore, m'écrit qu'il a invité le rajah de Bithur, Nana Sahib, à s'y établir pour protéger nos compatriotes en cas de troubles. Je suis heureux de vous annoncer, madame, que votre ami Nana Sahib s'est empressé d'accourir à Cawnpore accompagné de ses soldats et de plusieurs canons, et qu'il s'est vu confier la garde du Trésor de la ville.

La rani resta sans voix. Nana Sahib, le chef de la rébellion, appelé par les Anglais pour les protéger ! Si leur aveuglement n'avait pas été aussi tragique, c'eût été risible. Instantanément la rani fut convaincue qu'ils couraient à leur perte. Elle se leva et lança à Skeene :

– Allez, capitaine, il ne vous reste plus qu'à accomplir votre destin et à faire votre devoir comme je sais que vous le ferez. Que Dieu vous garde, votre Dieu, nos Dieux et tous les dieux. Vous n'en aurez jamais assez pour veiller sur vous. Adieu, capitaine.

Interloqué par la solennité de la rani, le capitaine

Skeene sortit sans rien répondre. La rani envoya alors un messager chercher Roger sur l'heure, bien qu'elle le sût à son bureau. Il arriva, plutôt étonné, et peut-être légèrement irrité par cette intempestive convocation.

– Ecoute-moi, Roger. Tu es en danger ici. Tu vas demander une permission et te mettre en route pour Bombay. La ville est solidement tenue par votre armée. Il ne devrait pas y avoir de troubles. J'espère qu'il n'est pas déjà trop tard. Mais il faut que tu partes dès ce soir.

Roger ne savait trop que penser du conseil de la rani. Cependant l'anxiété qu'il décelait chez elle ébranlait sa confiance.

– Je ne peux pas quitter Jansi, Lakshmi. Je ne veux pas m'éloigner de toi. Il y a aussi mes compatriotes. Quoi que je pense d'eux, j'aurais l'impression de déserter en partant.

– Alors, viens habiter au pavillon du lac et abstiens-toi, pendant quelque temps, d'aller en ville. Chez moi au moins tu seras en sécurité.

– Je ne pourrais accepter ton invitation que si tu l'étendais à tous mes compatriotes.

La rani haussa impatiemment les épaules. Elle sentait l'absurdité de sa proposition et l'impossibilité pour Roger de l'accepter. Elle le laissa partir, après qu'ils eurent décidé de se retrouver quelques heures plus tard.

Mais ce soir-là, Roger ne vint pas. Exceptionnellement, son supérieur, le capitaine Gordon, l'avait chargé d'un dossier qui ne pouvait attendre. Il envoya un billet à la rani pour l'en prévenir et lui donner rendez-vous le lendemain soir.

DEUXIÈME PARTIE

LA REINE

CHAPITRE PREMIER

Il était trois heures de l'après-midi le lendemain 5 juin, Roger achevait son déjeuner au bungalow des Phipps. Le repas lui avait semblé plus long que d'habitude. Chagriné de ne pas avoir vu la rani la veille au soir, il avait encore une ou deux heures à tuer avant de partir la rejoindre au pavillon du lac. Le café servi, le docteur Phipps se plongea dans son journal. Sa femme semblait distraite et gardait la tête tournée vers la fenêtre obstruée par une claie en bambou.

Soudain, des coups de feu assez éloignés se firent entendre, dans la direction du cantonnement militaire. Les trois convives reposèrent leurs tasses de café et restèrent silencieux, figés par la surprise. Quelqu'un courut dans la rue et une voix, probablement celle d'un serviteur indien, cria :

– Les dacoïts, les dacoïts attaquent le cantonnement !

– Les dacoïts ! Impossible ! grommela le docteur Phipps. Il y a longtemps qu'ils ont été refoulés loin des villes. Ils n'oseraient pas nous attaquer.

« Seraient-ce ceux que la rani a engagés comme soldats ? se demanda Roger. Les lancerait-elle contre les Anglais ? » Il chassa cette pensée, furieux de l'avoir laissée traverser son esprit. A sa surprise, Annabelle Phipps gardait son calme, murmurant simplement :

– Ces sauvages ! Il faudra bien leur montrer, un jour. Skeene est trop indulgent avec eux.

Roger repoussa brusquement sa chaise.
– Je vais aller voir ce qui se passe.
Le docteur Phipps se leva aussi :
– Allez-y, Giffard, vous nous raconterez. Les dacoïts ne m'empêcheront pas de faire ma sieste.
Roger se coiffa de son casque colonial et sortit dans la fournaise. Il enfourcha son cheval et disparut au petit trot en direction du cantonnement militaire.

Dans sa chambre du pavillon du lac, la rani se tournait et se retournait sur son lit. Elle se redressa brusquement, stupéfaite de l'irruption de son père, Moropant, qui lui cria :
– Les cipayes se sont rebellés dans le cantonnement et font la chasse aux Anglais !
Le cœur de Lakshmi s'arrêta. Un nom lui vint aux lèvres qu'elle ne prononça pas : Roger. Elle courut jusqu'à la barque qui avait amené son père, y monta et pressa le vieux rameur dont la lenteur la faisait trembler d'impatience. Sur l'autre rive, près du mausolée de son mari, elle trouva ses chevaux. Sautant en selle, elle partit au galop en direction de la ville.

Kiraun s'était réfugiée dans sa cahute pour échapper à la chaleur, et, couchée sur son grabat, tâchait en vain de trouver le sommeil, lorsque les premiers coups de feu l'avaient fait bondir au-dehors. Ils provenaient du fort de l'Etoile situé derrière les baraquements des soldats, au fond du cantonnement. Ce bâtiment carré et trapu servait d'arsenal à la garnison et devait son nom au glacis en forme d'étoile qui le protégeait.
Courant le long du remblai extérieur du cantonnement, Kiraun parvint à la hauteur du fort qu'un groupe de cipayes attaquait. Elle reconnut leur meneur, le sergent Gurlash Singh, auquel elle avait, quelques mois plus tôt, subtilisé la lettre des rebelles pour la donner à la rani, et qui était devenu son client le plus assidu. Elle le voyait en héros mener l'attaque et se mit à battre des mains du haut de son

poste d'observation. Les rebelles manquaient pourtant de vigueur. Ils ne visaient pas et beaucoup même tiraient en l'air. Les artilleurs qui gardaient le fort de l'Etoile ne tardèrent pas à leur ouvrir les portes et les reçurent à bras ouverts.

Les rebelles tenaient l'arsenal depuis quelques instants, lorsque Kiraun vit apparaître entre les baraquements le 14e régiment de cavalerie auquel ils appartenaient. Les soldats approchèrent en ordre impeccable, menés par les huit officiers anglais de la garnison. Sur un ordre du capitaine Dunlop, ils firent halte, à quelques centaines de mètres du fort. Le capitaine Dunlop s'avança au-devant des lignes suivi du seul lieutenant Taylor. En quelques phrases, il exhorta les insurgés à se rendre. Pour toute réponse, il essuya quelques coups de feu. Les rebelles avaient mal visé ou alors ils voulurent l'épargner, car à cette distance ils auraient facilement pu le blesser ou le tuer. Dunlop et Taylor rejoignirent leurs lignes et furent remplacés par le capitaine Skeene, qui arrivait tout essoufflé de la ville. Tentant lui aussi de parlementer, il fit appel à leur bon sens, leur promit d'examiner leurs revendications et de ne pas les châtier sévèrement. Lui aussi essuya quelques coups de feu mal ajustés. Il revint auprès de ses soldats et leur ordonna de monter à l'assaut du fort. Les soldats hésitèrent pendant un moment. Ils avaient vu en effet apparaître sur le glacis un canon léger que les rebelles avaient tiré du magasin.

Kiraun était au comble de l'excitation. Elle n'aimait pas les Anglais. Ses rares clients britanniques l'avaient heurtée par leur grossièreté et elle avait une fois pour toutes décidé d'oublier que Roger était leur compatriote. Par ailleurs, elle n'avait jamais assisté à un spectacle aussi passionnant. Les soldats du 14e de cavalerie marchaient en ligne parfaite vers l'arsenal.

Un coup de feu, un seul, retentit. Les cavaliers s'arrêtèrent. Le capitaine Dunlop leur cria d'avancer. Ils ne bougèrent pas. Immobiles sur leurs montures, ils semblaient attendre. Aucun ne regardait les officiers. Sur son poste d'observation, Kiraun sautait de joie. Le moment approchait. Aussi fut-elle très déçue de voir le capitaine Dunlop faire un geste de lassitude, ou peut-être de résignation, et donner l'ordre à ses soldats de faire demi-tour, manœuvre qu'ils exécutèrent impeccablement.

Roger n'avait pas pu aller plus loin que le mess des officiers, situé à l'entrée du cantonnement militaire. Les sentinelles indigènes avaient reçu l'ordre de ne laisser passer aucun civil. Ce fut donc de la véranda du mess qu'il assista à l'appel. Il manquait trente-cinq hommes, trente-cinq cavaliers, ceux qui s'étaient emparés du fort de l'Etoile, trente-cinq insurgés sur huit cent quatre-vingt-un soldats indigènes.

Le décompte achevé, Skeene s'avança au milieu du carré formé par ses soldats et leur adressa quelques mots. Il flétrit les insurgés, assura qu'ils seraient rapidement mis au pas, engagea les autres à ne pas les imiter et leur fit jurer de rester fidèles au drapeau britannique. Les soldats comme un seul homme crièrent :

« Nous promettons. »

Le capitaine Dunlop leur ordonna alors de se disperser et de rejoindre leurs baraquements. Ce qu'ils firent docilement. Les officiers britanniques gagnèrent le mess, se précipitèrent au bar et se commandèrent des whiskies bien tassés. La peur ne les avait même pas effleurés. Ils semblaient plutôt déconcertés et furieux. Ils évitèrent pourtant de commenter la prise de l'arsenal, et se félicitèrent plutôt du bon ordre de l'inspection et de la loyauté de leurs soldats.

Revenu chez lui, Roger raconta aux Phipps ce qui s'était passé. Il pouvait être six heures du soir et il brûlait d'aller rejoindre la rani. L'attendait-elle toujours dans le pavillon du lac ou était-elle venue en ville ? Etait-il décent de quitter en ce moment ses compatriotes ?

Il hésitait, lorsqu'un officier passa en coup de vent apporter l'ordre du capitaine Skeene pour toutes les familles anglaises de déménager immédiatement au fort. Cette mesure de précaution suscita une forte agitation dans les bungalows.

Annabelle Phipps s'emporta contre la mollesse du capitaine Skeene :

– Il fallait tirer au canon et non pas montrer que nous avons peur en nous réfugiant au fort.

Elle houspilla plus que jamais ses serviteurs indigènes et leur fit emballer mille effets inutiles et même des robes du soir, comme si des bals allaient marquer son séjour au fort.

Le docteur Phipps empilait ses dossiers et les livres qui lui paraissaient indispensables, même pour une courte absence. Roger serra rapidement quelques vêtements et ses cartons à dessin. Dehors, dans la rue qui séparait les bungalows, s'alignaient les palanquins, les chars à bœufs montés sur de grandes roues qui devaient transporter les familles anglaises et leurs bagages. Une escorte de cavaliers indigènes, ceux-là mêmes qui avaient refusé d'attaquer l'arsenal, vint les encadrer. Le cortège se mit en route, sortit de la station civile, traversa un vaste terrain vague appelé le Jokhand Bag et, évitant la ville, emprunta une rampe d'accès qui aboutissait en dehors des murailles de Jansi.

Le fort offrait amplement la place pour cette soixantaine d'hommes, de femmes et d'enfants dont l'installation s'effectua dans l'ordre. On leur distribua des appartements dans l'ancien palais des rajahs de Jansi et dans les casernes construites le long des remparts.

Aucun accessoire, aucun rite ne manqua au dîner des réfugiés. Leurs cuisiniers avaient apporté de la station civile les condiments et les ustensiles nécessaires. Leurs serviteurs y ajoutèrent les articles indispensables au confort britannique. Selon le protocole en usage dans leur communauté, les femmes des officiers, les familles des civils, les enfants avec leurs *ayas* prenaient leurs repas dans des pièces différentes.

Les officiers dînaient à part dans l'ancienne salle

du trône du palais. Roger, au titre de célibataire, avait été prié de se joindre à eux.

La plupart de ces hommes pensaient qu'on s'était trop vite affolé. Les cipayes de l'escorte avaient rejoint sous la conduite de leurs sous-officiers le cantonnement militaire et s'étaient retirés dans leurs baraquements. Le calme y régnait ainsi qu'en ville.

Les rebelles tenaient toujours le fort de l'Etoile mais ne se manifestaient pas. On les en délogerait sans peine le lendemain, d'autant plus que le capitaine Skeene avait pris ses précautions. Il avait envoyé aux stations voisines, à Datya, à Orcha et même à Gwalior, des messagers demander des renforts. Ceux-ci devaient arriver le lendemain après-midi. Dans vingt-quatre heures, tout serait rentré dans l'ordre.

Cette opinion se trouva renforcée à la fin du dîner lorsque Sangar Singh, l'ancien dacoït devenu le chef de l'armée de la rani, pénétra dans la salle suivi de ses lieutenants. Il amenait deux cents de ses hommes destinés à assurer la protection des Anglais.

Le capitaine Skeene triomphait :

– J'avais fait tenir un message à la rani afin de requérir ses troupes. Elle n'a pas perdu de temps pour y répondre. Je savais pouvoir compter sur elle. Elle est notre alliée, ce qui constitue un atout considérable car elle est restée populaire et saura se faire écouter par ses anciens sujets.

Sangar Singh s'approcha de Roger et lui tendit un billet que celui-ci prit en rougissant. Il attendit que l'attention se fût détournée de lui pour le lire.

La rani lui écrivait dans un anglais émaillé de fautes d'orthographe : *Viens me rejoindre au palais. Une escorte de mes soldats t'accompagnera.*

Les officiers se levèrent de table et prirent congé du capitaine Skeene car ils comptaient retourner au cantonnement et y passer une nuit qu'ils espéraient paisible.

Roger profita du brouhaha pour glisser à Sangar Singh qu'il viendrait au palais sans faute le lendemain, dès que tout serait rentré dans l'ordre.

L'heure du coucher avait sonné depuis longtemps et Roger se promenait sur les remparts. De loin en loin veillaient les soldats de la rani. Les étoiles brillaient de cet éclat particulier aux nuits chaudes. Le campement militaire qu'il apercevait baignait dans l'obscurité et le silence. Rien ne bougeait dans la ville étalée au pied des remparts. Seul l'aboiement de quelque chien troublait le silence.

Roger fixait le palais de la rani dont la masse imposante se détachait de l'entrelacs sombre et confus des terrasses des maisons. Il distingua les feux de campement allumés dans les cours par les soldats de Sangar Singh.

Il ne pouvait voir les fenêtres éclairées des appartements privés du feu rajah de Jansi, où Lakshmi veillait dans la bibliothèque.

A peine était-elle arrivée au palais, au milieu de l'après-midi, que ses informateurs lui avaient démenti les nouvelles alarmantes apportées par son père. Il n'y avait eu au cantonnement qu'un incident limité et les cipayes, dans leur énorme majorité, n'avaient pas bougé.

Malgré sa répugnance à la collaboration et les objurgations du diwan Naransin qui avait voulu la retenir, elle avait prêté main-forte aux Anglais comme l'en avait positivement requise le capitaine Skeene, car refuser eût constitué un acte de rébellion. Malgré son désir, elle n'avait pu mettre à l'abri le seul Anglais qu'elle voulait protéger, l'homme qu'elle aimait. Roger ne s'était pas rendu à son invitation comme elle l'espérait, et c'est en pensant à lui qu'elle se demanda de quoi demain serait fait.

Le matin du 6 juin, personne ne dormit tard au fort. Une nouvelle rassurante attendait les réfugiés à leur réveil. Le capitaine Dunlop avait envoyé un message du cantonnement militaire. La nuit avait été calme. A six heures du matin, il avait passé l'inspection habituelle de ses troupes, qui s'était déroulée sans incident. A ses quelques mots d'exhortation, les soldats avaient comme la veille répondu par des protestations de loyauté ; ils avaient même manifesté sans ambages leur désapprobation envers leurs camarades rebelles.

Ceux-ci tenaient toujours le fort de l'Etoile. Ils ne s'étaient pas enfuis à la faveur de l'obscurité ainsi que l'avaient espéré les officiers. Le capitaine Dunlop se promettait de venir au plus vite s'entretenir avec le capitaine Skeene des moyens de les réduire. Du haut des remparts, les réfugiés constatèrent que le calme régnait aussi dans la ville dont les rumeurs familières montaient jusqu'à eux. Le capitaine Gordon décida de se rendre comme à l'accoutumée dans ses bureaux. Roger proposa de l'accompagner.

Parvenus à pied en ville, ils se rendirent d'abord à la maison de Gordon où celui-ci fit servir le thé matinal, puis allèrent au bureau du magistrat situé derrière le palais de la rani. Aucune excitation particulière n'agitait la foule qui encombrait les rues et vaquait à ses occupations. Tout au plus, Roger, en marchant, sentit posés sur lui des regards plus chargés de curiosité que d'animosité. Leurs employés indigènes les attendaient au bureau et ils passèrent la matinée penchés sur leurs dossiers. Toutefois, aucun des solliciteurs qui généralement peuplaient leur antichambre ne se présenta ce matin-là.

Roger hésita plusieurs fois à s'absenter pour se rendre au palais tout proche de la rani. Il s'en abstint pourtant ; cette visite n'aurait pas semblé correcte à son supérieur. Il attendrait l'après-midi pour revoir Lakshmi.

Les deux hommes déjeunèrent au fort où s'échangeaient les nouvelles. La seule note discordante vint du collecteur d'impôts, Robert Andrews, qui avait été fort mal reçu à la prison de la ville où il était allé prendre des munitions. Le *darogha*, un nommé Bakshish Ali, lui avait manifesté une hostilité à peine dissimulée. Il avait prétendu avoir perdu la clef des réserves. Andrews n'avait pas relevé ce mensonge flagrant ; il avait parlementé en gardant son calme, et finalement le darogha ne l'avait laissé prendre qu'une infime partie des munitions.

Cet incident n'éveilla pas l'inquiétude des réfugiés ; on attendait d'un moment à l'autre les renforts des Etats voisins, demandés la veille par le capitaine Skeene.

Vint l'heure de la sieste, mais dans sa cahute Kiraun se gardait de dormir. Avec l'instinct du peuple elle pressentait que des événements allaient survenir.

A deux heures environ des rumeurs confuses l'attirèrent au-dehors. Deux à trois cents habitants de Jansi marchaient vers l'entrée du cantonnement, des hommes surtout. Etaient-ils mus par une intention belliqueuse, ou venaient-ils simplement voir ce qui se passait au fort de l'Etoile ?

Kiraun remarqua parmi eux des visages inquiétants. C'étaient des voleurs à la petite semaine, des grandes gueules qui hantaient les tavernes, des hommes toujours prêts pour un mauvais coup surtout s'il y avait à la clef l'espoir magique du pillage, des filles de joie aussi. Ils appartenaient à cette population des bas-fonds qui évite de se faire voir par temps calme et qui brusquement réapparaît en temps de trouble, comme des rats sortant des égouts.

Kiraun s'étonna de reconnaître parmi eux le geôlier en chef de la prison de la ville, Bakshish Ali. La foule s'approcha sans se presser de l'entrée du cantonnement et, sans s'arrêter, en franchit le portail avec un tranquille sans-gêne. Les sentinelles indigènes qui montaient la garde ne firent pas un geste pour l'arrêter.

Kiraun s'était jointe au groupe qui contourna le mess des officiers, suivit la large allée qui séparait les baraquements des cipayes et atteignit l'aire précédant le fort de l'Etoile. Un bon nombre de cipayes s'y trouvaient déjà et se tenaient debout, l'arme au repos. Ils écoutaient un homme, le client de Kiraun, le sergent Gurlash Singh. Il brandissait une feuille de papier qu'il se mit à lire :

– Ecoutez ce que nous écrivent nos frères de Delhi :

Nous avons conquis la capitale de l'empire et nous avons remis sur son trône l'empereur des Indes. Toute l'armée du Bengale s'est soulevée contre ses maîtres anglais. Elle a chassé les Anglais de Calcutta, de Lucknow, de Cawnpore. Pourquoi n'en avez-vous pas fait autant, frères de Jansi ? Si vous ne chassez pas les Anglais maintenant, vous perdrez vos castes ou votre foi.

L'orateur s'arrêta. Alors Bakshish Ali, un musulman, cria :

– Priez, mes frères.

Et tous les musulmans qui se trouvaient dans la foule et parmi les cipayes se mirent à prier. Debout, la paume des mains ouverte dans un geste d'adoration et d'offrande, ils entonnèrent les premiers versets du Coran.

Ce fut ce moment que choisirent les huit officiers anglais qui se trouvaient au cantonnement pour arriver à cheval. La foule des curieux s'écarta pour leur livrer passage. Ils atteignirent les derniers rangs des cipayes, auxquels le capitaine Dunlop ordonna de rejoindre immédiatement leurs baraquements.

Les cipayes, sans hâte excessive, se retournèrent, levèrent leurs armes et tirèrent sur leurs officiers anglais. Kiraun vit le capitaine Dunlop, le visage en sang, pousser un profond soupir, glisser lentement de sa selle et tomber au sol, mort. Un autre officier sembla tressauter sous l'impact des balles, puis retomba les bras en l'air. Le lieutenant Taylor n'était que blessé à l'épaule. Poussant son cheval au galop, il réussit à échapper à la foule. Kiraun le vit s'enfuir, une large tache sombre s'élargissant sur le dos de sa tunique. La foule s'approcha avec curiosité des cadavres des sept officiers anglais et les entoura en silence.

Roger, qui s'était jeté tout habillé sur un lit de fortune, fut tiré de sa rêverie par des appels et des cris. Se penchant à la fenêtre, il vit qu'on transportait le lieutenant Taylor dont la tunique rouge était devenue lie-de-vin ; du sang s'égouttait sur les dalles de granit rose.

Se ruant hors de sa chambre, Roger retrouva au rez-de-chaussée les réfugiés qui entouraient les capi taines Skeene et Gordon. Le lieutenant Taylor avait réussi à rejoindre le fort où il avait raconté ce qui s'était passé.

Skeene fit le point de la situation. Il n'avait reçu aucune réponse à sa demande d'aide aux Etats voisins, et les renforts qu'il attendait n'étaient pas apparus. Les cipayes étant passé à la rébellion, il fallait donc se préparer à défendre le fort. Les épaisses portes de bois cloutées de fer furent fermées et les civils anglais furent postés sur les remparts, avec les soldats envoyés par la rani. On assigna à Roger une place sur la première enceinte, au-dessus du portail sud. De son poste, il pouvait surveiller une partie de la ville ainsi que le Jokhand Bag, ce vaste terrain vague qui s'étendait jusqu'aux remparts.

Des barrières naturelles de gros rochers l'empêchaient d'apercevoir le cantonnement militaire, mais il entendait une rumeur, un grondement mêlé de cris.

Bientôt il vit s'élever plus à droite, derrière les arbres qui lui masquaient la station civile, des panaches de fumée noire : les rebelles brûlaient les bungalows des Anglais. Alors Roger eut peur. La grande révolte dont il avait perçu tant d'indices était devenue une réalité. Elle avait éclaté ici même à Jansi. Le massacre des officiers qu'il avait fréquentés, la vision du lieutenant Taylor ensanglanté lui avaient fait prendre conscience que tous les Anglais, lui inclus, risquaient de subir le même sort.

Pourtant il ne pouvait croire tout à fait que les Indiens doux et accueillants qu'il connaissait puissent se transformer en massacreurs. Et puis il faisait confiance à la rani. Elle avait de l'autorité et abhorrait la violence. Elle lui avait assuré qu'elle le protégerait et elle trouverait moyen de le faire.

Il fut tiré de ses réflexions par le bruit d'une violente dispute. Des femmes et des enfants franchissaient le portail des seconds remparts entourés par les soldats de la rani. Au milieu, le docteur Phipps traînait de force sa femme.

Il interpella Roger :

– Venez m'aider à convaincre Annabelle, Giffard. La rani propose de recevoir nos femmes et nos enfants en son palais pour les protéger. Skeene s'est empressé d'accepter, mais Annabelle ne veut rien entendre.

Sa femme hurlait d'une voix hystérique :

– Elle nous trahira ! C'est un piège ! Je veux rester ici.

Le docteur essayait inutilement de la calmer et de la convaincre. Annabelle se retourna vers Roger qui s'était approché.

– Votre putain nous fera tous massacrer...

Alors Roger fit un geste dont il ne se serait jamais imaginé capable. Posément, il gifla Annabelle Phipps. Elle se calma instantanément, le regarda droit dans les yeux et lui dit :

– Vous regretterez ce que vous avez fait. Votre rani ne l'emportera pas en paradis.

Et, la tête haute, elle reprit sa place dans le cortège de femmes et d'enfants qui, sous la garde des soldats de la rani, se dirigea vers le palais.

Ayant repris son poste, Roger ne tarda pas à voir apparaître entre les hauteurs rocheuses, sur la route qui menait au cantonnement, une foule criante et gesticulante. C'étaient les cipayes révoltés, entourés de curieux qui maintenant les acclamaient. Ils passèrent à peu de distance du fort. Roger put voir les cipayes rebelles agiter leurs fusils sur lesquels ils avaient piqué des uniformes anglais tachés de sang, ceux de leurs officiers qu'ils avaient massacrés. Ils criaient tous : « *Deen ka chy !* Victoire à la religion ! » et se dirigeaient vers la ville.

Alors qu'ils approchaient des remparts, la porte d'Orcha qui se trouvait devant eux s'ouvrit mystérieusement. Ils s'y engouffrèrent et disparurent aux yeux de Roger qui longtemps encore entendit leur cri : « *Deen ka chy ! Deen ka chy !* »

Il n'aurait pu distinguer, dans cette foule surexcitée, la silhouette menue de Kiraun. Celle-ci n'avait pas quitté les rebelles. Elle les avait suivis jusqu'à la station civile désertée. Elle les avait vus courir dans les allées vides, entrer dans chaque bungalow et y mettre le feu en criant pour s'encourager les uns les autres. Il y avait eu du pillage, mais peu. Le désir de détruire avait été plus fort. Ils avaient applaudi en regardant les bungalows s'embraser, les flammes monter droit, très haut, les murs craquer et s'effondrer.

Puis, Bakshish Ali avait donné un ordre et les rebelles étaient partis en direction de Jansi, suivis de sympathisants. Entrés dans la ville, ils avaient couru jusqu'à la prison, avaient libéré les prisonniers, des brigands, des voleurs, des assassins qui, dans l'enthousiasme, s'étaient joints à eux. Leur cortège grossissant de minute en minute s'était ensuite dirigé vers les bâtiments administratifs, marques de l'occupation anglaise : les postes, la police, la direction des impôts, les bureaux du magistrat du district, et y avait mis joyeusement le feu. Les marchands qui n'avaient pas fermé leurs boutiques étaient restés sur le pas de leur porte, riant, soutenant les rebelles. D'elle-même la population ne se serait pas soulevée contre les Anglais, mais puisque les cipayes s'en étaient chargés, Jansi exultait d'être débarrassé de l'occupant. Dans les rues, c'était la fête.

Tout à leur œuvre de destruction, les rebelles, la torche à la main, étaient passés en hurlant devant le palais de la rani. Kiraun, fatiguée de les suivre, s'arrêta. Elle s'assit par terre contre un mur, les yeux fixés sur les portes fermées du palais.

CHAPITRE II

La nuit et la matinée passées sans incident n'avaient pas calmé l'anxiété de Lakshmi. Elle s'était désolée de son impuissance. Il lui avait fallu attendre et ne pas agir, deux choses dont elle avait horreur.

A peine les femmes et les enfants des familles anglaises furent-ils arrivés au palais, que la rani fit fermer les portes. Elle avait fait poster des soldats aux fenêtres grillagées du premier étage et sur les terrasses. Elle supervisa elle-même l'installation des réfugiés, leur attribua des pièces dans les ailes désertées de la seconde cour, celle de ses jardins privés. Elle leur fit apporter des lits de fortune, de la nourriture et des boissons. Ses animaux domestiques prirent fort mal cette intrusion dans leur domaine et s'enfuirent dans les arbres et sur les terrasses.

En passant devant la rani, Annabelle Phipps s'était arrêtée, l'avait dévisagée et avait craché par terre à ses pieds. Lakshmi était trop préoccupée pour laisser sa rage prendre le dessus. Elle avait simplement haussé les épaules. La résignation, l'appréhension, la peur qu'exhalaient les réfugiés accentuaient son désarroi. Peu après, elle entendit les cris des rebelles entrés en ville, les acclamations de la foule, le vacarme des incendies. Elle vit par-dessus les murs de son palais s'élever des panaches de fumée.

L'anarchie gagnait la ville, mais elle voulait croire que son palais resterait l'asile inviolable qu'il avait toujours constitué. Puis les rumeurs terribles diminuèrent d'intensité. Les rebelles s'étaient éloignés vers l'ouest de la ville en direction du fort.

Roger n'avait pas quitté son poste au-dessus de la porte principale du fort. Il tendait l'oreille mais ne percevait rien d'autre qu'un bruit confus venu de la ville.

Une ou deux fois, un bref crescendo de cris l'avait fait tressaillir. Soudain, une fusillade partit assez loin sur sa gauche. Quelqu'un passa en courant derrière lui, criant :

– Nous sommes attaqués ! Regroupez-vous !

Se regrouper, la belle affaire ! Roger suivit quelques soldats de la rani qui descendaient précipitamment l'escalier abrupt collé aux remparts. Il traversa la cour plantée d'arbres en direction de la fusillade, emprunta un autre escalier et déboucha sur la première enceinte envahie de tireurs. Il se fraya un passage entre les soldats jusqu'à un créneau d'où il put se pencher et regarder.

Les rebelles attaquaient le fort. Ils grimpaient le long de la pente escarpée, en hurlant et en tirant en direction des remparts. Roger estima leur nombre à un millier au moins. En fait, ils n'étaient que quelques centaines. Une partie des habitants de Jansi les suivaient, se tenant à distance prudente mais les encourageant de la voix. Roger épaula son fusil, prit son temps pour viser un assaillant et tira. Le rebelle tomba en arrière, touché à mort.

En guise de riposte, des balles passèrent à quelques centimètres de la tête de Roger qui se baissa vivement. Il se releva, tira rapidement au hasard, puis se remit à l'abri. Il pensa à son ami Roderick, le militaire, et se demanda comment celui-ci pouvait aimer les batailles. La fumée de la poudre rendait la visibilité de plus en plus mauvaise, au soulagement de Roger qui préférait ne pas distinguer les assaillants.

Le bruit de la fusillade et l'odeur de la poudre le grisaient quelque peu, et progressivement sa peur s'évanouissait. L'attaque dura une demi-heure ; puis les rebelles, surpris par la défense des assiégés, se replièrent et disparurent dans la ville. Ils laissaient plusieurs dizaines d'entre eux sur le terrain, taches sombres sur la terre ocre. Roger tira de sa poche son oignon d'argent et regarda l'heure ; il était cinq heures et demie de l'après-midi.

Le jour commençait à tomber dans le salon des audiences privées où la rani tenait conseil. Un des soldats qu'elle avait envoyés au fort lui avait rapporté un billet hâtivement écrit par le capitaine Gordon :

Votre Altesse,

Il semble certain que demain le pire peut nous arriver. Nous suggérons que vous preniez en charge votre royaume et le gouverniez, ainsi que les territoires adjacents, jusqu'à ce que l'autorité britannique soit rétablie. Nous vous serons éternellement reconnaissants si vous protégez aussi nos vies.

On entendait, montant de la rue, les exclamations de la foule et les hurlements des bandes qui passaient en courant. Ce vacarme ne contribuait pas au sang-froid des conseillers de la rani, qui par ailleurs respiraient difficilement. Une fumée lourde de cendres envahissait peu à peu la pièce.

Naransin adjurait la rani de prendre le pouvoir mais sans aider les Anglais et en se rangeant au contraire du côté des révolutionnaires.

Kashmiri Mull la suppliait de ne pas lâcher les Anglais, sous peine d'en subir les conséquences pour elle et pour Jansi.

– Quels Anglais ? protestait Naransin. Il n'y en a plus à Jansi et bientôt il n'y en aura plus dans toute l'Inde.

Moropant conseillait à Lakshmi de prendre le pouvoir sans épouser la cause des révolutionnaires.

La rani leva la main pour les faire taire et dit amèrement :

– Les Anglais me donnent la maison à garder

alors qu'elle brûle. Ils me cèdent le pouvoir parce qu'ils ne peuvent plus l'exercer. Comment l'assumerais-je avec ce qui se passe dehors ?

Elle n'eut pas le temps d'entendre leurs réponses. Trois hommes faisaient irruption dans le salon des audiences privées, suivis par les serviteurs de la rani qui, après avoir tenté en vain de les arrêter, ne les lâchaient pas d'un pas. L'aspect des nouveaux venus disait suffisamment à qui on avait affaire. La mine farouche, l'arme à la main, couverts de poussière, l'un d'eux portant encore des traces de sang sur ses vêtements sales, c'étaient les trois meneurs de la rébellion. La rani reconnut leur chef qu'elle avait vu lors de la réunion secrète des conjurés, le rissaldar Kala Khan, mystérieusement réapparu au bon moment. Elle ne connaissait pas Bakshish Ali et ne reconnut pas le client de Kiraun, Gurlash Singh.

Kala Khan prit la parole :

– Ordonne à tes soldats d'empêcher les Anglais de sortir du fort et livre-nous tes canons.

Cette dernière injonction surprit tellement la rani qu'elle ne sut que demander :

– Mais... quels canons ? Je n'en ai aucun.

– N'essaie pas de nous tromper. Tu as caché des canons dont nous avons besoin.

Alors la rani se rappela que lors de l'annexion de Jansi, elle avait fait enterrer dans une des cours de son palais un énorme et vieux canon de bronze, la mascotte du fort, surnommé « Concrétisation de l'Eclair ». Elle se reprit pour répondre sèchement à Kala Khan :

– Je ferai ce que je voudrai et ni toi ni tes complices ne m'imposerez votre volonté.

Plus menaçant que jamais, Kala Khan fit un pas vers la rani, la main sur son sabre.

– Nous savons que tu aides les Anglais, les ennemis de notre religion et de notre liberté. Si tu continues, nous brûlerons ton palais et nous te massacrerons avec les femmes et les enfants des Anglais que tu abrites.

La rani ne recula pas. Elle regarda droit dans les

yeux les trois meneurs et dit simplement d'une voix calme :

– Sortez.

Le plus étonnant fut qu'ils obtempérèrent. Pendant cette courte scène, les conseillers de la rani étaient restés pétrifiés sur place. La rani exhala sa rage contre ces bandits, ces thugs qui avaient osé violer le domicile d'une reine et lui donner des ordres.

– Les menaces des rebelles ne m'impressionnent pas. Elles me pousseraient plutôt à aider les Anglais.

Un concert de protestations lui répondit :

– Tes soldats sont de cœur avec les rebelles.

– Aider les ennemis de l'Inde serait une indignité.

– As-tu oublié l'humiliation que t'ont fait subir les Anglais ?

La question venait de Mandar qui, attirée par l'éclat fait par les meneurs, était entrée dans la pièce.

Moropant dit doucement à sa fille :

– Ton peuple, Lakshmi, est avec les patriotes.

La rani haussa les épaules.

– Je prendrai ma décision seule, dit-elle en renvoyant tout le monde.

A cet instant, le sentiment qui prévalait chez elle était l'amertume. Elle en voulait aux Anglais. C'étaient eux qui avaient semé le trouble parmi son peuple en annexant son royaume. C'étaient eux qui par leur aveuglement avaient permis à la rébellion de mûrir et d'éclater. C'étaient eux qui la séparaient de Roger. C'étaient eux qui la mettaient maintenant devant ce cruel dilemme en requérant son intervention. Sans plus réfléchir, elle se jeta sur son écritoire et griffonna quelques lignes de réponse au capitaine Gordon. Avec emportement, elle apposa son sceau sur le papier.

Au fort, le dîner des Anglais se déroulait avec le cérémonial habituel, bien que le protocole eût été bouleversé. Les femmes étaient absentes, réfugiées au palais de la rani, et les officiers avaient été massacrés. Ils étaient environ vingt-cinq hommes à s'être regroupés dans la même salle, servis par leurs domestiques indiens impeccablement habillés. L'attaque de l'après-midi avait été repoussée, mais que réservait le lendemain ?

Des Etats voisins, Gwalior, Datya, Orcha, il ne fallait plus espérer d'aide. Le capitaine Skeene avait été formel à ce sujet. En revanche, on disposait des soldats de la rani. On pouvait même escompter une aide accrue de sa part. Les rebelles n'avaient ni plan, ni discipline, ni artillerie. Il serait aisé d'en venir à bout.

Ces propos optimistes que les Anglais échangeaient autour de la table ne parvenaient pas à masquer leur profonde inquiétude.

Au milieu du repas, un chambellan de la rani qui avait pu aisément traverser les lignes rebelles entra et tendit au capitaine Gordon une lettre de sa souveraine. Gordon lut à haute voix en la traduisant du mahrate en anglais :

En temps de paix, quand j'ai réclamé mon royaume vous avez repoussé ma demande, et maintenant que vous ne pouvez plus le garder, vous me le rendez. Vous n'avez pas jugé nécessaire de m'inviter en consultation quand vous avez décidé du sort de Jansi en votre conseil à Calcutta. La meilleure chose que vous ayez à faire est de vous occuper de votre propre sort. Les troupes rebelles brûleront mon palais et me massacreront ainsi que tous ceux qui s'y trouvent si je vous offre protection. Il vaut mieux que vous essayiez de sauver vos vies.

Ce billet était accompagné d'un message verbal que le chambellan délivra au capitaine Skeene. La reine sa souveraine n'avait qu'un conseil à donner aux Anglais : Qu'ils se déguisent en indigènes, qu'ils s'enfuient du fort à la faveur de la nuit et qu'ils se réfugient dans la ville voisine d'Orcha où le calme régnait encore. Ses guides se tenaient prêts à les y mener. Pendant ce temps, elle garderait leurs femmes et leurs enfants au palais et s'engageait à les protéger quoi qu'il arrive.

Le conseil de la rani était judicieux. Mais les Anglais trouvèrent tous les arguments possibles pour ne pas le suivre. A la honte de fuir devant les rebelles s'ajoutait le ridicule qu'ils appréhendaient de devoir se barbouiller la figure et endosser les fripes des indigènes.

Ces hommes étaient habitués à leurs aises, et même ceux d'entre eux qui étaient entraînés à se battre n'étaient pas prêts à se lancer dans une aventure inconfortable. La routine, la fatigue et la chaleur les retinrent.

Roger était sur des charbons ardents car au cours de la discussion la rani ne fut pas épargnée. Sans aller jusqu'à l'accuser de les avoir trahis, certains n'hésitèrent pas à affirmer qu'elle jouait double jeu. Aussi accueillit-il avec soulagement la diversion offerte par un soldat de la rani qui, s'approchant de lui, l'invita à le suivre. Bien qu'étonné, il n'hésita pas et s'éclipsa discrètement.

Ils sortirent du palais, descendirent le long de la pente et franchirent la seconde enceinte. Le soldat désigna du doigt le petit temple de Ganesh adossé contre le rocher, une construction grossière et exiguë.

En y pénétrant, Roger aperçut deux femmes apparemment en prière. Il reconnut tout d'abord Mandar. Ce fut seulement lorsqu'elle se retourna qu'il identifia Lakshmi. Sa présence ici était si impensable qu'il n'avait pu l'imaginer un instant. A la faible lumière de la lampe qui brûlait devant la statue du dieu Eléphant, il remarqua qu'elle tremblait d'émotion et le regardait sans pouvoir proférer un mot.

Pour la rassurer, il lui demanda par quel miracle elle avait réussi à pénétrer dans le fort. D'une voix à peine audible, elle expliqua qu'il existait depuis des siècles un souterrain le reliant au palais de ville. Elle retrouva un semblant d'assurance pour raconter à Roger que, défaillant de peur, elle avait suivi Mandar dans le long boyau obscur habité par des chauves-souris. Puis d'un ton ferme elle déclara :

– Je suis venue te chercher. Viens avec moi.

– Je ne peux pas, Lakshmi. Je dois rester.

Elle s'impatienta.

– Il est inutile que tu restes ici. Tu ne peux rien faire pour tes compatriotes.

– Je le sais, Lakshmi.

– Tu n'es pas responsable de leurs erreurs. Pourquoi les payerais-tu ?

– M'estimerais-tu, m'aimerais-tu si je les abandonnais pour aller avec toi ?

– Force-les à suivre mon conseil, alors. Dis-leur de s'enfuir.

– Ils ne le feront pas.

– Je ne peux pas les aider.

– Je ne t'ai pas demandé de le faire.

La rani tapa du pied, révoltée. Puis, en larmes, elle se jeta dans les bras de Roger. Il caressa doucement ses cheveux.

– Quoi qu'il arrive, Lakshmi, rien ne pourra détruire notre amour.

Mandar intervint d'une voix douce :

– Viens, Reine. Nous ne pouvons demeurer ici plus longtemps. Il faut partir.

Lakshmi se domina suffisamment pour dire à Roger :

– Je reviendrai demain.

Il la suivit du regard alors qu'elle sortait du temple et s'éloignait dans l'ombre.

Le tour de garde de Roger tomba entre deux heures et quatre heures du matin. Marchant de long en large sur le rempart ou accoudé au parapet, il pensait à Lakshmi. La reverrait-il le lendemain, la reverrait-il même jamais ? Le pire était désormais possible. Et pourtant il ne voulait pas abandonner tout espoir, car cet espoir avait nom Lakshmi. Elle prendrait le pouvoir, elle materait les rebelles, elle les délivrerait, lui et ses compatriotes.

A la même heure, la rani, déchirée, arpentait sa chambre. Les Anglais la pressaient, les rebelles la menaçaient, son peuple avait perdu la tête et Roger courait un danger mortel. Que devait-elle faire ? Que pouvait-elle faire ? Elle entendait par intermittence, venus de la rue, tantôt proches, tantôt lointains, des cris, des rumeurs joyeuses ; les rebelles ne dormaient pas plus qu'elle.

Roger, fatigué par son tour de veille, dormait toujours à huit heures du matin. Des voix de femmes lui parvinrent dans son demi-sommeil. Puis il se rendit compte qu'il ne rêvait pas. Il se précipita dans la cour et apprit la nouvelle : le capitaine Skeene avait fait revenir les femmes et les enfants réfugiés au palais de la rani. Il les avait tirés d'un asile que Roger considérait comme inviolable, pour les exposer aux dangers d'une attaque. Skeene n'avait plus confiance en la rani, comprit Roger, atterré.

Annabelle Phipps exultait. Elle livrait ses impressions aux hommes qui entouraient le petit groupe. La rani les avait traitées, elle et les autres femmes, avec un mépris qui en disait long sur ses intentions. La rani avait reçu les chefs de la rébellion. Annabelle les avait vus de ses yeux monter vers la salle du trône. La rani était donc complice des rebelles, Annabelle n'osait imaginer le sort qu'il leur eût été réservé s'ils étaient restés au palais...

Pour ne pas entendre ces inepties, Roger interrogea Mrs Taylor, une femme terne et effacée, aux grands yeux tristes. L'ordre de retour envoyé par Skeene leur était parvenu dès l'aube. Les soldats de la rani les avaient escortés jusqu'au fort. Ils avaient évité les grandes artères de la ville, et n'avaient heureusement pas rencontré de rebelles. Ceux-ci devaient encore cuver leur vin car la veille ils avaient pillé les caves des Anglais et s'étaient prodigieusement enivrés. La population semblait calme. Mrs Taylor avait pourtant noté une certaine excitation dans l'air. Le passage des femmes et des enfants anglais n'avait été marqué par aucun incident. Mrs Taylor avait senti chez les habitants de Jansi une hostilité nette, mais aucune agressivité. Un de ses enfants s'étant mis soudain à pleurer, un Indien s'était approché d'elle et lui avait glissé : « N'ayez pas peur, nous n'en voulons pas aux femmes et aux enfants. »

– Et maintenant, monsieur Giffard, que va-t-il nous arriver ? demanda-t-elle.

Roger n'eut pas la présence d'esprit d'inventer quelque mensonge pour la rassurer. Lui aussi se demandait ce qui les attendait.

Ayant repris son poste sur le rempart il aperçut des serviteurs de la rani, reconnaissables à leur livrée, qui montaient vers le fort en suivant un sentier détourné. Ils apportaient sur l'ordre de leur maîtresse des vivres aux assiégés. Le capitaine Gordon refusa de leur ouvrir. On leur lança des cordes et ils déposèrent les provisions dans des paniers qu'on hissa.

En revenant, les serviteurs tombèrent malgré leurs précautions sur une patrouille d'insurgés. Ils furent arrêtés, interrogés, insultés pour avoir amené des provisions, menacés de mort, quelque peu bousculés et frappés. Ils s'en tirèrent en protestant n'avoir agi que sur l'ordre exprès de leur souveraine.

Les rebelles se rabattirent alors vers le palais de la rani, en force cette fois. Une centaine d'entre eux conduits par leurs chefs entourèrent les bâtiments et parlementèrent avec les soldats de la rani postés sur les murs et les terrasses. Ils les assurèrent que, loin d'avoir de mauvaises intentions envers leur maîtresse, ils venaient la défendre contre les Anglais. Les soldats, trop heureux de les croire, leur ouvrirent les portes, permettant aux rebelles d'envahir les cours, les dépendances, le rez-de-chaussée du palais, et jusqu'à la salle du trône. Ils n'osèrent cependant pénétrer dans les appartements privés où la rani s'était enfermée. Elle y avait fait déménager Damodar et lui avait défendu d'en sortir. Enervé par cette claustration et par l'agitation qu'il sentait dans l'air, l'enfant était intenable, il courait partout, faisait des caprices, et ajoutait encore à la tension.

Avec une lourde ironie, le chef des rebelles Kala Khan rassura Moropant : il ne voulait aucun mal à la rani pourvu qu'elle cessât d'aider les Anglais. Il ajouta en ricanant que ceux-ci avaient été bien mal avisés de rappeler au fort leurs femmes et leurs enfants, car ni lui ni ses compagnons n'auraient violé l'hospitalité que leur avait offerte la rani. Ces déclarations augmentèrent la colère de celle-ci contre la sottise du capitaine Skeene.

Moropant rapporta aussi à Lakshmi deux nouvelles qui la firent frémir : sur les indications de ses serviteurs, les rebelles avaient déterré le canon mascotte du fort, et ils avaient jeté en prison Sangar Singh, le dacoït promu chef de l'armée de la rani, qu'ils jugeaient plus fidèle à celle-ci qu'à leurs idéaux.

Les insurgés occupaient les ruelles et les maisons qui cernaient la colline sur laquelle s'élevait le fort, tenaient les remparts et les portes de la ville, envoyaient constamment des patrouilles afin d'empêcher les Anglais de fuir, mais n'étaient pas encore assez nombreux pour assiéger le fort.

Depuis l'aube Kiraun rôdait parmi eux. Tout à coup, passant non loin d'elle, un Indien attira son regard. Malgré son teint, malgré ses vêtements, tout dans son allure, dans sa démarche proclamait l'étranger, l'Anglais. Kiraun reconnut sous ce déguisement un de ses clients occasionnels, le jeune Andrews, un avocat stagiaire qui travaillait avec Roger sous les ordres du capitaine Gordon. Il se dépêchait et elle s'étonna que personne autour d'elle n'identifie en lui le ferenghi.

Les rebelles patrouillant dans les rues étaient trop occupés à voler et à détruire pour dévisager les passants. Les bungalows du capitaine Skeene et du capitaine Gordon – seuls Anglais à habiter en ville – avaient été réduits en cendres. On s'en prenait également aux maisons des Bengalis. Ces transfuges du Bengale qui avaient suivi les Anglais lors de l'annexion de Jansi pour leur servir d'intermédiaires étaient particulièrement détestés de la population.

On attaquait aussi les demeures de certains buniyas. Sur les indications des habitants, on choisissait ceux qui s'étaient enrichis sur le dos des propriétaires terriens locaux, rachetant à bas prix les terres que ceux-ci avaient été forcés de vendre sur l'ordre des Anglais. De la destruction des propriétés anglaises, on glissait vers le pillage pur et simple.

Le jeune Anglais avait atteint la place devant le palais de la rani, lorsqu'un cri le fit involontairement se retourner. Un Indien courait à lui, hurlant :

– C'est Andrews... Je le reconnais, c'est mon ennemi !

Un attroupement se forma autour du jeune homme. Kiraun vit des sabres se lever. Elle entendit un grand cri. Andrews avait été massacré devant les portes du palais. Kiraun comprit qu'un messager envoyé par les assiégés à la rani venait d'échouer. Ecoutant les propos des rebelles, elle apprit que trois autres Anglais, Michaël Scott et les deux frères Purcell, dépêchés par Skeene et eux aussi déguisés, avaient été de la même façon démasqués et massacrés.

Elle se dirigea alors vers le fort qu'elle contourna jusqu'à ce qu'elle eût trouvé une porte peu gardée.

Hélant les soldats postés sur les remparts, elle les aguicha avec toutes les ressources de son art et la fraîcheur de sa jeunesse. Les soldats regardèrent autour d'eux pour voir s'il n'y avait aucun officier dans les parages, descendirent subrepticement et firent entrer Kiraun. Ils s'apprêtaient à profiter de cette aubaine lorsqu'elle leur fila littéralement entre les doigts, et bondissant, courant, elle disparut, poursuivie par leurs cris de dépit. Un instinct la mena tout droit au poste de Roger, qui n'eut pas le temps de s'étonner de sa présence.

Dans un flot de paroles, elle lui raconta ce qu'elle avait vu et appris. Son anxiété plus que son sabir où surnageaient quelques mots d'anglais fit comprendre à son interlocuteur que quelque chose de grave était arrivé. Sans hésiter, il mena Kiraun au capitaine Skeene à qui elle répéta le sort réservé aux messagers. Skeene en fut catastrophé. Il avait envoyé ses hommes demander à la rani des sauf-conduits pour lui et les Anglais assiégés afin de leur permettre de quitter Jansi. C'était son dernier espoir. Il regarda pensivement Kiraun et brusquement lui demanda si elle-même accepterait de porter un message à la rani.

Kiraun hésita : rendre service à l'Anglais, tout de même ! Puis elle regarda Roger. Celui-ci, simplement, lui sourit. Alors Kiraun accepta.

Sortir du fort, traverser les lignes rebelles, parcourir la ville en proie à un désordre grandissant lui fut aisé. Elle trouva les portes du palais grandes ouvertes. Des rebelles sales, couverts de poussière, les armes à la main en occupaient les cours, les escaliers et les salles. Ils pactisaient visiblement avec les hommes de la rani. Des curieux, des sympathisants entraient et sortaient pour regarder les insurgés, mais surtout pour visiter ce palais où ils n'avaient jamais pénétré.

Kiraun se fraya facilement un chemin au milieu de cette foule désordonnée. La seule difficulté qu'elle rencontra fut de se faire ouvrir la porte des appartements privés de la rani. Elle dut tambouriner, parlementer, supplier. La porte s'entrouvrit, mais les servantes, regardant avec répugnance la petite prostituée, hésitaient encore à la conduire jusqu'à la souveraine. Kiraun trépigna, se fâcha avant d'être enfin introduite dans la bibliothèque.

En la voyant entrer, Lakshmi sourit pour la première fois depuis la veille. La jeunesse de Kiraun, combinée avec sa mine à la fois déterminée et anxieuse, l'attendrirent. Kiraun délivra son message. La rani lui indiqua brièvement la réponse à rapporter au capitaine Skeene. Elle ajouta :

– Tu leur diras bien ce qui se passe en ville et dans mon propre palais. Tu leur raconteras que tu m'as trouvée prisonnière dans mes appartements. Va, Kiraun.

Le retour de Kiraun au fort fut aussi facile que l'aller. Roger la guettait du haut des remparts ; il lui fit ouvrir la grande porte et la conduisit à Skeene.

– La reine fera son possible pour vous aider bien

qu'elle coure des risques terribles si elle le fait ouvertement.

A ce moment, le capitaine Gordon vint prévenir Skeene que les rebelles ayant achevé l'encerclement du fort se préparaient à attaquer. Dans la confusion qui suivit, Kiraun tira Roger par la manche et lui chuchota que la rani la suppliait une fois encore de venir se réfugier en son palais avant qu'il ne soit trop tard. Kiraun elle-même était chargée de l'y escorter. Roger hocha la tête et ordonna à Kiraun de sortir du fort avant que l'assaut ne commençât. Celle-ci ne bougea pas.

Les insurgés ouvrirent le feu aux environs de deux heures de l'après-midi. Le gros de l'attaque eut lieu à l'est du fort. Roger était posté à l'ouest, du côté le plus escarpé de la colline qui donnait sur la campagne. Seules quelques bandes de rebelles s'y aventurèrent, escaladant les rochers et tirant au hasard.

Roger, avec les quelques soldats qui lui avaient été alloués, les repoussa facilement. Plusieurs fois, il avait tenté de chasser Kiraun mais elle refusait de le quitter. Personne, pas même la rani, ne pouvait lui prendre son Anglais maintenant. Elle était assise à côté de lui, chantonnant, indifférente au danger. Ou alors elle se levait brusquement, se penchait au-dessus du parapet et suivait avec intérêt les charges intermittentes des rebelles.

Roger entendait, à l'autre extrémité du fort, le bruit d'une fusillade nourrie qui ne cessa qu'à la tombée du jour. Il rejoignit alors le capitaine Skeene qui tenait conseil. Ils n'étaient plus autour de lui qu'une vingtaine d'Anglais. L'offensive avait été repoussée, mais au prix de quels efforts !

Les rebelles avaient amené en vue du fort un énorme canon. Pourquoi ne l'avaient-ils pas utilisé ? Nul ne le comprenait. Ils s'en serviraient sans doute le lendemain. Où l'avaient-ils trouvé ? Au palais de la rani. Le leur avait-elle remis ? Avait-elle rejoint le camp de la rébellion ? Plusieurs le pensaient. Roger pour la première fois sortit de sa réserve et protesta violemment. Skeene et Gordon le soutinrent : ils ne doutaient pas de la loyauté de la rani.

– Son armée nous abandonne pourtant, objecta le docteur Phipps.

Pendant l'attaque, les soldats que la rani avait envoyés défendre le fort avaient obéi aux ordres mais s'étaient battus avec mollesse, sinon avec réticence. Ils avaient soigneusement évité de tirer sur leurs camarades passés à la rébellion, qui n'avaient cessé de les exhorter à se joindre à eux, leur faisant honte de servir les ennemis de la liberté et de la religion. Que la rani en soit ou non responsable, on ne pouvait désormais plus compter sur ses soldats.

– J'ai décidé de les renvoyer, annonça Skeene.

Les soldats s'en allèrent sur l'heure, sans discuter, en bon ordre. Le fort ne comptait plus pour sa défense que quelques Anglais et leurs serviteurs indiens, en tout, une centaine d'hommes. Il était désormais complètement encerclé par les insurgés, cipayes de la garnison, soldats de la rani et habitants de la ville fanatiques, dont le nombre s'élevait à plus de deux mille.

La nuit était tombée. Sur sa demande, Roger fut affecté au poste de garde le plus dangereux car le plus proche des rebelles, sur la première enceinte en contrebas du petit temple de Ganesh. De là, en effet, il pouvait surveiller l'orifice, caché par un rocher, par où la veille la rani avait disparu dans le souterrain qui menait au palais. Il l'attendait, mais elle ne venait pas.

Il s'impatienta, puis la tristesse déferla en lui et avec elle les doutes les plus absurdes l'envahirent. Il était trop fatigué pour simplement imaginer que prisonnière dans ses appartements et le palais occupé, Lakshmi ne se trouvait plus en mesure d'utiliser le souterrain sans être interceptée par les rebelles.

Pour la première fois, il envisagea la mort. Les massacres des Anglais à Meerut, à Delhi, lui laissaient peu d'espoir. Pourtant, il s'insurgeait contre cette perspective. Il lui semblait impossible de mourir. Il n'était ni un militaire, ni un héros. Il n'avait fait de mal à personne, il se savait populaire parmi les Indiens, il aimait la vie et voulait revoir Lakshmi.

A la même heure, celle-ci était étendue sur son lit, les yeux fixés sur l'étoffe rouge et or du baldaquin. Kiraun disparue et Roger dans le camp anglais, elle admettait enfin son impuissance à le secourir et elle envisagea le pire pour lui et ses compatriotes. Incapable de dormir, l'esprit en alerte, elle laissa sa pensée vaguer dans des rêveries imprécises.

Kiraun n'avait toujours pas lâché Roger d'un pouce. Elle était dans l'ombre, non loin de lui, silencieuse et tâchant de se faire oublier. Le jeune homme n'en pouvait plus de rester debout, les nerfs tendus, à surveiller les ténèbres. Il s'assit contre le parapet à côté d'elle pour prendre quelques instants de repos. La chaleur, que l'obscurité semblait accroître, l'assoupit, puis il s'endormit tout à fait.

Kiraun lui caressa maladroitement la joue, déposa un baiser léger sur son front incliné et lui ôta doucement le fusil des mains. Elle prit son poste tenant fièrement l'arme qui pesait lourdement.

Rien ne bougeait.

CHAPITRE III

Il était neuf heures du matin, ce 8 juin 1857, et les assiégés du fort de Jansi se tenaient prêts. Depuis une heure ils attendaient l'attaque qui ne venait pas.

Kiraun était maintenant partie dormir un peu à l'écart. Quelques dizaines de yards seulement séparaient de la ville le rempart où Roger se trouvait, le plus avancé du fort. Cette attente anxieuse dans la chaleur déjà forte du matin mettait ses nerfs à vif. Il ne souhaitait qu'une chose, que les rebelles attaquent et qu'on en finisse.

Soudain, dans un concert de cris, les insurgés débouchèrent des ruelles de la ville et se mirent à escalader la colline en tirant vers les murailles. Les assiégés ripostèrent et une fusillade nourrie éclata.

Un groupe d'assaillants amena, non sans difficulté, l'énorme canon mascotte et le pointa vers l'endroit où se trouvait Roger. Celui-ci vit les cipayes allumer la mèche. Se repliant instinctivement sur lui-même, il eut le temps de se dire que la fin était arrivée avant qu'une formidable explosion n'ébranlât l'air. Sous le choc brutal, le rempart entier fut secoué. Roger se pencha à un créneau. Le boulet n'avait fait qu'égratigner la pierre. Alors un intense soulagement l'envahit, ainsi que les autres assiégés. Ce n'était pas l'artillerie des rebelles qui les délogerait car le vieux fort construit par les rajahs de Jansi saurait résister.

Le tir s'intensifia de part et d'autre, et la bataille

devint furieuse. Les rebelles, malgré des vagues successives d'assauts, ne progressaient pas. Les assiégés tenaient ferme et Roger sentit revenir une lueur d'espoir.

La bataille durait depuis plusieurs heures lorsque soudain il entendit derrière lui une fusillade inattendue. Un groupe de rebelles avait envahi l'espace situé entre la première et la seconde enceinte et leur tirait dans le dos. Les Anglais, pris entre deux feux, connurent un moment de panique. Roger entendit crier : « Repliez-vous sur la troisième enceinte ! »

Il courut le plus vite qu'il put le long du rempart pendant que des balles sifflaient autour de lui. Ce fut un miracle si aucune ne l'atteignit. Poussé par son seul instinct de survie, il monta et descendit les étroits escaliers creusés dans la muraille, franchit la deuxième enceinte et atteignit le refuge de la troisième sans trop savoir comment.

Les insurgés occupaient déjà les espaces accidentés situés entre la première et la deuxième enceinte. Non loin de Roger, le capitaine Gordon rassurait ses compatriotes.

– Ne vous affolez pas, le fort n'est pas pris. Un de nos serviteurs nous a trahis. Il a ouvert une petite poterne aux rebelles qui ont pu ainsi nous prendre à revers. Mais ils ne peuvent pas amener leur canon jusqu'ici, et nous avons l'avantage de la hauteur.

En effet, les avant-postes dont s'étaient emparés les rebelles se trouvaient en contrebas de la troisième enceinte, et ceux-ci avaient des difficultés à s'abriter pour tirer sur les assiégés.

Roger vit le capitaine Gordon se pencher par-dessus le parapet pour observer leurs positions. Au bout de quelques instants, son voisin, effrayé par son immobilité, lui toucha l'épaule. Le capitaine Gordon glissa lentement sur le côté et s'affala sur le sol. Il était mort. Une balle l'avait frappé en plein front.

Roger sentit le découragement l'envahir et ce sentiment se communiqua à ses compagnons. Gordon était l'âme de la résistance, ferme, inébranlable, inspirant à tous l'espoir qu'il prétendait garder. Sa mort portait un coup au moral des assiégés. Comme s'ils avaient senti ce flottement, les rebelles choisirent ce moment pour une initative inattendue.

Ils arrêtèrent brusquement le tir, puis un groupe, sans armes, émergea de son abri rocheux, entourant un homme qui brandissait un drapeau blanc. Roger reconnut Saleh Mohammet, un médecin indien de Jansi. S'approchant de la troisième enceinte, il s'adressa au capitaine Skeene. Les patriotes, déclara-t-il, l'avaient délégué pour offrir aux Anglais de se rendre en échange de la vie sauve.

Skeene répondit qu'ils ne déposeraient pas les armes tant qu'ils n'auraient pas l'assurance de pouvoir quitter librement Jansi. Saleh Mohammet se retira, apparemment pour conférer avec les chefs rebelles. Il revint au bout d'un quart d'heure pour annoncer que les patriotes juraient sur ce qu'ils avaient de plus sacré de laisser les Anglais partir librement.

Depuis plusieurs heures, la rani entendait les bruits de la bataille, cloîtrée dans ses appartements dont elle refusait de bouger pour n'avoir pas à rencontrer les rebelles. Ses familiers entraient et sortaient pour l'informer du déroulement des combats. Aux coups sourds de la canonnade se mêlaient les cris de la population surexcitée et le fracas dû aux nombreux incendies allumés par les insurgés. Le confinement, la nervosité et l'inquiétude la rendaient presque folle. Elle marchait de long en large, se tordant les mains et tirant sur ses cheveux comme pour soulager la migraine qui l'oppressait.

Lorsque le tir s'arrêta, son anxiété ne connut plus de bornes. Le fort était-il tombé ? Pourquoi les Anglais ne tiraient-ils plus ? Un messager haletant l'informa de l'offre que les rebelles faisaient aux Anglais. S'ils présentaient cette proposition c'est donc qu'ils n'étaient pas certains d'emporter le fort. Lakshmi se calma quelque peu. Elle ne tarda pas à apprendre que les Anglais avaient accepté de se rendre à condition de pouvoir quitter Jansi. L'espoir

sistants. La plupart des condamnés, avant d'être exécutés, étaient insultés et torturés sous le regard impassible des officiers britanniques.

Pour maintenir dans l'orbite anglaise la province du Punjab, à l'ouest de l'Inde, une vague de répression préventive avait fait entre quarante mille et cinquante mille morts. Les cipayes suspects, les déserteurs, les villageois soupçonnés de leur avoir offert un abri étaient pendus ou fusillés non par dizaines mais par centaines. Des régiments entiers avaient été complètement exterminés.

Kala Khan et ses interlocuteurs s'échauffaient de plus en plus au fur et à mesure qu'ils échangeaient ces nouvelles tragiques, promettant de venger leurs frères. La peur pointait cependant sous leur fureur. Quel serait leur sort lorsque l'armée anglaise qu'ils croyaient en train d'avancer sur Jansi reprendrait la ville ?

Kala Khan se pencha vers Bakshish Ali et lui glissa quelques mots à l'oreille, trop bas pour que Kiraun puisse les saisir. Elle vit Bakshish Ali rassembler quelques dizaines de rebelles et s'éloigner rapidement. Elle le suivit en courant.

Le cortège des prisonniers avait atteint le Jokhand Bag, le jardin de Jokhand qui, malgré son nom, n'était qu'un vaste terrain vague, accidenté et rocheux, s'étendant entre le fort et le cantonnement britannique.

Roger, les bras attachés dans le dos, tenait la tête penchée, regardant le chemin soigneusement afin d'éviter les pierres, moins par peur de tomber que par honte de trébucher devant les Indiens.

Depuis leur sortie du fort, la foule qui les accompagnait grossissait à chaque instant, plus joyeuse que haineuse.

Roger remarqua un certain nombre de faces patibulaires. Et pourtant, il ne se sentait pas menacé. Il s'étonna de la résignation de ses compagnons lorsque, au mépris de la parole donnée, ils avaient été faits prisonniers. Maintenant, pas un ne se plaignait.

Les hommes gardaient leur impassibilité et leur dignité. Les femmes se dépêchaient malgré les paquets dont elles étaient chargées. Aucun enfant ne pleurait.

La chaleur était terrible, mais les captifs semblaient insensibles à la sueur qui ruisselait sur leurs visages et imprégnait leurs vêtements. Roger marchait à côté d'Annabelle Phipps. N'étaient son port de tête hautain et ses vêtements, on aurait pu la prendre pour une Indienne avec son teint mat et ses cheveux noirs et raides tombant dans le dos.

Elle désigna les serviteurs de la rani, qui suivaient les prisonniers.

– Regardez-les, Roger. Elle les a envoyés assister à notre humiliation. Je m'étonne qu'elle ne soit pas venue elle-même. Elle doit triompher maintenant.

– Vous serez donc jalouse d'elle jusqu'au dernier moment, répondit-il en relevant la tête pour la regarder.

Au même instant un bras, sorti de la foule, se tendit entre les cipayes de l'escorte et happa brusquement celui d'Annabelle. Roger eut le temps de reconnaître une des servantes des Phipps, celle qui avait été le plus maltraitée. Certains virent le geste mais furent trop étonnés pour réagir. Annabelle et la servante avaient déjà disparu, englouties par la foule.

Roger, cherchant des yeux les deux femmes, aperçut un groupe de rebelles conduit par Bakshish Ali qui déboulait vers eux. Il distingua même derrière eux la silhouette menue de Kiraun.

Bakshish Ali cria un ordre, le cortège s'arrêta. Un autre ordre et les cipayes de l'escorte séparèrent les prisonniers en trois colonnes : l'une pour les hommes, la deuxième pour les femmes, la troisième pour les enfants.

Roger s'étonnait de cette manœuvre lorsqu'il entendit le capitaine Skeene dire à Bakshish Ali :

– Vous m'avez attaché trop serré. Desserrez-moi.

– Quelle importance maintenant, répondit Bakshish Ali, et il lui plongea son sabre dans le ventre.

Le capitaine Skeene tomba lentement à genoux

Les hommes gardaient leur impassibilité et leur dignité. Les femmes se dépêchaient malgré les paquets dont elles étaient chargées. Aucun enfant ne pleurait.

La chaleur était terrible, mais les captifs semblaient insensibles à la sueur qui ruisselait sur leurs visages et imprégnait leurs vêtements. Roger marchait à côté d'Annabelle Phipps. N'étaient son port de tête hautain et ses vêtements, on aurait pu la prendre pour une Indienne avec son teint mat et ses cheveux noirs et raides tombant dans le dos.

Elle désigna les serviteurs de la rani, qui suivaient les prisonniers.

– Regardez-les, Roger. Elle les a envoyés assister à notre humiliation. Je m'étonne qu'elle ne soit pas venue elle-même. Elle doit triompher maintenant.

– Vous serez donc jalouse d'elle jusqu'au dernier moment, répondit-il en relevant la tête pour la regarder.

Au même instant un bras, sorti de la foule, se tendit entre les cipayes de l'escorte et happa brusquement celui d'Annabelle. Roger eut le temps de reconnaître une des servantes des Phipps, celle qui avait été le plus maltraitée. Certains virent le geste mais furent trop étonnés pour réagir. Annabelle et la servante avaient déjà disparu, englouties par la foule.

Roger, cherchant des yeux les deux femmes, aperçut un groupe de rebelles conduit par Bakshish Ali qui déboulait vers eux. Il distingua même derrière eux la silhouette menue de Kiraun.

Bakshish Ali cria un ordre, le cortège s'arrêta. Un autre ordre et les cipayes de l'escorte séparèrent les prisonniers en trois colonnes : l'une pour les hommes, la deuxième pour les femmes, la troisième pour les enfants.

Roger s'étonnait de cette manœuvre lorsqu'il entendit le capitaine Skeene dire à Bakshish Ali :

– Vous m'avez attaché trop serré. Desserrez-moi.

– Quelle importance maintenant, répondit Bakshish Ali, et il lui plongea son sabre dans le ventre.

Le capitaine Skeene tomba lentement à genoux

sistants. La plupart des condamnés, avant d'être exécutés, étaient insultés et torturés sous le regard impassible des officiers britanniques.

Pour maintenir dans l'orbite anglaise la province du Punjab, à l'ouest de l'Inde, une vague de répression préventive avait fait entre quarante mille et cinquante mille morts. Les cipayes suspects, les déserteurs, les villageois soupçonnés de leur avoir offert un abri étaient pendus ou fusillés non par dizaines mais par centaines. Des régiments entiers avaient été complètement exterminés.

Kala Khan et ses interlocuteurs s'échauffaient de plus en plus au fur et à mesure qu'ils échangeaient ces nouvelles tragiques, promettant de venger leurs frères. La peur pointait cependant sous leur fureur. Quel serait leur sort lorsque l'armée anglaise qu'ils croyaient en train d'avancer sur Jansi reprendrait la ville ?

Kala Khan se pencha vers Bakshish Ali et lui glissa quelques mots à l'oreille, trop bas pour que Kiraun puisse les saisir. Elle vit Bakshish Ali rassembler quelques dizaines de rebelles et s'éloigner rapidement. Elle le suivit en courant.

Le cortège des prisonniers avait atteint le Jokhand Bag, le jardin de Jokhand qui, malgré son nom, n'était qu'un vaste terrain vague, accidenté et rocheux, s'étendant entre le fort et le cantonnement britannique.

Roger, les bras attachés dans le dos, tenait la tête penchée, regardant le chemin soigneusement afin d'éviter les pierres, moins par peur de tomber que par honte de trébucher devant les Indiens.

Depuis leur sortie du fort, la foule qui les accompagnait grossissait à chaque instant, plus joyeuse que haineuse.

Roger remarqua un certain nombre de faces patibulaires. Et pourtant, il ne se sentait pas menacé. Il s'étonna de la résignation de ses compagnons lorsque, au mépris de la parole donnée, ils avaient été faits prisonniers. Maintenant, pas un ne se plaignait.

mort portait un coup au moral des assiégés. Comme s'ils avaient senti ce flottement, les rebelles choisirent ce moment pour une initative inattendue.

Ils arrêtèrent brusquement le tir, puis un groupe, sans armes, émergea de son abri rocheux, entourant un homme qui brandissait un drapeau blanc. Roger reconnut Saleh Mohammet, un médecin indien de Jansi. S'approchant de la troisième enceinte, il s'adressa au capitaine Skeene. Les patriotes, déclara-t-il, l'avaient délégué pour offrir aux Anglais de se rendre en échange de la vie sauve.

Skeene répondit qu'ils ne déposeraient pas les armes tant qu'ils n'auraient pas l'assurance de pouvoir quitter librement Jansi. Saleh Mohammet se retira, apparemment pour conférer avec les chefs rebelles. Il revint au bout d'un quart d'heure pour annoncer que les patriotes juraient sur ce qu'ils avaient de plus sacré de laisser les Anglais partir librement.

Depuis plusieurs heures, la rani entendait les bruits de la bataille, cloîtrée dans ses appartements dont elle refusait de bouger pour n'avoir pas à rencontrer les rebelles. Ses familiers entraient et sortaient pour l'informer du déroulement des combats. Aux coups sourds de la canonnade se mêlaient les cris de la population surexcitée et le fracas dû aux nombreux incendies allumés par les insurgés. Le confinement, la nervosité et l'inquiétude la rendaient presque folle. Elle marchait de long en large, se tordant les mains et tirant sur ses cheveux comme pour soulager la migraine qui l'oppressait.

Lorsque le tir s'arrêta, son anxiété ne connut plus de bornes. Le fort était-il tombé ? Pourquoi les Anglais ne tiraient-ils plus ? Un messager haletant l'informa de l'offre que les rebelles faisaient aux Anglais. S'ils présentaient cette proposition c'est donc qu'ils n'étaient pas certains d'emporter le fort. Lakshmi se calma quelque peu. Elle ne tarda pas à apprendre que les Anglais avaient accepté de se rendre à condition de pouvoir quitter Jansi. L'espoir

devint furieuse. Les rebelles, malgré des vagues successives d'assauts, ne progressaient pas. Les assiégés tenaient ferme et Roger sentit revenir une lueur d'espoir.

La bataille durait depuis plusieurs heures lorsque soudain il entendit derrière lui une fusillade inattendue. Un groupe de rebelles avait envahi l'espace situé entre la première et la seconde enceinte et leur tirait dans le dos. Les Anglais, pris entre deux feux, connurent un moment de panique. Roger entendit crier : « Repliez-vous sur la troisième enceinte ! »

Il courut le plus vite qu'il put le long du rempart pendant que des balles sifflaient autour de lui. Ce fut un miracle si aucune ne l'atteignit. Poussé par son seul instinct de survie, il monta et descendit les étroits escaliers creusés dans la muraille, franchit la deuxième enceinte et atteignit le refuge de la troisième sans trop savoir comment.

Les insurgés occupaient déjà les espaces accidentés situés entre la première et la deuxième enceinte. Non loin de Roger, le capitaine Gordon rassurait ses compatriotes.

– Ne vous affolez pas, le fort n'est pas pris. Un de nos serviteurs nous a trahis. Il a ouvert une petite poterne aux rebelles qui ont pu ainsi nous prendre à revers. Mais ils ne peuvent pas amener leur canon jusqu'ici, et nous avons l'avantage de la hauteur.

En effet, les avant-postes dont s'étaient emparés les rebelles se trouvaient en contrebas de la troisième enceinte, et ceux-ci avaient des difficultés à s'abriter pour tirer sur les assiégés.

Roger vit le capitaine Gordon se pencher par-dessus le parapet pour observer leurs positions. Au bout de quelques instants, son voisin, effrayé par son immobilité, lui toucha l'épaule. Le capitaine Gordon glissa lentement sur le côté et s'affala sur le sol. Il était mort. Une balle l'avait frappé en plein front.

Roger sentit le découragement l'envahir et ce sentiment se communiqua à ses compagnons. Gordon était l'âme de la résistance, ferme, inébranlable, inspirant à tous l'espoir qu'il prétendait garder. Sa

se réveilla chez la rani et avec lui l'initiative. Elle chargea son père d'envoyer ses serviteurs prêter assistance aux assiégés et les accompagner jusqu'à la limite du territoire de Jansi. Elle pensait que leur présence dissuaderait les rebelles de maltraiter les Anglais.

Les femmes, en faisant leurs paquets, retardèrent la reddition du fort. Les hommes attendaient, groupés devant le portail de la troisième enceinte. De l'autre côté de la muraille le silence le plus total s'était fait. Roger aperçut Kiraun parmi les serviteurs indiens qui l'entouraient. Il n'avait pas eu le temps de s'inquiéter de son sort depuis qu'il avait été pris à revers sur la première enceinte.

Il s'approcha d'elle et lui murmura :

– Va trouver la rani. Tu lui diras... Non, ne lui dis rien. Elle connaît mes sentiments.

Les femmes et les enfants enfin prêts, les vantaux du grand portail de la troisième enceinte s'ouvrirent. Les Anglais eurent un mouvement de recul. L'esplanade devant eux était littéralement noire de monde. Dès l'annonce de la reddition, les rebelles étaient accourus de toutes parts, marchant sans faire de bruit. Ils se tenaient immobiles et silencieux, trop étonnés encore pour réagir devant le spectacle inimaginable des Anglais vaincus.

Le capitaine Skeene se mit en marche suivi de ses compatriotes. Le mur humain devant eux ne bougea pas. Alors des cipayes sortirent des rangs, s'approchèrent des hommes et leur lièrent les mains derrière le dos. Ils agissaient calmement, visiblement sur ordre. Les Anglais, surpris, n'opposèrent pas de résistance. Ils avaient compris que les rebelles ne les laisseraient pas quitter Jansi. Le capitaine Skeene protesta contre cette violation de la parole donnée. Les rebelles ne parurent pas l'entendre. Skeene chercha en vain des yeux le médecin qui avait mené la négociation.

Les cipayes voulurent séparer les hommes des femmes, mais celles-ci résistèrent, s'accrochèrent à leurs époux. Ils les laissèrent donc ensemble et le cortège de prisonniers se mit en route. Conduits et entourés par les cipayes qui portaient toujours leurs uniformes britanniques, ils franchirent le portail principal du fort et prirent la direction de l'ancien cantonnement militaire.

Kiraun dévala la colline en direction du palais pour aller rapporter ces faits à la rani. Se faufilant à travers les rebelles, elle aperçut son ancien client, Gurlash Singh, en conversation animée avec les chefs des insurgés, le rissaldar Kala Khan et le darogha Bakshish Ali.

Kiraun ne put résister à la curiosité. Elle s'approcha d'eux négligemment et tendit l'oreille à leurs propos.

Ils étaient trop préoccupés pour faire attention à elle. Un messager envoyé par les révolutionnaires de Delhi venait en effet de leur apporter de mauvaises nouvelles. Une armée anglaise en provenance de l'ouest faisait route vers Jansi pour mater la rébellion.

Partout où ils reprenaient l'avantage, les Anglais se vengeaient d'une façon atroce sur les insurgés et la population qui les avait soutenus. A Bénarès, à Allâhâbâd, ils s'étaient livrés à un véritable massacre, exécutant de sang-froid et sans discrimination des hommes, des femmes, des vieillards et des enfants. A Bénarès seulement, la répression avait fait six mille morts pour quelques dizaines d'Anglais massacrés au début de la révolte.

Les colonnes de l'armée anglaise qui se dirigeait vers Delhi pour délivrer la capitale laissaient derrière elles un sillage de ruines et de cadavres. Des villages entiers étaient anéantis. Après des procès hâtifs qui défiaient la justice, on exécutait tous ceux qui pouvaient paraître suspects, et à la limite chaque Indien était devenu suspect aux Anglais. On les pendait, ou alors, selon le vieux mode d'exécution mongol, on les attachait à la gueule d'un canon chargé qui, mis à feu, les envoyait dans les airs en mille morceaux, aspergeant de sang et de morceaux de chair les as-

puis s'écroula. Il eut cependant la force de murmurer :

– Tuez-moi, mon pays a encore beaucoup d'hommes comme moi.

Bakshish Ali lui porta à nouveau plusieurs coups de sabre à travers le corps, Skeene ne bougeait plus. Roger regardait la scène, hébété, lorsqu'il reçut dans le dos comme un fort coup de poing. Il ne sentit pas le sabre lui traverser le corps. Le sang lui remplit la bouche, il tomba face contre terre, les yeux grands ouverts.

Ensuite, ce fut le carnage. Surexcités par la vue du sang, les cipayes et les hommes de la foule se transformèrent en un instant en sauvages ivres de meurtre. Ils se jetèrent sur les prisonniers l'arme à la main au cri de : « *Maro ! Maro !* Tue ! Tue ! »

Bousculée, poussée en avant, Kiraun ne manqua pas un seul détail de la scène. Elle vit Mrs McEgan, qui se jetait devant son mari pour qu'il soit épargné, être brutalement repoussée et tuée après que celui-ci eut été haché sur place. Elle vit le docteur Phipps saisir la lame du sabre de son assassin pour tenter de l'écarter et s'y couper les doigts avant de s'effondrer, la poitrine transpercée. Elle vit Mrs Taylor tomber à genoux devant un cipaye, lui demander d'épargner sa vie, et être égorgée par lui. Elle entendit le petit Carshore demander en hindi d'avoir la vie sauve : « Epargnez-moi. Vous avez déjà tué mon père et ma mère. » Elle l'entendit hurler lorsqu'un coup de sabre l'atteignit au front. Elle voulait échapper à cette vision atroce, mais la foule des curieux l'en empêchait. Elle essaya de se boucher les oreilles pour effacer les grognements, les cris et les gémissements. Ecœurée par l'odeur du sang, elle avait envie de vomir.

Il fallut un quart d'heure aux rebelles pour achever la soixantaine d'hommes, de femmes et d'enfants anglais, un quart d'heure d'horreur et de folie.

Les assassins ne s'arrêtèrent que lorsque le dernier Anglais eut cessé de geindre. Ils entouraient leurs victimes, l'air stupide, épuisés, leurs vêtements et leurs armes dégouttant de sang. Kiraun enjamba des cadavres, en poussa d'autres du pied, et découvrit le corps de Roger qu'elle retourna. Son visage n'avait pas été touché. Il gardait les yeux ouverts et sur les lèvres une sorte de sourire. D'une déchirure de sa chemise ensanglantée dépassait un chapelet de santal, celui-là même que la rani lui avait offert. Kiraun le retira délicatement puis, poussée par une force instinctive et prodigieuse, elle perça la muraille humaine qui l'entourait. Déjà elle s'éloignait à toute vitesse. Elle n'avait plus qu'une idée en tête : rejoindre la rani.

Il était un peu plus de six heures du soir lorsque Moropant pénétra chez sa fille. Il la trouva dans la petite pièce qui lui servait d'oratoire. Elle était à genoux, assise sur ses talons devant la statue de sa patronne, la déesse Lakshmi. Elle ne tourna même pas la tête en l'entendant entrer. Il hésita, puis se pencha sur elle et murmura :

– Ils les ont tous massacrés.

La rani ne réagit pas. Un instant Moropant eut l'impression qu'elle savait déjà peut-être instinctivement ce qui s'était passé. Puis il crut qu'elle n'avait pas entendu et répéta :

– Ils ont tous été tués. Et il appuya sur le « tous ». Aucun n'a survécu. Aucun.

La rani garda son immobilité de statue. A ce moment, Mandar entra dans la chambre avec Kiraun. Cette fois-ci, la jeune prostituée n'avait eu aucune difficulté à atteindre les appartements de la rani. Elle s'approcha de celle-ci, s'agenouilla à ses côtés, lui prit la main, l'ouvrit et y mit le chapelet de Roger en disant :

– Je l'ai pris sur lui. Il le portait quand il a été tué.

La rani se retourna brusquement vers elle. Les yeux exorbités, elle avait le regard d'une folle. Sa bouche s'ouvrit, mais aucun cri n'en sortit. Terrifiée par son expression, Kiraun recula. Puis Lakshmi reprit sa pose hiératique.

Kiraun avait besoin de parler, de raconter. Elle n'épargna aucun détail à Moropant et à Mandar, gardant le récit de la mort de Roger pour la fin :

– Après que le sahib Roger est tombé la face contre terre, ils se sont acharnés sur lui. Ils ont percé son corps de vingt, de trente coups de sabre.

Kiraun se tut. Alors tous trois entendirent un bruit qui les fit sursauter. La rani avait laissé glisser de ses mains le chapelet de Roger. Ils contemplèrent anxieusement cette femme accablée de douleur, puis furtivement quittèrent la pièce, la laissant seule.

Profitant de l'inattention des grandes personnes, Damodar s'était échappé des appartements de sa mère. Il courait dans les salles d'apparat en criant : « Les ferenghis ont été tués et je suis roi ! » Et les rebelles l'entouraient, l'applaudissaient, riaient de ses exclamations.

Dehors, en ville, la joie régnait. Les habitants avaient appris le massacre des prisonniers, et pour eux cette atrocité n'avait signifié qu'une seule et merveilleuse chose : ils étaient débarrassés des occupants. Ils allaient retrouver leur prospérité et le règne bienheureux de leur reine. Ils s'embrassaient dans les rues et s'attroupaient autour des affiches que les rebelles venaient de placarder aux carrefours :

Le peuple est à Dieu, le pays est à l'empereur des Indes, et les deux religions gouvernent.

La foule avait envahi les rues autour du palais et acclamait la rani. Plus tard, Mandar entra de nouveau dans la chambre de Lakshmi et la trouva exactement dans la même position. On entendait les cris venus du dehors : « Longue vie à Lakshmi, vive la reine de Jansi. » Celle-ci, sans tourner la tête, intima soudain à Mandar :

– Apporte-moi mes pilules d'opium.

Mandar resta interdite et hésitante. Alors la voix de la rani se fit impérieuse :

– Je sais que tu ne les as pas jetées et que tu les as cachées. Apporte-les-moi tout de suite.

La servante s'exécuta. Lorsqu'elle tendit la boîte précieuse à la rani, celle-ci eut peine à la saisir tant ses mains tremblaient.

Dans la matinée du lendemain, l'enthousiasme des habitants de Jansi baissa considérablement. Ils étaient débarrassés des Anglais mais ils avaient les rebelles sur le dos et toute la nuit des actes de violence s'étaient poursuivis à travers la ville. Les insurgés s'étaient enivrés avec le vin volé dans les caves des Anglais. Ils avaient parcouru les rues, hurlant, cassant tout, molestant les habitants. Les rebelles maintenant s'en prenaient indistinctement aux riches et à ceux dont la tête ne leur revenait pas. Ils envahissaient les demeures, volaient ce qui leur tombait sous la main, battaient les propriétaires et mettaient le feu. Bref, ils se conduisaient comme en pays conquis, ce que les habitants de Jansi n'étaient pas gens à supporter longtemps.

Ceux-ci priaient ouvertement pour que l'ordre remplace l'anarchie, pour que l'autorité de la rani soit rétablie et pour que les rebelles s'en aillent. Curieusement, ces derniers partageaient ce souhait. Leurs chefs avaient compris qu'il n'y avait plus rien à tirer de Jansi et que leur popularité baissait à vue d'œil. Seulement ils n'avaient pas d'argent et ils en voulaient.

Au palais, personne n'avait dormi ni osé pénétrer chez la rani. Ses familiers encombraient son antichambre prêts à accourir au moindre appel, mais aucun bruit n'avait traversé la porte fermée de son oratoire. En fin de matinée, la situation devint si confuse et si tendue que Mandar prit sur elle d'entrer, suivie de Moropant.

Tous deux trouvèrent la rani dans la position où ils l'avaient laissée la veille au soir, assise sur ses talons devant la statue de la déesse Lakshmi. Avait-elle pris quelque repos ? Etait-il possible qu'elle fût restée immobile pendant plus de douze heures ? Ils ne le surent jamais. Moropant, après quelque hésitation, rompit le silence.

– Ecoute-moi, Lakshmi. L'anarchie règne en ville. Il n'y a plus aucune autorité. Les rebelles font la loi. Tu dois assumer le pouvoir. Il n'y a que toi qui puisses le faire.

La rani ne répondit ni ne bougea. Mandar, aiguillonnée par l'urgence de la situation, explosa :

– Tu ne songes qu'à te laisser aller tandis que ton royaume va à la dérive et que ton peuple gémit.

Alors la rani se retourna. Les traits creusés, les yeux lourdement cernés, son visage présentait un masque cireux. Ils virent qu'elle avait pleuré. Elle daigna enfin parler :

– Mon peuple a donc retrouvé la raison.

La voix était si claire, si nette que les deux autres en restèrent bouche bée. Mandar profita de l'avantage :

– Ton peuple est en danger. Tu dois faire quelque chose.

Moropant, fébrile, ajouta :

– Les rebelles t'attendent. Ils exigent de te voir, ils veulent quitter Jansi.

Ils étaient environ une centaine de cipayes à marcher de long en large dans la salle du trône, à parler haut, à s'échauffer, à s'impatienter.

– Ne viendra-t-elle donc jamais, cette reine ? Nous saurons bien l'amener de force.

La rani apparut, seule. Elle portait encore sa chemise souple et son pantalon de la veille, froissés et défraîchis. Son visage accusait profondément la nuit blanche, la tension, les épreuves. Son expression demeurait fermée, impénétrable. Elle prit place sur le gadi et dévisagea tranquillement ces hommes à l'aspect terrifiant. Leur chef, Kala Khan, s'avança :

– Nous avons délivré ton royaume des étrangers maudits qui l'occupaient. Nous voulons aller rejoindre nos frères à Delhi et nous battre avec eux, mais nous n'avons rien. Donne-nous de l'argent, Reine. Nous le méritons. Nous...

D'un geste de la main, la rani l'interrompit :

– Vous êtes des parjures, des voleurs et des assassins.

Elle avait dit cela à voix basse et les yeux baissés, comme si elle avait tourné quelque compliment d'usage. Les rebelles, stupéfaits, firent silence et même tendirent l'oreille.

– Auriez-vous combattu les Anglais courageusement, ouvertement, que j'aurais été la première à vous féliciter et à vous récompenser. Mais vous les avez poignardés dans le dos. Vous avez trahi vos serments, vous avez assassiné des innocents, des femmes, des enfants, et maintenant vous ne pensez qu'à piller et à voler vos frères de race. Dussiez-vous me menacer et même me tuer, vous n'obtiendrez rien de moi.

Ayant dit, la rani se leva et quitta lentement la salle du trône.

Les rebelles, qui étaient restés figés pendant son discours, semblèrent retrouver leurs esprits. Ils grondèrent, trépignèrent, s'excitèrent. Dans un coin de la salle, indifférents à ce tumulte, leurs chefs envoyaient des messages et en recevaient.

La rani était allée trouver Damodar auquel elle avait à nouveau défendu de sortir de ses appartements. Il ne devait pas parler aux rebelles car, lui expliqua-t-elle, ils n'aimaient pas Jansi, ils n'aimaient pas sa mère et ils ne l'aimaient pas lui. Puis elle lui annonça avec le plus de ménagements possibles la mort de son ami Roger. Les larges yeux de l'enfant se fixèrent sur elle, pleins d'incrédulité, puis se remplirent de larmes qui coulèrent silencieusement. Lorsqu'il s'était réjoui de la mort des ferenghis, il n'avait pas pensé que Roger était parmi eux. Roger était son ami et ne pouvait être assimilé aux étrangers que tout le monde autour de lui détestait. Il demanda à sa mère :

– Bien que Roger n'ait pas été hindou comme nous, crois-tu qu'il pourra se réincarner ?

La rani répondit que les dieux pouvaient tout.

– Alors, conclut Damodar, dans une vie future il sera un puissant rajah.

Dans la salle du trône, l'agitation et l'incertitude des rebelles duraient depuis deux heures lorsqu'un messager apporta un billet à Kala Khan.

– Nous la tenons, murmura-t-il à ses acolytes.

Puis il imposa silence aux cipayes.

– Frères, nous ne nous laisserons pas faire par une femme qui a été la complice des Anglais maudits. Nous saurons la forcer à nous donner ce qu'elle nous doit.

Sous sa conduite, les insurgés traversèrent les salles d'apparat, enfoncèrent les portes ouvragées et envahirent les appartements privés qu'ils avaient jusqu'alors respectés. Les courtisans furent renversés et piétinés, les servantes bousculées et repoussées violemment. Ils trouvèrent la rani dans sa bibliothèque. Elle s'était changée et portait maintenant un sari blanc, avec pour tout bijou, passé à son cou, le chapelet de santal donné à Roger et que lui avait rapporté Kiraun. Elle lisait les textes sacrés à Damodar assis dans un coin. Elle ne cilla pas lorsque ces bandits forcèrent sa porte et qu'ils se répandirent dans la pièce, furieux et menaçants. Damodar avait frémi, mais il se retint de se jeter dans les bras de sa mère. Il ne fit que se rapprocher d'elle, doucement, et Lakshmi lui caressa la tête.

Kala Khan, la dominant de sa haute taille, éructa :

– Donne-nous de l'argent tout de suite et nous partirons de Jansi. Sinon, nous faisons sauter ton palais et nous mettons sur le trône le prince Sadasheo.

Alors seulement, la rani leva les yeux de son livre, regarda longuement Damodar et dit :

– Avant de vous répondre, je dois consulter la déesse Lakshmi.

Suivie de près par les rebelles, elle se rendit dans le temple du palais situé près du porche d'entrée. Elle pria les prêtres attachés au sanctuaire de consulter la déesse sur ce qu'elle devait faire. Ils couronnèrent de fleurs la tête de l'idole et entonnèrent les textes sacrés. Selon le côté de la statue où tomberait la première fleur, ils interpréteraient la réponse de la déesse.

Le temps passa. Les assistants restaient figés, comme fascinés par la peau d'argent et les bijoux de l'idole qui luisaient faiblement. Tous attendaient le signe de l'oracle. La rani, elle, réfléchissait, elle n'avait voulu que gagner du temps. Les insurgés ne l'avaient pas impressionnée mais la menace de Kala Khan de mettre sur le trône Sadasheo, ce prétendant oublié, l'avait alertée.

Enfin, la déesse Lakshmi se manifesta. Ce ne fut pas une mais deux fleurs qui tombèrent exactement au même moment, glissant à droite et à gauche du visage d'argent de la divinité. Les brahmanes en restèrent confondus. Ils n'avaient jamais vu un tel signe et ne savaient absolument pas comment l'interpréter.

La rani n'écouta pas leurs élucubrations embrouillées et revint prendre place sur son trône, pressée par les rebelles, à la fois inquiétants et anxieux.

– J'ai décidé de vous payer, leur annonça-t-elle.

– Nous voulons trois cent mille roupies, exigea aussitôt Kala Khan.

– Où trouverais-je une telle somme ? Les Anglais ont saisi ma fortune et m'ont réduite à la misère.

– Trois cent mille roupies. Pas une de moins, répéta Kala Khan.

– Est-ce digne de guerriers comme vous d'exiger autant d'une femme seule et en détresse ?

Tout de suite, la rani sentit que l'argument avait porté et que les rebelles cédaient. Kala Khan voulut rattraper la situation.

– Le prince Sadasheo saura se montrer plus généreux que toi lorsqu'il sera roi.

– Soixante-quinze mille roupies, lui lança la rani.

Kala Khan éclata de rire.

– Tu te moques de nous, Reine. Deux cent soixante-quinze mille roupies.

Alors commença le plus éhonté des marchandages. Si Kala Khan était brutal, la rani était coriace. En définitive, on s'arrêta d'un commun accord au chiffre de cent mille roupies. La rani fit venir son chef comptable avec le solde de son trésor personnel. Il n'y avait que cinquante mille roupies. Kala Khan gronda :

– Ce n'est pas assez.

La rani fit apporter son coffret à bijoux. Du premier tiroir qu'elle ouvrit, elle tira le collier de torsades de perles cerclées de rubis qu'un jour le joaillier conspirateur lui avait vendu. Elle le tendit à Kala Khan.

– Prends-le. C'est un de tes complices qui me l'a vendu et désormais je n'en aurai plus besoin.

Avant que le chef rebelle ait pu l'attraper, un bras à côté de lui se tendit et Bakshish Ali s'empara du bijou. Un éclair passa dans le regard de la rani. Elle ouvrit les autres tiroirs du coffret, et posément se mit à lancer un à un ses joyaux sur le tapis devant elle. Kala Khan, les bras croisés, resta impassible, mais Bakshish Ali, Gurlash Singh, et les cipayes qui se tenaient au premier rang se précipitèrent pour les ramasser. La rani jetait colliers, bracelets, aigrettes, serre-cou et boucles d'oreilles comme on jette des morceaux de viande à des chiens.

Lorsqu'elle eut vidé le dernier tiroir, elle dit simplement :

– C'est tout ce que j'avais. Maintenant, partez.

Kala Khan soupçonna que la rani possédait bien d'autres coffrets à bijoux, mais il comprenait aussi qu'il avait été vaincu par cette femme qu'il n'était pas parvenu à briser. Elle avait retourné ses hommes, elle s'était moquée d'eux, elle les avait gorgés de richesses au point qu'il ne pouvait plus rien leur demander. Lorsque les bandits se retirèrent, certains souhaitèrent à la rani un règne long et heureux.

Dès que le dernier eut quitté la salle du trône, la rani se retourna vers Mandar et éclata d'un rire grinçant.

– Ils me dégoûtent, mais ils sont bien naïfs.

Alors ses conseillers et ses courtisans, qui pendant cette séance houleuse s'étaient tenus soigneusement à l'écart, se rapprochèrent.

Elle leur commanda :

– Vous convoquerez sans tarder les représentants

de toutes les castes, de toutes les croyances et de toutes les corporations. Je veux les voir réunis ici même avant la nuit.

Puis elle s'adressa à Moropant :

– Mon père, il est une tâche sacrée que je ne suis pas en mesure d'exécuter comme je le voudrais et que je te demande d'accomplir à ma place. Prends des serviteurs et va au Jokhand Bag. Tu trouveras les cadavres des Anglais que les rebelles y ont laissés. Tu les feras enterrer décemment à la manière des chrétiens. Tu ramasseras leurs effets et me les rapporteras au palais.

Le jour tombant, les rebelles quittèrent Jansi pour aller se battre à Delhi. Leurs complices, conduits par Bakshish Ali, ainsi qu'une partie des soldats de la rani, les suivirent.

Une heure plus tard, Lakshmi ouvrait ses états généraux improvisés. Aristocrates, propriétaires terriens, banquiers, marchands, chefs des corporations d'artisans et d'ouvriers, hindous et musulmans, tous étaient accourus malgré la rapidité de la convocation et le désordre qui régnait en ville. C'était la première fois qu'un souverain s'adressait directement aux représentants du peuple pour les consulter et aucun n'aurait voulu manquer cette innovation inconcevable.

Parfaitement composée, nette et impeccable dans son sari blanc, la rani, assise sur le trône d'argent, leur adressa un bref discours :

– Avec grande difficulté, nous avons pu sauver la ville des bandes incontrôlées de cipayes. Ils sont partis, définitivement j'espère, mais ils ont laissé derrière eux le chaos auquel nous devons remédier sans délai. A tout prix il faut empêcher l'anarchie de s'installer dans Jansi. Je vous ai demandé de venir afin que vous me fassiez bénéficier de vos avis. Parlez franchement.

Un lourd silence suivit cette exhortation. Aucun

n'osait parler le premier. Aucun n'était habitué à s'exprimer librement devant un souverain. Ce furent deux fonctionnaires, naguère employés des Anglais, qui se décidèrent à ouvrir le débat. L'un avait été le secrétaire du capitaine Gordon et avait bien connu Roger, l'autre était un employé du capitaine Skeene. Ils proposèrent que la rani écrive sans tarder au représentant anglais à Gwalior pour l'assurer qu'elle exerçait le pouvoir uniquement au nom des Anglais.

Le chef de la corporation des menuisiers protesta.

– La domination des Anglais sur Jansi est arrivée à sa fin. Pourquoi demander à leur représentant de nous mettre à nouveau la corde autour du cou ?

Des murmures d'approbation saluèrent son intervention. La rani se garda d'intervenir.

Le chef de la corporation des vendeurs d'huile parla :

– Nous ne voulons personne d'autre pour nous gouverner que notre reine.

D'autres l'approuvèrent.

– Plus de domination étrangère. Nous voulons notre propre royaume.

A l'étonnement général, les banquiers et les marchands qui avaient le plus profité de l'occupation anglaise partagèrent le sentiment populaire. L'un d'eux alla jusqu'à dire :

– Ceci est le jour que nous avons si longtemps attendu. Ce serait un suicide que de rendre Jansi aux Anglais.

La rani précisa que si elle acceptait le trône que lui offraient les représentants du peuple, elle ne le faisait qu'au nom de son fils Damodar, le légitime rajah.

Les habitants de Jansi avaient été mis au courant de ce conseil historique et avaient envahi la place exiguë devant le palais, les terrasses des maisons voisines, les rues qui y conduisaient.

La nuit était tombée et la foule immense, compacte dans l'obscurité, se tenait immobile et silencieuse. Les lourds vantaux du palais s'ouvrirent enfin, et Moropant apparut. D'une voix forte, il déclara que les représentants du peuple s'étaient prononcés unanimement en faveur du règne de la rani, et qu'en conséquence l'Etat de Jansi était à nouveau indépendant.

Il avait à peine fini que la rani elle-même apparut à son tour dans l'encadrement du porche. Sa silhouette blanche et menue était visible de loin, éclairée par les torches qui l'entouraient. Elle ne parla pas. Elle salua simplement la foule, joignant les mains dans un geste de prière en inclinant la tête.

Alors, de l'ombre partit une formidable ovation. « Longue vie à Lakshmi ! Victoire à Lakshmi ! Vive Jansi ! »

Toute la nuit, ce fut le délire en ville. Dans les rues et sur les places brillamment illuminées, les habitants célébraient leur indépendance retrouvée. On se recevait de maison en maison pour des festins improvisés. On se précipitait dans les temples et les mosquées qui ne désemplissaient pas pour rendre grâce. Partout on hissait le drapeau orange des Mahrates, signe de liberté. Le canon mascotte déterré par les rebelles servit à couronner cette fête. Les soldats restés fidèles à la rani tirèrent des salves en son honneur. Et la joie de la foule ne connut plus de bornes en entendant les détonations.

La nuit était déjà bien avancée lorsque la rani réunit dans le salon des audiences privées les conseillers et les collaborateurs sur lesquels elle avait pu mettre la main, et leur déclara :

– Nous n'avons ni administration, ni armée, ni police, ni trésor, ni communications. Nous devons nous mettre à l'ouvrage sans perdre de temps.

Jusqu'à l'aube, elle travailla avec ces hommes pour mettre sur pied un Etat à partir de rien. Elle avait déjà fait arracher les affiches collées la veille par les rebelles et les avait fait remplacer par une proclamation de sa composition.

Le peuple est à Dieu, le pays est à l'empereur des Indes et ce royaume est à la rani Lakshmi.

CHAPITRE IV

Au matin, la rani avait constitué son gouvernement selon un subtil dosage. Le diwan Naransin retrouvait son poste de Premier ministre. Le vieux Kashmiri Mull était nommé à la Justice. La rani confia à nouveau les Finances à son père. Son avidité bien connue l'aiderait à faire des miracles là où ils étaient nécessaires, le Trésor ayant été vidé par les rebelles.

Sangar Singh, le dacoït dont la rani avait fait son général, fut tiré de la prison où l'avaient mis les insurgés et chargé de reconstituer l'armée avec les soldats fidèles.

En attendant, à l'appel de la rani, des volontaires parmi les habitants de Jansi formèrent une milice civique pour assurer l'ordre public et patrouillèrent désormais nuit et jour en ville. La rani avait fait libérer les serviteurs des Anglais qui, à la reddition du fort, avaient été mis aux fers par les rebelles. Le calme était donc rétabli et l'Etat renaissait de ses cendres alors que partout ailleurs dans la région la rébellion battait son plein et que l'anarchie s'étendait. Dans les principales villes du voisinage : Nowgon, Chanderi, Jalaun, Hamirpur, Banda, les Anglais avaient été pourchassés et toute autorité avait disparu.

Sans consulter personne, la rani écrivit aux Anglais. Même si la nouvelle qu'un corps d'armée s'avançait sur Jansi s'était révélée fausse, Lakshmi restait persuadée que, tôt ou tard, ils chercheraient à reprendre Jansi et à venger leurs compatriotes par des représailles atroces. Il fallait donc leur expliquer ce qui s'était passé. La rani répugnait à cette démarche, mais depuis que le trône lui avait été rendu, ses sentiments personnels devaient passer après les exigences politiques. Elle dicta donc à son *munshi* une lettre adressée à sir Robert Hamilton, l'agent de l'Angleterre pour l'Inde centrale, qu'elle avait rencontré à Gwalior où il résidait. C'était apparemment la seule autorité anglaise qui restât dans la région.

Elle ne voulait pas avoir l'air de rédiger des excuses. Aussi raconta-t-elle simplement les faits, la mutinerie des cipayes et le massacre des Anglais, sa propre impuissance à protéger ces derniers, les menaces dont elle avait été l'objet de la part des rebelles et les sommes qu'elle avait dû leur payer pour les faire partir. Pour éviter que l'anarchie ne s'étendît dans un Etat décapité, elle avait dû assumer le pouvoir comme d'ailleurs le lui avait demandé le capitaine Gordon avant sa mort. Elle ne cacha pas les difficultés qu'elle rencontrait. Jansi avait été laissé sans Trésor, sans armée et sans administration...

Lorsque la rani eut apposé son sceau sur la lettre, elle éprouva brusquement un sentiment d'épuisement. Il y avait maintenant presque trente-six heures qu'elle n'avait pas pris de repos. Elle se retira dans sa chambre. Mandar l'y attendait, l'air grave, et lui désigna un paquet. C'étaient les biens de Roger.

Lakshmi ouvrit le paquet. Elle feuilleta l'album de Roger, retrouva les aquarelles de ses animaux domestiques, de ses paons blancs, de son hibou. Elle eut la surprise d'y voir un dessin la représentant, qu'il avait exécuté à son insu.

Le précieux poignard qu'elle lui avait offert avait été volé, mais l'étoffe de son habit noir était encore faiblement imprégnée de l'odeur de Roger. L'émotion qui étranglait Lakshmi devint insoutenable lorsqu'elle découvrit un portrait du jeune homme à l'âge de quinze ou seize ans, réalisé par sa mère et à lui dédié.

Bouleversée, elle éclata en sanglots convulsifs. Mandar s'approcha d'elle, la serra dans ses bras et lui caressa les cheveux. Lakshmi tremblait, étouffait, épuisée par la fatigue et le chagrin.

Mandar savait que c'était aussi la réaction à l'opium que la rani avait absorbé la veille. Après lui avoir apporté l'euphorie et la lucidité, la drogue la plongeait en effet dans la dépression.

La crise devint plus violente. Des spasmes secouèrent tout son corps. Mandar s'affola. Elle courut chercher la bonbonnière à opium et la tendit à la rani. Celle-ci hurla :

– Jamais plus, tu m'entends ? Jamais plus !

Et elle jeta si violemment la bonbonnière incrustée de pierreries que celle-ci brisa un carreau de la fenêtre et tomba dans la cour.

Un long moment s'écoula avant que la rani cessât de hoqueter mais elle resta prostrée. Ses larmes coulaient, abondantes, intarissables. Elle proférait des mots incompréhensibles où Mandar ne put saisir que le nom de Roger. Puis, toujours pleurant, elle lança des imprécations :

– Je les hais, je les haïrai toujours...

Mandar crut que la rani parlait des rebelles, des assassins de Roger.

– Je hais les Anglais. Ce sont eux qui ont tué Roger beaucoup plus que ces brutes, que ces bouchers. Si les Anglais n'avaient pas été si ignorants, si aveugles, si stupides, Roger serait encore en vie. Les Anglais ont tué Roger plus sûrement que les cipayes. Je les haïrai jusqu'à ma mort.

Dorénavant, Lakshmi ne mentionnerait plus jamais le nom de Roger. Son chagrin n'appartenait qu'à elle.

La cour ne tarda pas à réintégrer le fort de Jansi, siège traditionnel de l'autorité. Les étages nobles du palais se situaient en haut du bâtiment, afin de recevoir le plus de lumière possible. Le rez-de-chaussée et les deux premiers étages étaient réservés aux dépendances, aux bureaux, aux salles d'attente et aux logis des serviteurs. Les salons d'apparat, les appartements de la rani et ceux de Damodar occupaient les deux derniers étages, d'où la vue par-dessus les remparts s'étendait fort loin à la ronde.

Lakshmi avait trouvé le palais dans un état navrant, car les rebelles avant de quitter la ville avaient pillé ce symbole de l'occupation anglaise.

En quelques semaines, elle réussit à lui rendre son lustre d'antan. D'abord, elle se débarrassa des lourds meubles anglais. Elle fit dérouler les splendides tapis d'Ispahan et de Lahore que les occupants avaient serrés dans des réserves. Sur les murs furent à nouveau accrochés des scènes religieuses peintes sur toile et des portraits sur verre des chefs mahrates. De l'Occident, elle conserva les grands miroirs richement encadrés qu'un prédécesseur de son mari avait achetés à grands frais en Europe, les lustres volumineux et les girandoles en cristal de Bohême de toutes les couleurs. Son goût raffiné avait dicté ces restaurations, mais aussi une considération politique. Elle savait qu'en Orient le pouvoir s'affirme aussi par le luxe...

Elle errait souvent de pièce en pièce, se demandant laquelle Roger avait occupée pendant le siège. Elle s'arrêtait ici et là, appelant silencieusement l'esprit du mort, mais ne recevait aucune réponse. Le souvenir de Roger flottait partout en ce palais comme dans le cœur de Lakshmi.

Les journées de la rani se déroulaient selon un horaire qu'elle avait fixé. Elle se levait à cinq heures, prenait son bain dans de l'eau parfumée d'essence de jasmin, puis ses servantes l'aidaient à s'habiller. Elle revêtait invariablement un sari blanc avec pour seuls bijoux un diamant à son petit doigt et autour du cou le chapelet de Roger. Elle se rendait alors dans l'oratoire de ses appartements pour son puja. Après avoir versé de l'huile et du lait sur la statue de la déesse Lakshmi pour éveiller la divinité, elle l'habillait, la parait de bijoux, déposait devant elle des offrandes choisies par l'astrologue en fonction de la position du soleil. Enfin elle sonnait la cloche pour marquer que la divinité était présente. Avant de quitter ses appartements, elle allait adorer le *tulsi* et l'effleurait pour placer la journée sous un bon augure.

Chaque matin et chaque après-midi, elle se plaçait sur le *gharotra*. Le fort, loin d'être un lieu interdit, était une sorte de maison du peuple où le souverain résidait. Les petites gens y entraient librement et lors des apparitions de la rani venaient déposer des pétitions que recueillaient ses chambellans. Elle prenait soin de toujours emmener avec elle Damodar afin de l'instruire des besoins du peuple et des façons d'y pourvoir.

Ensuite elle se mettait au travail proprement dit. Elle allait avec Sangar Singh inspecter son armée qui se reconstituait. Elle recevait, dans le salon des audiences privées, ses ministres et ses collaborateurs. C'était l'heure où tombaient les nouvelles, venues de toute l'Inde et fraîchement délivrées par les courriers ou les espions.

A Gwalior, les cipayes de l'importante garnison s'étaient révoltés, massacrant leurs officiers, plusieurs femmes et enfants, menaçant le maharajah Sindiah de le jeter en prison et de faire sauter son palais s'il refusait de se mettre à leur tête.

A Agra, l'un des centres anglais les plus considérables de l'Inde, la population européenne, en proie à la panique, avait déserté la ville et s'était réfugiée au Fort Rouge, ancienne résidence des Grands Mogols, où s'entassaient six mille réfugiés.

Au sud de Jansi, à Indore, les troupes du maharajah s'étaient jointes aux cipayes de la garnison pour chasser les Anglais, faisant sauter un des principaux verrous de l'Inde britannique.

Dans le nord-est, les grosses villes d'Akigarh, Fategarh, Shajanhanpur, Bareilly, Morâdâbâd s'étaient débarrassées de l'occupant et avaient reconnu l'autorité de l'empereur des Indes restauré, le vieux shah Bahadur.

A Cawnpore, l'un des centres commerciaux les plus florissants du pays, Nana Sahib, jetant le masque, s'était assuré du soutien de la population indigène et, à la tête de trois mille hommes, avait assiégé quelques centaines d'Anglais retranchés dans des casernes en les soumettant à des bombardements quotidiens.

A Lucknow, l'ancienne capitale du royaume d'Oudh, la garnison, puis la police indigène s'étaient mutinées.

La rani tressaillait d'aise. Elle voyait déjà la révolution triompher partout et l'Inde libérée des Anglais, mais fut rappelée à la réalité par la réponse de sir Robert Hamilton.

Jusqu'à ce qu'un nouvel intendant arrive à Jansi, je vous prie d'administrer le district pour le gouvernement britannique, prenant en son nom toutes les dispositions que vous jugerez bonnes. Lorsqu'un nouveau commissaire prendra votre relais, soyez assurée qu'il vous remboursera de vos pertes et dépenses et qu'il agira avec libéralité envers vous. Nous envoyons des milliers de soldats dans les endroits qui ont connu des troubles, et des dispositions sont prises pour restaurer en temps voulu l'ordre à Jansi. Une armée britannique a déjà repris la ville de Delhi, tuant des milliers de rebelles...

Devant l'énormité du mensonge, la rani avait souri involontairement, mais elle frémissait de colère. Hamilton n'avait pas trouvé un mot pour la remercier d'avoir maintenu l'ordre malgré les dangers qu'elle avait encourus.

Les Anglais se préparaient-ils à faire venir des renforts de la métropole et à reprendre l'avantage comme l'avait prédit le diwan Dinkar ? Il était malaisé, depuis Jansi, de se faire une idée exacte de la situation. Pour en avoir le cœur net, la rani avait demandé au diwan Naransin de partir en tournée d'information. Non pas à Calcutta ou à Bombay chez les Anglais, Dieu la garde de leur envoyer une ambassade. Naransin devait porter les compliments de sa souveraine au Grand Mogol à Delhi, à Nana Sahib à Cawnpore et aux autres souverains passés à la rébellion. Les compliments ne coûtaient rien et Naransin pourrait ainsi évaluer les forces, les possibilités, l'avenir des révolutionnaires.

Cette réunion dans le salon des audiences privées clôturait la matinée. La rani revenait dans ses appartements pour déjeuner, seule et rapidement, puis elle s'accordait une heure de sieste. Tôt dans l'après-midi, elle recevait, selon une ancienne coutume des souverains indiens, les présents que ses sujets avaient déposés le matin même. On les lui apportait sur des plateaux d'argent recouverts de tissus de soie : elle gardait ce qui lui plaisait et donnait le reste au *khotwalla* pour être distribué à ses serviteurs.

A trois heures, elle entrait dans la salle du trône pour tenir le *durbar*. Elle prenait place sur le gadi, souvent avec Damodar, deux pages portant des masses d'or debout à ses côtés. Elle s'était changée et portait chemise bleu nuit, pantalon et turban blancs, ceinture de brocart, et au côté le sabre à l'étui d'or incrusté de rubis des rajahs de Jansi.

Une foule, qui pouvait compter jusqu'à sept cents hommes, se pressait dans la salle. L'œil perçant et la mémoire infaillible, la rani notait ceux qui n'étaient pas présents, et le lendemain s'enquérait des motifs qui les avaient retenus. En face d'elle se tenaient ses ministres, chargés de documents, accompagnés des officiers du durbar qui rédigeaient le procès-verbal des séances. La rani examinait rapidement chaque affaire, prenait sa décision et donnait des ordres précis en conséquence. Elle se penchait tout particulièrement sur la justice, et tranchait des affaires de droit civil ou criminel avec une remarquable habileté.

– Elle est bonne et brave, juste et généreuse et par-dessus tout pure de corps et d'esprit, disait d'elle le peuple.

Lakshmi ne se retirait qu'à la tombée du jour pour se consacrer alors à son fils.

Avant de se coucher, elle passait une heure ou deux en compagnie de Mandar et de ses autres servantes. Kiraun figurait dorénavant au nombre de celles-ci, et la promotion de la petite prostituée n'avait pas été sans provoquer quelques remous à la cour.

Le mardi et le vendredi, la rani allait faire ses dévotions au temple de Lakshmi. Dès qu'elle quittait son palais, l'orchestre du fort se mettait à jouer, immédiatement relayé à l'autre extrémité de la ville par celui du temple. Deux cents soldats entouraient le cortège sur lequel flottaient les drapeaux orange, symboles de l'Indépendance.

En ces occasions, la rani se déplaçait dans un somptueux palanquin porté à dos d'hommes, que suivaient ses ministres, ses courtisans, les chefs des familles aristocratiques. Lorsqu'elle avait achevé ses dévotions, elle s'arrêtait sur le seuil du temple, et regardait longuement le pavillon de l'autre côté du lac. Depuis la mort de Roger, elle avait refusé d'y retourner et l'avait fait fermer. Désert et mélancolique, il se dressait au loin, souvenir de pierre d'un bonheur passé.

C'était le moment qu'attendaient les mendiants et les marchands. La rani, en effet, aimait se promener dans la foule pour distribuer des aumônes aux uns et examiner la marchandise des autres.

Lors d'une de ces promenades, un marchand arabe s'était posté bien en vue sur son passage pour lui présenter deux chevaux. Elle s'en approcha, et aussitôt un cercle se forma autour d'elle, où courtisans et gardes se mêlaient aux curieux.

Le marchand savait qu'il avait affaire à un expert.

La rani prit son temps pour examiner les étalons, tous deux superbes, fins, nerveux, racés et si exactement semblables qu'ils semblaient jumeaux.

– Je les prends tous les deux, lança-t-elle au marchand.

– Tu as tort, Reine, l'un vaut un royaume et l'autre ne vaut pas une poignée de sable.

Stupéfaite, la rani se retourna vers celui qui avait parlé, un grand garçon dégingandé et puissamment bâti. La peau blanche, les cheveux blonds, les yeux bleus disaient un homme du Nord, probablement un membre d'une tribu de Patans, musulmans originaires de l'Afghanistan. La rani rencontra son regard rieur et lui demanda :

– Qui es-tu pour en savoir plus long que moi sur les chevaux ?

– Akbar, pour te servir, Reine, répondit-il sur un ton ironique. Depuis l'enfance, je connais les chevaux. Celui de droite a une faiblesse à la poitrine.

Piquée, la rani sauta en selle sur le cheval indiqué et partit au galop sur la route qui menait vers la ville. Elle revint au bout de cinq minutes, sauta à terre et dit au marchand :

– Celui-ci ne vaut pas cinquante roupies. Pour l'autre, je t'en offre mille cinq cents.

Aussitôt acheté, le cheval fut baptisé « Pari », la danseuse.

Vexée d'avoir constaté que le Patan s'y connaissait mieux qu'elle en chevaux, la rani le chercha du regard. Il n'avait pas bougé.

– Et maintenant, Akbar, à nous deux. Qui es-tu et que fais-tu ici ?

– Les Anglais nous ont pris nos terres, alors je voyage, je vois du pays.

– Veux-tu du travail ?

– Si le travail est intéressant et que le maître est bon, pourquoi pas ?

– Je t'engage dans ma cavalerie, tu seras chargé de choisir les chevaux.

– Reine, je n'ai pas envie d'avoir affaire à tes officiers.

– Tu en référeras directement à moi. Présente-toi demain au palais.

La rani reprit place dans son palanquin et le cortège se mit en marche.

Les hindous traditionalistes s'étonnèrent de voir leur souveraine engager dans sa cavalerie un musulman, mais le peuple en majorité applaudit à cette tolérance. Pour sa part, la rani se félicitait de son choix. Elle savait les Patans courageux, loyaux et fiers, même s'ils étaient extrêmement susceptibles et impitoyables dans leurs vengeances. Elle appréciait leur absence de servilité et leur goût de la liberté. Peut-être aussi l'impertinence d'Akbar l'avait-elle amusée.

Lorsque le diwan Naransin revint au début de juillet de sa tournée d'information, la rani avant toute chose demanda des explications sur le massacre des Anglais à Cawnpore.

Ceux-ci, en effet, assiégés par des rebelles dix fois supérieurs en nombre, bombardés sans relâche, étaient rapidement parvenus à la dernière extrémité. Nana Sahib leur avait offert de se rendre, ce qu'ils avaient accepté. Alors que les Anglais étaient conduits sous escorte vers le fleuve où ils devaient être évacués, les rebelles avaient tiré sur eux à bout portant. La rani avait été ulcérée à l'idée que Nana Sahib ait trahi sa parole et fait exécuter des hommes qui s'étaient rendus à lui.

Naransin la rassura. Il avait vu Nana Sahib, son cousin Rao Sahib et son lieutenant Tantya Top. Tous trois déploraient le massacre, dû à un terrible accident. Les cipayes fanatiques en étaient seuls responsables, et non pas les soldats de Nana Sahib. Prévenu trop tard, ce dernier avait néanmoins réussi à sauver deux ou trois cents femmes et enfants qu'il avait fait enfermer dans un palais de Cawnpore pour les mettre à l'abri. Il n'en restait pas moins que Cawnpore avait été libéré. Tantya Top, qui se révélait un remarquable général, avait chassé les Anglais de toute la province et en particulier de Bithur. Nana Sahib s'y était proclamé peshwa, chef de la confédération des rois mahrates. Dans le palais qui avait été témoin de la déchéance de son père, il avait, au cours d'un durbar solennel, rétabli le titre prestigieux que les Anglais avaient arraché à ce dernier.

Naransin avait assisté à la séance historique qui, pour tous les Mahrates, marquait la résurrection des anciennes gloires de leur peuple.

Nana Sahib s'était empressé de reconstituer sa cour avec une somptuosité digne de celle, légendaire, de ses ancêtres. Malgré son triomphe, il n'avait pas oublié ses amis d'autrefois et envoyait son salut fraternel à la rani. Pour amuser celle-ci, Naransin glissa quelques commérages. Husseinee Hanum régnait toujours sur le cœur et, prétendait-on, sur les décisions du nouveau peshwa.

Après Bithur, Naransin s'était rendu à Lucknow où les Anglais venaient de subir un sanglant échec.

Pour échapper à l'étau qui se resserrait sur eux, ils avaient tenté une sortie, mais avaient été arrêtés à Chinaat. La bataille qui avait suivi avait tourné à leur confusion et ils avaient dû se replier précipitamment. Le soir même, la Résidence où s'étaient réfugiés les Anglais, civils et militaires, se trouvait complètement encerclée et le siège avait commencé.

L'homme à la tête de l'armée révolutionnaire, celui-là même qui avait vaincu les Anglais à Chinaat, était un prélat musulman, un certain Ahmed Ullah Shah, surnommé le Maulvi de Faizabad. La rani sursauta en reconnaissant le nom de ce fanatique au magnétisme puissant qu'elle avait un jour entendu prêcher à Gwalior.

Naransin avait été profondément frappé par le charisme et l'autorité du Maulvi pour lequel les cipayes étaient prêts à se faire tuer.

Le Maulvi lui avait confié que la chute de la Résidence n'était qu'une question de jours. La plus grande confusion y régnait, surtout depuis la mort du commissaire anglais sir Henry Lawrence, une des premières victimes du siège. Les fortifications hâtivement élevées étaient réputées indéfendables. Que pouvaient mille sept cents Européens, dont de nombreuses femmes et enfants, contre des milliers et des milliers de révolutionnaires entraînés, disciplinés, dotés d'une puissante artillerie qui soumettait nuit et jour les assiégés à des bombardements intensifs ?

Hormis cette enclave minuscule, l'immense ville de Lucknow appartenait à nouveau aux Indiens. Alors, était apparue une femme, la bégum Hazrat Mahal dont Naransin conta l'histoire à la rani.

Née dans une famille fort pauvre, elle avait été entraînée à devenir une courtisane danseuse, puis s'était glissée comme servante dans le harem de l'ancien roi d'Oudh, Wadj Ali Shah. Très belle, elle était vite devenue une de ses concubines, prenant au passage le titre, tout à fait honorifique, de bégum. Lui ayant donné un fils, elle avait été hissée au rang envié de Mahal. La déposition du roi d'Oudh par lord Dalhousie et son exil à Calcutta avaient dispersé la cour et ruiné les espoirs d'Hazrat Mahal. Pas pour longtemps, car la dame était dotée d'une irrépressible ambition. Compromise dans la conjuration contre les Anglais, elle avait profité de la disparition de leur autorité pour s'emparer du pouvoir et faire proclamer son fils Birgis roi d'Oudh. Tant pis si on murmurait que celui-ci n'était en fait pas le fils de l'ancien souverain, et si on soupçonnait la bégum Hazrat Mahal d'avoir nommé comme Premier ministre son amant en titre, le royaume d'Oudh était restauré.

La bégum et le Maulvi se détestaient. Il lui reprochait de tout sacrifier à son ambition personnelle et d'oublier la tâche sacrée de libérer l'Inde. Elle craignait le prestige du Maulvi et tentait par tous les moyens de l'éliminer.

Une autre femme faisait la pluie et le beau temps, à Delhi, troisième étape de la tournée de Naransin, où il avait assisté à l'audience du Grand Mogol au Fort

Rouge. Le palais avait retrouvé sa splendeur. Le protocole était aussi compliqué et raffiné que du temps légendaire des siècles passés. Naransin régala la rani avec ses descriptions de la cour.

En fait, le pauvre shah Bahadur était tiraillé par tout le monde. Aux cipayes qui venaient chaque jour exiger de lui de l'argent, il affirmait être ruiné. Ses fils se disputaient postes et sinécures. Son général en chef, le remarquable Bakut Khan, se querellait avec ses ministres. Mais tous, vizirs, princes impériaux et révolutionnaires tremblaient devant son épouse favorite, Zinat Mahal. Membre de la conjuration contre les Anglais, elle entretenait le secret espoir de mettre sur le trône son propre fils. Pour l'instant, toutefois, elle se contentait de dominer shah Bahadur et de le terroriser par des scènes d'une rare violence. Elle assistait à toutes les audiences, abritée des regards par une grille d'or, et ne se gênait pas pour intervenir et lancer des ordres sans se soucier de son mari.

La rani interrompit le récit de Naransin.

– Et les troupes anglaises envoyées pour reprendre Delhi ?

– Ce corps d'armée misérable est parvenu jusqu'aux environs de la capitale quinze jours avant que je n'y arrive, mais les troupes du Grand Mogol l'ont arrêté et l'ont forcé à se retrancher. Faute de renforts, il est incapable d'entreprendre quoi que ce soit et il se retrouve assiégé plutôt qu'assiégeant. Delhi protégée par une formidable artillerie et par quarante mille défenseurs ne craint rien.

Sur le chemin du retour, Naransin s'était arrêté à Gwalior et y avait été reçu par le maharajah Sindiah, qui gardait les apparences de l'autorité mais restait sous la surveillance des révolutionnaires. Quant au diwan Dinkar, il s'était littéralement volatilisé et certains affirmaient qu'il s'était réfugié à Calcutta auprès des Anglais.

– Les cipayes de la garnison sont-ils partis attaquer les Anglais à Agra comme ils en avaient l'intention ? demanda la rani.

– A vrai dire, ils sont restés dans leur cantonnement à Gwalior... Le maharajah leur a payé trois mois de solde d'avance.

– Sois alors certain que le diwan Dinkar est toujours là, même s'il doit agir dans l'ombre. Lui seul peut avoir commandité le geste habile de son maître qui a couvert d'or les cipayes pour les neutraliser.

Naransin avait enfin fait un détour par Mandisore, située au sud-ouest de Jansi. Restée jusqu'alors dans un calme relatif, cette ville s'était révoltée, sous la conduite du prince Firoz Shah, qui avait chassé les Anglais de toute la province et y avait installé un gouvernement révolutionnaire.

– Je n'ai pas besoin de t'expliquer, poursuivit Naransin, qu'avec cet exploit il a coupé la voie de communication des Anglais entre Bombay et Agra et créé un foyer insurrectionnel non loin de chez leur allié, le maharajah de Gwalior.

– Et non loin de Jansi, ajouta rêveusement la rani, avant de remarquer : Firoz Shah est le neveu du Grand Mogol. Je croyais tous les princes impériaux des incapables.

– Firoz Shah n'est pas comme les autres. Fait exceptionnel, il a interdit à ses troupes le pillage et le massacre. Il a même sévèrement puni les soldats qui avaient ignoré ses ordres. Il répète que lucre et cruauté ternissent la cause de la révolution. Enfin le prince Firoz Shah est très jeune, vingt-deux ans à peine, et très beau.

Agacée par l'arrière-pensée qu'elle devinait chez Naransin, la rani demanda sèchement :

– Quelle conclusion tires-tu de ta tournée, diwan ?

– J'ai vu le Grand Mogol rétabli sur son trône, le royaume d'Oudh restauré et l'Empire mahrate, sous la conduite du peshwa, renaître de ses cendres. Trois des plus prestigieuses puissances de notre passé ont réapparu à la surface de l'Histoire. Demain l'Inde achèvera de se libérer, et maudits par le peuple seront les alliés des Anglais.

Sentant au silence de la rani qu'elle n'était pas absolument convaincue, Naransin insista :

– J'ai vu à Delhi les envoyés des plus puissants rois de l'Inde faire leur cour au Grand Mogol. Il y avait là les représentants du maharajah de Patiala, du nabab de Rampur, du maharajah de Baroda...

La rani interrompit cette énumération.

– Qu'apportaient-ils au Grand Mogol ? Des troupes ? De l'argent ? Non ! Des hommages, c'est-à-dire du vent. Pendant ce temps, et tu l'ignores peut-être, ils continuent à assurer les Anglais de leur appui. Crois-moi, diwan, si nous voulons maintenir la prospérité et la paix à Jansi, il nous faut être très prudents ; gardons-nous de nous engager et surveillons l'évolution de la situation.

CHAPITRE V

La rani achevait sa toilette lorsqu'elle sentit une petite main qui tirait son sari. C'était le geste de Kiraun pour attirer son attention et lui signifier qu'elle souhaitait lui parler. Lakshmi rencontra les grands yeux de la femme-enfant animés d'une expression innocente et apeurée et, bien qu'elle fût pressée, elle la prit à part et écouta son récit.

Kiraun avait une amie qui exerçait le même métier qu'elle autrefois et qui recevait parmi ses habitués un balayeur de la rue des épiciers. Bien qu'il n'eût aucun contact avec les marchands, étant un intouchable, le balayeur curieux était au courant de leurs faits et gestes, en particulier pour ce qui concerne un certain épicier exceptionnellement bavard. Dans sa clientèle, l'épicier comptait la femme d'un rétameur qui louait deux chambres à une pauvresse naguère au service d'une famille anglaise. Ainsi, de fil en aiguille, Kiraun avait appris que l'ancienne servante cachait dans ses soupentes une femme folle, restant des heures durant apathique, ou prise soudain d'une panique indescriptible, pleurant et criant si fort qu'on l'entendait de la rue.

Se pouvait-il qu'il y eût une Anglaise cachée à Jansi, une rescapée du massacre du Jokhand Bag ?

La rani attendit la tombée du jour et la fin du durbar quotidien pour sortir du fort, soigneusement voilée. Elle suivit Kiraun jusqu'à la rue des rétameurs, la laissa de garde dehors et s'engagea dans un escalier sombre et sordide. Entrant sans frapper dans une première pièce, elle croisa une servante qui à sa vue se prosterna et baisa le sol.

Sans s'arrêter, Lakshmi alla droit vers des haillons suspendus qui tenaient lieu de porte et pénétra dans une petite chambre sans fenêtre. Une femme était assise sur un grabat. Ses yeux grands ouverts ne cillèrent pas à l'entrée de la rani. C'était Annabelle Phipps. Elle avait beaucoup maigri et son teint s'était plombé, ses cheveux pendaient en désordre sur son sari d'emprunt, misérable et sale. Emue de revoir, dans un tel état, cette femme qui avait aimé Roger, Lakshmi s'adressa en chuchotant à la servante qui l'avait suivie :

– Comment l'as-tu sauvée ?

– Je suivais les cipayes qui emmenaient les Anglais. C'était au Jokhand Bag, il y avait beaucoup de monde autour d'eux. A un certain moment, je suis arrivée à sa hauteur. Je l'ai brusquement tirée par le bras et les autres n'ont pas eu le temps de m'arrêter. Puis je l'ai emmenée. Avec le voile que je lui avais jeté sur la tête, elle pouvait passer pour une Indienne. Les premiers jours, je l'ai cachée dans un des tombeaux vides près du Jokhand Bag. Je me suis dit que personne n'oserait entrer dans ces lieux sacrés. Chaque jour je lui apportais de l'eau, des galettes et un peu de farine. Mais c'était trop dangereux. Un mendiant ou un fakir pouvait venir se reposer là. Et puis, il y avait la police partout. Alors, Madame m'a donné ses boucles d'oreilles que j'ai vendues. Avec l'argent, j'ai loué ces deux chambres pour elle et pour moi. Mais nous n'avons presque plus d'argent et j'ai peur.

La rani dévisagea longuement la servante avant de lui demander :

– Et pourquoi l'as-tu sauvée ?

– Madame n'était pas une mauvaise maîtresse. Elle criait, mais elle n'était pas vraiment méchante. Et puis, je savais qu'ils allaient massacrer tout le monde. Je ne voulais pas qu'ils la tuent.

– Je souhaiterais que d'autres eussent agi comme toi, déclara la rani.

Et elle lui tendit une bourse lourdement garnie en ajoutant :

– Tu en auras plus encore si tu m'obéis.

Puis elle se tourna vers Mrs Phipps qui pendant cet échange n'avait pas bougé.

– Je suis venue vous sauver, dit Lakshmi de sa voix la plus douce.

Annabelle sembla avoir reçu une décharge électrique. Elle bondit, le visage brusquement déformé par la haine et la peur :

– Vous voulez me faire tuer comme vous l'avez fait tuer, lui, comme vous avez fait tuer mon mari et les autres.

La voix de la rani tremblait lorsqu'elle répondit :

– Je ne les ai pas fait tuer, Mrs Phipps, je n'ai rien pu faire pour les sauver.

– Alors, pourquoi me faites-vous rechercher ? La police patrouille partout, contrôle les entrées et les sorties de la ville. Est-ce à moi que vous en voulez ? Ou peut-être cherchez-vous les rescapés du massacre ? Rassurez-vous, je suis la seule.

Aucun raisonnement ne pouvait atteindre Annabelle. La rani poursuivit néanmoins d'un ton humble :

– Ma police n'a d'autre instruction que de rétablir l'ordre troublé par les rebelles. Venez avec moi, Mrs Phipps. Je vous abriterai au palais.

– Jamais ! Vous voulez me faire tuer. Vous n'avez donc pas fait couler assez de sang ?

La servante s'était agenouillée à côté d'Annabelle et lui caressait les mains :

– Ecoute la Reine, maîtresse, elle est bonne. Elle te sauvera.

Mais Annabelle n'entendait plus. Elle était de nouveau absente, et répétait dans un murmure : « Ils sont tous morts, tous. » Alors, la servante la prit entre ses bras, arrangea son sari comme elle eût fait à un tout petit enfant et l'entraîna. La rani s'écarta pour les laisser passer.

Annabelle fut installée avec sa servante dans deux chambres du palais de ville, moins fréquenté depuis que la cour s'était transportée au fort. La rani donna instruction à Kiraun d'aller la visiter tous les deux jours.

La mousson, qui pendant l'été noie l'Inde du Nord sous des pluies torrentielles, affecte peu l'Inde centrale. Pourtant, en cette fin d'août 1857, il pleuvait sans discontinuer sur Jansi depuis trois jours.

On venait d'apprendre que ce matin-là, à l'aube, Sadasheo, le cousin du feu rajah de Jansi, s'était emparé du fort et de la ville de Karera, l'un des fleurons du royaume situé à trente miles à l'est de la capitale.

Lorsque ses conseillers furent réunis autour de la rani, ce fut un beau tohu-bohu, chacun voulant livrer les informations qu'il avait pu recueillir : Sadasheo disposerait d'une armée considérable. Les paysans seraient prêts à se soulever en sa faveur. Les talukdars le soutiendraient et il aurait de nombreux partisans en ville même.

Il avait déjà nommé ses hommes aux postes de commande et commencé à frapper monnaie à son nom. Il avait rédigé une proclamation, distribuée dans tout l'Etat et ainsi conçue :

Le maharajah Sadasheo est monté sur le trône de Jansi à Karera.

Les membres du Conseil, voulant se donner de l'importance, amplifiaient peu à peu les événements et les commentaient interminablement. Disséquant, supputant, ergotant, ils en oubliaient l'urgence des décisions à prendre. Ils en oubliaient même la rani qui ne disait mot.

Contrairement à son habitude, celle-ci était très abattue. La réapparition d'Annabelle Phipps avait réveillé chez Lakshmi des souvenirs tragiques que son activité débordante avait jusqu'alors dissipés. La pluie qui ne cessait de tomber assombrissait encore son humeur.

Elle pensait à Damodar au nom de qui elle agissait. Il était si jeune, si vulnérable. Combien d'années devrait-elle encore se dépenser et lutter seule avant qu'il prenne la relève ? La fatigue de ces trois derniers mois où, confrontée journellement à d'énormes problèmes, elle avait travaillé sans discontinuer, l'accablait brusquement.

Akbar, qui depuis sa promotion au rang d'écuyer assistait au Conseil, laissait les autres discourir et observait intensément la rani à laquelle il s'adressa :

– Laisse-moi aller à Karera, Reine. Je prends trois cents cavaliers et je ne fais qu'une bouchée du Sadasheo.

Les conseillers protestèrent. Quelques centaines d'hommes ne suffiraient jamais à déloger l'usurpateur. Il fallait attendre, lever des troupes d'exception, s'assurer de la population. En fait, ils ne se fiaient pas au nouveau venu dont la proposition leur parut outrecuidante. Akbar ne prit pas la peine de leur répondre, mais insista :

– Laisse-moi y aller, Reine.

– Vas-y, puisque tu le veux, murmura la rani.

Quelque chose dans la voix, dans l'attitude d'Akbar avait emporté sa décision. Les conseillers voulurent objecter. Akbar était déjà parti.

Ni ce jour-là ni le suivant, il n'y eut de durbar. La rani refusait de voir ses sujets comme de tenir d'autres conseils. Elle resta enfermée dans ses appartements et n'en sortit que pour se promener sur les remparts du fort. La pluie continuait à tomber, mais par intermittence. Son châle de cachemire sur la tête, la rani n'en avait cure. Ses pas la portaient vers l'est, dans la direction de Karera. Accoudée au parapet, elle scrutait l'horizon brouillé par les averses. L'inquiétude la tenaillait, pour Jansi, pour Damodar, pour elle et surtout pour Akbar, bien qu'elle refusât de s'avouer que sa préoccupation pour un seul de ses serviteurs pût prévaloir sur son souci pour tout son peuple. Son angoisse était cependant atténuée par la confiance qu'avait su lui inspirer Akbar. Il n'était ni un rêveur ni une tête brûlée.

Il arriva le lendemain soir, ruisselant, couvert de poussière que la pluie avait plaquée sur son corps, et riant aux éclats. Avec lui, c'était la joie qui entrait dans les appartements de la rani. Avant qu'elle fût revenue de sa surprise, Akbar lui déclara avec une solennité teintée d'ironie :

– Karera est aux pieds de Ta Majesté.

– Comment, déjà ! s'exclama la rani.

– Une affaire de rien du tout. Tu vois qu'il ne faut pas écouter les gens qui s'affolent facilement.

– Combien étaient-ils ?

– Un peu plus de cinq cents, des amateurs, des dacoïts, des déserteurs. Ça n'avait pas d'artillerie, ça ne savait pas se battre, l'effet de surprise a joué. Nous avons emporté le fort en un rien de temps.

– Et les talukdars qui soutenaient Sadasheo ?

– Ils avaient été appâtés par des promesses et nous les avons retournés sans mal.

– Mais la popupation n'était-elle pas en faveur de Sadasheo ?

– Mensonges, Reine, mensonges. Les paysans veulent une seule chose : la paix. Ils en ont assez des troubles et de l'insécurité. Ils croient en toi parce que tu représentes la stabilité.

– Et Sadasheo ? Tué ?

– Non. Lorsqu'il a vu que les choses tournaient mal, il s'est enfui vers le nord. Nous n'avons pu mettre la main sur lui.

La rani aurait voulu retenir Akbar, l'écouter, profiter de sa présence. Il la regarda avec tendresse et lui dit doucement :

– Laisse-moi au moins aller me changer.

Le lendemain, les pluies s'étaient arrêtées et commençait l'automne qui, en Inde, est un second printemps. Lavé par la pluie, le ciel avait gagné en profondeur et l'air était exceptionnellement transparent. La nature semblait vouloir renaître.

Le soir même avait lieu le festival du Jenem qui célèbre l'anniversaire du dieu Krishna. La cour le fêta dans le « jardin de la rani ». Les trois enceintes du fort de Jansi courant le long du relief accidenté de la colline laissaient entre elles des espaces irréguliers. Au nord-est de la forteresse, s'étendait un espace plus vaste que les autres où poussaient des palmiers, de grands flamboyants et quelques manguiers : la rani avait ajouté des parterres de fleurs, deux fontaines de marbre et des bougainvillées qui, grimpant le long du rempart, en habillaient l'austérité. De plain-pied avec le jardin, le chemin de ronde de la seconde enceinte formait une promenade naturelle. On avait dressé un dais multicolore devant un grand portail qui ouvrait naguère sur un pont-levis. Les tapis persans couvraient les allées et les gazons, semés de coussins de brocart.

Lorsque Akbar descendit la rampe de pierre menant au jardin de la rani, la beauté du spectacle le frappa. La brise jouait avec les flammes des torches disposées le long des remparts. Le murmure des fontaines se mêlait au son mélancolique des flûtes. Les courtisans et dignitaires qui évoluaient dans les allées semblaient des fleurs monstrueuses, roses, rouges, or, argent et surtout jaunes, couleur du festival de Jenem. Aux branches des arbres avaient été suspendues des escarpolettes sur lesquelles, selon la tradition, se balançaient les dames de la cour et les épouses des dignitaires, les pans de leurs saris flottant comme des oriflammes.

La rani avait remarqué l'arrivée d'Akbar. Elle le fit approcher et asseoir à côté d'elle sous le dais. Du turban aux babouches, il était entièrement vêtu de blanc, sans un seul bijou.

– Je vois, lui dit-elle, que tu as refusé de sacrifier à la tradition et de porter du jaune.

– Tout comme toi, répliqua Akbar.

La rani portait en effet un sari de lamé doré étroitement ajusté.

La personnalité d'Akbar, l'initiative et l'autorité qu'il avait déployées dans son entreprise contre Sadasheo l'intriguaient. Elle le questionna sur ses origines.

– Contrairement à ce que tu crois, Reine, mon père n'était pas un paysan. C'était un noble, même s'il était pauvre.

Akbar connaissait par cœur ses antécédents et Lakshmi et lui se plurent à remonter les généalogies, passe-temps favori de l'aristocratie indienne. Selon une légende qui avait peut-être un fond de vérité, le premier ancêtre d'Akbar, originaire de l'Afghanistan, se serait battu contre Iskander, le conquérant blond que là-bas, en Occident, on appelait Alexandre le Grand. Sans préambule, la rani lui déclara :

– J'ai décidé de te confier le commandement de ma cavalerie, Akbar Khan.

Ni cette promotion indue, ni le titre musulman de courtoisie qu'elle lui avait donné ne semblèrent bouleverser Akbar qui constata simplement :

– Ainsi, après m'avoir jugé digne de commander aux chevaux, tu me crois capable de commander aux hommes ?

– Je t'ai observé, tu sais mener les gens, tu sais surtout les convaincre. Tu m'as bien convaincue, moi.

Le nouveau *sirdar* observa un long silence avant de dire :

– Tu ne m'as pas demandé mon avis, Reine.

– Si tu ne veux pas accepter le poste que je t'offre, tu es libre de partir, Akbar Khan.

– Je resterai car, à ton tour, tu m'as convaincu.

Et en disant cela, ses yeux riaient. Son attitude, qui aurait pu passer pour insolente, témoignait simplement de son sens inné de l'égalité. On ne donnait pas des ordres à Akbar Khan. On le conquérait s'il se laissait conquérir.

Conduites par Mandar, danseuse émérite, une quarantaine de dames de la cour exécutaient des danses sacrées, tout en modulant les chants de

Govinda dédiés à Krishna. Elles n'avaient pas la sensualité professionnelle des *nautchs*, mais réserve, pudeur et grâce.

La rani se pencha vers Akbar :

– As-tu remarqué qu'elles portent toutes le *rakhi* ? En arborant ce bracelet, bijou précieux ou simple bande de tissu, les danseuses marquaient leur fidélité et leur attachement à la personne qui l'avait offert, en l'occurrence la rani.

– Sais-tu, Akbar Khan, poursuivit-elle, que dans les temps anciens une dame pouvait offrir le rakhi à un homme ? Elle lui signifiait ainsi qu'il devait se tenir prêt à tout sacrifier pour elle, la vie y compris, et à répondre à son moindre appel. En contrepartie, elle lui décernait le titre de frère adoptif.

Tout en parlant, la rani avait détaché de son bras un bracelet qu'elle passa au poignet d'Akbar Khan.

– Après ce que tu as fait pour moi, je te considère comme mon frère adoptif.

Akbar contempla les douze pierres porte-bonheur des Indiens fixées sur l'épais ruban rouge. Il planta son regard dans celui de la rani. Ses yeux bleus riaient et brûlaient.

– Je n'ai pas besoin du rakhi pour t'être fidèle, Reine. Soyons donc frère et sœur, puisque nous ne pouvons être plus.

La rani rougit violemment et baissa les yeux.

Quatre jours plus tard, Sadasheo en personne arriva à Jansi, enchaîné, escorté par des soldats de la garde personnelle du maharajah de Gwalior, dans les Etats duquel il s'était réfugié. Le maharajah lui avait refusé l'asile, l'avait fait arrêter et le renvoyait à la rani. Lakshmi devina dans ce geste la main de son vieil ami le diwan Dinkar qui, tout claquemuré qu'il fût dans un palais, continuait à élaborer la politique de son maître.

Elle rendit visite à l'usurpateur au fort où elle l'avait fait enfermer, dans la tour du Pendu.

Eclairée par une torche que tenait Akbar, Lakshmi descendit l'escalier en colimaçon et pénétra dans la cellule exiguë aux murs de pierre. Sadasheo avait été enchaîné à la paroi par de lourds rivets de fer. Son triste état n'émut pas la rani. Elle trouvait déjà qu'elle avait beaucoup pris sur elle en ne faisant pas exécuter incontinent l'homme qui, par trois fois, avait menacé le trône de son fils Damodar.

Sadasheo avait gardé son arrogance, mais la rani devina la peur sous la superbe qu'il affichait.

– Pourquoi as-tu voulu usurper le trône de mon fils ?

– C'est mon droit, et tu le sais.

– Laisse cela, Sadasheo, et dis-moi qui t'a poussé, car je sais que tu n'as pas agi seul.

– J'ai agi seul, mais disons que j'ai quelques amis puissants.

– Qui ? lui cria la rani.

Sadasheo, pour toute réponse, ricana, et la colère empourpra la rani :

– Mon mari, ton cousin, avait trouvé des moyens efficaces pour délier les langues et je pourrai m'en souvenir, si besoin est.

– Tu peux me torturer, Lakshmi, tu ne sauras rien.

Mais le vantard ne pouvait tout à fait se taire.

– Si je te disais qui sont mes amis, tu en serais renversée. Et quand tu l'apprendras, il sera trop tard. Tu seras perdue et je monterai sur le trône qui me revient.

– En attendant, voici ton royaume... à vie, lui répliqua-t-elle en lui montrant sa cellule.

Et elle sortit brusquement, furieuse de n'avoir rien appris, furieuse d'avoir vu cet intrigant lui résister et la narguer. Elle saurait lui arracher la vérité. Elle se promit de garder son calme la prochaine fois et d'utiliser la ruse sans exclure, si cela ne suffisait pas, des moyens plus radicaux.

Accompagnée d'Akbar, elle retourna le lendemain à la tour du Pendu ; ce fut pour y trouver les gardes éplorés, la suppliant de leur pardonner et de leur accorder la vie sauve. Sadasheo était malade, Sadasheo mourait. La rani courut à sa cellule. Le corps pendait inerte aux chaînes qui le liaient au mur, le visage verdâtre était tordu par des douleurs visiblement atroces. Lakshmi le fit détacher et envoya chercher au plus vite les médecins du palais.

Ceux-ci l'examinèrent et ne purent que constater l'effet d'un poison contre lequel il n'y avait pas de remède. Les gardes interrogés avouèrent que le prisonnier avait été mal toute la nuit mais, terrifiés à l'idée d'être châtiés pour leur négligence, ils n'avaient osé alerter personne. Sadasheo mourut peu après sans avoir pu parler.

Une scène vieille de cinq ans revint à la mémoire de la rani alors qu'elle contemplait le cadavre recroquevillé sur les dalles souillées de la cellule. Comme Sadasheo, Mira, la servante qui avait empoisonné le rajah, était morte avant que la rani lui eût arraché son secret. On avait dit que Mira, prise de remords, s'était suicidée. Elle avait bel et bien été assassinée, tout comme Sadasheo. On avait soupçonné ce dernier d'avoir inspiré le forfait de Mira. Et maintenant c'était lui qu'on avait éliminé.

– Qui m'en veut ? Qui cherche à me chasser du trône ?

Elle avait pensé tout haut et Akbar lui répondit :

– De tout temps nos cours ont eu leurs mystères, leurs intrigues, les cousins envieux ou les cadets ambitieux de leurs maharajahs. Avec la mort de Sadasheo, le complot a fait long feu.

Son calme endormit peu à peu la méfiance qu'entretenait maintenant la rani envers tout et tous.

CHAPITRE VI

Bien que la mousson fût passée, la pluie s'était remise à tomber sur l'Inde centrale, phénomène extraordinaire qui rendait les devins infiniment perplexes. Il pleuvait sur Bombay, ce qui obligeait Roderick Briggs à rester enfermé dans sa chambre. Son hôte, Mr Baxter, un négociant ami de son père, avait mis à sa disposition un appartement vaste et confortable et faisait tout pour rendre son séjour agréable. Malgré ces attentions, Roderick enrageait de son inaction forcée. L'éclatement de l'insurrection l'avait empêché de poursuivre sa route jusqu'à Jansi. Dans toutes les villes livrées aux troubles et aux violences, la chasse aux Anglais avait commencé. Bombay au reçu des nouvelles avait d'abord connu la stupeur. Bombay, la perle de la colonisation britannique, Bombay, la porte de l'Inde, avait tremblé. Roderick avait assisté à la panique des civils qui, à l'annonce d'une révolte des cipayes de la garnison, s'étaient réfugiés avec leurs familles dans le fort et sur les navires ancrés dans le port.

Le pire avait cependant pu être évité, grâce surtout au chef anglais de la police ; déguisé en brahmane, il avait réussi à surprendre les principaux meneurs de la conjuration lors d'une de leurs réunions secrètes et les avait fait arrêter, prévenant ainsi un soulèvement général. Depuis, l'ordre avait été maintenu. Cependant, l'insuffisance des forces anglaises cantonnées en ville les empêchait d'entreprendre quoi que ce soit contre les provinces voisines passées à la rébellion. Condamné ainsi à l'oisiveté, Roderick consacrait la plupart de ses loisirs à écrire à sa fiancée, Sarah Brandon, restée à Londres : la distance le rendait encore plus amoureux. La tension créée par la situation, la dépression où le mettaient les nouvelles qu'il lisait dans *la Gazette de l'Inde* ou qu'il glanait au cercle militaire, le poussaient à s'épancher en d'interminables lettres.

... Une lueur vient cependant d'apparaître dans la série de revers et de catastrophes que nous subissons. Nos troupes ont repris la ville de Cawnpore. De Calcutta, nous avions envoyé une petite armée remonter la vallée du Gange et reprendre aux mutins Bénarès et Allâhâbâd. Ce ne fut pas sans mal et ne put être obtenu que grâce à l'héroïsme du général Neil. D'Allâhâbâd, nous avons dépêché une nouvelle colonne vers la ville voisine de Cawnpore. Au cours de plusieurs engagements violents, ces troupes ont enfoncé les barrages que les rebelles avaient dressés sur leur route. Une dernière charge furieuse et désespérée leur a permis d'emporter Cawnpore. Le sanglant tyran Nana Sahib ainsi que des milliers de ses soldats se sont enfuis.

Roderick leva la plume. La pluie diluvienne qui tombait au-dehors obscurcissait sa chambre, mais loin de rafraîchir l'atmosphère semblait la rendre encore plus suffocante. Multipliés par l'humidité, les moustiques le harcelaient. Il en pourchassa plusieurs avant de reprendre son récit.

La prise de Cawnpore administre la preuve que quelques régiments bien entraînés et disciplinés, inspirés par notre foi et poussés par nos idéaux patriotiques, peuvent faire mieux que des sauvages, dix fois supérieurs en nombre, qui ne songent qu'au pillage et au meurtre.

Hélas ! En entrant dans la ville nos troupes ont découvert une horreur telle que le deuil est tombé sur toute l'Inde britannique. Après que Nana Sahib, au mépris de la parole donnée, eut fait fusiller les héroïques défenseurs de Cawnpore qui s'étaient rendus à lui, il avait gardé en vie deux cents femmes et enfants, probablement pour en obtenir rançon. Il les tenait enfermés dans un bâtiment appelé la maison Bibigarh, dans des conditions de détention inhumaines. Lorsque nos troupes furent sur le point de reprendre la ville, il voulut se venger et il donna personnellement l'ordre que tous fussent massacrés jusqu'au dernier. Ses séïdes, trop contents de lui obéir, firent une boucherie. Lorsque la dernière femme, le dernier enfant eurent cessé de vivre, on traîna leurs cadavres par les cheveux et on les jeta au fond d'un puits où nos hommes les ont trouvés.

Nous ferons payer le prix du sang versé à Cawnpore – et non seulement à Cawnpore, mais partout où ces barbares ont commis des atrocités, à Meerut, à Delhi, à Jansi...

Roderick en revenait toujours aux événements de Jansi. On avait appris à Bombay le massacre des Anglais, et bien qu'il ne possédât encore aucun détail sur le sort de Roger, il ne gardait plus espoir que son ami eût survécu. Dans une lettre précédente, il avait mentionné la rani...

Il paraît qu'elle a réussi à se débarrasser des assassins et à rétablir l'ordre en attendant que nous prenions la relève. Certains soutiennent qu'elle en a profité pour reprendre un trône auquel elle n'a pas droit...

Lorsque enfin parvinrent des informations précises sur les circonstances de la mort de son ami, Roderick fut hanté par les images de cette horrible fin.

Les monstres à Jansi ont ignoblement torturé ces hommes et violé les femmes avant de les hacher sur place.

Peut-on concevoir pareille barbarie en notre siècle ? Méritent-elles encore le nom d'êtres humains, ces bêtes sauvages qu'il faut désormais exterminer ? Je vous jure, Sarah, sur ce que j'ai de plus cher, que je vengerai la mort de Roger. Je traquerai ses assassins où qu'ils se cachent. Et je les tuerai aussi impitoyablement qu'ils ont tué Roger. Je ne retrouverai pas la paix de l'âme et le repos de la conscience avant d'avoir exécuté cette tâche sacrée.

La pluie en Inde n'est pas triste. Elle est bruyante, insistante, rageuse. Mais elle empêchait la rani de sortir, ce qui frustrait durement cette femme éprise de grand air. Son déjeuner qu'elle prenait seule lui avait été servi dans la bibliothèque, mais ce jour-là elle ne toucha pas aux plats. La chute de Cawnpore avait été un choc. Elle infligeait un cruel démenti à son espoir d'une libération de l'Inde que les succès des révolutionnaires avaient fini par lui donner. Elle ressentait dans son cœur le massacre des femmes et des enfants anglais à Bibigarh, commis sur l'ordre de ses anciens amis qu'elle accusait de s'être ainsi déshonorés. Elle ressentait dans sa chair les représailles atroces des Anglais contre la population de la ville vaincue. L'Inde entrait dans un cycle de sanglante horreur dont elle ne voyait pas l'issue. Le diwan Naransin interrompit ses méditations moroses pour lui annoncer la présence en ville de Tantya Top.

– Il est arrivé inopinément chez moi et je n'ai pas pu refuser de l'héberger.

– Tu as eu tort, diwan. Il n'est certainement venu ici que pour nous obliger à sortir de notre neutralité et nous compromettre aux yeux des Anglais. Le fait que mon Premier ministre l'abrite chez lui rend mon gouvernement complice des assassins de Bibigarh.

La véhémence de la rani n'arrêta pas Naransin :

– Tantya Top est le général le plus brillant de la révolution. Il vient de perdre Cawnpore mais il la reprendra. Il a gagné déjà maintes batailles, et le peuple le considère comme un héros. Il demande à te voir.

– Et bien entendu, tout Jansi est déjà au courant de sa venue.

Naransin opina :

– Refuser de le voir serait une insulte qui heurterait le sentiment populaire.

La rani finit par céder aux instances du diwan, mais elle était décidée à entrouvrir seulement sa porte à Tantya Top. Au lieu de le traiter en hôte d'honneur, elle le recevrait au cours du durbar quotidien, abritée derrière les rigueurs du protocole.

Elle attendit donc son arrivée, entourée de ses dignitaires, de ses ministres, des nobles et des bourgeois venus lui présenter un placet, des plaideurs portant devant elle leurs litiges. En entendant les acclamations de ses soldats et du peuple massés dehors qui saluaient l'apparition de Tantya Top, elle ne put réprimer une grimace d'impatience. Il pénétra dans la salle du trône très droit, portant son éternel turban blanc. La rani le trouva encore plus laid que dans son souvenir. Le front bas, le nez épais, les yeux enfoncés dans les orbites, les favoris désormais grisonnants lui donnaient une apparence sauvage. Ses dents étaient irrégulièrement plantées et noircies par le tabac, et la petite vérole avait grêlé sa peau. La rani ne répondit pas à son sourire. Elle le regarda froidement faire les salutations d'usage et lui demanda brusquement :

– Que viens-tu faire ici, général ?

– Te demander, Reine, de te joindre à nous avec tes troupes.

– Jansi tient à garder sa neutralité et à rester en paix, répliqua-t-elle sèchement.

– Ta neutralité vis-à-vis de qui, Reine ? Des Anglais ? Bientôt il n'en restera plus un seul en Inde. Je viens de Gwalior. J'ai obtenu que les cipayes se joignent à mes troupes et...

La rani l'interrompit :

– Mais tu n'as pas obtenu que les troupes du

maharajah de Gwalior se joignent à toi, d'après ce que j'ai appris, général.

– Le maharajah est notre ami. Rompant avec le protocole, il est venu lui-même me rendre visite dans mon campement, m'offrant le bétel et l'encens comme à un égal, comme à un souverain. Le diwan Dinkar, qui ne passe pas pour être notre partisan, l'accompagnait. Le lendemain, le maharajah m'a envoyé, pour mon armée, des voitures, des chevaux, des éléphants, des chameaux, des mules...

– Des présents, je puis aussi t'en faire, sous la pression des circonstances. Cela signifie-t-il beaucoup ? demanda la rani avec ironie.

Tantya Top s'étonna de l'hostilité qu'il sentait chez elle. Ce fut à voix basse qu'il lui dit :

– Je voudrais avoir un entretien seul à seul avec toi, Reine.

La rani sentait que les spectateurs désapprouvaient sa dureté envers le héros. Elle devinait la fureur contenue de Mandar, debout à ses côtés. Elle chercha du regard Akbar, assis parmi les dignitaires sur un des coussins de la salle du trône. Il se tenait impassible, le regard droit devant lui. La rani se leva et indiqua à Tantya Top de la suivre, non pas dans ses appartements – c'eût été trop d'honneur – mais dans le salon des audiences privées.

Tantya Top attaqua d'emblée :

– Tu m'en veux, Lakshmi, pourquoi ?

La réponse de la rani était contenue dans un seul nom : Bibigarh.

– Tu te lamentes sur deux cents femmes et enfants anglais massacrés, et tu ne pleures pas sur les milliers et les milliers de nos frères qui meurent quotidiennement à Cawnpore de la main des Anglais ? Je te passe les exécutions sommaires, les fusillades, les pendaisons sans discrimination de sexe ni d'âge. Mais sais-tu qu'avant de les tuer, ils torturent leurs victimes avec des raffinements d'une inconcevable perversité ? Pire, ils brisent leurs castes. Ils leur font lécher le sol préalablement souillé par des intouchables, ils leur enfoncent de force dans la gorge des morceaux de porc et d'autres viandes impures afin qu'ils meurent damnés.

– Assez ! cria la rani, je ne veux plus rien entendre... C'est vous qui avez donné aux Anglais le prétexte à des représailles illimitées. C'est Nana Sahib, c'est toi, qui avez appelé leur vengeance sur la tête de nos frères.

– Tu as donc cru que moi, que Nana Sahib étions responsables de la tragédie de Bibigarh ? Tu veux vraiment savoir ce qui s'est passé ? Lorsque les troupes anglaises approchaient de Cawnpore, quelques voix au Conseil se sont élevées pour demander l'exécution des prisonnières. Nana Sahib, Rao Sahib, moi-même et les autres membres du Conseil, nous avons repoussé cette proposition avec horreur. Les femmes du harem de Nana Sahib l'ont appris et ont menacé de se jeter par les fenêtres si les prisonnières étaient exécutées. Quand un de nos officiers, sans nous en référer, a voulu prendre la précaution de liquider des témoins gênants, tous les cipayes de notre armée ont refusé d'exécuter son ordre. La bataille avait commencé et nous étions tous occupés à défendre la ville. C'est alors qu'Husseinee Hanum est entrée en scène. Tu te souviens de la favorite de Nana Sahib, qui autrefois t'apprenait à danser ? J'ai toujours dit qu'elle était née avec la haine et la cruauté au cœur. Profitant de ce que personne ne lui prêtait attention dans le feu de l'action, elle a emmené avec elle à la maison Bibigarh son amant – eh oui ! elle trompe notre ami avec un garde de Nana Sahib –, deux paysans hindous et deux bouchers musulmans et a ordonné aux cinq hommes de tuer toutes les femmes et tous les enfants. Lorsque nous l'avons appris, il était trop tard, nous étions en train d'évacuer la ville. Les Anglais, immédiatement, nous ont rendus responsables du massacre. Pour eux il y avait un assassin, Nana Sahib, et ses complices, Tantya Top, Rao Sahib et les autres.

Tantya Top parlait avec l'accent de la vérité. Cet homme direct et sincère ne mentait pas. La rani le crut – même si elle ne le montra pas tout de suite, car il n'était pas dans sa nature de reconnaître aisément ses erreurs.

Cependant, Tantya Top poursuivait :

– Après avoir pris la ville, certains Anglais ont rajouté sur les murs de la maison Bibigarh des inscriptions touchantes, soi-disant rédigées par les femmes et les enfants à leur dernière heure, afin d'exciter encore plus la fureur meurtrière de leurs compatriotes. Ils ont fait du massacre de Bibigarh une excuse qui leur permet d'exercer leurs représailles sans retenue.

« Il en est partout de même. Ils font circuler les rumeurs les plus extravagantes sur nos cruautés. Notre révolution est responsable de massacres que je suis le premier à déplorer, mais nous n'avons violé aucune femme, nous ne torturons pas nos prisonniers, nous ne rôtissons pas les enfants et nous ne sommes pas cannibales. Nous pourrions rire de ces inventions si elles n'étaient pas si tragiques. Les Anglais y trouvent une excuse pour tuer en toute bonne conscience des milliers et des milliers d'innocents au nom de la justice et de la civilisation.

Tantya Top avait senti la rani convaincue. Après un silence, il ajouta doucement :

– Viens te joindre à nous, Lakshmi.

– Crois-tu à la victoire, Tantya ?

– Je n'y pense pas, Lakshmi. La victoire ! C'est sans importance. Je me bats pour libérer notre pays, pour l'empêcher de retomber sous les griffes anglaises.

– Tu as l'étoffe d'un grand chef, Tantya, tu peux gagner. Tu le sais, ajouta-t-elle, je n'aime pas plus les Anglais que toi.

– Je le sais, Lakshmi.

– Peut-être te rejoindrai-je un jour. Mais je ne peux pas faire prendre de risques à mon peuple. Je ne veux pas que Jansi subisse le sort de Cawnpore, de Bénarès, d'Allâhâbâd. Et puis les gens ici ne veulent pas se battre. Ils ne souhaitent que travailler et prospérer en paix. Je leur ai évité la guerre, et je dois continuer à respecter leurs vœux.

– Crois-tu que tes sujets pourront prospérer tant qu'il restera un Anglais en Inde ? Mais peut-être as-tu raison et ai-je tort. Reste ici, Lakshmi, et règne en paix. Occupe-toi de Jansi.

Damodar fit alors irruption dans la pièce. Il voulait voir le héros dont son entourage lui vantait les exploits. Il s'arrêta, impressionné par l'aspect de Tantya Top. Celui-ci lui sourit avec le charme dont il savait user.

– O roi ! Si tu es aussi brave et aussi soucieux de ton peuple que ta mère, tu seras un grand souverain.

L'enfant lui rendit son sourire. L'émotion gagnait la rani.

– Il faut que je parte, dit brusquement Tantya Top.

– Reste, mon ami, je donnerai ce soir une fête en ton honneur.

– Nous sommes en guerre, Lakshmi, et je n'ai pas le temps pour les fêtes. Et puis, ajouta-t-il en souriant, je craindrais de te compromettre.

La rani répliqua avec feu :

– Un ami ne me compromettra jamais.

Elle tint à raccompagner Tantya Top jusqu'à la première enceinte du fort où il avait dû laisser sa monture, le souverain seul étant autorisé à la franchir à cheval.

Lorsqu'il eut disparu, Damodar chuchota à l'oreille de sa mère :

– Il est bien laid.

– Peut-être, lui répondit la rani, mais c'est un habile général, un homme courageux et un ami loyal.

Dix jours plus tard, la rani apprenait la chute de Delhi. Les querelles d'intérêts, les divisions, l'inefficacité des généraux indiens avaient anéanti les possibilités de l'immense armée et de la puissante artillerie dont disposait Delhi. Les Anglais, qui depuis des mois tenaient une position au-dessus de la ville, avaient enfin reçu des renforts du Punjab pacifié à la manière forte. Après plusieurs assauts furieux et un bombardement intensif, ils avaient repris la ville le 20 septembre 1857, et mis en cage le dernier Grand Mogol, l'octogénaire shah Bahadur. En attendant de le juger, ils avaient défilé devant ce vieillard malade, l'insultant grossièrement et exigeant qu'il soit exécuté incontinent. Zinat Mahal, que le diwan Naransin avait vue faire la pluie et le beau temps à Delhi, partageait la captivité de son mari et le maudissait du matin au soir.

Ces nouvelles affectèrent moins la rani que le sort réservé par les vainqueurs aux habitants. Les Anglais s'en prirent à Delhi avec une férocité toute particulière, la plongeant littéralement dans un bain de sang et de flammes tel qu'elle devait en rester pour toujours ruinée et, pendant plusieurs années, dépeuplée. L'ancienne capitale des sultans et des Grands Mogols, qui avait réussi à traverser tant d'invasions et d'occupations, avait vécu.

Cependant la détermination et la confiance qu'avait montrées Tantya Top permirent à la rani de supporter le choc. La chute de Delhi constituait une défaite pour la révolution mais non un désastre.

CHAPITRE VII

Profitant de la température clémente de cet après-midi d'octobre, la rani, au lieu de faire la sieste avant le durbar, avait été assister à l'entraînement des nouveaux chevaux de sa cavalerie. Sans doute la présence d'Akbar était-elle pour quelque chose dans cette escapade. Les soldats avaient emmené les coursiers dans l'étendue désertique qui au sud de la ville précédait la jungle. Ils les faisaient évoluer sur la route d'Orcha, non loin des ruines de l'ancien cantonnement britannique.

La rani était dans son élément. Elle jugeait parfaitement des qualités et des défauts de chaque cheval. Elle les aimait et s'en faisait aimer. Ils s'approchaient d'elle et frottaient leurs naseaux contre son visage. Elle s'était penchée pour examiner le jarret de l'un d'eux dont elle avait été la seule à remarquer l'imperceptible boitement, lorsque au loin une troupe de paysans apparut, sortant du couvert de la jungle. Trébuchant, titubant, ensanglantés, ils couraient droit devant eux, traînant des vieillards, portant des enfants. La rani galopa jusqu'à eux. En proie à une terreur indicible, ils refusèrent de s'arrêter à ses injonctions. Lakshmi saisit un paysan et le retint de force. L'homme pouvait à peine s'exprimer. La rani réussit à extraire de ses paroles qui se bousculaient l'effarante nouvelle.

Ce matin à l'aube, une puissante armée de la rani d'Orcha avait envahi le territoire de Jansi sans sommation. Le Premier ministre d'Orcha, le diwan Nathay Khan, la commandait. Il s'était déjà emparé de tous les villages au sud de Jansi, ainsi que du palais de Barwar Sangar, villégiature des rajahs. Les troupes brûlaient les villages, massacraient les paysans. Ceux que la rani voyait là avaient pu s'enfuir du village de Hazret Puna.

Une heure plus tard, la rani présidait un conseil extraordinaire réuni d'urgence. Les munshis avaient apporté de la salle des archives le traité d'alliance entre Orcha et Jansi, négocié quatre ans auparavant par le diwan Naransin, les lettres d'amitié envoyées par la rani d'Orcha à Lakshmi depuis son accession au trône, les réclamations d'Orcha sur les territoires de Jansi, vieilles d'un siècle, les actes de donation des premiers peshwas. Les conseillers se querellaient, se jetaient les documents à la tête et s'injuriaient. La rani ne prenait pas part à la discussion. Akbar remarqua avec étonnement qu'elle semblait s'amuser prodigieusement. Un serviteur entra avec une lettre que venait d'apporter un officier ennemi et que Naransin lut à haute voix. Le général Nathay Khan proposait à la rani de Jansi de lui allouer la même pension que lui avait naguère offerte le gouvernement britannique contre la reddition immédiate de la ville et du fort de Jansi.

– Ecris, ordonna Lakshmi à un secrétaire : « Fais ce que tu peux, Nathay Khan, je ferai de toi une femme. » Tu scelleras et tu enverras.

Le diwan Naransin se leva :

– Mon cœur saigne, Reine, mais je dois te parler en toute honnêteté. J'aime Jansi comme toi. Or Jansi, tu l'as dit toi-même, veut la paix. Souhaites-tu jeter Jansi dans une guerre ruineuse, meurtrière ? Ton devoir, pénible j'en conviens, n'est-il pas de considérer la proposition de Nathay Khan ou tout au moins de chercher à négocier ?

La rani sourit ironiquement :

– Tu as raison et tu as tort, diwan. Mes sujets veulent la paix mais sous mon sceptre, non sous celui de la rani d'Orcha.

Naransin se hasarda à insister :

– Qu'avons-nous à opposer à l'avance à Nathay Khan ? Il dispose de quarante mille hommes et de vingt-huit canons, tandis que nous...

– ... Nous ne disposons que de quelques milliers d'hommes mal entraînés et de quelques vieux canons, compléta la rani.

Elle s'arrêta et se concentra sur ses pensées. Akbar crut qu'elle allait céder. Il se leva et s'apprêtait à parler lorsque, d'un geste de la main, elle le força à se rasseoir.

– Jansi aujourd'hui, l'Inde demain, nous regardent et attendent de nous voir à l'épreuve. Nous ne céderons sous aucun prétexte à la rani d'Orcha ou à nos autres ennemis. Nous nous battrons.

Le diwan Naransin demanda, avec une amère ironie :

– Qui de nous, Reine, enverras-tu contre l'armée de Nathay Khan, qui sera ton général en chef ?

– Moi, diwan.

La réponse avait claqué dans le salon des audiences privées.

– Après tout, poursuivit-elle, ne s'agit-il pas d'une guerre de dames, bien que la rani d'Orcha, malgré son surnom de Lakri Bai, « la reine guerrière », n'ait pas pris elle-même la tête de son armée ?

Plusieurs de ses conseillers se levèrent à demi pour protester. Elle les arrêta.

– Il n'est plus temps de discuter, mais d'agir. Je vous ferai tenir mes instructions.

Les jours suivants virent une intense activité. La rani levait son armée et Jansi devint un vaste camp militaire. Sur les places, à chaque coin de rue, des soldats étaient entraînés sous la direction de Sangar Singh, commandant de l'armée. Il avait fait sienne cette guerre. La rani d'Orcha n'avait-elle pas osé envahir et occuper le territoire sur lequel, pendant des années, il avait exercé ses répréhensibles mais fructueuses activités ? Lakshmi avait chargé Akbar du recrutement. Il parcourait inlassablement les routes et les villages et, avec son bagout, il enrôlait tous ceux en état de porter une arme, sans s'inquiéter de leurs antécédents. On vit circuler en ville tellement de mines patibulaires que les habitants prirent peur et que Kashmiri Mull vint trouver la rani :

– Avec les soldats que ramène Akbar Khan, on ne sait s'ils vont nous défendre ou nous attaquer.

– A la guerre comme à la guerre, lui répondit la rani. Sangar Singh saura les mettre au pas. Les bandits, il les connaît, il en a été un.

– Il y a pire, Reine. Beaucoup de ces recrues sont des déserteurs qui viennent de toute la région depuis qu'ils ont appris que tu enrôlais. Ils ont fait le coup de feu contre les Anglais. Ceux-ci pourraient en prendre ombrage... et croire que tu lèves une armée contre eux.

– Si mon armée ne leur plaît pas, qu'ils m'en donnent une pour me défendre.

Pendant ce temps, Nathay Khan et ses troupes avançaient sans se presser vers Jansi. Nathay Khan prenait son temps pour ce qu'il considérait comme une simple promenade militaire.

Il était quatre heures de l'après-midi. Suivie de son état-major, la rani était montée au sommet de la tour sur la première enceinte. Elle pouvait voir en contrebas sur la seconde et la troisième enceinte, ainsi que sur les remparts de la ville, ses hommes prêts à subir l'assaut. Elle avait revêtu un casque enturbanné, de longs gants de métal et une haute ceinture d'acier. Le sabre des rajahs de Jansi, enrichi de pierreries, pendait à son côté. Masculine sans lui enlever sa grâce, guerrière sans être ridicule pour une femme aussi menue, sa tenue soigneusement élaborée remplit Akbar d'admiration.

Damodar se serrait contre sa mère. Malgré les instances de Moropant, elle avait refusé de le faire évacuer hors de la ville.

– S'il doit être un roi digne de ce nom il vaut

mieux qu'il reçoive tôt le baptême du feu, avait-elle déclaré.

Une rumeur confuse et grandissante venait de la jungle. Bientôt, les premières lignes ennemies émergèrent du couvert des grands arbres. Un silence total tomba sur les remparts, un silence fait d'attente et d'angoisse. L'armée entière de Nathay Khan parut sur le Jokhand Bag, le terrain vague entre la ville et l'ancien cantonnement militaire où avait eu lieu le massacre des Anglais. Les soldats semblaient innombrables.

Immobile, la rani gardait les yeux fixés sur cette fourmilière humaine qui s'avançait lentement et en bon ordre au son des tambours et des trompettes. La peur qui étreignait Lakshmi se mêlait d'une sorte de griserie.

Soudain, les troupes de Nathay Khan se mirent à courir en poussant des hurlements, tel un raz de marée prêt à tout balayer sur son passage. Sangar Singh s'impatienta :

– Donne l'ordre de tirer, Reine.

– Pas encore, répliqua la rani.

La marée humaine courait inexorablement vers les remparts. Les premières lignes n'étaient plus qu'à cinquante yards des murailles. Là-haut, à son poste d'observation, l'état-major entra en transes. Tous vociféraient.

– Donnons l'ordre de tirer tout de suite, sinon il sera trop tard...

– Ils vont prendre d'assaut les remparts...

– Tirons, sinon la ville est prise...

Seul Akbar se taisait, regardant intensément la rani. Il avait confiance en elle, mais il se demandait où elle voulait en venir. Sangar Singh, au comble de l'énervement, alla jusqu'à lancer :

– Si elle ne donne pas l'ordre de tirer, moi je vais le faire.

La rani se retourna tout d'une pièce et lui intima :

– Tais-toi et ne bouge pas.

Les premières lignes ennemies n'étaient plus qu'à vingt yards des remparts et les soldats, tout en avançant, avaient commencé à tirer sur les défenseurs de Jansi. La rani vit plusieurs de ses hommes tomber. Alors, elle se tourna vers Ghulam Goushkan, son chef artilleur, et lui dit calmement :

– Maintenant, tire.

Ghulam Goushkan se pencha au-dessus des créneaux et fit un signe à ses hommes disposés sur la deuxième et la troisième enceinte. Une formidable détonation ébranla l'air. Les quelques canons de la rani avaient craché, soulevant un nuage de fumée. Quand il fut dissipé, la rani vit que plusieurs dizaines de soldats ennemis gisaient à terre. Mais la marée humaine continuait d'avancer, courant, rugissant et tirant. La rani hurla :

– Tirez encore, tirez sans arrêt.

Les canons crachèrent à nouveau, sans discontinuer. Le bruit devint assourdissant et la fumée masqua le champ de bataille à l'état-major qui entourait la rani. Il suffit d'un quart d'heure. Les troupes de Nathay Khan, surprises par la vigueur de ce tir d'artillerie, refluèrent en désordre, abandonnant plusieurs centaines de morts sur le terrain du Jokhand Bag. L'assaut était repoussé.

Lorsque les derniers soldats ennemis se furent repliés, la rani d'un ton sec s'adressa aux membres de son état-major :

– A l'avenir, généraux, vous m'épargnerez vos impatiences. Il fallait laisser approcher leurs troupes assez près pour qu'elles puissent être fauchées par nos boulets. Il fallait aussi créer un effet de surprise. Nathay Khan, sûr de sa victoire, croyait ne devoir rencontrer aucun obstacle sérieux. Il était nécessaire de le maintenir le plus longtemps possible dans cette illusion afin que la surprise fût plus complète et plus meurtrière. Peut-être, désormais, aurez-vous en moi la confiance nécessaire.

Les militaires courbèrent la tête, honteux d'avoir douté d'elle. Seul Akbar la fixait, une lueur joyeuse dans les yeux.

La nuit était tombée et la rani réconfortait les soldats blessés qu'elle avait fait transporter dans le palais de ville, transformé en hôpital par Mandar et ses femmes. Cette visite était pour elle une épreuve bien pire que celle qu'elle venait de subir. Elle avait une répulsion instinctive pour le sang, les blessures, les gémissements, les hôpitaux et leurs odeurs. Demain, ses thuriféraires proclameraient que son apparition avait soulevé l'enthousiasme, opérant des miracles, guérissant les blessés, pour lors, elle ne voyait que des hommes qui faisaient à peine attention à elle, angoissés par leur état, torturés par leurs souffrances. Elle envia le sang-froid de la petite Kiraun, qui allait de l'un à l'autre sans paraître le moins du monde dérangée par ces horribles visions.

Soudain, le concert de plaintes et de gémissements fut interrompu par une explosion venue du dehors. La rani se figea et tendit l'oreille. Une formidable canonnade ébranla les vitres de la salle. Instinctivement, la rani courut dans la cour du palais. Des lueurs brèves et intenses trouaient l'obscurité du ciel en direction du sud. La rani hésitait, indécise, ne sachant que faire. Un officier, haletant, lui apporta les nouvelles.

Nathay Khan, ayant reformé son armée à l'abri de la forêt, avait profité de la nuit pour approcher de Jansi son artillerie, qu'il avait gardée en réserve lors du premier assaut. Ses canons avaient commencé à tirer simultanément sur la troisième enceinte du fort, où était concentrée l'artillerie de la rani, et sur la porte d'Orcha, où il massait son attaque. Elle donna à l'officier ses instructions pour Sangar Singh et l'envoya au fort.

La rani marchait de long en large, nerveuse, concentrée. Puis elle appela un de ses aides de camp :

– Tu iras trouver Akbar Khan. Voici ce qu'il doit faire...

C'est alors que plusieurs soldats ensanglantés firent une entrée dramatique dans la cour.

– Ils enfoncent la porte d'Orcha ! s'écria l'un d'eux. Nous ne pouvons plus tenir. Ils vont envahir la ville...

Un réflexe, qu'elle fut par la suite bien incapable d'expliquer, força la rani à sauter en selle et à galoper vers la porte d'Orcha. Elle montait Pari, le cheval qu'elle avait acheté sur les conseils d'Akbar le jour de leur première rencontre et qui était devenu son favori. Les quelques gardes qui n'avaient eu que le temps d'enfourcher leurs montures eurent du mal à la suivre. Aux abords de la porte d'Orcha, elle fut confrontée à une cohue indescriptible. Les habitants du faubourg fuyaient vers l'intérieur de la ville. Ils ne couraient pas, ne criaient pas. Ils avançaient en rangs serrés, à petits pas, piétinant presque sur place, qui portant des baluchons, qui tirant une misérable charrette surchargée sans s'occuper de ce qui venait en sens contraire. Les gardes durent ouvrir le passage à la rani à coups de plat de sabre.

A la porte d'Orcha, la chaleur et le bruit suffoquèrent et assourdirent Lakshmi. Les boulets ennemis n'entamaient pas les murailles mais, passant au-dessus, tombaient sur le faubourg, embrasant les maisons, pulvérisant les toits, faisant s'écrouler des étages entiers. Un boulet avait creusé un grand trou dans l'épaisse porte de bois bardée de bronze de la ville. Des blessés et des morts gisaient dans les décombres de la petite place et sur les remparts. Les flammes éclairaient des flaques de sang déjà séché. La rani ressentit instantanément la lassitude et même le découragement des défenseurs. Plusieurs, jetant leur fusil à terre, descendirent en courant l'escalier des remparts et se sauvèrent. Elle hurla pour les arrêter :

– Frères, retournez à vos postes, nous vaincrons !

La rani ordonna à ses gardes de monter sur les remparts et de dire aux soldats qu'elle promettait de l'or, beaucoup d'or, s'ils empêchaient l'ennemi de prendre la porte d'Orcha. Leur atavisme d'obéissance au souverain fut plus fort que la peur, et ils s'exécutèrent.

– Tenez bon, la rani promet de l'or, beaucoup d'or.

Les soldats se retournaient, reconnaissaient la rani au bas des remparts et reprenaient rapidement le tir. Il lui sembla qu'ils le faisaient avec une vigueur nouvelle. Elle aperçut Kiraun qui, toujours passionnée par l'action, l'avait suivie.

– Tu es folle, mets-toi à l'abri ! lui cria-t-elle.

– Toi aussi, Reine, mets-toi à l'abri, riposta la petite de sa voix la plus pointue.

Lakshmi éclata de rire. Par la suite, plusieurs témoins de la scène devaient s'émerveiller que la rani de Jansi, au milieu des boulets et du danger, se fût mise à rire. Elle continuait à caracoler devant la porte d'Orcha, criant « Tenez bon, vous aurez de l'or, beaucoup d'or ! », bien que personne ne pût l'entendre.

Une poignée de soldats ennemis avaient déjà franchi la porte et l'un d'eux fonça sur la rani. Celle-ci avait tiré son sabre. Elle vit la lance pointée sur elle. D'un revers de son arme elle l'écarta, puis plongea le fer dans le torse de l'assaillant. Il ouvrit la bouche d'un air étonné, porta les mains à sa poitrine et tomba en arrière. Déjà ses camarades entouraient la rani, l'assaillaient, tâchaient de la transpercer. Elle manœuvrait son cheval, faisait des moulinets avec son sabre, puis soudain fendait l'air et frappait dans le mur mouvant de chair. Les ennemis, qui pénétraient maintenant à flots par la porte d'Orcha à demi pulvérisée, se précipitaient sur les gardes de la rani, engageaient le fer avec eux, les empêchant de la rejoindre et de lui porter assistance. Elle était seule au milieu d'un groupe de diables hurlants. Son cheval Pari virevoltait, faisait un écart pour éviter un assaut, se cabrait pour renverser un assaillant, sachant parer tous les coups. Lakshmi, ne faisant plus qu'un avec sa monture, pourfendait comme si elle avait été dotée des huit bras du dieu Shiva, comme si aucune arme ne pouvait l'atteindre. Le sang des guerriers mahrates parlait en elle. Les flammes des incendies éclairaient dramatiquement ce ballet de la mort qui se déroulait sous les étoiles d'un ciel sombre et serein. La rani aurait peut-être fini par succomber sous le nombre lorsque, soudain, les canons du fort se mirent à tonner. L'ordre qu'elle avait envoyé à Sangar Singh était enfin exécuté. Tout de suite elle sentit l'hésitation parmi ses adversaires. Grisée par le fracas des décharges salvatrices, elle se démena encore plus, fendant la tête d'un homme, enfonçant son arme dans un autre, coupant à moitié le bras d'un troisième. Les assaillants s'écartèrent, puis brusquement tournèrent casaque, s'enfuirent en courant et disparurent par le trou noir de la porte d'Orcha. La rani, le sabre encore levé, resta seule sur son cheval dressé au milieu d'un tapis d'ennemis morts ou blessés.

– Bravo, Kadak Bijli, murmura-t-elle.

Kadak Bijli, c'était « la Concrétisation de l'Eclair », l'énorme canon mascotte du fort et le chéri de Ghulam Goushkan, le chef artilleur, que celui-ci tenait à servir en personne.

Voilà plusieurs heures que la rani était retournée au fort. Autour d'elle ses officiers se racontaient à tue-tête la bataille, les messagers entraient avec des nouvelles qui n'avaient plus d'importance, les généraux envoyaient leurs ordonnances porter des ordres désormais inutiles. Damodar, encore fou de peur et d'excitation, avait refusé d'aller dormir et courait dans les jambes des dignitaires.

Le diwan Naransin s'approcha de la rani et lui dit, dans un murmure :

– Je n'ai pas vu Akbar Khan pendant la bataille. N'y aurait-il pas pris part ?

– Il est là où il doit être, lui répondit sèchement la rani qui sentait chez Naransin une forte antipathie pour Akbar.

Au même instant, celui-ci entra dans la salle du trône, fourbu, noir de poudre, ses vêtements déchirés et couverts de sang. La rani crut qu'il était blessé et il lut l'angoisse dans son regard.

– Ce n'est que le sang des ennemis, la rassura-t-il.

Puis tout à trac il lâcha : Nous avons réussi. Il ne reste plus rien de l'armée d'Orcha. Ta stratégie était brillante.

Sur les instructions de la rani, Akbar Khan, prenant ses cavaliers, était sorti de la ville par le côté opposé à l'attaque, s'était enfoncé dans la jungle, avait contourné à distance le fort et était allé se poster au loin sur la route d'Orcha, sans être remarqué par l'adversaire. Il avait tendu son embuscade selon le plan de Lakshmi qui n'avait pas douté un instant de sa victoire et de la retraite de Nathay Khan. Akbar avait attaqué les troupes, dans l'obscurité, au moment où celles-ci s'y attendaient le moins et, malgré le petit nombre de ses cavaliers, il avait transformé leur retraite en complète déroute.

La nuit était avancée, mais la peur rétrospective et l'excitation de la journée empêchaient la rani de dormir. Lasse de se tourner et de se retourner sur son lit, elle se leva et sortit du palais sans être remarquée des nombreux serviteurs qui gisaient assoupis dans les salles et dans la cour. Elle aimait se déplacer la nuit, sans être vue. Elle avait passé sous le porche de l'enceinte et descendait la rampe de pierre qui menait à son jardin, lorsqu'elle aperçut une silhouette fantomatique qui se déplaçait sans bruit le long d'une allée. Elle avait entendu dire que l'endroit était habité par les esprits. Aussi marqua-t-elle une légère hésitation ; mais voulant en avoir le cœur net, elle avança résolument vers l'ombre blanche.

– Croyais-tu que j'étais un fantôme, Reine ?

C'était Akbar. Il ne s'excusa même pas d'avoir pénétré sans permission dans le jardin privé. Il se contenta de lui dire :

– J'étais venu chercher ton reflet et voilà que par chance je te trouve en personne.

Et tout de suite il enchaîna :

– Je regrette de ne pas avoir été avec toi à la porte d'Orcha. Tout le monde ne parle que de ton héroïsme. Dis-moi, n'as-tu pas éprouvé de la peur ?

– J'étais trop occupée à la cacher.

– Commander une armée aussi habilement et efficacement que tu l'as fait n'est pas donné à tout le monde. On dirait que toute ta vie, tu as dévoré des manuels de stratégie. Où as-tu trouvé cette rigueur pour évaluer une situation, ce sang-froid pour décider, cette imagination pour ruser avec l'ennemi ?

– Si seulement je le savais, Akbar Khan. Je ne comprends pas ce qui m'a pris. Peut-être une inspiration...

Insensiblement, en marchant, ils étaient arrivés sous l'ombre épaisse d'un manguier. Avec un parfait naturel, la rani s'allongea sur le gazon. Akbar se coucha à côté d'elle. Brusquement, il éclata de rire :

– Tu m'as bien fait rire quand tu as grondé tes généraux après la bataille. Moi, tu ne m'as pas impressionné, mais pourquoi diable ne leur as-tu pas expliqué tes plans avant ?

Cette volonté d'Akbar de ne pas s'en laisser imposer piqua Lakshmi.

– Je l'ai fait délibérément. La surprise que je réservais à Nathay Khan, je la destinais aussi à mes généraux. Il me fallait à la fois vaincre mes ennemis et convaincre mes amis. Je voulais frapper ces derniers afin que, d'emblée, ils croient en moi. Car, au départ, ils ne me faisaient pas confiance.

– La confiance demande une réciprocité que tu refuses.

– Je n'ai jamais trouvé quelqu'un en qui je puisse avoir confiance.

La voix de la rani avait tremblé.

Akbar se redressa et posa la main sur son épaule dans un geste tendre et protecteur à la fois. Alors, elle se mit à pleurer doucement. Après la tension et la fatigue des derniers jours, tout en elle se dénouait avec le soulagement d'avoir surmonté l'épreuve. Akbar la prit dans ses bras :

– Pleure tant que tu veux, petite fille, dit-il en embrassant doucement ses cheveux.

La rani laissa ses larmes couler puis se dégagea de l'étreinte d'Akbar et s'étendit sur le dos.

– Je n'ai pas coutume de pleurer, surtout devant quelqu'un.

Akbar murmura :

— Je t'aime.

Il se coucha sur elle et sa bouche chercha celle de Lakshmi. Ils roulèrent sur l'herbe, s'embrassant et se caressant.

Cette nuit-là, Akbar Khan, le Patan, devint l'amant de la rani de Jansi.

Le lendemain même, Nathay Khan faisait demander la paix à n'importe quel prix au nom de sa maîtresse, la rani d'Orcha. Lakshmi trouva inutile d'humilier une souveraine, son égale, et elle se contenta d'exiger le paiement des dommages de guerre. Elle relisait les articles de l'accord lorsque, brusquement, levant les yeux, elle apostropha le diwan Naransin :

— Pourquoi as-tu voulu me faire céder devant la rani d'Orcha ?

Sa question et son regard scrutateur troublèrent un instant Naransin.

— Je te l'ai dit, j'aime mon pays plus que tout. Je voulais lui éviter les horreurs d'une guerre et d'autre part nos défenses étaient bien faibles.

— Un jour, il y a plusieurs années, je t'ai accusé d'être amoureux de la rani d'Orcha, peut-être l'es-tu encore ?

— Tu te moques de moi, Reine.

— En effet, diwan, je me moque de toi et ce sera ma seule vengeance pour te punir d'avoir douté de moi.

CHAPITRE VIII

La rani était femme d'habitudes. Chaque soir, désormais, après son coucher, ses suivantes s'étant retirées, elle se relevait, se rhabillait, jetait sur sa tête un châle de paysanne et se glissait hors du palais, précautionneusement et silencieusement. Dehors, si d'aventure ses pas croisaient ceux d'un garde ou d'un serviteur, il la prenait, à la voir trottiner, pour une des filles que les militaires en garnison au fort recevaient en cachette.

Elle avait alloué à Akbar deux pièces spacieuses dans un des bâtiments construits à différentes époques en face du palais, contre les remparts de la première enceinte. Des traces de décorations en stuc prouvaient qu'elles avaient naguère reçu quelques nobles attributions. Akbar était un homme au goût sobre. Il n'y avait dans son logis qu'un étroit matelas posé sur le sol, quelques coussins et une écritoire. La rani trouvait fascinant ce cadre austère auquel elle n'était pas habituée.

A peine la rani était-elle arrivée qu'Akbar et elle se mettaient à table, bien qu'elle eût déjà dîné. Il lui faisait partager son plaisir de manger, et elle se découvrait un appétit qu'elle n'aurait pas soupçonné. Comme les gens du peuple, il utilisait des feuilles de bananier en guise d'assiette. Il se gavait de *raïta*. Il rajoutait à chaque plat d'énormes cuillerées de *ghee*, dont il raffolait. Elle appréciait cette cuisine fruste qui contrastait avec le raffinement de sa table.

Akbar l'avait aussi initiée aux spiritueux. Il buvait en effet à en étonner le plus endurci des troupiers. Il se servait de larges rasades d'alcool de riz, tandis qu'elle n'en prenait qu'un doigt, ce qui suffisait à la rendre euphorique. Le repas à peine fini, ils faisaient l'amour, là, sur le matelas, à côté des reliefs du dîner. Puis s'écoulaient de longues heures où ils bavardaient inlassablement, étendus côte à côte. Elle aimait le taquiner :

– Tu m'as fait céder par surprise, Akbar Khan, la première fois où tu t'es jeté sur moi.

– Tu mens, Reine, lui répondait-il en la raillant. Tu voulais faire l'amour avec moi. Ton regard m'avait déshabillé plus d'une fois.

Elle protestait en riant ou, parfois, surtout au début de leur liaison, se mettait à pleurer. Il la serrait plus fort contre lui et ne lui demandait aucune explication. Ce fut elle qui la lui fournit :

– Je pleure, mais c'est de bonheur maintenant. J'ai tant pris sur moi ces derniers mois. J'ai fait un tel effort pour être forte quand il le fallait... et maintenant, je me laisse aller parce que tu me le permets !

Akbar n'aimait pas montrer qu'il s'attendrissait. Sa voix se fit plus rauque pour répondre :

– Tu portes à bout de bras un royaume dans un temps d'incertitude et de danger. Tu es seule pour assumer cette responsabilité, et tu voudrais ne jamais être fatiguée ? Un peu d'humilité, Reine.

Elle s'étira voluptueusement.

– De ma vie, murmura-t-elle, je ne me suis sentie aussi heureuse.

Il rétorqua :

– Tu aimais pourtant l'Anglais. Je me suis renseigné sur toi, vois-tu, et je sais tout.

– Avec Roger, j'ai connu la passion et la passion ne rend jamais heureux.

– Peut-être l'Anglais n'était-il pour toi qu'un caprice de reine.

Il se retint d'ajouter que lui aussi pourrait bien en être un. Elle devina sa pensée et y répondit indirectement :

— Mon sentiment pour Roger n'avait ni présent ni avenir. Il me mettait à l'écart. Il me coupait de mes frères de race qui l'auraient considéré comme une honte et une dégradation. Aussi ai-je dû le cacher, même à Roger, et ne l'ai-je pas laissé s'accomplir. A travers toi, Akbar, c'est aussi notre pays et mon travail que j'aime. Avec toi, je découvre l'amour, un amour qui me comble.

Elle ne disait pas entièrement la vérité : elle aimait profondément Akbar, mais plutôt d'amitié. Elle voulut encore parler mais il couvrit sa bouche de baisers.

Faire l'amour devenait avec Akbar la chose la plus naturelle au monde. Ces nuits fiévreuses, loin d'épuiser Lakshmi, lui donnaient un regain de vitalité.

Lorsqu'elle revenait seule au palais, l'aube répandait alentour une lumière grise, et à l'horizon le ciel commençait à rosir. Lakshmi humait la fraîcheur particulière à cette heure, la senteur des arbres et de l'herbe. Elle se sentait reposée, « comme si j'avais dormi douze heures d'affilée, pensait-elle, et non pas comme si j'avais passé une nuit blanche ».

Avec son franc-parler, Akbar donnait parfois à Lakshmi des conseils qu'elle ne demandait pas. Comme le jour où il lui lança :

— Tu ne t'occupes pas assez de Damodar.

La rani protesta. Elle supervisait les leçons et les jeux de son fils et l'initiait à ses futures responsabilités de souverain. Elle se faisait un devoir d'être dans ses appartements, chaque soir, avant qu'il s'endorme.

— Tu as dit le mot. Tu le fais par devoir et non pas spontanément.

— Comment ? Mais j'aime cet enfant. Il est si doux, si affectueux.

— Il est aussi beaucoup plus intelligent que tu ne le crois. Il aurait besoin que tu l'apprécies.

Akbar avait touché juste, car parfois Lakshmi se demandait si elle était une bonne mère. Sans se l'avouer, elle trouvait Damodar mou et elle ne décelait pas en lui la graine du héros qu'elle aurait souhaité pour fils.

Peut-être fut-ce une sorte de remords inconscient qui lui dicta de revêtir d'une solennité particulière la cérémonie au cours de laquelle Damodar, ayant atteint ses neuf ans, devait subir l'initiation de la caste des guerriers qui était héréditairement la sienne. Le gouvernement, la cour et la noblesse se réunirent dans la cour du temple de Lakshmi. La rani, prenant par la main Damodar, le présenta au prêtre en robe safran. Celui-ci lui posa les questions rituelles dont la dernière est une leçon pour tous les rois :

– Au lieu de gouverner les autres, chercheras-tu premièrement à te gouverner toi-même ?

Et l'enfant de répondre :

– Je fais le serment de mettre tout mon effort à dominer mes passions.

Alors le prêtre éleva au-dessus de la flamme le lourd sabre des rajahs de Jansi et chanta :

– O Dieu, qui vis en cet adolescent, guide-le afin qu'il use de cet instrument pour la gloire de la vérité et la sauvegarde du bien, pour la résurrection de ton ancienne et infinie compassion dans les cœurs de tous les hommes.

– *Swasthu*, ainsi soit-il, cria d'une seule voix l'assemblée.

Le prêtre tendit alors le sabre à Damodar et, lui prenant la main, lui fit faire sept fois le tour de l'autel.

Ce jour-là, tous les habitants de Jansi, de quelque caste qu'ils soient, y compris les intouchables, mangèrent et burent aux frais du jeune rajah.

A l'entrée du palais, les dames de la cour lui passèrent autour du cou de nombreux colliers de fleurs. Puis, selon la volonté de Lakshmi, il présida son premier durbar. Il ne parut pas intimidé de trôner seul sur le gadi d'argent et reçut avec une gravité d'adulte les hommages de ses sujets. Mais ce fut un enfant qui retrouva ensuite sa mère. Peut-être à la lumière des observations d'Akbar, la rani remarqua que Damodar semblait la craindre. Ferait-il un bon roi, capable d'assurer le bonheur de Jansi ?

En cette fin d'année 1857, la révolution reprenait l'avantage. Tantya Top s'empara de Kalpi. La chute de cette ville située à mi-chemin entre Jansi et Cawnpore, tenue depuis une cinquantaine d'années par les Anglais, puissamment défendue et dominée par un fort réputé imprenable, retentit comme un coup de tonnerre. Déjà Tantya Top marchait sur Cawnpore pour la reprendre. Quant à Lucknow, les Anglais n'y enregistraient que des échecs. Ils avaient envoyé une première, puis une seconde colonne pour arracher la ville aux rebelles. Ils n'avaient réussi qu'à évacuer leurs compatriotes assiégés dans la Résidence.

Pendant ce temps, Jansi demeurait en paix, ce qui était une performance en cette époque troublée. La rani était plus que jamais populaire chez ses sujets. Pourtant, depuis quelques semaines, une inquiétude vague naissait en elle. Il était presque minuit et elle se trouvait chez Akbar. Il la sentait tendue et son amour pour elle lui permettait de suivre les méandres de ses pensées.

– Pourquoi es-tu soucieuse, Lakshmi ? lança-t-il. Tu dis que tu es heureuse, et pourtant tu es toujours à t'inquiéter sans raison.

– Et si ce n'était pas sans raison ? répliqua-t-elle en lui tendant un imprimé :

Il est interdit à quiconque d'abriter les cipayes rebelles ou autres ennemis déclarés de l'Etat, ou ceux qui se sont opposés aux troupes britanniques les armes à la main. Je préviens que ceux qui n'obéiraient pas à cet ordre seraient considérés et traités en ennemis du gouvernement britannique.

La proclamation était signée par sir Robert Hamilton. Ne pouvant plus exercer son pouvoir, il avait d'abord réussi à se réfugier à Calcutta puis avait rejoint Bombay par les chemins les plus détournés.

Ayant achevé de lire, Akbar se contenta de laisser tomber dédaigneusement :

– Lorsque les Anglais ne peuvent rien d'autre, ils font des rodomontades.

– Pour qu'ils tiennent un tel langage, il faut vraiment qu'ils préparent quelque chose.

Le lendemain même, qui tombait le 1er janvier 1858, la rani faisait partir une lettre officielle écrite à l'encre d'or et serrée dans un sac de brocart à destination de sir Robert Hamilton.

Elle évoquait le rapport qu'elle lui avait envoyé sur la mutinerie de Jansi et sa réponse la confirmant sur le trône. Puis elle racontait la guerre que lui avait faite par surprise la rani d'Orcha, qui avait laissé exsangues son armée et ses finances. Le danger d'une attaque semblable et imprévue par un de ses voisins était toujours possible, et elle craignait à l'avenir de n'y pouvoir faire face. Aussi réclamait-elle l'aide des Anglais... sans préciser laquelle, ce qui la dispensait de mettre à leur disposition ses troupes au cas où ils l'en requerraient. Prévenant leur éventuelle venue à Jansi, elle se déclarait implicitement leur alliée puisqu'elle se mettait sous leur protection, mais elle ne s'engageait pas.

La paix de Jansi, alors qu'elle sentait les nuages anglais s'amonceler sur l'Inde centrale, ne pouvait être préservée qu'avec un déploiement de subtilité diplomatique dont Akbar, par nature, était bien éloigné. Elle lui cacha donc soigneusement qu'elle avait écrit à sir Robert Hamilton.

EXTRAIT D'UNE LETTRE DE RODERICK BRIGGS
À SARAH BRANDON DATÉE D'INDORE LE 1er JANVIER 1858

Enfin, ma bien-aimée Sarah, je vais pouvoir me battre car bientôt nous allons nous mettre en campa-

gne, et cette certitude est le plus beau cadeau de nouvel an que je puisse recevoir.

Déjà la région commence à être assainie. Le sud de l'Inde nous étant resté fidèle, un de nos corps d'armée a pu reprendre à un prince nommé Firoz Shah, membre de la famille de l'ex-Grand Mogol, l'importante ville de Mandisore dont il s'était emparé il y a quelques mois. Nous comptons toujours sur l'indéfectible soutien du plus puissant des princes de l'Inde centrale, le maharajah de Gwalior qui, bien que soumis à des pressions continuelles, a su rester totalement loyal envers nous et nous a fait savoir qu'il mettrait à notre disposition son armée personnelle dès que les circonstances le permettraient.

Enfin, un certain Tantya Top, le seul général rebelle de quelque conséquence, vient d'échouer devant Cawnpore qu'il a été à deux doigts de nous reprendre.

Plusieurs fois j'avais demandé mon affectation dans l'armée qui se bat si vaillamment là-bas, à Cawnpore et à Lucknow. On me l'avait refusée et j'ai dû attendre de longs mois dans une oisiveté forcée qui m'a lourdement pesé. Puis nos compatriotes de la métropole, enragés par la lecture dans les journaux des atrocités indiennes, se sont engagés en masse et les renforts tant attendus ont commencé à arriver à Bombay. Mon régiment, le 3e Européen de Bombay, a déjà rallié Indore, point de rassemblement de notre armée, et j'ai été nommé aide de camp du général Rose qui en a reçu le commandement.

Le jeune homme ne mentionnait pas qu'il devait cette nomination à l'influence de son père, important député du Devonshire. Le népotisme dans la classe dirigeante anglaise était entré depuis si longtemps dans les mœurs qu'il semblait naturel à ceux qui en bénéficiaient. La promotion de Roderick était d'ailleurs loin d'être uniquement honorifique, car elle comportait des responsabilités et n'excluait pas sa participation aux engagements. Roderick, dans sa lettre, débordait d'admiration pour son chef :

... le général Rose, un homme remarquable bien qu'écossais et catholique, un philosophe et un héros. Grand, maigre et sec, il sait se montrer aussi déterminé que compatissant. Après une guerre héroïque en Crimée, il a servi en Egypte et à Constantinople, ce qui lui a donné une profonde connaissance de l'Orient. Bouleversé par les événements de l'Inde, il n'a pas hésité, malgré son âge – cinquante-sept ans – à remettre son épée au service de la Nation.

Roderick ne tarissait pas non plus d'éloges sur l'alter ego politique de Rose, sir Robert Hamilton, *ce modèle des administrateurs dont la fermeté préviendra toute tentation de traiter avec les rebelles ou de pardonner aux assassins.* Roderick faisait là allusion à l'indulgence reprochée au gouverneur général de l'Inde, lord Canning, et à certains de ses collaborateurs.

Sa position d'aide de camp le mettait dans le secret des dieux, c'est-à-dire qu'il était au courant des plans de campagne. Son régiment devait se diriger vers le nord-est, prendre Kalpi et faire sa jonction avec l'armée anglaise qui guerroyait dans l'ancien royaume d'Oudh à Lucknow et à Cawnpore.

Il ne cachait pas à sa fiancée les difficultés qui les attendaient, lui et ses compagnons. Leur armée ne comportait que quatre mille cinq cents hommes, tandis que des milliers et des milliers de rebelles étaient disséminés dans la région. Ils devaient traverser sur des centaines de miles une région de jungle et de ravins, particulièrement accidentée et difficilement pénétrable. Que d'obstacles en perspective ! Que d'inconnues aussi !

Nous avons reçu de troublantes informations en provenance d'Orcha, un petit Etat, notre fidèle allié, voisin de Jansi. Il paraîtrait que la rani de Jansi serait loin d'être notre amie comme elle le prétend. Une enquête a été ordonnée sur sa conduite, et un supplément d'information demandé à Orcha. Jansi se trouve sur notre route, et bien que la rani ait jusqu'ici maintenu une apparente neutralité, nous ignorons si elle ne nous accueillera pas à coups de canon.

Un matin de la fin janvier, la rani s'en revenant en cortège du temple de Lakshmi remarqua dans la grand-rue de Jansi un attroupement inhabituel autour de la mosquée. Elle fit arrêter son palanquin, écarta le rideau de mousseline brodée et demanda ce qui se passait à l'un des officiers.

– C'est le prince Firoz Shah, qui prêche aux musulmans.

C'est ainsi que la rani apprit, à sa grande surprise, la présence en ville depuis une semaine de ce petit-neveu du Grand Mogol, qui, après avoir pris puis perdu la ville de Mandisore, harcelait, à la tête de ses soldats, les Anglais et leur donnait tant de fil à retordre dans la région. Comment n'en avait-elle pas été avertie ?

Firoz Shah, descendu chez un riche marchand musulman, s'était fait extrêmement discret. Ce vendredi-là, ses troupes – un millier d'hommes – l'avaient rejoint et installaient leur campement hors de la ville pendant que lui-même faisait sa première apparition publique et profitait du jour béni des musulmans pour leur prêcher la *Jihad*, la Guerre sainte.

Un mouvement dans la foule fit comprendre à la rani que Firoz Shah sortait de la mosquée. Elle distingua au milieu des fidèles un homme de petite taille portant la tenue des pieux musulmans, une djellaba blanche sans ornements ni broderies. Firoz Shah descendit les marches, s'approcha lentement du palanquin et salua la rani en portant sa main au cœur, à la bouche et au front.

Elle le dévisagea longuement en silence. Comme le lui avait dit le diwan Naransin, Firoz Shah était beau. Il semblait encore plus jeune que son âge ; on lui aurait donné à peine dix-huit ans. Sa petite taille n'enlevait rien à la noblesse de son maintien ni à sa vigueur qu'on pouvait deviner. Le nez légèrement busqué trahissait la race, comme la bouche charnue la sensualité. Le regard des très grands yeux noirs gardait quelque chose de distant et même de hautain.

D'un ton sec, la rani lui adressa la même question qu'elle avait posée à Tantya Top :

– Qu'es-tu venu faire ici, prince ?

– Je vais où Dieu me mène, Reine.

– Comment se fait-il qu'arrivé depuis une semaine tu n'aies pas demandé à nous saluer comme l'usage le requiert ?

– Un dévot, un guerrier a des tâches plus importantes que de sacrifier au protocole.

La rani se fâcha :

– De quel droit prêches-tu en Notre capitale et fais-tu camper tes troupes sur Notre territoire ?

– Les combattants de la foi, pourvu qu'ils ne molestent personne, plantent leur tente où ils peuvent. Quant à moi, Allah m'a ordonné de répandre sa parole.

La rani fit un geste et le cortège se remit brusquement en marche. En se retournant, elle vit à travers la mousseline du rideau Firoz Shah, debout au milieu de ses fidèles, qui regardait s'éloigner le palanquin, un mince sourire aux lèvres.

Revenue furibonde au fort, elle envoya porter à Firoz Shah l'ordre pour lui et ses troupes de quitter sans délai son Etat. Pour toute réponse, il lui fit demander audience. La rani accepta sans demander l'avis de personne, sur une vague impulsion. La personnalité de Firoz Shah l'intriguait. Elle évita pourtant de l'accueillir au cours du durbar quotidien, ce qui aurait été trop solennel. Après tout, Firoz Shah était un chef rebelle. Mais comme il était aussi un prince impérial, elle ne voulut pas le recevoir à la sauvette. Elle l'attendit donc en fin de matinée dans le salon des audiences privées, entourée de ses principaux collaborateurs.

Lorsqu'il entra, elle fut à nouveau frappée par la noblesse de son allure. Tout en lui proclamait sa race, jusqu'à l'austérité de sa tenue. Sa djellaba blanche contrastait avec les uniformes compliqués des officiers de la rani et les brocarts scintillants de ses ministres. Seul Akbar, selon son habitude, était tout en blanc comme Firoz Shah...

En guise de compliment, le prince lança à la rani :

– Cette audience d'arrivée sera aussi mon audience de départ, puisque je suis indésirable.

La rani le toisa avant de lui répondre :

– Jansi est en paix et tient à le rester. Nous ne souhaitons pas héberger d'armées étrangères.

– Que feras-tu lorsque l'armée anglaise partie d'Indore sera là ? La chasseras-tu comme tu chasses la mienne ?

– Nous maintiendrons notre neutralité qui est notre salut.

– Neutre ! Toi, Reine ? Toi, l'héroïne de notre révolution ?

La rani crut qu'il se moquait d'elle. Il la sentit interloquée et poursuivit :

– Tous les révolutionnaires t'admirent d'avoir chassé les Anglais de Jansi et rendu sa liberté à ton royaume. Tous vantent ta vaillance et ton courage à la guerre et tous te considèrent comme l'une des nôtres.

Cette allégation agaça prodigieusement la rani qui rétorqua :

– Nous serions peut-être enclins à rejoindre la révolution si elle gagnait des batailles au lieu d'en perdre.

Firoz Shah éclata de rire :

– Tu veux faire allusion à Mandisore que j'ai perdue...

La rani l'interrompit :

– A Mandisore et à tant d'autres défaites.

L'échange de répliques mi-insolentes, mi-acerbes se poursuivit quelque temps. Les collaborateurs de la rani demeuraient persuadés que le prince Firoz Shah exaspérait leur maîtresse. Seuls Akbar et Mandar, présents à l'audience, devinèrent la vérité. Pour que la rani répliquât avec tant de vivacité au nouveau venu, c'est qu'il s'était établi entre eux un contact instantané.

– Je compte donner une fête. Il y a longtemps que nous n'en avons eu, annonça la rani quelques jours plus tard.

Akbar, qui aimait passionnément les réjouissances, ne put que l'y encourager.

La saison n'était pas assez avancée ni la température assez clémente pour que la fête pût avoir lieu dans les jardins. La salle du trône semblant trop petite à la rani, elle fit transformer en salon la cour encaissée du palais. D'une terrasse à l'autre fut tendu un vaste vélum rouge richement brodé. A chaque fenêtre donnant sur la cour brillait une torche dont la flamme jouait sur l'or du vélum et le blanc des murs. Sous chaque arcade du rez-de-chaussée, un garde de la rani en uniforme rouge et or se tenait aussi immobile qu'une statue. Toute la surface du sol avait été tendue d'un tapis pourpre sur lequel on avait disposé des tables basses recouvertes d'un brocart si somptueux que l'or en faisait presque disparaître le fond rouge. Le dîner entier devait être servi dans une vaisselle d'argent ouvragé. La rani n'avait invité que des hommes, à la fois pour honorer un chef militaire comme Firoz Shah et pour permettre aux dames de la cour de respecter la règle du purdah vis-à-vis d'un musulman.

Car le prince avait été convié. Il avait éloigné son armée, non pas hors des Etats de la rani mais dans un endroit plus discret, à plusieurs miles de la ville, non loin de la route de Kalpi. La rani n'avait plus réclamé son départ et lui n'en avait plus fait mention. Quelques conseillers, dont Kashmiri Mull, s'étaient élevés contre le projet d'inviter un rebelle comme lui. La rani avait balayé leurs maigres objections. Après tout, son voisin le maharajah de Gwalior, le plus puissant et le plus voyant parmi les alliés des Anglais, ne s'était-il pas rendu en personne au camp du plus illustre chef des rebelles, Tantya Top ? N'avait-il pas envoyé une lettre au nabab de

Banda pour le féliciter d'une victoire sur les Anglais ?

Firoz Shah était en retard et le dîner avait commencé. Autour des tables les dignitaires couverts de bijoux et de broderies dessinaient des cercles d'or et de pierreries. La rani avait rajouté à l'ordinaire végétarien des viandes de mouton en l'honneur de son hôte musulman et des alcools pour satisfaire ses militaires. Elle remarqua qu'Akbar assis à une table voisine dédaignait les vins d'Afghanistan et avalait d'énormes rasades d'arak. A son habitude, il plaisantait avec les convives et on n'entendait que son rire.

Assise à côté du coussin vide de Firoz Shah, la rani était drapée dans son sari blanc inhabituellement rehaussé de lourds bijoux. Son astrologue lui avait permis de porter des diamants, pierres ambiguës à ne pas mettre tous les jours. Sur sa poitrine s'étalait un plastron de très gros diamants différemment taillés, et de ses oreilles tombaient deux cascades des mêmes pierres. Depuis la mort de Roger, elle avait rangé dans un coffre la bague qu'il lui avait donnée. Ce soir-là, à chacun de ses doigts brillait un diamant de teinte différente, rose, jaune, bleu. La tête penchée de côté, selon un geste qui lui était familier, elle attendait Firoz Shah.

Il arriva enfin. Il avait troqué sa tenue de dévot musulman contre l'habit de prince impérial, et la rani admira son élégance. Il portait une longue veste et un large turban de brocart vert, couleur de l'Islam, des pantalons bouffants blancs et des babouches vertes brodées d'or. Il avait négligemment enroulé autour de son cou plusieurs rangs d'énormes émeraudes non taillées enfilées sur un fil d'or.

La rani touchait à peine aux plats, mais elle remarqua que son invité dévorait avec un appétit apparemment insatiable, qui contrastait avec sa retenue et ses proportions frêles.

Bien que l'usage indien requît de manger en silence, elle avait envie de bavarder avec lui. Un besoin de s'épancher lui fit parler des difficultés de sa tâche et des charges du pouvoir.

– Allons donc, l'interrompit Firoz Shah. Ne te plains pas. Tu aimes être reine et tu n'aimes que cela.

Cette insolente franchise ne heurta pas la rani. Elle sentait chez Firoz Shah de l'intérêt pour elle. Il souhaitait lui complaire.

– En mai dernier, je revins d'un long pèlerinage à La Mecque et débarquai à Bombay à la veille de la révolte. Je partis pour Delhi dès que je sus le trône rendu à mon oncle Shah Bahadur. Mais en chemin j'eus vent que je n'y serais pas bien reçu. La concurrence était forte autour du Grand Mogol à peine rétabli sur son trône. Alors, errant ici et là, j'aboutis dans un village non loin de Mandisore et commençai à y prêcher la Guerre sainte contre les Anglais. Le maharajah de Gwalior (dont Mandisore dépend) envoya des troupes m'arrêter. Je me réfugiai dans un temple abandonné de la jungle où bientôt je reçus des pèlerins, des croyants mécontents. Un beau jour, ces fidèles levèrent le drapeau de la rébellion et je parus à leur tête devant les murs de Mandisore ; les habitants n'attendaient qu'un signe... L'autorité du maharajah de Gwalior et des Anglais fut renversée et leurs représentants faits prisonniers. Je me laissai proclamer roi... pour être quelques mois plus tard chassé de la ville par ces mêmes Anglais.

Autant il avait fait ce récit avec désinvolture, ne cessant de grappiller dans les plats, autant il vibra pour décrire l'existence de maquisard qu'il avait menée depuis, les campements dans la jungle, les marches de nuit à la lumière de la lune, les embuscades tendues aux Anglais...

La rani soupira à l'évocation de cette vie aventureuse. Cependant, elle voulut être sincère et reconnut :

– Il est vrai que j'aime être reine. J'ai été entraînée à l'être, je ne me sentirais à l'aise dans aucun autre rôle. Ce qui n'exclut pas les difficultés, particulièrement en ce moment – la plus grande étant de garder à tout prix la neutralité de mon royaume malgré les événements et malgré certaines visites intempestives.

Cette allusion ne fit même pas sourire Firoz Shah. Il répondit :

– Es-tu aussi neutre de cœur ?

La rani sourit :

– Je ne peux à la fois passer pour une héroïne de la révolution comme tu l'as si aimablement dit, mon cher prince, et rester indifférente à cette même révolution. Je le répète, l'intérêt de mon royaume exige que je reste en paix avec les Anglais.

– Encore faut-il que les Anglais te permettent de rester en paix avec eux.

– Que veux-tu dire, prince ?

– Nous reparlerons de cela plus tard.

Ils furent interrompus par les serviteurs qui apportaient les sucreries, le point fort du repas. Les cuisiniers avaient enrobé les différentes pâtes dans des feuilles d'or. La rani plaisanta :

– Si j'étais l'ancien roi d'Oudh, je les ferais saupoudrer d'émeraudes pilées. Mais je trouve indigestes ces pierreries, même réduites en poudre.

Pendant la danse des nautchs, la rani reprit leur entretien :

– Crois-tu que les Anglais vont gagner ?

– Qui peut le savoir ?

– Alors, pourquoi te bats-tu ?

– Pour la foi.

– Non, prince, tu ne te bats pas pour la foi mais pour l'aventure. Tu es né aventurier et tu as toujours cherché l'aventure.

Pour la première fois, Firoz Shah sourit d'être démasqué. Il répondit légèrement :

– La vie est bien une aventure. Pourquoi la foi n'en serait-elle pas une ?

– N'as-tu pas au moins peur de la mort ?

– J'attends la mort et peut-être même est-ce que je la cherche. Crois-moi, la mort est une compagne plus sûre que la vie à laquelle tu sembles tant tenir.

La rani le sentit brusquement distrait. Quelques instants plus tôt, il avait remarqué une nautch, la plus belle de toutes, et son regard suivait intensément les évolutions de la danseuse.

La rani était de plus en plus intriguée par ce si jeune homme qui cachait l'âme d'un aventurier revenu de tout, ce prince à la peau pâle qui visiblement devait être un grand amateur de femmes. Son regard qui déshabillait la nautch ne trompait pas.

La dernière partie du spectacle attendait les invités sur les terrasses du palais. Le feu d'artifice, dont la mode avait été importée quelques siècles plus tôt par les Grands Mogols, allait être tiré.

A un signal donné, des milliers de fusées partirent des trois enceintes du fort pour se rejoindre au-dessus des invités et retomber sur eux en étoiles filantes et multicolores. Puis des animaux plus grands que nature, fabriqués en pâte combustible, furent mis à feu. Paons, cobras, éléphants et tigres de flammes apparaissaient au sommet de chaque tour et semblaient vivre l'espace de quelques minutes. La rani regarda autour d'elle. Akbar titubait d'ivresse, la bouche ouverte, s'émerveillait avec une joie enfantine, poussant des cris d'enthousiasme. Firoz Shah, souriant et immobile, contemplait le spectacle en connaisseur, avec satisfaction, comme si chaque fusée eût été un hommage à lui adressé.

Lorsque la fête s'acheva, il était trop tard pour que la rani rejoignît Akbar. Ce contretemps ne l'importuna pas. Elle préférait rester seule ce soir-là.

Le lendemain, la rani installa Firoz Shah dans un appartement de son palais réservé aux hôtes de marque. Aux protestations des uns, elle répondit qu'il convenait de traiter ainsi un prince impérial. Aux objections des autres, elle rétorqua que son honneur lui dictait de protéger un fugitif.

A l'heure sacro-sainte de la sieste, le palais assoupi et ses femmes retirées, elle sortit de sa chambre... Comme beaucoup de palais indiens, celui-ci comportait de véritables labyrinthes de pièces sans destination précise, de passages apparemment inutiles, d'escaliers cachés dans les murs, de recoins et d'entresols. Ainsi, malgré la présence envahissante des serviteurs et des parasites, il y avait toujours moyen pour qui connaissait la topographie des lieux de se rendre d'une aile, d'un étage à l'autre, sans être vu. C'est ce que fit la rani pour atteindre l'appartement de Firoz Shah. Tremblante, le cœur battant, elle hésita devant la porte de sa chambre, la main sur la poignée. Puis elle entra résolument.

Elle le trouva étendu sur le lit bas et large de bois doré aux colonnes tarabiscotées. Il était nu, excepté un léger pagne autour des reins. Il la regarda sans rien dire s'approcher de son lit et s'étendre à son côté.

Il ne bougea pas, puis il dit simplement :

– Pourquoi veux-tu faire l'amour avec moi ?

– Parce que je te désire.

– Veux-tu donc ajouter un amant à ta collection ?

– Je ne désire que toi.

Firoz Shah se révéla un amant à la sensualité experte et raffinée. Pourtant, tout de suite après avoir fait l'amour, il se couvrit comme si sa nudité lui faisait honte. Cette pudeur inattendue ajouta encore du piment au plaisir de Lakshmi. Elle eut l'impression délicieuse d'avoir abusé du jeune prince.

Convaincue que nul n'avait remarqué son escapade, Lakshmi souriait rêveusement pendant que Mandar lui brossait les cheveux. C'était le dernier rite de son coucher officiel et les autres servantes s'étaient déjà retirées. Avec son franc-parler, Mandar attaqua :

– Pendant longtemps tu n'avais aucun amant, et maintenant tu en as un régiment.

– Un régiment, tu exagères ! Que veux-tu, Mandar, pour la première fois de ma vie, je me sens désirable.

– Et pourtant l'Anglais t'a désirée. Akbar te désire et il te le prouve chaque nuit.

– Certes, mais ils m'ont d'abord aimée. Désormais, je me sens capable d'avoir un amant sans éprouver d'abord un sentiment. Pendant tant d'années de mariage, j'ai été frustrée ; je veux rattraper le temps perdu.

– Aussi maintenant c'est toi qui prends l'initiative. Privilège de reine, je suppose.

– Pour assumer ma tâche, pour supporter les soucis de ma position, j'ai besoin d'évasion et je ne la trouve qu'en allant à la conquête d'une nouvelle aventure.

– Tu tiens à ressembler à ces reines débauchées dont se gaussent les cours ? Tu n'as donc pas assez d'Akbar ?

– J'aime Akbar d'amitié amoureuse. Notre liaison est devenue une habitude, exquise bien sûr, mais une habitude.

– Comment éviteras-tu qu'il ne souffre ? Je ne veux pas que tu lui fasses du mal car il est bon et t'aime.

– Aussi ignorera-t-il tout. Fie-toi à mon habileté.

CHAPITRE IX

Trois jours plus tard, la rani eut inopinément une conversation décisive avec Firoz Shah. C'était à l'heure de la sieste, après avoir fait l'amour. Avant d'aller présider le durbar quotidien, elle lui demanda brusquement :

– Pourquoi donc, le soir de la fête, m'as-tu dit que la neutralité de Jansi devenait une illusion ?

Firoz se redressa à demi, la fixa pensivement et lui répondit :

– Parce que les Anglais vont t'attaquer.

– Perds-tu la tête ? Pourquoi m'attaqueraient-ils ? Je ne suis pas leur ennemie.

– Tout d'abord parce qu'ils sont persuadés que tu es responsable du massacre de leurs compatriotes à Jansi, en juin dernier.

– Cela ne se peut. Je leur en ai rapporté les circonstances et ils ont accepté mes explications.

– Crois-moi, Lakshmi. J'ai des agents un peu partout et je suis bien renseigné sur les intrigues de Bombay, d'Indore. On a toujours eu en haut lieu des doutes sur ton innocence. Après tout, les Anglais t'avaient détrônée et la révolution te remettait au pouvoir. Mais tu avais ramené l'ordre à Jansi et tu représentais alors la moins mauvaise solution pour eux. Ils ont donc fait semblant de te croire. Puis, récemment, ils ont eu en main des preuves, des témoignages contre toi.

– Qui a pu les leur fournir ?

– Qui sait ? Quelque jaloux heureux de te nuire. Quelque ambitieux désireux de te voler le pouvoir. Quelque intrigant pressé de faire sa cour aux Anglais. L'important n'est pas là, mais dans le fait que ceux-ci ont cru en ces inventions, en ces faux grossiers car ils voulaient y croire.

– Je ne te comprends pas.

Firoz Shah bondit hors du lit et se tint debout devant Lakshmi, pour une fois sans souci de sa nudité.

– Pourquoi ? demandes-tu. Parce que les Anglais ont l'art de falsifier la vérité. Pour attiser la colère de leurs compatriotes, ils ont déjà répandu que nous avions torturé et violé leurs femmes et leurs enfants, ce qui est totalement faux. Ils n'ont que cela à la bouche pour pouvoir en retour nous massacrer et nous torturer en toute bonne conscience. Dernièrement, ils ont inventé un ennemi redoutable pour galvaniser les troupes qu'ils réunissent près d'Indore. Et cet ennemi, c'est toi. Ils ont peur de toi parce que tu es indépendante. Tu n'es pas prête à leur lécher les bottes comme le maharajah d'Indore, ou celui de Gwalior.

La rani l'interrompit.

– Le maharajah de Gwalior est du côté de la révolution. J'ai vu la lettre qu'il a écrite au nabab de Banda pour le féliciter d'avoir chassé les Anglais.

– Geste sans conséquence ni suite. Demain il sera à nouveau à leurs pieds, comme il l'a toujours été. Tandis que toi, tu seras toujours incorruptible, fière, indépendante. En cela tu es pire à leurs yeux que le pire des rebelles.

La rani fixa les grands yeux noirs de Firoz Shah comme si elle eût voulu percer le secret de son âme, puis sans un mot quitta la pièce.

Cet après-midi-là le durbar constitua pour Lakshmi une épreuve insupportable. Elle devait faire des efforts prodigieux pour se concentrer sur les affaires qu'on lui soumettait. Il lui semblait que la succession de solliciteurs et de plaideurs ne s'arrêterait jamais.

Akbar, qui avait noté l'air distrait de la rani, la chercha après la levée de séance. Elle ne se trouvait nulle part. Enfin, sur l'indication des gardes, il la découvrit dans le petit temple de Ganesh où, pendant le siège du fort, elle avait rencontré Roger pour la dernière fois. Dans un coin du minuscule sanctuaire, un vieux gardien sommeillait. La rani était agenouillée devant la statue du dieu Eléphant. Priait-elle ? Elle avait les lèvres serrées, les traits crispés et le visage mortellement pâle.

– Qu'as-tu, Lakshmi ?

– Les Anglais vont nous attaquer.

Ils sortirent et s'assirent sur un banc grossièrement taillé dans le rocher. L'ombre d'un vieil arbre les dissimulait aux regards des bourgeois et des paysans qui montaient et descendaient l'allée pavée menant de la ville au fort.

La rani répéta à Akbar ce que lui avait dit Firoz Shah sans préciser, bien entendu, les circonstances de leur entretien. Elle ne pouvait pas, elle ne voulait pas croire tout à fait à l'injustice, à la monstruosité des Anglais. Pour Akbar, qui se méfiait beaucoup plus d'eux, Firoz Shah avait entièrement raison.

– Ce n'est pas possible ! s'exclama la rani. Je n'ai pas voulu me joindre aux révolutionnaires comme m'y poussait l'impulsion de mon cœur. Je me suis humiliée devant les Anglais jusqu'à leur écrire deux fois et être prête à leur ouvrir mes portes. J'ai maintenu contre vents et marées la paix à Jansi. Et tout cela aurait été inutile ?

– Non, pas inutile, Lakshmi. Grâce à toi, Jansi, pendant sept mois, a connu le calme et la prospérité, alors que partout ailleurs la tempête ravageait l'Inde.

– Peut-être mon devoir est-il de me rendre aux Anglais afin d'éviter à mon peuple de souffrir ? Ils me traîneront en jugement, mais je saurai me défendre contre leurs accusations et vaincre leurs préventions contre moi.

Akbar bondit :

– Te rendre ? Jamais ! Je ne te laisserai pas faire. D'ailleurs, ce serait inutile. On sait ce qu'il en est de la justice des Anglais. S'ils ne veulent pas croire en ton innocence, ce n'est pas toi qui les en persuaderas. Ils seront au contraire bien trop contents de te confondre et de prouver ta culpabilité. Enfin tu es bien naïve d'imaginer que ta reddition épargnerait ton peuple. Les Anglais en profiteraient pour l'asservir. Est-ce cela que tu veux ?

– Il ne me reste plus qu'à faire ce que j'ai voulu éviter à tout prix et jeter mon Jansi dans la guerre. Les Anglais sont très forts, ajouta-t-elle avec amertume. Ils font de moi une meurtrière au moment où ils reprennent l'offensive.

– Nous saurons nous défendre. Nous avons bien vaincu la rani d'Orcha... Et s'il le faut nous demanderons l'aide de Tantya Top et de son armée. L'Inde est loin d'être battue et nous ne le serons pas.

– Et je deviendrai peut-être enfin celle qu'on dit être l'héroïne de la révolution, conclut la rani avec un rire grinçant qui fit mal à Akbar.

Le Conseil du lendemain matin se déroula sans que rien ne fût changé à l'ordinaire. A voir la rani trôner au milieu de ses conseillers assis en tailleur sur leurs coussins de brocart, il eût été difficile d'imaginer que le sort de Jansi était en jeu. Elle avait invité Firoz Shah à venir répéter les informations qu'il avait obtenues. Lorsqu'il eut terminé, elle proposa à nouveau de se rendre aux Anglais afin d'écarter le malheur de son peuple. Peut-être le fit-elle cette fois plus par habileté que par conviction. Comme elle s'y attendait, sa suggestion souleva des protestations unanimes. Le diwan Naransin déclara qu'il fallait résister aux Anglais et défendre Jansi à tout prix, sans compromission et sans concession. Le vieux Kashmiri Mull, qui au nom de la sagesse avait l'habitude de prendre le contre-pied du diwan, penchait pour la négociation. Il avait du mal à croire entièrement en la noirceur des Anglais et il mesurait peut-être mieux que les autres leur puissance militaire. Il hasarda que la rani pourrait leur écrire à nouveau pour sonder leurs intentions.

– Je leur ai assez écrit, protesta-t-elle. Cela n'a

servi à rien sinon à m'humilier. Je ne recommencerai pas. D'ailleurs, le fait que sir Robert Hamilton n'ait pas répondu à ma dernière lettre prouve amplement la véracité des dires du prince Firoz.

Moropant soutint sa fille.

– La reine a raison. Les Anglais se sont butés et rien ne les convaincra de notre bonne foi. Il faut donc se défendre, ajouta-t-il sans conviction.

– Avec quoi ? intervint Sangar Singh.

Au fond de lui-même, le chef de l'armée de Jansi était intimidé par les Anglais qu'il n'avait jamais vus, et qu'il n'était pas loin d'assimiler dans sa fruste imagination à quelques monstres de légende. Les monstres, on ne leur fait pas la guerre ! Et il s'étendit sur la modicité du trésor, sur l'insuffisance des troupes et de l'artillerie.

Cette dernière constatation indigna Ghulam Goushkan, le chef de l'artillerie.

– Avec mes canons, j'ai de quoi repousser tous les Anglais du monde. Ne t'inquiète pas, Reine. Nous vaincrons.

Cet enthousiasme n'était malheureusement pas étayé par la réalité, et tous en furent conscients.

La rani parla.

– En assumant le pouvoir, je n'ai voulu que protéger le trône de mon fils, le légitime souverain, jusqu'à sa majorité. Je pourrais abdiquer, et les Anglais qui me tiennent personnellement responsable du massacre n'auraient plus de raison de s'en prendre à Jansi. Je ne me livrerai pas à eux puisque vous ne le souhaitez pas, je disparaîtrai.

Firoz Shah, qui jusqu'alors n'avait pas ouvert la bouche, proposa chaleureusement :

– Viens avec moi, Reine. Partons avec mon armée. Ensemble nous irons combattre l'Anglais sur les champs de bataille.

Akbar sauta de son coussin. Rouge de colère, les yeux étincelants, il rétorqua :

– On voit, prince, que tu ne connais pas Jansi. Le peuple ne laissera jamais partir sa reine. Il est prêt à mourir plutôt que de la perdre.

Les grands yeux noirs de Firoz Shah se posèrent avec dédain sur Akbar :

– Les habitants de Jansi risquent de perdre et leur reine et leurs vies.

Les Anglais, expliqua-t-il, rendaient la population entière de Jansi responsable avec la rani des crimes dont ils la chargeaient. Jansi s'était rebellé, Jansi devait payer. Ainsi pourraient-ils mieux écraser le royaume sous leurs bottes.

Alors commença entre Firoz et Akbar un duel verbal qui fut le point culminant de ce Conseil. Le premier maintenait qu'on ne pouvait pas défendre Jansi – ni d'ailleurs aucune ville – contre la science et la technique des armées anglaises. Lui-même en avait fait la pénible expérience à Mandisore. Il fallait se retirer dans la jungle, et y entretenir une guérilla. Akbar en revanche soutenait que Jansi pouvait tenir contre l'ennemi avec ses fortifications, avec l'armée qu'on lèverait, les armes qu'on achèterait, les canons qu'on fondrait.

Firoz Shah n'élevait pas la voix. Il parlait avec pondération, défendant au nom de la raison son plan, répondant point par point aux arguments de son contradicteur. Plus il restait calme, plus Akbar s'emportait. Ses yeux lançaient des éclairs, il gesticulait, criait, et s'entêtait contre toute logique.

La rani mit fin à la querelle, se contentant de lever la main pour imposer silence aux deux hommes. Elle fit ensuite venir Damodar. L'enfant entra et s'avança, tout intimidé par la gravité des membres du Conseil. La rani saisit sa main et s'adressa à lui :

– Ecoute bien, mon fils. Les Anglais veulent prendre ton trône et asservir ton peuple. Nous ne l'acceptons pas. Ce sera donc la guerre. Puissent les dieux nous assister.

La semaine qui suivit se passa dans l'agitation et, pour tout dire, dans la confusion. Matin et soir, la rani tenait conseil pour préparer la défense de Jansi. Elle passait les après-midi avec Firoz Shah et les nuits avec Akbar. Tous les conseillers, galvanisés par sa fermeté, étaient maintenant en faveur de la résistance. Des propositions étaient suivies de contre-propositions au cours d'interminables débats. Il régnait au palais une activité fébrile et quelque peu désordonnée, mais la confiance revenait.

La guerre avec Orcha avait prouvé à Lakshmi qu'elle pouvait vaincre. Sa nature n'étant plus contrainte par la politique, elle brûlait de se battre. Son imagination se nourrissait de tradition épique. Elle se voyait, galopant à la tête de ses troupes contre l'ennemi, telles les héroïnes d'autrefois dont elle avait entendu les exploits dans les contes de son enfance.

Autour de Lakshmi, tous se laissaient emporter par la même excitation.

Damodar, atteint par l'énervement général, ne craignait plus d'entrer chez sa mère à toute heure et sans y être convié. Il l'interrompait pour lui raconter crânement les progrès de son entraînement militaire. La rani l'avait en effet confié à l'un de ses officiers pour l'initier à l'art de la guerre. Elle l'écoutait avec fierté, puis elle le renvoyait distraitement.

Avec Akbar, elle passait de l'inquiétude poussée jusqu'à l'abattement à l'optimisme poussé jusqu'à la gaieté. Lui, de son côté, faisait alterner jalousie et tendresse. A chaque instant, il lui faisait comprendre qu'il soupçonnait sa liaison avec Firoz Shah.

— Fais ce que tu veux, mais ne te moque pas de moi en inventant des prétextes ridicules pour t'isoler avec lui.

Les reproches d'Akbar l'atteignaient et elle voyait soudain tout en noir. Alors il lui remontait le moral et lui peignait l'avenir sous les couleurs les plus encourageantes. Il la faisait rire, la prenait dans ses bras et ils tombaient enlacés.

Akbar la touchait et Firoz l'ensorcelait. Sa séduction mêlée de cynisme, sa lucidité, son mystère attiraient singulièrement Lakshmi. A l'heure de la sieste, elle courait le retrouver. A plusieurs reprises, elle découvrit sa chambre vide. Peut-être avait-il été retenu à la mosquée après la prière par quelques leçons coraniques ?

En fait la rani le soupçonnait d'avoir été visiter

une nautch. Elle ne lui en voulut pas, car si elle appréciait et désirait Firoz Shah, elle ne l'aimait pas. Au cours d'un de leurs tête-à-tête, elle lui dit pensivement :

– Tu es arrivé de nulle part, allant on ne sait où, comme un messager. Mais un messager de quoi, du destin ?

– Ou de la mort. Je suis peut-être le messager de la mort.

– La mort ! Tu as toujours ce mot à la bouche. Moi, je suis la vie.

– Aussi seras-tu épargnée. Quant à moi, la mort me prendra bientôt parce que je l'attends.

Troublée, la rani regarda cet homme jeune et très beau qui était né désespéré, et murmura :

– Tu es un prince des ténèbres.

A l'heure matinale où selon son rituel la rani pénétrait dans les écuries pour rendre visite à ses chevaux, elle s'étonna de l'absence d'Akbar. Un de ses officiers l'informa qu'il était parti à l'aube afin de recruter des soldats dans les environs. Comment ? Sans l'en prévenir, sans lui laisser un billet d'explication, sans lui en avoir rien dit la nuit précédente ? La rani se demanda quelle mouche l'avait piqué, sans vouloir admettre que cette mouche s'appelait jalousie. Les jours suivants, elle ne reçut aucune nouvelle. Lakshmi restait cependant persuadée qu'il n'avait pas disparu pour longtemps. Au contraire de Mandar qui ne se fit pas faute de lui dire :

– Tu l'as perdu et ce n'est que justice. Dommage pour toi.

Où étaient les Anglais ? Que faisaient-ils ? Leur armée avait quitté Indore, cela c'était sûr. Des voyageurs annonçaient qu'ils avançaient à marche forcée sur Jansi, qu'ils étaient dix mille, cent mille. Des espions assuraient qu'ils avaient changé de cap, qu'ils se dirigeaient vers l'est. La preuve, ils s'étaient déjà emparés de Sagar, de Garatchota. La rani consultait fiévreusement ses cartes : avaient-ils l'intention d'aller déloger le nabab rebelle de Banda ? Auraient-ils oublié Jansi ?

Il s'avérait difficile d'obtenir des informations précises, car entre Jansi et les rebelles s'étendait une vaste région insalubre parcourue par des bandes incontrôlées. Des roitelets tremblants, restés fidèles aux Anglais et cloîtrés dans leurs palais, avaient laissé l'anarchie s'y installer.

Akbar n'avait pas réapparu. Lakshmi en éprouvait de la tristesse et un certain remords mêlés à un léger soulagement. Il n'y avait plus entre lui et Firoz Shah cette rivalité, cette tension qui pesaient sur elle, l'empêchaient de se concentrer et ne favorisaient pas sa liaison avec Firoz Shah. Et puis Akbar était un meneur d'hommes, non un technicien de la guerre comme Firoz Shah qui donnait à la rani de précieux conseils pour l'organisation de la défense de Jansi. Elle inspectait quotidiennement la réparation des remparts de la ville et du fort, dont tous les arbres avaient été abattus afin d'en dégager l'approche. Elle ordonna de stocker des tonnes de riz, de grain, de farine et de sucre en prévision d'un siège. Elle fit manufacturer munitions et poudre, elle ouvrit deux ateliers pour fabriquer armes blanches et armes à feu. Ghulam Goushkan réparait les canons les plus vieux ; et ceux qui étaient trop rouillés pour être utilisables, il les fit fondre afin d'en fabriquer de nouveaux. Une contribution de guerre exceptionnelle fut levée. La rani donna l'exemple en sacrifiant sa vaisselle d'or et d'argent, au cours d'une cérémonie publique devant le temple de Kali. Elle offrit d'abord des offrandes à la redoutable déesse parée de colliers de crânes humains, afin qu'elle écarte les désastres et chasse la peur. Puis ses serviteurs, ployant sous le faix, apportèrent des monceaux de plats, d'aiguières, de bassins et de coupes en métal précieux destinés à être fondus, qu'elle remit aux prêtres du temple.

Instinctivement, elle avait compris qu'elle représentait le meilleur atout pour entraîner ses sujets à donner jusqu'à leur argent, et elle ne répugnait pas à se mettre elle-même en scène pour frapper les imaginations.

A sa suite et en sa présence, les habitants de Jansi vinrent remettre leurs dons volontaires, les hommes leur or et leur vaisselle, les femmes leurs bijoux. Pas une ne manqua, les riches bourgeoises de la ville déposaient dans les plateaux leurs opulentes parures, et les plus humbles y glissaient leurs simples anneaux d'or.

Enfin la rani fit recruter des soldats dans toute la région. Attirés par la réputation qu'elle s'était acquise lors de la guerre contre Orcha, nombre de rebelles qui guerroyaient dans les environs accoururent. En peu de temps, elle avait réuni un millier d'hommes qui campaient à proximité de la ville. Elle tenait à assister chaque jour en personne à l'enrôlement, accompagnée de Damodar. Connaissant la nature chevaleresque de ses compatriotes et leur amour pour les enfants, elle savait que cette image d'une femme et de son jeune fils, l'une symbolisant la fragilité et la détermination, l'autre l'avenir, impressionnerait les nouvelles recrues.

Elle ne posait aucune question aux candidats sur leur passé ou leurs origines, et elle acceptait tous ceux qui se présentaient. Un matin, elle vit s'avancer Bakshish Ali, l'ancien geôlier en chef de Jansi, qui avait présidé au massacre des Anglais. Toute sa superbe envolée, vêtu de haillons, il venait humblement demander à reprendre du service. Sangar Singh allait l'engager lorsque la rani l'arrêta. Elle toisa Bakshish Ali, et lui dit :

– Tu n'as rien à faire parmi nous. Va te faire pendre ailleurs et ne reviens jamais ici.

Des cavaliers par vagues de dix, vingt ou trente commencèrent à arriver pour se ranger sous le drapeau de la rani. Tous étaient des hommes du Nord, des Patans. Ils furent accueillis à bras ouverts car l'apport de ces guerriers redoutables et fidèles était précieux. Ces nomades venaient soit des environs, soit de lointaines provinces, prévenus par des messages de parents ou de membres de leurs tribus. Tous avaient été enrôlés, directement ou non, par Akbar Khan. C'était là sa contribution, sa surprise, son cadeau à la rani. Que faisait-il ? Où était-il ? demanda-t-elle aux Patans. Akbar Khan sillonnait inlassablement les routes et, comme il se déplaçait sans cesse, nul ne savait où il se trouvait.

Au moment même où elle pensait à lui, Akbar s'était arrêté dans un village à quelques miles seulement de Jansi. Du haut des marches d'un vieux temple, il s'adressait aux paysans pour les convaincre de devenir des soldats de la foi, des combattants de la liberté, des défenseurs de la rani qu'il comparait à Dourga, l'incarnation la plus séduisante de Kali, la déesse guerrière. Lorsqu'il se mit à vanter sa vaillance, sa générosité, son invincibilité, les paysans qui l'écoutaient furent très étonnés de voir des larmes couler le long de son visage.

Un des éclaireurs que la rani avait envoyés très loin vers le sud revint haletant à Jansi pour annoncer que les Anglais avaient, contre toute attente, forcé les trois passes de Narut, Mandapur et Dhamoni. Et pourtant des révolutionnaires, plus de deux fois supérieurs en nombre, les attendaient de pied ferme autour de ces fameuses gorges, naturellement défendues par une jungle plus impénétrable qu'ailleurs, des falaises à pic et des torrents infranchissables.

Ainsi les Anglais n'avaient pas fait diversion vers l'est, mais s'avançaient droit sur Jansi.

Lakshmi se décida à écrire à Tantya Top, qui guerroyait dans les environs de Kalpi, pour réclamer le secours de son armée. Puis elle se jeta à corps perdu dans sa tâche, intensifiant les préparatifs de défense, prévoyant tout. Instruite par l'exemple néfaste de tant de chefs de la révolution, elle ne voulait rien laisser au hasard.

Pour empêcher les Anglais de trouver autour de Jansi le grain, les légumes et le bois dont ils auraient besoin, elle pratiqua la politique de la terre brûlée.

Les paysans et les grands propriétaires terriens se montrèrent réticents à l'idée de laisser anéantir leurs champs et leurs vergers. La rani envoya des commissaires pour les persuader et, dans les cas où ceux-ci n'y parvinrent pas, elle n'hésita pas à utiliser la force. Bientôt, les alentours naguère verdoyants de Jansi ressemblèrent à un morne désert uniformément gris.

Pour la première fois dans l'histoire de son pays, elle eut l'idée d'enrôler les femmes et de former des bataillons féminins d'infanterie, de cavalerie et même d'artillerie.

Elle sortait du fort sur son éléphant royal, ce pachyderme albinos qui faisait l'envie de ses voisins, et allait dans les quartiers les plus pauvres de la ville ou dans les villages des environs. Elle s'asseyait dans la position du lotus sous un dais de feuillage, hâtivement dressé sur une place ou devant un temple. Et elle parlait, sans jamais élever la voix, ce qui eût été indigne d'une reine. Elle dialoguait comme d'égal à égal avec les centaines de femmes assises autour d'elle, qui buvaient ses paroles.

Le prestige de cette reine qui descendait des hauteurs de son palais pour s'entretenir directement avec son peuple, joint à son éloquence naturelle, fit des miracles. Il n'y eut aucune femme à Jansi qui ne voulût s'enrôler dans son armée.

Lakshmi se rendit un jour dans son palais de ville pour y surveiller en personne le stockage des provisions. Elle entra dans la cour des communs peu fréquentée où, depuis des mois, habitait en secret Annabelle Phipps. Elle avait presque oublié l'existence de son ancienne rivale. Devant la porte de celle-ci, elle hésita, puis entra. Annabelle Phipps avait retrouvé un peu de sa beauté et beaucoup de sa superbe.

– J'espère, lui dit la rani, que vous avez tout ce que vous désirez.

Le ton royal, cette sollicitude qu'elle prit pour de la condescendance irritèrent Annabelle qui répondit :

– J'ai tout ce qu'on peut avoir en prison.

– En prison ! s'exclama la rani. Mais vous êtes libre. Sortez, si vous voulez. Partez...

– Il vous est facile maintenant de me libérer alors qu'une armée anglaise s'approche de Jansi pour vous en chasser.

L'ingratitude de Mrs Phipps provoqua la rani qui lui demanda :

– Entre nous, Mrs Phipps, qui donc vous a sauvée ?

– Je ne voulais pas survivre à Roger, je voulais mourir avec lui. Vous m'avez forcée à vivre pour le pleurer et le regretter toujours.

Ce pathos rendit la rani ironique, au point d'en oublier la triste condition d'Annabelle et de frôler elle-même le mauvais goût.

– Pourquoi ne commettez-vous pas le *saati*, le suicide rituel de nos veuves ?

– Ma religion m'interdit de me tuer, et puis je dois vivre pour témoigner un jour de ce qui s'est passé ici, pour raconter l'assassinat de mes compatriotes et de Roger.

– Mrs Phipps, vous êtes bien présomptueuse. Je pourrais vous faire tuer pour supprimer l'unique témoin que vous êtes.

– Principal témoin, oui, mais non pas l'unique témoin. Même dans cette prison où vous me tenez, j'ai des contacts avec l'extérieur. Je connais beaucoup d'Indiens qui sont prêts à déposer devant les miens et à étaler vos forfaits. Sachez-le, l'heure de votre châtiment approche.

Il n'y avait rien à faire avec cette femme arrogante et vindicative. La rani haussa les épaules et se retira. Se pouvait-il qu'Annabelle eût vraiment des contacts en ville et qu'il se trouvât à Jansi des Indiens prêts à accabler leur souveraine ? Elle préféra penser que son ancienne rivale avait tout inventé. Néanmoins, cette brève entrevue laissa la rani désorientée.

Lakshmi avait ouvert pour Firoz Shah le sanctuaire de sa chambre, où aucun homme, son père excepté, n'avait jamais pénétré. Lorsque les servantes s'étaient retirées, il la rejoignait, portant la djellaba blanche des dévots musulmans, ou en tenue de prince impérial, habillé de vert de la tête aux pieds et couvert d'émeraudes. Abominant le tabac, il pestait contre l'odeur du hookah, malgré le soin qu'elle avait pris de mélanger de l'eau de rose à l'eau bouillante du kalian. Allongée sur son lit, Lakshmi aimait le regarder se déshabiller, avant qu'il ne vienne la rejoindre et la serrer contre lui de toutes ses forces.

C'est au cours d'une de ces nuits d'intense plaisir, alors qu'ils reposaient tous deux nus au milieu d'un désordre de couvertures de soie froissées et de coussins brodés d'or, que Firoz Shah déclara soudain :

– J'ai décidé de partir.

Lakshmi se releva à demi et le regarda longuement, détaillant ce corps si bien proportionné, à la peau pâle :

– Alors, prince, tu désertes ?

Calmement, il lui expliqua qu'il comptait prendre ses troupes et courir à Lucknow. En effet, une troisième armée anglaise était partie de Cawnpore pour reprendre l'ancienne capitale du royaume d'Oudh, devenue le foyer principal de la révolution. Avec des renforts venus de la métropole, sir Colin Campbell, qui la commandait, avait réuni des forces considérables – en fait, la plus grande armée anglaise qu'on eût jamais vue en Inde.

– Et tu vas venir avec moi, conclut Firoz Shah. Je veux te voir t'illustrer sur ce qui promet d'être l'un des plus célèbres champs de bataille de l'histoire de l'Inde et la clef de l'avenir de notre pays.

– Tu sais bien que je n'abandonnerai jamais mon peuple, même pour la meilleure des causes.

Eclairé par les succès des Anglais aux trois défilés de Narut, Mandapur et Dhamoni, Firoz Shah doutait que Jansi pût tenir indéfiniment. Au lieu de s'y accrocher en vain, mieux valait se replier sur des forteresses mieux défendues et regrouper les forces de la révolution. La froide analyse du stratège irrita la rani.

– Si tu veux partir, libre à toi. Cependant, je suis convaincue qu'en restant ici nous pourrons repousser les Anglais.

A mots couverts, Firoz lui fit comprendre qu'il considérait Jansi comme une place sans importance, alors que le sort de l'Inde allait se jouer à Lucknow.

– Que serait Jansi sans toi ? Nul ne connaîtrait le nom de Jansi s'il n'y avait la rani de Jansi. Ce sont ta vaillance, ton ascendant, ton prestige qui font tout. La révolution a besoin de toi là où elle va combattre pour son existence même. Si Lucknow tombe, crois-tu que Tantya Top pourra tenir à Kalpi ? Crois-tu, malgré ton optimisme, que toi-même tu pourras tenir ici ?

– Il y a une différence entre nous. Tu n'as de racines nulle part et tu es libre d'aller où le destin t'appelle. Moi, je suis indéfectiblement attachée, que dis-je ? enchaînée à Jansi.

La rani savait combien lui manquerait cet amant, ce complice, ce seigneur qui parlait le même langage qu'elle, mais elle ne le lui dit pas. Elle n'exprima que son regret de perdre ses conseils et ses troupes. Firoz sourit.

– Mes troupes ne te seraient pas de grande utilité. Les cavaliers patans que t'envoie Akbar continuent à grossir chaque jour ton armée au point que bientôt tu ne sauras plus qu'en faire. D'ailleurs, tu le sais, face aux Anglais, ce n'est pas le nombre qui compte. Quant à mes conseils, je te suis reconnaissant d'avoir bien voulu les écouter. Mais en fait, Lakshmi, tu sais admirablement te débrouiller toute seule. Tu n'as besoin que d'exécutants, ce que je ne serai jamais.

A son tour la rani sourit :

– Je l'avoue, je regretterai de ne pas partir me battre avec toi.

Firoz la remercia pour son hospitalité avec la grâce d'un grand seigneur et la sincérité d'un honnête homme. Il ne cesserait de penser à Lakshmi qui continuerait à l'inspirer. C'était sa façon à lui de dire qu'il l'aimait, autant qu'en était capable cet homme dégoûté de la vie, prisonnier de sa destinée.

– Où que je sois, ajouta-t-il, appelle-moi et j'accourrai.

– Merci, prince, mais c'est à toi de deviner lorsque j'aurai besoin de toi.

Ce reproche déguisé fut le seul qu'elle lui fit. Ils se séparèrent sans un geste, sans un mot. Firoz Shah quitta Jansi alors que l'aube déjà avancée rougissait le ciel.

Curieusement, après son départ, l'absence que la rani ressentit le plus fut celle d'Akbar. Combien de temps lui ferait-il encore payer son infidélité, quand donc reviendrait-il, se demandait-elle. Elle se sentait seule. Seule dans son appréhension de l'avenir. Seule face au danger de cette armée anglaise, qui n'était encore qu'un fantôme mais qui avançait inexorablement vers Jansi.

CHAPITRE X

EXTRAITS D'UNE LETTRE DE RODERICK BRIGGS À SARAH BRANDON DATÉE DES 18 ET 19 MARS 1858

Ces dix derniers jours nous avons avancé sans rencontrer aucun rebelle, mais à leur place un nouvel ennemi bien pire qu'eux est apparu, l'été indien.

Le paysage autour de nous était grillé et désolé. Les puits étaient vides et les arbres sans feuilles ne nous offraient aucune ombre. L'épaisse poussière qui recouvrait les routes tantôt gênait notre marche, tantôt soulevée par des bourrasques nous aveuglait, piquait nos yeux, irritait chaque pore de notre peau. La nuit dans les tentes, la température atteignait 100 °F. J'ai dû me raser entièrement la tête comme mes camarades pour éviter tout échauffement inutile. Avec les coups de soleil qui ont rongé ma peau et en particulier mon nez, je ne suis pas beau à voir et pour la première fois je ne suis pas mécontent d'être séparé de vous car j'aurais honte de me montrer ainsi. Hier nous sommes arrivés à Chanchanpur, à seize miles au sud-ouest de Jansi. Si nous sommes près du but, ce n'est pas la faute de notre général. Voilà bientôt trois mois que nous sommes partis d'Indore. Rose nous a fait perdre un temps considérable dans des opérations fort éloignées de notre chemin lorsque la fantaisie le prenait d'aller déloger quelque bande de rebelles, puis en nous immobilisant lorsqu'il s'est aperçu que son armée man quait d'approvisionnement. Et si nous avons forcé le passage aux défilés de Narut, Mandapur et Dhamoni, ce fut au prix de bien inutiles pertes en vies humaines. Les officiers dénoncent son manque de vigueur, son incurie. Les soldats perdent confiance en lui. Tous soupçonnent l'âge d'avoir amoindri ses facultés. Quant à moi, je lui pardonne difficilement de retarder sans cesse ce moment tant attendu de châtier comme elle le mérite la rani de Jansi. Non seulement elle a sournoisement déclenché la rébellion dans son royaume afin de reprendre son trône, mais ce fut elle en personne qui ordonna le massacre de nos compatriotes. Comme je vous l'ai écrit, aucun doute ne peut subsister, car nous avons reçu d'Orcha des preuves irréfutables. J'ai vu les ordres signés de sa main, les lettres écrites par elle aux chefs rebelles, ses complices. Aussi je la tiens pour la véritable meurtrière de Roger. C'est sur elle que je le vengerai comme j'en ai fait le serment. C'est elle que je ferai payer pour les victimes innocentes sacrifiées non seulement à Jansi mais aussi à Cawnpore, à Delhi, partout où ses complices ont déchaîné leur cruauté barbare. Je ne demande à Dieu qu'une faveur, c'est de me laisser tuer moi-même cette Messaline, cette Jézabel. Elle vient de nous donner une nouvelle preuve de sa duplicité. Sentant le filet se resserrer autour d'elle, elle nous a dépêché un émissaire qui est arrivé ce matin même ici à Chanchanpur, et qui n'est autre que son ministre de la Justice, un certain Kashmiri Mull. J'étais avec le général Rose et sir Robert Hamilton lorsqu'ils l'ont reçu. J'ai vu entrer dans la tente un vieillard fort alerte, avec un air trompeur de dignité. Il parlait un anglais correct et semblait rompu à l'argumentation juridique, ce qui lui donnait le redoutable pouvoir de convaincre. Sa mission est entourée d'un tel secret que même les conseillers les plus proches de la rani n'en ont pas été informés.

Par sa voix , la rani offrait de ne pas s'opposer à l'avance de notre armée, de faire acte d'obédience à notre gouvernement et de lui retourner tous les Etats en sa possession. En contrepartie, elle demandait que nous épargnions à son peuple destructions, spoliations et représailles. Elle promettait de ne pas nous résister... alors qu'elle abrite en ce moment un des chefs les plus notoires de la rébellion, le nommé Firoz Shah, alors que chaque jour de nouveaux canons sortent de ses arsenaux et que de nouveaux régiments de fanatiques accroissent son armée, ainsi que nous l'apprennent nos espions. Je bouillais en écoutant son émissaire débiter ses allégations mielleuses, et tremblais que le général Rose ne s'y laissât prendre. Dieu entendit ma prière, ou plutôt sir Robert Hamilton montra sa fermeté coutumière. Il faut préciser aussi qu'il avait reçu quelques jours plus tôt des instructions du gouverneur général de l'Inde. Il répondit donc à l'émissaire que les Etats de la rani n'avaient pas besoin d'être rendus au gouvernement britannique puisqu'ils lui appartenaient légalement. Il ajouta que la rani ainsi que les suspects du massacre devraient être jugés par une commission spécialement nommée à cet effet. Si la rani réussissait à prouver son innocence, elle ne serait pas inquiétée. Mais auparavant il fallait, en signe de sa bonne foi, qu'elle vînt immédiatement ici se rendre à nous pour y être gardée jusqu'à son jugement. L'émissaire répondit que sa maîtresse n'accepterait jamais cette humiliation et cette injustice car, ajouta-t-il, elle était innocente. Plutôt que de se rendre, elle et son peuple se battraient jusqu'à la mort contre nous.

Les négociations ont été alors rompues, j'espérais que sir Robert ferait jeter en prison l'émissaire de la rani, mais il l'a laissé repartir. C'est moi qui ai été chargé de le raccompagner. En chemin, il a tenté un plaidoyer en faveur de la rani avec l'espoir que je le répéterais à mes supérieurs. Je lui ai répondu qu'il perdait son temps, et je ne lui ai pas caché ce que je pensais de sa maîtresse et je n'ai pu me retenir de mentionner le nom de Roger.

Je me demande parfois si Rose est de taille à mener à bien la tâche qui nous attend. A Jansi, ce ne seront plus des bandes indisciplinées commandées par une multitude de chefs sans expérience que nous combattrons, mais une armée puissante, organisée, tenue par *la main de fer de la rani. Il faut avouer que cette femme sans scrupules s'est révélée aussi une femme de tête et un habile général. Néanmoins, ma conviction se renforce que pour elle l'heure du jugement va sonner et que pour moi l'heure de la vengeance approche.*

19 mars. Hier, c'était plein d'espoir que j'ai fermé ma lettre. Je l'ouvre aujourd'hui, la déception et la colère au cœur, pour vous raconter les derniers développements.

Il y a une semaine donc, le général rebelle Tantya Top, voulant secourir la rani de Jansi, opéra une diversion et força brusquement vers le sud-est, attaquant les villes de Panna et de Charkhari dont les souverains se sont toujours montrés nos fidèles alliés.

A cette nouvelle, le gouvernement général à Calcutta entra en ébullition. Si nous laissions les rajahs de Panna et de Charkhari être vaincus, aucun autre souverain de l'Inde ne voudrait plus se rallier à nous. Aussi ce matin avec ces nouvelles est arrivé un message du gouverneur général lord Canning ordonnant au général Rose d'abandonner immédiatement tout projet contre Jansi pour aller d'urgence secourir Charkhari.

On nous demande de renoncer à un objectif qui se trouve à seize miles devant nous pour un autre à quatre-vingts miles hors de notre route. Bien entendu, notre général est prêt à obtempérer, quitte à ruiner toute chance de prendre Jansi... Si près du but, devra-t-il nous échapper ? Incertitude et désarroi règnent dans notre état-major et l'anxiété fait trembler ma main en vous écrivant...

– Il n'y a pas de place pour les traîtres près de la reine.

Le diwan Naransin cracha cette phrase en regardant droit dans les yeux Kashmiri Mull, et la rani lui répondit sèchement :

– Ce que mon ministre de la Justice a fait, il l'a fait sur mon ordre et pour le bien de l'Etat.

Cet échange avait lieu au Conseil qui se tint quelques jours après le retour de Kashmiri Mull de Chanchanpur. Le bruit de son court voyage s'était répandu. Comme le vieillard avait toujours été partisan de l'alliance anglaise, certains affirmaient qu'il avait voulu se rendre aux Anglais, d'autres qu'il avait voulu s'enfuir de Jansi, qu'il avait été rattrapé sur ordre de la rani et pardonné par celle-ci. Les plus zélés de ses adversaires politiques, dont le diwan Naransin, soutenaient qu'il s'était depuis longtemps vendu aux Anglais.

Plusieurs parmi les talukdars et les nobles chefs de tribus, réunis au cours du durbar quotidien, se montrèrent plus perspicaces que Naransin. Ils comprirent que c'était la rani elle-même qui avait voulu traiter avec les Anglais, et sans la mettre en cause directement exigèrent qu'à l'avenir aucun accommodement ne soit cherché avec ceux-ci.

La rani dut passer par l'humiliation de le leur promettre. L'échec de la mission de Kashmiri Mull l'affectait à plus d'un égard. Celui-ci n'avait pas tari sur les épreuves de ce voyage précipité, effectué de nuit sur des routes défoncées afin de ne pas attirer l'attention. Il s'était offusqué que les Anglais l'eussent reçu non comme l'ambassadeur d'une souveraine mais plutôt comme le complice d'une criminelle avec laquelle ils se refusaient à traiter. Il s'était étonné de la haine révélatrice qu'il avait sentie chez un aide de camp du général Rose. Ce jeune homme, dont le visage enfantin était démenti par le regard dur, les lèvres minces et les paroles sanglantes, avait dressé un violent réquisitoire contre la rani. Il avait raconté avoir connu Roger Giffard. A la description de Kashmiri Mull, la rani comprit qu'il s'agissait de ce Roderick Briggs dont Roger lui avait si souvent parlé. Plus d'une fois elle avait caressé l'idée de l'inviter à Jansi lorsque les circonstances le permettraient. L'absurdité de la guerre voulait qu'elle retrouvât le meilleur ami de Roger parmi les ennemis prêts à la combattre. Elle était déchirée à l'idée que Roderick Briggs, comme ses compatriotes, la tenait pour responsable du massacre de Jansi, et donc de la mort de Roger. L'abomination de cette accusation, qui de surcroît ravivait des souvenirs si pénibles, l'accabla. Elle pleura dans les bras du vieux Kashmiri Mull, consterné et stupéfait de la voir dans cet état si opposé à son habituel empire sur elle-même.

Lorsqu'elle se fut reprise, elle se félicita de l'absence de Firoz Shah. Elle n'aurait pas supporté l'ironie que n'eût pas manqué de déclencher chez lui cette ultime tentative de négociation avec les Anglais.

Depuis son départ, elle n'avait eu de ses nouvelles que par une proclamation datée de Lucknow même, où il appelait hindous et musulmans à s'unir pour sauver leurs religions et exterminer les Anglais.

Il y affirmait avoir enrôlé sous ses drapeaux cent cinquante mille hommes liés par un solennel serment de vaincre ou de mourir. Ce chiffre extravagant rappelait à la rani la vantardise des autres chefs révolutionnaires. Firoz Shah ne vaudrait-il pas mieux qu'eux ?

A Lucknow, la bataille décisive s'était engagée. Sir Colin Campbell, à la tête de sa formidable armée, était arrivé devant la ville où il avait été rejoint par le maharajah du Népal à la tête des gurkahs, soldats fameux pour leur combativité et leur cruauté. Ils avaient affaire à forte partie, car à la tête des innombrables défenseurs de la ville se trouvaient les chefs de la rébellion : la redoutable bégum Hazrat Mahal, qui avait saisi le pouvoir dans l'ancien royaume d'Oudh, le Maulvi de Faizabad qu'un jour la rani avait vu prêcher à Gwalior, Nana Sahib dont les mouvements ces derniers mois avaient été entourés de mystère et le prince Firoz Shah.

Tout de suite les combats avaient atteint une intensité extraordinaire. Chaque faubourg, chaque temple démesuré, chaque palais gigantesque de l'opulente cité était l'objet d'une bataille, et des deux côtés les pertes étaient terribles.

La rani pensa à Firoz Shah, désormais dans son

élément. Elle s'inquiéta pour lui. Mais bientôt elle eut d'autres soucis en tête. L'armée anglaise arrivée à Chanchanpur à seize miles de Jansi n'était pas tombée comme elle l'espérait dans le piège tendu par Tantya Top avec sa diversion sur Panna et Charkhari. La rani était exactement informée de ce qui se passait dans l'état-major ennemi par ses espions, recrutés parmi les ordonnances indiennes des officiers supérieurs britanniques. La rani apprit ainsi que, contrairement à ce que croyait Roderick, c'était sur la décision personnelle du général Rose que son armée n'était pas allée secourir Charkhari et poursuivait son avance sur Jansi. Elle en estima d'autant plus les capacités de celui-ci et reconnut qu'elle aurait affaire à un adversaire coriace. A l'impatience des Anglais d'attaquer Jansi pour la capturer, elle se rendit compte de l'importance qu'ils lui attribuaient. Elle ne la comprenait pas, mais elle dut l'admettre.

A l'approche de l'armée anglaise, un mouvement de panique saisit Jansi. Un certain nombre de ses habitants s'enfuirent, non pas les pauvres mais les plus riches qui partirent pour Gwalior en emportant leurs biens entassés sur des charrettes. La rani ne les en empêcha pas. « Les gueux et moi, nous suffirons amplement à la tâche », lança-t-elle à la cantonade. Néanmoins elle voulut montrer qu'elle gardait confiance en l'avenir.

Elle décida de marquer d'un éclat particulier le festival de la déesse Lakshmi qui tombait à cette époque. Elle choisit pour ce faire le 20 mars, un vendredi, jour d'excellent augure. Elle envoya Damodar, sans elle, prier avec les hommes au temple de la déesse. L'enfant, vêtu de brocart rose scintillant de diamants, le petit sabre offert naguère par Nana Sahib pendant à son côté, avait fière allure sur Pari. La rani ne laissait personne monter son cheval favori, mais l'avait prêté exceptionnellement à son fils en cette occasion. L'apparition de Damodar sur sa monture, entouré de ministres, de dignitaires et de gardes, déchaîna l'enthousiasme populaire.

La rani recevait au palais les femmes, sans distinction de castes, pour une cérémonie qui leur était exclusivement réservée. On avait transporté de son oratoire privé dans la salle du trône la statue en or de la déesse, qu'on avait installée sur un piédestal couvert de lis, de soucis et de roses. A droite et à gauche de l'idole se dressaient des pyramides de fruits et de légumes, et devant elle on avait étalé des plateaux et des bols d'argent pour les offrandes.

Les prêtres avaient sorti des coffres les plus riches parures de la déesse dont on ne l'ornait que les jours de fête, et ils l'avaient couverte de bijoux au point qu'elle semblait entièrement incrustée de diamants, d'émeraudes et de perles. Aux murs étaient suspendues de grandes peintures à sujet religieux, les plus belles et les plus anciennes de la collection des rajahs de Jansi.

Cette somptuosité était destinée à affirmer que malgré les circonstances, la prospérité de Jansi et le luxe de la cour demeuraient inchangés. Et comme si elles s'étaient donné le mot, toutes les femmes invitées avaient revêtu leurs plus beaux atours. Les épouses des nobles chefs de tribu, des fonctionnaires de la cour et des talukdars portaient des saris de soie brodée d'or ; et les femmes du peuple, les épouses des artisans et des boutiquiers, des saris de coton aux couleurs vives d'une éclatante fraîcheur. La cérémonie dura de deux heures de l'après-midi à neuf heures du soir, à la fois religieuse et mondaine. Car entre les lectures pieuses, les incantations et les offrandes, les invitées prenaient le temps de bavarder en grignotant des sucreries. Entre les groupes qu'elles formaient assises sur les grands tapis à ramages, la rani évoluait dans son habituel sari blanc qui moulait ses formes. Souriante, plus gracieuse et affable que jamais, elle eut un mot pour chacune, atteignant ainsi son but. Enchantées de son accueil, les femmes retournèrent chez elles euphoriques et confiantes, racontant avec enthousiasme leur après-midi à leurs maris, auxquels elles redonnèrent courage.

La cérémonie à peine terminée, on apporta à la rani une lettre jetée par-dessus le rempart de la première enceinte. Une sentinelle l'avait ramassée. Elle n'était pas signée et ne contenait que quelques lignes :

La reine devra rencontrer le capitaine accompagnée de son Premier ministre et de son père. Personne d'autre ne doit accompagner la reine et elle ne doit pas avoir d'escorte armée. Elle doit rencontrer le capitaine dans les deux jours qui suivent et pas plus tard.

On interrogea la sentinelle. Le message avait été jeté par un cavalier en uniforme.

– Quel uniforme ?

La sentinelle ne savait pas. Cette lettre bizarre, son style incorrect et son anonymat éveillèrent la méfiance de la rani. Elle flaira un piège et la déchira. D'ailleurs, il n'était plus temps de traiter.

TROISIÈME PARTIE

L'HÉROÏNE

CHAPITRE PREMIER

A cinq heures du matin ce 21 mars, la rani se trouvait avec son état-major au sommet de la plus haute tour des remparts du fort et elle scrutait l'horizon. Il faisait déjà jour et l'aube indienne régnait dans sa gloire incomparable. Une lumière diffuse rose et grise couvrait le paysage embrumé.

Puis brusquement, le soleil apparut, incendia la tour, descendit le long des remparts, rampa sur le sol et découvrit la terre brûlée ainsi que les troncs noirs des arbres incendiés. Seuls les cris d'un couple de singes brisaient le silence.

La rani fut la première à apercevoir, assez loin à l'ouest, un nuage de poussière qui s'élevait lentement entre deux collines rocheuses. C'était l'armée anglaise. Une peur viscérale la saisit. Elle aurait tout donné pour qu'Akbar se trouvât à ce moment-là à côté d'elle. Lui seul savait lui rendre confiance et lui communiquer son optimisme. Où était-il ? Reviendrait-il, ou bien, la jalousie et la souffrance ayant été trop fortes, était-il parti pour toujours ? Par un prodigieux effort sur elle-même, la rani réussit à rester impassible devant ses officiers qui la surveillaient du coin de l'œil. Tant il est vrai que le courage est stimulé par la présence d'autrui, tant il est vrai que le courage se limite souvent à le feindre.

Pendant les trois jours suivants, la rani surveilla du haut des remparts l'armée anglaise qui tentait d'investir Jansi. Elle comprit que le général Rose ne s'aventurerait pas à attaquer le fort, quasi imprenable. Il n'aurait pu le réduire que par la faim au prix d'un trop long siège. Quant à la ville, il ne disposait pas d'un nombre d'hommes suffisant pour entourer ses quatre miles et demi de remparts, renforcés de tours et de bastions. Et ce n'était pas le modeste contingent envoyé par la rani d'Orcha qui résoudrait ses problèmes.

Il dut se contenter de disposer ses batteries ici et là et d'envoyer des patrouilles prévenir toute tentative de sortie. Firoz Shah s'était trompé, se dit la rani. Jansi pouvait tenir indéfiniment ou tout au moins jusqu'à ce que l'été indien atteigne son apogée pour épuiser les assiégeants.

On apporta à la souveraine une proclamation qui venait d'être lancée au-dessus des remparts. Rose invitait les habitants de Jansi à ne pas résister, rappelant que toutes les villes prises de force par les Anglais avaient subi pillages et massacres. Le même sort les attendait s'ils se défendaient. La rani vit dans l'utilisation de cette arme psychologique une preuve de plus de l'impuissance de Rose, ce qui renforça encore son optimisme. D'autre part, sur ce terrain, elle se montrait plus forte que lui. Reine avisée et Indienne, elle connaissait mieux que lui la mentalité de ses compatriotes.

En réponse à sa proclamation menaçante, elle convoqua une nouvelle fois les représentants des diverses classes sociales, sachant qu'ils n'étaient jamais las de réunions et de palabres et que pour les gagner il suffisait de les laisser exprimer le plus longuement possible leurs opinions.

Elle avait parfaitement orchestré ce durbar exceptionnel. Elle commença par demander franchement aux délégués s'ils souhaitaient défendre la ville ou réclamer la paix. Kashmiri Mull, au nom de ses ministres et sans qu'aucun le désavouât, se prononça pour la paix mais demanda l'avis de la rani. Celle-ci répliqua que son opinion ne comptait pas et qu'elle s'en tiendrait au choix de son peuple, quel qu'il fût.

Successivement, les commandants de son armée, les nobles chefs des tribus et les délégués des citoyens de la ville se prononcèrent en faveur de l'indépendance de Jansi, c'est-à-dire de la guerre. Alors les ministres, toujours par la voix de Kashmiri Mull, s'inclinèrent devant la décision populaire.

– Combattons donc pour l'indépendance, conclut la rani, et gardons à l'esprit les paroles mêmes du dieu Krishna : « Nous profiterons de la liberté si nous sommes victorieux ; si nous sommes tués sur le champ de bataille, nous gagnerons la gloire éternelle et le salut. »

Une ovation lui répondit. Pour chacun des hommes présents, cette femme menue et indomptable incarnait véritablement leur ville menacée et leur détermination à défendre sa liberté.

Autant la rani avait mis du calcul dans la mise en scène de ce durbar – particulièrement dans l'intervention de ses ministres –, autant elle resta entièrement sincère avec Damodar. Elle le fit venir dans le salon des audiences privées, lui montra par la fenêtre le campement et les batteries anglais, puis l'assit sur le trône et restant debout devant lui, comme sa sujette, lui dit :

– Mon fils, je ne règne qu'en ton nom. C'est toi le souverain. C'est donc toi le responsable. C'est à toi de décider si tu veux ou non que Jansi soit défendu, quel qu'en soit le prix.

– Je le veux, répondit l'enfant d'une petite voix.

Damodar avait dit cela parce qu'il savait que c'était ce qu'elle voulait entendre. La réponse de l'enfant suffit à Lakshmi pour voir en lui un héros. Elle ne s'était même pas demandé ce qu'elle aurait fait au cas où il se serait exprimé contre la résistance de Jansi. Damodar ajouta tout de même dans un murmure à peine audible :

– Quand reviendra Akbar Khan pour nous défendre ?

– Bientôt, très bientôt, mon fils. Et en disant cela elle n'était plus très sûre d'y croire.

L'enfant était encore dans la pièce lorsque Moropant entra avec un billet qu'un cavalier, déjouant les patrouilles anglaises, venait d'apporter. La rani lut :

Tes amis de Kalpi te saluent, Reine. Les ennemis de l'extérieur, les Anglais maudits, te menacent, mais bien pires sont tes ennemis de l'intérieur qui agissent dans l'ombre. Tu es trahie, Reine, dans ton Conseil même, là où tu peux le moins le soupçonner. Surveille chacun, méfie-toi de tous et n'écoute que toi-même.

La rani voulut voir l'homme qui avait apporté le billet. Il était reparti aussitôt après l'avoir déposé. Il devait retourner sans délai à Kalpi, avait-il dit.

Tu es trahie dans ton Conseil. Mais par qui ? Kashmiri Mull, défenseur de l'alliance anglaise, constituait la cible naturelle des soupçons. Mais n'était-ce pas justement trop évident ? Et puis la rani ne doutait pas de sa fidélité. Sangar Singh, le chef de l'armée ? Pouvait-on se fier entièrement à un ancien dacoït ? D'instinct la rani se rebellait contre l'idée qu'il trahisse.

Elle se rappela qu'on avait déjà mentionné l'existence de traîtres autour d'elle. Sadasheo, le cousin de son défunt mari, le candidat malheureux au trône de Jansi, lorsqu'il avait été arrêté et emprisonné au fort, s'était vanté d'avoir à Jansi même des amis puissants : « Tu ne soupçonnerais jamais leur identité et lorsque tu l'apprendras, il sera trop tard », avait-il affirmé.

Mais aujourd'hui, le billet avait été envoyé par les « amis de Kalpi ». Il ne pouvait s'agir que de Tantya Top ou de membres de son proche entourage. Rien toutefois ne prouvait qu'ils l'aient écrit. N'était-ce pas plutôt une manœuvre des Anglais destinée à semer la défiance chez elle et à l'inciter à commettre des erreurs ? Comme ils n'avaient pas d'autres moyens de prendre Jansi, tout était possible de leur part. Si seulement Akbar avait été là ! Mais il la laissait seule, et seule elle devrait garder la tête froide, seule elle devrait vaincre.

Elle regarda son fils qui l'observait avec anxiété. Il

avait dit qu'il voulait défendre Jansi. Et, foi de Lakshmi, Jansi serait défendu.

Le 25 mars, les Anglais commencèrent à bombarder Jansi. Pendant cinq jours et cinq nuits sans arrêt, ils firent tirer leurs canons, auxquels répondirent les canons de la rani. Parfois le feu était si intense que les remparts semblaient couronnés d'un mur de flammes. La nuit, les obus rougis à blanc trouaient l'obscurité telles de monstrueuses lucioles. Avec les torches qui couraient sur les tours du fort, ils formaient un superbe spectacle, accompagné par la musique sauvage des tambours qui ne cessaient de résonner.

A peine les Anglais creusaient-ils un trou, ouvraient-ils une brèche dans la muraille, que les femmes des bataillons formés par la rani se précipitaient, sous le feu de l'artillerie, pour les colmater, et si d'aventure ils arrivaient à mettre hors d'usage un canon, elles le réparaient. Elles n'hésitaient pas d'ailleurs à prendre la place des artilleurs et à mettre à feu les pièces pointées sur l'ennemi. La rani pouvait être fière de ses amazones et elle les enviait de se battre au côté des hommes. Elle aurait voulu remplir elle-même une mission précise.

Chacun, du plus grand au plus petit, était à son poste et savait ce qu'il devait faire. Elle n'avait pratiquement plus besoin de donner des ordres. Ce siège était bien éloigné des batailles dont elle rêvait et différent de la guerre rapide et mouvementée contre Orcha. Au fil des jours les bombardements et la tension étaient devenus routine, et le temps s'écoulait avec une lenteur décourageante. Alors la rani sentit son optimisme entamé. Seule la bonne humeur d'Akbar aurait pu le ranimer. Mais Akbar l'avait abandonnée. Pour chasser ses sombres pensées, elle s'absorbait dans le devoir. Il lui restait en effet la tâche de se montrer, de féliciter, de consoler, d'encourager, bref, de donner l'exemple.

Chaque matin elle allait donc visiter les quartiers de la ville les plus touchés par les bombardements, et le soir elle inspectait ses batteries sur les remparts.

Lorsqu'elle avait subi son premier bombardement, le sifflement des bombes et les explosions l'avaient terrorisée. Les obus anglais, c'était autre chose que les misérables boulets de la rani d'Orcha. Elle se concentra pour contrôler ses nerfs et sa respiration afin de ne pas sursauter à chaque détonation. Du coup elle en oublia sa peur. Puis l'habitude lui vint de l'épouvantable vacarme et elle arriva même à y trouver une certaine griserie. Enfin, elle constata l'effet positif de ses visites sur les combattants à chacune de ses apparitions.

Refusant par défi d'endosser une tenue guerrière, elle revêtait ses plus riches saris et ses plus somptueuses parures, exigeant que Mandar et ses autres suivantes fissent de même. Ces femmes en tenue de fête évoluant gracieusement au milieu des obus semblaient narguer les Anglais et la mort.

Le 30 mars au soir, la rani était allée inspecter les remparts les plus visés par l'artillerie anglaise, et se trouvait sur le bastion où Kiraun était affectée. Celle-ci avait reçu permission de s'engager dans les bataillons féminins et s'acharnait à porter des sacs de terre bien trop lourds, afin de combler les trous laissés par les bombes. Surtout, elle faisait rire tout le bastion. Elle assenait aux défenseurs ses plaisanteries les plus salaces, et aux Anglais les injures les plus énormes dont elle possédait un répertoire inépuisable, héritage de son ancienne profession.

Kiraun éclatait de fierté d'avoir été, devant ses compagnons, traitée en vieille connaissance par la rani. Elle faisait l'importante, gambadait, provoquait l'ennemi, déchaînant les rires des assistants.

La rani ne vit pas l'obus arriver. Elle se baissa instinctivement, perçut à côté d'elle un petit cri comme celui d'un oiseau. Kiraun avait été touchée de plein fouet. La poitrine défoncée, elle était morte sur le coup.

Alors la rage, le goût de tuer empoignèrent Lakshmi. Elle bondit sur l'artilleur le plus proche, lui arracha sa mèche allumée et, sans même pointer le canon, le mit à feu. La détonation ébranla le bastion entier et lorsque la fumée se dissipa une ovation s'éleva des remparts. La rani avait atteint la plus dangereuse des batteries anglaises, mis hors d'usage son canon et tué ses serveurs. Pendant que les défenseurs de Jansi l'acclamaient, elle pleurait à chaudes larmes, agenouillée à côté du cadavre de Kiraun.

Elle la fit transporter au fort pour de solennelles funérailles. Les Patans envoyés par Akbar, dont elle avait fait son régiment d'élite, servirent de garde d'honneur à la jeune fille morte pour Jansi. Devant les cavaliers parfaitement alignés, on plaça son cadavre sur un bûcher hâtivement dressé, et les prêtres commencèrent à psalmodier. Les spectateurs non avertis auraient pu croire qu'on enterrait une dame de noble lignage et non une misérable intouchable. Les canons des deux camps s'étaient tus, respectant une trêve inexplicable. Ce fut dans ce silence inattendu que la rani regarda les flammes du bûcher s'élever bientôt vers le ciel rose et noir.

Kiraun disparue, c'était encore un lien avec le souvenir de Roger que Lakshmi perdait. Il lui semblait que Roger avait été tué une seconde fois, et cette fois par les Anglais. Sa haine contre eux, décuplée, renforça encore sa détermination de ne leur céder en aucun cas.

La journée du 31 mars fut éprouvante pour les assiégés. Le duel d'artillerie fut particulièrement violent, le vacarme infernal : poussière et fumée obscurcissaient l'air. Sur les remparts, les défenseurs étaient fauchés par rangs entiers, aussitôt remplacés par des lignes fraîches.

La rani allait rentrer au fort lorsqu'une sentinelle signala un important mouvement au loin vers le sud. Lakshmi courut avec ses officiers jusqu'à la plus haute terrasse du palais et regarda avec sa longue-vue dans la direction indiquée.

A une dizaine de miles, une immense armée venant du nord-est s'avançait le long du fleuve Betwa.

Derrière les collines roussâtres et les étendues sombres de jungle, la rani distingua d'innombrables fourmis marchant en ordre impeccable, des canons lilliputiens, beaucoup de canons et, visibles malgré la poussière, de minuscules taches orange, les drapeaux des Mahrates. Tantya Top arrivait pour les délivrer. Il avait saisi aussi bien que le général Rose l'importance stratégique, mais surtout politique et symbolique, de Jansi. L'Anglais voulait prendre à tout prix Jansi, l'Indien savait que Jansi ne devait tomber à aucun prix.

A la tombée de la nuit, un cavalier, profitant de l'obscurité et des mouvements précipités des troupes anglaises, s'introduisit dans la ville, galopa vers le fort et se présenta à la rani. C'était un nommé Saltabada, un officier dépêché par Tantya Top pour la saluer et l'assurer que le lendemain même le siège serait levé. Prise entre les troupes qu'il amenait et les défenseurs de la ville, l'armée anglaise serait écrasée. Le capitaine Saltabada tendit à Lakshmi une lettre portant le sceau personnel de Tantya Top. Celui-ci y donnait des instructions précises. En vue de son plan d'attaque, la rani devait se contenter de bombarder les lignes anglaises, mais ne devait effectuer aucune sortie avant qu'il ne lui en ait donné le signal formel. Le meilleur général de la révolution parlait et la reine de Jansi se sentit à la fois fière et soulagée de servir sous ses ordres.

La nouvelle se répandit aussitôt en ville. Les habitants se précipitèrent sur les remparts sud et un immense hurlement de joie salua l'apparition sur une colline lointaine du gigantesque feu allumé par Tantya Top pour signaler sa présence. L'enthousiasme de la foule ne connut plus de bornes lorsque du haut du fort les canons, sur l'ordre de la rani, se mirent à tirer des salves d'honneur. Les Anglais ne purent supporter cette provocation sans riposter et malgré l'obscurité se mirent à tirer au jugé sur la ville.

Mais les habitants de Jansi s'en moquaient. Les bombes anglaises avaient cessé d'être des messagères de mort, depuis que la délivrance était proche. De la terrasse du palais le spectacle était féerique. L'obscurité était sillonnée en tous sens par les trajectoires rouges des obus. Les explosions intermittentes ne parvenaient pas à couvrir le son des tambours et des trompettes montant de la ville, mêlé à la rumeur joyeuse de la foule.

Au loin, dans la jungle vaste et ténébreuse, les feux de camp de l'armée de Tantya Top semblaient des feux follets porteurs d'espoir.

EXTRAIT D'UNE LETTRE DE RODERICK BRIGGS
À SARAH BRANDON DATÉE DU 1er AVRIL AU SOIR

Depuis dix-neuf jours, mon régiment campe à l'est de Jansi. Ma tente est plantée devant le lac Lakshmi. Sur l'autre rive se dresse une sorte de villa, appartenant à la rani et où, dit-on, elle organisait des orgies avec ses nombreux amants. Autour de notre campement, on ne voit que champs brûlés. Une mince pellicule de cendres recouvre la terre. Il n'y a ni bois, ni légumes, ni fruits, ni foin, et surtout il n'y a aucune ombre. Ce ne sont pas les troncs noircis des arbres calcinés qui nous en donneraient. Le soleil tombe impitoyable sur nous ou sur des rochers granitiques qui réverbèrent ses rayons et irradient du feu. Nous bombardons Jansi depuis notre arrivée et épuisons en vain nos munitions. Hier, peu avant la nuit, les signaux du télégraphe optique que nous avions installé sur les hauteurs avoisinantes nous apprenaient que l'ennemi arrivait en forces considérables du nord. C'était l'armée de Tantya Top.

Pris entre elle et celle de la rani, notre situation semblait sans issue. Je nous imaginais déjà battant en retraite, mais le général Rose n'a pas perdu son sang-froid et a révélé une fermeté et une audace dont je ne l'aurais pas cru capable.

Il ne voulut ni abandonner le siège de Jansi, ni laisser Tantya Top s'approcher impunément. Sous le couvert de la nuit, il a envoyé la 1re brigade sur la route d'Orcha pour bloquer l'approche de Tantya

Top. Quant à la 2e brigade à laquelle appartient mon régiment, il a fait étaler ses lignes pour contenir les assiégés. Aussi n'ai-je pas participé à la bataille qui a eu lieu ce matin, mais j'en ai eu le récit fidèle.

A l'aube, l'armée de Tantya Top sortit hors du couvert de la jungle. Par vagues apparemment inépuisables, des cavaliers, des fantassins et des artilleurs galopaient et couraient sur les nôtres au son des tambours.

Rose avait disposé notre maigre artillerie sur les deux flancs de nos rangs, de façon à prendre les lignes ennemies en enfilade. Puis, à la tête de ses dragons, il chargea lui-même le centre de l'armée de Tantya Top. Les premières lignes ennemies, étourdies par la vigueur de cette attaque et prises entre les feux conjoints de nos canons, commencèrent à reculer.

Là-dessus, Rose fit donner notre infanterie qui les chargea à la baïonnette. Voyant ses premières lignes déboutées, Tantya Top fit reculer le reste de ses forces et, pour les protéger, mit le feu à la jungle. Sur ordre de Rose, nos soldats traversèrent les flammes et poursuivirent Tantya Top. Ils mirent rapidement en déroute le reste de son armée acculée contre le fleuve Betwa. Tantya Top a pu faire sa retraite sur Kalpi avec quelques-uns seulement de ses régiments.

Nous lui avons pris dix-huit canons, ses éléphants, ses chameaux, son trésor de guerre et surtout une quantité énorme de munitions dont nous avions diablement besoin. En deux heures, nos quinze cents soldats avaient mis en complète déroute vingt mille rebelles. On peut dire sans exagération que la défaite de Tantya Top a été ignominieuse. Le courage pourtant ne manquait pas à ses hommes. Pas un d'entre eux n'a demandé de quartier, et mille morts sont restés sur le terrain. Nous n'en avons compté qu'une vingtaine parmi les nôtres.

Pour nous, les hommes de la 2e brigade chargés du siège de la ville, la journée n'a pas été moins remplie. A peine la canonnade signalait-elle de loin le début de la bataille que l'artillerie de la rani lançait sur nos lignes démesurément étirées le tir le plus violent depuis le début du siège, au point que je voyais les tours du fort enveloppées de flammes et de fumée.

Du haut des remparts les rebelles, galvanisés par la certitude de la victoire de Tantya Top, déchargeaient inlassablement leurs mousquets dans notre direction. Nous attendions à chaque instant qu'ils effectuassent une sortie...

Dans le camp opposé, les officiers suppliaient en effet la rani de les laisser tenter une sortie. La rani persistait à refuser, alléguant les instructions de Tantya Top. Trop de batailles avaient été perdues par les révolutionnaires à cause de leur manque de cohésion. Sangar Singh s'emporta jusqu'à menacer de prendre les cavaliers patans du fort et de charger les assiégeants sans attendre d'ordre.

– Qui commande ici ? C'est toi ou moi ? lui cria la rani, les traits brusquement déformés par la rage. Je vous ordonne à tous de rester à vos postes jusqu'à ce que j'en décide.

Et l'autorité de la rani était telle que tous s'inclinèrent, espérant le signal de Tantya Top qui ne venait pas.

Leur attention fut soudain attirée par un cavalier indien qui galopait à bride abattue à travers les lignes anglaises en direction du fort. Les Anglais, dès qu'ils l'eurent repéré, concentrèrent leur tir sur lui. Il semblait impossible qu'il ne fût pas atteint. La rani et ses officiers suivaient, haletants, sa course folle, craignant à chaque instant de le voir tomber. Le cavalier paraissait se jouer des balles qui sifflaient autour de lui. Il bouscula des soldats aux vestes rouges qui tentaient de l'arrêter, atteignit la rampe d'accès du fort et disparut sous le porche de la première enceinte. Quelques instants plus tard, il faisait sur la tour-observatoire de la rani une entrée pour le moins remarquée. C'était Akbar.

– Qu'attendez-vous ? Faites une sortie tout de suite, hurla-t-il.

Médusée par cette apparition, la rani ne sut que répondre :

– Nous attendons le signal de Tantya Top.

– Vous êtes fous ! Voilà trois heures que Tantya Top guette un mouvement de votre part.

Il criait si fort que sa voix assourdit la rani plus que la canonnade.

– Tantya Top nous a envoyé un officier avec ordre d'attendre son signal.

– Cet officier est un traître. Jamais Tantya Top n'a envoyé un ordre pareil. Dépêchez-vous ou il sera trop tard.

Devant l'urgence d'effectuer cette sortie, la rani retrouvant son sang-froid donna brièvement des ordres. Le temps de les transmettre, le temps de réunir les Patans dispersés sur les remparts du fort, une demi-heure s'écoula. Lorsqu'ils furent prêts, la rani aperçut à la jumelle plusieurs centaines d'hommes de Tantya Top qui émergeaient des ruines de l'ancien cantonnement militaire et qui s'enfuyaient en désordre, poursuivis par les soldats de Rose. En un éclair la rani comprit que Tantya Top avait perdu la bataille, qu'il était trop tard et qu'elle avait commis une terrible erreur en croyant l'officier soi-disant envoyé par lui.

Akbar profita de ce moment pour l'accabler :

– Qui vous a dit de rester là sans bouger ? Si vous aviez fait une sortie, vous auriez anéanti les Anglais.

La rani se retourna brusquement vers lui. Il y avait presque de la haine dans son regard. Elle fut sur le point de répliquer mais s'en abstint. Elle s'adressa au contraire à Sangar Singh :

– Réunis immédiatement tous les officiers du fort, lui intima-t-elle.

Lorsque ceux-ci furent assemblés, Lakshmi sentit leur découragement, accablés qu'ils étaient par la défaite de Tantya Top. C'est d'une voix ferme qu'elle leur dit :

– Pendant les dix derniers jours, Jansi s'est défendu héroïquement sans l'aide de Tantya Top et nous pouvons continuer à tenir sans l'aide de quiconque. Vous avez tous combattu pendant ce temps avec un courage incomparable et une détermination sans faille. En faisant la démonstration de vos nobles qualités, vous avez déjà gagné la gloire. Je compte sur vous pour maintenir au plus haut le niveau de discipline et d'héroïsme que vous avez déjà montré en défendant notre bien-aimé Jansi. Je sais que vous le ferez.

Cette réunion avait lieu dans la salle du trône. La rani y avait fait apporter des coffres d'où elle sortit des bracelets d'homme et des caftans d'honneur qu'elle leur offrit. Elle fit aussi ouvrir des sacs pleins de pièces d'or qu'elle leur ordonna de distribuer aux défenseurs de la ville. Spontanément, ses officiers lui jurèrent une fois de plus de se battre jusqu'au dernier s'il le fallait. Pendant ce temps, la canonnade continuait de part et d'autre. La rani sortit du fort pour aller visiter les points de défense l'un après l'autre. Akbar voulut l'accompagner. L'expression dure, la voix sèche, elle l'arrêta :

– Repose-toi, Akbar Khan. Tu en as bien besoin.

Elle alla partout distribuer félicitations et encouragements. A tous elle montra sa fermeté et son optimisme.

Lorsqu'elle eut rendu à ses sujets leur courage miné par la défaite de Tantya Top, alors seulement elle revint au palais du fort. Akbar l'attendait à la porte de ses appartements. Elle voulut répondre au regard inquisiteur et inquiet qu'il posa sur elle :

– Nous nous sommes parfaitement défendus seuls et nous continuerons à le faire. Je n'ai jamais demandé l'aide de qui que ce soit et j'avais bien raison. La venue de Tantya Top n'a fait qu'empirer les choses.

L'amertume de ces paroles permit à Akbar de mesurer l'irritation sourde et profonde de Lakshmi qui poursuivit :

– Il s'est fait ignominieusement battre et il ne nous a même pas donné le temps d'effectuer une sortie.

En accusant autrui, la rani reconnaissait indirectement sa propre erreur. Akbar le comprit :

– Pendant que tu inspectais les remparts, j'ai pris sur moi de faire rechercher l'homme qui t'a apporté le faux ordre de Tantya Top. Il avait évidemment disparu.

– Mais qui donc me trahit ? s'écria la rani.

Et elle raconta à Akbar le mystérieux avertissement qu'elle avait reçu avant l'investissement de Jansi, la prévenant qu'il y avait des traîtres parmi ses conseillers. Pour Akbar il n'y avait de traîtres que les Anglais. Il posa la main sur son épaule.

– Sois tranquille, Lakshmi, nous les aurons une autre fois.

Dans la nuit déjà bien avancée, les canons ne crachaient plus que par intermittence. La rani était encore éveillée. Étendue sur son vaste lit bas, elle observait Akbar assis près d'elle, adossé contre la colonne de bois doré du baldaquin. Il buvait verre sur verre d'arak. Il était cramoisi, ses yeux flamboyaient et une fois de plus elle s'étonna de la quantité d'alcool qu'il était capable d'absorber.

– Qu'as-tu fait tous ces temps-ci, Akbar Khan ?

– J'ai travaillé pour toi. Je t'ai envoyé les meilleurs Patans de l'Inde.

– Pourquoi n'es-tu pas revenu lorsque le siège a commencé ? N'était-ce pas la place du chef de ma cavalerie ?

– Justement non. Ma cavalerie et moi ne sommes utiles que dans les charges, les batailles, les sorties. Pendant un siège, à quoi servons-nous ? Et puis j'avais mieux à faire. Comme d'amener à ton secours Tantya Top. Si tu crois qu'il avait envie de venir... Il ne voulait rien entendre. Ses objectifs étaient autrement importants et il ne tenait aucunement à se déranger pour Jansi.

– Ainsi, c'est toi qui l'as persuadé.

– Non, c'est toi, Lakshmi. En tenant plus longtemps que prévu. Tous à Kalpi étaient persuadés que les Anglais emporteraient Jansi en deux ou trois jours. Ta résistance les a ébranlés.

La rani prit la grande main d'Akbar entre les siennes et changeant soudain de ton lui dit :

– Pourquoi m'as-tu abandonnée ?

– Je ne t'ai pas abandonnée. C'est toi qui m'as abandonné.

Elle se jeta dans ses bras, l'embrassa et le tint doucement serré contre elle. Mais elle ne réussit pas à le faire taire malgré ses caresses. Akbar voulait exprimer toute la peine qu'il avait ressentie. Il n'en voulait pas à Firoz Shah qu'au contraire il estimait.

– C'est à toi que j'en voulais, car c'est toi qui m'avais trahi. J'ai tant souffert, Lakshmi, et c'était si dur d'être séparé de toi. Tu es ce que j'ai de plus précieux.

Mais Lakshmi ne l'entendait plus. Apaisée et rassurée, elle s'était endormie dans ses bras, la bouche entrouverte sur un léger sourire, sa main dans celle d'Akbar. Il l'étendit délicatement sur le sofa et longuement la contempla en caressant les longs cheveux déployés sur les coussins.

Le lendemain, les Anglais poursuivirent le bombardement de Jansi avec une intensité qui ne faiblit pas avec le soir.

De son poste d'observation sur une tour du fort, la rani perçut des signes de faiblesse dans sa défense. Elle se précipita vers les points des remparts les plus atteints.

Sa présence comme ses paroles firent leur effet habituel. Les canons renversés furent redressés par les bataillons féminins et les artilleurs reprirent leurs places. Le moral de Jansi tenait mieux que ses murailles, car la rani avait noté que ces dernières étaient fortement endommagées en plusieurs endroits.

Les bombes anglaises, plus visibles dans l'obscurité, parurent redoubler avec la nuit. Dans son refuge du palais de ville, Mrs Phipps était au bord de l'hystérie. Ses gardes la tenaient au courant des événements, non sans les déformer. Partagée entre l'espoir d'être bientôt délivrée par ses compatriotes et la terreur d'être auparavant assassinée par la rani, ces derniers jours avaient été une rude épreuve pour ses nerfs.

Et maintenant, voilà qu'elle risquait de mourir sous les bombes anglaises dont l'objectif principal était le palais de ville.

A chaque explosion, les murs de la chambre de Mrs Phipps tremblaient et un grondement infernal emplissait la pièce exiguë. Elle se bouchait en vain les oreilles et se recroquevillait comme si le bâtiment allait s'effondrer sur elle. Une bombe tomba soudain tout près. Si violente fut la déflagration que les vitres de sa fenêtre se fracassèrent, que la lampe suspendue au plafond s'écrasa au sol et qu'Annabelle fut jetée par terre.

Lorsqu'elle se releva, secouée par le choc et les oreilles bourdonnantes, elle constata qu'elle saignait abondamment. Un éclat de verre l'avait blessée à la joue et à l'oreille. Elle se crut touchée à mort et s'élança en hurlant dans la cour, ses gardes étant eux-mêmes trop affolés pour l'en empêcher.

Partout on transportait des blessés perdant leur sang et des morts horriblement mutilés. Les pelouses étaient jonchées de fragments de meubles, de débris de miroirs et de lustres, de lambeaux de tentures. Une bombe avait traversé deux étages et avait éclaté dans le temple du palais, tuant ou blessant les fidèles qui s'y pressaient, renversant la statue de la déesse Lakshmi, brisant en mille morceaux les précieux objets du culte.

La panique était telle parmi les gens qui couraient en tous sens dans les cours du palais, que personne ne fit attention à Mrs Phipps. Elle avançait à l'aventure, hagarde, titubante, en grommelant :

– Les voilà, les voilà.

Soudain, elle crut reconnaître la silhouette de la rani. Poussant un hurlement, elle s'enfuit à toutes jambes.

Lakshmi était là, en effet, avec Akbar qui ne la

quittait pas. Les déflagrations causées par les bombes anglaises se succédaient sans interruption. Ici, c'était un pan de mur qui s'écroulait. Là, un groupe de blessés qui hurlaient. La rani n'avait pas peur. Elle était découragée.

– Désormais nous n'en avons plus pour longtemps, dit-elle.

Akbar protesta presque avec ferveur :

– Notre supériorité numérique sur les Anglais est presque écrasante. Nous sommes toujours à trois contre un et notre artillerie est aussi puissante que la leur.

– Tu veux des précisions, Akbar Khan ? Notre supériorité numérique ne pèse pas lourd dans la balance. Nous avons dû enrôler tous ceux qui se présentaient, c'est-à-dire n'importe qui. Nos soldats n'ont ni la discipline, ni l'art du combat des Anglais. Quant à nos canons, ils sont loin d'avoir la puissance et la précision des leurs.

Un officier se dirigeait vers eux accompagné de deux individus à l'aspect inquiétant, deux espions parmi ceux qu'on envoyait chaque nuit vers les lignes anglaises.

Ce que rapportèrent les deux espions à la rani, en cette nuit du 2 avril, était tellement stupéfiant qu'elle n'en crut pas ses oreilles. Les Anglais avaient épuisé leurs munitions. Forcés d'interrompre le siège de Jansi, ils lèveraient le camp dès le lendemain matin. La rani avait tant de mal à croire ce que venaient de lui révéler les deux hommes qu'elle les interrogea longuement, sur place, en plein bombardement.

Ils répétèrent plusieurs fois leurs informations, soutenant qu'ils n'avaient pu se tromper. Ils avaient en effet réussi, en rampant, à s'approcher à portée de voix d'un groupe d'officiers britanniques, et ils entendaient assez l'anglais pour avoir fidèlement enregistré leurs propos. L'officier qui les avait amenés à la rani confirma que d'autres espions avaient observé un peu partout sur les lignes anglaises des mouvements inhabituels qui pourraient bien signifier le début d'un repli.

La méfiance de la rani céda devant tant de témoignages concordants. Elle savait par ailleurs que les Anglais ne disposaient que d'une réserve limitée de munitions et qu'ils avaient probablement achevé de l'épuiser la veille lors de la bataille. L'intervention de Tantya Top n'aurait donc pas été tout à fait inutile, pensa-t-elle. La merveilleuse nouvelle était peut-être vraie. La rani enjoignit aux deux espions de ne pas l'ébruiter afin que les défenseurs ne relâchent pas leur vigilance trop tôt et ne se réjouissent pas trop vite.

La tension de ces dix derniers jours cédait soudain. Akbar raccompagna Lakshmi jusqu'à la porte de ses appartements et allait prendre congé, lorsqu'elle murmura :

– Reste.

Elle renvoya Mandar et ses autres servantes et entraîna Akbar dans sa chambre.

Plus tard, dans un demi-sommeil, elle murmura :

– Ça a été dur, mais nous avons tenu, Jansi a tenu.

– C'est toi, Lakshmi qui as tenu. Toi seule, et grâce à toi, Jansi. Je t'admire autant que je t'aime. Repose-toi maintenant, tu le peux, désormais je resterai près de toi.

CHAPITRE II

Mandar dut secouer plusieurs fois la rani pour la tirer de son sommeil.

– Reine, réveille-toi, les Anglais ont réussi à emporter les remparts au sud. Ils commencent à se répandre en ville.

Sans bien comprendre encore ce qu'elle entendait, la rani bondit, enfila en un tour de main ses vêtements d'homme, grimpa quatre à quatre l'escalier raide et étroit jusqu'à la terrasse du palais. Elle n'eut pas besoin d'utiliser sa longue-vue. Au sud de la ville, près de la porte d'Orcha, des centaines de fourmis en veste rouge couraient vers les murailles, dressaient des échelles, les escaladaient, rejoignaient d'autres fourmis qui couraient sur les remparts, envahissaient tours et bastions, pourfendaient les défenseurs.

D'autres grappes de fourmis rouges se répandaient déjà dans les ruelles avoisinantes, tirant sur tout ce qui bougeait. La rani comprit la situation en un instant : ses espions avaient été dupés par une habile mise en scène des officiers anglais, qui n'avaient pas levé le siège et lançaient au contraire un assaut général. Comment avaient-ils fait taire les batteries du rempart sud ? Comment avaient-ils mis pied sur les murailles ? Comment avaient-ils enfoncé la défense ? Le contraste entre la certitude de la délivrance sur laquelle elle s'était endormie et la terrible réalité qui la giflait au réveil fut trop rude. Ses nerfs lâchèrent.

Elle resta un instant la bouche ouverte sur un cri

qui ne sortait pas, les yeux exorbités. Tout son corps était agité d'un tremblement convulsif et son esprit semblait égaré. Son état-major n'osait intervenir. Akbar lui-même ne savait pas quoi faire. Jamais il n'avait vu Lakshmi perdre son sang-froid. Les bombes anglaises qui tombaient dru autour d'eux risquaient à tout moment d'atteindre la rani.

Akbar la tira violemment en arrière. Elle tourna son regard vers lui et peu à peu le tremblement qui l'agitait cessa. Alors elle prit lentement sa longue-vue, se pencha au-dessus d'un créneau et fixa le rempart sud. Puis elle se redressa et dit simplement à Akbar :

– Allons-y avec tes Patans.

Il ne lui fallut pas longtemps pour prendre ses armes. Elle parut bientôt devant les cavaliers hâtivement assemblés, portant son casque léger, ses gants et sa haute ceinture d'acier. Elle enfourcha Pari, et bientôt dévala en une furieuse cavalcade la rampe du fort. La rani galopait en tête des Patans et elle aperçut au bout de la rue qui s'élargissait des centaines d'Anglais sur le rempart éventré.

Elle avait l'impression de revivre la bataille contre la rani d'Orcha. Mais aujourd'hui, elle ne connaissait plus la peur. Déjà elle était sur les Anglais, et avait tiré son sabre hors du fourreau lorsque, tournant bride, ils s'enfuirent, sans combattre. Etaient-ils si lâches ? La rani crut avoir gagné. Folle d'ardeur, elle s'élançait à leur poursuite lorsqu'une volée de balles fit cabrer son cheval. Les Anglais n'avaient fait que s'abriter dans les maisons avoisinantes. La rani lâcha son sabre, prit ses rênes entre les dents, sortit ses pistolets d'arçon et tira des deux mains à la fois, au jugé, vers les ennemis devenus invisibles. Ce n'était pas ainsi que les Mahrates étaient entraînés à se battre. Ce n'était pas ainsi que la rani s'était battue contre les soldats d'Orcha. Son cheval caracolait, bondissait, faisant des écarts au milieu des cadavres en veste rouge. Autour d'elle, les Patans, pris au piège, tombaient l'un après l'autre.

Akbar, qui de son corps faisait un rempart à la rani, la vit soudain basculer en arrière sur son cheval. Il crut qu'elle avait été atteinte, mais non, elle se redressait sur sa monture et secouait la tête violemment. Juste au-dessus du front, une balle avait frappé son casque et l'avait emporté. Le choc l'avait rudement ébranlée et la laissait en proie à un vertige. Akbar attrapa les rênes de Pari, tirant le cheval pour conduire Lakshmi à l'abri derrière une maison.

– C'est absurde de rester ici, hurla-t-il. Tu ne vas tout de même pas te faire tuer inutilement par une de leurs balles. Retourne au fort !

Bien qu'elle vît les Patans tomber en nombre croissant non loin d'elle, elle ne se résignait pas à abandonner la partie, mais Akbar l'entraîna de force hors de la zone des combats. Alors seulement elle se rendit :

– Donne l'ordre à tes cavaliers de se replier.

Peu après, le général Rose, entouré de son état-major, parmi lequel figurait Briggs, fit son apparition sur le rempart et donna l'ordre de s'emparer en priorité du palais de ville de la rani.

C'était plus facile à dire qu'à faire. Chaque maison était devenue un fortin. Les rebelles tiraient avec une telle intensité que leurs balles soulevaient des gerbes de poussière sur le sol des rues.

Ils balançaient sur la tête des Anglais des blocs de pierre, des troncs d'arbres, et même des ustensiles domestiques. Les Anglais jetaient leurs grenades par les portes et les fenêtres ouvertes, puis pour achever de déloger les rebelles, mirent le feu aux maisons. Ils avançaient entre deux murs de flammes dont la chaleur s'ajoutait à celle du soleil déjà impitoyable. Dès qu'ils furent dans la ligne de mire du fort, canons et mousquets crachèrent sur eux, sans réussir à arrêter leur progression. Arrivés au palais, ils en firent sauter le portail. Dans la première cour, celle des étables, la fine fleur des rebelles les attendait, prêts à défendre chèrement leur vie car ils ne pouvaient plus s'échapper.

Tout de suite, le corps à corps s'engagea. Des soldats du 86e régiment se précipitèrent à l'intérieur d'un bâtiment pour sauter aussitôt sur des grenades. D'autres furent hachés sur place. Alors les Anglais devinrent fous furieux. Ils chargèrent, sans crainte des fusils pointés sur eux.

Ebranlés par le choc, les rebelles reculèrent et coururent se barricader dans les écuries. Le général Rose, arrivé sur place, ordonna d'y mettre le feu. Plutôt que d'être brûlés vifs, les rebelles émergèrent des flammes et foncèrent l'arme levée. Tirés presque à bout portant, pas un n'en réchappa. Il en restait encore quelques-uns dans les salles du palais, sur les terrasses, dans les communs, mais le gros de la résistance avait été anéanti. Le palais de la rani de Jansi était pratiquement occupé par les Anglais. Il était midi. Sans tenir compte des cadavres qui jonchaient la cour et des blessés qui gémissaient, les vainqueurs s'étendirent sur le sol, accablés par la chaleur et la fatigue. Beaucoup avaient empilé sur leurs têtes un, deux ou trois turbans arrachés aux dépouilles des rebelles pour se protéger du soleil. D'autres tentaient mollement d'éteindre l'incendie qui faisait rage dans les écuries. Le général Rose dépêcha plusieurs d'entre eux pour achever le nettoyage du palais dont l'intérieur offrait un spectacle désolant. Toutes les fenêtres avaient volé en éclats ; les portes avaient été défoncées ou avaient explosé. Le sol était jonché de boîtes éventrées, de meubles en miettes, de débris de miroirs et de cristaux. Un officier trouva dans un coin un coffre plein de bijoux et le fit porter au général.

Roderick Briggs accompagné de quelques hommes achevait d'explorer les lieux, enfonçant une à une les portes du rez-de-chaussée. Arrivé à l'avant-dernière, il y donna un coup de pied, entra dans une pièce sombre son sabre dans une main, son revolver dans l'autre. Devant lui se dressa une femme en sari qu'il prit pour une Indienne.

– Ne me tuez pas, je suis anglaise ! hurla-t-elle.

Son accent convainquit immédiatement Roderick.

Brièvement, elle lui expliqua qu'elle était Mrs Phipps, veuve du médecin de Jansi et seule rescapée du massacre de juin dernier. La malheureuse semblait épuisée par les épreuves et la réclusion où l'avait maintenue la rani. Elle pleurait, prononçait des mots incohérents. Roderick la fit conduire par deux de ses soldats auprès du général Rose.

Soudain explosèrent des hurlements de joie et des vivats. Des soldats avaient trouvé dans le bâtiment où se terraient les Patans un drapeau anglais envoyé cinquante ans auparavant par le gouverneur général d'alors au rajah de Jansi, avec permission de le faire tenir devant lui, honneur jamais accordé à aucun autre prince indien.

Ce fut le capitaine Darby du 86e régiment qui porta le drapeau au général Rose et lui demanda la permission de le hisser. Rose y consentit et le chargea de cet honneur. Darby l'avait bien mérité. Son régiment avait été terriblement décimé et lui plusieurs fois atteint. Malgré ses blessures, il grimpa sur la terrasse, et hissa lui-même les couleurs anglaises sur le palais, aussitôt saluées par une volée de boulets tirée du haut du fort.

Lakshmi ne voulait aucun témoin à son désespoir. L'Union Jack flottait désormais sur son ancienne demeure et elle s'était enfermée chez elle et jetée sur son lit pour pleurer. Tant de ses soldats étaient déjà morts. D'autres mouraient à chaque instant. Ghulam Goushkan avait été tué d'un éclat d'obus, il était tombé à côté de son canon bien-aimé, « la Concrétisation de l'Eclair », qui s'était tu.

Sangar Singh avait voulu sauver les débris de son armée. Avec quelques centaines de fantassins et une vingtaine de cavaliers, il était sorti de la ville à l'ouest, avait enfoncé les patrouilles ennemies et s'était réfugié sur une hauteur rocheuse. La cavalerie anglaise l'avait rattrapé et avait cerné la colline. Les fantassins s'étaient défendus comme de beaux diables, tirant jusqu'à épuisement de leurs munitions, puis combattant à l'arme blanche. Aucun n'avait demandé de quartier. Tous avaient été tués. Alors Sangar Singh et ses vingt cavaliers s'étaient réfugiés sur le sommet de la colline. Là encore, ils offrirent une belle résistance à leurs assaillants. Au moment où ils cédaient sous le nombre, ils se firent tous sauter avec leurs poires à poudre.

Partout en ville les combats se poursuivaient. Les habitants s'étaient joints aux survivants de l'armée de la rani pour résister de maison en maison. Les Anglais devaient prendre d'assaut chacune d'elles. Lorsqu'ils y parvenaient, les occupants refusaient de se rendre et étaient exterminés à la baïonnette. Plutôt que de se laisser prendre, les hommes jetaient dans les puits leurs femmes et leurs enfants et s'y précipitaient ensuite. Les Anglais en tirèrent un certain nombre encore vivants pour les massacrer sur place. Tout Halwaipura, le plus riche quartier de la ville, brûlait. Des centaines de vaches, de buffles, de chevaux, de chameaux, d'ânes et de chiens galopaient dans les rues, fous de terreur. Hommes, femmes, enfants furent brûlés vifs dans les maisons en flammes dont ils n'avaient pas osé sortir. Leurs hurlements couvraient le vacarme de l'incendie, montaient jusqu'au fort, jusqu'à la chambre de la rani qui se bouchait les oreilles pour ne pas entendre.

Pourtant, elle n'avait pas le droit de s'abandonner au désespoir alors que tant de gens souffraient et mouraient. Elle se releva et, sans souci de son apparence, gagna la salle du trône. Elle y trouva le diwan Naransin, Moropant, Akbar et Kahsmiri Mull, dernier carré de fidèles, qui l'informèrent des récentes évolutions de la situation. Les Anglais avaient établi une ligne de patrouilles du rempart sud, où ils avaient attaqué ce matin, au rempart nord. Ils avaient pris, outre le palais de ville, les deux tiers de la cité, et étaient en train de conquérir méthodiquement le dernier tiers qui s'étendait au bas du fort. Avant que vienne la nuit, ils seraient maîtres de la ville entière.

La rani ne paraissait pas écouter. Ses yeux se posaient sur les grands miroirs et les lustres de cristal qu'elle avait fait naguère venir de Lucknow, sur les précieuses peintures religieuses accrochées aux murs, sur le gadi, où elle avait si souvent siégé.

Les assistants la fixaient avec anxiété : Akbar, le premier, rompit le silence :

– La ville est prise mais le fort ne l'est pas. Nous pouvons y soutenir un siège. Nous avons encore quelques centaines de mes Patans, plusieurs canons, d'abondantes provisions et nos remparts sont plus solides que ceux de la ville. Nous avons de quoi tenir longtemps.

La rani répondit dans un murmure :

– A quoi bon ? La ville est prise et avec elle ma raison d'être. Ecoute-les donc. Ecoute les cris des hommes, des femmes, des enfants qui se font tuer. Tu voudrais que nous restions enfermés ici pendant qu'autour de nous mon peuple agonise ? A quoi bon défendre le fort puisque Jansi se meurt ?

Elle laissa un temps passer avant de poursuivre calmement de sa voix douce, en gardant la tête penchée de côté selon son geste familier :

– J'ai réfléchi et j'ai pris ma décision. Je ne me rendrai jamais et je ne veux pas survivre à mon peuple. Cette nuit, je me ferai sauter avec le fort. Ainsi ont agi nos ancêtres plutôt que de subir la défaite. Ainsi ont-ils acquis la gloire éternelle. Que ceux qui veulent me suivre dans la mort restent ici, que les autres sortent du fort dès la nuit tombée et tâchent d'échapper comme ils pourront.

Suivit un silence si épais qu'il paraissait repousser les rumeurs et les cris venus du dehors.

Moropant s'approcha de sa fille et lui prit la main :

– As-tu oublié Damodar ? Tu n'as pas le droit de l'abandonner à la mort. C'est pour lui que tu t'es battue. C'est pour préserver son avenir que tu dois survivre.

– Emmenez-le, s'écria-t-elle, sauvez-le, veillez sur lui. Quant à moi, je ne supporterai jamais de ne pas avoir su défendre Jansi.

Akbar revint à la charge avec une fougue décuplée par l'angoisse :

– Jansi se meurt mais la révolution n'est pas

morte, l'Inde n'est pas morte. Nos frères qui se battent ailleurs ont besoin de toi, de ton prestige, de ta vaillance. Au lieu de leur prêter assistance tu voudrais les décourager par ta mort ?

Naransin l'approuva :

– Akbar Khan a raison. Rejoins l'armée de Tantya Top à Kalpi et poursuis avec lui la lutte. C'est ton devoir tant que l'espoir demeure.

Soudain Kashmiri Mull se sentit très vieux et très fatigué :

– Comment réussirez-vous à vous enfuir ? demanda-t-il. Les Anglais tiennent la ville et patrouillent autour du fort. Vous ne pourrez jamais passer.

Akbar lui répliqua sèchement :

– Il n'y a qu'un moyen, jouer d'audace. Les Anglais sont certainement persuadés que nous nous préparons à soutenir un siège. Ils ne s'attendent pas à notre fuite. Nous les prendrons par surprise et nous briserons leur cordon.

Ces arguments un à un attaquaient la conviction de la rani, mais elle n'avait toujours pas acquiescé. Alors Akbar la brusqua. Au mépris de tout protocole, ce qui malgré les circonstances choqua les assistants, il lui donna des ordres.

– Trêve de discussion, va te préparer et sois prête dans deux heures.

Le plus étonnant fut de voir avec quelle docilité la rani obtempéra.

A minuit, le feu, les fusils et les sabres anglais continuaient leur œuvre de mort dans la ville de Jansi. Au fort, les dispositions étaient prises. La rani ne devait emmener avec elle que Damodar, Moropant et Mandar sous la garde d'Akbar et d'une cinquantaine de ses Patans. Cinq d'entre eux avaient chargé sur leurs chevaux de lourds sacs contenant l'or et les bijoux qui restaient dans les caisses.

Ce ne fut pas un départ clandestin. Tous les occupants du fort vinrent faire leurs adieux à la rani. Ses suivantes, les dignitaires qui étaient restés auprès d'elle la supplièrent tous de les emmener avec elle.

Elle refusa, l'entreprise étant risquée. Elle leur recommanda de se réfugier en ville où ils avaient plus de possibilités de se cacher et plus de chances de survivre.

– Ne t'inquiète pas pour nous, nous saurons nous en tirer, lui dit Kashmiri Mull. Prends soin de toi.

Elle avait les larmes aux yeux en l'étreignant. A chacun, elle distribua des bijoux et de l'argent, ainsi qu'aux quelques centaines de Patans qui avaient juré de défendre le fort jusqu'au dernier. Le diwan Naransin avait demandé à rester avec eux et sollicité l'honneur de les commander.

– Non ! Je veux que les Anglais trouvent les portes grandes ouvertes et le fort vide. Une résistance désespérée ne ferait qu'encourager leur folie meurtrière. Une victoire facile les apaisera. Dispersez-vous et disparaissez, ordonna-t-elle aux Patans. Sauve-toi, diwan, et que Dieu soit avec toi !

– Dieu te garde, Reine.

Et Naransin s'inclina devant elle, plus solennellement que de coutume.

Elle avait troqué sa tenue de guerre contre un vêtement d'homme : pantalon et chemise blancs, turban enroulé autour de la tête pour cacher sa longue chevelure et, passés dans sa ceinture, deux pistolets et son sabre. Elle enfourcha Pari. On hissa derrière elle Damodar, qu'on lia dans son dos avec un châle de soie. Elle franchit la première, puis la seconde enceinte.

Près du temple de Ganesh était à demi dissimulée dans la troisième enceinte une petite poterne, par laquelle elle sortit du fort. Avec son escorte, elle dévala la pente, traversa les faubourgs et emprunta la longue rue des marchands de coton qui menait au nord-est de la ville. Cette voie avait été choisie comme la plus sûre, les soldats anglais étant occupés à piller le palais de ville et à nettoyer d'autres quartiers.

Pour franchir la porte de Pandery, la rani et ses compagnons poussèrent leurs chevaux au galop. Du haut des remparts les Anglais tirèrent au jugé dans l'obscurité, mais les cavaliers étaient déjà loin.

Devant le cordon de patrouilles anglaises qui centuraient la ville, ils se séparèrent en plusieurs groupes selon un plan préétabli. La rani garda avec elle Moropant, Mandar, Akbar ainsi qu'une dizaine de Patans, dont les cinq commis à la garde de son trésor. Ils avaient presque atteint le couvert de la jungle lorsque, au détour d'un entassement rocheux, ils tombèrent sur une patrouille qui se déplaçait sans bruit, guidée par la seule luminosité de la nuit.

– Halte, qui va là ?

Ils étaient une trentaine d'ennemis, et la rani les entendit armer leurs fusils. Elle ne perdit pas son sang-froid et répondit, tâchant de prendre une voix d'homme :

– Nous allons à l'aide du village Tehri menacé par les rebelles.

– C'est bon, passez.

Ils ne se le firent pas dire deux fois et, au galop, atteignirent bientôt la jungle. Au moins, se dit la rani, on pouvait compter sur la naïveté des Anglais. Elle espéra de tout son cœur que les autres groupes de Patans connaîtraient la même chance qu'elle.

Arrivés au village d'Aari, à environ six miles au nord-est de Jansi, la rani et ses compagnons firent reposer leurs chevaux. Les cinq Patans chargés du trésor n'arrivaient plus à suivre le train. On acheta donc aux villageois un éléphant de labour sur lequel furent chargés les précieux sacs. Moropant se proposa pour les mettre en lieu sûr. Il se dirigerait vers le nord, dans une direction où les Anglais n'iraient pas le chercher. Dans la ville de Datya, un sien ami, riche marchand, l'hébergerait. Il y attendrait avec le trésor la suite des événements.

La rani ne put s'empêcher de sourire amèrement. Entre la protection de sa fille et celle du trésor, Moropant, égal à lui-même en toute circonstance, n'hésitait pas.

Il fallait se presser. Les Anglais pouvaient avoir décelé la fuite de la rani et avoir envoyé des hommes à sa recherche. Elle donna la moitié de son escorte, cinq Patans, à son père et elle repartit, couvrant à vive allure encore une dizaine de miles.

Au village de Pandery, la rani décida d'accorder un repos un peu plus prolongé aux hommes et aux chevaux. Les Anglais ne s'aventureraient certainement pas aussi loin à sa poursuite. Ses compagnons se jetèrent sur le lait caillé et les chappattis que leur apportèrent les paysans. Akbar se félicitait de la réussite de son plan :

– Tu vois, Lakshmi, nous avons eu raison de tenter notre chance.

Elle restait là, sans manger, sans bouger, perdue dans ses pensées, assise sur la chaise basse amenée par le chef de village. Elle avait sauvé ce qu'elle avait de plus précieux, son fils, Akbar, et sa propre vie. Mais Jansi lui avait été arraché et son peuple périssait...

EXTRAIT D'UNE LETTRE DE RODERICK BRIGGS
À SARAH BRANDON DATÉE DU 4 AVRIL 1858.

En cette fin d'après-midi du 3 avril 1858, nous pouvions dire que nous avions conquis la ville de Jansi. Certains quartiers, surtout au nord de la ville, échappaient encore à notre contrôle, mais la résistance s'effritait. Il était environ six heures du soir. Le général Rose, accompagné d'un autre de ses aides de camp, le lieutenant Lyster, et de moi-même, parcourait le palais de ville et contemplait d'un air détaché l'innommable désordre qui y régnait. Je crus bon de saisir ce moment pour le féliciter de la prise de Jansi qui, malgré les erreurs commises et le coût en vies anglaises, constituait un remarquable exploit. Le général s'arrêta et pensivement me dit :

« La ville est prise, c'est vrai, mais le fort tient toujours.

– Nous le prendrons, mon général, aussi facilement que nous avons pris la ville, répliquai-je.

— Vous êtes bien naïf, Briggs. Avec les Patans décidés à se battre jusqu'au dernier, avec la rani pour les commander et les canons qui lui restent, le fort est pratiquement imprenable, sauf par la faim et la soif. Or nous n'avons ni les munitions ni le temps pour entreprendre un long siège. Avez-vous quelques moyens à me conseiller, messieurs ?

— Essayez la corruption, mon général. Cela nous a bien réussi pour prendre la ville, suggéra Lyster.

— On voit que vous ne connaissez pas la rani. Elle tient bien en main ses gardes d'élite. Aucun ne se laissera acheter. Je crains que votre solution n'amène que des complications.

— En avez-vous une autre, mon général ? demanda non sans impertinence Lyster.

— Peut-être. En fait, il faudrait que la rani s'échappât du fort. Ne sursautez pas, Briggs, et écoutez-moi plutôt. Nous ne contrôlerons pas le nord de la ville avant demain. Si nous rendons plus perméable notre cordon de patrouilles, la rani ne tardera pas à l'apprendre par ses informateurs. Elle sautera sur l'occasion et décidera de fuir. Nous la laisserons s'échapper. Lorsqu'elle se croira hors d'atteinte, les cavaliers que nous aurons postés sur sa route entreront en action et s'empareront d'elle, vivante. Nous ne pouvons échouer, car aucune femme ne saurait galoper plus vite que nos cavaliers. »

Lyster, soit par conviction, soit par flatterie, approuva le plan du général. J'osai élever une objection. N'était-il pas dangereux de jouer au plus rusé avec une femme aussi diabolique que la rani ? Flle risquait de nous filer entre les doigts.

« En tout cas, répondit le général, la seule autre solution serait celle d'un long siège auquel je ne veux pas me résoudre. Nous ferons donc comme j'en ai décidé et c'est vous, Briggs, qui irez en personne porter les ordres nécessaires à nos patrouilles au nord de la ville. »

Je dus m'exécuter. Nous nous étions installés pour la nuit dans la seule partie à peu près intacte du palais de ville. Le général avait fait dresser son lit de camp dans une pièce qu'on me dit avoir été le salon des audiences privées de la rani. Comme il avait exigé ma présence à ses côtés, j'avais jeté mon matelas dans un coin de la salle du trône voisine: Inutile de vous dire que j'ai peu dormi.

A deux heures du matin, des éclaireurs que j'avais postés vinrent me secouer. La rani s'était bien enfuie, comme l'avait prévu le général. Nos soldats l'avaient vue passer sous la porte de Pandery, ils avaient tiré sur son escorte, mais en l'air afin de ne pas l'atteindre. Plus tard, elle et ses compagnons ont dû se séparer car nos hommes ont arrêté un groupe de ses Patans. Voyant que la rani n'était pas avec eux, il les ont tous tués. Une de nos patrouilles rencontra la rani elle-même. L'officier qui commandait l'a instantanément reconnue d'après les descriptions qu'il en possédait, bien qu'elle fût déguisée en homme. Il a fait mine de se contenter de l'extravagante explication qu'elle lui a fournie et, selon les instructions, l'a laissée repartir. Il a ensuite lancé le signal convenu aux cavaliers du 14e dragon postés derrière nos lignes, afin que ceux-ci arrêtent la rani et la ramènent vivante.

Je réveillai aussitôt le général et le mis au courant. Il n'y avait plus qu'à attendre l'intervention de nos cavaliers. Ceux-ci tardaient. J'enviais le sang-froid du général qui s'était rendormi. J'en étais incapable et marchais de long en large dans la vaste salle déserte.

L'aube pointait lorsqu'une estafette du 14e dragon se présenta. Nos cavaliers avaient ratissé toute la région au nord de la ville sur vingt miles et n'avaient rien trouvé. Simplement, au village d'Aari, ayant interrrogé un peu brutalement les paysans, ils avaient appris que la rani s'y était arrêtée. Nos cavaliers avaient fini par abandonner la poursuite. En fait, comme je le craignais, la rani nous avait filé entre les doigts et le plan de Rose avait échoué.

Je lui demandai alors l'autorisation de me mettre à sa poursuite. J'étais tellement furieux que je crois bien que même sans ordre je l'aurais fait, quitte à en subir les conséquences. Mais au point où nous en étions, il me permit ce que je voulais. Je consultai rapidement *la carte. La rani s'était arrêtée à Aari. De là elle pouvait aller vers Datya, au nord-ouest, mais elle n'aurait osé s'y aventurer car le souverain de ce petit Etat était un de nos fidèles alliés. Elle avait donc certainement pris la route du nord-est, vers Kalpi, pour rejoindre l'armée de son complice Tantya Top.*

Avec vingt cavaliers, je sortis de la ville et me lançai dans cette direction. Je n'avais qu'un espoir, c'est que, rassurée par l'avance qu'elle avait prise, la rani s'arrêtât pour se reposer. Malgré l'heure matinale la chaleur était déjà forte mais je n'en avais cure. Il était huit heures du matin lorsque nous atteignîmes le village de Pandery à trente miles de Jansi.

Nous débouchâmes en trombe sur la place centrale. La rani était bien là. Malheureusement les villageois, alertés par le bruit de notre cavalcade, l'avaient prévenue. Elle et ses compagnons avaient déjà sauté sur leurs montures et, avant que nous ayons pu les atteindre, ils avaient filé.

Alors commença la plus échevelée des poursuites, digne des romans de sir Walter Scott que vous aimez tant. Les fuyards galopaient ventre à terre, mais insensiblement l'écart entre eux et nous s'amenuisait. J'étais en tête de mes cavaliers et je voyais la rani perdre peu à peu du terrain. J'aurais pu tirer sur elle, mais Rose avait bien dit qu'il la voulait vivante. J'éperonnai encore plus mon cheval, arrivai presque à sa hauteur ; je me préparai à sauter sur elle, quand brusquement elle se tourna de côté, et du plat de son sabre m'assena sur le bras un coup si violent que, surpris et déséquilibré, je fus désarçonné et mon cheval tomba sur moi.

Elle s'arrêta, leva son arme pour m'achever, mais aperçut alors un de mes soldats qui accourait. Faisant demi-tour, elle rejoignit en un éclair les autres fuyards. Mes soldats, au lieu de les poursuivre, s'arrêtèrent pour me relever. Lorsque je leur criai de me laisser et de continuer, il était trop tard. Les autres avaient pris trop d'avance. Mon bras est tout endolori par ma chute et ma main incapable de tenir la plume. C'est pourquoi vous avez dû être surprise par l'écriture de cette lettre.

Je la dicte à l'un de mes compagnons, car je ne voulais pas tarder à vous raconter ces événements.

Bien que les raisons du général de ne pas entreprendre le siège du fort eussent été valables, son plan pour s'emparer de la rani relevait de l'absurdité même. Nous avons pris la ville de Jansi, mais grâce au général Rose la rani nous a échappé.

CHAPITRE III

Chirgaon, Amara, Moht, Oraï, les villages couronnés de forts anciens défilaient à toute allure. La rani de Jansi, suivie de son escorte, galopait depuis plusieurs heures lorsque la jungle épaisse fit place à une succession de ravins étroits et profonds. Le but n'était plus loin.

La rani distingua dans l'obscurité les dômes des quatre-vingts temples, en fait de vieux tombeaux de dynasties oubliées, qui marquaient l'approche de Kalpi. Devant elle les innombrables lueurs des feux du camp de Tantya Top. Encore quelques foulées et elle serait sur le remblai qui la protégerait. Soudain son cheval trébucha et tomba en avant. Cavalière émérite, la rani boula sur elle-même et se releva immédiatement, à peine étourdie. Damodar avait roulé hors du châle de soie qui le maintenait attaché au dos de sa mère, mais n'était pas blessé. La rani se pencha sur Pari qui avait vaillamment porté sa double charge. Ses naseaux fumaient, une mousse blanchâtre sortait de sa bouche. Ses flancs labourés par les éperons de sa cavalière n'étaient plus qu'une plaie. Il haletait et agitait dérisoirement ses jambes comme s'il continuait à galoper. La rani le caressa.

– Merci, Pari. Sans toi nous n'y serions jamais arrivés.

Elle se releva, prit dans ses bras Damodar à demi inconscient de fatigue et s'avança vers la sentinelle qui s'approchait avec précaution.

– Je suis la rani de Jansi.

La sentinelle courut alerter son officier. Les soldats, mystérieusement prévenus, émergeaient des tentes avoisinantes. La rumeur vola de bouche en bouche.

– La reine de Jansi, Lakshmi.

Tous semblaient transportés d'admiration en présence de cette femme légendaire en qui ils croyaient voir une divinité. Ils tendaient timidement leurs mains vers elle pour la toucher. L'officier survint. A nouveau Lakshmi déclara :

– Je suis la reine de Jansi.

L'homme s'affola. Il devait prévenir ses supérieurs, réunir une garde d'honneur... La rani l'arrêta :

– Plus tard. Pour l'instant nous ne voulons qu'une chose, dormir. Donne-nous des lits, n'importe lesquels, et surtout prends bien soin de mon cheval.

L'officier conduisit la rani et Damodar dans sa propre tente dont il chassa ses ordonnances. Lakshmi sentit que des mains lui prenaient son fils qu'elle n'avait cessé de tenir contre elle, et qu'on l'aidait à s'allonger sur une étroite couchette, puis elle sombra dans un lourd sommeil. Partie à minuit de Jansi, elle était arrivée à Kalpi vingt-quatre heures plus tard, après avoir couvert cent miles à cheval, son fils en selle derrière elle. De l'avis de tous, son exploit était impossible à réaliser, même pour un homme.

Elle n'émergea que brièvement de son sommeil à la tombée de la nuit suivante, distingua dans un halo les visages d'Akbar et de Mandar, entendit Damodar qui parlait avec volubilité. Rassurée, elle se retourna et se rendormit aussitôt.

Lorsque Lakshmi s'éveilla le matin suivant, le soleil brûlait déjà haut dans le ciel brouillé de l'été. Akbar et Mandar guettaient son réveil. Damodar jouait dehors, parfaitement dispos. Il avait récupéré bien plus vite que sa mère. Leur odyssée n'avait été pour l'enfant qu'une passionnante aventure. Pendant que la rani s'habillait, les larmes ne cessaient de couler sur ses joues : on n'avait pu sauver son cheval Pari, mort d'épuisement.

– Il a voulu tenir jusqu'à ce que nous soyons arrivés à bon port... Jamais je ne trouverai un second Pari, répétait-elle.

Mais déjà Tantya Top, prévenu de son réveil, pénétrait dans sa tente. Ils se jetèrent dans les bras l'un de l'autre comme un frère et une sœur depuis longtemps séparés.

– Je vais te mener au peshwa. Il t'attend, lui dit-il.

– Le peshwa ! Nana Sahib est ici ? s'exclama la rani.

– Non. C'est son cousin, Rao Sahib, qui porte son titre et assume ses pouvoirs de chef de la confédération des Mahrates.

– Nana Sahib est donc mort ?

– A vrai dire, nous n'en savons rien.

Grands furent l'étonnement et la curiosité de la rani. Tantya Top lui fournit des explications qui restèrent embrouillées. Depuis que les Anglais avaient repris, en juillet dernier, Cawnpore et Bithur sa capitale, mettant fin à son règne bref, Nana Sahib avait pratiquement disparu. On avait bien signalé sa présence ici et là, et même à Lucknow, on avait publié des proclamations signées de lui, mais en fait aucun de ses proches ne l'avait plus vu. Devant la gêne de Tantya Top, la rani supposa qu'il y avait là un mystère dont lui-même n'avait peut-être pas la clef.

– Nous reparlerons de cela et de beaucoup d'autres choses, ajouta Tantya Top.

Mais en fait la rani ne devait jamais connaître le fin mot du sort de Nana Sahib.

Pour l'audience du peshwa, elle dédaigna les saris et les armures qu'on avait proposés à son choix. Elle revêtit la modeste tenue qu'elle avait endossée pour quitter Jansi, pantalon, chemise et turban blancs. En sortant avec Tantya Top, elle découvrit un spectacle impressionnant. A perte de vue se dressaient les tentes du campement autour duquel il avait fait creuser plusieurs tranchées et édifier un solide remblai abondamment garni de canons. Innombrable et puissante devait être son armée. Au fond se dressaient les murs de la ville de Kalpi, dominée par le fort qui abritait l'arsenal et le trésor des rebelles. Soldats et officiers accouraient pour se presser sur le passage de la rani. Tous la contemplaient avec une vénération, presque une adoration, qui l'étonnèrent.

– Que voient-ils donc en moi ? Je ne suis qu'une reine vaincue qui a tout perdu, murmura-t-elle.

Et Tantya Top lui répondit :

– Pour les Anglais, peut-être. Pour nous tu es une héroïne, Lakshmi.

La tente du peshwa était immense, sobre à l'extérieur, somptueuse à l'intérieur. Des tentures de velours, richement brodées d'or, des coussins de brocart et des tapis persans en faisaient un cadre digne d'une puissance souveraine.

Le peshwa, scintillant de bijoux, était assis sur un gadi, entouré de nombreux officiers et de dignitaires en grande tenue. Pendant qu'ils échangeaient les compliments d'usage, la rani nota qu'il n'avait pas beaucoup changé pendant les nombreuses années où ils ne s'étaient pas vus. Plutôt petit, il avait les mêmes grands yeux ronds que son cousin Nana Sahib et la même tendance à l'embonpoint. Des moustaches très noires qui rejoignaient ses favoris tentaient, sans succès, de lui donner un air farouche. La rani se souvenait d'un garçon foncièrement bon et plutôt effacé.

En le voyant trôner au milieu de son armée – celle-là même qui s'était fait battre sur la Betwa et avait été responsable de la perte de Jansi –, la rani ressentit une profonde amertume. Elle tira son sabre, l'arme à fourreau d'or et à poignée incrustée de pierreries des rajahs de Jansi qui ne la quittait jamais, et le déposa aux pieds du peshwa en disant :

– Les illustres ancêtres de Ton Altesse nous ont offert cette arme. Avec leur aide puissante nous avions l'habitude de faire ce qui était juste et digne. Maintenant que nous ne pouvons plus avoir ton assistance, permets-moi de te la rendre.

Aucun des assistants n'osa regarder la rani en face. Tantya Top fixait un point devant lui très haut au-dessus d'elle. Le peshwa gardant la tête baissée, le regard rivé à ses mules brodées d'or, répliqua à voix basse :

– Pendant des jours et des jours, tu as défendu Jansi avec efficacité et vaillance contre les puissants Anglais et, lorsque cela devint nécessaire, tu as réussi à t'échapper malgré les embûches ennemies. Cela prouve ton habileté et ton courage. Notre idéal d'indépendance ne peut être réalisé qu'avec des chefs comme toi. Je te prie de reprendre cette épée et de m'apporter toute ton aide dans notre combat.

La rani fut touchée, moins par les compliments du peshwa que par son humilité.

Il se pencha vers elle :

– Demande-moi ce que tu veux et tu l'auras.

– Donne-moi des hommes pour aller délivrer Jansi.

Le peshwa parut interloqué et réfléchit avant de répondre :

– Hélas ! la situation nous interdit de distraire la moindre parcelle de notre armée.

C'est ainsi que la rani apprit la chute de Lucknow survenue pendant que Jansi, assiégé, était privé de toute information extérieure. Le peshwa s'étendit longuement sur l'héroïsme de ses défenseurs, peut-être pour détourner la pensée de la rani.

Lucknow était tombée le 21 mars précédent. Les Anglais ne s'en étaient pas emparés sans mal. Jour après jour les chefs de la révolution avaient mené contre eux de violentes attaques, reprenant leurs positions et leur causant des pertes importantes. Néanmoins, les Anglais avaient progressé pas à pas, quartier par quartier, palais par palais. Alors qu'ils étaient déjà pratiquement maîtres de la ville, le Maulvi de Faizabad et le prince Firoz Shah étaient revenus à la charge, lançant le plus furieux assaut de la campagne. Les Anglais ne l'avaient contenu qu'au prix d'un carnage. Canonnant sans merci les assaillants, ils étaient venus à bout de la résistance de la cité rebelle.

La rani n'avait retenu qu'un nom, celui de Firoz Shah, mais elle se garda de le relever de crainte d'attirer l'attention d'Akbar assis non loin d'elle. Le peshwa racontait que la bégum Hazrat Mahal s'était enfuie vers le nord avec son fils mineur dont elle avait fait pendant quelques mois le roi d'Oudh. Le Maulvi de Faizabad continuait à guerroyer dans la région. Enfin, après avoir fait languir – peut-être intentionnellement – la rani, le peshwa lui annonça que le prince Firoz Shah s'était dirigé vers le nord-ouest avec son armée, avait enfoncé les troupes envoyées contre lui par le nabab Rampur, allié des Anglais, et s'était enfermé dans la ville de Bareilly solidement tenue par la révolution.

La rani espéra que nul n'avait entendu son soupir de soulagement en apprenant que Firoz Shah était toujours vivant.

– Ainsi le royaume d'Oudh est perdu, conclut-elle avec une grimace.

– Pas du tout ! protesta Tantya Top.

En effet, dans toute la région les talukdars étaient enfin entrés en action. Jusqu'alors la majorité d'entre eux s'étaient tenus dans une prudente réserve. Mais la répression les avait fait entrer dans une opposition ouverte. Ils entretenaient dans tout le nord-est de l'Inde une guérilla contre les Anglais. Ces derniers proclamaient très haut leurs victoires, mais ils étaient loin d'avoir reconquis le pays, et puis il restait l'armée du peshwa à Kalpi.

La rani saisit la balle au vol :

– Puisque Lucknow n'a, hélas ! plus besoin de nous et que les talukdars s'occupent du royaume d'Oudh, prenons cette armée et marchons sur Jansi.

Pour toute réponse, le peshwa invita la rani à passer les troupes en revue.

– Nos hommes brûlent d'envie de t'offrir cet hommage, ajouta-t-il.

Les courtisans et les dignitaires s'étonnèrent de cet

honneur qu'il était inouï d'accorder à une femme, fût-elle une reine. La rani y vit plutôt un moyen d'éluder sa requête.

Lakshmi, dans sa modeste tenue de simple volontaire, se détachait, bien visible au milieu des officiers du peshwa, chamarrés de brocart et couverts de joyaux. Devant elle défilèrent les contingents envoyés par les souverains passés à la révolution, l'armée personnelle de Rao Sahib et les cipayes qui avaient conservé les armes, la tunique rouge, et même les plaques de cuivre de leurs anciens régiments anglais.

Au lieu de recevoir leur salut, la rani aurait tout donné pour reprendre Jansi à la tête de ces troupes fraîches. Son ignorance de ce qui s'y passait la rongeait. Tous ceux qu'elle avait interrogés lui répondaient qu'on n'avait reçu aucune nouvelle, qu'aucun messager n'en était venu. Un mur impénétrable de silence semblait entourer la cité vaincue qui criait au fond du cœur de la rani.

Une fois la revue terminée, le peshwa la fit conduire à une tente presque aussi vaste et à peine moins somptueuse que la sienne, qu'il avait fait installer pour elle et son fils. On y avait disposé des articles de toilette, les parfums les plus divers et une garde-robe complète offrant des tenues féminines ou militaires, enfin tous les objets nécessaires au superflu féminin et au luxe royal, que la rani contempla dédaigneusement. Elle renvoya les nombreuses servantes qui l'attendaient et qui s'étaient prosternées à son entrée.

Elle n'accepta que la garde d'honneur qui veillait autour de sa tente, car elle tenait à maintenir son rang en considération de son fils, le légitime rajah de Jansi.

Lorsque la rani fut seule avec Akbar, elle remarqua amèrement :

– On cherche à m'accabler sous les honneurs et à m'endormir dans le confort. On me fait ainsi comprendre qu'on veut surtout que je ne me mêle de rien.

Le lendemain, les réfugiés de Jansi commencèrent à arriver, d'abord isolément, puis par petits groupes. La rani dut faire un effort sur elle-même pour les recevoir, mais écouter le récit des atrocités qu'ils avaient vécues était, elle le savait, le seul moyen de les apaiser. Alors qu'elle avait envie de se boucher les oreilles ou de s'enfuir au-dehors, elle devait rester assise sur ses coussins dans sa tente à interroger, à entendre, à compatir en tâchant de donner par son attitude l'image de l'espoir, alors qu'intérieurement elle n'était que désespoir. C'est ainsi que, bon gré mal gré, elle put reconstituer ce qui s'était passé à Jansi après son départ.

Les Anglais s'étaient vengés à la fois de la résistance de la ville, de la fuite de la rani et du massacre de leurs compatriotes l'année précédente.

La tuerie avait duré trois jours pleins et fait, selon les estimations les plus sérieuses, cinq mille victimes, hommes, femmes, enfants, vieillards.

Autant cette extermination avait été désordonnée dans son ampleur, autant le pillage qui suivit fut méthodique. Les soldats anglais, appartenant à la race des seigneurs, avaient reçu pour instruction précise de dédaigner les biens ordinaires et de ne s'en prendre qu'aux objets de valeur, pierres précieuses, or, argent, bijoux et monnaie. Ils ratissèrent la ville et saisirent un butin qui s'élevait à plusieurs millions de livres sterling. Bien entendu, les bijoux sacrés des temples qui se trouvaient être les plus précieux retinrent tout particulièrement leur attention. La déesse Lakshmi fut dépouillée de ses ornements jusqu'au dernier, et sa statue en or emportée et fondue.

La rani fut désespérée d'apprendre que sa bibliothèque avait été entièrement détruite. Constituée par des générations de rajahs de Jansi, augmentée par son mari et considérablement enrichie par elle-même, cette bibliothèque, l'une des plus riches de l'Inde, était ouverte à tous les lettrés du pays qui pouvaient venir y consulter librement.

Pour protéger les précieux manuscrits, la rani les avait fait envelopper dans des étuis de soie richement brodés. Ce fut l'or de ces ornements qui attira l'attention. Les pages des manuscrits furent arrachées, jetées au vent, seuls les étuis furent conservés. Pas un seul volume n'échappa à l'anéantissement.

Les maîtres repus, ce furent les serviteurs qui eurent permission de se servir, c'est-à-dire les cipayes originaires du sud de l'Inde et restés fidèles aux Anglais, qui servaient dans l'armée du général Rose. Le premier jour, ceux du contingent de Madras eurent la permission de se payer en ustensiles, pots, récipients, plats de cuivre ou de bronze. Ils emportèrent même les poignées des portes et des fenêtres.

Le deuxième jour, les cipayes du régiment de Haidairabad pillèrent tout ce qui était fabriqué en étoffe, habits de tout genre : lits, matelas, draps, couvertures, tapis. Le troisième jour, un autre régiment de cipayes eut le droit d'emporter toutes les variétés de céréales : riz, blé, maïs, lentilles qu'ils entassèrent dans des sacs et des jarres apportés à cet effet.

Le quatrième jour, s'il ne restait quasiment plus rien aux habitants de Jansi, il restait des cipayes qui n'avaient pas pu se servir. Aussi reçurent-ils la permission d'emporter ce dont ils avaient envie. Ils ne se le firent pas dire deux fois et prirent les chaises, les tables, les lits en corde, les roues des moulins et même les cordes des puits.

Pas la plus petite provision de nourriture, pas un bien, pas un objet usuel ne fut laissé aux habitants de Jansi qui avaient survécu au massacre. Lorsque tout fut consommé, le général Rose fit afficher une proclamation qui était une parodie de celle, fameuse, rédigée par la rani lorsqu'elle avait assumé le pouvoir après le départ des rebelles :

Au nom de Dieu, le pays appartient à la reine Victoria et le gouvernement appartient aux Anglais.

Enfin, on songea à se débarrasser des cadavres dont la puanteur envahissait la ville et dont la pourriture menaçait de déclencher des épidémies. Des équipes de pompiers éteignirent les ruines fumantes, soldats britanniques et cipayes rassemblèrent des centaines de corps sur les places en larges tas qu'ils couvrirent de bois, de planches et de débris de toutes sortes auxquels ils mirent le feu. La ville entière ressembla à un vaste champ crématoire. Mêlée à celle des carcasses d'animaux en décomposition, l'odeur de chair grillée devint insoutenable.

Dans une immense fosse creusée à cet effet, on jeta par centaines les animaux morts : chameaux, éléphants, chiens, chevaux, chats, buffles, ânes, vaches qu'on recouvrit ensuite de terre.

La voix tremblante, la rani demandait aux réfugiés des nouvelles de ses amis.

– Kashmiri Mull ?

– Il est tombé, percé de baïonnettes dans le temple de Lakshmi où il était venu prier.

Ainsi ce fidèle partisan de l'entente avec les Anglais était mort de la main même de ces derniers.

– Et le diwan Naransin ?

L'homme qu'elle interrogeait baissa la tête.

C'était un ancien fonctionnaire de la cour de son mari, un personnage cauteleux dont elle s'était toujours méfiée. Au cours de leur entretien, il l'avait déjà irritée par ses flatteries et ses demandes à peine déguisées de subsides.

– Et Naransin ? répéta-t-elle.

La voix de l'homme se fit à peine audible pour répondre :

– Il collabore avec les Anglais. Il t'a trahie.

– Naransin, me trahir ! C'est impossible !

Soudain Lakshmi cria :

– Pourquoi viens-tu me raconter ces mensonges ? Sont-ce les Anglais qui t'ont payé pour cela ? C'est toi le traître. Sors d'ici !

L'homme s'enfuit. Bouleversée, la rani ne put se retenir de répéter peu après ces monstrueuses allégations

tions à Tantya Top. Tout de suite, son interlocuteur parut embarrassé, regardant Akbar comme s'il sollicitait son assistance ; puis, après une profonde inspiration, il proféra :

– J'aurais voulu t'épargner la vérité, Lakshmi. Ton informateur ne t'a pas trompée : Naransin t'a trahie.

La colère empourpra la rani.

– C'est une plaisanterie, général !

– Hélas non ! Il n'est plus possible de conserver le moindre doute.

– As-tu des preuves de l'énormité que tu avances ?

La rani restait calme mais Tantya Top sentait la rage monter en elle. Akbar, impassible, ne venait pas au secours du général. Celui-ci dut se jeter à l'eau.

– Curieusement, la première indication nous est venue du diwan Dinkar, le Premier ministre de Gwalior. Bien qu'il ne nous aime pas beaucoup, il semble avoir de l'affection pour toi et, comme tu le sais, c'est l'homme le mieux informé de l'Inde. Il nous a fait parvenir un message, à son habitude assez sibyllin et ainsi conçu :

Veillez sur la rani de Jansi. Mettez-la en garde. Il se peut qu'il y ait des traîtres très haut placés auprès d'elle.

« J'ai, bien entendu, ordonné aussitôt une enquête, mais tu sais ce qu'il en est. Un espion contredisait l'autre. Je ne recueillais que des indices, des soupçons. Néanmoins, toutes les pistes conduisaient à Naransin. Aussi t'ai-je envoyé, avant que Jansi ne soit investi, un message pour te prévenir.

La rani l'interrompit :

– Ton message était si peu clair que nous l'avons pris pour une manœuvre de l'ennemi.

Un lourd silence suivit où la rani se perdit dans ses réflexions. Puis elle se mit à penser tout haut, retrouvant dans sa mémoire des soupçons longtemps enfouis.

– Naransin m'aurait trahie depuis le début. Ce serait lui qui aurait fait assassiner mon mari, lui qui aurait inspiré les tentatives de Sadasheo pour me ravir le trône. Il aurait fait ensuite disparaître les témoins gênants. Il faut bien reconnaître que nul n'était mieux placé pour commettre ces forfaits... Pourtant, ce n'est pas possible ! Naransin n'a cessé de me soutenir en toutes circonstances. Dès la première fois où j'ai été détrônée par les Anglais, il s'est fait l'avocat de la résistance. Il a toujours tout fait pour empêcher que je sois dépossédée. Il m'a toujours encouragée à me défendre...

– Afin de mieux te compromettre, l'interrompit Tantya Top. Peut-être même est-il à l'origine des calomnies répandues sur toi afin d'attirer les Anglais à Jansi.

– Je connais Naransin, affirma-t-elle. Je sais qu'il aime Jansi.

– Peut-être, mais il te hait toi. En tout cas, j'ai appris ces jours derniers qu'il a été l'un des principaux artisans de la chute de Jansi. C'est lui qui t'a fait remettre ces instructions de ne pas faire de sortie pendant que je livrais bataille. C'est lui qui a permis aux Anglais de prendre pied sur les remparts de la ville.

– Je refuse, entends-tu, général, je refuse de croire que Naransin m'ait trahie.

La rani niait encore l'évidence qu'en son for intérieur elle avait déjà admise.

– Pourquoi ? Pourquoi ? s'écria-t-elle lorsqu'elle fut restée seule avec Akbar. Parce qu'un jour, il y a bien longtemps, j'ai refusé de lui céder ? Aurait-il, à la suite de cette tentative, gardé et dissimulé tant de haine pendant toutes ces années ? Pourquoi m'a-t-il trahie ? Je veux le savoir. Dis-le-moi.

Mais Akbar, les lèvres serrées, ne pouvait rien lui répondre.

La fourberie de Naransin atteignit la rani au plus profond d'elle-même. Elle ressentait comme un viol moral le fait que cet homme avec qui elle avait collaboré si étroitement et si longuement, qui l'avait désirée, aimée sans doute, ne l'en eût pas moins abusée. L'humiliation était plus cruelle d'avoir été vaincue par un ami que par des milliers d'ennemis.

Lakshmi renonça à recevoir quiconque, même Tantya Top qui demandait tous les jours à la voir, même les réfugiés nouvellement arrivés. Elle fit éloigner d'elle Damodar dont l'exubérance enfantine lui devenait insupportable, et ne sortit plus de sa tente transformée en fournaise par les rayons du soleil. Toute la journée, elle restait assise sur ses coussins, ruisselante de sueur, sans rien faire, sans rien dire. Elle ne prenait plus soin de sa toilette et se nourrissait à peine.

Le sort tragique de son père, qu'elle apprit alors, ne réussit même pas à la tirer de sa prostration.

Moropant avait réussi à atteindre Datya avec son précieux chargement et à se réfugier chez son ami Modi, mais l'amitié de celui-ci n'avait pas résisté à l'appât du gain. Devinant ce que contenaient les lourds sacs amenés par son hôte, il était allé le dénoncer au maharajah de Datya, fidèle allié des Anglais. Le maharajah avait fait arrêter Moropant, avait gardé les précieux sacs et s'était empressé d'envoyer le prisonnier chargé de chaînes au général Rose à Jansi. Moropant avait été traduit en jugement devant sir Robert Hamilton. Après un procès sommaire, il avait été pendu à un arbre sur le Jokhand Bag, lieu même du massacre des Anglais.

Après avoir refusé de se défendre devant ses juges, Moropant mourut courageusement sans une prière ni une plainte. Quelques fidèles de la rani s'étaient aventurés à réclamer son corps pour le brûler comme l'exigeait leur religion. Les Anglais avaient refusé et avaient laissé le cadavre pourrir sur place. Ils savaient que pour les hindous cette impureté empêcherait le mort de se réincarner.

L'outrage fait à la dépouille de Moropant exigeait une réparation. La rani se rendit pour un puja au temple de Shiva. La foule qui s'était massée dans les rues de Kalpi découvrit un automate au visage cireux, à la démarche saccadée qui semblait ne rien voir, ne rien entendre. Lakshmi accomplit les gestes rituels et déposa ses offrandes comme une somnambule. Lorsqu'elle sortit sur le parvis du temple, une ovation l'accueillit. Elle ne remarqua même pas que c'étaient ses anciens soldats qui l'acclamaient. Ce fut Akbar qui le lui apprit lorsqu'ils furent revenus dans sa tente. Nombre de chefs de tribus locales étaient parvenus à s'enfuir de Jansi. Ils avaient laissé femmes et enfants dans des villages abrités par la jungle et étaient accourus avec leurs hommes à Kalpi dans l'intention de continuer la lutte avec la rani.

Quant aux Patans d'Akbar, environ deux cents d'entre eux avaient réussi à échapper aux cavaliers anglais et venaient reprendre du service.

– Tous brûlent de se battre avec toi, ajouta Akbar.

Pour la première fois depuis des jours, la rani eut un semblant de réaction.

– Les Anglais m'ont forcée à devenir une combattante. Je ne suis pas de taille. J'ai été vaincue et j'ai fait le malheur de mon peuple.

– Ne comprends-tu pas, Lakshmi, que malgré la défaite, tu as gagné une retentissante victoire morale ? Rappelle-toi que les plus grands héros de notre histoire sont souvent des vaincus. Ce n'est pas la victoire qui compte mais la bravoure. Peut-être aussi notre pays aime-t-il les héros malheureux. Tu incarnes désormais l'esprit de résistance. Tu dois continuer la lutte pour ceux qui l'attendent de toi.

– Comment faire ? Ici, on ne me donne ni commandement ni responsabilité. On se méfie de moi.

– Les chefs, peut-être. Parce qu'ils jalousent ton prestige. Mais leurs hommes, les officiers, les soldats espèrent en toi. C'est ton devoir d'agir. Ton devoir vis-à-vis d'eux et vis-à-vis de toi.

La voix de la rani, jusqu'alors un murmure, retrouva son timbre naturel.

– Pourquoi me soutiens-tu ainsi, Akbar Khan ? Je n'en vaux pas la peine.

– Parce que je t'aime et parce que je crois en toi.

CHAPITRE IV

EXTRAIT D'UNE LETTRE DE RODERICK BRIGGS À SARAH BRANDON, DATÉE DU 20 AVRIL 1858 À JANSI

... Certains habitants de Jansi nous ont volontairement indiqué le lieu où avaient été enterrées les victimes du massacre.

J'ai tenu à accompagner les sapeurs sur ce lieu appelé le Jokhand Bag. Nous sommes vite tombés sur le charnier et nous avons déterré soixante-deux cadavres. J'épargnerai à votre sensibilité le spectacle qui s'offrait à nos yeux.

Je n'étais venu que pour chercher les restes de Roger. Ce ne fut pas tâche aisée parmi tous ces cadavres noirâtres et méconnaissables. Je l'ai pourtant reconnu à sa chevelure et à sa taille. Revenu au camp, j'ai dû, vous l'avouerai-je, avaler plusieurs whiskies d'affilée pour me remettre. Le 14 dernier un service religieux a eu lieu pour le repos de l'âme des victimes, et il a été décidé de leur élever un monument.

Nous avons trouvé dans le palais de ville de la rani des caisses pleines de leurs vêtements, de leurs livres, de leurs objets familiers et même de jouets d'enfants. Dans la chambre qu'elle occupait au palais du fort jusqu'à sa fuite, j'ai découvert, jetés dans un coin, les albums de dessin de Roger, ainsi qu'un coffret contenant la bague ornée d'un saphir gravé qui ne le quittait jamais et qu'on avait dû arracher à son cadavre.

Autant de brandons pour enflammer notre vengeance. Néanmoins, la seule justice a dicté le châtiment.

Nous n'avons exécuté que les complices avérés de la rani, son père Moropant, ses dignitaires, ses ministres, ses courtisans et ses officiers. Nous avons épargné ceux qui, même coupables, avaient quelque peu coopéré.

Son ancien Premier ministre Naransin s'est rendu et nous a offert sa collaboration, ne cachant pas sa haine pour la rani et son dégoût des forfaits qu'elle avait commis. Il a soulevé les prétentions qu'aurait l'Etat d'Orcha sur les territoires de Jansi. Je dois vous avouer que ces querelles entre principautés indigènes me restent étrangères.

Le général Rose a voulu aussi récompenser un certain Dulajita Kur, source des informations qui nous ont permis de prendre les remparts de la ville. Il lui a donné deux villages enlevés à un complices de la rani.

Si nous avons voulu faire un exemple afin que ne soit pas oublié l'un des plus terribles massacres de la rébellion, au moins l'avons-nous fait avec une mesure digne d'un peuple civilisé. La ville prise, nos soldats ont montré un degré de charité chrétienne envers les malheureux enfants, vieillards et femmes indigènes, qui est à porter à leur crédit plus encore que le succès de nos armes – et qu'aucune autre nation européenne n'aurait montré dans les circonstances qui nous ont menés devant les murs de Jansi. Je n'exagère pas en affirmant que j'ai vu certains de nos hommes partager leurs repas avec des habitants de Jansi qui avaient tout perdu...

Nous avons organisé une vente aux enchères de certains objets saisis dans le palais de la rani. Il y avait là des bijoux, des turbans, des tuniques et autres brimborions dont certains assez jolis. J'ai acheté pour vous un châle de cachemire qui, je l'espère, vous plaira et que j'envoie par le courrier.

Vous l'avouerai-je, ma chère Sarah, je m'ennuie.

Notre général, ayant repris ses habitudes d'avant le

siège, perd un temps précieux. Il attend tranquillement de recevoir les munitions et les provisions de bouche nécessaires. Mis au courant des activités d'une bande d'ennemis, assez loin au nord-est de Jansi, il taquine l'idée de nous y mener. Devrons-nous nettoyer tous les nids de rebelles de l'Inde aussi insignifiants soient-ils avant d'aller à Kalpi débusquer la rani de Jansi ?

Bien qu'elle continue à s'activer contre nous, et malgré tant de preuves accumulées contre elle, nous n'avons pas voulu la condamner sans la juger. Sir Robert Hamilton a nommé une commission d'officiers sous sa présidence. Le général Rose m'y a délégué pour le représenter et suivre les débats. Nous nous sommes donc réunis plusieurs jours durant dans une salle du fort pour interroger les témoins. Nous avions retrouvé plusieurs des serviteurs indiens de nos compatriotes massacrés, en particulier les ordonnances du capitaine Skeene et du capitaine Gordon. Arrêtés sur l'ordre de la rani et condamnés à mort, c'est miracle qu'ils en aient réchappé.

Nous avions pu aussi mettre la main sur nombre d'anciens cipayes qui tous ont affirmé avoir agi sur les ordres précis de la rani. De ces nombreux témoignages, il ressort clairement que, dès avant la rébellion, la rani était entrée en contact avec les insurgés dans l'espoir de recouvrer son trône. Lors des événements de juin dernier, elle les incita à attaquer nos compatriotes réfugiés dans le fort, leur remettant même un énorme canon qu'elle avait jusqu'alors caché dans une cour de son palais de ville. A plusieurs reprises, elle refusa d'intervenir pour assurer la sécurité de nos compatriotes, disant même : « Je n'ai rien à voir avec ces cochons d'Anglais. » Un seul témoin apporta une version différente des événements, un certain Bakshish Ali, ancien geôlier de la ville, celui-là même qui avec plusieurs de ses compagnons perpétra le massacre de nos compatriotes.

Dénoncé par un habitant de Jansi, nos hommes l'ont arrêté dans le village où il se terrait. Condamné à la pendaison nous avons voulu auparavant l'entendre. Tel était le fanatisme de cet homme, que même dans la mort il n'a pas hésité à défendre la reine indigne qu'il avait si bien servie.

Selon lui la rani, loin d'avoir agi de concert avec les rebelles, en aurait été la prisonnière. Loin d'avoir ordonné le massacre de nos compatriotes, elle le leur aurait violemment reproché et aurait tout fait pour les chasser de Jansi, allant jusqu'à leur remettre ses propres bijoux. Pouvait-on croire un homme qui avait sur la conscience le meurtre de soixante-deux innocents, surtout lorsque nous avions la déposition de la veuve du docteur Phipps ?

Vous vous rappelez que j'avais moi-même tiré de sa prison cette unique survivante du massacre. Le général Rose l'a prise sous sa protection personnelle. Nous fûmes tous profondément émus en la voyant paraître dans ses habits noirs comme si elle portait le deuil de tous nos compatriotes. Connaissant bien la rani pour lui avoir naguère donné des leçons d'anglais, elle avait très tôt décelé chez celle-ci une ambition forcenée et une haine invétérée pour les Anglais.

Mrs Phipps a vu de ses yeux le sauf-conduit rédigé de la main même de la rani sur la foi duquel le capitaine Skeene et ses compagnons assiégés dans le fort consentirent à se rendre. On sait quel sort leur fut réservé pour avoir cru en la parole de la rani. Nous avons demandé à Mrs Phipps la raison pour laquelle elle avait été épargnée. Selon elle, la rani avait préféré la soumettre à une torture psychologique, la menaçant presque quotidiennement de la faire exécuter, ce qu'elle aurait certainement fait si nous n'étions arrivés à temps.

Sur ce témoignage, la commission d'enquête a conclu que la rani de Jansi était coupable sur tous les chefs d'accusation. J'ai été rendre visite à Mrs Phipps dont j'ai appris entre-temps qu'elle avait hébergé Roger. Elle-même savait fort bien qui j'étais, celui-ci lui ayant souvent parlé de moi.

Vous vous rappelez que dans ses lettres Roger m'avait raconté être tombé amoureux d'une Indienne. J'aurais voulu la retrouver, mais Mrs Phipps que j'ai interrogée ignorait tout de cette aventure et en a paru très étonnée. « Votre ami était très secret », a-t-elle ajouté.

J'ai souri, car tel était bien Roger. Mrs Phipps va incessamment partir pour Bombay et de là elle s'embarquera pour l'Angleterre. Je lui ai donné votre adresse car j'aimerais que vous rencontriez une femme aussi intéressante...

– Pourquoi la memsahib Phipps s'est-elle acharnée contre toi alors que tu lui as sauvé la vie ? demanda Akbar.

La rani répondit d'une voix lasse :

– C'est une vieille histoire...

Puis elle ajouta mélancoliquement :

– La jalousie d'une femme ne s'éteint pas avec le temps et ne recule devant aucun moyen.

Les espions, les réfugiés qui continuaient à arriver s'empressaient de venir leur rapporter les détails de son procès *in absentiam*. Autant les souffrances de son peuple la brûlaient comme un fer rouge, autant la rani accueillait avec un froid dédain les énormités de cette parodie de justice, expliquant à Akbar qui s'indignait :

– Pour tenter d'échapper au châtiment, les cipayes rebelles se sont abrités derrière mon nom. Quant aux anciens serviteurs des Anglais, ils n'ont pas été inquiétés sous mon règne et certains y ont même prospéré. Aussi ont-ils voulu se présenter en victimes afin d'échapper au sort des autres habitants. Hélas, telle est la nature humaine.

« Les Anglais ont cru leur témoignage parce qu'ils ont voulu justifier leur action. Ils avaient fait de moi leur principale ennemie avant de savoir si je l'étais. Il fallait bien ensuite qu'ils trouvent des preuves, même au prix des mensonges les plus éhontés. »

La rani revenait à Mrs Phipps, ressassant les accusations de cette dernière.

– Oser soutenir qu'elle a vu de ses yeux ce fameux sauf-conduit écrit de ma main ! N'importe qui en Inde sait que les reines n'écrivent aucun document officiel, mais se contentent d'y apposer leur sceau. J'aurais dû la faire exécuter.

Et sans changer de ton, elle dévida sur son accusatrice un chapelet d'injures tellement grossières qu'Akbar en demeura éberlué. Cette violence lui sembla toutefois être le signe que Lakshmi allait sortir de son apathie.

Le lendemain matin la rani, du fond de sa tente sombre et surchauffée, entendit au-dehors le martèlement de nombreux chevaux, le cliquetis d'armes et des ordres aboyés par une voix qu'elle reconnut pour celle d'Akbar. Intriguée, elle sortit et découvrit ce dernier en train de diriger l'exercice des anciens soldats de l'armée de Jansi. Ils étaient bien un millier de Patans et d'hommes des tribus locales, arrivés à Kalpi par vagues successives, des réfugiés qu'Akbar avait réunis. Ils avaient fière allure, ces cavaliers enturbannés, armés jusqu'aux dents, manœuvrant en ordre impeccable. Pourtant la rani fit la moue et, après les avoir observés un long moment, courut au milieu du carré qu'ils formaient et leur cria :

– Est-ce ainsi que je vous ai entraînés à vous battre ? Où est votre vigueur ? Où est votre ardeur ? Vous pouvez faire mieux, je le sais. Prouvez-le-moi !

Elle ne vit pas le sourire de triomphe qui éclaira le visage d'Akbar. Elle resta jusqu'à la fin de l'exercice, corrigeant, critiquant et finissant par prendre le commandement des cavaliers galvanisés. Lorsqu'ils furent dispersés, Akbar la raccompagna jusqu'à sa tente. La rani souriait :

– Ne crois pas, Akbar Khan, que je n'ai pas compris ta ruse grossière.

Il éclata de rire :

– Quelle ruse ? Nous n'allions pas laisser tes hommes pourrir parmi les mollassons de l'armée de Tantya Top.

La rani devint grave :

– C'est ton amour qui me rend à la vie.

– Parce que tu es toute ma vie.

Et ils se laissèrent glisser sur les coussins, leurs

corps ruisselants de sueur s'abandonnant à une sensualité trop longtemps refoulée.

Chaque jour la rani assista à l'exercice de ses cavaliers dont elle avait décidé de faire un régiment d'élite. Leur discipline, leur technique de combat offraient un contraste saisissant avec le reste de l'armée du peshwa. Peu à peu, les soldats des autres régiments prirent l'habitude d'assister à leurs évolutions. Désœuvrés, portant des uniformes disparates, ils s'approchaient timidement et regardaient avec une curiosité non dénuée d'envie.

Puis, ce furent leurs officiers qui vinrent contempler avec étonnement et intérêt cette incongruité : un régiment indien entraîné à l'européenne. La rani ne tarda pas à remarquer que certains de ses officiers commençaient à l'imiter ; spontanément, mais discrètement, ils dirigeaient leurs régiments selon ses propres méthodes.

Un jour, Tantya Top lui demanda de la part du peshwa d'entraîner toute son armée. La rani le remercia de cet honneur mais refusa. Elle ne voulait pas être amenée par ses méthodes et ses réformes à critiquer indirectement les autres généraux, à s'attirer leur ressentiment, à créer ainsi un foyer de désunion et d'intrigues. Néanmoins, elle ne ménagea pas ses conseils à Tantya Top pour faire de son armée un instrument de combat capable d'affronter les Anglais.

Tantya Top abonda dans son sens, promit d'agir en conséquence... et n'en fit rien, ainsi que Lakshmi put le constater les jours suivants. Elle revint à la charge, cette fois auprès du peshwa, un soir qu'il l'avait invitée à dîner avec son état-major dans sa vaste tente d'honneur. Elle répéta les réformes urgentes à opérer pour mettre des troupes – certes courageuses et ardentes, mais indisciplinées – au niveau de l'armée anglaise. Une fois de plus Tantya Top l'approuva.

– La reine a raison, dit-il. Elle a appris l'art militaire avec le meilleur professeur qui soit – l'expérience. Ce fut une dure leçon, nous le savons tous, que de voir les Anglais, malgré la disproportion de forces, prendre Jansi.

Il y avait peut-être une perfidie dans cette allusion. La rani le reçut ainsi et répliqua impulsivement :

– Nous avons tenu quatorze jours avec un armement inférieur et des soldats mal préparés, recrutés n'importe où. C'est tout de même mieux que de laisser battre en deux heures une armée de vingt mille hommes par quinze cents Anglais.

Tout de suite, la rani regretta ce qu'elle avait dit. Elle sut que Tantya Top ne lui pardonnerait jamais le rappel de son ignominieuse défaite. Le peshwa en revanche semblait très satisfait de l'énormité qu'elle avait lancée. Il était ce soir-là d'une humeur expansive qui contrastait avec sa timidité habituelle. La rani, assise à côté de lui, se demanda s'il n'avait pas forcé sur sa dose d'opium. Rao Sahib se pencha vers elle et lui dit assez fort pour être entendu de ses plus proches voisins :

– J'ai pris ma décision. Demain je te nommerai général en chef de notre armée. Tant pis pour ceux qui critiqueront le choix d'une femme à ce poste. Tu es la plus qualifiée, et puis tes exploits t'ont acquis parmi nos hommes un prestige dont aucun de nous ne jouit.

La rani resta circonspecte, mais elle frémit d'espoir. Elle brûlait désormais d'agir. Elle voulait prendre en main cette immense armée, la faire travailler, la perfectionner pour battre les Anglais et délivrer Jansi.

Le lendemain matin à son réveil, la rani apprenait que le peshwa Rao Sahib avait nommé Tantya Top général en chef. On avait aussi reçu dans la nuit la nouvelle que deux jours plus tôt, le 25 avril, le général Rose avait quitté Jansi à la tête de son armée et se dirigeait vers Kalpi.

– Je constate, remarqua la rani, que le peshwa me considère tout juste bonne pour diriger l'exercice, mais pas assez pour mener une campagne.

Akbar ne cacha pas ce qu'il pensait.

– Au lieu de se préparer à vaincre, ces incapables ne songent qu'à jalouser. Tantya Top aura forcé la main de Rao Sahib. Il aura eu peur de ton prestige.

– Tu te trompes. Le peshwa n'est qu'un faible, il a craint pour son pouvoir.

Le conseil de guerre auquel la rani fut convoquée se tint au fort de Kalpi, dans un bâtiment massif et isolé que les habitants disaient hanté. Des siècles auparavant, il avait servi de tombeau à un sultan Lodi d'une dynastie bien oubliée. Construit au bord de la falaise qui tombait à pic sur le fleuve Jumma, il ne comportait qu'une salle vaste et carrée, dominée par une ample coupole. Ses murs excessivement épais, dépourvus d'ouvertures hormis une porte étroite, la mettaient à l'abri des oreilles indiscrètes.

Oubliant sa déception et son amertume, la rani, pressée la première de donner son avis, tâcha d'être le plus convaincante possible. Jusqu'ici l'erreur capitale des armées de la révolution avait été de toujours rester sur la défensive. Il ne fallait laisser à aucun prix les Anglais assiéger Kalpi. On ne pouvait les battre qu'en prenant l'offensive et en se portant à leur rencontre. A sa grande surprise, Tantya Top comme le peshwa se rendirent sans discussion à ses arguments. Ils lui demandèrent même de choisir le lieu où arrêter l'avance ennemie. Elle se pencha sur les cartes, anglaises bien sûr, car les cartes indiennes, pour artistiquement dessinées qu'elles fussent, restaient imprécises. Elle proposa la petite ville de Kunch, bien défendue par les forêts particulièrement denses qui l'entouraient et qui gêneraient considérablement l'ennemi.

Là encore Tantya Top et le peshwa approuvèrent immédiatement son choix. L'armée partirait sans tarder pour Kunch.

– Tes conseils sont pour nous des ordres, ajouta Rao Sahib, et c'est à toi que nous devrons la victoire.

Akbar remarqua que la rani semblait transfigurée,

presque joyeuse lorsqu'elle revint dans sa tente et qu'elle lui dit :

– Je ne sais s'il était sincère mais si nous prenons l'offensive comme ils en ont décidé, s'ils changent leur tactique comme je les y ai incités, alors oui, je crois que nous vaincrons et tout redevient possible.

EXTRAIT D'UNE LETTRE DE RODERICK BRIGGS À SARAH BRANDON DATÉE DU 7 MAI 1858

Nous nous sommes enfin mis en route pour Kalpi.

Après avoir maudit nos retards, j'en suis presque venu à regretter notre séjour à Jansi, tant notre marche se révèle pénible. Les nuits sont courtes et suffocantes et pendant le jour le soleil tape avec une telle force que nous pouvons à peine supporter l'uniforme. Même sous la double épaisseur de toile des tentes, les objets de métal restent si brûlants qu'il est impossible de les saisir à main nue.

Nous traversons un pays plat et stérile. Hormis une maigre rangée de petits manguiers le long de la route, nous n'y trouvons pas la moindre trace de verdure. Seuls des buissons épineux et desséchés rompent la monotonie de la plaine.

En début d'après-midi nous avions fait halte et installé le campement, lorsque soudain l'horizon fut assombri par de prodigieux entassements de nuages, constitués de poussière jaunâtre, la même qui couvre le sol. C'était une tempête de sable qui se dirigeait vers nous de plus en plus vite, de plus en plus haut, tel un immense rideau qui aurait divisé l'univers. De brusques tourbillons renversaient buissons et arbres. La tempête avançait avec un grondement terrifiant semblable à celui d'une avalanche.

Puis elle s'abattit sur nous. Les animaux s'étaient couchés, frappés de terreur et secoués d'un tremblement spasmodique. Toutes nos tentes s'effondrèrent. La réverbération, jusqu'alors intolérable, fit brusquement place à l'obscurité, et chaque être humain, cha-

que objet apparaissait à travers un brouillard jaunâtre. On ne voyait plus à trois pas. La force du vent était telle qu'aucun de nous ne pouvait rester debout. Nous nous sommes tous jetés au sol, imitant en cela les animaux. Je m'étais réfugié sous un char transportant des munitions. La poussière s'insinuait partout, sous mes vêtements, dans mes narines, dans mes oreilles, dans mes yeux.

Pendant presque une demi-heure, ce fut l'enfer. Puis une pluie bienfaisante se répandit en larges gouttes si rafraîchissantes qu'elles semblaient des perles du ciel. La température baissa rapidement.

A son tour la pluie cessa aussi brusquement qu'elle avait commencé. Suivit alors un concert assourdissant de cigales, de crapauds. De larges insectes volaient au-dessus de nous, nous étions assaillis par les fourmis blanches, les grillons, les lucioles, les cafards, les moustiques et surtout par des beerbahutts, planant comme une multitude de morceaux de velours rouge. La pluie avait tellement alourdi le poids de nos tentes que nous ne pûmes repartir le jour suivant.

Le surlendemain, lorsque nous reprîmes la marche, la chaleur était revenue, plus forte encore qu'auparavant, comme si elle avait voulu se venger du bref répit accordé par la pluie. Les animaux meurent par dizaines de faim et de chaleur. Les soldats ne se portent guère mieux. La fièvre les abat en grand nombre.

Désormais, nous faisons route de nuit. Nous nous couchons à six heures du matin pour nous relever trois heures plus tard. Les seuls points d'eau sont des puits étroits et profonds, quasiment secs, distants de dix miles l'un de l'autre. À chaque halte se répète le spectacle désolant de milliers d'hommes à la peau parcheminée attendant avec angoisse leur tour de remplir leurs gourdes de cuir. L'eau chaude, sale, pleine de terre apaise à peine la soif.

Hier, après une nuit entière de marche, nous arrivâmes au village de Pucha pour apprendre que l'ennemi nous attendait à Kunch. Nous dûmes repartir, couvrir la distance de seize miles en plein jour sous un soleil impitoyable après une nuit blanche. La jungle avait remplacé la savane. Mais quelle jungle ! Epineuse, grise, sèche, sans luxuriance ni verdure. Les branches s'accrochaient à nos uniformes, nous griffaient, nous retenaient. De loin en loin un grand arbre sans feuilles dominait cette broussaille à demi brûlée par la chaleur.

Les hommes étaient à ce point épuisés qu'une halte dut être ordonnée. Comme il n'y avait aucun point d'eau alentour, on leur distribua de l'eau-de-vie pour les désaltérer. Comment concevoir une telle stupidité ! L'alcool, après avoir un instant étanché la soif, la rendait encore plus virulente. Il suffisait d'un verre pour agir de manière désastreuse sur les organismes épuisés, pour alourdir les corps, pour décupler la fatigue.

Néanmoins, il fallut se remettre en marche. Ce matin, nous nous arrêtâmes à un mile de Kunch. Des deux côtés de la petite ville la jungle étirait ses bras sombres. A gauche nous aperçûmes au loin un merveilleux lac dont les eaux miroitantes nous attirèrent irrésistiblement. Bien évidemment, il ne s'agissait que d'un mirage dont l'illusion ajouta à nos tortures. Je distinguai clairement à la jumelle des turbans et la pointe des fusils, qui couraient derrière le mur bas en brique crue protégeant Kunch. Les rebelles étaient là.

Les éclaireurs que nous envoyâmes en reconnaissance nous rapportèrent que Tantya Top et la rani de Jansi en personne nous y attendaient avec leur armée. Le général Rose envoya le gros de nos forces contourner leurs lignes, ne laissant devant eux qu'un écran de troupes, dont fait partie mon régiment.

Le temps s'écoule interminablement pendant que nos deux ailes traversent la jungle pour prendre position. Voilà plusieurs heures que nous attendons sous un soleil terrible, dans des flots de poussière qui semblent échappés de l'enfer.

L'état de nos hommes ne cesse d'empirer. J'en vois certains tomber soudain sur place, frappés d'insolation. D'autres se lèvent, jettent leurs armes, font quelques pas comme des somnambules et s'écroulent. Sept d'entre eux sont déjà morts ainsi. La panique commence à saisir les valides et je viens de les autoriser à se mettre à l'abri dans un village voisin où se trouvent deux puits pas tout à fait asséchés.

Pour tromper la tension inévitable qui précède la bataille, je pense à vous en vous écrivant...

CHAPITRE V

– Pourquoi as-tu concentré tes forces sur ton centre, Tantya Top ? Pourquoi as-tu commis la même erreur qu'à la bataille de la Betwa ? Pourquoi n'as-tu pas suivi la tactique que nous avions arrêtée de concert ?

Une heure avait suffi à l'armée anglaise pour bousculer les rebelles, les chasser de Kunch et les forcer à la retraite. A peine revenus à Kalpi, leur état-major se réunissait dans l'ancien tombeau du sultan.

Derrière le peshwa Rao Sahib, trônant sur son gadi d'argent, et derrière Tantya Top se tenaient leurs suites respectives, des grappes d'officiers superbes dans leurs brocarts, avec leurs bijoux et leurs armes enchâssées de pierreries. Seul Akbar, habillé de blanc, sans un ornement, debout comme une statue, resta derrière le coussin de la rani. La lumière des torches incendiait l'élégante coupole qui dominait la salle et faisait danser les ombres des recoins, rendant l'atmosphère encore plus étrange. Mais la rani n'avait pas l'esprit aux fantômes qu'on disait y fourmiller. Elle s'était levée, elle gesticulait et sa voix atteignait des aigus inhabituels qui la rendaient franchement désagréable à l'oreille :

– Non seulement notre stratégie, ou plutôt notre absence de stratégie, s'est révélée désastreuse, mais bien que j'aie attiré sans cesse votre attention sur ce point notre armée a montré son manque de discipline. Les hommes du contingent de Gwalior, dont tu es si fier, Tantya Top, ont commençé à tirer sans ordres, puis ils se sont laissé enfoncer et se sont empressés d'abandonner leur position.

Un général n'aime pas être critiqué, et encore moins par une femme. De plus, Tantya Top pouvait aussi se montrer impulsif. Il répliqua vivement :

– Et tes cavaliers, Lakshmi, où étaient-ils pendant notre retraite ? Au lieu d'être à l'arrière-garde de notre armée pour repousser les charges des Anglais, ils étaient en tête pour se dépêcher de se mettre à l'abri avant les autres !

La rage de la rani monta encore avant qu'elle ne réponde :

– Comment sais-tu où se trouvaient mes cavaliers ? Tu n'étais pas là, puisque sans coup férir tu nous as abandonnés en pleine retraite.

Rao Sahib intervint :

– Tu n'ignores pas, Reine, que Tantya Top est parti voir son père gravement malade au village de Charkhi. D'autre part, la retraite de notre armée s'est effectuée dans un ordre parfait, dû assurément aux conseils que tu nous as prodigués.

– La retraite, vous n'avez que ce mot à la bouche ! Vous ne savez que mener des retraites. Oui ! Nous avons opéré une belle retraite... au prix de six cents morts que nous aurions épargnés si Tantya Top avait été là pour ordonner une contre-charge.

Le peshwa vint à nouveau au secours de Tantya Top et répliqua doucereusement à la rani :

– Pourquoi n'as-tu pas toi-même ordonné cette contre-charge si tu la jugeais opportune ?

Cette accusation voilée déchaîna la rani, qui s'en prit directement à Rao Sahib.

– Et toi, peshwa, qu'as-tu fait entre-temps ? Que tu ne sois pas venu à Kunch, je le conçois, puisque tu restais ici avec une partie de nos troupes. Qu'as-tu fait pour les empêcher de déserter dès l'annonce de notre défaite, qu'as-tu fait pour les retenir au lieu de les laisser s'égailler dans la nature ? Nous sommes revenus ici pour trouver un désert. A part tes serviteurs et tes aides de camp, on me dit qu'il ne restait au campement que sept cipayes.

Tantya Top parut soudain las et dit tristement :
– Si tu ne veux plus te battre avec nous, Lakshmi, tu es libre de partir avec tes troupes.

La rani ne s'était pas calmée lorsqu'elle rejoignit sa tente avec Akbar.
– En plus, il me croit lâche. Pense-t-il donc que je vais abandonner ? Et pourtant ! Je brûlais de me battre avec lui, avec son armée, et je n'en ai retiré que déception et amertume.
– Ces disputes, ces reproches entre vous sont inutiles. Ce n'est pas en nous divisant que nous vaincrons.
– Rien ne me retiendra de dire ce que j'ai sur le cœur, surtout lorsque j'ai raison.
– Tu n'as pas raison en tout point. Pourquoi, comme te l'a reproché le peshwa, n'as-tu pas ordonné une contre-charge pendant notre retraite ?
– Je n'allais pas risquer inutilement mes cavaliers alors que la bataille était perdue par la faute de Tantya Top et qu'il nous avait abandonnés.
– Et tu as laissé canonner ces malheureux fantassins en refusant de leur porter secours comme je t'en suppliais. J'en aurais pleuré en les voyant tomber par groupes entiers.
– Ces fantassins étaient les hommes de Tantya Top.
Cette réaction typique d'un chef de clan enflamma Akbar.
– Il n'y a pas tes hommes et les hommes de Tantya Top ou ceux du peshwa. Il y a notre armée qui combat pour libérer notre pays. Ce que vous les chefs n'avez pas compris, vos soldats l'ont compris. Tous ceux que tu appelles les hommes de Tantya Top viennent me demander :
« Pourquoi la reine nous a-t-elle abandonnés à Kunch ? »
– C'est bon, Akbar Khan ! Tu ne me verras plus jamais faire bande à part avec mes cavaliers.
Mais comme elle ne se rendait pas aisément, elle ajouta avec ironie :

– D'après ce que tu me conseilles, j'en conclus qu'à l'avenir je devrai charger même lorsque la bataille est perdue... sans espoir... pour l'honneur, conclut-elle avec un ricanement.

– Non ! Pour l'exemple, Lakshmi !

Et ils s'affrontèrent du regard. Ils étaient seuls sous la tente de la rani ; c'était l'heure de la sieste et chacun cherchait le repos là où il pouvait le trouver. Damodar, craignant l'humeur de sa mère, était allé dormir dans la tente de Mandar. Le silence n'était rompu que par le souffle de quelque cheval agacé par les mouches. Sous la tente, la chaleur était faiblement combattue par le balancement d'un punkah. Akbar caressa le bras de la rani tendrement et furtivement, d'un geste coutumier qui marquait son désir. Lakshmi s'écarta.

– Non, pas maintenant, je suis trop énervée.

Il la rattrapa, se jeta avec elle sur les coussins et commença à lui arracher ses vêtements. Elle se débattait, se tordait en tous sens, le griffait mais sa résistance céda, elle se laissa déshabiller et caresser puis elle l'attira vers elle et l'enserra doucement dans ses bras.

Plus tard, il tourna la tête et posa sur elle ses yeux bleus et rieurs.

– Je t'aime, je t'admire, c'est pour cela que je veux que tu sois la meilleure toujours.

La rani regarda le grand corps athlétique d'Akbar et passa sa main dans ses cheveux blonds.

– Si je le suis, ce sera grâce à toi... et maintenant va-t'en, violeur de reine.

Lorsqu'il fut parti, elle resta étendue sur les coussins, alanguie, épanouie. Elle découvrait soudain qu'elle aimait Akbar et était étonnée par cette révélation, étonnée aussi de n'en avoir pas pris conscience plus tôt. Leur amitié amoureuse, la complicité dans le travail et le partage des épreuves avaient, sans qu'elle s'en rendît compte, préparé un terrain propice pour que l'amour naisse et grandisse. Ce n'était plus la passion que lui avait inspirée Roger, ni la séduction spirituelle qu'avait exercée sur elle Firoz Shah.

Elle aimait Akbar d'amour. Le comprendre lui permit d'apprécier plus clairement, plus intimement les sentiments qu'Akbar lui portait, et elle en fut profondément réconfortée. Il lui semblait qu'à nouveau l'énergie et l'optimisme coulaient dans ses veines.

Lorsque Damodar revint dans la tente, il fut bien étonné de trouver sa mère d'humeur joyeuse. Elle lui fit fête, joua avec lui comme elle ne l'avait pas fait depuis longtemps. Heureux, l'enfant se détendit, libérant pour une fois en face de Lakshmi ses élans de tendresse et son exubérance.

Ce soir-là, au dîner offert par le peshwa à son état-major, l'atmosphère restait compassée. La dure réalité pesait sur les convives : dans quelques jours l'armée anglaise du général Rose serait devant Kalpi, dernière place forte tenue par les révolutionnaires. Ils étaient désormais acculés, et les désertions consécutives à la défaite de Kunch leur avaient enlevé un bon tiers de leurs effectifs.

Des rumeurs venues du dehors vinrent rompre le silence. On entendit le bruit d'une cavalcade, des cris, des acclamations. Les pans de la tente furent brutalement écartés et un homme grand et gros, aux longues moustaches grisonnantes, entra, bardé d'armes autant qu'un dacoït et couvert de bijoux autant que le Grand Mogol. Il salua à peine le peshwa et Tantya Top, se précipita sur la rani, la souleva de son coussin, la serra sur son ample poitrine, s'écriant :

– Enfin, je la vois, l'héroïne dont toute l'Inde parle ! Le flambeau de la révolution...

Puis, lâchant la rani, il parut se souvenir de la présence du peshwa, s'inclina devant lui et annonça d'une voix claironnante :

– J'amène à Votre Altesse deux mille soldats et une puissante artillerie. Avec cela nous sommes sûrs de vaincre les Anglais.

C'était le nabab de Banda. Ce souverain musulman d'un petit Etat au sud-est de Kalpi faisait beaucoup parler de lui. Détrôné par les Anglais, il avait cependant au début de la rébellion pris le parti de protéger les vies et les intérêts anglais.

Puis, devant l'inutilité de ses efforts et l'unanimité de ses anciens sujets, il avait basculé de camp, épousé la cause des rebelles et repris son trône. Il s'était depuis montré un des adversaires les plus infatigables et les plus actifs des Anglais. Ce personnage, formidable par la taille et par le tempérament, mettait de l'animation partout où il passait. Son arrivée eut un effet immédiat et radical sur l'armée du peshwa, dont les déserteurs dès le lendemain revinrent en masse des villages où ils s'étaient cachés.

Le 20 mai l'état-major se réunit une dernière fois avant la bataille. L'optimisme qui régnait contrastait avec l'atmosphère du Conseil tenu après la défaite de Kunch. Le peshwa commença par brosser un tableau confiant de la situation.

– L'armée du général Rose est arrivée devant Kalpi. Un autre corps d'armée anglais venu du sud campe sur la rive opposée de la Jumma, séparé de nous par une vallée trop encaissée pour être franchie. Rose nous attaquera probablement demain, ses canons sont déjà en place autour de la ville. Et alors ! Nous nous moquons des Anglais et de leurs canons. Derrière nous, nous avons une falaise qui tombe à pic dans le fleuve. Tout autour de nous, nous avons pour nous protéger des miles de ravins étroits, profonds, où nos ennemis ne s'aventureront jamais. J'ai fait creuser des tranchées et élever de nouveaux remblais sur la route de Kunch, leur seule voie d'accès. Enfin nous avons l'allié le plus sûr et le plus efficace : notre été, qui rend les Anglais fous et les fait tomber comme des mouches. Attendons à l'abri de nos remparts que leur armée s'épuise et se désintègre d'elle-même.

Il s'arrêta pour juger de l'effet de son discours et s'irrita de voir que la rani prenait la parole :

– Grande est l'expérience et profonde la sagesse du peshwa. Aussi en ferons-nous comme il l'a dit.

Demain Rose commencera par nous arroser de bombes, puis il lancera ses cavaliers à l'assaut. Nous les laisserons approcher le plus possible sans riposter. Au moment où ils seront déjà sûrs de la victoire, nos canons entreront en action et les faucheront. Alors nous opérerons une sortie. Nos cavaliers achèveront sur les cavaliers anglais le travail commencé par nos bombes. Nous les poursuivrons jusqu'à leurs lignes, nous enfoncerons celles-ci et ainsi, si Dieu le veut, nous vaincrons.

La rani venait de proposer la tactique exactement opposée à celle du peshwa, c'est-à-dire l'offensive au lieu de la défensive. Tantya Top opina plusieurs fois pour marquer son accord. Le nabab de Banda approuva bruyamment : l'idée d'une charge furieuse l'enchantait, les sièges l'ennuyaient et il ne rêvait que coups et blessures. Devant cette unanimité, Rao Sahib, un peu apaisé par les formes mises par la rani à le contredire, s'inclina :

– Ainsi en userons-nous, prononça-t-il en levant la séance.

Le cœur allégé, la rani sortit avec les autres chefs de l'armée sur la terrasse qui courait devant le « petit fort », l'ancien tombeau d'un sultan Lodi, et qui surplombait d'une centaine de yards la Jumma encaissée entre ses falaises à pic.

Ils pouvaient apercevoir sur l'autre rive en aval, là où le fleuve amorçait sa courbe, les feux lointains de l'armée anglaise venue du sud. Ils se penchèrent pour regarder couler paresseusement les eaux de la Jumma rosies par le soir et ralenties par l'été. Les bancs de sable qui la bordaient et la striaient grouillaient de leurs soldats venus en pèlerinage sur ce fleuve, le plus sacré de l'Inde après le Gange. La rani distingua même parmi eux Damodar que Mandar avait emmené faire ses dévotions. L'enfant imitait les hommes qui l'entouraient. Il plongea dans l'eau son sabre miniature, invoqua trois fois Kali, la déesse guerrière, et répéta le serment qu'il entendit ses voisins prononcer : « Nous vaincrons ou nous périrons, mais nous ne reculerons pas. »

EXTRAIT D'UNE LETTRE DE RODERICK BRIGGS À SARAH BRANDON DATÉE DU 24 MAI 1858

Pardonnez-moi, chère Sarah, de ne pas vous avoir écrit depuis si longtemps. Plus que le manque de loisirs mon épuisement est la véritable raison de mon silence. Après notre engagement à Kunch, car on ne peut décemment appeler cet accrochage une bataille, nous n'avons eu qu'un seul jour de repos pendant lequel, trop fatigués pour dormir, nous sommes restés hébétés, en proie à la torpeur.

Le lendemain, lorsque nous nous sommes remis en route, nos soldats indigènes, qui eux-mêmes souffraient durement de la chaleur, commencèrent à tomber par dizaines. Dans un seul régiment, la moitié d'entre eux furent frappés d'insolation en un seul jour. Sur les trente-six hommes d'un détachement envoyé au fourrage, dix-sept s'évanouirent et restèrent deux heures sans connaissance. Notre général lui-même n'a pas été épargné, puisque à Kunch il est tombé trois fois de cheval, et a été frappé d'une légère attaque. La moitié de notre armée se trouvait en état d'incapacité et l'autre moitié n'était pas beaucoup plus brillante.

Et pourtant nous avancions. Nous avions plus l'air d'une horde de gitans que d'une armée britannique, avec nos meilleurs véhicules hétéroclites, tous plus ou moins brisés, tirés par des buffles malades et conduits par des indigènes terrorisés ou par des paysans enrôlés de force.

Nous ne pouvions pas nous arrêter, le général était pressé d'arriver à Kalpi. Il craignait la venue des pluies qui, transformant le terrain en marécage, l'auraient rendu impraticable. Le médecin-chef avait été formel ; les hommes valides ne tiendraient plus longtemps. Il fallait vaincre tout de suite sous peine de voir notre armée entière s'effriter.

Le calvaire de cette marche vers la Jumma se doublait d'une course contre la montre. Nous avons compris que nous approchions du fleuve lorsque nous avons vu les ravins succéder à la plaine. S'entrecoupant sans interruption, ils étaient impraticables sauf pour les chèvres sauvages et l'infanterie légère.

Les rebelles nous attendaient sur la route de Kunch à Kalpi qu'ils avaient fortifiée, disposant derrière les remblais une partie de leur artillerie. L'obstacle semblait insurmontable. Le général décida tout simplement de le contourner. Il fit partir l'armée vers la droite avec l'intention d'attaquer la ville par le sud. Les rebelles ne s'attendaient pas à ce mouvement qui, en outre, nous permit de faire notre jonction avec l'armée du Sud campée sur l'autre rive de la Jumma.

Pendant la nuit qui précéda la bataille, le général Maxwell, qui commandait ces troupes, réussit par miracle à établir un pont de bateaux sur le fleuve, en aval de la ville. Il nous envoya aussitôt des renforts, et nous pûmes par le même chemin évacuer nos malades vers Cawnpore et Calcutta. L'arrivée de nos camarades frais et dispos remonta considérablement le moral des hommes.

Le lendemain, 22 mai, nous étions fin prêts lorsque, à dix heures du matin exactement, les forces rebelles apparurent hors les murs. C'étaient les armées réunies de celui qu'ils appellent le peshwa, de Tantya Top et de la rani de Jansi qui s'alignaient devant nous. Tout à coup, leurs soldats s'élancèrent et chargèrent en hurlant. Nous les laissâmes venir. Lorsqu'ils se furent suffisamment avancés pour n'être plus sous la protection de leur artillerie, Rose donna le signal de tirer. Une pluie de bombes et de grenades s'abattit sur eux, semant la confusion chez leurs cavaliers et un certain flottement chez leurs fantassins.

Le général en profita pour ordonner une contre-attaque. De toute la vitesse de nos montures, nous courûmes sus aux ennemis. A peine les avions-nous rejoints et avions-nous engagé le combat qu'ils tournèrent casaque et commencèrent à fuir.

Déjà j'apercevais le bouquet d'étendards orange signalant la présence de leur peshwa s'éloigner en direction de la ville. Une victoire facile était bienvenue, car ce bref engagement nous laissait sans forces. Le thermomètre marquait 119°Fahrenheit à l'ombre, et un vent brûlant nous faisait littéralement suffoquer. Officiers et soldats s'évanouissaient ou tombaient comme frappés par la foudre. La fournaise de l'été faisait plus de ravages que les rebelles. J'ai appris depuis que notre général avait eu une attaque cardiaque, et que le chef de notre état-major avait dû être transporté inconscient à l'arrière. Quant au chapelain le plus âgé de l'armée, il a sombré dans la folie.

Nous pensions tenir le succès, lorsque des essaims de cavaliers rebelles foncèrent sur nous l'arme à la main à une vitesse vertigineuse. Je reconnus de loin des Patans et la cavalerie du contingent de Gwalior. Un de mes camarades me désigna la rani de Jansi qui les commandait en personne. Les soldats devaient être drogués à l'opium ou ivres du cognac qu'ils avaient volé dans nos garnisons, car ils semblaient se rire des balles et des grenades qui tombaient sur eux comme grêle. Déjà ils enfonçaient nos premières lignes, lorsque Rose fit donner nos réserves pour briser leur élan. Ils continuèrent néanmoins à se battre furieusement et peut-être auraient-ils emporté l'avantage si leur exemple avait été suivi par les autres unités rebelles. Mais plus loin, des centaines de leurs fantassins s'enfuyaient vers les villages avoisinants, n'hésitant pas à se jeter dans les ravins.

Bientôt, les cavaliers de la rani commencèrent à reculer. Elle-même avait disparu et j'essayai de me lancer à sa poursuite. Ma monture refusa d'avancer et j'étais aussi épuisé qu'elle. L'armée rebelle fuyait sans paraître devoir jamais s'arrêter et, dans mon hébétude, je parvins seulement à comprendre que nous avions vaincu.

Toute la soirée et une partie de la nuit, Rose fit pilonner la ville en prévision de la bataille du lendemain.

Nous nous mîmes en marche peu après trois heures du matin pour effectuer un mouvement tournant autour de Kalpi, afin d'empêcher l'ennemi de fuir par la route de Kunch. Nous approchions du village de Rehree lorsque, des maisons de terre battue, se déclen-

cha un tir nourri. Ce n'était qu'une grappe de rebelles isolés. Nous les avons chassés sans difficulté et avons tué, du même coup, une panthère et deux lièvres qui avaient eu le malheur de passer par là. A l'aube, nous découvrîmes dans le lointain les colonnes de rebelles qui battaient en retraite vers la jungle.

Nous prîmes le fort de Kalpi et le campement rebelle sans coup férir. L'un et l'autre étaient abandonnés, l'armée rebelle les ayant évacués pendant la nuit. Tantya Top avait conseillé aux habitants de s'enfuir pour ne pas être massacrés.

Ici et là, dans les rues vides et silencieuses, des cochons et des chiens galeux se disputaient des cadavres en putréfaction. Dans les maisons qui restaient encore debout, nous ne trouvâmes absolument rien. Par contre, dans le fort, nous sommes tombés sur le butin le plus hétéroclite : des tentes, des parasols de cérémonie, des fusils, des mortiers, des boulets, des ateliers de réparation pleins d'outils fabriqués en Angleterre, des uniformes de soldats anglais de toutes tailles et de toutes formes, portant encore le numéro de leur régiment. Nous avons même déniché deux bonnets de femme au milieu de trombones, de cors, de trompettes, de tambours, de drapeaux, de chapeaux, de sacs, de ceintures, de gourdes, de poires à poudre. Mais, beaucoup plus important, dans un souterrain, nous avons découvert soixante mille livres de poudre à canon.

L'armée rebelle avait évacué si vite Kalpi qu'elle nous abandonnait son arsenal. Dans un curieux bâtiment – qu'on nous dit avoir été au cours des siècles passés un tombeau et qui servait de salle de conseil aux chefs rebelles – nous avons mis la main sur tous leurs dossiers. Le général les a confiés aux experts afin de les déchiffrer et d'en tirer les informations qu'ils contiennent.

Aujourd'hui c'est l'anniversaire de notre souveraine. En son honneur, nous avons hissé nos couleurs sur Kalpi. Le gouverneur général, lord Canning, a envoyé au général Rose un télégramme qui a été lu à toute l'armée :

« Votre prise de Kalpi a couronné une série de succès brillants et ininterrompus. Je vous remercie vous et vos braves soldats de tout mon cœur. »

Nous avons achevé notre tâche. Nous avons pris Kalpi. Nous avons anéanti l'armée rebelle et nous avons fait notre jonction avec l'armée du Sud. Notre corps d'armée va être incessamment dissous et le général Rose n'en est pas mécontent. Il compte retourner à Bombay et prendre quelque repos.

Autour de moi, je ne vois que soulagement et joie, bien que l'épuisement et la température retiennent nos hommes de se livrer à des démonstrations excessives. Moi-même je suis partagé entre la satisfaction de pouvoir enfin me reposer et la frustration de n'avoir pas vengé la mort de Roger en tuant la rani de Jansi comme je m'en étais fait le serment. On nous a rapporté qu'elle s'était enfuie en palanquin entourée d'une poignée de ses Patans, le long de la Jumma en direction du nord. Que reste-t-il de l'armée avec laquelle elle avait cru pouvoir nous défier ? Quelques centaines d'hommes dispersés dans une jungle impénétrable et condamnés à n'en pouvoir sortir, car nos armées ou celles de nos alliés en tiennent les pourtours.

Plutôt que de se rendre, la rani choisira sans doute de croupir au milieu des bêtes sauvages. Combien de temps connaîtra-t-elle la solitude, le dénuement et la peur ? Si finalement elle échappe à une corde anglaise, peut-être se fera-t-elle un beau jour dévorer par un tigre.

D'après ce que j'ai appris, nous ne tarderons pas à regagner notre base à Bombay. Je demanderai alors un congé pour retourner en Angleterre et vous épouser, si vous voulez toujours de moi.

A dire vrai, je suis comme notre général, je n'ai aucun désir de rester en Inde ou d'y reprendre un jour du service. Pour moi, le chapitre indien est déjà clos et pour la première fois j'ai le bonheur de terminer ma lettre en vous disant :

A bientôt, chère Sarah.

CHAPITRE VI

Entre Kalpi et Gwalior s'étend une vaste région désertique, le Chambal Walli. Cette savane plate et rougeâtre, clairsemée de buissons épineux, est coupée de ravins, de fossés, hérissée de murs dentelés faits de sable cimenté par le vent. En cet après-midi de fin mai 1858, deux hommes galopaient sur un chemin sablonneux, apparemment indifférents à la chaleur suffocante qui jetait un voile gris pâle sur le ciel et l'horizon. Les deux cavaliers descendirent la falaise, peu élevée mais abrupte, qui bordait un de ces gros ruisseaux qui coulent irrégulièrement et capricieusement, creusant un vallon bien trop large pour leur maigre débit. Ils sautèrent au bas de leurs montures et se jetèrent tout habillés dans l'eau peu profonde et par exception assez claire, puis restèrent étendus, le corps immergé, la tête reposant sur le sable mouillé de la rive, heureux de se rafraîchir et de se dépoussiérer. L'un était grand et brun, l'autre plutôt menu. Tous deux avaient les cheveux coupés court sur la nuque et portaient le turban blanc caractéristique des Patans. Ils semblaient insouciants des dangers qui pouvaient les guetter, car le Chambal Walli était le domaine des dacoïts et nul n'osait s'y aventurer.

Aucun dacoït, il est vrai, n'aurait porté la main sur un souverain, et l'un des deux jeunes Patans n'était autre que la rani de Jansi, en compagnie d'Akbar. Voilà quatre jours qu'ils avaient quitté Kalpi.

La rani n'avait pas fui en palanquin comme l'écrivait Roderick Briggs sur la foi de vagues informations. Elle avait d'abord coupé ses cheveux à ras afin d'éviter d'être prise pour une femme, puis elle était partie, Damodar attaché à sa selle par un foulard de soie, accompagnée d'Akbar, d'une poignée de cavaliers patans et de la fidèle Mandar. Ils avaient dévalé la falaise de la Jumma par un vertigineux sentier de chèvres, puis s'étaient dirigés vers le nord en suivant de longues bandes de sable qui striaient le fleuve.

Plus tard, ils avaient obliqué à droite et s'étaient enfoncés dans la jungle, pour atteindre Golpalpur à quarante-six miles de Kalpi, en plein dans le désert du Chambal Walli. Les chefs rebelles et les restes de leur armée avaient rallié ce bourg où une nature particulièrement hostile les protégeait de leurs poursuivants anglais. Le rajah local s'était vu obligé de les accueillir ; car il y avait un rajah à Golpalpur, protecteur et complice des dacoïts.

La rani sortit de sa rêverie, se laissa glisser encore un peu plus dans l'eau jusqu'à n'avoir plus à l'air libre que son visage.

– Ici, enfin, je peux respirer, dit-elle. Je n'aurais pas pu supporter une minute de plus d'entendre nos généraux se rejeter l'un l'autre la faute de notre défaite à Kalpi.

Akbar se redressa et répondit vivement :

– Pourquoi ne t'ont-ils pas écoutée comme ils avaient promis de le faire ? Pourquoi n'ont-ils pas suivi tes directives, alors que la veille ils étaient d'accord avec toi ? Pourquoi...

– Arrête, Akbar ! Tout cela je le sais, et tu m'ennuies. Ne les imite pas et ne ressasse pas le passé. A quoi cela sert-il ? En tout cas pas à améliorer notre situation.

Le silence retomba. Un long moment, la rani resta perdue dans ses méditations. Puis elle se mit à penser tout haut :

– La grande révolte de l'Inde est en passe

d'échouer, elle a déjà échoué. Je n'ai pas voulu y participer, les Anglais m'y ont forcée. Elle est devenue ma cause et c'est une cause perdue. Tout de même, cent cinquante millions d'Indiens contre quarante-cinq mille Anglais !

– Toute l'Inde ne s'est pas révoltée, Lakshmi. Le Sud n'a pas bougé, l'Ouest n'a pas bougé.

– A l'ouest, le Bengale n'a pas bougé parce que les Anglais l'ont écrasé par des répressions préventives.

– Et les souverains, Lakshmi, les rois du Rajhastan, ceux du Sud, et même ton ami le maharajah de Gwalior ? Ils ont eu peur de se compromettre et sont restés prudemment dans le camp anglais. Ce sont eux les coupables. Quand notre peuple aura des chefs dignes de lui, qui sauront prévoir et coordonner, qui cesseront de se jalouser l'un l'autre, il trouvera l'énergie pour conquérir sa liberté.

– Cessons de nous quereller, Akbar ! Nous ressemblons aux généraux que nous critiquons.

Elle avait dit cela avec une telle lassitude qu'il se radoucit instantanément.

– A Kalpi, pendant la bataille, tu étais superbe, tu n'as jamais été aussi belle. Plusieurs fois j'ai failli être écharpé par l'ennemi car je ne pouvais détacher mes yeux de toi. J'avais peur, pour toi, mais en même temps je te sentais invincible. Je te voyais comme quelqu'un de nouveau, quelqu'un que je ne connaissais pas, une figure de légende que les coups ne peuvent atteindre. Jamais, Lakshmi, jamais tu ne t'es battue comme ce jour à Kalpi.

L'admiration d'Akbar ne dérida pas la rani qui, mélancolique, poursuivit :

– J'avais bien raison lorsque je refusais de prendre part à la révolution. J'ai perdu Jansi. J'ai amené le malheur sur Jansi. Je ne peux plus rien faire. Il n'y a plus rien à faire.

– Est-ce digne de toi de gémir, toi la combattante, toi l'indomptable ? Tu voudrais me faire croire que les Anglais ont finalement réussi, qu'ils t'ont découragée, qu'ils t'ont vaincue ? Au lieu de tourner en rond et de perdre notre temps à épiloguer sur nos défaites avec les généraux, au lieu de pourrir ici, partons.

– Et où irons-nous, Akbar Khan ?

– Chez moi, au nord, dans les montagnes – là où les Anglais ne viendront jamais nous chercher, là où les hommes vivent rudement mais librement devant les neiges éternelles.

La rani sourit. Elle s'étira presque voluptueusement et dit d'un ton léger :

– Mais je n'aime pas voyager, Akbar.

Il nota la rapide transformation de l'humeur de la rani et reprit avec enthousiasme :

– Je t'apprendrai à voyager. J'y suis habitué depuis l'enfance. Nous serons un jour ici, le lendemain là, libres comme le vent. L'aventure sera notre pain quotidien. Et peut-être un jour pourrons-nous reprendre la lutte.

Le jour baissait, les ombres des branches épineuses s'allongeaient sur le sable. La lumière rasante virait à l'orange dans une langueur de fin d'après-midi. Lakshmi se redressa, ses vêtements mouillés collaient à sa peau.

– Rentrons, Akbar, bientôt ce sera l'heure où les tigres viennent boire et je n'ai pas envie d'en rencontrer. Toi et moi ne donnerons pas aux Anglais la satisfaction de nous laisser dévorer.

Les longues maisons paysannes aux toits de chaume et aux murs de terre battue, disposées comme des remparts, défendaient l'accès de Golpalpur. Dans des champs alentour étaient dressées les tentes du campement improvisé des soldats qui avaient pu rallier ce refuge. La rani et Akbar suivaient la rue principale, ombragée de loin en loin par un grand arbre. Seuls les enfants sortaient sur le pas des portes pour les voir passer. Les adultes continuaient à vaquer à leurs occupations, se contentant de tourner la tête vers eux. La rani laissait flotter les rênes sur le cou de son cheval, à nouveau livrée à ses réflexions. Enfin, elle se tourna vers Akbar et déclara d'une voix ferme et presque joyeuse :

– Tu as raison, Akbar Khan, il est encore temps pour l'aventure.

La résidence où logeait Lakshmi était loin d'avoir la taille d'un palais. C'était plutôt une grande villa, récemment construite dans le style abâtardi introduit en Inde par des architectes européens. Par déférence envers le sexe de la rani, le rajah de Golpalpur lui avait alloué l'appartement de ses femmes préalablement expédiées dans une autre de ses résidences. Le purdah était constitué d'une suite de pièces basses et exiguës situées dans la partie la plus élevée et la plus écartée du palais. Aux fenêtres et aux balcons des moucharabiehs protégeaient les femmes du regard des curieux. Par les interstices, la rani découvrait le désert plat et buissonneux du Chambal Walli.

– Trouve-moi un sari blanc d'une soie point trop transparente pour que l'on ne puisse voir mes cheveux coupés à travers mon voile, intima-t-elle à Mandar.

Ce soudain accès de coquetterie surprit la suivante, qui fut encore plus étonnée lorsque la rani ajouta :

– Fais venir les servantes pour ma toilette.

C'était la première fois depuis sa fuite de Jansi que la rani réclamait les soins dus à sa beauté et à son rang. Les servantes des ranis de Golpalpur étaient de très jeunes paysannes, paralysées par la timidité. Elles contemplaient avec dévotion la célèbre reine de Jansi dont le pays entier s'entretenait, et faisaient de leur mieux pour mener à bien les rites compliqués de sa toilette.

Détendue, rêveuse, la rani les laissait faire, telle une souveraine en pleine gloire livrée aux délices de la coquetterie. Observant le sourire amusé de sa maîtresse, Mandar, pourtant habituée à son caractère imprévisible, crut que son esprit divaguait. Lorsque les servantes eurent tant bien que mal achevé leur tâche, elle s'entendit ordonner :

– Et maintenant, masse-moi, Mandar, toi seule sais le faire bien.

Tout en pétrissant la chair parfumée de Lakshmi,

elle lui rapportait, selon ses habitudes, les rumeurs qu'elle avait recueillies jusque dans l'état-major.

– Il paraît qu'« ils » ont décidé d'aller au Népal. Nana Sahib, la bégum d'Oudh et bien d'autres chefs de la révolution s'y sont déjà réfugiés. Le maharajah du Népal, d'après ce qu'on dit, les protège, bien qu'il ait envoyé ses troupes au secours des Anglais. C'est un beau pays et peut-être y serons-nous heureux en attendant des jours meilleurs.

– Je n'irai certainement pas au Népal dont le maharajah fait chanter nos amis qui ont trouvé asile chez lui, les menaçant sans cesse et les rançonnant sans vergogne. Je ne veux pas être soumise à ses caprices. En fait, je ne veux pas être une réfugiée.

D'étonnement, Mandar arrêta son massage et se releva en s'épongeant.

– Continue, tu me fais du bien.

Mandar reprit son travail avec une expression consternée.

– Tu vas donc rester ici, seule ? C'est bien ce que tu veux ?

– Pour rien au monde je ne resterai dans cet horrible trou.

– Alors quoi, puisque tout est perdu et qu'il n'y a plus rien à faire ?

La rani eut un sourire désarmant et presque enfantin.

– C'est pour cela qu'il faut inventer quelque chose.

Le même soir, Tantya Top, ayant fui Kalpi par un chemin différent de celui de la rani, rejoignit Golpalpur, et le rajah leur hôte voulut donner une fête en son honneur malgré ses moyens limités.

La soirée eut lieu au « jardin du rajah ». C'était à la sortie du bourg, un petit verger où un bosquet de manguiers faisait face aux orangers et aux citronniers sagement alignés entre les canaux d'irrigation. Au centre, sur un terre-plein, un minuscule pavillon abritait les musiciens. En contrebas s'étendait une pelouse sur laquelle on avait jeté des tapis et des coussins pour les invités d'honneur. Derrière le mur bas de l'enclos se pressaient les soldats de la rébellion, dont les tenues déchirées renforçaient encore l'aspect farouche.

L'arrivée de la rani fit sensation. Dans un sari immaculé, soigneusement maquillée, la démarche gracieuse, elle donnait – quoiqu'elle ne portât aucun bijou – une image de préciosité et de luxe. Où étaient les uniformes de brocart rutilant et les bijoux des officiers et des généraux ? Aujourd'hui ils avaient à peine du linge pour se changer. Et voilà que la rani apparaissait comme si elle se rendait à quelque fête de la cour, laissant derrière elle un sillage parfumé.

Le rajah de Golpalpur fit servir un repas campagnard et frugal, composé de riz, de pommes de terre, de lentilles et de légumes baignant dans le ghee, ou bien relevés des plus piquants poivrons, le tout accompagné de yoghourts à moitié tournés et d'eau quelque peu croupie. Ces boissons ne suffisaient pas à ces rudes guerriers qui se passaient de main en main des flacons de guj, auquel ils faisaient généreusement honneur. Ce réconfortant n'améliorait cependant pas le moral de l'état-major de la rébellion. Princes et généraux énuméraient avec une sorte de délectation morose les éléments de leur désastre.

– Nous avons perdu toutes nos places fortes... Nous avons perdu notre artillerie, nos armes, nos munitions. Au sud, à l'est, à l'ouest, ce sont les armées anglaises qui encadrent le Chambal Walli et qui nous guettent. Au nord c'est leur allié, le maharajah de Gwalior qui, avec son armée personnelle, nous empêche de sortir. Nous sommes dans un piège. Ou bien les Anglais enverront leurs colonnes nous déloger, ou bien nous devrons capituler.

– Capituler, jamais ! s'écria le gros nabab de Banda. Nous continuerons à nous battre. Nous avons encore des troupes.

Le peshwa Rao Sahib éclata d'un gros rire.

– Est-ce une armée que ces quelques centaines d'hommes abattus, démoralisés et désarmés ? Allons,

Roi, mieux vaut songer à fuir au Népal comme l'ont déjà fait les plus avertis de nos pairs.

La rani n'affectait même pas d'écouter ces propos. Elle continuait à sourire de cet air léger et ironique qui avait tant intrigué Akbar et Mandar. Soudain, sans se retourner, elle s'adressa à cette dernière debout derrière elle.

– Danse, Mandar, danse pour égayer nos amis.

Mandar, stupéfaite, presque choquée, restait clouée sur place. Alors la rani se retourna et, les yeux dans les yeux de Mandar, répéta :

– Danse !

Mandar courut se changer. Où trouva-t-elle des pantalons bouffants, un boléro serré et les bracelets de cheville ornés de clochettes ? Lorsqu'elle réapparut les invités firent silence – et Mandar dansa.

Elle bougeait son cou, ses bras, ses mains, sa taille, ses jambes, selon les règles les plus parfaites du grand art sacré de l'Inde. Ses mouvements étaient tantôt lents, tantôt rapides, tantôt liés, tantôt détachés les uns des autres. Chacun de ses gestes, transcendé par sa grâce et sa précision, prenait une signification, et l'on oubliait la maigreur et le visage trop anguleux de la danseuse. Le son lancinant des clochettes accrochées aux bracelets de ses chevilles se mêlait à celui des instruments à cordes et des tambourins. De sa danse se dégageait une volupté concentrée et subtile et les guerriers regardaient la danseuse, fascinés, comme si elle avait été la plus belle des nautchs.

Lorsque la rani sentit les assistants complètement captivés par le spectacle, elle leva la main et arrêta brusquement Mandar. Il y eut parmi les assistants de l'étonnement et presque de la colère. Sans regarder personne, Lakshmi dit d'une voix nette et forte :

– Rappelons-nous l'histoire des Mahrates, *notre* histoire. Nous avons été victorieux parce que nous possédions d'imprenables forteresses. Ce qui était vrai hier l'est encore aujourd'hui. N'est-ce pas la possession de forteresses comme Jansi, comme Kalpi, qui nous a permis de combattre si longtemps les Anglais ? Nous les avons perdues. Il ne sert à rien d'essayer de nous enfuir, l'ennemi nous poursuivra et nous détruira. Quant à nous rendre, ce mot n'a pas cours dans notre tradition. Nous devons donc prendre une forteresse pour poursuivre de là le combat jusqu'à la victoire finale, mais une forteresse assez importante pour que notre exploit retentisse dans l'Inde entière, terrifie nos ennemis et rende leur enthousiasme à nos amis. Laquelle ? A nous de le décider, faites-moi vos suggestions.

Le guj et la danse de Mandar avaient opéré. Les chefs réunis là n'étaient plus en état de réfléchir, mais tous étaient prêts à entendre une telle proposition. La rani attendit un long moment, prolongeant comme à plaisir le silence. Puis, de la même voix égale, elle dit :

– Nous prendrons Gwalior.

Gwalior, la perle de l'Inde centrale, l'une des plus formidables forteresses du pays, de l'avis de tous imprenable ! Le maharajah Sindiah et surtout son Premier ministre le diwan Dinkar étaient plus que jamais les alliés des Anglais depuis les défaites des rebelles, et ils gardaient une armée de huit mille soldats.

Un silence médusé suivit la proposition de la rani, que le nabab de Banda rompit le premier :

– Bravo ! Marchons dès demain sur Gwalior !

Tantya Top éclata de rire :

– Tu as toujours des idées extravagantes, Lakshmi, prendre Gwalior est impossible, mais nous le ferons.

La rani sentit une réticence chez Rao Sahib et s'adressa à lui :

– De tout temps Gwalior a appartenu au peshwa, ce fut ton ancêtre qui le donna à son vassal l'ancêtre de Sindiah, et celui-là n'est là que parce que tu le veux bien.

Cet appel à la vanité de Rao Sahib produisit le résultat escompté. D'un ton solennel, il déclara :

– Nous prendrons Gwalior.

Le rajah de Golpalpur, à l'idée de voir partir ses

invités quelque peu indésirables, ne se tenait pas de joie et il approuva bruyamment le projet.

– Je l'ai toujours dit, Reine ! Le seul homme parmi nous, c'est toi.

Le projet de prendre Gwalior avait fait l'unanimité, mais personne ne s'était interrogé sur les moyens d'y parvenir. Seul Akbar s'en inquiéta.

Il avait raccompagné Lakshmi jusque dans ses appartements, au grand scandale des servantes du purdah. Lakshmi l'avait remarqué et s'en était amusée, Akbar n'y avait pas prêté attention. Les sourcils froncés, les lèvres pincées, il avait cet air concentré qu'il prenait lorsque quelque chose lui échappait.

– Comment prendrons-nous Gwalior ? demanda-t-il.

– Pour les moyens, nous verrons demain. Il fallait d'abord trouver une idée frappante pour fouetter tous ces hommes devenus aussi mous, aussi apeurés que des femmes.

– Crois-tu que nous réussirons ?

– Il faut tenter cette dernière chance. Qu'avons-nous à perdre ? Tout plutôt que de rester dans cet horrible Golpalpur !

Alors Akbar sourit, et la rani lui retourna sa question :

– Et toi, crois-tu que nous réussirons ?

– Non, selon toute logique. Oui, puisque tu le dis !

– Tu ne me crois donc pas folle ?

Il haussa les épaules et soudain grave lui répondit :

– Fais attention, Lakshmi, de ne pas être prisonnière de ton personnage !

– Ne suis-je pas déjà prisonnière de mon destin ?

Jamais la rani n'avait tant aimé Akbar qu'à ce moment-là. Il lui avait rendu sa combativité, son goût de l'action. A nouveau elle dominait la situation et elle la dominait seule, seule avec son personnage, seule avec son destin. Lorsqu'il la prit dans ses bras, elle protesta :

– N'allons pas choquer ces servantes qui, sur les ordres de leur maître, ne vont pas me quitter de la nuit.

Et elle s'arracha à l'étreinte d'Akbar avec un éclat de rire où perçait une note de désespoir.

En cet instant, pourtant, elle éprouva le besoin d'être dans ses bras.

– Non, reste, murmura-t-elle.

Et d'un geste calme, elle congédia les servantes horrifiées.

Le lendemain à son réveil, la rani apprit que Tantya Top avait quitté Golpalpur pendant la nuit. Il était retourné à Charkhi pour voir son père, prétexte certes honorable, mais bizarre pour abandonner son armée dans les circonstances présentes. Une telle piété filiale était bien étrange. Ce même jour, par un hasard de bon augure, quelques centaines de cipayes arrivèrent à Golpalpur pour se rallier à la maigre armée du peshwa, ainsi qu'un ancien lieutenant de Nana Sahib, ses cent cinquante cavaliers et trois canons. Les rebelles que les Anglais croyaient isolés dans la jungle hostile se regroupaient.

L'armée du peshwa avait commencé sa marche sur Gwalior. Elle s'était rapidement étoffée et se montait désormais à trois mille cinq cents hommes. On était néanmoins encore loin du compte pour une entreprise aussi insensée. A défaut de puissance, le moral ne manquait pas aux troupes. Symbole sinon inspiratrice de leur enthousiasme, la rani chevauchait à leur tête. Le soleil frappait son casque et les éléments de son armure qui brillaient au milieu des étendards orange des Mahrates.

Le 24 mai 1858, l'armée du peshwa était déjà entrée dans les Etats du maharajah de Gwalior et campait au village d'Amin Mahal.

Tantya Top était réapparu le matin même, et s'était immédiatement enfermé avec Rao Sahib dans la tente de ce dernier. La rani n'avait pas été invitée à ces entretiens et en avait conçu de l'humeur. Mais elle siégeait le soir aux côtés de Rao Sahib lorsqu'il reçut Lala Bihari, le grand chambellan du maharajah de Gwalior. Entourés de leur état-major, les chefs de la rébellion étaient assis sur des coussins devant la tente du peshwa. Le grand chambellan s'avança vers ce dernier, le salua bien bas, et lui dit :

– Sa Majesté mon maître te demande de quitter incessamment ses Etats.

Rao Sahib lui répondit avec une condescendance amusée :

– Nous avons écrit à ton maître pour lui dire que nous venions dans un esprit amical. Qu'il se rappelle nos anciens liens. Nous attendons une aide de sa part afin de nous permettre de continuer vers le sud qui est notre objectif. D'ailleurs nous avons reçu au moins deux cents lettres d'habitants de Gwalior nous y invitant chaleureusement.

Rao Sahib avait donc écrit à Sindiah. Lakshmi s'en étonna. Prévient-on les gens qu'on vient déloger ? Le grand chambellan, mal à l'aise, articula avec une certaine difficulté :

– Je ne peux que vous répéter ce que m'a chargé de dire le roi mon maître : retirez-vous de ses Etats.

Rao Sahib semblait étonné.

– Tu ignores sans doute que nous avons reçu des témoignages bien différents sur l'attitude de ton maître à notre égard.

Le grand chambellan courba la tête et dit d'une voix devenue presque imperceptible :

– Si vous continuez à avancer, nous vous attaquerons.

– Attaquez-nous, j'ai vingt mille hommes avec moi, rétorqua Rao Sahib.

Le grand chambellan cette fois prit une attitude arrogante et cracha rapidement d'une voix aiguë :

– Pour la dernière fois, le roi mon maître vous ordonne de vous retirer.

Le ton du dignitaire mit en rage Rao Sahib :

– Ordonner ! Qui es-tu donc pour m'ordonner ? Un serviteur d'un quelconque marchand à dix roupies par mois, ivre de drogue. Et qui sont ton maharajah et son diwan Dinkar ? Des chrétiens.

Des chrétiens ! C'était là la pire injure qu'avait pu trouver Rao Sahib qui poursuivit :

– Nous sommes le peshwa. Le maharajah Sindiah

n'est que le porteur de nos pantoufles. C'est nous qui lui avons donné son royaume. Au lieu de nous combattre, rejoignez notre cause, il y a pour lui comme pour toi une place parmi nous.

Le grand chambellan, avant de se retirer hâtivement, oublia, dans son trouble, de saluer Rao Sahib. Rao Sahib n'était pas moins ému. Il se tourna vers Tantya Top et lui demanda :

– Qu'est-ce que cela veut dire ?

Avant que Tantya Top pût répondre, la rani intervint :

– Je ne comprends pas ton étonnement, nous allons prendre Gwalior et tu voudrais que le maharajah Sindiah nous en ouvre les portes.

Rao Sahib allait répondre à la rani, mais un regard impératif de Tantya Top le retint et il dit simplement :

– Tu as raison, il n'y a rien là de surprenant.

CHAPITRE VII

EXTRAIT D'UNE LETTRE DE RODERICK BRIGGS À SARAH BRANDON DATÉE DU 1er JUIN 1858

Nous ne nous marierons pas aussi tôt que je l'avais espéré. Que vous dire, Sarah mon amour, il nous faut patienter, tenir bon et continuer à penser l'un à l'autre.

Hier soir, sir Robert Hamilton se promenait avec le général Rose et ses aides de camp. Il avait plu dans la journée. Le terrain était boueux, glissant, mais la lumière était devenue extraordinairement transparente. Un soleil rouge vif éclairait à contre-jour le tombeau. De la terrasse nous distinguions les falaises de la Jumma noyées dans les ombres poudreuses du soir. En bas, entre les bancs de sable, le fleuve gris acier semblait immobile. Autour de nous dans les arbres c'était un charivari d'oiseaux, de ces oiseaux qu'aimait à peindre Roger.

J'avais déjà fait mes paquets en vue du départ le lendemain pour Bombay puis pour l'Angleterre, lorsqu'une estafette apporta au général un télégramme du nabab de Rampur, un important souverain de la région toujours resté notre fidèle allié. Une troupe de rebelles était en marche vers Gwalior.

Comment quelques centaines de soldats isolés dans la jungle pouvaient-ils songer à prendre la plus formidable forteresse de l'Inde ? Sir Robert Hamilton crut que le nabab de Rampur s'était laissé abuser par une des rumeurs folles qui ne cessent de courir dans ce pays, mais là-dessus une autre estafette apporta un télégramme du maharajah de Gwalior. C'était un pressant appel au secours : une immense armée rebelle approchait de Gwalior et le maharajah nous suppliait d'y acheminer de toute urgence nos troupes pour le sauver.

Du coup, sir Robert Hamilton fut convaincu. Le général Rose ne doutait pas qu'il fallût attribuer à la rani de Jansi cette folle tentative.

– C'est elle ! s'écriait-il. Elle est leur meilleur général ! Je l'avais sous-estimée en l'imaginant dans la jungle, fugitive et désespérée.

Il fallait agir vite avant qu'elle n'atteigne Gwalior. J'admirai Rose qui n'hésita pas un instant et télégraphia à lord Canning, lui proposant de mener notre armée au secours de Gwalior. Le gouverneur général répondit en acceptant avec empressement. « Réussissez, général, et vite, ajoutait-il. Si Gwalior tombe, je n'ai plus qu'à faire mes valises. »

C'est dire l'esprit qui régnait à Calcutta.

– Vous venez avec moi, n'est-ce pas, Briggs ? me demanda le général.

Pouvais-je refuser ? Je regagnai ma tente. La pluie s'y était infiltrée, transformant le sol en bourbier. Mon ordonnance irlandaise dormait, ivre morte. Des insectes de toutes sortes dansaient dans l'air confiné, si nombreux qu'ils formaient un nuage opaque. Je vous écris entouré d'un bourdonnement exaspérant et je dois interrompre sans cesse ma lettre pour en écraser quelques-uns. Je suis las, Sarah. Je croyais en avoir fini. Je n'éprouve aucun enthousiasme à reprendre le combat. J'avais presque oublié mon serment de venger la mort de Roger. Je me sentais en paix avec moi-même, heureux de retrouver bientôt l'Angleterre et de vous revoir. Si seulement le général Rose avait été plus ferme et n'avait pas laissé échapper plusieurs fois la rani, nous n'en serions pas là. Je ne quitterai donc pas de si tôt ce maudit pays. Il faut faire son devoir mais je vous avoue que celui-ci me pèse singulièrement.

Le 1er juin au matin, l'armée rebelle arriva sur un fleuve à peine plus grand qu'un cours d'eau, le Morar. Gwalior se trouvait à quelques miles. La nature était devenue aimable. Le terrain plus facile, l'ombre bienvenue des grands arbres rendaient la marche des troupes du peshwa plus allègre, et la proximité du but contribuait à entretenir l'excitation.

Soudain la rani, qui chevauchait en tête, aperçut entre les troncs d'arbres, à un demi-mile environ en face d'elle, de nombreux régiments alignés dans la plaine en ordre de bataille.

Le maharajah Sindiah commandait en personne ses troupes constituées d'environ huit mille hommes. Ce ne fut pourtant pas leur écrasante supériorité en nombre et en matériel qui alourdit le cœur de la rani. Mais pour la première fois elle voyait une armée d'Indiens prête à se battre contre une autre armée d'Indiens, et la monstruosité de ce conflit fratricide l'accabla.

Les chefs rebelles, qui l'avaient rejointe, observaient avec elle ce déploiement. Tantya Top, l'air perplexe, grommela entre ses dents :

– Je ne comprends pas, ce n'était pas ce qui...

Il ne put finir sa phrase car une formidable détonation ébranla l'air. L'artillerie du maharajah de Gwalior entrait en action.

– C'est une salve d'honneur pour nous accueillir, s'exclama Rao Sahib.

La rani éclata de rire :

– Tu te trompes, peshwa, c'est sur nous qu'ils tirent.

Pour s'en persuader il suffisait de constater l'affolement qui se manifestait dans les premiers rangs des fantassins. Bien qu'aucun boulet ne les eût atteints, les hommes hésitaient visiblement, certains se repliant déjà vers l'arrière. Le moment crucial de cette folle entreprise que la rani avait voulue approchait, il lui fallait agir. Elle galopa jusqu'aux fuyards et mit son cheval en travers de leur chemin :

– Ne reculez pas comme des lâches ! Que ceux qui veulent se battre me suivent, hurla-t-elle.

Puis, sans attendre, elle chargea les artilleurs du maharajah de Gwalior à la tête de deux cents cavaliers patans. Elle fonçait sur l'ennemi, craignant à chaque instant le boulet qui l'emporterait, la balle qui la blesserait. Pour la première fois, elle avait peur, si peur qu'elle ferma les yeux, laissant son cheval galoper au hasard. Akbar et les cavaliers qui l'encadraient poussaient le cri de guerre de la révolution. « Din ! Din ! » entendait-elle à ses côtés. Soudain, le même cri s'éleva en face. Stupéfaite, Lakshmi ouvrit les yeux. Les soldats de Gwalior ne tiraient plus. Ils hurlaient « Din ! Din ! », ils riaient, ils agitaient joyeusement leurs fusils en l'air et fraternisaient avec les rebelles. La rani était déjà sur leur première ligne, entourée de dix, vingt, cinquante soldats du maharajah. Un instant elle se demanda s'ils voulaient la jeter à bas de son cheval et la tuer. Dans un réflexe de défense, elle se débattit comme un diable. Mais non, ses assaillants voulaient simplement l'approcher, la toucher.

– Vive Lakshmi, vive la reine de Jansi, criaient-ils.

Autour d'elle, ses cavaliers formaient la même vague d'enthousiasme. Les soldats des deux armées se jetaient dans les bras les uns des autres, s'étreignaient, s'embrassaient, et tous en chœur hurlaient : « Din ! Din ! » Alors la rani éclata de rire et, se joignant à la liesse générale, s'écria, elle aussi : « Din ! Din ! »

La nouvelle de la fuite du maharajah de Gwalior et du diwan Dinkar partis chercher protection à Agra rendit le peshwa Rao Sahib et Tantya Top visiblement perplexes. Lakshmi ne comprenait pas leur étonnement :

– Déjà, vous avez trouvé étrange que Sindiah ait tenté de nous arrêter avec son armée, et maintenant vous paraissez surpris qu'il se soit enfui, que voulez-vous donc qu'il fasse ? Qu'il nous ouvre les portes de Gwalior et qu'il nous y accueille à bras ouverts ?

– En tout cas, cela nous aurait singulièrement arrangés, commenta Rao Sahib.

– Tu perds l'esprit, peshwa, lui lança la rani.

L'armée rebelle, arrêtée sur les pelouses du Phoolbag, le jardin des fleurs, au sud-est de la ville, attendait des ordres qui ne venaient pas. Lakshmi vit que Rao Sahib, comme Tantya Top, hésitait.

– Qu'attendez-vous ? Entrons dans la ville !

Rao Sahib prit son temps pour lui répondre.

– Nous ne savons pas quel accueil nous y recevrons.

– Mais le meilleur, bien sûr. Les troupes de Sindiah ont fraternisé avec nous, et n'avons-nous pas reçu des centaines de lettres de la population de Gwalior nous invitant à venir ? Allons-y.

Et elle poussa son cheval en avant. Tantya Top l'arrêta.

– La ville recèle peut-être des ennemis qui peuvent opposer une farouche résistance.

– Alors, laissez-moi y aller en éclaireur.

– Prends un régiment avec toi en cas d'attaque, lui conseilla Rao Sahib.

– N'aie pas peur pour moi, peshwa, mes cavaliers me suffisent, lui répondit-elle ironiquement.

Escortée de ses deux cents Patans, la rani entra dans la ville de Gwalior. Les portes et les volets des maisons étaient clos, les rues totalement désertes. Les cavaliers tiraient en l'air des salves en son honneur et les détonations retentissaient étrangement au cœur de cette ville fantôme.

La rani demeurait pensive devant les éléments curieux et presque inexplicables de cette journée. D'abord cette victoire trop facile sur les troupes du maharajah. Puis les hésitations de Tantya Top et de Rao Sahib, et enfin ces maisons barricadées, ces rues vides. Que signifiait cette réserve, de l'hostilité ou de la crainte ?

Elle suivit la longue rue du bazar des bijoutiers qui menait au palais Gurki, résidence du maharajah de Gwalior. Toutes les boutiques comme celles des bazars avoisinants étaient fermées. Lakshmi sentait les regards qui l'observaient, derrière les persiennes et les moucharabiehs. Dans le silence une rumeur commença à s'élever : « Rani... Jansi... Rani... Jansi... » Des hommes émergèrent d'une ruelle obscure. Ils marchèrent parallèlement à la rani, la regardant avec curiosité et timidité. D'autres se joignirent à eux, d'abord par dizaines, puis par centaines. Ils se glissèrent entre les cavaliers patans qui avançaient au pas, s'approchèrent de la rani, l'entourèrent. Et toujours le bourdonnement de plus en plus puissant des mêmes mots martelés : « Rani... Jansi... Rani... Jansi... », information, mot de reconnaissance qui culmina soudain dans un cri poussé par des milliers de voix :

— Vive la rani de Jansi !

Les volets s'ouvrirent, des têtes de femmes apparurent aux fenêtres, au-dessus des parapets des terrasses et elles joignirent leurs acclamations à celles des hommes. Ce fut entourée d'une foule enthousiaste que la rani atteignit le palais.

Le portail en était grand ouvert. Elle pénétra dans une première cour, immense, bordée de bâtiments peints à la chaux où de nombreux serviteurs et dignitaires du maharajah Sindiah semblaient attendre on ne sait quoi, plantés sur le sable de la cour. Il y avait certes de l'anxiété dans leur attitude, mais aussi une sorte d'indifférence hautaine qui déconcerta la rani. Un chambellan s'approcha d'elle et lui demanda de respecter l'aile du palais réservé au purdah qui était encore occupé par la maharani Bazee Bai — la veuve du grand-père du maharajah. La rani interdit à ses troupes d'en approcher. Puis elle descendit de cheval.

Aucun des courtisans ne fit un geste pour l'aider. Elle regarda autour d'elle, interloquée par leur attitude qui contrastait avec l'enthousiasme populaire qu'elle avait soulevé, impressionnée par l'immensité du palais, symbole formidable de la prestigieuse monarchie de Gwalior. Son regard chercha celui d'Akbar et parut lui demander quoi faire.

— Fouette-les, ils n'attendent que cela, lui glissa-t-il.

Elle avisa certains des dignitaires du maharajah

qui la regardaient d'un air à la fois curieux et impénétrable. D'un geste brusque de la main, elle les fit approcher.

– Envoyez immédiatement des hérauts à tous les carrefours ordonner que les boutiques et les bazars rouvrent leurs portes. Je veux que dans une heure la ville présente à nouveau un aspect normal.

Une heure plus tard les bazars avaient retrouvé leur activité et la ville avait repris son animation coutumière. La rani adressa un messager au Phoolbag prévenir Rao Sahib et Tantya Top qu'ils pouvaient venir. La nuit était tombée et dans les rues éclairées par des torches la population entière de Gwalior se pressa pour les acclamer.

La garnison, laissée par le maharajah Sindiah dans la formidable forteresse qui dominait la ville, en ouvrit les portes aux détachements envoyés par Tantya Top. Les révolutionnaires y trouvèrent une soixantaine de canons et un important arsenal de munitions, qui leur parut un butin d'autant plus extraordinaire qu'il avait été gagné sans effort. Pendant que le peshwa faisait son entrée triomphale, ses hommes prenaient possession du palais Gurki. Dignitaires et serviteurs du maharajah de Gwalior entraient, sortaient, couraient, apparemment surchargés de besogne. Seule au milieu de cette agitation, la rani restait désœuvrée et gardait un air absent.

La journée avait été fertile en émotions, en surprises, en impressions bizarres. Elle laissait la rani perplexe, l'esprit traversé de pensées multiples et contradictoires.

Entouré de son état-major, le peshwa pénétra dans la cour où elle se trouvait. Tantya Top l'aperçut :

– Viens, Lakshmi, nous allons procéder à l'ouverture du trésor du maharajah Sindiah.

Ils se dirigèrent vers le temple de la dynastie des Sindiah, situé dans l'enceinte du palais non loin du portail principal. La rani l'avait déjà visité lorsque, avant la rébellion, elle était venue conférer avec le diwan Dinkar.

A l'intérieur les attendait un vieillard d'aspect sec

et austère. C'était Amar Chand, le ministre des Finances du maharajah de Gwalior. Ils contournèrent la très grande statue de marbre noir du dieu Shiva, qui se dressait au fond du temple, et pénétrèrent dans une petite chapelle entièrement nue. Un étroit escalier s'enfonçait dans le sol. Ils l'empruntèrent, puis suivirent le ministre à travers un dédale de cryptes et de caves aux murs suintants jusqu'à une porte de fer hérissée de clous. C'était celle du trésor, bien mieux protégé par la sainteté du lieu que par des entrées dissimulées ou des secrets compliqués. Amar Chand sortit plusieurs énormes clefs qu'il fit tourner dans les différentes serrures de la porte. Alors ils pénétrèrent dans une grande pièce carrée, basse de plafond, où s'alignaient des coffres de différentes tailles soigneusement numérotés. Le ministre les ouvrit l'un après l'autre. Les gros coffres contenaient le numéraire en or et en argent, les plus petits regorgeaient de bijoux. A leur vue, la rani ne put se défendre d'un sentiment d'envie. Elle n'avait jamais imaginé un tel entassement de pierreries. A la lueur des torches que tenaient quelques officiers du peshwa, elles semblaient s'animer et prendre vie, lançant des rayons rouges, verts, bleus, alors que les diamants scintillaient de feux multicolores. Le ministre qui avait sorti ses inventaires attendait les instructions de Rao Sahib. Celui-ci exigeait de quoi payer trois mois de salaire d'avance à son armée, ainsi qu'aux troupes et aux fonctionnaires de Sindiah. Il en énonça le montant. Amar Chand consulta ses livres et désigna du doigt deux coffres de bois cerclés de fer. Les officiers du peshwa les tirèrent non sans difficulté au milieu de la pièce et le ministre commença à compter la somme. Cette opération prit un temps qui parut interminable à la rani. Le silence n'était rompu que par le tintement des pièces qui résonnait sourdement dans l'air confiné de la cave. La rani regardait le ministre de Sindiah les faire glisser dans ses mains et les dénombrer méthodiquement. Le désignant à Tantya Top, elle lui murmura :

– Pourquoi n'a-t-il pas suivi le maharajah à Agra ? Pourquoi nous a-t-il montré la cachette de son trésor ? Je ne puis croire qu'il ait trahi son maître.

– Aussi ne l'a-t-il pas trahi et agit-il sur les ordres formels de Sindiah.

La stupéfaction de la rani fit sourire Tantya Top. Abandonnant pour une fois son expression sévère, il la regarda d'un air ironique avant d'ajouter :

– Naïve Lakshmi, tu te poses trop de questions, il est temps que j'y réponde.

« Il y a longtemps que je songeais à prendre Gwalior. Aussitôt après notre défaite à Kunch, je vins ici dans le plus grand secret. Je pris le prétexte d'une visite à mon père malade à Charkhi, m'attirant les critiques, les accusations que tu sais. Bien sûr, le maharajah Sindiah et son diwan Dinkar ne devaient pas avoir vent de ma présence à Gwalior. Mais j'y avais des accointances depuis septembre dernier, date où j'étais venu chercher les cipayes du contingent anglais. J'y revis mes amis, des officiers et surtout le chef de la police. J'en tirai des informations intéressantes. L'armée était fidèle à Sindiah mais sympathisait en secret avec notre cause, de même qu'avec une partie de la population. Lorsque après la fête à Golpalpur, tu proposas de prendre Gwalior, j'y retournai la nuit même et j'y appris des choses fort surprenantes sur l'état d'esprit de Sindiah. Le maharajah brûlait depuis longtemps de prendre notre parti et de secouer ainsi la pesante emprise de son Premier ministre. C'est lui seul, sans en référer à Dinkar, qui avait envoyé en novembre une lettre de félicitations au nabab de Banda après sa victoire sur les Anglais. Je négociai donc avec lui par personnes interposées, afin de ne pas alerter les espions de Dinkar, et nous parvînmes à un accord. Sindiah n'opposerait pas de résistance à l'arrivée de nos troupes et ne quitterait pas Gwalior après notre arrivée.

« Néanmoins, pour ne pas avoir l'air de passer tout de suite dans notre camp, il enverrait des appels au secours aux Anglais.

« Vois-tu, Lakshmi, toi tu voulais prendre Gwalior, moi je voulais m'assurer de son maharajah. S'il basculait dans notre camp, tous les rois mahrates, Indore, Baroda suivraient son exemple. Bientôt tous les gros Etats du Sud l'imiteraient et la révolution s'étendrait à l'Inde entière...

La rani l'interrompit :

– Pourquoi m'as-tu tenue en dehors de tes tractations ? J'imagine que tu en as informé Rao Sahib. Pourquoi pas moi ? Pourquoi ne m'as-tu pas fait confiance ?

Tantya Top eut un nouveau sourire, paternel cette fois, qui révolta la rani.

– Ton caractère même me l'interdisait. Tu es trop directe, trop droite pour approuver nos intrigues. Je craignais que tu n'en trahisses le secret par ton attitude. Si tu avais su la vérité, peut-être n'aurais-tu pas accepté de mener nos troupes comme s'il s'agissait de conquérir Gwalior. Car selon l'accord que j'avais passé avec Sindiah il fallait à tout prix donner l'impression que nous lui forcions la main.

– C'est-à-dire que tu t'es joué de moi comme d'une marionnette.

Elle avait élevé la voix et Tantya Top lui fit signe de baisser le ton. Ils poursuivirent leur dialogue en chuchotant si bas que le peshwa Rao Sahib ne pouvait plus rien saisir. Ce dernier feignait de surveiller le décompte des pièces d'or, mais il pouvait lire sur le visage de la rani sa déception et sa rage. Lorsque la somme exigée fut réunie, le peshwa s'absorba dans l'inspection des coffres en bois précieux cerclé de bronze ouvragé contenant les joyaux. Il y avait là les bijoux du purdah, réservés aux mères et aux épouses des maharajahs, la collection de pierres précieuses historiques, célèbres dans toute l'Inde, des maharajahs de Gwalior, les parures appartenant au temple, celles dont on ornait les statues des dieux les jours de grandes fêtes. Rao Sahib ne puisa que dans le coffre contenant les bijoux personnels de Sindiah. Un ruissellement de diamants, de rubis, de perles et d'émeraudes se répandit sur le drap de velours jeté sur un coffre voisin. Comme l'indiqua le ministre des Finances en consultant ses inventaires, il y avait trois cent soixante-cinq articles dont quelques-uns de facture européenne. Rao Sahib hésita entre les colliers, les boucles de ceintures, les bracelets d'homme, les pendentifs, les armes incrustées de pierreries ; puis il en fit mettre de côté un grand nombre afin de les distribuer en récompense à ses officiers et à ses collaborateurs. Il ne prit pour lui que peu de chose, plusieurs rangs d'énormes émeraudes non taillées et un collier de diamants d'une taille et d'un éclat extraordinaires. Il invita Tantya Top à l'imiter. Celui-ci n'aimant pas les bijoux prit un poignard à la poignée incrustée d'émeraudes et un sabre dont la garde et le fourreau étaient d'or ciselé, constellé de cabochons. Rao Sahib pria la rani de choisir ce qui lui plairait. Elle s'y refusa. Pendant toute la scène, elle était restée, les bras croisés, raidie, hautaine, l'image même du mépris. Rao Sahib voulut à tout prix qu'elle prenne au moins un ou deux bijoux comme il l'avait fait. Il n'agissait pas par esprit de lucre, expliqua-t-il, mais par vengeance, la seule qu'il s'autorisât contre Sindiah pour lui faire payer son opposition et sa fuite.

Il tenait à ce que la rani participât à cet acte. Elle ne voulait rien entendre. Rao Sahib, gêné bien plus qu'étonné, insistait. La rani comprit que son refus donnerait l'impression qu'elle se désolidarisait de lui. Alors elle se pencha sur l'étalage scintillant, et sans hésiter en saisit un seul. C'était un collier à trois rangs de perles parfaitement assorties, dont chacune avait la taille d'une noisette et un orient exceptionnel. Amar Chand commenta le choix de la rani :

– C'est une pièce très ancienne. Elle vient, dit-on, des bijoux de la couronne du Portugal et fut achetée à Londres par les agents du maharajah il y a à peu près cent cinquante ans.

La rani retrouva Akbar qui l'attendait dans le temple de la dynastie. Voyant ses lèvres pincées et ses yeux flamboyants, il l'interrogea anxieusement. Lakshmi s'assit en tailleur sur la pierre nue et se mit à égrener silencieusement les perles du collier pris dans le trésor.

La pénombre régnait dans le bâtiment. Quelques lampes à huile disséminées ici et là sur le sol devant la statue de Shiva l'éclairaient pauvrement. En ce soir de l'arrivée des rebelles à Gwalior, le temple était peu fréquenté. A l'occasion un vieillard, un groupe de femmes y pénétraient et foulant silencieusement de leurs pieds nus les dalles, allaient déposer devant Shiva leurs modestes offrandes.

La rani parut enfin se décider, et ce fut d'une voix claire qu'elle commença :

– Akbar, je vais te dire un conte, une histoire. L'histoire d'une intrigue orientale à laquelle vous, les Patans, guerriers du Nord, vous êtes peu habitués.

Et elle lui rapporta intégralement ce que lui avait dévoilé Tantya Top.

– Mais, conclut-elle, tout ne s'est pas déroulé comme il s'y attendait. Il me croit naïve, lui l'est encore plus. S'il m'a trompée, il ignore qu'il s'est laissé tromper par le diwan Dinkar. M'eût-il fait confiance, je lui aurais démontré que Dinkar est plus fort que nous tous réunis. Malgré le secret qu'ils ont essayé de garder, Dinkar a certainement appris les tractations qui se déroulaient entre Tantya Top et son maître Sindiah. Il a feint de ne rien savoir et a laissé faire. Que pouvait-il d'autre ? Nous résister ? Ou l'armée de Sindiah aurait été battue par nous, ou pis encore, Gwalior gagnée à la révolution se serait mutinée contre Sindiah. Cependant Tantya Top à peine reparti de Gwalior pour nous rejoindre, Dinkar a repris en main et Sindiah et la situation. Il a poussé son maître à livrer la bataille simulée que fut notre engagement sur le Morar afin de convaincre les Anglais qu'il restait leur ami. Puis il l'a encouragé à fuir à Agra et à se mettre sous leur protection.

« Sur l'intrigue bâtie par Tantya Top, Dinkar en a construit une autre, bien plus subtile, qui lui a permis selon sa constante politique de garder un pied dans chaque camp, et de ne se compromettre avec aucun.

Elle était amusée malgré elle par la ruse du vieux renard, mais ce fut avec une amertume profonde qu'elle ajouta :

– Pourquoi Tantya Top ne m'a-t-il pas fait confiance ? Pourquoi ?

– Il t'envie, répondit Akbar. Qui a rendu leur élan à nos troupes démoralisées ? Qui les a entraînées dans cette aventure impossible qu'était la prise de Gwalior ? Qui a désarmé la méfiance du peuple de Gwalior et soulevé son enthousiasme ? Qui est l'âme de cette entreprise sinon toi ?

Lakshmi intervint :

– La prise de Gwalior n'aura été qu'une comédie.

– Qui donc le saura à part toi, moi et quelques autres ? L'Inde entière y verra un exploit retentissant. Avec Gwalior comme base, nous pouvons marcher victorieusement à travers tout le pays et le libérer.

– Commençons par Jansi, dit la rani d'une voix soudain nette et joyeuse.

CHAPITRE VIII

Dès le lendemain de son entrée à Gwalior, Rao Sahib y devint immensément populaire. Il avait commencé par interdire à ses troupes toute violence ou pillage, ce qui rassura instantanément la population. Il ne s'en prit qu'au palais du diwan Dinkar qu'il abandonna au nabab de Banda. Celui-ci se mit consciencieusement au travail avec ses soldats, cassant les meubles, éventrant les coffres, déchirant les tentures, volant tout ce qui était précieux, puis il s'installa dans les décombres.

Rao Sahib avait ordonné la libération des prisonniers d'Etat qui avaient été jetés en prison par l'arbitraire du diwan Dinkar et qui y végétaient, oubliés depuis des années. Ce libéralisme fit la meilleure impression. Les trois mois de solde d'avance que Rao Sahib distribua aux soldats du maharajah de Gwalior ainsi qu'à ses fonctionnaires et dignitaires lui rallia un nombre considérable de partisans. Il avait en outre reconduit les employés de l'administration de Sindiah dans leurs fonctions, s'assurant ainsi le soutien de cette classe influente. Il avait promis aux brahmanes et aux mullahs des repas gratuits à perpétuité, leur avait fait distribuer des *laddoos* et des cadeaux plus concrets sous forme de roupies. Visiblement Rao Sahib savait s'y prendre avec le clergé. Enfin le peshwa souhaitait faire revenir à Gwalior le maharajah en fuite, dont le prestige incomparable conforterait son propre pouvoir. Dans ce but, Rao Sahib rédigea une missive pour le maharajah, qu'il espérait lui faire parvenir à travers la maharani Bazee Bai. Celle-ci avait dédaigneusement refusé de s'enfuir avec son petit-fils, mais elle trouverait certainement le moyen de lui faire passer la lettre. Sollicitée pour la mission auprès de Bazee Bai, Lakshmi, dévorée de curiosité à l'idée de la rencontrer, accepta pour le bien de tous.

Du temps de son mari, une vingtaine d'années plus tôt, Bazee Bai avait joué un rôle important tant à Gwalior qu'au-dehors de ses frontières. On racontait que dix ans avant la grande rébellion elle en avait fomenté une contre les Anglais, conspirant à qui mieux mieux avec les princes mahrates. L'affaire avait été étouffée et Bazee Bai était partie pour un long pèlerinage à Bénarès, façon élégante d'envoyer les princes en exil. Elle avait encore perdu du pouvoir lorsque le petit-fils de son mari, l'actuel maharajah Sindiah, avait accédé au trône et que le diwan Dinkar, ami déclaré des Anglais, avait pris le pouvoir.

Mais depuis le début de la rébellion, elle avait en partie regagné son crédit. On venait de partout solliciter ses avis et son appui. Bazee Bai était une vieille dame qu'on disait sagace, perspicace, âpre et indomptable.

Un officier du maharajah de Gwalior mena donc la rani de cour en cour jusqu'à un mur élevé percé d'une porte. Respectueux des règles du purdah, il la laissa entrer sans la suivre.

Elle pénétra dans une petite cour, ombragée d'un très grand arbre et débordante d'hibiscus et de bougainvillées, puis se dirigea vers une étroite façade terriblement tarabiscotée et peinte en jaune cru. Ses fenêtres étaient recouvertes de moucharabiehs en marbre. Une suivante de Bazee Bai, presque aussi antique que le palais, l'attendait au seuil du purdah. Elle conduisit la rani à travers une enfilade de très grandes pièces qu'ornaient seulement d'immenses tapis de grand prix et quelques coussins. Ce décor dégageait une impression d'extrême austérité. La suivante s'arrêta, indiqua d'un geste à la rani d'attendre et disparut.

Le protocole non écrit voulait qu'une vieille reine fasse patienter une jeune. Quelques minutes passèrent, puis soudain Bazee Bai fut dans la pièce. Elle avait surgi de derrière un paravent de bois ouvragé sans faire aucun bruit. De taille moyenne et replète, Bazee Bai avait la peau pâle des gens qui ne vont jamais au grand air, un nez épais et des yeux perçants. Les cheveux gris tirés en arrière, sans le moindre maquillage ni le plus petit bijou, elle portait un sari de cotonnade blanche brodée ton sur ton. Un air d'autorité se dégageait de toute sa personne. Elle salua la rani avec une courtoisie distante, s'assit sur un coussin et d'un geste l'invita à l'imiter. La rani exposa sa requête. Bazee Bai serait-elle disposée à soutenir la cause des libérateurs de l'Inde, à user de son influence pour faire revenir Sindiah à Gwalior et à transmettre à celui-ci la lettre de Rao Sahib dont elle était priée de prendre connaissance ? Bazee Bai sans un mot saisit le document que lui tendait la rani et se mit à le lire à mi-voix :

Tout va bien ici, maharajah Sindiah, ton départ n'était pas à mon avis justifié. Je t'ai déjà écrit mais n'ai reçu aucune réponse. Cela ne doit pas être. Je t'envoie cette lettre par l'intermédiaire de la reine Bazee Bai. Reviens et reprends ta place sur ton trône. J'ai pris Gwalior dans la seule intention de te rencontrer. Ensuite je partirai. Tel est mon but. Aussi est-il nécessaire que tu reviennes.

Ayant achevé, Bazee Bai jeta la lettre sur un coussin voisin, ne fit aucun commentaire et dit abruptement à Lakshmi :

— Ainsi donc tu es cette fameuse reine de Jansi. Sans te connaître j'ai de la sympathie pour toi, mais je n'aime pas tes amis.

— Pourquoi, Reine ? Ils se battent contre l'oppresseur anglais comme naguère tu avais voulu le faire.

Ce rappel de ses activités subversives n'eut pas l'heur de plaire à Bazee Bai.

– Tes amis ont pris ce qui ne leur appartient pas. Ils ont volé Gwalior à mon petit-fils.

– Plutôt que mes amis, préfères-tu voir à Gwalior les Anglais... et le diwan Dinkar ?

Cette évocation de la haine légendaire de la maharani contre le diwan Dinkar dérida celle-ci. Lakshmi remarqua qu'elle n'élevait jamais la voix et détachait chaque mot. D'un geste nerveux, elle ramenait constamment sur le bas de son visage le pan du voile de son sari. Elle resta un long moment sans rien dire, paraissant méditer, et la rani se garda d'interrompre son silence. Puis Bazee Bai parla :

– Tes amis sont des fats et des imbéciles. Ils se rengorgent d'avoir pris Gwalior et s'endorment sur leurs maigres lauriers. Gwalior n'est pas une fin mais un début. S'ils veulent réussir, ils doivent se dépêcher de soulever les provinces du Sud. Sinon la prise de Gwalior ne leur servira à rien.

– Dis-le à mes amis, je t'en prie, Reine, ils t'écouteront.

– Je ne veux pas les voir et je ne les recevrai pas. C'est à toi de les convaincre. On dit que tu as du talent pour cela.

Bazee Bai sourit à nouveau, mais son regard se fit cruel :

– Petite, il faut songer à tirer ton épingle du jeu.

La rani courba la tête puis dit :

– Transmettras-tu notre message et la lettre du peshwa au maharajah Sindiah ?

Pour toute réponse Bazee Bai se leva de son coussin, signifiant ainsi que l'audience était terminée.

Le 3 juin fut déclaré par les astrologues un jour de bon augure pour l'intronisation du peshwa Rao Sahib.

La cérémonie était destinée à prouver à l'Inde que la révolution, un temps abattue, triomphait plus que jamais et amenait au pied du trône du nouveau peshwa les rois, ses anciens vassaux. Encore exaspérée contre lui et Tantya Top, la rani, dans un mouvement d'humeur, refusa d'y participer. Ce n'était pas Akbar qui l'aurait désapprouvée. Il était tellement étranger aux pompes et au protocole qu'il fut enchanté d'échapper à la cérémonie. Lui, qui ne s'inclinait même pas devant la rani et qui la servait par amour uniquement, n'aurait certainement pas été s'agenouiller devant le peshwa pour lui rendre hommage. La rani le soupçonna de préférer aller s'enivrer dans quelque taverne avec ses camarades.

Elle regrettait un peu de ne pas se trouver parmi ses compagnons en ce jour glorieux lorsque lui parvint l'invitation inattendue de Bazee Bai d'assister avec elle à la cérémonie derrière les fenêtres du purdah. Elle rejoignit la vieille maharani à son poste d'observation, un balcon en avancée sur la grande cour du palais Gurki. Des moucharabiehs protégeaient les femmes des regards. Quelques suivantes grises, sans âge, qui semblaient constamment terrifiées par leur maîtresse, entouraient Bazee Bai assise sur ses coussins. Elle salua à peine Lakshmi et ne sembla pas voir Mandar qui l'accompagnait. Dans la cour, on avait dressé des tribunes pour mille spectateurs. Des branches de manguiers et des guirlandes de fleurs en dissimulaient les piliers de bois, et au-dessus flottaient les grands drapeaux orange des Mahrates.

Les invités arrivaient au palais par un tunnel de verdure fait de branches de bananiers. Officiers, nobles, fonctionnaires, marchands, banquiers et représentants du peuple groupés par corporations occupèrent les places qui leur étaient assignées. Il n'y avait aucune femme. Le soleil faisait scintiller les bijoux des hommes et jouait sur des vastes parterres de turbans, de vestes et de caftans de brocart rose ou rouge brodés d'or et d'argent. Sur une estrade élevée, on avait placé un gadi en or massif tiré des réserves du maharajah Sindiah.

Tantya Top plastronnait à la place d'honneur,

entouré d'un important état-major. Les bijoux qu'ils portaient, les pierreries enchâssées dans leurs armes et les étoffes précieuses de leurs tenues transformaient ces militaires en une nuée rutilante. Une sonnerie de fanfare annonça l'arrivée du peshwa. Tout le monde se leva et le salua en s'inclinant très bas. Rao Sahib s'avança précédé de courtisans en robes rouge et or. Lui-même portait un caftan en brocart blanc et or ; un plastron de diamants et d'émeraudes couvrait sa large poitrine et dissimulait son début d'embonpoint. Ses oreilles étaient ornées de deux énormes perles montées sur des anneaux d'or à la façon de son cousin Nana Sahib. Il avait piqué sur son turban le Sheerpech et le Kalagitura, une broche enchâssée de très gros diamants et un gland de perles, signes de la souveraineté. Bien qu'il avançât à pas trop courts, son apparence avait une certaine majesté. Il gravit les degrés de l'estrade pendant qu'un chœur de brahmanes chantait des prières védiques et que les canons du fort tiraient une salve d'honneur de cent un coups de canon. Ayant pris place sur le trône d'or, Rao Sahib fit un petit discours, remerciant ses assistants de leur aide et de leur soutien. L'esprit de liberté renaissait en Inde, les étrangers détestés allaient être incessamment chassés, le pays était libre. La gloire ancienne des Mahrates revivait et l'empire de l'Inde était rétabli. Bien que les assistants eussent du mal à entendre les paroles de Rao Sahib, la fin de son discours fut saluée d'acclamations tonitruantes.

Puis Tantya Top et les officiers de l'armée révolutionnaire déposèrent leurs sabres sur un plateau d'or en signe d'hommage au peshwa. Celui-ci ne fit que toucher les armes et les rendit à leurs propriétaires. Enfin les représentants des différentes classes s'avancèrent en ordre protocolaire vers le trône pour féliciter le peshwa et s'incliner devant lui. La cérémonie qui avait été jusque-là menée rondement s'étira. Bazee Bai s'agita nerveusement sur ses coussins, elle s'ennuyait. Elle parut alors remarquer la rani. Elle examina le sari blanc qui moulait étroite ment son corps, le collier de fleurs de jasmin passé autour de son cou, le maquillage subtil qui agrandissait ses yeux.

– Tu es bien jolie, mon enfant.

Mais les compliments de Bazee Bai s'accompagnant toujours de quelques épines, elle ajouta :

– Heureusement que tu n'as pas pris part à cette mascarade.

– Mascarade, Reine ? Tout un peuple applaudit à la renaissance de la liberté de notre pays et tu appelles ça une mascarade ?

– Le peuple ! Bazee Bai haussa les épaules : Il applaudirait demain Sindiah s'il revenait avec les Anglais.

Elle dévisagea la rani avec une petite moue et lui lança :

– Ainsi, petite reine, tu t'es laissé trahir à Jansi.

Cette brusque attaque toucha la rani.

– Le diwan Naransin ne m'a pas trahie. Il a trahi Jansi.

Bazee Bai eut un sourire amusé :

– Je ne mentionnais pas ce piètre personnage. Je parlais de la rani d'Orcha dont il n'était que l'exécutant.

– Comment le sais-tu ?

L'agressivité fort peu protocolaire de la rani parut combler Bazee Bai.

– Cette crapule de Dinkar n'est pas le seul à être bien informé. Si tu m'avais demandé audience lorsque tu es venue le consulter, j'aurais pu te renseigner.

Elle poursuivit son avantage.

– Qui a commandité le meurtre de ton déplorable mari et les tentatives d'usurpation de son stupide cousin, le prince Sadasheo, sinon la rani d'Orcha ? Ayant échoué, elle te fit une guerre qu'elle perdit. Aurait-elle alors renoncé à ses prétentions sur Jansi ? C'était bien mal la connaître. Elle décida de s'en emparer par l'intermédiaire des Anglais. Elle fabriqua les faux accablants qui les abusèrent. Sur ses instructions, Naransin te poussa à la résistance pour les attirer à Jansi et par ses manœuvres leur en fit ouvrir les portes.

– Pourquoi Naransin l'a-t-il servie ?

Cette question, Lakshmi se la posait à elle-même autant qu'à Bazee Bai, qui jouit de son désarroi avant de répondre.

– Parce que, bien entendu, ils sont amants. Orcha n'est pas loin de Jansi et Naransin pouvait s'y rendre souvent, en secret. N'ayant pu profiter des charmes d'une jeune reine, il se contentait de ceux, défraîchis, d'une vieille parce que celle-ci flattait son ambition et attisait sa haine contre toi. Aussi n'as-tu pas été vaincue par les Anglais mais, sans le savoir, par mon amie la rani d'Orcha, Lakri Bai.

Là-dessus, Bazee Bai se leva, la salua avec une grâce inattendue et se retira avec ses suivantes. Lakshmi ne s'était même pas aperçue que la cérémonie d'intronisation était terminée. Les dignitaires étaient partis, et n'erraient plus dans la vaste cour que des serviteurs désœuvrés. Un brusque coup de vent agita les guirlandes de fleurs et de feuillages qui pendaient des tribunes désertes, et souleva des tourbillons de poussière rousse qui entourèrent le trône vide du nouveau peshwa dont l'or, sous les rayons du soleil, paraissait se transformer en métal en fusion. La rani se sentait incapable de bouger. Devant la haine d'une femme, celle d'Annabelle Phipps, autrefois, celle de la rani d'Orcha ou de Bazee Bai, aujourd'hui, Lakshmi était toujours désorientée et abattue.

Alors Mandar, qui jusqu'alors s'était tenue coite, lâcha avec un dédain inaccoutumé de sa part envers les souverains :

– La vieille reine est trop âgée pour agir et trop compromise pour regagner son pouvoir. Méfie-toi d'elle, elle est capable de nous trahir, non par amitié pour les Anglais ni par intérêt, mais par méchanceté.

EXTRAIT D'UNE LETTRE DE RODERICK BRIGGS À SARAH BRANDON DATÉE DE KALPI, LE 4 JUIN 1858

Les nouvelles sont mauvaises, Gwalior est tombée. Le maharajah Sindiah a tenté d'arrêter les rebelles, mais une grande partie de son armée a déserté. Lui-même a essayé désespérément de résister avec sa cavalerie qui a laissé dans la bataille une soixantaine de morts et de nombreux blessés. A peine les rebelles étaient-ils entrés dans Gwalior que le ministre des Finances du maharajah leur a ouvert les portes de son trésor. Ils ont tout pillé, jusqu'à la dernière roupie. Ils ont même emporté les bijoux des femmes du maharajah et les parures sacrées du temple. La chute de Gwalior nous a beaucoup surpris. Les messages que le Premier ministre, le diwan Dinkar, nous envoyait d'Agra pour nous informer de la situation, étaient loin d'être alarmistes. Peut-être croyait-il que nos troupes auraient le temps d'arrêter les rebelles avant qu'ils ne prennent la ville. Heureusement, nous pouvons compter sur sa loyauté inconditionnelle et sur celle de son maître le maharajah Sindiah. D'Agra tous deux nous accablent de protestations d'amitié. Sindiah nous a même envoyé plusieurs lettres non décachetées que lui avait écrites le chef rebelle Rao Sahib qui s'intitule le « peshwa des Mahrates ».

A notre grande surprise, nous avons aussi reçu le soutien inattendu de la grand-mère du maharajah, la vieille maharani Bazee Bai, qui demeure fort influente dans la région mais que nous avions toujours crue notre adversaire. Elle nous a fait parvenir un message de Rao Sahib à Sindiah qu'on l'avait chargée de transmettre et nous a mis au courant des offres que les rebelles lui ont faites pour se joindre à eux. Il n'empêche que la situation reste extrêmement dangereuse. Les communications ont été coupées entre Bombay, Agra et les provinces du Nord-Ouest. Les rebelles ont trouvé à Gwalior un formidable butin, un immense arsenal, de quoi se forger une nouvelle armée autrement puissante que celle que nous avons vaincue.

Chaque heure compte et nous nous hâtons de reconstituer nos troupes. Nous ne pourrons néanmoins être prêts à nous mettre en marche avant plusieurs jours. Nos hommes, qui attendaient un repos bien gagné et croyaient leurs épreuves terminées, s'exécutent pourtant sans rechigner. Je puise des forces dans leur exemple pour combattre ma lassitude. Ce n'est pas sans tristesse que je me rappelle mon impatience à me battre lorsque nous nous sommes mis en campagne, il y a quelques mois. Aujourd'hui, si je suis impatient, c'est seulement de déposer les armes et de quitter ce pays.

Gwalior fêtait le nouveau peshwa et s'amusait sans retenue, pendant que les soldats se livraient à une orgie monumentale et générale. Les trois mois de solde qu'ils avaient reçus étaient dilapidés en alcool, en drogue et en filles. Tout le monde se divertissait. Sauf la rani de Jansi.

Elle demeurait chez Kashgi Ali, un ministre du maharajah de Gwalior, qui avait été trop heureux de mettre à sa disposition sa demeure, constituée de plusieurs maisons contiguës reliées par un entrelacs d'escaliers étroits et de couloirs biscornus. La rani fit occuper à Damodar l'appartement d'honneur sous la surveillance de Mandar, et choisit curieusement de se loger à l'écart, tout en haut d'une aile éloignée. Une suite de pièces minuscules peintes à la chaux ouvraient sur une petite terrasse abritée des regards par un mur élevé.

La rani devait se dresser sur la pointe des pieds pour apercevoir les coupoles et les tourelles d'un temple voisin, ainsi que les terrasses, serrées les unes à côté des autres, de ce vieux quartier. Laissant ses hôtes s'occuper de Damodar, c'est-à-dire le gâter outrageusement, elle restait enfermée dans son appartement, et sa pensée la ramenait sans cesse vers Jansi qui attendait en souffrant sa délivrance.

Agir devenait une nécessité de plus en plus impérieuse pour l'armée révolutionnaire, sous peine de perdre rapidement l'avantage de la prise de Gwalior. Mais Lakshmi était la seule à penser ainsi. Même Akbar ne lui apportait aucun soutien. Il disparaissait toute la journée pour s'enivrer dans les tavernes et lorsqu'il revenait le soir, dans un état d'ébriété plus ou moins avancé, sa gaieté et son rire ne distrayaient plus la rani.

A plusieurs reprises elle avait demandé audience au peshwa, chaque fois pour se faire répondre qu'il était très occupé mais qu'il la verrait incessamment. Il présidait le durbar et recevait des délégations ou bien il se rendait solennellement dans quelque temple entouré d'un fastueux cortège. Rao Sahib jouait au peshwa. Ce qu'on ne disait pas à la rani mais qu'elle savait, c'est qu'il passait quotidiennement de longues heures dans l'ancien palais du diwan Dinkar à se livrer en compagnie du nabab de Banda à d'interminables orgies avec les plus belles nautchs du maharajah de Gwalior. Excédée de ses atermoiements, la rani força finalement sa porte.

Elle le trouva dans une salle du palais Gurki en train d'examiner les présents reçus pour son accession, entouré de sa suite habituelle. Corporations et nobles familles n'avaient pas voulu faire mentir la réputation de fabuleuse richesse de Gwalior, et avaient envoyé des piles de brocarts, des caftans surbrodés, des panoplies d'armes enrichies de pierreries et des plateaux entiers de bijoux.

L'apparition de la rani portant sa tenue de campagne – chemise et pantalon blancs – sans un ornement, sans un bijou, provoqua quelque surprise parmi les assistants. Leur présence incita la rani à mettre des formes dans son langage.

– O peshwa, les prêtres prient en ton nom, la population te bénit, ton armée t'acclame mais elle brûle de se battre.

Rao Sahib répondit d'une voix doucereuse :

– O Reine, laisse à nos vaillants soldats le temps de se reposer après leur victoire. Ne viennent-ils pas de prendre Gwalior ?

Il prononça cette dernière phrase en dégustant chaque mot comme s'il n'y croyait pas encore tout à fait. Malgré l'assistance, la rani oubliait déjà sa réserve :

– Il faut agir, peshwa, au lieu de s'abandonner aux délices de Gwalior... et à ses mirages. Marchons tout de suite vers le sud, là où les Anglais sont le plus faibles, et libérons Jansi.

– Ton plan est comme toujours excellent, ô Reine, nous aviserons.

Cette fin de non-recevoir rendit la rani tout à fait impertinente.

– Te crois-tu le maître du pays parce que tu as vaincu Sindiah ? Tu ne l'es pas encore... Mais tu pourrais l'être si tu profitais immédiatement de ton succès pour l'étendre avant que les Anglais n'aient le temps de réagir. Quand entrons-nous en campagne, peshwa ?

– Quand nous en aurons décidé en notre Conseil.

A cette réponse hautaine, la rani comprit combien Rao Sahib était vexé qu'elle n'eût pas assisté à son intronisation. Elle passa outre.

– Tu ne dois pas sous-estimer la force et les ressources de l'ennemi car les Anglais sont rusés et habiles, et ce serait une illusion de se croire ici à l'abri de tout danger.

– Tu te trompes, Reine, les Anglais sont trop occupés à mater nos frères qui les harcèlent dans les provinces voisines. Tu devrais le savoir, c'est le prince Firoz Shah qui les commande. N'est-il pas un de tes amis ?

Voyant les courtisans sourire complaisamment à cette allusion, la rani ne put se contenir :

– Au lieu de te prendre pour le peshwa, tu ferais mieux d'imiter tes ancêtres et de commencer par gagner le droit de l'être sur les champs de bataille.

Et après avoir décoché cette flèche, Lakshmi sortit sans se donner la peine de le saluer.

Sentant le besoin de marcher, elle revint à pied chez elle en compagnie d'Akbar. Le visage enflammé, les yeux rougis, il pérorait d'une voix très forte et la rani comprit qu'il avait encore trop bu. La nuit était tombée et personne ne leur portait attention. Les tavernes, les maisons de plaisir et certaines demeures scintillantes de lumières vomissaient des rires, des cris et des chansons dans les rues à peine éclairées. Trottoirs et caniveaux étaient jonchés d'hommes soûls d'alcool ou de drogue. Des groupes erraient en titubant, tâchant de se soutenir les uns les autres. Les courtisanes au ventre nu et à la vaste jupe bariolée hélaient les soldats de leurs voix criardes en s'accrochant à eux. Deux d'entre elles s'attaquèrent à Akbar et à la rani qu'elles prirent pour un garçon. Akbar trouvait la chose plaisante, mais la rani les repoussa rudement. Akbar finit par être agacé par sa mine dégoûtée.

– Allons, Lakshmi, souris, sois heureuse. Nous tenons Gwalior.

Rani répondit d'une voix sourde :

– Le peshwa se gonfle de vanité comme un paon. Tantya Top rumine son succès. L'armée ne dessoûle pas, et toi tu cuves ton vin.

– Avec toi, on ne peut jamais se détendre...

– Tout est perdu, Akbar.

Il ne répondit rien car l'alcool embrumait son esprit. Elle se sentit seule, plus que jamais, seule avec ses pensées noires, avec ses responsabilités.

La rani étouffait dans la demeure que Kashgi Ali, le ministre de Sindiah, avait mise à sa disposition, au milieu de ce vieux quartier aux sombres ruelles et aux maisons serrées. Elle ne pouvait plus supporter le spectacle de désordre et de relâchement qu'offrait la ville. L'atmosphère de luxe dont l'entouraient ses hôtes lui donnait une impression d'irréalité.

Kashgi Ali traitait la rani et Damodar comme de puissants souverains en exercice. Il y mettait toutes les ressources de la flatterie, ce que la rani détestait naturellement, mais derrière leurs courbettes et leurs compliments fleuris elle devinait une ironie hautaine.

Eprouvant le besoin de se retrouver au grand air, au milieu de ses hommes, elle fit dresser sa tente au Phoolbag où l'armée révolutionnaire avait établi son campement. Lakshmi ne pouvait prévoir ce qui l'attendait. Il ne restait rien de la splendeur du parc. Les hommes, les chameaux, les éléphants avaient éventré les pelouses, piétiné les parterres fleuris, arraché les buissons et dépouillé les arbres. Les élégants pavillons dispersés dans les bosquets avaient été ravagés par les soldats. L'eau des bassins était couverte de détritus, qui flottaient au milieu des fleurs de lotus décapitées. Les hommes ne sortaient pas de la stupeur où les plongeait la drogue, l'opium pour les plus nantis et, pour les plus pauvres, le pan. Ils se laissaient assaillir par la nuée de prostituées qui s'étaient installées dans le camp.

Des tentes parvenait à la rani l'écho des sitars et les rires des filles.

– Voilà donc l'armée qui brûle de se battre! fit-elle remarquer à Akbar. Comment le leur reprocher, l'exemple vient d'en haut.

Elle reprit en personne l'entraînement de ses propres troupes avec une sévérité rigoureuse qu'on ne lui avait jamais connue. Elle leur faisait recommencer vingt fois le même exercice, et pour un rien les punitions pleuvaient. Elle n'écoutait pas Akbar lorsqu'il la priait de ménager ses hommes. Un jour Damodar qui, resté en ville, assistait à l'exercice, murmura dans l'oreille d'Akbar :

– Ma mère me fait peur.

Akbar n'hésita plus et intervint auprès de Lakshmi :

– Va voir Tantya Top, parle-lui à nouveau.

– Pourquoi m'écouterait-il cette fois plus que les précédentes ?

Une certaine pudeur la retenait aussi. Tantya Top, si proche autrefois, était devenu pour elle presque un étranger. Akbar insista. L'urgence de la situation exigeait que la rani fasse fi de ses sentiments personnels. Elle s'inclina la mort dans l'âme et se dirigea vers le pavillon du parc où Tantya Top avait établi ses quartiers.

Elle le trouva fumant son hookah, enveloppé de la fumée bleue du tabac, perdu dans sa rêverie, dans un de ces états d'absence où il tombait de plus en plus souvent. Il ne parut même pas remarquer son entrée.

– Pour une fois, écoute-moi, Tantya Top. Au lieu de foncer vers le sud, nous avons perdu dix jours. Nous n'avons plus l'avantage ni de la surprise ni de l'initiative. Nous en sommes désormais réduits à attendre ici les Anglais quand ils voudront bien venir.

– C'est exactement ce que j'étais en train de penser, laissa tomber négligemment Tantya Top.

Tout autant que la rani, il était désespéré de n'avoir pas profité de leur succès. Lui aussi était inquiet, affolé même de l'inertie de Rao Sahib et des dangers qu'elle leur faisait courir à tous.

Tout en discourant, il s'était levé et marchait de long en large, évoquant son action passée, les possibilités de l'avenir, ses rêves pour l'Inde, les malentendus qui l'avaient séparé de Lakshmi malgré leur vieille amitié. Finalement, il s'arrêta devant elle et se fit presque suppliant pour lui dire :

– Aide-moi, Lakshmi, je n'ai plus que toi sur qui compter.

Cet appel balaya instantanément le ressentiment qu'elle gardait contre lui. Chaleureuse, elle arrêta de concert avec lui les mesures à prendre. On ne se laisserait pas assiéger dans le fort de Gwalior – les sièges n'ayant pas réussi aux révolutionnaires – mais on irait à la rencontre des Anglais, dès qu'ils apparaîtraient. De gros détachements de cavaliers seraient envoyés au nord, au sud, à l'est, sur toutes les routes par lesquelles l'ennemi risquait d'arriver. Les talukdars seraient chargés de recruter dans chaque village un certain nombre d'hommes valides... Non seulement Tantya Top se montrait ouvert aux suggestions de la rani mais à travers leur collaboration leurs anciens liens se renouaient. Au milieu de la discussion il trouva même l'occasion de plaisanter avec elle comme autrefois. Akbar, qui l'attendait anxieusement, la vit sortir radieuse du pavillon. Elle avait retrouvé un vieil ami et la possibilité d'agir. Du coup son optimisme remonta sensiblement.

L'après-midi ils montèrent tous deux au fort de Gwalior pour en inspecter les défenses. Ils visitèrent les casernes du maharajah Sindiah où maintenant logeaient des soldats révolutionnaires, et parcoururent les remparts et les tours hérissés de canons. Pour finir, ils entrèrent dans le Man Mandir, le plus ancien et le plus beau des palais abandonnés, qui se dressait à pic sur la falaise en direction du sud-est. Les frises de tuiles vernissées jaunes et bleues qui couraient sur ses pierres ocre faisaient sa célébrité. La rani et Akbar parcoururent les cours sculptées de bas-reliefs et les appartements qui ouvraient sur elles. Depuis longtemps les boiseries et les tentures avaient disparu. De temps à autre, effleurée par une chauve-souris, la rani poussait un cri et se baissait vivement. Ils empruntèrent un escalier à demi dissimulé dans un mur et débouchèrent sur une petite terrasse au sommet de la plus haute tour du palais. Accoudés au parapet, ils découvrirent une vue qui leur coupa le souffle. Devant eux à l'infini s'étendaient les champs paisibles et la jungle immobile, éclairés par la lumière rasante du soir.

Au bas de la falaise du fort, une route partant de la vieille ville vers le sud serpentait entre les collines basses. C'était la route de Jansi, que la rani regarda longuement, en silence. Puis elle scruta l'horizon dans toutes les directions, comme si elle cherchait à voir s'élever au-dessus des arbres le panache de poussière qui aurait annoncé l'approche de l'armée anglaise. Sans se retourner elle grommela :

— Attendre, toujours attendre ! Alors qu'il faudrait courir au-devant de l'ennemi. Attaquer est notre seul salut... Au lieu de cela, nous restons sur la défensive et attendons les Anglais en mâchonnant notre pan.

— Nous avons de quoi les recevoir, lui rétorqua Akbar. Notre armée, celle de Sindiah, son artillerie et ce fort. Toutes les troupes de l'empire anglais ne suffiraient pas pour prendre Gwalior.

A ce moment, un cavalier patan les rejoignit sur la terrasse. Il les avait cherchés à travers tout le palais et apportait deux lettres à la rani. Elle prit la première, un simple chiffon de papier, et lut :

La reine de Jansi se rappelle-t-elle encore celui qu'elle appelait le prince des Ténèbres ? L'existence dans les palais de Gwalior l'a-t-elle trop amollie ou aime-t-elle encore la vie au grand air ? En ce cas, qu'elle abandonne les imbéciles qui l'entourent et vienne rejoindre le prince dans son maquis.

La lettre était anonyme, mais la rani reconnut le surnom qu'elle avait donné à Firoz Shah. Un instant elle rêva qu'elle s'échappait de Gwalior, qu'elle le retrouvait et qu'elle menait avec lui une vie de dangers et d'aventures dans la jungle. Au moins Firoz Shah savait se battre.

– C'est de l'« autre », n'est-ce pas ? demanda Akbar, car à son sourire mélancolique il avait deviné le nom de l'auteur du message.

Elle le lui tendit. Il le lut attentivement avant de lui dire, en gardant les yeux baissés :

– Tu aimerais le rejoindre.

Elle haussa les épaules, attendrie, aimante :

– Abandonnerais-je nos hommes ? T'abandonnerais-je, toi ?

Elle lui arracha le papier, le froissa et le jeta à terre. Puis elle saisit le sac de brocart rouge et or qui contenait la seconde lettre et déchiffra le sceau attaché au cordon d'or qui en liait l'ouverture ; c'était celui de Bazee Bai. Que pouvait donc lui écrire la vieille maharani ? L'envoi se limitait à une affiche imprimée en anglais et en hindi.

Lord Canning, gouverneur général de l'Inde, offre dix mille roupies pour la capture du nabab de Banda et vingt mille roupies pour la capture de la rani de Jansi.

– Je suis flattée de valoir plus que ce bon Banda, mais ce n'est pas très gentil pour lui, commenta Lakshmi. Ne me fait-on pas trop d'honneur en mettant ma tête à prix ?

Sous la raillerie, la voix de la rani tremblait. Akbar s'en aperçut et lui dit :

– Que veux-tu, Lakshmi, tu es devenue une légende. Sais-tu ce que racontent les gens du peuple sur toi ? Il paraît que dans Jansi assiégée, à bout de munitions, tu as fait mettre tes bijoux dans la gueule des canons afin d'en bombarder les Anglais.

La rani éclata de rire.

– Si les diamants et les émeraudes pouvaient tuer les Anglais, je l'aurais certainement fait.

Elle redevint grave :

– Je ne veux pas être une légende, je n'ai jamais voulu l'être. C'est le destin, ce sont les Anglais qui ont fait de moi un personnage qui me dépasse. Je n'aime pas les légendes... elles finissent mal.

Et elle se jeta dans les bras d'Akbar avec le désir brusque et violent d'être protégée.

– Ne crains rien, Lakshmi. Quoi qu'il arrive, nous nous en tirerons, toi et moi, ensemble.

CHAPITRE IX

Le lendemain, 16 juin 1858, la rani donnait ses ordres pour la journée à ses officiers. Comme toujours elle soulevait la curiosité, et les soldats des autres régiments, ceux tout au moins qui étaient réveillés à cette heure matinale, s'approchaient et la regardaient. Débraillés, sales, hébétés, ils avaient le regard vide. Certains ricanaient, leurs dents rougies par les feuilles de bétel qu'ils mâchonnaient. Soudain on entendit, venu de loin, l'écho d'une canonnade.

– Les Anglais, lança la rani.

– C'est à l'est, ils attaquent Morar, constata Akbar.

Morar, à sept miles de Gwalior sur le cours d'eau du même nom, était l'ancien cantonnement anglais.

– Ils sont parvenus aux portes de Gwalior sans que nous ayons été prévenus, murmura la rani accablée.

Elle fut convoquée à un conseil de guerre. Dans les rues de la ville la presse était telle qu'elle eut de la difficulté à se frayer un chemin. Des groupes de cavaliers, des trains d'artillerie, des régiments de fantassins se hâtaient dans toutes les directions. Au palais Gurki, les courtisans et les dignitaires de Sindiah étaient toujours aussi nombreux, mais la rani sentit tout de suite dans leur attitude une nouvelle et imperceptible distance. Les officiers de l'armée révolutionnaire couraient en tous sens, portant des ordres, affairés. La salle du Conseil donnait sur la grande cour qui, exactement treize jours plus tôt, avait vu l'intronisation et le triomphe du peshwa Rao Sahib. La rani trouva celui-ci discutant avec Tantya Top.

En dépit de sa tenue somptueuse et des bijoux scintillants qui marquaient sa dignité, il avait perdu sa superbe et ce fut un homme égaré qui l'interpella :

– Viens, Lakshmi, je t'en supplie, donne-nous ton avis, que faire ?

– Mon avis, peshwa, je te l'ai donné plusieurs fois et tu n'as pas voulu l'écouter. Tu as détruit toutes nos chances de victoire en ignorant délibérément mes avertissements, en négligeant nos préparatifs de guerre et en consacrant toute ton attention à des trivialités. L'ennemi est sur nous et notre armée n'est pas prête. Ici règnent le désordre et le chaos. Comment espères-tu gagner la bataille maintenant ?

Après le coup de fouet, vint la caresse, destinée à Tantya Top à qui elle s'adressa :

– Néanmoins je garde espoir. La seule chose à faire maintenant, c'est tenter une sortie et lancer toutes nos troupes dans une seule et glorieuse charge. Une attaque soudaine, déterminée et écrasante. L'ennemi doit être repoussé et il le sera. Je suis prête à accomplir mon devoir, faites le vôtre, conclut-elle en se retournant vers Rao Sahib. Allons-y et que les dieux soient avec nous.

– Nous y irons tous, avec toi, s'écria Tantya Top.

Elle posa la main sur son épaule, le regarda droit dans les yeux et lui dit d'un ton solennel, assez fort pour être entendue par les officiers qui les entouraient :

– Je t'en conjure, toi et tes troupes, ne quittez pas le champ de bataille quoi qu'il arrive. Je ne reculerai pas, je préfère mourir que sauver ma vie en fuyant.

Elle accepta d'organiser en personne la défense de tout le côté est de la ville et s'en revint au camp par les routes toujours aussi encombrées.

Akbar ne décolérait pas :

– Tantya Top t'a confié la position la plus dangereuse. Tu aurais dû refuser. C'est une trahison...

– C'est au contraire un honneur qu'il me fait. Il me connaît. Il a devancé ma requête et m'a confié le poste que je voulais... Comme le dit ce vers de la *Bhagavad-Gîta*, « si nous sommes tués dans la bataille, nous entrons au paradis, si nous sommes victorieux, nous dominons le monde ».

A ce moment elle croisa sur son chemin Baba Gangadar. Tout Gwalior connaissait ce sage qui s'était construit un petit couvent hors de la ville sur la route de Morar à côté d'un cours d'eau, au lieu-dit du Kotaki Saray. La rani s'y était plusieurs fois rendue pour profiter de l'enseignement du saint homme, et aussi pour méditer solitaire dans cet endroit bucolique. Baba Gangadar saisit les rênes de son cheval pour l'arrêter, la fixa de ses yeux perçants et lui dit :

– Maintenant vous devenez plus faibles à chaque instant. Maintenant, prie pour ta vie, ô Reine, car l'épée de l'Inde est brisée pour toujours.

– Aussi longtemps qu'il restera la moindre trace d'amour, de foi dans le cœur de nos héros, aussi longtemps l'épée de l'Inde restera effilée, et un jour elle frappera jusqu'aux portes de Londres.

La rani fit immédiatement transporter son campement à l'est de la ville et avec ses troupes personnelles occupa la position confiée par Tantya Top. Tout l'après-midi elle fit creuser des tranchées, élever des remblais, elle disposa ses hommes et ses canons. Le soir, elle fit venir auprès d'elle son fils Damodar qu'elle avait jusqu'alors laissé sous la garde de Mandar. Elle expliqua son geste à l'enfant.

– Si tu veux un jour être roi, mieux vaut, mon fils, que tu apprennes dès maintenant à montrer ton courage sur le champ de bataille. Tu as déjà beaucoup vu, beaucoup subi, assez pour endurcir ton cœur. Mais je veux que tu assistes au combat décisif qui se prépare, afin de vaincre la peur que ton jeune âge pourrait encore garder.

Minuit avait depuis longtemps sonné. Dans leurs tentes les soldats dormaient ou essayaient de dormir. La nuit rendait sa magie à la nature saccagée par l'homme. Dans l'obscurité laiteuse, les buissons reprenaient leur forme et les arbres leur mystère. La rani qui se promenait avec Akbar rompit le silence qui les entourait :

– Tu vois, là-bas, ces collines qu'on distingue à peine, elles sont trop éloignées pour la portée de nos canons. Les Anglais peuvent y installer leur artillerie, et de cette position nous bombarder sans que nous puissions ni leur riposter ni nous défendre... Ces collines m'inquiètent... Il faut faire quelque chose, ajouta-t-elle avec un lourd soupir.

La rani se sentait profondément lasse. Lasse d'être sans le vouloir le fer de lance de l'armée révolutionnaire. Lasse de se battre contre les ennemis, mais aussi contre les amis. Lasse d'agir seule. Elle soupirait après Jansi, le Jansi paisible et heureux qu'elle avait connu avant la révolution. Elle aurait tout donné pour le retrouver ainsi et y vivre, même détrônée, même dépossédée, parmi les siens. Mais Jansi ne serait plus jamais le même, et peut-être ne le reverrait-elle jamais ! Elle s'était arrêtée de marcher et Akbar, ne voulant pas interrompre sa méditation, s'était mis à chanter :

Tu t'es bien battue, brave reine de Jansi.
Les canons étaient placés sur les tours, les boulets
[magiques furent tirés.
O Reine de Jansi, tu t'es bien battue, la brave.
Tous les soldats étaient nourris de douceurs, elle-
[même n'avait que du riz.
O reine de Jansi, la brave, tu t'es bien battue.
Elle a couru à l'armée où elle a cherché de l'eau et
[n'en a pas trouvé.
O Reine de Jansi, la brave tu t'es bien battue.

Akbar chantait faux, mais il donnait tant d'intensité à sa voix qu'elle prenait une poésie singulière dans le silence de la nuit. Lorsqu'il eut achevé sa chanson, la rani, qui l'avait écouté avec émotion, lui demanda ironiquement :

– D'où viennent ces paroles ?

– Des soldats les ont inventées, toute l'armée les fredonne.

– Viens ! J'ai envie de t'aimer.

Ils entrèrent dans la tente de la rani, main dans la main, devant les cavaliers patans qui montaient la garde, impassibles.

EXTRAIT D'UNE LETTRE DE RODERICK BRIGGS À SARAH BRANDON DATÉE DU 17 JUIN 1858

Partis de Kalpi le 6 juin, nous avons brûlé les étapes, marchant de nuit afin d'éviter la chaleur trop forte du jour. Hier, nous sommes arrivés tôt le matin près de Morar. Surgissant de la plaine, je découvris l'impressionnant rocher du fort de Gwalior. Tout près je distinguai entre les arbres les maisons et le clocher de ce qui avait été le cantonnement de nos compatriotes. Les rebelles avaient posté là un millier de leurs soldats, tous des déserteurs de l'armée du maharajah de Gwalior. Ceux-ci ne nous ont aperçus qu'au dernier moment. Aussitôt leurs canons ont ouvert le feu mais notre artillerie, bien plus puissante, les a vite fait taire. Un bref mais furieux corps à corps a suivi où nous avons eu le dessus. Il faut avouer que nous leur étions bien supérieurs en nombre. Il nous a fallu un peu plus de deux heures pour remporter ce succès. Lorsque nous avons pénétré dans l'ancien cantonnement, il était désert. Les rebelles avaient fui, laissant derrière eux deux cents morts. J'ai visité avec étonnement cette ville fantôme. Une allée bordée d'arbres plantés à distance régulière conduisait à l'église. Des deux côtés s'alignaient des maisons, des bungalows plutôt, tous pareils, entourés de leur jardinet. L'herbe avait envahi les allées, les ronces poussaient sur les parterres. Il n'y avait plus de carreaux aux fenêtres et l'église avait été pillée.

Mais de prime abord, il semblait que rien n'avait changé et que nos compatriotes l'avaient quitté la veille. C'était une sensation à la fois étrange et rassu-

rante de découvrir, perdu dans cette région hostile et étrangère, ce cadre familier. Nos hommes, soulagés de trouver enfin de l'ombre, ont dressé leurs tentes sous les grands arbres. Les officiers se sont installés dans les anciennes demeures de nos compatriotes. J'habite une maisonnette de poupée que mes ordonnances ont rapidement nettoyée et rendue habitable.

A côté il y a un puits, qui par miracle n'est pas sec. Je me suis promené dans le jardin, heureux de profiter du contraste qu'il offrait avec le désert que nous venions de traverser. Les fleurs émaillent la pelouse minuscule. Les buissons de jasmin embaument. Je regarde sans m'en lasser, comme si je découvrais le paradis, les grenadiers, les figuiers, les citronniers et les goyaves qui entourent la maison. J'ai du mal à me persuader que nous sommes en guerre.

Ce matin, le général Rose a voulu profiter de l'avantage obtenu la veille. Il était persuadé que les rebelles tenteraient de s'échapper de Gwalior par le sud-est et il voulait les en empêcher. Une avant-garde, sous le commandement du major Smith, est parvenue à trois miles de Gwalior dont ne la séparait plus qu'une rangée de collines basses, rocheuses mais peu escarpées, à l'abri desquelles le major comptait s'installer. Ses hommes avaient mis pied à terre et commençaient déjà à dresser leur campement, lorsque soudain, des hauteurs avoisinantes partit un tir nourri.

Les rebelles embusqués les mitraillaient presque à bout portant. Au même moment une nuée de cavaliers débouchait entre les collines et chargeait fougueusement. Ils furent sur nos soldats avant qu'ils aient le temps de réagir. Bien qu'ils se défendissent vaillamment, ceux-ci commençaient à être en mauvaise posture, lorsque le clairon sonna la retraite. Ils réussirent à l'effectuer en bon ordre, bien que ce brutal engagement leur ait coûté un bon nombre de morts et de blessés... qu'ils doivent à la rani de Jansi. Qui d'autre qu'elle aurait pu concevoir cette attaque impromptue et meurtrière ? Qui d'autre aurait pu mener, comme à Kalpi, cette charge d'une audace insensée ? Qui d'autre aurait pu faire reculer nos troupes ? Je le répète, cette femme est un véritable fléau, et tant que nous ne l'aurons pas anéantie il n'y aura pas de repos pour nous... ce repos auquel tous ici nous aspirons de plus en plus impatiemment...

Je dois interrompre ma lettre car je suis convoqué pour un conseil de guerre. Il paraît que demain nous aurons une grande bataille, nos espions nous ayant informés que les rebelles concentraient la totalité de leurs forces. Je prie pour que cette bataille soit la dernière, mais j'en doute. Quand cette campagne s'achèvera-t-elle ?... Je me surprends à détester ce métier des armes que j'ai choisi. J'avais pourtant aimé participer à la guerre de Crimée. Au moins là-bas se battait-on selon les règles. Tandis qu'ici, le pays, le climat et surtout l'adversaire, tout nous surprend et nous déconcerte.

Ce soir-là, la rani était revenue à son campement satisfaite et même optimiste. Elle avait obtenu un franc succès, limité mais prometteur, en prenant par surprise les Anglais avant qu'ils n'occupent sur les collines les positions qui la veille la préoccupaient. Elle en oubliait presque son impatience puis sa déception d'avoir vu la journée s'écouler sans que Tantya Top, qui achevait ses préparatifs avec une lenteur exaspérante, n'eût donné le signal de l'assaut général.

Elle félicita Mandar de sa tenue pendant le combat, car celle-ci avait exigé de l'accompagner. Bien qu'elle eût reçu, dès l'enfance, le même entraînement guerrier que sa maîtresse, la rani pour la préserver lui avait jusqu'alors interdit de participer à aucun engagement.

– Tu vois, lui dit Akbar, qu'une fois de plus tu avais tort de t'inquiéter. Nous avons vaincu et sans difficulté.

– Comme nous vaincrons demain, répliqua-t-elle soudain transportée par une bizarre exaltation. Désormais, j'en suis certaine, demain verra notre triomphe...

Tous deux se retirèrent enfin sous leur tente. Les épreuves de la journée avaient mis leurs nerfs à vif et la tension ajoutait encore à leur désir. Sans une parole, Lakshmi se jeta dans les bras d'Akbar qui la serra contre lui avec une violence presque incontrôlée.

– Lakshmi, la nuit ne sera pas assez longue pour te prouver combien je t'aime. Oublions tout pour quelques heures.

Elle vibrait sous ses caresses, leurs sens enflammés par un commun désir. Jamais, ils n'avaient connu semblable fièvre. Leurs corps ne pouvaient s'arracher l'un à l'autre et cette folie sembla durer une éternité, puis, épuisée, Lakshmi sombra d'un coup dans le sommeil. Akbar la regarda longtemps, bouleversé de la voir ainsi abandonnée et confiante au milieu des périls. Lui ne parvenait pas à s'endormir. Pour échapper à son angoisse, il reposa doucement la rani sur les coussins, rabattit sur elle une couverture de soie, et sortit faire quelques pas.

Mandar aussi était victime de l'insomnie et ils se rencontrèrent dans une allée du camp.

Peut-être à cause de la fatigue, Akbar avait les larmes aux yeux, il avait besoin de se confier.

– Lakshmi m'échappe. Elle appartient déjà à l'Histoire, qu'elle soit victorieuse ou vaincue, demain, dans quelques heures, elle ne sera plus mienne. Désormais elle est forte, elle est invincible, hors d'atteinte, et je l'ai perdue.

Mandar lui répondit avec douceur :

– Elle t'aime, Akbar.

– Peut-être, mais cet amour, quoi que je fasse, quoi que je dise, ne la fait pas dévier d'un pouce de ce qu'elle appelle son destin. Et je ne suis qu'un grain de sable.

– Sans toi, sans ton amour, aurait-elle pu porter sa charge ?

Et Mandar ajouta, comme si elle se parlait à elle-même :

– Notre sort, le tien, le mien, n'est-il pas indéfectiblement lié au sien ? Pour ma part, je sais que je suis destinée à la suivre partout et toujours.

– Pas moi ! Un jour, lorsque cette guerre sera finie, je partirai. Aussi humble, aussi obscur que soit mon chemin, je le suivrai car il sera le mien.

A l'est, le ciel se teintait de ce rose incomparable et doux de l'aube indienne. Autour d'eux l'obscurité faisait progressivement place à une brume impalpable et grise qui s'accrochait aux buissons et planait entre les arbres. Entre la moiteur de la nuit qui s'achevait et la lourdeur du jour qui s'annonçait, l'air pendant cette heure douce était rafraîchi par une brise légère.

Il était encore tôt ce matin du 18 juin 1858, mais la rani était déjà prête. Elle dégustait un sorbet au citron dans sa tente, bavardant avec Mandar et Akbar en attendant le signal de Tantya Top de marcher sur Morar. Damodar sortait, entrait, manipulait les armes de sa mère et montrait une excitation inhabituelle chez lui. La rani portait la même tenue que la veille ; veste de velours rouge brodée d'or, pantalon et turban blancs. A son cou elle avait passé le collier de perles qui constituait désormais sa seule richesse.

Après son succès de la veille, elle avait perfectionné la défense des positions dont elle avait la charge. Sur les petites collines, du haut desquelles elle avait dévalé sur les Anglais, elle avait fait placer six batteries d'artillerie et une grande partie de son infanterie.

– D'ailleurs, remarqua-t-elle, après ce que nous leur avons infligé hier, les Anglais ne sont pas prêts. Comme d'habitude, ils vont prendre leur temps et c'est nous qui les surprendrons.

A ce moment les canons se mirent à tirer. Les Anglais n'avaient pas pris leur temps, ils étaient là. Le major Smith était revenu, et cette fois avec le général Rose en personne et le double d'hommes et de canons. Leur artillerie bombardait les batteries de la rani, la moitié de leurs troupes montait à l'assaut pendant que l'autre moitié prenait à revers les défenses rebelles. La rani avait sauté en selle. Tout de suite, elle sentit que sa monture avait peur. Que n'avait-elle Pari... Lui au moins savait se conduire dans une bataille.

Avant de partir, elle s'était penchée vers Damodar et lui avait dit :

– Regarde bien, mon fils, tu vas voir un beau spectacle. A tout à l'heure.

Ayant rallié les quatre cents cavaliers de son régiment, elle galopait droit sur les Anglais. Elle vit plus loin, vers sa droite, le gros de l'infanterie révolutionnaire rameuté par Tantya Top qui avançait lentement dans la même direction.

– Tu as peur ? lui cria Akbar.

– Je suis morte de peur, répondit-elle avec un rire qui sonnait trop haut.

Les troupes du major Smith avaient enlevé les collines. Du sommet de l'une d'elles, Roderick Briggs aperçut les tentes du campement de la rani. « Parfait terrain pour charger », constata-t-il au moment où les clairons sonnaient la charge. La cavalerie rebelle avait déjà parcouru la moitié du terrain vague. Roderick Briggs dévala la pente au milieu des cavaliers et des fantassins anglais. Le choc avec les troupes rebelles eut lieu au bas de la colline. Il fut terrible. La mêlée fut tout de suite confuse, féroce, indescriptible. Elle se disloquait puis se refermait car les rebelles, plusieurs fois repoussés, plusieurs fois repartirent à l'attaque. Plus tard, Roderick Briggs devait se demander comment il avait survécu, car dans un combat aussi furieux il n'était pas possible de parer à la fois tous les coups. Seule la Providence l'avait préservé, devait-il conclure. Il frappait presque à l'aveuglette, sans songer à se défendre contre ceux qui l'attaquaient.

Malgré l'impétuosité des rebelles, leurs rangs commençaient à se clairsemer. Roderick crut sentir qu'ils faiblissaient. En effet ils reculaient, mais c'était pour se regrouper et revenir fondre à nouveau sur les Anglais avec une rage décuplée. C'est alors que Roderick vit la rani. Il fut le seul à la reconnaître car emportés par le feu de la bataille, les combattants ne la distinguaient pas dans sa tenue masculine. Roderick ne put s'empêcher d'avoir pour elle un sentiment, bref comme l'éclair, d'admiration. Tenant les rênes de son cheval dans sa bouche et un sabre dans chaque main, elle se battait de deux côtés à la fois. Près d'elle une autre femme se battait avec une science presque aussi consommée. Une sorte de géant à la peau pâle et aux cheveux blonds protégeait la rani, pourfendant les assaillants qu'elle n'avait pas eu le temps de remarquer. Roderick voulait courir sus à la rani et se mesurer à elle. Mais chaque fois des cavaliers rebelles l'entouraient, l'attaquaient, détournaient son attention. Il en blessait, il en tuait, il en écartait, il s'élançait à nouveau vers elle, mais d'autres rebelles l'arrêtaient. Dans sa déception il crut que tous s'étaient donné le mot pour l'empêcher d'approcher la rani. Il connut la lassitude, le découragement, le bras qui tenait son sabre était douloureux, il avait mal à la tête, il avait peur, il était furieux. La vengeance était à portée de sa main, et une fois de plus elle allait lui échapper. Il sentit autour de lui ses hommes faiblir.

A ce moment apparut derrière lui le corps des chameliers du général Rose. C'était le régiment d'élite, celui qu'on gardait en réserve pour un ultime secours. Tout de suite l'avantage bascula dans le camp anglais. La rani le comprit immédiatement. Ses cavaliers patans tombaient de plus en plus nombreux. Ils ne reculaient pas, préférant se faire tuer sur place, mais leur nombre diminuait rapidement. Pourtant elle ne perdait pas tout espoir. L'instinct de survie la galvanisait mieux que sa haine de l'ennemi. Si Tantya Top et le gros de l'armée tenaient aussi fermement qu'elle et ses cavaliers, la victoire était encore possible.

Mais du coin de l'œil elle vit au loin l'infanterie

anglaise qui avait repoussé celle de Tantya Top et qui, longeant le terrain vague où elle se battait, dépassait son flanc droit. Elle comprit qu'elle risquait d'être prise à revers, encerclée... et capturée vivante, elle et ce qui restait de son régiment.

– Suivez-moi ! hurla-t-elle, et accompagnée d'Akbar, de Mandar et d'une quinzaine de cavaliers, elle partit au grand galop vers la gauche avec l'intention de contourner l'infanterie anglaise pour rejoindre le gros de l'armée rebelle. Elle avait décroché si brusquement que les Anglais mirent quelques secondes avant de réagir. Ils tirèrent sur le groupe qui s'éloignait, et une volée de balles siffla aux oreilles de Lakshmi. Roderick, qui ne la perdait pas un instant de vue, avait été le premier à remarquer son mouvement.

– C'est la rani de Jansi, rattrapez-la ! hurla-t-il aux cavaliers qui l'entouraient.

Suivi d'une trentaine d'entre eux, il s'élança à sa poursuite. Sa rage avait chassé sa lassitude et ranimé son énergie. Il éperonnait son cheval qui volait littéralement. La rani et les siens avaient parcouru au galop presque un mile, lorsque Roderick et ses cavaliers les rattrapèrent. Au lieu-dit Kotaki Saray, non loin du petit couvent construit par le saint homme Baba Gangadar, la rani et les siens firent face ; le combat s'engagea à nouveau, à un rebelle contre deux Anglais. Soudain la rani sentit une légère douleur, comme la morsure d'un serpent, à son sein gauche. Un cavalier anglais, qu'elle n'avait pas vu s'approcher, l'avait piquée de sa baïonnette. Elle se retourna vers son assaillant et le tua d'un coup de sabre. Sa blessure, bien que peu profonde, saignait abondamment. Le combat était trop inégal, ils allaient tous être tués ou capturés.

– Partez, au galop, vite ! cria-t-elle.

Et à nouveau elle s'élança, si rapidement que les Anglais ne purent la retenir. Elle entendit derrière elle un hurlement, un hurlement de femme. Elle se retourna. Mandar, atteinte à bout portant par une balle, touchée à mort tombait de cheval. La rani revint sur ses pas et, fonçant sur le cavalier qui avait abattu Mandar, lui assena un coup de sabre tellement violent qu'elle lui fendit la tête en deux. Déjà elle était repartie.

Un large et profond fossé au fond duquel coulait un ruisseau coupa sa retraite, un obstacle que seuls pouvaient franchir des cavaliers émérites. Un saut, et elle était sauvée – car elle savait que la plupart des Anglais ne pourraient pas l'imiter. Elle éperonna son cheval. Au lieu de s'élancer, il refusa l'obstacle si brutalement qu'elle faillit passer par-dessus son encolure. Elle l'éperonna à nouveau, sans succès : le cheval piétinait, piaffait, tournait en rond. Les Anglais étaient maintenant sur elle. A nouveau la rani dut leur faire face.

C'est alors qu'elle le vit. C'était un Anglais particulièrement grand, blond et rose. Malgré la distance elle lut la détermination et la haine dans son regard. Il fonçait sur elle, le sabre levé. Trois cavaliers patans s'interposèrent. A ce moment elle ressentit un choc violent à la hanche gauche comme si on lui avait donné un coup de poing. Une balle l'avait atteinte.

Elle lâcha le sabre qu'elle tenait dans la main gauche pour presser la blessure, tout en continuant à se battre de la main droite. Le grand cavalier blond et rose avait réussi à repousser les Patans qui tentaient de l'arrêter. Il était devant elle. Il leva son sabre. Elle en fit autant pour parer le coup.

– Tiens, voilà pour Roger, hurla-t-il.

Stupéfaite, elle hésita un quart de seconde. Le sabre de l'Anglais s'abattit sur sa tête si fortement qu'il lui fendit le front et l'arcade sourcilière. La douleur éclata, atroce. Le sang aveugla la rani.

Par un instinct plus fort que la volonté elle riposta, mais affaiblie ne réussit qu'à percer l'épaule de son assaillant avant de glisser sur le côté et de tomber sur le sol. Akbar avait vu.

– Couvrez-moi, hurla-t-il aux quatre cavaliers qui lui restaient.

Ceux-ci s'élancèrent sur les Anglais. Akbar, sautant à terre, ramassa doucement la rani et l'emporta en courant vers le petit couvent voisin. La porte s'ouvrit devant lui, et il se précipita à l'intérieur avec son précieux fardeau, alors que le dernier de ses cavaliers tombait, haché sur place. Baba Gangadar, le saint homme, avait reconnu la rani. C'était lui qui avait ouvert à Akbar. Ils déposèrent avec précaution la blessée sur un grabat dans une salle de prières au plafond bas soutenu par des colonnes crépies de rose. Le couvent comprenait un très vieux temple, si petit qu'il semblait une miniature, une ou deux rangées de cellules et des dépendances. Tout cela était net, propre, pimpant, couvert de fleurs. La cour biscornue était encombrée de brahmanes qui avaient suivi Baba Gangadar, et du bétail que les moines avaient ramené des champs pour le mettre à l'abri.

– Retenez les Anglais, ordonna Baba Gangadar à ses disciples avec une vigueur dont on ne l'aurait pas soupçonné.

Ceux-ci sortirent de leur cachette des armes, des vieux fusils. Ils coururent se poster derrière le mur du couvent ; visiblement ces religieux savaient faire le coup de feu, et le mur était solide. Peut-être tiendrait-il assez longtemps ? Baba Gangadar avait débouché un flacon d'eau du Gange et en humectait les lèvres parcheminées de la rani pour la rafraîchir et la purifier. Le sang continuait à couler de son front mais plus lentement, couvrant tout le côté droit du visage ; il sortait aussi des blessures qu'elle avait reçues au sein et à la hanche gauches, faisant des taches sombres sur la veste de velours rouge et maculant le pantalon blanc. Elle murmura :

– Dommage... dommage... et perdit conscience.

Akbar crut qu'elle avait cessé de vivre mais Baba Gangadar le rassura :

– Elle n'est qu'évanouie.

Derrière le mur du couvent, la fusillade se poursuivait, nourrie, intense. Si rapide avait été la retraite d'Akbar que la plupart des Anglais n'avaient pas eu le temps de s'en apercevoir. Le dernier cavalier patan tué, ils croyaient en avoir fini, mais Roderick hurla à ses compagnons :

– Ils se sont réfugiés à l'intérieur, il faut l'attaquer. La rani de Jansi est encore vivante.

Ils avaient donc attaqué le couvent, mais les moines ripostaient vigoureusement.

La respiration de la rani se fit un peu plus forte. Elle émergeait de son évanouissement. Gardant les yeux fermés, elle murmura cette invocation :

– Au nom de la déesse Lakshmi...

Elle ouvrit un œil ; l'autre, atteint par le coup de sabre de Roderick, restait fermé. Son regard était vitreux, puis une lueur s'y alluma, elle avait vu Akbar debout devant son grabat. Elle fit un geste faible de sa main pour lui signifier d'approcher. Il s'agenouilla et se pencha sur elle. Avec beaucoup de difficulté, elle réussit à articuler, entre deux hoquets :

– Damodar, je te le laisse... sous ta protection... va au camp... cours... prends-le... emporte-le...

D'un geste maladroit et lent, elle essaya d'ôter de son cou le collier de perles pris au trésor de Sindiah. Elle ne put y parvenir et retomba en arrière en geignant. Délicatement Baba Gangadar retira le bijou. Elle le mit dans la main d'Akbar :

– Garde-le... pour Damodar...

L'effort qu'elle avait fait pour parler l'avait épuisée. Elle haletait, son souffle se faisait de plus en plus irrégulier. De sa bouche commençait à couler un mince filet de sang. Elle vit deux grosses larmes rouler sur les joues d'Akbar. Elle parvint encore à chuchoter :

– Ça ne pouvait pas finir autrement.

Elle semblait étouffer. Le sang de ses blessures s'infiltrait dans ses poumons et l'asphyxiait lentement. Baba Gangadar essuyait avec douceur la sueur qui coulait sur son visage. Soudain elle parut retrouver un semblant de vie. Elle se redressa, s'accouda et sans regarder personne, dit d'une voix assez forte et saccadée :

– Les Anglais, je ne veux pas qu'ils trouvent mon corps...

Sa tête glissa en arrière et un spasme la secoua tout entière. Elle retomba sur le dos. Elle eut encore une contraction puis se raidit. La rani de Jansi était morte.

Akbar se redressa et resta debout, les bras ballants, fixant le visage de la rani d'un regard de fou. Au pied du grabat, Baba Gangadar marmonnait des prières. Sans bouger, il dit soudain à Akbar :

– Va chercher du bois pour faire un bûcher et la brûler.

Akbar, comme touché par une décharge, se précipita, bouscula les bestiaux, entra dans la remise, en ressortit et regarda autour de lui d'un air égaré.

– Il n'y a pas de bois... Nous ne pouvons pas la brûler.

– Si, prends le foin des animaux.

A eux deux, ils eurent tôt fait d'édifier un bûcher avec les balles d'herbe sèche. Ils y déposèrent délicatement le cadavre de la rani et y mirent le feu. Autour d'eux la fusillade continuait, de plus en plus nourrie. Il y avait maintenant de l'autre côté du mur des centaines de cavaliers anglais qui tiraient sans interruption. Les moines tenaient encore bon, mais tombaient l'un après l'autre. Il n'y avait plus qu'une dizaine de valides. Akbar regardait fixement les flammes du bûcher qui déjà enveloppaient la rani et dansaient sur son cadavre. Baba Gangadar lui mit la main sur l'épaule.

– Obéis à la rani, va et sauve Damodar.

Akbar lui répondit d'une voix sourde :

– Le corps n'aura pas le temps de brûler, les Anglais vont le trouver.

– Ne t'inquiète pas, je trouverai un moyen. Toi, va-t'en.

Baba Gangadar avait repris ses prières et n'eut pas un regard pour Akbar lorsqu'il s'éloigna et disparut.

Roderick Briggs était presque fou d'impatience. Voilà deux heures qu'ils assiégeaient le couvent sans pouvoir s'en emparer. Enfin le tir des défenseurs invisibles parut faiblir. Celui des Anglais redoubla d'intensité et de précision. Bientôt il n'y eut plus de l'autre côté du mur que trois tireurs, puis deux, puis un. Quelques coups de fusil spasmodiques claquèrent encore, puis dans le couvent ce fut le silence. Les Anglais se relevèrent, quittèrent leur abri et se rapprochèrent de l'entrée en rangs serrés, prudemment.

Les portes s'ouvrirent lentement et des bœufs, des vaches, des zébus, des buffles sortirent par dizaines. Poussés par une main invisible, excités, affolés, ils se ruaient en mugissant, en meuglant, sur les soldats anglais. Ceux-ci, surpris, médusés, tirèrent bien pour essayer de les arrêter, mais les bestiaux, fous de terreur, les renversèrent, les piétinèrent, créant un désordre indescriptible. Roderick Briggs fut jeté à terre, et en essayant de se protéger le visage reçut un coup de sabot au coude. Il fallut aux Anglais une demi-heure pour se débarrasser du bétail qui tournait sur place, ruait, donnait des coups de corne. Une demi-heure de perdue, se désolait Briggs.

Lorsque l'ordre fut rétabli, les Anglais reprirent leur marche vers le couvent. Aucun bruit, aucun mouvement n'en sortait, il paraissait abandonné. Roderick fut le premier à y pénétrer. Contre le mur il vit les corps ensanglantés de plusieurs dizaines de moines. Il semblait qu'il n'y eût plus personne de vivant dans l'enceinte.

Et pourtant, en cherchant fébrilement, Roderick tomba, derrière une remise, sur un spectacle qui le fit s'arrêter, interdit. Un grand feu achevait de se consumer, et à côté un vieillard assis sur le sol en tailleur, les bras écartés, la paume des mains tournée vers le ciel, marmonnait en regardant droit devant lui. Il ne bougea pas à l'approche de Roderick.

De la pointe de sa botte, Roderick Briggs écarta les braises et découvrit quelques ossements humains presque entièrement calcinés.

POSTFACE

Avec la mort de la rani, c'était l'âme même de l'armée rebelle qui avait été tuée. Le lendemain, le général Rose emportait la ville de Gwalior après une bataille de cinq heures. Les chefs rebelles réussirent à s'enfuir, et le fort réputé imprenable se rendit presque sans combat. Le jour suivant, le 20 juin, le maharajah Sindiah faisait dans sa bonne capitale un retour triomphal, applaudi par la même foule qui, vingt jours plus tôt exactement, avait applaudi l'entrée du peshwa Rao Sahib.

Une des premières mesures prises par les Anglais fut d'arrêter Amar Chand, le ministre des Finances de Sindiah, qui sur ses instructions secrètes avait ouvert son trésor aux rebelles. Jugé et condamné pour avoir trahi son maître, il ne dit pas un seul mot pour sa défense et fut pendu.

Le même soir, le maharajah offrit au palais Gurki un grand dîner – à l'anglaise – en l'honneur du général Rose, de sir Robert Hamilton et de leurs états-majors. Ses invités ne lui ménagèrent ni remerciements, ni louanges. Rose l'appela le « meilleur ami que les Anglais eussent en Inde ».

– Si vous ne nous aviez pas été si fidèle, lui répéta Hamilton, c'en était fait de la présence anglaise en Inde.

Beaucoup des compliments allaient au diwan Dinkar, assis à côté de scn souverain. Pour en arrêter le flot et ménager sa modestie, celui-ci dit soudain, sans perdre l'expression impénétrable et désabusée qu'il ne quittait jamais :

– La fin de la rani de Jansi ne m'a pas étonné. Elle-même m'avait dit un jour que son horoscope lui annonçait qu'elle mourrait jeune. Elle y croyait... Certes, général, vous deviez la détruire et nous laisserons vos historiens présents et futurs affirmer qu'elle fut votre ennemie la plus perfide et la plus acharnée. Cependant je ne suis pas certain qu'elle vous eût combattu si les circonstances ne l'y avaient contrainte. On m'a dit qu'avant la mutinerie elle s'était même éprise d'un de vos compatriotes, un jeune avocat qui d'ailleurs a été tué avec les autres lors du massacre de l'an dernier...

Dans le silence qui suivit on entendit un bris de cristal. C'était Roderick Briggs qui avait écrasé entre ses doigts le verre qu'il tenait. Il se leva, pâle comme un mort, en proie à une vision terrible. Il ouvrit la bouche comme s'il allait parler, puis se rassit lourdement, en silence.

Par la suite, Roderick devait recevoir la Victoria Cross, la plus haute décoration militaire anglaise, pour son haut fait. Il n'épousa pas Sarah Brandon. En effet, à peine fut-il revenu en Angleterre qu'ils rompirent leurs fiançailles. Auparavant il lui avait demandé de lui rendre les lettres qu'il lui avait écrites d'Inde. Il les publia, et son livre sur la Grande Révolte obtint un succès encourageant.

Le général Rose se vit décerner les félicitations de la Chambre des lords et de la Chambre des communes pour sa campagne victorieuse. Néanmoins, une complication légale mise en avant par des ennemis qu'il avait dans l'armée l'empêcha, ainsi que ses troupes, de recevoir les indemnités qu'ils étaient en droit d'attendre.

Avec la chute de Gwalior le nerf de la rébellion avait été coupé. Elle ne fut pourtant pas brisée en un jour, et pendant un an continua à s'effilocher. Le feu se ranimait encore ici ou là, mais chaque fois il devenait de plus en plus faible.

Tantya Top fut le seul à refuser la défaite. Pendant de longs mois il harcela les Anglais et les princes leurs alliés, dans toute l'Inde centrale, bougeant sans cesse, apparaissant là où on s'y attendait le moins et remportant quelques succès. A le poursuivre les Anglais parcoururent plus de huit cents miles.

En avril 1859, il fut trahi par son meilleur ami, le rajah de Nawar, et arrêté. Amené dans la petite ville de Shivpuri, non loin de Gwalior, il fut jugé, condamné et pendu à un arbre. Mais était-ce le véritable Tantya Top ? Jamais le rajah de Nawar n'aurait trahi son ami, disaient les Indiens. Pour protéger celui-ci, n'aurait-il pas fait arrêter son sosie, qui, par fidélité à son chef, se serait laissé exécuter à sa place ?

Rao Sahib, le peshwa, se fit ermite et erra de cachette en cachette. En 1862, il fut trouvé par des espions anglais déguisés en pèlerins dans les collines du Punjab. Il fut ramené à Bithur, et pendu devant son propre palais.

Le sort de Nana Sahib devait rester un mystère impénétrable. S'était-il suicidé en se jetant dans le Gange ou avait-il réussi à s'enfuir et à se cacher au Népal ? Bien après la rébellion, de nombreux Nana Sahib successifs devaient être reconnus en Inde, et certains même arrêtés. Aucun ne convainquit les autorités d'être véritablement celui qui avait été le chef de la rébellion. Les autorités anglaises finirent par se lasser de ces faux Nana Sahib. Et lorsque, en 1895, un jeune officier d'une petite station annonça tout excité à Calcutta : « Nana Sahib arrêté. Télégraphiez instructions », il reçut une réponse qui le laissa sidéré : « Relâchez-le immédiatement »

Le prince Firoz Shah ne mourut pas jeune malgré ce qu'il avait prédit. Il erra longtemps dans la jungle, à la tête d'une bande de rebelles qui s'amenuisait continuellement. Voyant que tout espoir était perdu, il s'exila, erra de pays musulman en pays musulman, et aboutit à La Mecque. Lorsqu'il mourut en 1877, à l'âge de quarante-cinq ans, c'était un homme brisé, abandonné de tous, tombé dans la misère et devenu aveugle.

Le 1er novembre 1858, une proclamation signée par la reine Victoria était affichée dans toute l'Inde. Une amnistie pleine et entière était accordée à tous ceux qui avaient combattu les Anglais. La Très Honorable Compagnie des Indes orientales était abolie, et désormais l'Angleterre gouvernerait directement l'Inde. Quelques années plus tard, la reine Victoria devenait impératrice des Indes, succédant ainsi au dernier Grand Mogol Shah Bahadur, qui pourrissait en exil à Rangoon, en Birmanie.

Akbar réussit à faire sortir Damodar de Gwalior et à l'empêcher de tomber dans les mains anglaises. Il l'emmena à Indore, vendit le collier de perles de la rani pour assurer sa subsistance et confia l'enfant aux brahmanes d'un temple. Puis il disparut, et toutes les recherches ultérieures pour retrouver sa trace furent vaines.

Damodar devait connaître à Indore une vie longue et obscure. Les Anglais refusèrent de lui rendre les six cent mille roupies qu'ils gardaient en dépôt pour lui depuis l'annexion de Jansi et la déposition de sa mère en 1853. Toutes les pétitions qu'il envoya au gouvernement pour toucher cette somme lui furent renvoyées avec une réponse brève et négative. La dernière datait de 1936. Onze ans plus tard, l'Empire britannique disparaissait et l'Inde devenait indépendante.

BIBLIOGRAPHIE

L'histoire de la rani Lakshmi de Jansi est rigoureusement authentique jusqu'aux détails de son action politique et militaire. La plupart des historiens anglais en ont fait une femme ambitieuse et sans scrupules, assoiffée de pouvoir et de vengeance, responsable du massacre des Anglais de Jansi. La vérité est tout autre comme le raconte ce livre. Elle est cependant difficile à cerner. Les documents concernant la révolte des Cipayes et favorables aux Indiens ont dans leur presque totalité disparu... Seuls ceux les incriminant et les accablant sont restés. Certains ont cependant échappé à la destruction et éclairent la révolte sous un jour inattendu et bien différent de l'image classique donnée par les historiens anglais.

Mes principales sources ont été :

– Sur la rani elle-même :
The Revolt of 1857 in Bundelkhant, par Shyam Narain Sinha, Lucknow, 1982.
– Sur la campagne militaire anglaise contre la rani :
The Last of the Paladins, Sir Hugh Rose and the Indian Mutiny, par F.E. Whitton. Blackwood's Magazine, juin 1934.
Cavalry Surgeon – The Recollections of John Henry Sylvester, Londres, 1971.

– Sur la révolte des Cipayes en général :

Freedom Struggle in Uttar Pradesh, par S.A. Rizvi et M.I. Bhargava, Lucknow, 1957-1961. Ces six gros volumes de documents de l'époque sont la source la plus riche d'informations. Puis vient le très classique *History of the Indian Mutiny*, par Kaye et Mallesson, Londres, 1889.

Les ouvrages sur la révolte des Cipayes les plus agréables et les plus faciles à lire (mais qui exposent uniquement le point de vue anglais) sont :

Red Year. The Indian Rebellion of 1857, par Michael Edwards, Londres, 1873.

The Great Mutiny. India 1857, par Christopher Hibbert.

L'ouvrage le plus classique sur la révolte des Cipayes vue du côté indien est :

The Indian War of Independance – 1857, par V.D. Savakar, Bombay, 1957.

Enfin, sur la vérité de la révolte des Cipayes, il reste la tradition orale. En ce qui concerne la rani de Jansi, je suis principalement redevable aux personnes suivantes qui ont bien voulu me faire partager leurs connaissances : le professeur Bhagwan Das Gopta, de Jansi ; le sirdar Angry et Mr. Diwedi, de Gwalior. Je suis par ailleurs reconnaissant à Mlle Marouk Tarapour du brillant tableau de la vie quotidienne et des mœurs de l'Inde princière au XIXe siècle qu'elle a peint pour moi, et de l'attention qu'elle a mise à relire le manuscrit du présent ouvrage.

GLOSSAIRE

Attar : essence de jasmin.
Aya : nurse indigène.

Bhagavad-Gîta : livre de chants sacrés hindous.
Bhajan : séance quotidienne de prières en musique.
Blis : santal.
Buniya : grand marchand.

Chappatti : galette de farine qui est à la base de la nourriture indienne.
Chilum : longue pipe de terre cuite.
Chota lathi : sorte d'escrime par équipes pratiquée avec de longs bâtons en guise de sabres.
Chowkeedar : gardien de village.
Cipayes : soldats indiens sous le drapeau anglais.

Dacoït : brigand des grands chemins.
Darogha : chef geôlier.
Dhals : lentilles indiennes.
Divapali : festival des lampions, la plus grande fête de l'année hindoue.
Dotti : sorte de pantalon-jupe des paysans indiens.
Durbar : séance où le souverain exerce son pouvoir en présence de son peuple.

Ferenghi : étranger.

Gadi : trône bas et large.

Gharotra : balcon spécialement aménagé au-dessus de l'entrée principale du palais où, selon une très ancienne coutume, le souverain se montrait à ses sujets deux fois par jour.
Ghee : beurre clarifié, à l'odeur forte ; condiment préféré du peuple.
Gîta : voir Bhagavad-Gîta.
Goulidanda : genre primitif de base-ball.
Guj : arak indien.

Howdah : selle-pavillon d'éléphant.
Hookah : narguilé indien.

Jihad : guerre sainte pour les musulmans.

Kalian : partie inférieure du hookah destinée à recevoir différents liquides aromatiques.
Kshatriya : Indien qui appartient à la caste des guerriers.
Khotwalla : ministre des Présents.
Kitkat : sorte de rugby.

Laddoo : gâteau de farine.

Mehudi : henné indien.
Mullahs : musulmans exerçant des fonctions juridiques ou religieuses.
Munshi : scribe-secrétaire.

Nautch : danseuse.

Pan : masticatoire digestif à base de bétel et de noix d'arec.
Peshwa : chef de la confédération des rois mahrates.
Puja : séance quotidienne de dévotion.
Punkah : grand vantail de toile actionné par une corde.
Purdah : appartement des femmes.

Raïta : mélange de yoghourt, concombre et herbes parfumées.